KB166158

을 유 세 계 문 학 전 집 · 6 0

오만과 편견

을유세계문학전집 · 60

오만과 편견

PRIDE AND PREJUDICE

제인 오스틴 지음 · 조선정 옮김

❖ 을유문화사

옮긴이 조선정

연세대학교 영어영문학과에서 공부했고, 서울대학교 영어영문학과 대학원을 거쳐 미국 Texas A&M 대학에서 영국소설과 여성작가를 전공했다. 서울대학교 영어영문학과에 재직하면서 주로 19세기 영국문학을 가르치고 연구한다. 저서로 『제인 오스틴의 여성적 글쓰기: 『오만과 편견』 새롭게 읽기』가 있다.

을유세계문학전집 60

오만과 편견

발행일·2013년 2월 25일 초판 1쇄 | 2023년 2월 5일 초판 6쇄
지은이·제인 오스틴 | 옮긴이·조선정
펴낸이·정무영, 정상준 | 펴낸곳·(주)을유문화사
창립일·1945년 12월 1일 | 주소·서울시 마포구 서교동 469-48
전화·02-733-8153 | FAX·02-732-9154 | 홈페이지·www.eulyoo.co.kr
ISBN 978-89-324-0392-2 04840 978-89-324-0330-4(세트)

* 2007년 정부(교육과학기술부)의 재원으로 한국연구재단의 지원을 받아 수행된 연구임 (NRF-2007-361-AL0016).

차례

제1권

1장

꽤 재산을 가진 미혼남이 틀림없이 아내를 원하리라는 것은 널리 인정받는 진리다.

그가 이웃으로 이사 온다면 그의 취향과 견해에 대해 알려진 게 하나도 없음에도 이웃들이 워낙 이 진리에 사로잡혀 있어서 그는 이들의 딸 하나가 마땅히 차지할 재산으로 여겨진다.

"여보." 어느 날 베넷 부인이 말했다. "마침내 네더필드에 세 든 사람이 온다는데 들었어요?"

베넷 씨가 아니라고 대답했다.

"집이 나갔대요." 그녀가 말했다. "롱 부인이 왔다 갔는데 전부 다 얘기해 줬어요."

베넷 씨는 듣고만 있었다.

"누가 이사 오는지 궁금하지도 않아요?" 아내가 참지 못하고 소리 질렀다.

"말해 주고 싶은 모양인데, 내 들어 주리다."

이 정도면 충분했다.

"롱 부인 말이 네더필드에 이사 올 신사는 잉글랜드 북부에서 온 젊은 재력가랍니다. 월요일에 사륜마차'를 타고 집을 둘러보러 내려왔다가' 마음에 들어서 바로 모리스 씨랑 계약했대요. 미카엘 마스' 전에 이사할 거고, 다음 주말까지 하인 몇 명이 먼저 올 거고요."

"이름이 뭐요?"

"빙리."

"결혼은 했소, 안 했소?"

"당연히 안 했죠! 부자 청년이에요. 연 수입이 사오 천 파운드랍니다.' 딸들에게 멋진 일이에요!"

"어째서? 딸들과 무슨 상관이오?"

"어쩜 그렇게 무심한지!" 아내가 대답했다. "딸과 결혼한다고요."

"그럴 의도로 이사 오는 거요?"

"의도라니! 무슨 말도 안 되는 소리를 그렇게 해요! 그 청년이 딸과 사랑에 빠질 수 있으니까 그가 오자마자 당장 방문해 줘요."

"왜 그래야 한단 말이오. 당신이 애들을 데리고 가든가 아님 걔들만 보내는 게 낫겠는데, 당신 미모도 훌륭하니 빙리가 당신을 제일 좋아해 버리면 안 되잖소."

"듣기 좋은 말이네요. 내가 한때 미모를 뽐내기는 했지만 지금은 대단한 티를 안 낸답니다. 다 큰 딸을 다섯이나 둔 엄마가 자기 미모를 앞세우면 어떡해요."

"아예 앞세울 미모가 없는 엄마라면 그렇겠소."

"암튼, 여보, 정말 빙리가 도착하면 찾아가서 인사해 주세요."

"약속할 수 없소."

"그러지 말고 딸들 생각 좀 해 줘요. 얼마나 좋은 결혼이겠어요. 윌리엄 경과 루카스 여사 부부가 바로 그 이유로 방문할 작정이라는데, 그 부부가 보통은 누가 와도 잘 방문하지 않잖아요. 당신이 먼저 방문하지 않으면 우리끼리 못 가니까 제발 가 달라고요."

"정말 깐깐하게 따지고 있소. 빙리는 당신이 가도 반가워할 거요. 당신이 갈 때 내가 편지 한 통을 써서 딸들 가운데 누구를 골라 결혼하든 진심으로 동의한다고 확실하게 해 주겠소. 둘째 리지'에 대해 좋은 말을 덧붙이긴 하겠지만."

"제발 그러지 말아요. 리지가 뭐 잘난 게 있어요. 인물은 제인의 반도 안 되고 성격은 리디아 반도 못 따라와요. 유독 그 아이만 늘 예뻐하네요."

"걔들에게 내세울 만한 미모나 성격이 어디 있단 말이오." 베넷 씨가 대답했다. "어리석고 무식하기는 나머지 애들과 마찬가지요. 리지는 훨씬 명민하잖소."

"어쩜 자기 딸들을 그렇게 욕할 수 있어요? 나를 못살게 구는 게 즐겁겠죠. 내 예민함에는 일말의 동정심도 없다니까요."

"잘못 봤소, 부인. 당신의 신경을 내가 얼마나 존중하는데. 당신의 신경은 내 오랜 친구요. 당신이 신경을 챙기는 걸 내가 적어도 이십 년 동안 봐 왔잖소."

"내가 아픈 걸 당신은 몰라요."

"얼른 회복해서 연 수입 사천 파운드의 청년들이 이사 오는 걸 볼 때까지 살아야지."

"그런 청년 스무 명이 온들 당신이 모른 척하면 아무 소용 없어요."

"확실히 말하는데, 스무 명이 온다면 그때는 모두 방문하리다."

베넷 씨는 번득이는 재기와 냉소적인 유머 그리고 내성적인 성격과 변덕스러움이 뒤섞인 독특한 사람이고, 부인은 이십삼 년을 같이 살고도 그런 남편을 이해하지 못했다. 부인은 알기 어려운 사람이 아니었다. 이해력이 부족하고 아는 게 없고 기질이 불안정했다. 불만이 있을 때면 예민해졌다고 생각해 버렸다. 삶의 목적은 딸들을 결혼시키는 것이고, 삶의 위안은 이웃을 방문해 수다를 나누는 것이었다.

2장

베넷 씨는 빙리를 가장 일찍 방문한 사람들 가운데 하나였다. 아내에게는 안 간다고 끝까지 버텼지만 애초에 그를 방문할 작정이었다. 방문하고 돌아온 날 저녁까지도 아내는 모르고 있었다. 그 사실은 이렇게 밝혀졌다. 둘째 딸이 모자를 다듬는 것을 보던 베넷 씨가 갑자기 말했다.

"빙리가 그 모자를 좋아하길 바란다, 리지."

"빙리가 무얼 좋아하는지 어떻게 알겠어요." 아내가 화가 풀리지 않은 채 대꾸했다. "우리는 방문하지도 않을 건데."

"어머니, 마을 무도회에서 만날 거고 롱 부인께서 소개해 준다 하셨잖아요." 엘리자베스가 말했다.

"롱 부인은 그런 사람이 아니다. 자기 조카딸이 둘이나 있어. 이기적이고 위선적인 사람이라서 난 안 믿는다."

"동감이오." 베넷 씨가 말했다. "롱 부인이 나서 줄 거라 기대하지 않는다니 다행이오."

부인은 대꾸도 하지 않았다. 하지만 더 이상 참지 못하고 딸 하나를 구박하기 시작했다.

"기침 좀 그만해라, 키티, 제발! 내 신경이 얼마나 날카로워지는지 좀 봐라. 아예 갈기갈기 찢어 놓는구나."

"키티가 신중하지 못하게 기침을 했군." 베넷 씨가 말했다. "하필 이럴 때에."

"나도 좋아서 하는 거 아녜요." 키티가 짜증스럽게 대답했다.

"다음 무도회가 언제냐, 리지?"

"보름 남았어요."

"그것 봐라." 부인이 소리쳤다. "그 전날까지 롱 부인은 돌아오지도 않아. 자기도 빙리와 안면이 없을 텐데 어떻게 우리에게 소개해 주겠다는 거냐고."

"그러면 당신이 그 부인보다 유리해졌으니 빙리를 소개해 주면 되겠소."

"그를 만나지도 못하는데 어떻게 하라는 거예요. 자꾸 놀리는 데 재미 붙였어요?"

"당신의 신중함을 존중하오. 이 주일의 친분은 아무래도 무리지. 그동안 사람을 제대로 알 수 없으니까. 그래도 우리가 나서지 않으면 다른 누군가 나설 거요. 결국 롱 부인과 조카딸들도 기회를 볼 테고. 그래서 말인데, 당신이 정 마다한다면 롱 부인도 도와줄 겸, 내가 떠맡는 수밖에."

딸들이 아버지를 바라보았다. 부인은 이렇게 중얼거렸다. "말도 안 돼, 말도 안 돼!"

"그 단호한 표현은 무슨 뜻이오?" 그가 나섰다. "정식으로 소개하고 모든 예의를 갖추겠다는데 말도 안 된다는 거요? 내 의견은 다르오. 네 생각은 어떠냐, 메리? 너는 워낙 생각이 많고 훌륭한 책을 많이 읽고 어록도 만들어 놓았지."

메리는 뭔가 매우 영리한 말을 하고 싶었지만 어떻게 해야 할지 몰랐다.

"메리가 생각을 정리하는 동안 빙리 얘기로 돌아갈까." 그가 계속했다.

"빙리 얘기는 지긋지긋해요." 아내가 발끈했다.

"그것 참 유감이군. 그렇다면 왜 진작 말해 주지 않았소? 오늘 아침에만 알았더라도 그를 방문하지 않았을 텐데 말이오. 아쉽소. 일단 내가 방문을 해 버렸으니 이제 와서 친분을 피할 수도 없고."

가족의 놀라움은 그가 기대했던 대로였다. 부인의 놀라움은 누구보다 컸다. 기쁨의 환호가 지나자 처음부터 이럴 줄 알았다고 호들갑을 떨기 시작했다.

"얼마나 자상한지, 여보! 결국 이럴 줄 알았다니까요. 딸들을 사랑하는 마음이 있는데 방문을 무시할 수가 있었겠어요. 아, 기뻐! 그런데 오늘 오전에 다녀와서는 종일 시치미를 떼고 있었다니 정말 너무해요."

"키티, 이제 맘껏 기침하렴." 베넷 씨가 말했다. 그러면서 아내의 흥분에 질려서 방을 나가고 말았다.

"역시 너희 아버지야, 애들아." 방문이 닫히자 그녀가 말했다. "이번 일에 아버지가 자상하게 나서 주신 걸 너희가 어떻게 갚을 수 있겠니. 나도 마찬가지고. 우리 나이가 되면 매일 사람을 새로 만나는 게 그리 즐겁지 않단다. 그래도 너희를 위해서라면 우리가 뭐든 해야지. 내 귀염둥이, 리디아, 아직 어린 막내지만 다음 무도회에서는 빙리가 너랑 춤출 거다."

"우와!" 리디아가 당돌하게 말했다. "겁나지 않아. 막내라도 내가 제일 크잖아."

빙리가 얼마나 신속하게 베넷 씨의 방문에 답례를 할지 추측하고 또 언제 그를 저녁 식사에 초대해야 할지 결정하느라 남은 저녁'이 흘러갔다.

3장

베넷 부인은 다섯 딸들의 도움을 받아 남편을 심문했지만 빙리에 대한 만족스러운 묘사를 끌어내지 못했다. 그들은 그를 이리저리 공략했다. 노골적인 질문과 교묘한 가정과 근거 없는 추측까지 동원했다. 하지만 그는 잘 빠져나갔다. 결국 그들은 이웃 루카스 여사를 통해 간접적인 정보를 얻는 수밖에 없었다. 그녀의 보고는 아주 좋았다. 윌리엄 경도 빙리를 좋아했다. 꽤 젊고 굉장히 잘생기고 정말 싹싹한 데다가, 다음 무도회에 많은 사람을 데리고 올 거라니 금상첨화가 따로 없었다. 이보다 더 신나는 소식이 있을까! 춤추기를 즐긴다는 건 사랑에 빠질 확실한 준비가 됐다는 뜻이다. 빙리의 가슴에 사랑의 희망이 생생하다는 말이다.

"딸이 네더필드에 정착하는 걸 볼 수만 있다면 그리고 나머지 애들도 다 잘 결혼한다면 더 바랄 게 없어요." 베넷 부인이 남편에게 말했다.

며칠 후 빙리가 베넷 씨의 방문에 답례하러 와서 서재에 십 분 정도 머물렀다. 익히 딸들의 미모에 대해 들었기 때문에 그들을 만날 희망을 품고 왔다. 하지만 아버지만 만났다. 딸들은 운이 더 좋아서, 창문 밖으로 내려다보면서 그가 푸른색 코트를 입고 검은색 말을 타고 오는 것을 확인했다.

곧 저녁 식사 초대장을 보냈다. 베넷 부인은 벌써부터 살림 솜씨를 보여 줄 코스 요리를 준비하기 시작했는데, 그만 약속을 연기하는 답장이 도착하고 말았다. 다음 날 런던에 가야 해서 영광스러운 초대를 수락할 수 없다는 내용이었다. 베넷 부인은 꽤 심란했다. 하트퍼드셔에 도착하자마자 런던에 무슨 일로 나간다는 건지 이해할 수 없었다. 그가 여기저기 옮겨 다니기만 하고, 네더필드에 정착해야 하는데 안 그럴까 봐 걱정하기 시작했다. 루카스 여사는 그가 무도회에 사람들을 데려오려고 런던에 갔다는 말로 베넷 부인의 걱정을 조금 달랬다. 빙리가 열두 명의 숙녀와 일곱 명의 신사를 데리고 무도회에 올 거라는 소문이 곧 돌았다. 딸들은 숙녀가 너무 많다고 슬퍼했다. 그러다가 무도회 전날 열두 명이 아니라 여동생 다섯 명과 사촌 한 명으로 모두 여섯 명을 런던에서 데려온다는 소식에 안심했다. 하지만 정작 그들이 무도회장에 도착했을 때는 겨우 다섯 명이 전부였다. 빙리, 누나와 여동생, 누나의 남편, 그리고 젊은 신사가 다였다.

빙리는 잘생기고 신사다웠다. 보기 좋은 용모와 편안하고 꾸밈 없는 매너를 지녔다. 누이들은 멋진 숙녀로 상류층의 티가 두드러졌다. 매형인 허스트 씨는 그냥 신사 차림이었다. 그의 친구 다아시는 훤칠하고 큰 키와 잘생긴 용모에 귀티가 흘러 단박에 관심을 끌었다. 그가 들어오고 나서 오 분도 안 되어 그의 연 수입이 만 파운드라는 말이 퍼졌다. 다아시를 두고 남자들은 멋진 신사라고 했고 숙녀들은 빙리보다 훨씬 잘생겼다고 하면서 처음엔 엄청난 존경심으로 그를 쳐다봤지만, 그의 매너가 사람들을 기분 나쁘게 하여 그 인기는 역풍을 맞고 말았다. 그는 오만하고 잘난 척하고 까다로웠다. 더비셔에 있다는 그의 엄청난 장원도 그가 아주 사납고 불쾌한 성격을 가진 사람이고 그의 친구에 비교할 가치도 없는 사람이라는 인상을 바꾸지 못했다.

빙리는 마을 무도회에 참석한 중요한 사람들과 금방 친해졌다. 활달하고 스스럼없는 데다, 한 번도 빠지지 않고 춤추었고, 무도회가 일찍 끝나서 서운하다며 직접 네더필드에서 무도회를 열겠다고 나섰다. 싹싹한 성격이 절로 드러났다. 그의 친구와 어찌나 대조되는지! 다아시는 허스트 부인과 한 번 그리고 빙리 양과 한

번 춤추고 다른 아가씨를 소개받지 않은 채 방을 왔다 갔다 하면서 자기가 아는 사람들과 가끔 얘기를 나누며 시간을 보냈다. 그의 성격이 다 나왔다. 그는 가장 오만하고 불쾌한 사람이었고, 모두들 그가 다음부터 무도회에 오지 않기를 바랐다. 그를 가장 싫어한 사람은 베넷 부인이었는데, 전반적으로 못마땅하던 차에 딸을 무시하는 걸 보자 특별히 더 미워하게 되었다.

엘리자베스 베넷은 신사의 수가 적어서 두 번의 춤을 쉬면서 앉아 있어야 했다. 한순간 다아시가 가까이 서 있었는데, 빙리가 춤추다가 잠깐 빠져나와 그에게 춤추라고 권유하는 대화를 들었다.

"제발, 다아시." 그가 말했다. "춤춰. 이렇게 재미없게 혼자 서 있다니 정말 딱해. 어서 나와."

"됐어. 아는 숙녀와 짝이 되지 않는 한 내가 춤을 얼마나 싫어하는지 알면서 그래. 이런 무도회는 정말 못 참겠어. 네 누이들은 다른 신사와 춤추고 있고, 이 방의 다른 숙녀와 춤추는 건 고역이야."

"난 괜찮기만 한데, 까다롭긴!" 빙리가 나무랐다. "정말로 오늘 저녁처럼 기분 좋은 아가씨를 많이 만난 적은 없었어. 몇 명은 눈에 띄게 아름다워."

"미인이 한 사람 있는데 네가 차지했지." 다아시가 베넷 씨의 맏딸을 보며 말했다.

"그래! 이렇게 아름다운 아가씨는 처음이야! 바로 뒤에 앉아 있는 여동생도 예쁘고, 내 보기엔 아주 상냥한 것 같아. 아가씨에게 부탁해서 소개해 달라고 할게."

"누구?" 그가 돌아보다 엘리자베스와 눈이 마주치자 눈길을 거두며 차갑게 말했다. "그럭저럭 괜찮아. 하지만 날 유혹할 정도로 미인은 아냐. 다른 신사들이 내버려 둔 숙녀들에게까지 관심을 줄 기분도 아니고. 괜히 시간 낭비하지 말고 네 짝에게 돌아가 즐겁게 춤추는 게 어때."

빙리는 그의 말대로 했다. 다아시는 걸어가 버렸다. 엘리자베스는 그를 향해 따뜻한 감정이라곤 없이 그 자리에 머물렀다. 그러나 친구들에게 쾌활하게 그 이야기를 떠벌렸다. 그녀는 어리석은 건 무엇이든 비웃기 좋아하는 활달하고 장난기 넘치는 성격이었다.

가족 모두에게 저녁은 대체로 즐겁게 지나갔다. 베넷 부인은 네더필드 사람들이 맏딸을 좋아하는 것을 보았다. 빙리가 그녀와 두 번이나 춤추었고, 그의 누이들도 그녀를 눈여겨봤다. 제인은 조용하긴 했지만 만족스럽기는 어머니와 마찬가지였다. 엘리자베스는 제인의 기쁨에 공감했다. 메리는 누군가 빙리 양에게 자신을 이 마을에서 가장 교양 있는 숙녀라고 소개하는 것을 들었다. 캐서린과 리디아는 운 좋게도 꼬박꼬박 짝을 찾아 춤추었는데, 그들은 무도회에서 그러기만 하면 되는 줄 알았다. 그렇게 기분 좋게들 그들이 마을 유지로 자리 잡고 사는 롱본으로 돌아왔다. 베넷 씨는 아직 자지 않고 있었다. 책과 함께라면 시간 가는 줄 몰랐다. 이번에는 온갖 기대를 불러일으켰던 그 무도회에 대한 호기심이 꽤 있었다. 이사 온 신사에 대한 아내의 기대가 다 무너지기를 바랐다고나 할까. 하지만 곧 완전히 다른 얘기를 들었다.

"여보!" 그녀가 방에 들어서며 시작했다. "정말 즐거운 저녁이었고 엄청나게 훌륭한 무도회였답니다. 당신도 갔어야 했어요. 제인이 얼마나 사랑받았는지 말도 못해요. 다들 제인이 굉장히 예쁘다고 했어요. 빙리가 제인의 미모에 반해서 두 번이나 춤췄어요. 생각해 봐요, 여보. 정말 두 번 춤췄다니까요. 그가 두 번이나 춤춘 숙녀는 제인뿐이었어요. 처음에는 루카스 양과 춤췄어요. 그 아이와 춤추는 걸 보려니 어찌나 속이 타든지. 하지만 걔를 전혀 좋아하지 않았어요. 사실 누가 루카스 양을 좋아하겠어요. 제인이 춤추면서 지나가는 걸 보고 반한 모양이에요. 누구냐고 묻더니 소개를 받은 다음 두 번을 내리 춤췄다고요.' 그다음은 킹 양, 그다음은 마리아 루카스, 그리고 다시 제인과 춘 다음에 리지, 그리고 블랑제 춤은."

"그가 나에게 일말의 동점심이 있다면 그 절반도 춤추지 않았을 텐데!" 남편이 참지 못하고 막았다. "제발, 더 이상 누구와 춤췄는지 나열하지 말아요. 이런! 첫 춤에서 발목이라도 삐끗할 것이지!"

"여보!" 부인이 계속했다. "그가 마음에 들어요. 정말 잘생겼다고요! 누이들도 매력적이에요. 그렇게 우아한 드레스는 본 적이 없어요. 허스트 부인의 가운'에 그 레이스는."

여기서 그녀는 다시 멈추어야 했다. 베넷 씨가 옷차림 얘기를 아예 안 들으려 했다. 할 수 없이 다른 주제를 찾다가, 언짢은 기분으로 다아시의 충격적인 무례함에 대해 약간 과장하여 말하기 시작했다.

"리지가 그의 마음에 안 든다고 손해 볼 건 없어요." 그녀가 덧붙였다. "아주 재수 없고 끔찍하고 도무지 잘 보일 가치가 없는 인간이에요. 그렇게 오만불손하고 잘난 체하는 꼴이라니! 스스로 대단하다고 착각하면서 혼자 여기저기 기웃거리라고 해요! 같이 춤추고 싶게 잘생긴 것도 아니면서! 여보, 당신이 거기 있어서 한방 먹여야 했다고요. 딱 꼴 보기 싫어요."

4장

빙리를 칭찬하는 데 조심스러웠던 제인은 엘리자베스와 둘이 남겨지자 그를 얼마나 좋아하는지 고백했다.

"분별력 있고 성격 좋고 활달한 게, 딱 젊은 남자가 어때야 하는지 보여 주더라." 제인이 말했다. "그렇게 즐겁게 매너를 지키는 사람은 처음 봤어! 그 자연스러움과 완벽한 교양이라니!"

"게다가 잘생겼지." 엘리자베스가 받았다. "그것도 젊은 신사가 갖출 수만 있다면 갖추어야지. 그러니까 완벽하군."

"두 번째로 춤출 때는 정말 영광이었어. 그렇게 관심받을 줄 몰랐어."

"몰랐다고? 난 그럴 줄 알았지. 그게 우리 사이의 큰 차이야. 언니는 관심을 받을 때 놀라지만 난 절대 아니야. 빙리가 언니에게 관심을 갖는 게 뭐가 놀라워? 언니가 다른 여자들보다 다섯 배는 더 예쁜데 그걸 그 사람이 모를 리가 없지. 박력 있게 나왔다고 감동할 거 없어. 어쨌든 그 사람 확실히 괜찮던데, 좋아하라고 허락해 줄게. 더 멍청한 사람들도 많이 좋아했잖아."

"리지!"

"뭘! 언니는 사람들을 너무 쉽게 좋아해. 누구 흠잡는 걸 못 봤어. 언니 눈엔 세상이 착하고 좋게만 보이지. 누구 욕하는 걸 못 들어 봤으니까."

"성급하게 비난하지 않으려고 해. 그래도 언제나 내 생각을 말하잖아."

"알아. 그래서 놀랍다니까. 그런 분별력을 가지고 있으면서 사람들의 어리석음과 멍청함을 진짜로 안 보잖아! 착한 척하는 건 흔해. 어딜 가나 널렸으니까. 하지만 꾸미거나 의도하지 않고 그냥 착한 것, 모든 사람의 장점을 보고 그걸 더 좋게 만들어 주고 나쁜 점을 얘기하지 않는 것은 언니만 할 수 있어. 그래서 말인데, 그 누이들도 좋다는 거야? 매너가 그보다 못하던데."

"못하지. 처음엔 그랬어. 하지만 대화를 나눠 보니까 괜찮은 사람들이야. 빙리 양은 오빠와 함께 살면서 살림을 보살펴 줄 거래. 내가 잘못 본 게 아니라면 그녀는 멋진 이웃이 될 거야."

엘리자베스는 묵묵히 들었지만 수긍할 수 없었다. 무도회에서 그들의 행동은 사람들에게 잘 보이고 싶어 하는 게 아니었다. 언니보다 눈썰미가 좋고 기질이 더 단호한데다 자신에게 관심을 가져도 흔들리지 않는 그녀는 그들을 인정할 수 없었다. 사실 그들은 세련된 숙녀들이었다. 기분 좋을 때는 상냥했고 마음만 먹으면 유쾌한 사람들이었다. 하지만 오만하고 잘난 체했다. 미인 축에 들고, 런던의 일류 기숙 학교에서 교육받았고, 이만 파운드의 재산으로 분수보다 넘치게 쓰면서 상류층 사람들과 사귀는 버릇이 있었다. 그렇게 사니까 자기들이 모든 면에서 대단하고 다른 사람들은 별 볼 일 없다고 생각해도 괜찮은 줄 알았다. 그들은 잉글랜드 북부의 점잖은 집안 출신이다. 이 사실이 자기 집안이 기껏 장사로 재산을 모았다는 사실보다 더 뇌리에 깊이 박혀 있었다.

빙리는 아버지로부터 거의 십만 파운드에 이르는 재산을 물려받았는데, 그의 아버지는 장원을 사고 싶어 했지만 생전에 이루지 못했다. 빙리도 아버지처럼 장원을 원했고 때로는 장소를 물색하기도 했다. 하지만 이제 좋은 집에 수렵권도 얻고 나니 그의 여유로운 기질을 잘 아는 지인들은 그가 네더필드에서 여생을 보내며 장원을 마련하는 일을 다음 세대로 떠넘기지 않을까 의심했다.

누이들은 그가 장원을 사서 정착하기를 바랐다. 지금 겨우 세를 들었는데도 빙리 양은 오빠의 식탁을 책임지기를 마다하지 않았고, 재력가가 아닌 멋쟁이 신사와 결혼한 허스트 부인은 남동생 집을 자기 집처럼 들락거리는 데 조금도 주저하지 않았다. 빙리는 성년이 되고 두 해가 채 지나지 않았을 때' 우연히 추천받은 네더필드 저택에 매료되었다. 삼십 분 정도 집을 둘러보고 위치와 방을 모두 마음에 들어 하더니 집주인의 자랑에 솔깃해서 금방 계약해 버렸다.

빙리와 다아시는 성격이 완전히 상반되는데도 오랜 우정을 이어왔다. 다아시는 빙리의 편안함과 솔직함, 유연함을 소중하게 여겼고, 그런 성격이 자신과 완전히 대조되지만 그렇다고 자신의 성격이 불만스러운 것 같지는 않았다. 빙리는 다아시의 깊은 우정을 전적으로 믿었고, 그의 판단력을 높이 평가했다. 이해력은 다아시가 월등했다. 빙리도 부족하진 않았지만, 다아시는 영리했다. 또한 그는 자존심이 강하고 내성적이고 깐깐하고, 매너는 잘 교육받았지만 싹싹한 데가 없었다. 바로 이런 면에서는 그의 친구가 훨씬 유리했다. 빙리는 가는 곳에서마다 사람들의 호감을 끌었다면 다아시는 계속 사람들을 불쾌하게 만들었다.

이는 그들이 메리턴 무도회를 두고 하는 말을 들어 보면 충분히 드러난다. 빙리는 이보다 더 기분 좋은 사람들과 예쁜 아가씨들을 만나 본 적이 없었다. 모두들 아주 친절하게 관심을 보여 주었고 형식적인 예의나 딱딱함이 없었다. 다들 금방 친해졌다. 그리고 베넷 양보다 더 아름다운 천사를 떠올릴 수 없었다. 반면에 다아시 눈에는 아름다움도 사회적 지위도 없는 사람들만 보였고, 그 누구에게도 조금의 흥미를 느낄 수 없었고 누구로부터 관심이나 즐거움을 받지도 않았다. 베넷 양은 예쁘긴 한데 너무 많이 웃었다.

허스트 부인과 빙리 양도 이 점에 동의했지만, 그래도 그녀를 칭찬하고 좋아했으며, 착한 아가씨라고 평가하면서 더 친해지고 싶다고 했다. 그렇게 베넷 양이 착한 아가씨로 통하자 빙리는 누이들에게 그녀를 원하는 대로 좋아해도 괜찮다는 허락을 받은 기분이었다.

5장

　롱본에서 조금만 걸어가면 베넷 집안이 각별히 가깝게 지내는 가족이 있다. 윌리엄 루카스 경은 예전에 메리턴에서 장사를 해 꽤 돈을 벌었고 거기서 시장을 맡았던 동안 왕에게 소청을 넣어 기사 작위를 받았다. 그 영광이 그에게는 너무 대단하게 여겨졌 던 모양이다. 그는 자신의 일과 작은 시장 마을에 있던 자신의 집 을 혐오했다. 일과 집을 버리고 메리턴에서 일 마일 정도 떨어진 집으로 가족을 데리고 이사 가서 루카스 저택이라고 이름 짓고는 자신의 지위를 즐기면서 일에 방해받지 않고 오로지 세상 사람들 에게 친절하게 대하는 데에만 집중하며 지냈다. 자신의 지위에 우 쭐하긴 했지만 거만하지는 않았다. 오히려 모든 사람에게 예의 바 르게 대했다. 천성이 부드럽고 다정하고 친절한 데다 세인트 제임 스 궁에서 왕에게 작위를 받은 이후로 궁정 풍의 예의를 차렸다.

　루카스 여사는 꽤 괜찮은 사람이고, 너무 영리하지 않아서 베넷 부인에게 소중한 이웃이었다. 그들에겐 몇 명의 자녀가 있었다. 맏 이는 분별력 있고 똑똑한 스물일곱 살의 아가씨로 엘리자베스의 절친한 친구였다.

　루카스 집안 딸들과 베넷 집안 딸들이 함께 무도회에 대해 수다 를 나누는 것은 당연했다. 무도회 다음 날 아침 루카스 집안 딸들 이 롱본에 와서 이야기를 나눴다.

　"어제저녁에 시작이 좋더구나, 샬럿." 베넷 부인이 루카스 양에 게 점잖게 자제하면서 말했다. "빙리가 처음에 너를 골랐지."

　"그랬죠. 하지만 두 번째 고른 아가씨를 더 좋아하던걸요."

　"그래! 제인 말이다, 두 번이나 춤췄으니까. 확실히 제인을 좋아 하는 것 같던데, 실은 그렇게 믿고, 그런 말도 들었고, 잘 모른다만, 로빈슨 씨에 관한 얘기던가."

"제가 들은 빙리 씨와 로빈슨 씨의 대화를 말씀하시나 본데요. 제가 말씀드렸죠? 로빈슨 씨가 메리턴 무도회가 어떤지, 예쁜 아가씨들이 많은지, 누가 가장 예쁜지 빙리 씨에게 물었더니 그가 마지막 질문에 당장 이렇게 대답했다죠. 무조건 베넷 양이 제일 예쁘고 이에 대해서는 다른 의견이 있을 수 없다고요."

"그것 봐라! 정말 확실한 대답인데, 마치, 음, 그래도 아무 일도 없을지도 모른다만."

"내가 들은 말이 네가 들은 것보다 더 쓸모 있네, 일라이자." 샬럿이 말했다. "다아시는 그 친구만큼 엿들을 가치가 없었지? 불쌍한 리지! 단지 그럭저럭 봐 줄 만하다니."

"그 사람 무례했던 얘기는 리지에게 꺼내시도 마라. 그렇게 재수 없는 사람이 좋아한다면 그게 엄청난 불행이다. 어젯밤에 롱 부인이 그러던데 자기 옆에 반 시간 동안 앉아 있으면서 한마디도 안 했다더라."

"정말이에요, 어머니? 오해 아니에요?" 제인이 말했다. "롱 부인과 대화하는 걸 분명히 봤거든요."

"그건 롱 부인이 결국 네더필드를 좋아하느냐고 물어서 대답을 안 할 수가 없었던 거야. 말 걸었다고 엄청 화난 것 같더란다."

"빙리 양이 그러던데요, 친한 사람들과 함께 있지 않을 때는 말이 없대요." 제인이 말했다. "그들과 함께 있을 때는 아주 유쾌하고요."

"난 하나도 안 믿는다. 그렇게 유쾌한 사람이라면 롱 부인에게 말을 걸었어야지. 내 짐작은 이렇다. 오만으로 똘똘 뭉친 인간이라고 다들 말하니까 말이다, 그가 롱 부인이 마차가 없어서 전세 마차로 무도회에 왔다는 소식을 들은 거야."

"롱 부인과 대화를 나누지 않는 건 괜찮아요." 루카스 양이 말했다. "그래도 리지와 춤췄더라면 좋았을걸."

"다음에 말이다, 리지." 어머니가 말했다. "내가 너라면 그 사람과는 춤추지 않는다."

"그와 절대 춤추지 않는다고 약속할게요."

"보통 오만을 싫어하는데, 그의 오만에는 이유가 있으니까 괜찮아." 루카스 양이 말했다. "집안, 재산, 뭣 하나 부족함 없는 훌륭한 신사라면 자신을 대단하다고 여길 법하잖아. 이렇게 말해도 된다면, 그는 오만할 권리가 있지."

"맞는 말이야." 엘리자베스가 대답했다. "그가 내 자존심을 모욕하지 않았다면 그의 오만을 쉽게 용서했을 거야."

"오만은 몹시 흔한 결함이야." 메리가 견고한 사고력을 뽐내며 끼어들었다. "내가 읽은 모든 것을 종합해 볼 때, 그건 정말 흔하고 인간 본성이 빠지기 쉽고 또 현실이든 상상이든 어떤 자질에 대해 우쭐하는 마음을 간직하지 않는 사람은 우리들 중 거의 없어. 허영과 오만은 종종 동의어처럼 쓰이지만 달라. 허영을 부리지 않고도 오만할 수 있어. 오만은 우리가 스스로를 생각하는 것과 연관되고 허영은 다른 사람이 우리를 어떻게 생각해 주기를 바라는 것과 연관되니까."

"내가 다아시처럼 부자라면 얼마나 오만한지 신경 쓰지도 않을 거예요." 누나들과 함께 온 어린 루카스가 말했다. "사냥개를 여러 마리 키우고, 매일 포도주를 한 병씩 마셔야지."

"그렇게 많이 마시면 안 된다." 베넷 부인이 말했다. "내 눈에 띄면 술병을 빼앗고 말거다."

소년은 그러지 말라고 항의했다. 그녀가 계속 그럴 거라고 주장하는 바람에 그들의 말싸움으로 방문이 끝났다.

6장

롱본의 숙녀들이 곧 네더필드의 숙녀들을 방문했다. 그리고 답방이 적절하게 이루어졌다. 베넷 양의 상냥한 예의는 점점 허스트 부인과 빙리 양의 마음에 들었다. 어머니는 못 봐 줄 정도였고 어린 여동생들은 대꾸할 가치도 없었지만, 맏딸과 둘째 딸에게는 앞으로 친하게 지내고 싶다고 인사했다. 제인은 굉장히 기뻤다. 엘리자베스는 그들이 심지어 제인까지 포함해서 모든 사람에게 거만하게 구는 게 마음에 들지 않았다. 제인에 대한 친절은 대단치는 않지만 빙리가 품은 애정에 영향받았을 가능성이 높다는 점에서 가치가 있긴 했다. 그들이 만날 때면 빙리가 제인을 좋아한다는 게 누가 봐도 분명했다. 그리고 엘리자베스가 보기에 제인은 처음부터 빙리를 향해 품었던 호감을 간직한 채 그와 사랑에 빠질 것 또한 분명했다. 하지만 이를 세상 사람들은 모를 것 같아서 흐뭇했는데, 제인이 강렬한 감정, 차분한 기질, 한결같은 명랑한 예의를 골고루 갖추고 있어서 사람들이 무작정 넘겨짚으면서 의심할 수 없도록 조심하기 때문이었다. 이를 친구 루카스 양에게 말했다.

"그렇게 세상 사람들을 속인다면 다행이야." 샬럿이 대답했다. "그런데 너무 조심하면 불리할 수 있어. 그렇게 감정을 감추면 그를 차지할 기회를 잃을지도 몰라. 그러고 나면 여전히 세상 사람들이 아무것도 모른다고 믿으면서 초라하게 위로하기밖에 더 하겠어. 모든 애정에는 고마움이라든가 허영심이 넘치게 깃들어 있는 법이라 그냥 내버려 두면 안 돼. 시작은 누구나 할 수 있고, 약간의 호감만 있으면 충분해. 하지만 아무도 격려하지 않는데 진짜로 사랑에 빠질 수 있는 사람은 거의 없어. 열에 아홉은 여자 쪽에서 느끼는 것보다 더 보여 줘야 해. 빙리가 분명 제인을 좋아하긴 하지만, 제인이 계속 호응하지 않으면 그는 그냥 좋아하다 말 거야."

"제인은 나름대로 할 수 있는 한 그에게 호응하고 있어. 빙리를 향한 애정이 내게도 보이는데 그가 정말 멍청하지 않다면 모를 리가 없어."

"일라이자, 그는 제인의 성격을 너처럼 잘 알지 못해."

"여자가 남자에게 잘해 주고 그걸 굳이 감추지 않는데 남자가 왜 모르겠어."

"여자를 충분히 만난다면 남자가 알겠지. 빙리와 제인이 자주 만나긴 하지만 다 합쳐서 몇 시간 되지도 않아. 그리고 항상 여러 사람들과 어울려서 만나니까 그때마다 두 사람만 따로 대화를 나누기는 불가능해. 제인이 빙리의 관심을 끌 수 있는 시간을 그때그때 최대한 활용해야 한다고. 일단 그를 확실하게 잡은 다음에 사랑에 빠질 여유는 얼마든지 있으니까."

"오로지 잘 결혼하겠다는 목표만이 중요하다면 그럴듯한 계획이겠네." 엘리자베스가 대답했다. "내가 부자 신랑을, 아니, 어떤 신랑이든 얻겠다고 달려들 요량이면 그 계획을 따르겠어. 하지만 제인은 그렇지 않아. 그런 의도가 없어. 아직 그에 대한 관심이 어느 정도인지, 그래도 괜찮은지조차도 확신할 수 없는 상태야. 만난 지 겨우 이 주일 지났어. 메리턴 무도회에서 네 번 춤췄고. 오전 방문이 한 번 있었고 그 다음엔 사람들과 어울려 저녁 식사를 네 번 했어. 그를 이해하기에는 충분하지 않아."

"그렇게만 생각하지 마. 그냥 저녁만 함께 먹었다면 그의 식욕이 좋은지 아닌지만 알겠지. 나흘 저녁을 함께 보냈다는 사실을 기억해 봐. 나흘 저녁은 대단한 거야."

"그래. 나흘 저녁을 보내면서 두 사람 모두 커머스 놀이보다 빙텐 놀이를* 더 좋아한다는 걸 파악한 정도야. 다른 중요한 특징에 대해서는 얼마나 아는지 모르겠어."

"제인이 잘되길 진심으로 바라." 샬럿이 말했다. "그녀가 당장 내일 그와 결혼한다고 해도 일 년 열두 달 그를 연구한 다음에 결혼하는 것만큼이나 행복할 가능성이 있다고 봐. 결혼의 행복은 완전히 운에 달렸거든. 서로 성격을 잘 안다든가 애초에 서로 닮았다고 해서 더 행복하진 않아. 어차피 나중에는 남남처럼 될 거고 괴롭긴 마찬가지야. 평생을 함께 보낼 사람의 약점은 될 수 있으면 모르는 게 나아."

"재미있는 얘기야, 샬럿. 하지만 옳지 않아. 너도 알고 있을 테니설마 그런 식으로 행동하진 않겠지."

엘리자베스는 언니를 바라보는 빙리를 관찰하느라 바빠서 그의 친구가 자신을 주목하고 있다는 사실을 전혀 몰랐다. 다아시는 처음에 그녀의 미모를 거의 몰라봤다. 무도회에서 봤을 때 예쁘다고 생각하지 않았다. 그다음에 만났을 때에는 오로지 흠잡으려고 쳐다봤다. 그런데 이목구비가 반듯하지 않다고 친구들에게 선언하자마자, 검은 눈동자의 아름다움 덕분에 그녀의 얼굴이 흔히 볼수 없는 지적인 분위기를 풍긴다는 점을 깨달았다. 당황스러운 발견은 계속 이어졌다. 날카로운 시선으로 그녀의 몸에서 균형이 맞지 않는 곳을 한 군데 이상 찾아냈음에도 전체적으로 발랄하고 좋았다. 그녀의 매너가 사교계의 유행을 따라오지 못한다고 단언했지만 그녀의 가벼운 장난기에 끌리고 말았다. 그녀는 전혀 눈치채지 못했다. 그는 어딜 가든 뚱한 사람이고 자신이 충분히 아름답지 않아서 춤추기 싫다고 했던 남자일 뿐이었다.

그는 그녀를 더 알고 싶은 마음에, 대화를 나누는 첫걸음으로 그녀가 다른 사람들과 나누는 대화에 끼어들었다. 그런 행동을 그녀가 알아챘다. 윌리엄 루카스 경의 집에서 큰 모임이 있던 날이었다.

"내가 포스터 대령과 대화하는 걸 다아시가 왜 들었을까?" 그녀가 샬럿에게 물었다.

"다아시에게 물어야겠네."

"또 그러면 따져서 꿍꿍이가 뭔지 알아낼 거야. 나를 비웃는 눈길로 보던데, 내가 먼저 건방지게 치고 나가지 않으면 금세 그를 두려워하겠지."

곧이어 그가 이들에게 말 걸려는 의도가 없는 듯한 모습으로 다가오자 루카스 양은 엘리자베스에게 따지지 말라고 말렸지만, 오히려 그게 자극이 됐는지 그녀는 그를 향해 돌아서며 이렇게 말했다.

"다아시 씨, 내가 방금 포스터 대령에게 메리턴에서 무도회를 열어 달라고 조르는 걸 보고 똑 부러지게 말한다고 생각했죠?"

"열정적으로 말하더군요. 항상 숙녀를 열정적으로 만드는 주제니까요."

"우리에게 엄격하네요."

"이제 애를 조를 차례예요." 루카스 양이 끼어들었다. "일라이자, 피아노를 열어 줄 테니 그 다음은 알아서 해."

"넌 정말 이상한 친구야! 아무 앞에서나 연주하고 노래하라니! 내 허영심이 음악 쪽으로 나갔으면 넌 소중한 친구가 됐겠지만, 지금 보다시피 난 정말이지 최상급의 연주를 들어 온 사람들 앞에서 연주하고 싶진 않아." 루카스 양이 계속 권유하자 그녀가 대답했다. "좋아. 그래야 한다면 할 수 없지." 다아시를 진지하게 바라보며 말했다. "여기 사람들이 다 아는 멋진 옛말이 있죠. '너의 죽을 식히려면 숨을 죽여라.' 노래를 잘 부르기 위해선 내 숨을 죽여야겠죠."

연주는 빼어나지 않았지만 듣기 좋았다. 한두 곡을 마친 후에 계속 불러 달라는 요청에 미처 대답하기도 전에 동생 메리가 얼른 나서서 자리를 이어받았는데, 그녀는 딸들 가운데 유독 인물이 없어서 지식과 교양에 매진해 왔고 언제나 그걸 보여 주려 안달했다.

메리는 타고난 재주도 안목도 없었다. 허영심이 있어서 연습은 열심히 했지만 현학적이고 잘난 척하는 태도 탓에 연주가 더 뛰어난 수준에 도달했더라도 그걸 망쳤을 것이다. 엘리자베스의 실력은 메리의 반도 못 따라갔지만 편안하고 꾸밈없어서 듣는 사람들을 더 즐겁게 했다. 긴 협주곡을 마친 메리는 여동생들의 신청을 받아 스코틀랜드와 아일랜드 곡을 연주해 주고 칭찬과 감사 인사를 들었는데, 이 연주에 맞추어 여동생들, 루카스 집안 딸들과 두세 명의 장교들은 방 한쪽에서 춤추었다.

대화를 나누지 못하고 저녁을 보내는 것에 조용히 분노한 채 그들 옆에 서 있던 다아시는 혼자 생각에 너무 몰두한 나머지 윌리엄 루카스 경이 말을 꺼내기 전에는 그가 옆에 있는지도 몰랐다.

"젊은 사람들에겐 정말 매력적인 시간이죠, 다아시 씨! 무도회만 한 것도 없어요. 난 춤이 세련된 사회의 일류 오락이라고 봅니다."

"물론입니다. 춤은 덜 세련된 사회에서 유행을 이끄는 장점 또한 갖고 있어요. 야만인도 춤은 출 줄 아니까요."

윌리엄 경은 웃기만 했다. 그러고는 잠시 멈추었다가 빙리가 춤추는 대열에 합류하는 것을 보고 계속 말했다. "친구 분은 춤 솜씨가 훌륭합니다. 다아시 씨도 이 분야에 분명 능숙하지요."

"메리턴 무도회에서 보신 대로입니다."

"물론 그때 아주 즐겁게 잘 봤습니다. 세인트 제임스 궁에서 자주 춤춥니까?"

"그런 적 없습니다."

"무도회가 궁정에 대한 적절한 영예라고 생각하지 않습니까?"

"피할 수만 있다면 그런 영예는 어떤 장소에도 부여하고 싶지 않습니다."

"런던에 집이 있지요, 분명?"

다아시가 끄덕였다.

"나도 한때 런던에 정착할까 했습니다. 상류 사회가 좋아서 말입니다. 하지만 런던의 공기가 루카스 부인에게 맞을지 확신할 수 없었지요."

그는 대답을 듣고 싶어서 말을 멈추었다. 그러나 상대는 대꾸할 마음이 없었다. 이때 엘리자베스가 이들을 향해 다가오자 그는 굉장히 신사답게 예의를 차리고 싶은 마음에 그녀를 불러 세웠다.

"일라이자 양, 왜 춤 안 춰? 다아시 씨, 이 아가씨를 아주 탐나는 짝으로 소개하고 싶습니다. 이렇게 아름다운 아가씨가 앞에 있는데 안 추다니요." 그리고 그녀의 손을 잡고서 다아시에게 넘기려 하자, 그는 매우 놀라긴 했지만 마다할 생각은 없었으나, 그녀가 즉시 손을 빼며 윌리엄 경에게 약간 불만스럽게 말했다.

"아저씨, 저는 전혀 춤추고 싶지 않아요. 짝을 찾아 이쪽으로 온 거라고 짐작하지 마세요."

다아시가 진중한 예의를 갖추어 춤추고 싶다고 부탁했다. 소용없었다. 엘리자베스는 단호했다. 윌리엄 경이 설득했지만 꿈쩍도 안 했다.

"일라이자 양, 춤 솜씨를 안 보여 주다니 너무해. 이 신사는 오락은 안 즐기지만, 삼십 분은 봐줄 텐데 말이야."

"다아시 씨야 워낙 정중하니까요." 엘리자베스가 웃으며 말했다.

"그렇지. 이렇게 짝이 매력적인 마당에, 일라이자 양, 정중하게 수락하는 게 당연하기도 하고. 이런 짝을 누가 거절하겠어?"

엘리자베스는 장난스럽게 쳐다보다 가 버렸다. 그는 그녀의 거절이 밉지 않았다. 오히려 만족감을 느끼며 그녀를 생각하고 있는데, 빙리 양이 다가와 말을 걸었다.

"무슨 공상을 하는지 맞춰 볼까요."

"모를 겁니다."

"여러 날 저녁을 이 사람들과 이렇게 보내려니 못 참겠죠. 나도 그래요. 짜증나 죽겠어요! 지루한데 소란스럽죠. 별 볼 일 없는데 잘난 줄 아는 사람들! 이 사람들 한바탕 흉보고 싶으면 내가 다 들어 줄게요!"

"완전히 잘못 짚었어요. 난 훨씬 기분 좋은 생각을 하고 있어요. 어여쁜 아가씨의 아름다운 두 눈이 얼마나 큰 기쁨을 주는지 생각하고 있거든요."

빙리 양은 말이 떨어지기 무섭게 그를 뚫어져라 보면서 어떤 아가씨인지 물었다. 다아시가 대담하게 대답했다.

"엘리자베스 베넷 양."

"엘리자베스 베넷 양!" 빙리 양이 반복했다. "충격적이군요. 얼마나 오래 됐나요? 언제 축하하면 될까요?"

"그렇게 나올 줄 알았어요. 숙녀의 상상력은 워낙 빠르죠. 한순간에 연모에서 사랑으로 사랑에서 결혼으로 달려가는군요. 축하해 줄 줄 알았어요."

"아닌 게 아니라 이렇게 진지하게 나오는 걸 보니 완전히 결정한 모양이네요. 대단한 장모님이 생길 테고, 그럼 그분은 펨벌리에 눌러앉겠네요."

이렇게 놀리는데도 그는 완전히 덤덤했고, 그가 침착하게 나오자 그녀는 모든 게 안전하다고 확신했는지 한동안 더 놀렸다.

7장

베넷 씨의 재산은 이천 파운드의 수입이 나오는 장원이 전부였고, 딸들에게는 불행하게도 아들 상속자가 없는 탓에 이 장원은 먼 친척에게 상속되도록 묶여 있었다.* 어머니의 재산은 그녀의 처지에서는 풍족했지만 남편의 가난을 메우긴 부족했다. 메리턴의 변호사였던 그녀의 아버지는 그녀에게 사천 파운드를 남겨 주었다.

그녀의 여동생은 필립스 씨와 결혼했는데, 그는 아버지의 비서였다가 나중에 일까지 물려받았고, 남동생은 런던에서 괜찮은 사업에 종사하고 있었다.

롱본 마을은 메리턴에서 일 마일 떨어져 있었다. 딸들이 일주일에 서너 번 이모 집을 방문하거나 또는 그 길에 양품점에 들르기 편리한 거리였다. 어린 캐서린과 리디아가 특히나 자주 다녔다. 둘은 언니들보다 생각이 없어서, 할 일이 없을 때면 오전에 메리턴까지 걸어갔다 와서 저녁의 화젯거리로 삼았다. 지방에 별다른 새 소식이라고 할 것도 없지만 이모를 만나 기어이 얘깃거리를 만들어 내곤 했다. 지금은 마을에 민병대*가 도착하는 바람에 소식이 넘쳐나서 행복해했다. 연대는 겨울 내내 머물 예정으로 메리턴에 사령부를 차렸다.

필립스 부인을 방문하면 아주 흥미진진한 정보가 쏟아졌다. 장교들의 이름과 배경에 대한 정보가 나날이 늘었다. 숙소를 알아내고 결국 찾아가 만나기 시작했다. 필립스 씨가 장교들을 먼저 방문함으로써 조카딸들에게 예전에 경험해 보지 못한 행복을 맛보게 해 주었다. 그들은 장교들에 대해 수다 떠는 데에 푹 빠져 있었다. 어머니를 신나게 했던 빙리의 큰 재산 따위는 소위 군복에 비하면 하찮았다.

어느 날 아침 그들의 넘쳐나는 수다를 듣던 베넷 씨가 냉정하게 말했다.

"말하는 꼴을 보니 너희 둘이 이 마을에서 가장 멍청한 애들이구나. 그런 줄 짐작하고 있었다만 오늘 아침에 확신이 든다."

캐서린이 당황해서 아무 말도 못 했다. 그러나 리디아는 들은 척도 안 하고 카터 대위가 좋다느니 그가 내일 아침에 런던으로 가기 전에 오늘 낮에 보고 싶다느니 하면서 계속 떠들었다.

"어쩌면 자식들에게 멍청하다고 할 수 있어요." 부인이 말했다. "누구네 자식을 흉봤으면 봤지 내 자식들은 아니에요."

"내 자식들이 멍청하다면 난 알고 있어야겠소."

"그럼요. 그런데 어쩌나, 하필 다들 똑똑하다고요."

"우리가 서로 동의하지 않는 유일한 사안이 바로 이것이오. 모든 사소한 부분에서 찰떡궁합이길 바랐건만, 당신과 다르게 난 어린 애 둘을 아주 멍청하다고 생각할 수밖에 없소."

"아이들에게 아버지나 어머니와 같은 분별력을 가지기를 바라면 안 돼요. 아이들이 우리 나이가 되면 장교 생각을 왜 하겠어요. 나도 붉은 군복의 남자를 좋아했던 시절이 있었고, 사실 지금도 마음속으로는 그래요. 연 수입 오육 천 파운드를 가진 젊고 참신한 대령이 우리 딸을 달라면 기꺼이 주겠어요. 저번에 윌리엄 경의 집에서 보니까 포스터 대령은 군복이 진짜 잘 어울리더라고요."

"엄마." 리디아가 떠들었다. "이모가 그러던데 포스터 대령과 카터 대위가 요즘 왓슨 양 집에 예전처럼 자주 안 간대. 클라크 순회 도서관*에서 자주 본다더라."

마침 베넷 양에게 편지를 가져온 하인이 들어오는 바람에 베넷 부인은 미처 대답하지 못했다. 편지는 네더필드에서 왔고, 하인이 답장을 기다렸다. 부인은 기쁨이 넘치는 눈을 반짝이며 딸이 편지를 읽는 동안 계속 다그쳤다.

"그래, 제인, 누구야? 뭐야? 뭐라고 썼어? 제인, 빨리 말하렴. 어서."

"빙리 양이 보냈어요." 이렇게 대답하며 제인이 편지를 소리 내어 읽었다.

친애하는 아가씨,

루이자와 나와 함께 저녁 식사를 해 줄 동정 어린 마음이 없다면 언니와 나는 평생 서로 싫어하면서 살 텐데요, 두 여자가 하루 종일 머리를 맞대고 있으면 꼭 싸움이 나거든요. 편지 받는 즉시 와 줘요. 오빠와 신사들은 장교들과 외식하러 나간답니다.

당신의 친구,
캐롤라인 빙리.

"장교들!" 리디아가 소리쳤다. "이모가 그런 말 안 했잖아."

"외식이라니." 베넷 부인이 탄식했다. "운도 없네."

"마차로 가도 되죠?" 제인이 물었다.

"아니다. 비가 쏟아질 것 같으니까 말 타고 가야지. 하룻밤 묵어야 한다."

"좋은 작전 같은데요." 엘리자베스가 말했다. "그들이 언니를 마차에 태워 돌려보내지 않는다면요."

"그렇지! 남자들은 빙리 마차로 메리턴에 나갈 거다. 허스트 부부는 따로 말이 없어."

"마차로 가고 싶은데."

"근데 아버지가 말을 여러 마리 내줄 수 없단다. 농장에 내줘야 하니까, 여보, 그렇죠?"

"다 못 내줄 정도로 자주 필요하지."

"오늘 농장에 내주셨으면 어머니 말씀대로 되겠네요." 엘리자베스가 거들었다.

아버지는 결국 농장에서 쓴다고 인정했다. 제인은 마차 대신 말을 타고 가는 수밖에 없었고, 어머니는 문까지 따라 나와서 날씨가 나빠질 거라는 신나는 전망을 쏟아 냈다. 곧 그녀의 희망대로 되었다. 제인이 떠난 지 얼마 되지 않아 비가 퍼부었다. 여동생들은 걱정했지만 어머니는 환호했다. 비는 저녁 내내 쉬지 않고 내렸다. 당연히 제인은 돌아올 수 없었다.

"운 좋게 내 생각대로 됐어!" 부인은 마치 폭우가 자신의 업적인 양 몇 번이고 이렇게 말했다. 그러나 다음 날 아침까지도 부인은 자신이 고안해 낸 행복을 전부 알지 못했다. 아침 식사가 끝나지도 않았을 때 네더필드에서 하인이 와서 엘리자베스에게 이런 쪽지를 전했다.

　　리지에게,

　　어제 비를 흠뻑 맞아서 그런지 오늘 아침에 영 몸이 좋지 않아. 친절한 친구들은 내가 회복되어야 집으로 보내 주겠대. 존스 씨를 부르겠다니까, 그가 나를 진료하러 갔다는 소식 들어도 놀라지 말고, 목이 아프고 두통이 있는 것 말고 큰 문제는 없어.

　　그럼 이만.

"자, 여보." 엘리자베스가 쪽지를 소리 내어 읽자 베넷 씨가 말했다. "딸이 위험한 병에라도 걸려 죽는다면 그게 다 당신의 명령에 따라 빙리를 쫓아다니다가 당한 일이니 그것 참 위안이 되겠소."

"세상에! 죽긴 누가 죽어요. 그까짓 감기 걸렸다고 안 죽어요. 잘 보살펴 주겠죠. 거기서 요양한다면 좋은 일이죠. 마차만 있다면 가 볼 텐데."

엘리자베스는 정말 걱정이 되어서 마차가 없어도 제인에게 가 보기로 했다. 그녀는 말을 탈 줄 몰라서 걸어가는 수밖에 없었다. 그녀가 결심을 밝혔다.

"진흙 밭을 걸어갈 생각을 하다니 말도 안 된다!" 어머니가 나무랐다. "도착하면 사람들에게 아주 좋은 꼴을 보여 주겠구나."

"내가 언니를 보러 가는 거고, 보기만 하면 되잖아요."

"리지, 마차를 내달라는 뜻이냐?"

"아뇨. 걷는 게 좋아요. 마음만 먹으면 거리는 괜찮아요. 삼 마일 밖에 안 되잖아요. 저녁 식사 때까지 올게요."

"박애 정신을 실천하다니 존경해." 메리가 말했다. "하지만 감정의 충동은 이성의 지도를 받아야지. 내 생각엔 실천은 항상 필요에 비례해야 해."

"메리턴까지 언니랑 같이 갈게." 캐서린과 리디아가 나섰다. 엘리자베스가 동행을 받아들여서 셋이 함께 출발했다.

"서둘러 가면 카터 대위가 떠나기 전에 그림자라도 볼지 몰라." 걸어가면서 리디아가 말했다.

세 사람은 메리턴에서 헤어졌다. 두 여동생은 장교 아내들이 머무는 숙소에 들렀고, 엘리자베스는 혼자 계속 걸었다. 빠른 걸음으로 들판을 건너고 조급한 마음으로 재빠르게 울타리의 계단과 웅덩이를 뛰어넘어 드디어 집이 보이는 곳에 이르렀을 때, 복사뼈가 시큰거렸고 양말은 더러워졌으며 얼굴은 열기로 화끈거렸다.

그녀가 조찬실로 안내받아 가자 제인을 빼고 모두 모여 있었고, 그녀의 모습에 다들 굉장히 놀랐다. 이른 아침에 진흙 밭을 혼자 삼 마일이나 걸어왔다는 사실을 허스트 부인과 빙리 양은 믿을 수 없었다. 엘리자베스는 그들이 자신을 경멸하고 있다고 확신했다. 그래도 그들은 정중하게 인사했다. 빙리의 매너는 정중함 이상이었다. 자상하고 친절했다. 다아시는 별로 말이 없었고 허스트 씨는 한마디도 안 했다. 다아시는 운동으로 화사해진 안색을 좋아하는 동시에 언니의 병이 이렇게 먼 거리를 혼자 걸어올 정도의 일인가 싶었다. 허스트 씨는 아침 식사 생각뿐이었다.

언니의 상태를 묻자 안 좋은 대답이 돌아왔다. 잘 자지 못했고 아침에 일어나긴 했지만 열이 높아서 못 나왔다고 했다. 엘리자베스는 즉시 언니에게 안내되었다. 제인은 괜히 놀라게 하거나 불편을 끼칠까 봐 어제 보낸 쪽지에는 방문을 얼마나 바라는지 안 썼지만 동생이 들어오자 기뻐했다. 하지만 많이 말하긴 무리여서 빙리 양이 두 사람을 남기고 나가자 그들이 베푸는 커다란 친절에 고맙다는 말만 겨우 할 뿐이었다. 엘리자베스는 조용히 언니를 돌보았다.

아침 식사가 끝나고 빙리 자매가 합류했다. 엘리자베스는 제인에게 각별한 애정과 걱정을 표현하는 그들이 좋아지려 했다. 마을 약사'가 와서 환자를 진찰하더니 아니나 다를까 심한 감기니 잘 보살피라고 일렀다. 침대에서 쉬라고 하고 약을 처방하겠다고 했다. 열이 점점 올랐고 두통이 극심해져서 당장 마을 약사가 시키는 대로 하는 수밖에 없었다. 엘리자베스는 잠시도 방을 나가지 않았고, 빙리 자매도 거의 방을 비우지 않았다. 신사들이 나가 버려서 집 안에서 달리 할 일도 없었다.

세 시가 되자 엘리자베스는 떠나야 했다. 내키지 않지만 가겠다고 했다. 빙리 양이 마차를 내주겠다고 해서 한 번 더 권하면 수락할 마음이었는데, 마침 제인이 동생과 헤어질 걱정을 하는 바람에 빙리 양은 마차를 내주겠다는 제안을 네더필드에 당분간 머물라는 초대로 바꿀 수밖에 없었다. 엘리자베스가 고맙게 받아들이자, 하인이 이 소식을 가족에게 알리고 옷가지를 가져오기 위해 즉시 떠났다.

8장

다섯 시에 빙리 자매가 옷을 갈아입으러 나갔고, 여섯 시 반에 엘리자베스를 저녁 식사에 불렀다. 예의를 차린 질문이 쏟아졌고 그녀는 빙리의 걱정이 단연 돋보여서 흐뭇했으나 좋은 대답을 내놓을 수 없었다. 제인은 조금도 나아지지 않았다. 빙리 자매는 대답을 듣고는 얼마나 속상한지, 독감에 걸리는 게 얼마나 끔찍한지, 병에 걸리는 게 얼마나 싫은지 등등 서너 번 반복했다. 그러고는 그만이었다. 제인이 당장 눈앞에 없으면 무심해지는 그들을 보고 엘리자베스는 애초에 이들을 싫어했던 마음으로 흔쾌히 돌아왔다.

이들 가운데 유일하게 빙리만 마음에 들었다. 제인을 걱정하는 마음이 확연했고, 자신에게도 신경 써 줘서 기분이 좋았고 덕분에 다른 가족이 생각하는 만큼 자신을 불청객으로 느끼지 않을 수 있었다. 그를 제외하고는 아무도 자신을 챙기지 않았다. 빙리 양은 다아시에게 정신이 팔려 있었고, 그녀의 언니도 덜하지 않았다. 옆에 앉아 있는 허스트 씨는 먹고 마시고 카드놀이나 하는 게 으른 사람으로, 엘리자베스가 라구보다 평범한 식사가 좋다고 하자 그만 말문을 닫아 버렸다.

저녁 식사가 끝나고 그녀가 제인에게 돌아가자 빙리 양은 기다렸다는 듯이 험담을 내놓았다. 매너가 정말 엉망이고 자만과 건방이 섞여 있다고 떠벌렸다. 화술도 스타일도 안목도 아름다움도 없다고 했다. 허스트 부인이 동의하면서 덧붙였다.

"한마디로 잘 걷는다는 거 빼고는 뭐 하나 내세울 게 없지. 오늘 아침의 그 꼴을 어떻게 잊겠어. 정말로 거의 미친 것 같더라."

"그러게, 루이자. 난 표정 관리하느라 힘들었다니까. 그 꼴로 나타나다니 믿을 수 없어! 언니가 감기에 좀 걸렸다고 시골길을 걸어와? 머리를 온통 풀어 헤치고!"

"게다가 그 치마. 진흙 밭에 육 인치는 족히 푹 빠진 치마 봤지. 가운을 아무리 내려 덮으려 해도 어림도 없더라니까."

"자세히도 봤군, 루이자." 빙리가 말했다. "난 하나도 못 봤어. 엘리자베스 베넷 양이 오늘 아침 빙에 들어왔을 때 엄청 예쁘기만 하더라. 더러워진 치마는 못 봤다니까."

"다아시 씨는 봤을 거예요." 빙리 양이 말했다. "당신 동생이 그런 꼴로 나타나는 것을 보고 싶진 않겠죠."

"물론입니다."

"발목이 진흙에 빠진 채로 삼 마일, 사 마일, 오 마일, 몇 마일이든, 그것도 혼자서, 아무도 없이! 그렇게 걸어서 뭘 어쩌겠다는 거야? 혐오스러운 종류의 독립심을 가진 척 과시해 봤자 세상의 법도를 모르는 무식한 촌뜨기 짓이지."

"언니를 생각하는 마음이 착하잖아." 빙리가 말했다.

"다아시 씨." 빙리 양이 속삭이듯 말했다. "오늘 아침의 모험이 그녀의 아름다운 두 눈을 연모하는 당신에게 영향을 끼쳤을까 봐 걱정이에요."

"전혀요." 그가 대답했다. "운동을 해서 두 눈이 반짝이던걸요." 잠깐 침묵이 흐르고 허스트 부인이 또 나섰다.

"제인 베넷이 아주 마음에 들고 정말로 착한 아가씨라서 시집을 잘 갔으면 좋겠어요. 그런 부모에다가 지체가 낮은 집안이니까 잘 될 리가 없겠지만."

"이모부가 메리턴에서 변호사로 일한다고 언니가 말했던가."

"그래. 칩사이드' 근처 어디에 사는 외삼촌도 있단다."

"가관이야." 여동생이 이렇게 덧붙이고, 그들은 맘껏 웃었다.

"칩사이드를 메울 정도로 이모부와 외삼촌이 많다고 해도 그들 은 지금보다 조금도 못해지지 않아." 빙리가 나섰다.

"그래도 명망 있는 남자와 결혼할 가능성은 상당히 줄었지." 다 아시가 대꾸했다.

빙리는 아무 대답도 하지 않았다. 누이들은 전적으로 동의했고, 친구의 초라한 친척들을 흉보면서 한참이나 웃고 떠들었다.

그러다가 불현듯 애정을 되찾았는지 식당을 나와서는 그녀의 방 에 갔다가 커피를 마시러 나올 때까지 머물렀다. 상태가 여전히 나 빠서 엘리자베스는 늦은 밤까지 떠나지 않고 있다가 제인이 잠들 자 내키지는 않지만 예의를 차리느라 방을 나와 내려갔다. 모두들 루 놀이를 하고 있다가 그녀가 응접실에 들어서자마자 곧 놀이에 초대했다. 큰돈을 걸고 하는 것 같아서 거절하고, 곧 올라가 봐야 한다는 핑계를 대면서 아래층에 머무는 동안 책을 보며 쉬겠다고 했다. 허스트 씨가 놀라서 엘리자베스를 바라보았다.

"카드놀이보다 책을 좋아한다고요?" 그가 말했다. "독특합니다."

"일라이자 베넷 양은 카드놀이를 혐오하죠." 빙리 양이 거들었 다. "대단한 독서가여서 다른 것에는 재미를 못 느끼나 봐요."

"그런 칭찬도 비난도 받을 자격이 없어요." 엘리자베스가 대답했 다. "대단한 독서가도 아니고, 즐기는 다른 것도 많아요."

"언니 간호를 즐기는 건 분명하네요." 빙리가 말했다. "곧 언니가 회복해서 그 즐거움이 더 커지길 바랍니다."

엘리자베스는 진심으로 고맙다고 인사하고 몇 권의 책이 놓여 있는 탁자로 갔다. 그가 즉시 다른 책을 가져오겠다고 했다. 소장한 책을 전부 말이다.

"장서가 많다면 당신도 좋고 나도 뿌듯할 텐데. 게을러 그렇습니다만, 많지는 않아도 들여다본 것보다는 많습니다."

엘리자베스가 응접실에 들여다본 책으로 충분하다고 대답했다.

"아버지께서 책을 별로 안 남기셔서 놀랐어요." 빙리 양이 말했다. "펨벌리에 정말 멋진 서재를 갖고 있죠, 다아시 씨!"

"괜찮은 서재죠." 그가 대답했다. "세대를 이어 간수해 왔으니까요."

"게다가 아주 많이 보태면서 계속 사들이잖아요."

"요즘 가문의 서재를 방치하는 걸 이해할 수 없습니다."

"당신은 고귀한 집을 아름답게 가꾸는 일은 무엇이든 방치할 리가 없죠. 찰스, 집 장만할 때 펨벌리의 반만큼이라도 따라갔으면 좋겠어."

"나도 그래."

"정말로 그 지역에 집을 장만하고 펨벌리를 모델로 삼길 바란다니까. 잉글랜드에 더비셔보다 더 좋은 곳은 없어."

"그럼. 다아시가 팔기만 한다면 아예 펨벌리를 살 거야."

"가능성 있는 얘기를 해야지, 찰스."

"분명한 건, 캐롤라인, 펨벌리를 흉내 내느니 사는 게 더 가능성 있어."

엘리자베스는 대화에 이끌려 들고 있는 책에 집중할 수 없었다. 곧 책을 완전 밀쳐 두고 카드놀이가 벌어진 탁자로 다가가서 빙리와 그의 누나 사이에 앉았다.

"지난봄 이후 다아시 양은 많이 컸나요?" 빙리 양이 물었다. "나만큼 클까요?"

"그럴 거 같아요. 지금은 엘리자베스 베넷 양보다 조금 더 크려나 모르겠어요."

"진짜 또 만나고 싶어요! 그렇게 마음에 드는 사람은 처음이었어요. 용모와 매너! 어린 나이에 엄청난 교양까지! 피아노 연주는 정교했어요."

"젊은 아가씨들이 그렇게들 인내심을 가지고 교양을 갈고닦는 게 놀라워." 빙리가 말했다.

"다들 교양을 갈고닦는다니! 찰스, 그게 무슨 말이야?"

"다들 교양이 있잖아. 탁자에 그림을 그려 넣고, 벽난로 가리개에 수를 놓고, 지갑을 뜨개질하니까. 이런 걸 못하는 아가씨는 못 봤고, 젊은 아가씨가 소개될 때마다 아주 교양 있다는 소리를 빼놓지 않고 듣잖아."

"일반적인 교양의 범위로는 네 말이 맞아." 다아시가 말했다. "교양 있다는 그 말은 지갑을 뜨거나 가리개에 수놓기만 할 줄 아는 많은 아가씨들에게 적용되니까. 그런데 난 그런 아가씨들을 대체로 높이 평가한 너와는 생각이 달라. 주변에 아는 아가씨들을 통틀어 진정으로 교양 있다고 자랑할 만한 사람은 여섯 명이 채 안 돼."

"동감이에요." 빙리 양이 거들었다.

"그렇다면 당신이 생각하는 교양 있는 여성은 정말 많은 자질을 갖추고 있겠어요." 엘리자베스가 말했다.

"그렇죠. 많은 것이 포함됩니다."

"당연하죠!" 그의 충실한 조수가 나섰다. "보통으로 갖춘 정도를 훨씬 뛰어넘지 않으면 그 누구도 교양 있다는 칭찬을 들을 수 없어요. 그런 말을 들으려면 연주, 노래, 그림, 춤, 몇 가지 외국어를 철저하게 알아야 한다고요. 게다가 풍기는 분위기와 걸음과 목소리의 이조와 언변과 표현 등에서도 확실히 특별해야 하고요, 그렇지 않으면 교양이란 말은 반쪽에 불과해요."

"그걸 다 갖추고 또 더 실질적인 무언가를 보태려면 광범위한 독서로 다듬어진 지성이 있어야죠." 다아시가 덧붙였다.

"교양 있는 여성을 겨우 여섯 명만 안다는 게 그런 뜻이군요. 한 명이라도 아는 게 신기해요."

"불가능하다고 의심하다니 동료 여성에게 인색하군요."

"그런 여성을 본 적이 없을 뿐이에요. 그런 역량과 안목과 노력과 우아함이 당신 말대로 한꺼번에 나타나는 경우를 본 적이 없거든요."

허스트 부인과 빙리 양이 엘리자베스의 의혹이 부당하다면서 이런 묘사에 딱 맞는 여성을 많이 알고 있다고 항의했고, 이때 허스트 씨가 카드놀이의 진행에 관심을 기울이지 않는다고 짜증을 부려 그들의 주목을 끌었다. 그렇게 대화가 멈추자 엘리자베스는 곧 방을 떠났다.

"일라이자 베넷은 남성에게 자기를 돋보이게 하려고 동료 여성을 욕하는 부류예요." 방문이 닫히자 빙리 양이 말했다. "많은 남자들에게 먹히겠죠. 하지만 내가 보기엔 치사한 계략이고 비열한 수작이에요."

"물론입니다." 빙리 양이 들으란 듯이 말했던 대상인 다아시가 이렇게 대답했다. "숙녀들이 남자를 사로잡기 위해 안 그런 척하면서 구사하는 모든 수작은 비열하죠. 술책과 닮은 것은 무엇이든 혐오스러워요."

빙리 양은 이 대답이 마음에 들지 않았는지 대화를 그만두었다.

엘리자베스가 내려와 언니가 더 나빠져서 곁을 지키겠다고 말했다. 빙리는 당장 존스 씨를 부르라고 했다. 그의 누이들은 마을 약사의 처방이 도움이 안 된다며 런던에서 가장 저명한 의사 한 명을 불러오라고 권유했다. 그녀는 이 말을 듣지 않았다. 빙리의 말을 따를 생각이 없지는 않았다. 그래서 베넷 양이 차도를 보이지 않으면 아침 일찍 존스 씨를 부르기로 했다. 빙리는 꽤 불안했다. 누이들은 슬프다고 했다. 그래 놓고는 늦은 저녁*을 먹고 이중창을 부르며 울적함을 달랜 반면, 빙리는 아픈 숙녀와 여동생에게 모든 관심을 다 쏟으라고 가정부에게 지시하는 것 말고는 달리 자신의 감정을 가라앉힐 수 없었다.

9장

언니의 방에서 거의 밤을 새우다시피 한 엘리자베스는 아침 일찍 하녀가 전한 빙리의 문안 인사와 잠시 후에 빙리 자매의 시중을 드는 두 명의 우아한 숙녀들이 보낸 문안 인사를 받고, 다행히도 그럭저럭 괜찮은 대답을 전할 수 있었다. 병세가 나아지긴 했지만 그녀는 어머니가 제인에게 문병 와서 병세를 직접 판단하기를 바라는 마음에 롱본에 쪽지를 보내 달라고 요청했다. 쪽지는 곧 전달되었고 부탁한 대로 곧 문병 온다고 했다. 베넷 부인이 어린 두 딸을 대동하고 네더필드에 도착했을 때, 막 아침 식사가 끝났다.

제인이 정말 위험한 상황에 있었다면 부인은 몹시 참담했을 것이다. 병세가 심각하지 않아서 만족했고, 건강을 회복하면 네더필드를 떠나야 하므로 오히려 바로 회복되지 않았으면 했다. 그래서 집으로 데려가 달라는 딸의 요청을 묵살했다. 비슷한 시간에 도착해서 제인을 본 마을 약사도 그러지 말라고 했다. 제인과 한참 앉아 있자 빙리 양이 올라와서 어머니와 세 딸을 조찬실로 안내했다. 빙리는 부인에게 인사하면서 베넷 양이 걱정한 것보다 더 나쁘지 않기를 바란다고 했다.

"더 나쁘네요." 그녀가 대답했다. "움직이기에는 무리예요. 존스 씨도 옮길 생각을 말라더군요. 베풀어 주는 친절을 더 오래 받을 수밖에요."

"떠나다니요!" 빙리가 반응했다. "그런 생각 마십시오. 분명 제 누이가 그렇게 떠나게 하지 않을 겁니다."

"그럼요, 부인." 빙리 양이 차갑게 예의를 차리며 말했다. "베넷 양이 여기에 머무는 동안 지극히 잘 보살필 거예요."

부인이 고맙다는 인사를 쏟아 냈다.

"이렇게 좋은 친구들이 없었다면 어떻게 됐을지 모르겠네요." 그녀가 덧붙였다. "매사에 잘 참아서 그렇지 정말 심하게 앓고 있고, 또 엄청 아프지만, 이런 순둥이가 없다니까요. 우리 애들에게도 종종 말하지만 애들은 맏이에 비교도 안 됩니다. 빙리 씨, 이 방이 아주 예쁘고 저 자갈길이 보이는 전망이 멋지네요. 지방에서 네더필드만 한 집은 없어요. 계약 기간이 짧던데, 혹시 급하게 떠날 생각은 아니죠."

"전 무슨 일이든 급하게 해치웁니다." 그가 대답했다. "네더필드를 떠나기로 결심했다면, 오 분도 안 되어 바로 출발했을 겁니다. 현재로서는 여기 정착한 기분입니다."

"딱 그런 줄 짐작했답니다." 엘리자베스가 받았다.

"나를 알아보네요, 그렇죠?" 그녀를 향해 이렇게 말했다.

"그럼요! 완전히 이해해요."

"칭찬으로 받고 싶습니다. 그래도 쉽게 간파당하니 한심합니다."

"마침 그렇게 되었네요. 하지만 깊고 복잡한 성격이라고 당신 같은 성격보다 더 훌륭하거나 더 나쁜 건 아니에요."

"리지." 어머니가 나섰다. "장소를 가려서 말하고, 집에서 하듯이 그렇게 멋대로 까불면 안 된다."

"성격 연구가인 줄 몰랐어요." 빙리가 바로 대화를 이어갔다. "흥미롭겠는데요."

"네. 복잡한 성격이 연구하기는 제일 흥미로워요. 복잡한 성격에 적어도 그런 장점은 있어요."

"지방에는 그렇게 연구할 사람이 별로 없는 편이죠." 다아시가 말했다. "지방에서는 매우 제한된 범위에서 똑같은 사람들을 만나니까요."

"그래도 사람들이 워낙 잘 변하니까 계속 새롭게 관찰할 거리가 생겨요."

"그래요." 지방을 언급하는 다아시의 태도가 마음에 들지 않는 베넷 부인이 끼어들었다. "지방에서도 런던처럼 많은 일이 일어납니다."

모두 놀랐다. 그녀를 잠시 쳐다본 다아시가 조용히 고개를 돌렸다. 그를 완전히 제압했다고 착각한 베넷 부인은 승리를 만끽했다.

"내가 보기에는 런던이 상점과 공공장소를 빼고 지방보다 무슨 장점이 더 많은지 모르겠어요. 지방이 훨씬 즐거운 곳이랍니다. 그렇지 않아요, 빙리 씨?"

"지방에 있으면 떠나고 싶지 않습니다." 그가 대답했다. "런던에 있어도 또 떠나고 싶지 않고요. 각각 장점이 있고, 저는 어디에 있든 똑같이 행복합니다."

"성품이 올바르니까 그렇죠." 다아시를 보며 말했다. "하지만 저 신사는 지방을 아주 하찮게 여기는 것 같네요."

"어머니, 아니에요." 어머니가 창피해서 얼굴이 붉어진 엘리자베스가 말했다. "다아시 씨를 오해하셨어요. 단지 지방에서는 런던에서처럼 다양한 사람들을 만날 수 없다는 뜻이고, 그건 사실이잖아요."

"그래, 지방에 다양한 사람이 있다고는 안 한다. 자꾸 지방에서 많은 사람을 못 만난다고 하는데, 이보다 더 큰 마을은 거의 없잖니. 우리가 만나서 식사하는 가족만 해도 모두 스물넷이나 된다."

엘리자베스를 배려하느라 빙리는 아무렇지도 않은 표정을 지었다. 그만큼 섬세한 배려가 없는 누이들은 다아시를 바라보며 의미심장한 미소를 지었다. 엘리자베스는 어머니의 주의를 돌릴 무언가를 꺼내려고 자기가 집을 떠난 후에 샬럿 루카스가 롱본에 들렀느냐고 물었다.

"그래, 어제 아버지를 모시고 왔어. 윌리엄 경은 정말 좋은 사람이에요, 빙리 씨, 그렇죠? 유행에 뒤처지지 않아요! 점잖고 편안하고요! 항상 사람들에게 친절하게 인사합니다. 이게 바로 교양이죠. 자기가 굉장히 중요한 사람이라고 착각하면서 입도 벙끗 안 하는 사람들은 교양이 뭔지 모른다니까요."

"샬럿이 저녁은 먹고 갔어요?"

"아니, 그냥 갔어. 민스파이를 만드느라고 불려 갔을 거다. 빙리씨, 나로 말할 것 같으면 맡은 일은 스스로 하는 하인을 둬요. 내딸들은 그렇게 안 키웠어요. 사람들이 알아서 판단하겠지만, 루카스 집안 딸들이면 괜찮은 축에 들어요. 미모가 없어서 탈이죠. 나는 샬럿이 인물이 없다고 생각하지 않지만 그건 또 걔랑 워낙 가까우니까 하는 말이고."

"매우 인상 좋은 아가씨였습니다." 빙리가 말했다.

"그럼요! 그래도 참 인물이 없잖아요. 루카스 여사가 종종 그렇게 말하면서 제인의 미모를 부러워했으니까요. 내 자식 자랑은 좀 그렇지만, 확실히 제인보다 외모가 뛰어난 아이는 보기 힘들죠. 다들 그렇게 말해요. 내가 혼자 예뻐하는 게 아니고요. 열다섯 살밖에 안 됐을 때 일인데, 런던에 있는 내 동생 가드너의 집에서 한 신사가 제인을 얼마나 열렬히 사모했던지 올케는 우리가 거길 떠나기 전에 그가 청혼할 거라고 믿었답니다. 그런데 하지 않았어요. 아마 제인이 너무 어려서 그랬을 거예요. 그래도 제인에게 시를 좀 보냈는데 아주 좋았어요."

"그렇게 그의 사랑도 끝났죠." 엘리자베스가 참지 못하고 끼어들었다. "내 생각엔 똑같은 방식으로 사랑을 이겨 낸 사람이 많을 거예요. 사랑을 몰아내는 시의 효과를 처음 발견한 사람이 누군지!"

"시는 사랑을 키운다고 알고 있습니다만." 다아시가 반응했다.

"훌륭하고 단단하고 건강한 사랑이라면 그럴 수 있죠. 이미 스스로 강한 것이 잘 크니까요. 가볍고 얄팍한 끌림에 불과하다면 좋은 소네트' 시 한 편으로 사랑을 완전 날려 버릴 게 분명해요."

다아시는 웃기만 했다. 곧 침묵이 이어지자 엘리자베스는 어머니가 또 망신당할 얘기를 꺼낼까 봐 긴장했다. 무슨 말이든 하려했지만 아무 생각도 나지 않았다. 짧은 침묵이 흐르고, 부인이 빙리에게 제인을 보살펴 주어 고맙고 또 리지까지 얹혀서 미안하다고 반복하기 시작했다. 빙리가 꾸밈없이 정중하게 괜찮다고 대답하고, 여동생에게 눈치를 주어 그 상황에 맞춰 예의 바르게 대답하도록 했다. 그녀가 상냥하지도 않게 그저 맡은 역할을 했는데도 부인은 흡족해하면서 곧 마차를 대기시켰다. 이를 신호로 막내딸이 앞으로 나왔다. 어린 두 딸은 내내 속삭이고 있었는데, 그 결과로 막내가 빙리를 졸라서 처음 왔을 때 약속했던 대로 네더필드에서 무도회를 열어 달라고 요청했다.

리디아는 건강하고 성숙한 열다섯 살의 소녀로 좋은 혈색과 선량한 용모를 가졌다. 어머니가 가장 아끼는 딸이어서, 어린 나이에 사교계에 나왔다. 활력이 넘치는 데다 이모부의 저녁 초대와 자신의 편안한 매너를 앞세워 장교들의 관심을 얻자 타고난 자신감 비슷한 게 자기 확신으로 커졌다. 그러니 자기가 빙리에게 무도회 얘기를 꺼내도 되는 줄 알고 그가 했던 약속을 불쑥 상기시켰다. 약속을 지키지 않으면 이 세상에서 가장 부끄러운 일이라고 압박했다. 갑작스런 공세에 그는 딸들의 어머니가 기뻐할 대답을 내놓았다.

"약속을 지키겠다고 분명히 말할게요. 언니의 건강이 회복되면 무도회 날짜를 정하도록 하죠. 언니가 아픈데 춤추고 싶진 않을 테니까요."

리디아가 좋다고 했다. "당연하죠! 제인이 낫길 기다리는 게 훨씬 좋고, 그때가 되면 카터 대위도 메리턴에 다시 와요." 그리고 덧붙였다. "빙리 씨도 무도회를 여는데 그들도 무도회를 열어야 해요. 포스터 대령에게 무도회를 열지 않으면 수치라고 말할래요." 베넷 부인과 두 딸이 떠나고 나서 엘리자베스는 자신과 가족의 행동에 대해 두 숙녀와 다아시가 흉보게 내버려 둔 채, 바로 제인에게 돌아갔다. 빙리 양은 '아름다운 두 눈'을 두고 계속 놀렸지만, 엘리자베스를 흉보는 일에 다아시를 끌어들이지는 못했다.

10장

하루가 전날처럼 지나갔다. 허스트 부인과 빙리 양은 오전에 몇 시간을 환자와 보냈고, 환자는 느리긴 했지만 회복하고 있었다. 저녁에 엘리자베스가 사람들이 모인 응접실로 내려갔다. 루 놀이를 하는 탁자가 없었다. 다아시는 편지를 쓰고 있었고, 빙리 양은 곁에서 편지 쓰는 것을 지켜보면서 그의 여동생에게 안부를 전해 달라며 그를 계속 방해하고 있었다. 허스트 씨와 빙리는 피케 놀이를 하고 허스트 부인은 구경하고 있었다.

뜨개질 거리를 집어 든 엘리자베스는 다아시와 그의 짝 사이에 벌어지는 일을 관찰하면서 충분히 즐거워졌다. 숙녀는 그의 필체나 줄 맞춰 쓰는 솜씨나 편지의 길이를 끝없이 칭찬하고 그는 완벽한 무관심으로 대응하니까 대화가 희한하게 흘러갔는데, 이 풍경은 그녀가 두 사람에 대해 품은 생각에 꼭 맞아떨어졌다.

"이런 편지를 받으면 다아시 양은 얼마나 행복할까!"

그가 대꾸하지 않았다.

"정말 빨리도 쓰네요."

"잘못 봤어요. 난 느릿느릿 쓰고 있어요."

"일 년 내내 편지 쓸 일이 얼마나 많아요! 사업에 관한 편지까지! 생각만 해도 끔찍해요!"

"그게 당신 일이 아니고 내 일이라 다행이군요."

"여동생에게 보고 싶다고 전해 줘요."

"진즉에 그렇게 썼어요."

"펜이 마음에 안 드는 것 같네요. 다듬을게요. 내가 선수랍니다."

"고맙지만, 난 늘 알아서 합니다."

"어쩜 그렇게 줄을 잘 맞춰서 쓸 수 있어요?"

그가 침묵했다.

"여동생에게 하프 연주가 늘어서 기쁘다고 전해 주고, 아름다운 탁자보 도안에 황홀해한다고, 그랜트리 양이 한 것보다 훨씬 뛰어나다고 꼭 전해 줘요."

"그 황홀함을 다음에 편지 쓸 때까지 좀 연기하면 안 될까요?

이번에는 충분히 전달할 자리가 없어서 말이죠."

"이런! 중요한 말도 아니에요. 1월에 만나면 되잖아요. 그런데 여동생에게 늘 그렇게 멋지고 길게 쓰나요, 다아시 씨?"

"길게 쓰긴 합니다. 늘 멋진 편지인지는 내가 말할 수 없겠죠."

"긴 편지를 수월하게 쓰는 사람은 못 쓸 리가 없다고 생각해요."

"그 말은 다아시에게 칭찬이 아니야, 캐롤라인." 그녀의 오빠가 나섰다. "그는 편지를 수월하게 쓰는 사람은 아니거든. 네 음절짜리 단어를 골라 쓰느라 열심히 연구하지. 그렇지, 다아시?"

"내 글쓰기는 네 글쓰기와 아주 다르지."

"세상에!" 빙리 양이 흥분했다. "찰스는 어찌나 부주의하게 쓰는지 상상을 초월해요. 할 말은 반밖에 못 하고 잉크 자국이 얼룩덜룩하고."

"생각이 하도 빠르게 지나가서 다 표현할 시간이 없고, 그 바람에 가끔 아무 내용이 없는 편지를 보내지."

"그렇게 겸손하게 나오니 비난하지 않을게요, 빙리 씨." 엘리자베스가 말했다.

"겸손한 척하는 것보다 더 기만적인 건 없어." 다아시가 말했다. "흔히 아무 생각이 없거나 때로는 슬쩍 자기를 자랑할 때 그렇게 나오지."

"내가 최근 선보인 겸손은 어느 쪽이라 보시는지?"

"슬쩍 자기를 자랑하는 쪽이야. 생각이 빨라서 제대로 쓰지 못하는 결함을 대단하지는 않아도 적어도 굉장히 흥미로운 점으로 간주하면서 자랑스러워하고 있잖아. 뭔가를 재빠르게 하는 것은 자랑하고 종종 그 불완전함에는 주목하지 않아. 오늘 아침에 베넷 부인에게 네더필드를 떠나기로 결심하면 오 분 만에 떠날 거라고 말하던데 넌 그걸 자기에 대한 일종의 찬양이나 칭찬으로 했지만, 절실한 일을 덜 마친 채 서두르기만 하면 너나 다른 사람에게 이득이 될 게 없는데 그게 그렇게 자랑할 일이야?"

"어휴." 빙리가 탄식했다. "아침에 내뱉었던 어리석은 말들을 밤이 다 되도록 다 기억하는 건 너무하군. 그렇지만 진심으로 말했고 지금도 그래. 그러니까 적어도 숙녀들 앞에서 과시하려고 쓸데없이 서두르는 성격을 꾸며 내진 않았어."

"진심으로 말했겠지. 하지만 넌 그렇게 민첩하게 떠나 버릴 수 없어. 그 누구와 마찬가지로 네 행동도 우연에 달려 있기 마련이야. 말에 올라타려는데 친구가 '빙리, 다음 주까지 머물러 줘'라고 한다면 아마 떠나지 않을 거야. 또 거기에 한마디만 보태면 아예 한 달을 더 머물지도 모르지."

"그 말은 오히려 빙리 씨가 자신의 성품을 제대로 평가하지 않았다는 뜻이네요." 엘리자베스가 말했다. "빙리 씨가 자기를 자랑한 것보다 더 돋보이게 만들어 주니까요."

"내 친구 말을 나의 착한 성정을 칭찬하는 말로 바꿔 주니 아주 흐뭇합니다." 빙리가 말했다. "하지만 저 신사가 결코 의도하지 않은 방향으로 해석한 것 같습니다. 그는 분명 그런 상황에서 내가 부탁을 딱 잘라 거절하고 빨리 말을 타고 사라진다면 더 좋게 볼 겁니다."

"그럼 다아시 씨는 애초의 성급함도 그것을 고수하는 고집이 있으면 괜찮다고 생각하나요?"

"내가 정확하게 설명할 수 없으니, 다아시가 직접 말하는 수밖에요."

"나는 인정한 적도 없는데 네 마음대로 내 생각이라고 해 놓고는 설명하라는군. 베넷 양, 당신 말에 따르면 빙리가 계획을 미루고 머물기를 바란다고 했던 친구라는 사람은 그 요청의 적절함을 옹호하는 단 하나의 주장도 내놓지 않고 그저 바라기만 했다는 말이 됩니다."

"당장 친구의 설득에 기꺼이, 수월하게 따라 주는 게 장점이 아니라는 말이네요."

"확신 없이 무작정 따르는 것은 양쪽의 이해력에 문제가 있다는 뜻입니다."

"다아시 씨, 우정과 애정의 영향력 같은 건 아예 허락하지 않는군요. 부탁하는 사람을 배려한다면 이성적으로 설득하려는 주장이 나오기도 전에 부탁을 들어주는 일이 종종 있어요. 빙리 씨를 예로 든 이 경우만이 아녜요. 빙리 씨의 행동이 신중한지 아닌지를 토론하려면 그런 상황이 발생할 때까지 기다리는 게 낫겠어요. 하지만 보통 친구 사이의 일반적인 경우에 친구가 별로 중요하지 않은 어떤 결심을 바꾸라고 부탁할 때 이성적으로 설득되기 전에 일단 부탁을 들어준다면 비판할 건가요?"

"이 주제를 계속 이어가기 전에, 두 친구 사이에 존재하는 친밀도뿐만 아니라 그 부탁에 내포된 중요도를 보다 정확하게 가늠하는 게 우선 아닌가요?"

"물론이야." 빙리가 말했다. "그들의 키와 몸집을 비교하는 것도 잊지 말고 모든 세세한 것들을 밝혀 봅시다. 주장할 때는 그런 부분이 생각보다 더 중요하답니다, 베넷 양. 다아시가 나보다 저렇게 크지 않다면 지금의 절반도 존경하지 않을 겁니다. 특히나 어떤 곳에선 다아시보다 더 무서운 존재가 없을 때가 있습니다. 그가 자기 집에 있을 때, 할 일 없는 일요일 저녁에 말입니다."

다아시가 웃어넘겼다. 엘리자베스는 그가 약간 상처받았음을 알아챘다. 그래서 웃음을 참았다. 빙리 양이 그런 엉뚱한 소리를 하는 오빠를 탓하면서 그가 받은 놀림을 부드럽게 원망했다.

"네 의도를 알겠어, 빙리." 그의 친구가 말했다. "토론이 싫어서 그만두고 싶은 거지."

"아마도 그렇겠지. 토론을 하다 보면 논쟁 같아져서 말이야. 내가 방을 나갈 때까지 두 사람이 토론을 연기해 준다면 고맙겠어요. 그다음에 맘대로 나를 두고 말하든가요."

"난 괜찮아요." 엘리자베스가 말했다. "다아시 씨도 편지를 마무리해야죠."

다아시가 그녀의 말대로 편지를 마무리했다.

일이 끝나자 그가 빙리 양과 엘리자베스에게 음악을 즐기자고 했다. 빙리 양이 기다렸다는 듯이 빨리 피아노로 다가가서 엘리자베스에게 먼저 연주해 달라고 예의를 갖추어 부탁한 다음 그녀가 정중하게 진심으로 거절하자 피아노 앞에 앉았다.

허스트 부인과 함께 노래했고, 자매가 그러는 동안 엘리자베스는 피아노 위에 놓여 있는 악보 책을 뒤적이는 자신을 다아시가 얼마나 자주 쳐다보는지 목격할 수밖에 없었다. 그렇게 대단한 남자가 자신을 연모할 리 없었다. 그런데 자신을 싫어해서 그렇게 쳐다보는 건 더 이상했다. 결국은 그의 엄격한 관념에 따라 여기에 있는 다른 사람보다 자신에게 뭔가 더 잘못되고 비난받을 게 있어서 그의 눈길을 끈다고 상상할 수밖에 없었다. 그렇다고 해도 그리 속상하진 않았다. 그가 인정하든 말든 그를 조금도 좋아하지 않으니까 상관없었다.

빙리 양은 이탈리아 노래를 부른 다음 발랄한 스코틀랜드 곡으로 매력을 발산했다. 잠시 후에 다아시가 엘리자베스에게 다가와서 말했다.

"베넷 양, 이 기회에 릴 춤을 추고 싶은 강렬한 마음이 들지 않나요?"

그녀는 웃기만 하고 대답하지 않았다. 침묵에 약간 놀란 그가 거늘 물었다.

"아! 아까 들었어요." 그녀가 대답했다. "대답을 뭐라 할지 즉시 결정하지 못했을 뿐이에요. '네'라고 대답하기를 바라겠죠. 내 취향을 즐겁게 경멸할 수 있을 테니까요. 하지만 난 그런 종류의 책략을 무찌르고, 그 사람이 미리 준비한 경멸을 좌절시키기를 즐겨요. 그래서 릴을 전혀 추고 싶지 않다고 대답하기로 결정했어요. 이제 나를 경멸하려거든 한번 해보든가요."

"감히 그럴 리가요."

엘리자베스는 무안을 주려다가 오히려 그의 남자다움에 놀라고 말았다. 그녀의 태도에는 상냥함과 장난기가 섞여 있어서 누구에게 무안을 줄 수기 없었다. 다아시는 어떤 여자에게도 이렇게 매료된 적이 없었다. 그녀의 가문이 열등하지만 않다면 정말이지 위험하겠다는 생각이 들었다.

빙리 양은 그 둘을 의심스럽게 쳐다보면서 충분히 질투를 느꼈다. 엘리자베스를 보내 버리고 싶은 마음에 친구 제인의 회복이 더 간절해졌다.

그녀는 그 둘의 가상의 결혼에 대해 떠들고 그런 인연이 가져올 행복을 비웃으면서 다아시를 자극해서 이 불청객을 싫어하게 만들려고 했다.

다음 날 정원 숲길을 함께 걸으면서 그녀가 말했다. "기다리던 경사가 벌어진다면 장모님께 입을 다무는 게 이득이라는 눈치를 주세요. 그 다음엔 어린 처제들이 장교들을 못 따라다니게 하세요. 그리고 까다로운 주제를 말해도 된다면, 당신 아내의 사소한 약점, 잘난 척하고 건방지다고 할까, 그 약점 좀 말려 줘요."

"가정의 행복을 위해 제안할 게 더 남았나요?"

"그럼요! 처가의 필립스 부부의 초상화를 펨벌리의 화랑에 걸어 둬야겠죠. 판사를 지낸 증조부의 초상화 옆에 걸면 되겠네요. 분야는 다르지만 같이 법조계에 있었으니까요. 엘리자베스의 초상화는 포기해야 할 텐데, 어떤 화가가 그 아름다운 두 눈을 제대로 그릴 수 있겠어요?"

"눈의 표정을 포착하기는 쉽지 않겠지만 색깔, 모양, 빼어나게 아름다운 속눈썹은 복사할 수 있을지 모르죠."

이때 허스트 부인과 엘리자베스가 다른 길에서 나타났다.

"산책하러 나올지 몰랐어요." 대화를 엿듣지나 않았는지 당황스러워하면서 빙리 양이 말했다.

"우리를 따돌리다니 얄미워." 허스트 부인이 말했다. "산책하러 나온다고 말도 안 하고 쏙 가 버렸잖아."

그리고 나서 다아시의 다른 쪽 팔을 잡으면서 엘리자베스를 혼자 걷도록 내버려 두었다. 길은 딱 세 사람에게 맞았다. 다아시가 무례함에 즉시 반응했다.

"걷기에 길이 좁군요. 저쪽 큰길로 나갈까요."

그들과 함께 걷고 싶은 마음이 조금도 없는 엘리자베스가 명랑하게 대답했다.

"아녜요. 그대로 계속 가세요. 멋지게 모였고 굉장히 잘 어울려요. 네 번째가 끼어들면 '그림 같은' 풍경이 망가지잖아요.' 그럼 안녕."

그녀는 경쾌하게 길을 빠져나간 다음 하루나 이틀이 지나면 집에 돌아간다는 희망에 들떠 산책을 즐겼다. 제인은 많이 회복되어서 그날 저녁에는 두어 시간 응접실에 나가려던 참이었다.

11장

저녁 식사 후에 숙녀들이 물러나자, 엘리자베스는 언니에게 올라가 춥지 않게 잘 감싼 다음 응접실로 데리고 내려왔다. 두 친구가 기쁘다는 말을 쏟아 놓으며 언니를 환대했다. 엘리자베스는 남자들이 들어오기 전에 여자들끼리 보낸 시간 동안 두 친구가 그렇게 유쾌해하는 모습을 어디서도 본 적이 없었다. 대화의 힘은 대단했다. 그들은 흥밋거리를 정확하게 묘사했으며, 재치 있게 일화를 끄집어냈고, 또 흥겹게 지인들을 놀렸다.

그러나 남자들이 들어오자 제인은 더 이상 관심의 대상이 아니었다. 빙리 양의 눈길은 단번에 다아시를 향했고 그가 몇 걸음 움직이기도 전에 말을 붙였다. 그는 직접 베넷 양에게 인사를 건네며 정중하게 건강의 회복을 축하했다. 허스트 씨는 살짝 목례하며 그저 "몹시 기쁘다"고 말했다. 흥분과 열정은 빙리의 몫이었다. 그는 기쁨과 배려로 가득 차 있었다. 그녀가 방이 바뀌어 힘들지 않도록 삼십 분 동안 불을 땠다. 그녀가 문에서 더 멀어지도록 벽난로의 다른 쪽으로 옮기도록 했다. 그리고 그녀 옆에 앉아서는 다른 사람과는 거의 말을 섞지 않았다. 엘리자베스는 반대쪽 구석에서 뜨개질 거리를 가지고 앉아서 모든 것을 지켜보며 흐뭇해했다.

차를 마신 후 허스트 씨가 처제에게 카드놀이를 떠올리게 했지만 소용없었다. 그녀는 다아시가 카드놀이를 원하지 않는다는 개인적인 정보를 입수한 터였다. 결국 허스트 씨가 직접 카드놀이를 요청했으나 거절당했다. 아무도 카드놀이를 하고 싶어 하지 않는다고 대답했고, 모두들 침묵으로 그 대답을 정당화하는 것 같았다. 허스트 씨는 아무 소파에 널브러져 잠드는 것 말고는 할 일이 없었다. 다아시는 책을 집어 들었다. 빙리 양도 따라 했다. 허스트 부인은 팔찌와 반지를 만지작거리면서 남동생과 베넷 양의 대화에 때때로 끼어들었다.

빙리 양은 자기의 책보다도 다아시가 읽는 책의 진도에 정신을 팔고 있었다. 끊임없이 질문을 하거나 그가 읽는 곳을 넘겨봤다. 하지만 어떤 대화도 끌어내지 못했다. 그는 질문에 대답만 하고 자기 책으로 돌아가 버렸다. 그녀는 그가 집어 든 책의 두 번째 권을 무작정 들고서 재미있게 읽어 보려고 애쓰다가 안 되니까 마침내 크게 하품하면서 말했다. "이렇게 저녁 시간을 보내니까 얼마나 즐거운지! 독서만 한 즐거움은 없어요! 책 말고는 어찌나 빨리 싫증이 나는지. 만약 내 집에 훌륭한 도서관이 없다면 비참할 거예요."

아무도 대꾸하지 않았다. 그녀가 또 하품하면서 책을 밀쳐 두더니 뭔가 신나는 걸 찾아서 방을 둘러보았다. 오빠가 베넷 양에게 무도회를 언급하는 것을 듣고 갑자기 그에게 말했다.

"말이 났으니 말인데, 찰스, 네더필드 무도회를 진짜 열 생각이야? 추진하기 전에 여기 모인 사람들 의견을 들어 보는 게 어때. 누군가에게는 무도회가 즐거움이 아니라 형벌이야."

"다아시 말이구나." 그가 대답했다. "무도회 시작하기 전에 원하면 자러 가면 돼, 무도회는 정해진 거나 마찬가지야. 니컬스가 흰 수프를 충분히 준비하는 대로 초대장을 보낼 거야."

"무도회가 다른 방식으로 진행된다면 훨씬 좋겠어." 그녀가 대답했다. "무도회라는 게 하다 보면 뭔가 못 견디게 지루해져. 춤 대신 대화를 위주로 한다면 더 이성적일 텐데."

"몹시 이성적이겠다만, 캐롤라인, 그건 무도회 같지 않아."

빙리 양은 대답하지 않았다. 곧 일어서서 방을 걸었다. 그녀의 모습은 우아하고 걸음걸이는 훌륭했다. 이 모두가 다아시에게 보이려는 것이었지만 그는 여전히 꿈쩍도 안 하고 책만 봤다. 절박한 심정이 된 그녀는 한 번 더 시도하기로 하고 엘리자베스에게 이렇게 말했다.

"일라이자 베넷 양, 나를 따라서 방을 한 바퀴 돌아요. 같은 자세로 오래 앉아 있다가 걸으면 기분이 상쾌해져요."

엘리자베스는 깜짝 놀랐지만 즉시 동의했다. 빙리 양은 이 친절함이 의도한 진짜 목적에도 성공했다. 다아시가 고개를 든 것이다. 이 뜬금없는 친절에 엘리자베스만큼이나 그도 놀라서 자기도 모르게 책을 덮었다. 함께 걷자는 초대를 받자 그는 두 숙녀가 함께 방을 걷기로 한 데에는 오직 두 가지 동기가 있고 그가 합류하면 방해가 될 거라면서 거절했다. "무슨 말일까요? 무슨 뜻인지 아주 궁금해 죽겠어요." 그러면서 엘리자베스에게 무슨 말인지 물었다.

"모르겠어요." 그녀가 대답했다. "하지만 분명 우리를 비난하려는 거니까요, 그를 실망시키는 가장 확실한 방법은 아예 아무것도 묻지 않는 거예요."

그러나 어떤 일에서든 다아시를 실망시킬 수 없는 빙리 양은 두 가지 동기를 설명해 달라고 졸랐다.

"물론 기꺼이 설명하죠." 그녀가 말을 멈추자마자 그가 대답했다. "저녁 시간을 이렇게 보내기로 한 것은 두 사람이 서로를 신뢰하고 함께 나눌 비밀을 가지고 있거나 두 사람의 자태가 걸을 때 가장 유리하게 나타난다는 사실을 알기 때문이겠죠. 첫째 경우라면 내가 함께 걸어 봤자 방해만 됩니다. 두 번째 경우라면 벽난로 옆에 앉아서 더 잘 감상할 수 있습니다."

"어머나! 세상에!" 빙리 양이 소리쳤다. "그렇게 혐오스런 얘기는 처음 들어요. 저렇게 말했으니 어떻게 벌줄까요?"

"벌주려고만 하면 쉬워요." 엘리자베스가 말했다. "우린 모두 서로 괴롭히고 벌주는 사이잖아요. 그를 놀리든가 비웃어 봐요. 그와 친하니까 어떻게 하면 되는지 알겠죠."

"정말 몰라요. 친해도 그런 건 몰라요. 그의 차분한 기질과 평정심을 놀리라니! 못 해요. 그가 우리를 이길 거예요. 비웃음에 대해서는, 주제도 없이 비웃으려 들면 우리 스스로 우스워질 거예요. 다아시만 좋은 일 시키게요."

"다아시는 비웃음을 당할 수 없다고요?" 엘리자베스가 말했다. "정말이지 그건 드문 장점인데, 그런 사람을 많이 알수록 내겐 큰 손해가 날 테니까 계속 드물었으면 좋겠어요. 난 비웃기를 정말 좋아하니까요."

"빙리 양이 과찬했어요." 그가 말했다. "가장 현명한 최고의 사람도, 아니 그런 사람의 가장 현명한 최고의 행동도 인생의 첫 번째 목표가 농담인 사람 앞에서는 우스꽝스러워지고 말죠."

"그럼요." 엘리자베스가 대답했다. "그런 사람들이 있지만 난 아니기를 바랍니다. 현명하고 좋은 것을 우스꽝스럽게 만들면 안 되죠. 어리석고 분별없는 것, 변덕스럽고 일관성 없는 것들은 날 즐겁게 하고, 그걸 볼 때마다 비웃어요. 당신은 바로 이런 것들이 없는 사람이겠죠."

"그런 사람은 아마 없을 겁니다. 다만 난 뛰어난 지성을 모욕하는 그런 약점을 피하려고 늘 노력합니다."

"허영이나 오만 같은 약점 말이군요."

"네, 허영은 정말 약점입니다. 하지만 오만은, 지성이 탁월하다면야 오만은 잘 통제될 겁니다."

엘리자베스가 웃음을 감추려 고개를 돌렸다.

"다아시를 다 검사한 것 같은데요." 빙리 양이 말했다. "결과가 어때요?"

"검사 결과 다아시는 결함이 없는 사람이라고 확신해요. 자기가 그렇다고 아예 고백하네요."

"아닙니다." 다아시가 말했다. "그렇게 잘난 척하지 않았습니다. 나도 약점이 얼마든지 있지만, 그게 지성의 문제가 아니기를 바랄 뿐입니다. 나의 기질은 확신할 수 없어요. 유연하지 못한 면이 있는데, 세상의 편의를 위해 유연하지 못한 건 맞아요. 사람들의 어리석음과 사악함을 빨리 잊어야 하는데 그러지 못하고, 그 때문에 나를 괴롭힌 것도 못 잊습니다. 내 감정을 달래려는 시도에 맞추어 마음이 열리지 않아요. 원한을 풀지 않는 성격이라 할 수 있어요. 한 번 잘못 보이면 영원히 가죠."

"그건 정말 단점이에요." 엘리자베스가 말했다. "풀 수 없는 원한은 성격에 그늘을 만들어요. 그래도 약점을 잘 골랐어요. 그걸 어떻게 비웃겠어요. 이제 안심하세요."

"모든 성격에는 특정한 악에 끌리는 기질, 타고난 결함이 있어서 최고의 교육으로도 극복할 수 없습니다."

"당신의 결함은 모두를 싫어하는 경향이죠."

"당신의 결함은 모두를 일부러 오해하는 거고요." 그가 웃으며 맞받았다.

"음악이나 들어요." 자신이 끼어들지 못하는 대화가 지겨워진 빙리 양이 나섰다. "루이자, 형부 깨워도 괜찮지?"

그녀의 언니가 조금도 반대하지 않아서 피아노가 준비되자, 다아시는 잠시 대화를 돌아보더니 그렇게 멈추어도 아쉽지 않다고 생각했다. 엘리자베스에게 너무 몰두하는 위험이 느껴지던 참이었다.

12장

언니와 약속한 대로 엘리자베스는 다음 날 아침 어머니께 그날 중으로 마차를 보내 달라고 간청하는 편지를 보냈다. 그러나 베넷 부인은 제인이 일주일을 꽉 채워 다음 화요일까지 네더필드에 머물 것을 계산했기 때문에 그 전에는 딸들을 기쁘게 받아들일 생각이 없었다. 어머니의 답장은 적어도 집에 빨리 돌아가고 싶어 하는 엘리자베스에게는 전혀 반갑지 않았다. 부인은 화요일 이전에는 마차를 못 보낸다고 했다. 그리고 빙리와 여동생이 오래 머물도록 권하면 얼마든지 그래도 괜찮다고 덧붙였다. 엘리자베스는 오래 머물지 않으려고 확실하게 마음먹었고 오래 머물도록 권유받을 거라 기대하지도 않았다. 오히려 불필요하게 오래 그들에게 얹혀 있는 것으로 여겨질까 두려워서 제인에게 당장 빙리의 마차를 빌리라고 재촉했고, 결국 그날 오전에 네더필드를 떠나려던 원래의 계획을 말하고 마차를 요청하기로 했다.

뜻을 전달하자 걱정하는 말이 쏟아졌다. 적어도 다음 날까지 머물면서 제인이 회복하기를 바란다고 했다. 결국 다음 날로 연기되었다. 곧 빙리 양은 하루 연기하라고 제안한 것을 후회했는데, 한 사람에 대한 질투와 반감이 다른 사람에 대한 애정을 훌쩍 뛰어넘었기 때문이다.

집주인은 떠날 거라는 소식에 진정 슬퍼했고, 아직 충분히 회복되지 않아서 여행이 안전하지 않다고 베넷 양을 설득하려고 거듭 노력했다. 그러나 제인은 자신이 옳다고 생각할 때는 확고했다.

다아시에게는 환영할 소식이었다. 엘리자베스는 네더필드에 충분히 오래 머물렀다. 그는 본의 아니게 그녀에게 끌렸고, 빙리 양은 그녀에게 무례하게 구는 데다 그를 평소보다 더 놀렸다. 그는 현명하게도 그녀가 그의 행복을 좌우지하려는 희망으로 우쭐해할 그 어떤 연모의 표시도 드러나지 않도록 특별히 조심하기로 결심했다. 그녀에게 그런 생각이 얼핏 들었더라도 마지막 하루 동안 그의 행동이 그것을 인정하거나 파괴하는 데에 상당히 중요할 거라고 판단했다. 자신의 목적에 충실하게 토요일 내내 그녀에게 열 마디도 안 했고, 한 번은 삼십 분 동안 둘만 남겨졌는데 정말 양심이 이끄는 대로 자기 책만 고수하느라 그녀를 쳐다보지도 않았다.

일요일 아침 식사 후 거의 모두에게 홀가분한 이별이 다가왔다. 빙리 양은 제인에 대한 애정뿐 아니라 엘리자베스에 대한 예의까지 재빠르게 갖추었다. 언제든 롱본이나 네더필드에서 만나면 기쁠 거라고 장담하며 제인을 아주 부드럽게 껴안아 준 다음 엘리자베스와는 악수까지 했다. 엘리자베스는 생기발랄한 기운으로 가득 차서 그들을 떠났다.

어머니는 그들을 따뜻하게 맞이하지 않았다. 그들의 귀환에 놀란 부인은 괜한 법석을 부려 일찍 돌아왔다고 못마땅해했고 제인이 집으로 오다가 감기에 걸렸을 거라고 했다. 아버지는 간소하게 표현했지만 그들이 돌아와 기뻤다. 그는 그들의 가치를 실감했다. 제인과 엘리자베스가 없으니 가족이 모인 저녁의 대화는 생기를 잃었고 분별력도 거의 잃었다.

돌아와 보니 그동안 메리는 늘 하던 대로 중저음 화성법과 인간 본성을 공부하는 데 빠져 있었다. 좋아하는 어록을 새로 만들고 낡아 빠진 도덕을 정리해 놓았다. 캐서린과 리디아는 다른 종류의 정보를 확보해 놓고 있었다. 지난 수요일 이후 연대에서 많은 일이 일어났고 많은 소문이 떠돌았다. 장교 몇 명이 최근 이모부와 저녁 식사를 했고, 일병 하나가 매질을 당했고, 실제로 포스터 대령이 곧 결혼할 거라는 말이 나왔다.

13장

"여보." 다음 날 아침 식사 자리에서 베넷 씨가 아내에게 말했다. "손님이 올 것 같으니 오늘 저녁 준비를 잘 시켰으면 좋겠소."

"누가 와요? 샬럿 루카스가 오면 모를까 올 사람 없고요, 내 저녁 식사는 그 아이에게 충분히 좋아요. 자기 집에서는 그런 저녁 자주 못 먹어요."

"내가 말하는 사람은 낯선 신사요."

베넷 부인이 눈을 반짝였다.

"낯선 신사! 빙리군요. 아니, 제인, 한마디도 안 하더니. 엉큼한 것! 빙리가 오면 엄청 좋죠. 그런데, 세상에! 이런 불행이! 오늘은 생선 요리는 눈 씻고 봐도 없어. 리디아, 하인 불러라. 지금 힐에게 말해야지."

"빙리가 아니오." 남편이 말했다. "내 평생 한 번도 만난 적 없는 사람이오."

다들 놀랐다. 그는 아내와 다섯 딸들이 한꺼번에 열렬하게 질문하는 것을 즐겼다.

그들의 애를 좀 태우고 나서 그가 설명했다. "달포 전에 이 편지를 받았고, 좀 예민한 문제라서 서둘러 대응하는 게 필요하다고 생각해서 이 주일 전에 답장을 보냈단다. 편지는 내 조카 콜린스, 내가 죽으면 자기 마음대로 너희들 모두 이 집에서 내쫓을지도 모르는 사람에게서 왔어."

"아이고! 여보." 그의 아내가 한탄했다. "못 들어 주겠어요. 그 끔찍한 사람 얘기는 제발 그만해요. 당신 장원이 자식들에게 못 가고 한사상속¹된다는 건 세상에서 제일 가혹한 일이에요. 내가 당신이라면 옛날부터 뭐든 해 보려 했을 거고요."

제인과 엘리자베스는 그녀에게 한사상속에 대해 설명하려 했다. 그들은 전에도 자주 그러려고 했지만 베넷 부인은 도통 알아듣지 못했다. 누군지도 모르는 친척을 위해 다섯 딸들에게서 장원을 빼앗아 가는 잔인함을 대놓고 욕하기만 했다.

"분명 가장 사악한 일이오." 베넷 씨가 말했다. "어떤 것도 콜린스가 롱본을 상속받는 죄를 사면해 줄 수 없소. 근데 이 편지를 보면 아마도 그가 말하는 방식 때문에 좀 마음이 누그러질 거요."

"그런 일은 없을 거예요. 편지를 쓴 것부터가 주제넘고 위선적이잖아요. 그렇게 뒤통수치는 사람은 질색이라고요. 왜 그의 아버지가 그랬던 것처럼 당신과 싸우려 들지 않는대요?"

"그러니까, 읽어 보면 알겠지만, 그 부분에 대해서는 자식으로서 좀 찝찝한 모양이오."

헌스퍼드, 웨스트햄 근처, 켄트
10월 15일
숙부님께,

제 아버지와의 다툼은 언제나 저를 불편하게 했습니다만 불행하게도 아버지가 돌아가신 후에는 자주 분란을 치유했으면 했습니다. 하지만 아버지께서 대놓고 소원하게 지내셨던 분과 화해한다는 것이 고인에 대한 예의가 아닐지도 몰라서 가끔 주저했습니다.

"바로 여기요, 부인."

하지만 지금은 마음을 먹었고, 부활절에 서품을 받은 다음에 운 좋게도 루이스 드 버그 경의 미망인 캐서린 드 버그 여사님께서 이 교구의 소중한 목사관을 제게 하사하시는 너그러움과 자비를 베풀어 저를 후원하셔서 저는 이제 이 교구에서 여사님에 대한 감사한 존경을 가지고 처신하면서 영국 교회에서 정한 행사와 예식을 집전할 만반의 준비를 함으로써 진정으로 열심히 살아가려고 합니다. 게다가 목사로서 저의 영향력이 미치는 범위의 모든 가족에게 평화의 축복을 증진시키고 확립하는 것이 도리라 여깁니다. 바로 이런 이유로 이렇게 선의의 서곡을 부르며 다가가는 것이 몹시 훌륭한 일이라 믿고 있으니 제가 롱본의 한사상속을 받을 순위가 된 상황을 너그럽게 받아 주시고 제가 내민 올리브 가지를 거절하지 마시기를 바랍니다. 아름다운 따님들에게 피해를 주는 처지가 되어 걱정스러울 따름이고 그 점에 대해 사과드리는 동시에 따님들에게 가능한 모든 보상을 할 준비가 되었다고 말씀드립니다. 이건 나중에 더 말씀드리지요. 방문을 허락하신다면 11월 18일 월요일 네 시까지 기쁜 마음으로 가족을 만나러 가서 다음 토요일까지 이 주일 동안 신세를 지겠는데요, 캐서린 여사님께서는 다른 목사가 주일 예배를 보는 한 제가 일요일에 때때로 자리를 비워도 허락해 주시기 때문에 조금도 불편할 일이 없습니다. 아주머님과 따님들에게 존경의 인사를 올립니다.

행복을 기원하는 친구,
윌리엄 콜린스.

"그러니까 우리는 네 시에 평화를 사랑하는 이 신사를 만나게 된단다." 베넷 씨가 편지를 접으며 말했다. "아주 양심적이고 예의바른 청년이다. 특별히 캐서린 여사가 관대하게 우리를 방문하도록 또 허락해 준다면 우리 가족의 소중한 지인이 될 거다."

"딸들에 대해 말하는 걸 보면 생각이 있는 사람이네요. 어떤 보상이라도 하겠다면 내가 말릴 일이야 없죠."

"우리의 몫이라고 생각하는 보상을 과연 어떻게 하겠다는 것인지 추측하기 어렵지만, 그런 생각을 했다니까 괜찮은 사람이에요." 제인이 말했다.

엘리자베스에게는 캐서린 여사에 대한 지나친 존경심, 그리고 필요하면 교구민의 세례를 주고, 결혼식을 올려 주고, 장례를 치르겠다는 친절한 의도가 모두 황당하게 여겨졌다.

"이 사람 괴짜예요." 그녀가 말했다. "이상하잖아요. 글은 어찌나 폼 잡으며 썼는지. 한사상속을 받을 순위가 돼서 사과한다는 게 도대체 무슨 뜻이에요? 그가 할 수 있다고 피할 수 있는 일도 아니잖아요. 똑똑한 사람일까요, 아버지?"

"아니란다. 그렇지 않을 거다. 나는 그가 정반대일 거라는 커다란 기대를 품고 있다. 편지에 비굴함과 자화자찬이 뒤섞여 있으니 기대가 클 수밖에. 어서 만나고 싶다."

"작문의 관점에서 보면 흠잡을 데는 없는 것 같아요." 메리가 끼어들었다. "올리브 가지는 전적으로 새롭진 않지만 잘 표현했으면 됐죠."

캐서린과 리디아에게는 편지도 편지를 쓴 사람도 조금도 흥미롭지 않았다. 이 사촌이 주홍빛 군복이라도 입고 올 리 만무했고, 최근 몇 주 동안 다른 색깔의 코트를 입은 남자들과는 하나도 즐겁지 않았다. 어머니는 콜린스의 편지를 받고 나서 나빴던 감정을 꽤 버리고 어느 정도 침착하게 그를 맞을 준비를 해서 남편과 딸들을 놀라게 했다.

콜린스는 정확한 시간에 도착했고, 온 가족이 정중하게 그를 맞이했다. 베넷 씨는 말이 없었다. 부인과 딸들은 이미 말할 준비를 다 했고 콜린스는 말을 붙여 줄 필요도 없이 조용히 있으려 하지 않았다. 그는 큰 키에 둔해 보이는 스물다섯 살의 청년이었다. 진지하고 근엄한 분위기가 풍겼고 매우 경직된 매너를 보였다. 자리에 앉자마자 베넷 부인에게 어여쁜 딸들이라며 찬사를 보냈고, 이들의 미모에 대해 많이 들었지만 실제로 보니 명성이 부족할 지경이라고 했다. 그리고 때가 되면 틀림없이 다들 잘 결혼하리라고 덧붙였다. 몇몇 사람은 예의를 차린 인사가 마음에 들지 않았지만, 칭찬이라면 일단 받고 보는 베넷 부인은 당장 반응했다.

"고마워요. 그렇게 되도록 진심으로 바랍니다. 안 그러면 딸들은 먹고살 게 없어요. 세상일이 워낙 희한하게 돌아가잖아요."

"이 장원의 한사상속을 말씀하시나 본데요."

"그럼요! 보다시피, 내 불쌍한 딸들에게는 슬픈 일이에요. 콜린스 씨를 비난하자는 게 아니고, 그런 일들이 다 운이잖아요. 일단 한사상속이 돼 버리면 장원이 어디로 가는지 알 길이 없어요."

"제 아리따운 사촌들에게 닥친 시련을 잘 알고 있고, 이 문제에 대해 말할 수 있지만 성급하게 나서는 것처럼 보일까 봐 조심스럽습니다. 하지만 따님들에게 제가 여러분을 연모할 준비를 하고 여기 왔다는 말씀을 꼭 드리고 싶습니다. 지금은 더 말씀드리지 않겠지만 우리가 좀 알게 되면."

저녁 식사가 준비되었다는 소리에 그의 말이 잘렸다. 딸들은 서로 바라보며 웃었다. 콜린스가 연모하는 대상은 그들만이 아니었다. 그는 복도, 식당, 가구를 모두 조사하고 칭찬했다. 베넷 부인은 그가 모든 것을 미래의 재산으로 보고 있으리라 짐작하고 억울해하지 않았더라면 그의 칭찬에 감동했을 것이다. 저녁 식사 또한 엄청나게 존경받을 차례가 왔다. 그가 아리따운 사촌들 가운데 누구의 요리 솜씨인지 알고 싶다고 간청했다. 베넷 부인이 좋은 요리사가 따로 있어서 딸들은 주방에서 아무것도 안 한다고 쏘아붙여서 그의 오해를 바로잡았다. 그는 불쾌하게 해서 미안하다고 했다. 그녀는 부드러워진 목소리로 전혀 화나지 않았다고 했다. 그런데도 그는 한 십오 분 동안 줄기차게 사과했다.

14장

식사하는 동안 베넷 씨는 말이 없었다. 하인들이 물러나고 손님과 대화를 나눌 시간이 오자, 그는 행운의 후원자를 가졌다는 말로 콜린스를 행복하게 만들 주제를 꺼냈다. 캐서린 드 버그 여사가 그의 수망에 관심을 가지고 그의 안녕을 배려한 것은 대단해 보였다. 베넷 씨는 최고의 주제를 고른 것이다. 콜린스는 유창하게 여사를 자랑했다. 이 주제가 나오자 그는 평소의 근엄함을 잃고 흥분했고, 어떤 지체 높은 분에게서도 캐서린 여사의 행동, 그런 다정함과 소탈함을 본 적이 없다고 아주 뽐내며 말했다. 그는 여사 앞에서 두 번 설교하는 영광을 누렸고, 여사는 자비롭게도 그 설교를 모두 인정해 주었다. 로징스의 저녁 식사에 두 번이나 초대했고 지난 토요일에는 쿼드릴 놀이를 할 사람을 구하느라 자신을 불렀다. 그가 아는 사람들은 캐서린 여사가 오만하다고 했지만 그는 오직 다정다감하다고 느꼈다. 여사는 여느 신사들과 대화하듯이 콜린스와 대화했다. 이웃들과 어울리는 것이나 때때로 친척을 방문하러 한 이 주일쯤 교구를 떠나는 것에 조금도 반대하지 않았다. 신중하게 신붓감을 고르기만 한다면 가능한 한 빨리 결혼하라고 조언하기까지 했다. 한번은 그의 초라한 목사관을 친히 방문했다. 그가 수선하여 꾸며 놓은 모든 것들을 완전히 인정하고 이 층 모퉁이 방의 선반을 수선하라고 직접 제안하기까지 했다.

"전부 다 법도가 있고 자상하네요." 베넷 부인이 말했다. "좋은 분이겠죠. 귀부인들이 다 그렇지 않아서 탈인데. 가까이에 사시나요?"

"제 초라한 집이 위치한 정원은 오솔길 하나를 사이에 두고 여사님께서 머무시는 로징스 장원으로 연결되어 있습니다."

"미망인이라고 했던가요? 가족이 있나요?"

"따님이 한 분 계신데, 로징스와 그 밖의 재산의 상속녀입니다."

"아!" 베넷 부인이 고개를 흔들면서 탄식했다. "다른 아가씨들보다 부자겠어요. 어떤 분인가요? 미인이에요?"

"정말로 매력적인 숙녀입니다. 캐서린 여사님께서는 진정한 아름다움으로 말할 것 같으면 드 버그 양이 미모가 출중한 어떤 여성보다도 훨씬 우월하다고 하십니다. 그분의 용모에는 타고난 귀티가 흐릅니다. 불행하게도 몸이 허약하셔서 교양을 많이 쌓지 못하셨는데, 그렇지 않았더라면 못 이루셨을 리가 없습니다. 그분의 교육을 총괄하며 여태 함께 살고 있는 숙녀로부터 그렇게 들었습니다. 완전히 어여쁘시고, 종종 조랑말 두 마리가 끄는 작은 마차로 제 초라한 집에 친히 들러 주십니다."

"그분은 왕을 뵈었나? 궁정에 나가는 숙녀 명단에서 이름을 못 본 것 같네만."

"불행하게도 건강 때문에 런던에 머무실 수가 없습니다. 캐서린 여사님께도 말씀드린 적 있지만, 영국 궁정이 가장 빛나는 보석을 잃은 셈입니다. 여사님께서 이 표현을 좋아하시는 것 같았는데, 짐작하시겠지만 저는 귀부인들께 작고도 섬세한 찬사를 바칠 때마다 뿌듯합니다. 저는 캐서린 여사님께 아름다운 따님께서 공작부인의 운명으로 태어나셨으며 그 최고의 지위가 아가씨를 높이는 게 아니라 그 자리가 아가씨에 의해 장식될 거라고 몇 번이고 말씀드렸습니다. 이런 말이 여사님을 기쁘게 해 드리는 사소한 것이고, 제가 특별히 바쳐야 하는 일종의 관심이라고 생각하고 있습니다."

"잘 판단했네." 베넷 씨가 말했다. "섬세하게 아부할 수 있는 재주가 있어 다행이야. 그렇게 사람을 기쁘게 하는 재주는 순간적인 충동에서 나오나 아니면 미리 연구한 결과인가?"

"주로 그때그때 지나가는 생각에서 나오는데요, 평범한 상황에 맞추어 조정할 수 있도록 우아한 찬사를 이리저리 만들어 보면서 지내긴 하지만 가능한 한 즉흥적인 느낌을 풍기기를 바랍니다."

베넷 씨의 기대는 다 실현되었다. 조카는 기대했던 대로 멍청했으니, 그는 조카의 말을 들으면서 짜릿하게 즐거워하는 동시에 기쁨을 함께 나눌 엘리자베스에게 간혹 눈길을 주는 것을 제외하고는 단호하게 침착한 표정을 유지했다.

즐길 만큼 즐긴 베넷 씨는 차를 마시러 손님을 응접실로 안내했고, 차를 마신 후 딸들에게 책을 읽어 달라고 부탁했다. 콜린스가 선뜻 동의해서 책이 준비되었다. 그런데 그는 (어딜 보더라도 순회 도서관에서 빌려 온 것이 분명한) 책을 마주하자 물러서더니 결코 소설을 읽지 않는다며 양해를 구했다. 키티가 그를 노려보았고 리디아는 비명을 질렀다. 다른 책들이 준비되자 고민 끝에 포다이스의 설교집'을 골랐다. 그가 책을 열자 리디아는 하품을 하더니 그가 매우 지루하고 엄숙하게 미처 세 쪽을 읽기도 전에 이렇게 끼어들고 말았다.

"엄마, 필립스 이모부가 리처드를 내보낸다고 하던데, 그러면 포스터 대령이 그를 고용할 거래. 토요일에 이모가 그렇게 말하더라. 내일 메리턴에 가서 어떻게 됐나 더 알아보고 또 데니가 런던에서 언제 돌아오는지도 물어봐야지."

큰 언니와 둘째 언니가 리디아에게 조용히 하라고 했다. 콜린스는 몹시 화가 나서 책을 내려놓으며 말했다.

"어린 숙녀들이 순전히 그들을 이롭게 하는 이런 진지한 책에 거의 흥미를 느끼지 않는 것을 종종 봅니다. 솔직히 말해 놀랍습니다. 확실히 그들에게 교훈보다 더 이득이 되는 건 없는데 말입니다. 하지만 어린 사촌을 더 괴롭혀 뭐 하겠습니까."

그러고는 베넷 씨에게 주사위 놀이를 하자고 했다. 베넷 씨는 그의 도전을 받아들이면서 딸들끼리 시답잖은 오락이나 하도록 내버려 두기를 잘했다고 말해 주었다. 베넷 부인과 나머지 딸들이 리디아의 훼방에 대해 아주 정중하게 사과하면서 그가 다시 책을 읽어 준다면 이런 일이 일어나지 않을 거라고 했다. 하지만 콜린스는 본의 아니게 어린 사촌을 지루하게 했고 그녀의 행동에 모욕을 느끼거나 그녀를 원망하지 않겠다고 말하더니 베넷 씨를 따라 다른 탁자로 가 주사위 놀이를 준비했다.

15장

콜린스는 분별력을 타고난 사람이 아니었고, 교육이나 사교가 그런 결핍을 메워 주지도 못했다. 문맹에다 인색한 아버지 밑에서 삶의 대부분을 보냈다. 대학에 다니기는 했지만 필요한 기간만 겨우 채우고 거기에서 어떤 유용한 인간관계도 만들지 못했다. 아버지가 워낙 순종적으로 키워 놔서 애초에 매우 겸손한 태도를 익혔지만, 그런 태도는 사람들을 만나지 않고 혼자 지내는 아둔한 사람 특유의 자만심과 뜻밖에도 일찍 출세했다는 뿌듯함에 의해 상당히 희석되었다. 헌스퍼드의 목사관이 비었을 때 우연히 운 좋게도 캐서린 드 버그 여사의 후원을 받았다. 여사의 높은 지위에 대한 존중과 후원자에 대한 존경이 자신과 자신의 직업이 가진 성직자의 권위와 교구 목사의 권리에 대한 자랑'과 맞물려 그는 완전히 자만과 아첨과 거만과 비굴이 뒤섞인 사람이 되고 말았다.

좋은 집과 충분한 수입이 있으니 이제 결혼할 작정이었다. 롱본 가족과 화해함으로써 아내를 물색하려 했고, 딸들이 소문처럼 미인이고 상냥하다면 그중 한 명을 고르려 했다. 이것이 그가 말한 보상, 그들의 아버지의 장원을 물려받는 데 대한 보상이었다. 그는 이 계획이 그들에게 매력적이고 적절하고 훌륭하며, 스스로 엄청나게 관대하고 사심이 없다고 생각했다.

딸들을 만나고 나니 계획을 바꿀 게 없었다. 베넷 양의 사랑스러운 얼굴을 보자 계획대로 해야겠다 싶었고 역시 서열을 지켜야 한다는 엄격한 생각이 확고해졌다. 그는 첫날 저녁에 베넷 양으로 결정했다. 그런데 다음 날 오전에 바꾸었다. 그가 아침 식사 전에 십오 분 동안 베넷 부인과 마주 앉아서 목사관으로 얘기를 시작한 다음 자연스럽게 자기 집의 안주인이 롱본에 있을 거라는 희망을 고백하자 베넷 부인이 매우 흡족한 미소로 그를 격려하면서도 그가 마음에 둔 제인은 안 된다고 했다. "아래 동생들에 대해서는 나서서 말할 수 없지만 확실하게 단언은 못 해도 애인이 있단 소린 못 들었어요. 하지만 맏딸은 곧 약혼하게 될 것 같으니까 언질을 주는 게 도리겠네요."

콜린스는 제인에서 엘리자베스로 갈아탔는데, 베넷 부인이 벽난로를 피우는 사이에 금방 그렇게 했다. 서열이나 외모에서 제인 다음인 엘리자베스가 계승하는 게 당연했다.

감을 잡은 베넷 부인은 곧 두 딸을 시집보내리라 믿었다. 어제만

해도 꼴도 보기 싫던 남자를 지금은 아주 축복했다.

메리턴에 가겠다던 리디아의 계획은 빈말이 아니었다. 메리만 빼고 모두 가겠다고 했다. 콜린스를 없애 버리고 서재에서 혼자 있고 싶어 안달이 난 베넷 씨의 권유로 그가 딸들을 인솔하게 되었다. 아침 식사를 마친 후에 베넷 씨를 따라 들어간 그는 장서 가운데 가장 큰 폴리오 책*을 읽는 척하더니 베넷 씨를 붙잡고 헌스퍼드의 자기 집과 정원에 대해 끝없이 떠들기만 했다. 베넷 씨는 견딜 수 없었다. 서재에서 그는 항상 여유와 평화를 누렸다. 엘리자베스에게 말했듯이 이 집의 어느 방에서도 어리석음과 자만을 만날 준비를 하고 살지만 서재는 그렇지 않았다. 그는 당장 예의를 갖추어 콜린스에게 딸들과 함께 산책하라고 부탁하고 나섰다. 사실 독서보다 걷기가 더 잘 맞는 콜린스는 두꺼운 책을 덮고 나갈 수 있어서 아주 기뻤다.

그의 무의미한 허풍과 사촌들의 공손한 맞장구로 시간을 보내면서 그들은 메리턴에 도착했다. 그러자 어린 사촌들의 관심은 더 이상 그에게 머물지 않았다. 즉시 그들의 눈길은 장교들을 찾아 길거리를 헤매었고, 상점의 유리창 안에 진열된 꽤 맵시 있는 모자나 새로 들어온 모슬린* 정도가 아니고서는 그들의 시선을 끌 수 없었다.

곧 모든 아가씨의 시선을 잡아끈 한 청년이 나타났는데, 그는 길 건너편에서 장교와 걷고 있는, 정말 신사다워 보이는 낯선 남자였다. 장교는 바로 리디아가 런던에서 돌아왔는지 궁금해하던 데니였고, 목례하며 지나갔다. 모두들 그 옆의 낯선 남자의 분위기에 감동하여 누구인지 알고 싶어 했고, 키티와 리디아가 알아낼 심산으로 건너편 상점에 들러야 한다는 핑계를 대며 길을 건너 막 보도에 올라서자 때마침 두 신사가 돌아서서 그 지점으로 걸어왔다. 데니가 인사하더니 친구 위컴을 소개하면서 연대에 장교로 부임하려고 어제 런던에서 만나 함께 내려왔다고 했다. 그건 마땅한 일이었다. 이 청년은 군복만 입으면 완벽할 것 같았기 때문이다. 그의 외모는 굉장히 호감을 끌었다. 훌륭한 용모, 멋진 몸매, 유쾌한 말솜씨 등 아름다움의 핵심을 모두 다 갖추었다. 소개가 끝나자 곧 즐겁게 대화를 시작했는데, 그의 열의는 완전히 적절하면서도 소탈했다. 그들이 서서 즐겁게 얘기를 나누고 있을 때, 말소리가 나더니 다아시와 빙리가 말을 타고 지나가는 게 보였다. 숙녀들을 알아본 두 신사가 바로 다가와서 으레 하는 인사를 꺼냈다. 빙리가 주로 말했고 주된 상대는 베넷 양이었다. 그녀의 안부를 물으러 롱본으로 가는 길이라고 했다. 다아시가 목례로 거들고는 엘리자베스에게 눈길을 고정시키지 않으려고 막 결심하려는 찰나 갑자기 낯선 남자를 보고 움찔했고, 엘리자베스는 그 순간 두 남자가 서로 쳐다보는 표정을 포착하고 그 결과에 깜짝 놀랐다. 두 사람의 안색이 변했는데, 한 사람은 창백했고 다른 사람은 달아올랐다. 위컴이 잠시 후에 모자를 만지면서 인사를 건네자 다아시도 마지못해 답례했다. 무슨 의미일까? 도무지 알 수 없었다. 알고 싶어 하지 않을 수가 없었다.

잠시 후에 빙리가 두 사람 사이에 오고간 것을 알아채지 못한 듯이 작별 인사를 하더니 친구와 함께 떠났다.

데니와 위컴은 아가씨들과 함께 필립스 씨 집까지 걸어간 다음, 리디아가 함께 들어가자고 조르고 심지어 필립스 부인이 응접실 창문을 올리고 큰 소리로 들어오라고 하는데도 작별 인사를 했다.

언제나 조카들을 반기는 필립스 부인은 특히 최근 못 봤던 첫째와 둘째를 반겼고, 타고 올 마차를 보내지 않았는데 갑자기 돌아와서 놀랐다면서 존스 씨 약방에서 일하는 아이를 길에서 우연히 만나 베넷 양이 떠나 버려서 더 이상 네더필드에 약을 보내지 않는다는 소식을 듣지 못했더라면 그 사이 집에 돌아온 사실을 몰랐을 거라고 열심히 설명하다가, 제인이 콜린스를 소개하자 정중하게 인사했다. 그녀는 최고의 예의를 갖추어 그를 맞이했고, 그는 일면식도 없는데 불쑥 찾아와서 미안하다고 사과하고 또 자기를 소개한 아가씨들과 친척 관계이기 때문에 괜찮을 거라면서 더 예의를 갖추어 말했다. 필립스 부인은 그의 넘쳐 나는 교양에 감동했다. 그러나 이 낯선 남자에 대한 생각은 다른 낯선 남자에 대한 감탄과 질문에 금방 밀려났고, 그녀는 데니가 런던에서 그를 만나 데려왔고 모 부대*에서 중위로 부임할 거라면서 이미 조카들이 다 아는 대답을 내놓았다. 그녀는 방금 전까지 한 시간 동안 그가 거리를 왔다 갔다 하는 모습을 보고 있었다고 했는데, 위컴이 또 지나갔다면 키티와 리디아도 그렇게 목을 빼고 봤겠지만 불행히도 지금은 이 낯선 남자에 비해 '멍청하고 불쾌한 족속'인 몇 명의 장교를 제외하고는 아무도 창밖으로 지나가지 않았다. 다음 날 몇몇 장교가 필립스 부부와 저녁 식사를 할 예정이었는데, 이모는 롱본 가족이 온다면 이모부가 위컴을 방문해서 그도 초대하겠다고 약속했다. 다들 동의하자, 필립스 부인은 로터리 놀이로 편안하고 시끌벅적하게 논 다음에 늦은 저녁을 따뜻하게 먹자고 했다. 그렇게 즐겁게 놀 생각에 신이 나서 헤어졌다. 콜린스는 떠나면서도 계속 사과했고, 상대방이 사과할 필요 없다고 계속 예의를 차려 대꾸해 주자 안심했다.

집으로 돌아오면서 엘리자베스는 제인에게 두 신사 사이에 오고 간 것에 대해 말했다. 무슨 잘못이 눈에 띄었다면 제인은 한 사람이나 혹은 두 사람을 모두 옹호했겠지만 그녀 역시 동생처럼 도통 설명할 길이 없었다.

돌아온 콜린스는 필립스 부인의 매너와 예의를 칭찬하여 베넷 부인을 매우 흡족하게 했다. 캐서린 여사와 딸을 제외하고 그녀보다 더 우아한 여성을 본 적이 없다고 했다. 그녀가 최고의 정중함으로 자신을 맞이했을 뿐 아니라 자기를 콕 찍어서 다음 날 저녁 초대에 포함시켰다는 것이다. 롱본의 친척이니까 그랬을 거라고 짐작하지만, 그는 평생 그렇게 많은 관심을 받아 본 적이 없었다.

16장

베넷 부부가 딸들과 이모의 저녁 약속에 반대하지 않았고 또 롱본에 머무는 동안 하루 저녁도 부부의 곁을 떠나지 않으려는 콜린스의 망설임을 꾸준히 달랜 결과, 마차가 콜린스와 그의 사촌 여동생 다섯 명을 적당한 시간에 메리턴으로 실어 날랐다. 응접실에 들어서면서 자매들은 위컴이 이모부의 초대를 받아들여 와 있다는 소식을 듣고 기뻤다.

이 소식을 들으며 각자 자리를 잡자 콜린스는 주변을 둘러보고 감탄할 여유를 가졌고, 집의 크기와 가구에 감동해서 로징스의 아담한 여름 조찬실에 있는 것 같다고 했다. 필립스 부인은 처음에는 비유에 별로 만족하지 못했다. 그러다 로징스가 어디이고 주인이 누구인지를 이해하고, 또 캐서린 여사의 여러 응접실 가운데 단 하나의 묘사만 듣고도 거기 벽난로 장식품 하나가 팔백 파운드라는 사실을 알게 되자 이 찬사의 위대함을 깨닫고 그 저택의 가정부의 방에 비유되더라도 원망하지 않을 마음이 들었다.

캐서린 여사와 딸이 사는 저택의 모든 광휘를 묘사하면서 자신의 초라한 집과 집수리를 자랑하는 얘기를 때때로 끼워 넣어 가며 그는 신사들이 합류할 때까지 행복해하며 떠들었다. 필립스 부인은 그의 말을 열심히 들었고, 들을수록 그를 높이 평가하게 되어 가능한 한 빨리 이웃 사람들에게 들은 말을 전달하리라 결심했다. 그의 말을 듣지도 않고 오직 음악이 연주되기만 바라면서 벽난로 위에 놓인 자신들이 만든 볼품없는 모조품 도자기를 하릴없이 살펴보던 아가씨들에게 시간은 길게만 느껴졌다. 결국 기다림은 끝났다. 신사들이 들어왔다. 위컴이 들어오자 엘리자베스는 어제 그를 처음 본 이후로 흠모해 온 것이 조금도 이상하지 않다고 느꼈다. 모 지역의 장교들이 점잖고 신사답다고 하는데 그 정예 부대가 바로 여기에 있었다. 그중에서도 위컴은 체격, 용모, 분위기 그리고 걸음에서 나머지 장교들을 압도했는데, 마치 숨 쉴 때마다 포도주 냄새를 폴폴 풍기면서 장교들을 따라 들어온 넙데데하고 뚱뚱한 이모부보다 다른 장교들이 훨씬 우월한 것과 같았다.

위컴은 거의 모든 여성의 눈길이 머무는 행복한 남자였고, 엘리자베스는 그가 마침내 옆에 앉은 행복한 여성이었다. 비가 오고 우기가 시작될 것 같은 밤이었지만 즉시 대화에 몰입하는 그의 태도가 워낙 유쾌하여 가장 흔하고 지루하고 빤한 주제라도 말하는 사람의 재주에 따라 흥미롭다는 생각이 들었다.

위컴을 비롯한 경쟁자들이 여성의 주목을 끌고 있으니 콜린스는 하찮은 존재가 된 것 같았다. 젊은 아가씨들에게 그는 정말이지 아무도 아니었다. 그래도 때때로 필립스 부인이 그의 말을 열심히 들어 주고 커피와 머핀을 넘치게 권하면서 챙겨 주었다.

카드놀이 탁자가 준비되고 그는 휘스트 놀이에 끼려고 앉으면서 부인에게 보답할 기회를 잡았다.

"현재로서는 카드놀이를 잘 모릅니다." 그가 말했다. "하지만 배우면 됩니다. 제 지위가." 필립스 부인은 그가 참여해 줘서 고마웠지만 이유까지 들어줄 수 없었다.

위컴은 휘스트 놀이에 합류하지 않고, 엘리자베스와 리디아가 앉아 있는 다른 탁자로 가자마자 환영받았다. 처음에는 나서서 떠드는 리디아가 그를 완전히 차지할 위험이 있어 보였다. 하지만 로터리 놀이를 좋아하는 그녀는 곧 내기를 걸고 따는 데에 흥미를 가지고 너무 열중한 나머지 아무에게도 관심을 둘 수 없었다. 카드놀이를 대충 따라가면서 위컴은 엘리자베스와 담소를 나눌 여유를 찾았고, 그녀는 정말 듣고 싶었던 다아시와의 친분에 대한 얘기를 듣게 되리라는 기대는 하지 않았지만 그가 하는 말이라면 뭐든 받아 줄 태세였다. 감히 그 신사의 이름은 꺼내지도 못했다. 그러나 뜻밖에도 그녀의 호기심이 풀렸다. 위컴이 알아서 이 주제를 시작했다. 그는 네더필드가 메리턴에서 얼마나 먼지 물었다. 대답을 듣고서 망설이는 태도로 다아시가 거기 온 지 얼마나 됐는지 물었다.

"한 달 정도예요." 엘리자베스가 대답했다. 그러고는 이 주제가 여기서 끝날까 봐 덧붙였다. "더비셔에 대단한 재산이 있대요."

"네." 위컴이 대답했다. "거기 장원이 대단하죠. 일 년에 만 파운드에서 한 푼도 안 빠지는 돈이 나오니까요. 그 부분에 대해서는 나보다 더 확실한 정보를 줄 수 있는 사람을 못 만날 겁니다. 어릴 때부터 그 집안과 각별한 인연을 맺어 왔거든요."

엘리자베스는 놀랄 수밖에 없었다.

"베넷 양, 어제 우리가 차갑게 조우한 것을 봤을 테니 친분이 있다는 말에 놀라는 게 당연합니다. 다아시를 잘 압니까?"

"알고 싶은 만큼은 알아요." 엘리자베스가 흥분해서 대답했다. "한 집에서 나흘을 보낸 적이 있었는데 정말 불쾌했어요."

"그가 유쾌한지 아닌지 내 생각을 말할 권리가 없어요." 위컴이 말했다. "생각을 가질 자격이 없거든요. 공정한 판단을 내리기에는 그를 너무나 오래 그리고 잘 압니다. 치우치지 않을 수가 없죠. 하지만 그렇게 나쁘게 말하는 건 놀랄 일인데요, 다른 데에 가서 그렇게 세게 표현하지 않겠지요. 여기서는 가족끼리니까."

"분명하게 말하지만, 네더필드만 아니면 이 마을에서 어딜 가든 이렇게 못 할 이유가 없어요. 하트퍼드셔 사람들은 그를 좋아하지 않아요. 모두가 그의 오만에 질렸어요. 이보다 더 호의적으로 말하는 사람은 못 만날 거예요."

"솔직히 말하면요." 잠시 멈추었다가 위컴이 말했다. "그나 다른 사람이나 정당한 몫 이상으로 평가받으면 안 된다고 생각해요. 그에게는 그다지 해당되지 않죠. 사람들은 그의 재산과 지위를 맹목적으로 믿거나 그의 고상하고 위압적인 매너에 겁을 먹고는 그가 바라는 대로 그를 봐 줍니다."

"그를 조금밖에 모르지만 성격이 나쁜 사람이라 생각해요." 위컴은 고개를 흔들기만 했다.

"이 지역에 오래 머무는지 궁금하군요." 그가 말할 차례가 오자 물었다.

"전혀 모르겠어요. 네더필드에 머무는 동안 어디 간다는 말은 못 들었어요. 모 부대에 머물 계획이 그 사람 때문에 영향받지 않았으면 좋겠어요."

"그럴 리가요! 내가 다아시에게 쫓길 일은 없어요. 나를 피하고 싶다면 그가 떠나야죠. 사이가 좋지 않으니까 그를 만나는 게 괴롭습니다만 내가 온 세상에 공표할 수 있는 이유 말고는 그를 피할 까닭이 없습니다. 그 이유는 바로 학대당했다는 느낌 그리고 그가 그런 사람이라는 통렬한 안타까움입니다. 베넷 양, 그의 아버지인 돌아가신 다아시 어르신은 세상에서 가장 훌륭한 신사였고 진정한 친구였습니다. 다아시와 함께 있을 때면 수많은 애틋한 기억이 떠올라 뼛속까지 슬퍼집니다. 그가 내게 한 짓은 추문입니다. 그가 자기 아버지의 뜻을 짓밟고 아버지의 기억에 먹칠만 하지 않았더라면 뭐든 용서할 수 있었다고 진심으로 믿고 있어요."

엘리자베스는 이 주제가 점점 흥미로워서 집중해서 들었다. 하지만 민감한 문제라 더 캐물을 수 없었다.

위컴은 메리턴, 이웃 마을, 사교계 등 좀 더 일반적인 주제에 대해 얘기하면서 모든 것에 아주 만족한 듯 보였고, 특히 사교계에 대해 말할 때는 부드럽지만 분명하게 남자다운 관심을 드러냈다.

"모 부대에 오도록 나를 이끈 주요한 동기는 바로 지속적인 사교계, 괜찮은 사교계에 대한 기대였어요." 그가 덧붙였다. "매우 평판이 좋고 호감이 가는 부대라고 알고 있었지만, 친구 데니가 현재 사령부에 대해 설명하면서 메리턴 사람들이 엄청나게 관심을 가져 주고 또 멋진 사람들도 많다고 하는 바람에 끌렸습니다. 난 정말 사교계가 필요해요. 워낙 좌절한 채로 살아와서 이젠 외로움을 견딜 수 없습니다. 직업과 사교계가 필요합니다. 군대는 내가 의도한 길이 아닙니다만 상황이 이렇게 풀렸어요. 교회가 천직이었어야 했어요. 그렇게 교육받았으니까, 우리가 지금 말한 이 신사의 마음에만 들었더라면 지금 즈음 넉넉한 목사 자리를 차지하고 살겠죠."

"그렇군요!"

"다아시 어르신께서는 후원할 수 있는 가장 좋은 목사 자리가 나면 내가 물려받을 수 있도록 해 주셨어요. 대부이셨고 나를 몹시도 아끼셨죠. 그분의 친절함은 말로 다 할 수 없습니다. 한 재산을 마련해 주실 작정으로 그렇게 하셨습니다. 하지만 목사 자리가 나자 다른 사람에게 갔어요."

"그럴 수가!" 엘리자베스가 경악했다. "어떻게 그럴 수가 있어요? 어떻게 아버지의 유언을 무시할 수 있죠? 법에 호소해 바로잡지 않았어요?"

"유언장의 문구가 격식을 다 갖추지 않아서 법적인 도움을 받을 수 없었어요. 명예를 아는 사람이라면 유언장의 의도를 의심하지 않았겠지만 다아시는 의심했고 그것을 단순히 조건부 추천으로 취급하고서 내가 사치스럽고 경솔하다고, 그러니까 아무 이유나 막 붙여서, 모든 권한을 몰수한다고 주장했습니다. 분명히, 그 자리는 이 년 전 내가 맡을 수 있는 나이가 되었을 때 비었지만 다른 사람에게 가 버렸어요. 그 못지않게 분명한 건 내가 이 자리를 잃을 정도로 잘못한 일이 없다는 겁니다. 난 열정적이고 몸을 사리지 않는 기질을 가졌고, 가끔 그에 대해서나 그에게 내 생각을 거리낌 없이 말했을 겁니다. 더 나쁜 짓은 떠오르지 않습니다. 중요한 것은 우리 두 사람이 매우 다르고 그가 나를 싫어한다는 사실입니다."

"충격적이에요! 공개적으로 비난받아 마땅해요."

"언젠가 때가 되면 그렇게 되겠지만, 내가 그렇게 하지는 않을 겁니다. 그의 부친을 잊을 때까지는 그와 싸우거나 망신 줄 수 없습니다."

엘리자베스는 그의 감정을 존중했고, 그가 이렇게 말할 때 가장 멋져 보인다고 생각했다.

"그런데 왜 그랬을까요?" 잠시 후 그녀가 물었다. "어떻게 그렇게 잔인하게 행동할 수 있죠?"

"나에 대한 뿌리 깊고 철저한 증오, 어떤 점에서 질투라고밖에는 볼 수 없는 증오죠. 다아시 어르신께서 나를 조금만 덜 아끼셨더라면 어르신의 아들이 좀 견딜 수 있었겠지요. 나에 대한 어르신의 각별한 애정이 어릴 때부터 그를 자극했을 겁니다. 그는 우리가 겪었던 경쟁이랄까, 내가 종종 받았던 편애를 견딜 성품이 못 되었어요."

"다아시가 그렇게까지 못된 줄 몰랐는데요, 그를 좋아하진 않았지만 아주 나쁘게 생각한 적은 없었거든요. 그가 일반적으로 주변 사람들을 경멸하는 줄은 알았지만 그렇게 사악한 복수와 불의와 비인간적인 짓을 저지를 정도로 타락했으리라고는 의심하지 않았어요!"

그녀는 몇 분 동안 생각하더니 이어서 말했다. "네더필드에 머물 때, 어느 날 그가 원한을 풀지 않고 용서하지 못하는 성격이라고 내세우던 게 생각나요. 정말 끔찍한 성격이에요."

"나는 이 주제를 말하면 안 됩니다." 위컴이 대꾸했다. "난 그에 대해 공정하게 말할 수 있는 사람이 못 됩니다."

엘리자베스는 다시 생각에 빠졌다가 시간이 좀 지나자 이렇게 주장했다. "아버지가 대부를 해 주었던 사람, 아버지의 친구, 아버지의 총애를 받던 사람을 그렇게 대하다니!" 그리고 이렇게 덧붙이고 싶었을지도 모른다. '더구나 당신 같은 젊은 남자를, 용모가 선한 성품을 보증하는 사람을요.' 그러나 이렇게 말하는 것으로 만족했다. "어린 시절부터 친구였고, 당신이 말한 것처럼 그렇게 친밀하게 지냈던 사람을!"

"우리는 같은 교구, 같은 장원에서 태어났고, 어린 날의 대부분을 함께 보냈습니다. 한집에 살면서 같이 놀고 같은 부모의 보살핌을 받았죠. 원래 내 아버지는 당신의 이모부인 필립스 씨가 자랑스러워하는 직업을 갖고 있었습니다만 다아시 어르신께 도움이 되고자 모든 것을 포기하고 펨벌리 재산을 돌보는 데 헌신했습니다. 어르신께서는 아버지를 비밀을 터놓는 친밀한 친구로 정말 높이 평가하셨습니다. 아버지의 적극적인 관리 감독 업무에 매우 고맙다고 자주 말씀하셨고, 아버지가 돌아가시기 전부터 제 앞길을 보살펴 주시겠다고 먼저 약속하신 걸 보면 어르신께서는 내게 애정을 품으셨던 만큼이나 아버지에게 고마워하는 마음의 빚을 가지고 계셨던 겁니다."

"정말 이상해요!" 엘리자베스가 외쳤다. "가증스러운 게, 다아시라는 사람의 오만은 당신을 공정하게 대하는 것과는 무관한가 봐요! 비록 좋은 마음이 없더라도 오만하기라도 하다면 그토록 부당하게 굴 수 없을 텐데, 정말이지 부당해요."

"그의 모든 행동이 오만으로 귀결되는 건 정말 대단합니다." 위컴이 대답했다. "오만은 종종 그의 가장 절친한 친구가 되죠. 다른 감정보다도 오만이 그나마 미덕에 가까이 가도록 해 줬어요. 하지만 한결같은 사람은 없잖아요. 그가 내게 한 짓을 보면 오만보다도 더 강렬한 충동이 있었던 겁니다."

"가증스러운 오만 덕분에 그가 잘한 일이 있다고요?"

"그럼요. 오만은 종종 그를 관대하고 자비롭게 합니다. 돈을 맘껏 나눠 주고 사람들을 환대하고 임대인을 도와주고 가난한 사람들을 구제하고 말이죠. 어르신을 몹시 존경하기 때문에 가문과 가족에 대한 자존심으로 그렇게 합니다. 가문에 먹칠을 하고 사람들의 인기에서 멀어지거나 펨벌리 저택의 영향력을 잃을까 봐 조심하는 게 강력한 동기죠. 오빠로서 자존심도 있어서 오빠다운 애정을 약간 보태면 여동생을 친절하고 신중하게 보살피는 후견인이 됩니다. 그러니 사람들이 흔히 그를 최고로 자상하고 좋은 오빠라고 칭찬하죠."

"다아시 양은 어떤 아가씨예요?"

그가 고개를 저었다. "유감이지만 상냥하다고 말할 수 없어요.

다아시 가문 사람을 나쁘게 말하려니 고통스럽네요. 그녀는 오빠와 너무도 닮아서, 아주 오만하죠. 아이였을 때는 다정하고 쾌활하고 나를 무척 좋아했어요. 몇 시간이고 바쳐서 그녀와 놀아줬지만 지금은 나와 아무 상관도 없는 사람입니다. 열대여섯 살 된 아름다운 숙녀로서 교양도 많이 쌓았겠죠. 어르신께서 돌아가신 후에 런던에서 가정교사가 그녀와 살면서 교육을 감독하고 있습니다."

여러 번 멈추었다가 다른 주제를 꺼내기도 했다가 엘리자베스는 처음 주제로 돌아가 물었다.

"그가 빙리 씨와 친해서 놀라워요! 좋은 성격 그 자체인 사람, 정말 착한 빙리 씨가 어떻게 그런 사람과 우정을 유지할까요? 둘이 어떻게 맞을까요? 빙리 씨를 알아요?"

"전혀 모릅니다."

"다정하고 착하고 매력적인 분이죠. 다아시의 정체를 모를 거예요."

"모를 수 있어요. 다아시는 원하는 대로 하는 사람입니다. 그는 능력이 부족하지 않습니다. 자기에게 가치 있다고 생각하면 대화를 잘 받아 주는 친구가 되어 줍니다. 자기와 동급인 사람들과 있을 때는 덜 부유한 사람들을 대할 때와 매우 다릅니다. 여전히 오만이 그를 떠나지 않아요. 돈 많은 상류층 사람들과 있으면 시원시원하고 공정하고 진실하고 지각 있고 고결하고 또 어쩌면 유쾌하게 굴면서 재산과 신분을 대접하는 거죠."

휘스트 놀이가 파장하면서 사람들이 곧 다른 탁자로 모여들었고, 콜린스는 사촌 엘리자베스와 필립스 부인 사이에 자리 잡았다. 필립스 부인이 그에게 얼마를 땄는지 의례적으로 물었다. 별로였다. 그는 매번 잃었다. 하지만 필립스 부인이 걱정하기 시작하자 그는 잃은 것은 조금도 중요하지 않으며 돈을 그저 사소하게 여긴다고 굉장히 진지하게 말하면서 걱정하지 말라고 간청했다.

"카드놀이를 하려거든 운에 맡겨야 한다는 것을 잘 압니다." 그가 말했다. "행복하게도 저는 한두 푼을 따려고 안달하는 그런 처지가 아닙니다. 이렇게 말할 수 없는 사람들이 분명 많을 텐데 저는 캐서린 드 버그 여사님 덕분에 사소한 돈 문제를 챙길 필요가 전혀 없습니다."

위컴이 주의를 기울였다. 콜린스를 잠시 지켜보더니 엘리자베스에게 목소리를 낮춰 이 친척이 드 버그 가문과 가까운지 물었다.

"캐서린 드 버그 여사가 최근에 목사 자리를 주셨어요." 그녀가 대답했다. "어떻게 그분에게 발탁되었는지는 모르겠지만 오래 알고 지낸 건 분명 아니에요."

"캐서린 드 버그 여사와 앤 다아시 여사가 자매라는 건 물론 알겠군요. 결과적으로 그분이 다아시의 이모가 되죠."

"아뇨. 정말 몰랐어요. 캐서린 여사의 친척을 어떻게 알겠어요. 그저께까지만 해도 그런 분이 존재하는지도 몰랐는데요."

"그분의 따님인 드 버그 양이 큰 재산을 물려받게 되고, 그녀와 그녀의 사촌이 두 집안 재산을 합칠 거라고들 하죠."

엘리자베스는 불쌍한 빙리 양을 떠올리며 웃음 지었다. 그가 이미 다른 여성과 결혼하기로 되어 있으니 빙리 양의 모든 관심은 헛되고 그의 여동생에 대한 애정이나 그에 대한 칭찬도 모두 소용없었다.

"콜린스 씨는 캐서린 여사와 딸을 모두 좋게 말했어요." 그녀가 말했다. "하지만 여사에 대해 그가 언급한 구체적인 내용을 보면, 그가 감사하는 마음 때문에 잘못 생각하고 있어서 그렇지 후견인이랍시고 오만하고 잘난 체한다는 느낌이 들어요."

"오만한 것도 잘난 체하는 것도 엄청납니다." 위컴이 대답했다. "몇 년 동안 못 뵈었지만 그분을 좋아했던 적이 없었고 그분의 매너가 독재적이고 무례했던 기억이 납니다. 사리 판단이 확실하고 똑똑한 분이라는 명성이 있습니다만 그분의 능력의 일부는 신분과 재산에서, 또 일부는 권위적인 태도에서, 그리고 나머지는 자신의 친인척은 일류의 지성을 가져야 한다고 믿는 그분 조카의 오만에서 나왔다고 봐요."

엘리자베스는 그가 매우 합리적인 설명을 했다고 인정했고, 늦은 저녁 식사가 들어와 카드놀이가 끝날 때까지 두 사람은 흡족하게 대화를 나누었다. 그제야 나머지 숙녀들도 위컴의 관심을 받았다. 필립스 부인의 늦은 저녁 자리는 소란스러워서 대화를 나눌 수 없었지만 그의 매너는 모든 사람의 호감을 끌었다. 그가 말하는 것은 무엇이든 멋있었다. 그가 하는 행동은 무엇이든 우아했다. 엘리자베스는 온통 그를 생각하며 떠났다. 집에 돌아가는 내내 위컴과 그가 했던 말만 떠올렸다. 그래도 그의 이름 한 번 꺼내지 못한 것은 리디아와 콜린스가 한순간도 조용하지 않았기 때문이다. 리디아는 끊임없이 로터리 놀이에서 자신이 잃은 것과 딴 것을 늘어놨다. 콜린스는 필립스 부부의 예의범절을 묘사하고, 휘스트 놀이에서 잃은 것에 조금도 개의치 않는다고 주장했으며, 늦은 저녁에 나왔던 모든 음식을 나열하고 마차 안에서 사촌들의 몸에 부딪쳤거나 밀쳤을까 봐 줄곧 걱정하면서 마차가 롱본 저택에 도착할 때까지 넘쳐흐르게 수다를 떨었다.

17장

다음 날 엘리자베스는 위컴과 자신 사이에 오간 대화를 제인에게 전했다. 제인은 놀라고 걱정하면서 들었다. 다아시가 그토록 빙리의 애정이 아까운 사람이라는 것을 믿을 수 없었다. 그렇지만 위컴처럼 호감 가는 외모를 가진 청년의 진실성을 의심하는 것도 그녀의 천성이 아니었다. 그런 불친절한 취급을 견뎠을 가능성만으로도 그녀의 동정심을 끌어내기 충분했다. 따라서 두 남자 모두 좋게 생각하고 각자 한 행동을 옹호해 주려면 달리 설명할 수 없는 것은 무엇이든 우연이거나 실수로 떠넘기는 수밖에 없었다.

"어떻게 된 건지는 모르겠지만 두 사람 모두 우리가 모르는 어떤 방식으로 속았을 거야." 그녀가 말했다. "아마 주변에 사심 있는 사람들이 두 사람 사이를 갈라놓고 있을 거야. 그러니까 두 사람은 잘못이 없고 우리로서는 그들이 멀어진 이유나 정황을 추측할 수 없어."

"정말이야. 그렇다면, 제인 언니, 이 일에 끼어든 사심 있는 사람들을 대신해서 한 말씀 하셔야지? 그 사람들 잘못을 벗겨 주지 않으면 누군가는 나쁜 사람으로 남는 수밖에 없잖아."

"원하는 만큼 비웃어도 좋은데, 내 의견은 변하지 않아. 리지, 부친이 총애했던 사람, 부친이 보살펴 주기로 약속했던 사람을 그렇게 대했다는 게 다아시를 얼마나 불명예스럽게 만드는지 생각해 봐. 말이 안 돼. 인간성을 가진 사람이라면, 조금이라도 자신을 존중하는 사람이라면 그럴 수는 없어. 그의 가장 친한 친구가 말도 안 되게 그에게 속고 있다고? 아니야!"

"난 위컴이 어젯밤에 개인사를 꾸며내서 말했다기보다는 빙리가 속았다는 쪽이야. 이름과 사실, 모든 것을 자연스럽게 바로바로 말했어. 그렇지 않다면 다아시가 반박해 보라지. 게다가 위컴의 얼굴은 진실해 보였어."

"정말 어렵고 골치 아픈 일이야. 어떻게 생각해야 할지 모르겠어."

"그럴 거 없어. 난 어떻게 생각해야 할지 딱 알겠어."

그러나 제인에게는 단 한 가지, 만약 빙리가 속고 있다면 이 일이 밝혀졌을 때 그가 굉장히 괴로워하리라는 것만 확실했다.

정원 숲길에서 두 아가씨가 이렇게 대화를 나누고 있을 때 그들이 대화에 올린 몇몇 사람이 도착했다는 소식이 왔다. 오래 기다렸던 네더필드 무도회를 다음 주 화요일에 연다는 초대를 직접 전하려고 빙리와 누이들이 방문했다. 두 숙녀는 제인을 만나자 반가워하고 못 본 지 한참 되었다면서 그동안 어떻게 지냈는지 계속 물었다. 나머지 가족에게는 거의 관심이 없었다. 가능한 한 베넷 부인을 피하고 엘리자베스에게는 조금, 그리고 나머지 동생들에게는 한마디도 안 했다. 그러고는 너무 빨리 일어나 빙리를 놀래키더니, 마치 베넷 부인의 정중한 인사로부터 탈출하고 싶어 못 견디겠다는 듯이 서둘러 떠났다.

네더필드 무도회가 열린다는 생각에 베넷 집안 여자들은 모두 기뻐했다. 베넷 부인은 무도회가 맏딸을 위한 거라고 믿었고 더구나 형식적인 카드 대신 빙리로부터 직접 초대를 받아서 감격했다. 제인은 두 친구를 만나고 빙리의 관심을 받는 행복한 저녁을 상상했다. 엘리자베스는 위컴과 맘껏 춤추고 또 다아시의 표정과 행동을 확인할 생각에 흐뭇했다. 반면에 캐서린과 리디아가 기대한 행복은 하나의 사건이나 특정한 사람에게 달려 있지 않았는데, 엘리자베스처럼 그들도 위컴과 실컷 춤출 작정이긴 해도 위컴이 그들을 만족시킬 유일한 짝도 아닌 데다 무도회는 어쨌든 무도회이기 때문이다. 메리마저도 무도회 참석에 반대하지 않는다고 분명히 밝혔다.

"오전 시간을 쓰면 돼. 저녁 약속에 가끔 간다고 시간을 낭비하는 건 아니지. 우리 모두 사교계가 필요해. 누구에게나 사이사이의 휴식과 오락은 바람직하니까."

엘리자베스는 기분이 너무 좋은 나머지, 평소 콜린스와는 불필요한 대화는 하지도 않다가 자기도 모르게 빙리의 초대를 수락할 건지 그리고 그렇다면 춤추고 즐겁게 지내도 괜찮을지 묻고 말았다. 놀랍게도 그는 이 주제에 조금도 거리낌이 없었고 춤 때문에 대주교님이나 캐서린 드 버그 여사의 꾸중을 들을까 전혀 두려워하지 않았다.

"준수한 청년이 점잖은 사람들에게 베푸는 이런 무도회는 나쁠 게 없다는 의견을 갖고 있습니다." 그가 말했다. "내가 춤추는 것도 좋아해서요, 저녁 내내 아리따운 사촌 여동생들의 손을 잡고 차례로 춤출 영광을 기대하고 또 이 기회에 특별히 엘리자베스 양에게 처음 두 번의 춤을 청하려고 합니다만, 이것은 제인을 무시해서가 아니라 제인이 잘 알고 있을 이유 때문입니다."

엘리자베스는 완전히 바보가 된 것 같았다. 처음 두 번의 춤을 위컴과 함께할 거라 잔뜩 기대했었다. 그런데 콜린스와 엮이다니! 하필 이럴 때를 골라 까불었으니, 어쩔 수 없었다. 위컴과 자신의 행복은 연기될 수밖에 없고, 콜린스의 제안을 할 수 있는 한 좋은 기분으로 받아들였다. 하지만 그의 남자다운 접근이 뭔가 암시하는 것 같아서 조금도 반갑지 않았다. 그제야 자매들 가운데 바로 자신이 헌스퍼드 목사관의 안주인, 더 바람직한 손님이 없을 경우에 로징스에서 쿼드릴 놀이를 해 줄 만한 사람으로 뽑혔다는 생각이 들었다. 부쩍 친절하게 대해 주고 자신의 농담과 명랑함을 자주 칭찬하려고 애쓰는 것을 보니 확신이 들었다. 자신의 매력이 이런 결과를 낳은 것이 기쁘다기보다 충격적이었고, 얼마 지나지 않아 어머니는 그들의 결혼 가능성을 매우 반긴다는 뜻으로 말했다. 엘리자베스는 대꾸하면 심각한 말싸움이 일어날 것 같아서 모른 척하기로 했다. 콜린스가 청혼하지 않을 수도 있으니까 그가 정말로 나설 때까지는 이러쿵저러쿵해 봐야 소용없었다.

네더필드 무도회를 준비하고 이에 대해 떠들지 않았더라면 어린 딸들은 이맘때 정말 비참했을 것인데, 초대받은 날부터 무도회 날까지 메리턴에 한 번도 걸어가지 못할 정도로 줄기차게 비가 내렸기 때문이다. 이모도 장교도 새로운 소식도 쫓아다닐 수 없었다. 사람을 시켜 네더필드 무도회에 신고 갈 구두의 꽃 장식을 구한 것이 전부였다. 엘리자베스조차도 날씨를 견디는 인내심의 한계를 느꼈다. 위컴과의 친분은 진전되지 못하고 완전 멈춘 상태였다. 키티와 리디아가 금요일, 토요일, 일요일 그리고 월요일을 견딜 수 있었던 것은 오로지 화요일 무도회 생각, 그것 하나뿐이었다.

18장

네더필드의 응접실에 모여 있던 붉은 군복 무리에서 위컴을 찾지 못할 때까지 엘리자베스는 그의 참석을 의심하지 않았다. 지난 대화를 되짚어 보면 안 올 수도 있겠다 싶었지만 당장 그를 만나리라는 확신이 앞섰다. 그녀는 평소보다 더 신경 써서 차려입고, 다 정복되지 않고 남은 그의 마음을 차지할 준비로 사기충전하여 그날 저녁 목표를 이룰 거라고 믿고 있었다. 빙리가 장교들을 초대하면서 다아시를 배려해 위컴을 일부러 뺐을 거라는 끔찍한 의심이 한순간 스쳤다. 그러나 그건 아니었고, 리디아의 맹렬한 질문에 그의 친구 데니가 그가 전날 런던에 일을 보러 가서 아직 돌아오지 않았다고 설명하여 그의 부재를 기정사실로 선언했다. 그는 의미심장한 미소를 지으며 이렇게 덧붙였다.

"여기서 어떤 신사를 피할 생각이 아니었다면 하필 지금 업무를 봐야 하는지 모르겠습니다."

리디아는 이 말을 끝까지 듣지 않았지만 엘리자베스는 다 알아들었고, 처음에 의심한 대로는 아니어도 다아시의 책임이 덜하지 않다는 확신이 들자 당장 실망한 마음에다 그에 대한 모든 불쾌감이 겹쳐 잠시 후 그가 다가와 정중하게 인사할 때에는 대충 예의를 갖추어 대꾸하기도 힘들 정도였다. 그에게 관심을 가지고 봐주고 참아 주는 것은 위컴을 모욕하는 것이다. 그와 한마디도 안 하기로 결심하고 속상한 기분으로 뒤돌아섰고, 심지어 빙리와 얘기하면서도 그의 눈먼 우정이 거슬려서 기분을 완전히 다스릴 수 없었다.

그러나 엘리자베스는 속상한 기분에 집착하는 사람이 아니다. 저녁을 즐겁게 보낼 희망은 산산조각 났지만 거기에 집착하지 않았다. 일주일 만에 만난 샬럿 루카스에게 다 털어놓고 나서는 괴짜 사촌으로 주제를 옮겨 실컷 수다를 떨었다. 하지만 처음 두 번의 춤으로 고통이 돌아왔다. 굴욕적인 춤이었다. 어색하고 근엄한 콜린스는 춤 대신 사과만 하면서 종종 엉뚱하게 움직이면서도 깨닫지 못한 채, 두 번의 춤을 추는 동안 못난 짝이 줄 수 있는 모든 수모와 비참함을 선사했다. 그에게서 풀려나니 짜릿했다.

다음 춤은 어떤 장교와 추었는데 위컴에 대해 말하면서 그가 두루 호감을 얻고 있다고 알려 줘서 상쾌해졌다. 춤이 끝나고 샬럿 루카스에게 돌아와 대화를 나눌 때 갑자기 다아시가 다가와서 인사하더니 놀랍게도 춤을 청했고 그만 얼떨결에 허락하고 말았다. 그가 즉시 사라지고, 엘리자베스는 정신을 놓고 있었다며 혼자 괴로워했다. 샬럿이 위로했다.

"지내다 보면 유쾌한 사람일 거야."

"말도 안 돼! 그거야말로 최악의 불행이지! 증오하기로 결심했는데 알고 보니 유쾌한 사람이더라니! 그런 끔찍한 일은 사양할게."

그래도 샬럿은 춤이 시작되어 다아시가 손을 잡으러 다가오자 그녀에게 위컴 때문에 그보다 열 배는 더 중요한 남자에게 불쾌하게 구는 멍청한 짓은 하지 말라고 한마디 속삭일 수밖에 없었다. 엘리자베스는 대답하지 않고 대형 속에 자리를 잡으러 갔으며, 다아시와 마주 보고 서는 영예를 차지하게 되어 놀랐고, 이를 바라보는 이웃들의 표정에서 똑같은 놀라움을 읽었다. 두 사람 모두 한동안 말없이 서 있기만 했다. 두 번의 춤을 출 동안 침묵이 계속될 것 같아서 처음에는 그냥 가만있기로 했다. 그러다가 말을 시키는 게 더 큰 형벌일 거라는 생각이 들어 춤에 대해 조금 말했다. 그가 대답한 후 조용해졌다. 몇 분의 침묵이 흐른 뒤 그녀가 두 번째로 말을 꺼냈다.

"이제 당신이 말할 차례예요, 다아시 씨. 내가 춤에 대해 말했으니 당신은 방의 크기가 어떻다든지 몇 쌍이나 춤춘다든지 말하면 될 걸요."

그가 웃음 짓고 나서 원하는 건 무엇이든 말하겠다고 대답했다.

"좋아요. 그렇게 대답했으니 일단 됐어요. 좀 이따 내가 개인 무도회가 마을 무도회보다 훨씬 즐겁다고 말할게요. 일단은 침묵하죠."

"춤출 때 규칙에 따라 말합니까?"

"가끔요. 말하지 않을 수는 없잖아요. 삼십 분 동안 두 사람이 한 마디도 안 하면 이상하고, 최대한 말수를 줄이면서 대화를 이어가고 싶어 하는 사람들도 좀 있으니까요."

"지금 당신이 그러고 싶다는 건가요, 아니면 나를 배려하는 건가요?"

"둘 다예요." 엘리자베스가 장난스럽게 대답했다. "우리 마음이 비슷하게 움직인다고 늘 생각해 왔거든요. 둘 다 비사교적이고 과묵한 성격이라 방에 모인 사람들을 감동시키고 또 후대에까지 갈

채를 받는 격언으로 길이 남을 말이 아닐 바에야 안 하잖아요."

"당신의 성격을 하나도 안 닮은 말이군요." 그가 말했다. "내 성격에 얼마나 가까운지는 나서서 말하지 않겠습니다. 당신은 완벽한 묘사라고 믿는 모양입니다만."

"내 솜씨를 자화자찬하면 안 되죠."

그가 대답하지 않은 채 계속 말없이 춤추다가, 그녀에게 동생들과 메리턴에 자주 걸어가지 않느냐고 물었다. 그녀가 그렇다고 대답하면서 유혹을 참지 못하고 덧붙였다. "저번에 거기서 우리를 만났을 때, 막 새 친구를 사귀고 있었어요."

효과가 바로 나타났다. 더 깊어진 오만의 그림자가 얼굴에 번졌지만 그는 말이 없었고, 엘리자베스는 자신의 약점을 자책하다 말았다. 마침내 그가 부자연스러운 태도로 말했다.

"위컴은 친구를 잘 사귀는 유쾌한 매너를 타고났습니다만 친구를 간수하는 것도 그만큼 잘하는지는 확실하지 않습니다."

"불운하게도 바로 당신의 우정을 잃었죠." 엘리자베스가 강조하면서 말했다. "그래서 평생 고통받을 것 같던데요."

다아시는 대답하지 않았고, 대화의 주제를 바꾸고 싶은 듯했다. 이때 윌리엄 루카스 경이 대형을 가로질러 방의 다른 쪽으로 건너가다가 그들에게 가까워졌다. 다아시를 알아보고는 그의 춤과 그의 짝을 칭찬하려고 멈춰 서서 깍듯하게 예의를 차려 목례했다.

"정말로 아주 좋습니다, 다아시 씨. 이렇게 훌륭한 춤은 흔히 볼수 없습니다. 누가 봐도 일류에 속합니다. 외람되지 않는다면, 아름다운 짝이 있어 춤이 더 빛난다고, 그리고 이런 기쁨을 자주 누리고 싶다고 꼭 말하고 싶군요. 특히나 기다리는 그 경사가, 일라이자 양, (그녀의 언니와 빙리를 힐끔 보면서) 생겼을 때 말입니다. 축하 인사가 얼마나 쏟아지겠습니까! 다아시 씨에게 하는 말입니다. 하지만 이제 그만 봐 드리겠습니다. 아름다운 아가씨와 황홀한 대화를 나누는데 가로막고 있으니 내가 밉상일 테고, 아가씨의 반짝이는 눈도 나를 원망하고 있으니 말입니다."

그가 하는 말의 후반부를 다아시는 거의 듣지도 않았다. 윌리엄 경이 자기 친구를 암시한 것이 강하게 와 닿았는지 함께 춤추고 있는 빙리와 제인을 아주 심각한 표정으로 쳐다보았다. 그러나 곧 정신을 차리고 자신의 짝에게 이렇게 말했다.

"윌리엄 경이 방해하는 바람에 우리가 하던 얘기를 놓쳤군요."

"놓칠 것도 없었어요. 윌리엄 경은 우리보다 말할 게 더 없는 커플을 찾을 수 없었을 거예요. 두세 개의 주제로 대화를 시도해 봤지만 잘 안 됐으니, 이제 무슨 말을 할지 모르겠네요."

"책은 어때요?" 그가 웃으며 말했다.

"책이라고요. 싫어요! 우리는 결코 같은 책을 같은 감정으로 읽지 않으리라 확신해요."

"그렇게 생각하다니 유감입니다. 그래도 그 경우엔 이야깃거리가 모자라진 않겠습니다. 서로 다른 견해를 비교하면 되니까요."

"아녜요. 무도회에서 책 얘기를 할 수는 없어요. 머릿속이 다른 생각으로 가득해서요."

"이런 데서는 현재에만 몰두하나 봅니다, 그렇죠?" 그가 의심하는 표정으로 물었다.

"네, 항상요." 그녀는 무슨 말을 하는지도 모르고 아무렇게나 대답했는데, 그녀의 생각이 현재에서 한참 벗어나 헤매고 있었다는 것은 잠시 후에 뜬금없이 이렇게 말하는 데서 나타났다, "다아시 씨, 잘 용서하지 못한다고, 한 번 원한을 품으면 달래어지지 않는다고 말한 적 있죠. 그럼 원한이 생길 때 매우 신중해야겠어요."

"신중합니다." 그가 확고한 목소리로 대답했다.

"편견에 사로잡혀서도 안 되고요?"

"안 되길 바랍니다."

"의견을 결코 바꾸지 않는 사람들은 특히나 처음에 제대로 판단할 의무가 있어요."

"이 질문들을 하는 의도가 뭐지요?"

"그냥 당신의 성격을 보여 주려고요." 진지함을 털어 버리려 애쓰며 대답했다. "당신의 성격을 이해하는 중이거든요."

"잘 됩니까?"

그녀가 고개를 저었다. "전혀 갈피를 못 잡겠어요. 당신에 대한 말이 워낙 달라서 아주 헷갈려요."

"나에 대한 말이 매우 다양할 겁니다." 그가 진지하게 대꾸했다. "베닛 양. 지금은 내 성격을 파악하지 않았으면 하는데요, 그래 봤자 나나 당신이나 호감은 아니니 걱정스럽습니다."

"지금 안 하면 다른 기회가 없을지도 몰라서요."

"정 그렇다면 방해하지 않겠습니다." 그가 차갑게 대답했다. 그녀도 더 이상 말하지 않았고 두 번의 춤이 끝나자 말없이 헤어졌다. 두 사람 모두 개운치 않았지만 그 정도가 달랐는데, 다아시로서는 그녀에게 이끌리는 꽤 강력한 감정이 있어서 금방 그녀를 용서했고 자신의 분노를 다른 사람에게 돌렸다.

그들이 헤어지고 얼마 지나지 않아 빙리 양이 엘리자베스에게 다가와서 정중하지만 경멸하는 표정으로 이렇게 말했다.

"그러니까, 일라이자 양, 조지 위컴을 꽤 좋아한다고요! 언니가 그 사람 얘기를 꺼내더니 정신없이 질문하더군요. 그 청년이 다른 말 하느라 바빠서 자신이 다아시 어르신의 집사였던 위컴의 아들이라는 말은 안 했나 봐요. 친구로서 말하는데요, 그 청년의 주장을 아무 생각 없이 다 믿지 말아요. 다아시가 학대했다는 건 완전 거짓말이에요. 오히려 조지 위컴이 다아시를 악랄하게 괴롭혔지 다아시는 그에게 항상 친절했어요. 자세한 건 모르지만, 다아시가 조금도 잘못한 게 없다는 것, 그가 조지 위컴의 이름을 듣기도 싫어한다는 것, 오빠가 장교들을 초대하면서 차마 그를 빼지 못했지만 그가 알아서 빠져 주어 꽤 기뻤다는 것까지는 알아요. 그가 여기에 나타난 것 자체가 끔찍하고, 그가 감히 그럴 생각을 했다니 놀라울 따름이에요. 일라이자 양, 총애하는 사람의 죄가 드러나 유감이에요. 하지만 그의 출신을 따지고 보면 더 나은 사람이라 기대할 수는 없잖아요."

"그의 죄는 곧 그의 출신이라는 말이군요." 엘리자베스가 화나서 말했다. "그가 다아시 어르신의 집사의 아들이라는 사실보다 더 나쁜 죄는 없는 것처럼 말하는데, 그 사실은 그가 이미 밝혔어요."

"실례했어요." 비웃음을 띠고 고개를 돌리며 빙리 양이 대답했다. "끼어들어 미안해요. 좋은 뜻으로 그랬어요."

'거만하기는!' 엘리자베스가 혼잣말을 했다. '이런 조잡한 공격으로 내게 영향을 주려 했다면 오산이야. 그래 봤자 너의 고집스런 무지와 다아시의 악의만 보여.' 그러고는 빙리에게 같은 주제에 대해 물어보기로 한 제인을 찾았다. 착하게 웃으면서 행복한 표정으로 빛나고 있는 제인이 저녁을 얼마나 즐기고 있는지는 충분히 드러나고도 남았다. 엘리자베스는 그녀의 감정을 즉시 간파했고, 그 순간만큼은 제인이 행복에 이르는 길에 있다는 희망 덕분에 위컴에 대한 걱정과 그의 적에 대한 원망 같은 다른 모든 것이 사라졌다.

"위컴에 대해 알아낸 게 있으면 말해 줘." 언니처럼 환하게 웃으면서 엘리자베스가 말했다. "근데 제삼자를 생각하기에는 너무 즐거운 시간을 보냈겠지. 그렇다면 내가 봐줄게."

"아니야." 제인이 대답했다. "잊지 않았지만, 만족스러운 소식은 없어. 빙리는 그 사람의 얘기를 전부 알지 못하고 다아시를 주로 괴롭힌 게 뭔지 몰라. 하지만 친구의 행동, 정직성과 명예심을 보장하고 다아시가 위컴의 행실에 과분하게 베풀었다고 확신하고 있어. 그의 누이들이 하는 말이나 그가 하는 말을 들어 보니까 유감스럽게도 위컴은 결코 점잖은 청년이 아니야. 굉장히 방탕했고, 다아시의 눈 밖에 날 만했나 봐."

"빙리는 위컴을 직접 모른다고?"

"모른대. 메리턴에서 그날 아침에 처음 본 거야."

"그러면 그의 말은 다아시에게 들은 거잖아. 이제 됐어. 근데 목사 자리에 대해서는 뭐라고 해?"

"다아시가 그 얘기를 몇 번 했다는데, 그 상황을 정확하게 기억하지는 못하고, 그게 위컴에게 오로지 조건부로 남겨진 거였대."

"빙리의 진정성은 조금도 의심하지 않아." 엘리자베스가 말했다. "그래도 그의 주장만으로 확신할 수는 없다는 점을 이해해 줘. 친구를 옹호하려는 빙리는 믿을 만하지만 그도 여러 대목을 잘 모르고 아는 대목은 그 친구에게 들었다니까 나로서는 두 신사에 대한 생각을 계속 밀고 나갈 거야."

그러고는 두 사람에게 더 기분 좋은 주제, 감정의 차이가 있을 수 없는 주제로 전환했다. 엘리자베스는 제인이 겸손하고도 행복한 희망에 차서 빙리가 보여 주는 호감에 대해 말할 때 기쁘게 귀담아 들어 주고, 그녀가 자신감을 가지도록 할 수 있는 모든 말을 다 했다. 빙리가 합류하자 엘리자베스는 루카스 양에게 갔다. 아까 춤췄던 짝이 괜찮았는지 묻는 그녀에게 대답하려는 찰나 콜린스가 다가와서 지금 막 운이 좋게도 아주 중요한 사실을 알게 됐다며 환호했다.

"기막힌 우연으로, 이 방에 제 후견인의 친척이 계시다는 것을 알았지 뭡니까." 그가 말했다. "한 신사가 이 집의 주인 노릇을 하는 숙녀에게 자기 사촌인 드 버그 양과 그녀의 어머니인 캐서린 여사님의 존함을 언급하는 것을 들은 겁니다. 이런 일이 일어나다니, 어쩌나 절묘한지! 캐서린 드 버그 여사님의 조카분 같은데 그런 분을 이 무도회에서 만날 줄 그 누가 알았겠습니까! 마침 이걸 알고 인사 올릴 수 있어 정말 감사하고, 곧 인사 올리러 가겠습니다만, 미리 인사 올리지 못한 점을 용서해 주시리라 믿습니다. 인척 관계를 전혀 몰라서 그랬으니까 제 사과를 받아 주실 겁니다."

"다아시 씨에게 혼자 인사하러 간다고요?"

"그럼요. 더 일찍 인사 올리지 못한 것을 용서해 달라고 할 겁니다. 저 분은 캐서린 여사님의 조카가 분명합니다. 지난 일주일 전까지 여사님께서 무사하셨다고 전해 드리는 게 도리입니다."

엘리자베스는 그 계획을 열심히 말렸다. 다아시는 소개도 없이 무턱대고 인사하는 것을 이모님에 대한 찬사가 아니라 건방진 자유로 여길 거라고 설명했다. 어느 쪽에서든 아는 체할 필요가 조금도 없고, 있어야 한다면 지위가 우월한 다아시가 하는 게 맞다. 콜린스는 이 말을 들으면서도 자신의 뜻을 고수하겠다는 결연한 표정을 짓더니 그녀가 말을 마치자 이렇게 대답했다.

"친애하는 엘리자베스 양, 당신이 아는 범위 안에 있는 모든 문제에 관해서 당신의 훌륭한 판단을 최고로 존중합니다만, 평민들 사이에 확립된 예법과 성직자를 규율하는 예법 사이에는 엄청난 차이가 있다는 말을 해야겠습니다. 성직은 이 왕국에서 가장 높은 지위에 맞먹는 위엄을 갖고 있다고 말하고 싶은데요, 물론 적절하게 겸손한 행동이 뒷받침되어야지요. 현재의 경우에 내 양심이 명령하는 대로 따라야 하고, 그러다 보면 내가 의무라고 생각하는 대로 행동할 겁니다. 다른 모든 문제에서는 변함없이 조언을 따르겠지만 지금 우리 앞에 놓인 문제에서 무엇이 옳은지를 결정하기에는 당신 같은 젊은 숙녀보다 꾸준히 교육과 연구에 매진해 온 내가 더 적합하기 때문에 당신의 조언을 무시하는 것을 용서해 주십시오." 그리고는 고개를 깊이 숙여 인사하더니 다아시를 사냥하러 떠났고, 그녀는 다아시가 다가온 그를 어떻게 대하는지 유심히 지켜봤는데 갑작스런 인사에 놀라는 게 명백했다. 그녀의 사촌이 근엄하게 인사하면서 입을 떼기 시작하자 한마디도 들리지는 않았지만 무슨 말을 하는지 다 알 것 같았는데, 입술의 움직임을 보고 '사과', '헌스퍼드' 그리고 '캐서린 드 버그 여사님'을 알아들었기 때문이다. 그가 다아시 같은 사람 앞에서 망신을 자초하는 꼴을 보려니 괴로웠다. 다아시는 놀란 기색을 숨기지 않고 그를 쳐다보다가 마침내 그가 말을 마친 순간 차갑게 예의를 차려 대답했다. 그래도 콜린스는 전혀 기죽지 않고 말을 이어갔고, 그의 말이 늘어질수록 다아시의 경멸이 증가하는 것 같더니, 결국 그의 말이 멈추자 살짝 목례하고는 다른 데로 가 버렸다. 콜린스는 그제야 엘리자베스에게 돌아왔다.

"나를 잘 받아 주셔서 아쉬울 게 하나도 없습니다." 그가 말했다. "다아시 씨가 내 인사에 꽤 기뻐하신 것 같습니다. 최고의 예의를 갖추어 대답하셨고, 캐서린 여사님의 안목을 믿기 때문에 가치 없는 곳에 호의를 베풀지 않으시리라 확신한다는 말씀으로 칭찬하셨습니다. 정말로 멋진 칭찬입니다. 결론적으로 그분을 뵙기를 잘했습니다."

엘리자베스는 이제 자기와 관련된 일이 없었기 때문에 언니와 빙리에게 모든 관심을 쏟았고, 관찰할수록 기분 좋은 생각이 꼬리를 물고 이어져서 거의 제인만큼 행복해졌다. 언니가 바로 여기에 정착히여 진정한 애정으로 이루어진 결혼이 주는 모든 행복을 누리는 모습을 그려 보았다. 그렇게 되면 빙리의 두 누이를 좋아하는 것까지도 할 수 있을 것 같았다. 어머니의 생각도 같은 방향으로 쏠려 있는 게 분명하니까 어머니의 말을 듣기가 겁나서 가까이 가지 않을 작정이었다. 그러다 늦은 저녁을 먹을 때 한 사람을 사이에 두고 나란히 앉는 바람에 불행하게도 일이 꼬였다. 어머니는 사이에 앉은 사람(루카스 여사)에게 제인이 곧 빙리와 결혼할 거라는 말을 대놓고 늘어놓아 그녀는 몹시 당황스러웠다. 신나는 주제를 잡은 베넷 부인은 그 결혼의 장점을 나열하는 동안 도무지 지칠 줄 몰랐다. 빙리가 멋진 청년이고, 부자이고, 단지 삼 마일 떨어진 곳에 산다는 점이 첫 번째 축하의 내용이었다. 두 누이가 제인을 좋아한다고 믿고 그들도 이 혼사를 바라는 게 틀림없어서 너무 기쁘다고 했다. 게다가 제인이 이렇게 잘 결혼하고 나면 어린 동생들도 다른 부자들을 만날 수 있게 되므로 장래가 밝다고 했다. 마지막으로 자신의 나이에 딸들의 혼사를 맏딸에게 위임하고 자기는 사교계에 억지로 나가지 않아도 되어서 정말 기분이 좋다고 했다. 하지만 사실은 예의상 이렇게 말한 것이다. 나이를 떠나 베넷 부인보다 더 집에 머물기 싫어하는 사람도 없었다. 그녀는 루카스 여사에게도 똑같은 운이 찾아올 거라며 행복을 비는 말로 마쳤으나 속으로는 불가능한 일이라고 확신하며 의기양양했다.

엘리자베스는 어머니의 말을 늦춰 보려 했고, 사람들에게 덜 들리게 속삭이면서 행복한 기분을 표현하라고 설득했지만 소용없었다. 지독히 참담하게도 건너편에 앉아 있는 다아시가 대부분 다 듣고 있었다. 어머니는 오히려 허튼소리 말라며 그녀를 나무랐다.

"다아시가 누구라고, 겁낼 거 있어? 뭐 특별하게 잘 보일 일이 있다고 그 사람이 듣기 싫어할 소리는 한마디도 하지 말라는 거야."

"제발, 어머니, 좀 낮춰서 말씀하세요. 다아시 씨를 공격해서 무슨 이득이 있어요? 그렇게 하셔서 그의 친구에게 어지간히 좋은 인상을 주시겠어요."

그녀가 뭐라 해도 소용없었다. 어머니는 아까처럼 다 들리도록 떠들었다. 엘리자베스는 수치스럽고 당황스러워서 얼굴을 붉히고 또 붉혔다. 다아시를 자주 힐끔거렸는데, 그때마다 두려워하던 일이 벌어졌다. 그는 줄곧 어머니를 바라보고 있지는 않았지만 확실히 그의 관심은 계속 어머니에게 고정되어 있었다. 그의 표정이 분노에 찬 경멸에서 차분하고 변함없는 심각함으로 점차 변해 갔다.

마침내 베넷 부인의 말이 끝났다. 도저히 공유할 수 없을 것 같은 기쁨을 반복해서 들으면서 하품을 하던 루카스 여사는 비로소 차가운 햄과 닭고기를 먹을 수 있었다. 엘리자베스도 기운이 나기 시작했다. 하지만 잠시 찾아온 평온은 오래가지 못했다. 늦은 저녁 식사가 끝나자 노래 애기가 나왔고, 메리가 별 요청을 받지도 않고서 연주 준비를 하는 것이 창피했다. 의미심장한 표정과 무언의 호소를 동원해 허영심을 채우는 공연을 막고자 했지만 소용없었다. 메리는 아무것도 알아채지 못했다. 그녀는 재주를 뽐낼 기회에 기뻐서 노래하기 시작했다. 엘리자베스는 몹시 고통스러워하며 동생에게 눈길을 고정시켰다. 그녀가 몇 소절을 부르는 동안 안절부절못하며 지켜보았고, 그 초조함은 노래가 끝나도 줄지 않았다. 메리는 사람들이 고맙다고 인사를 하는 와중에 한 곡 더 연주해 줄 수도 있느냐는 말이 얼핏 나오자 삼십 초나 쉬었을까 바로 두 번째 곡을 시작했다. 그녀의 성량은 그런 장기 자랑에 맞지 않았다. 목소리는 약했고 태도는 가식적이었다. 엘리자베스는 고통스러웠다. 제인이 이를 어떻게 견디는지 쳐다보았다. 제인은 빙리와 아주 차분하게 대화를 나누고 있었다. 빙리의 누이들은 서로 조롱의 표시를 보내는 중이고, 나아시는 여전히 알 수 없는 심각함에 빠져 있었다. 아버지를 바라보며 메리가 밤새도록 노래 부르지 않도록 말려 달라고 호소했다. 이를 알아챈 아버지는 메리가 두 번째 노래를 마치자 크게 말했다.

"아주 잘했다. 그만큼 우리를 즐겁게 했으면 됐다. 다른 아가씨들의 솜씨 자랑도 보자."

메리는 못 들은 척했지만 약간 당황했다. 엘리자베스는 메리가 안쓰러웠고 아버지의 말씀도 딱했고 괜히 나서서 걱정했나 싶었다. 이제 모두들 다른 사람에게 노래하라고 했다.

"내가 노래하는 재주가 있다면 아리아를 불러서 사람들을 즐겁게 할 겁니다." 콜린스가 나섰다. "음악은 몹시 순진무구한 오락이어서 성직자의 직업과 잘 맞아떨어집니다. 너무 많은 시간을 음악에 바치는 것이 정당화된다고 주장하는 것은 아니고요, 신경 써야할 다른 일이 분명 있습니다. 교구 목사는 할 일이 많습니다. 우선 자신에게 도움이 되면서 후견인에게 기분 나쁘지 않도록 십일조를 어떻게 나눌지 정해야 합니다. 설교를 직접 써야 하고요. 교구에 필요한 의무를 다하고 또 당연히 집을 돌보고 수리하면서 최대한 편안하게 꾸며야 하니까 남는 시간은 그렇게 많지 않습니다. 또 모든 사람에게, 특히 승진하느라 신세를 진 사람들에게 관심을 기울이고 서운하지 않도록 달래 주는 태도를 가져야 하는 것도 가벼운 일이 아닙니다. 그런 의무를 방기해서는 안 됩니다. 그 가족의 친인척 누구에게든지 경의를 표할 기회를 빼먹는 사람도 좋게봐 줄 수가 없습니다." 다아시에게 목례하면서 그가 연설을 마쳤는데, 하도 크게 말해서 그 방에 있던 사람들 절반이 들을 정도였다. 많이들 쳐다보고, 많이들 웃음 지었다. 그러나 가장 즐기는 사람은 베넷 씨였고, 또 그의 아내는 콜린스에게 분별 있게 말 한번 잘했다는 진지한 칭찬을 보내고는 루카스 여사에게 반쯤 속삭이는 말투로 그가 굉장히 영리하고 훌륭한 청년이라고 했다.

엘리자베스가 보기에 자신의 가족이 저녁 동안 할 수 있는 최대한 망신스럽게 굴기로 합심했더라도 이보다 더 활기차게 각자의 역할을 성공적으로 수행할 수는 없었다. 몇몇 볼거리가 빙리의 눈길을 피해 갔고, 또 그가 우스꽝스러운 꼴을 목격하고서도 그걸 마음에 담아두는 사람이 아니어서 그나마 그와 언니에게는 다행이라고 생각했다. 하지만 누이들과 다아시가 친인척을 비웃을 기회가 됐다는 것만으로 충분히 심각했고, 신사의 조용한 경멸과 숙녀들의 거만한 비웃음 가운데 어느 쪽이 더 끔찍한지 모를 뿐이었다.

나머지 저녁 시간도 즐겁지 않았다. 콜린스는 그녀 옆에 질기게 딱 붙어서 자기와 춤추자고 졸랐고 그게 안 되자 다른 사람들과 춤추는 것도 방해하면서 못살게 굴었다. 제발 다른 사람과 춤추라고 부탁해도, 다른 숙녀에게 소개시켜 주겠다고 해도 소용없었다. 춤에는 완전히 무심하다고 했다. 그의 목적은 섬세한 관심으로 그녀에게 잘 보이는 것이고 따라서 저녁 내내 반드시 그녀 가까이에 머물겠다고 했다. 그런 계획을 두고 따지기도 무망했다. 친구 루카스 양이 종종 함께하면서 착하게도 콜린스와 대화를 떠맡아 줘서 큰 도움이 되었다.

적어도 다아시가 다가와서 속상할 일은 없었다. 다아시는 가까운 거리에 한가하게 서 있긴 했지만 말을 걸 만큼 다가오진 않았다. 위컴의 존재를 언급해서 그런가 보다 싶어서 통쾌했다.

롱본 사람들은 가장 마지막까지 머물렀다. 베넷 부인의 작전으로 모두 떠난 다음 십오 분이나 더 마차를 기다렸고, 그동안 이들은 빙리 자매가 얼마나 진심으로 자기들을 보내 버리고 싶어 하는지 알 수 있었다. 허스드 부인과 여동생은 피곤하다는 말 이외에는 거의 하지 않았고, 손님들이 떠나기만을 기다리는 게 역력했다. 빙리 자매는 베넷 부인이 말을 걸려고 할 때마다 피하면서 모두가 심심해하도록 내버려 두었고, 그렇게 가라앉은 분위기는 콜린스가 빙리와 누이들에게 그들의 대접이 우아했고 손님들을 공손하게 환대했다고 칭찬하는 긴 연설을 해도 조금도 나아지지 않았다. 다아시는 한마디도 안 했다. 베넷 씨 또한 침묵한 채 이 장면을 즐겼다. 빙리와 제인은 조금 떨어진 곳에서 둘만의 대화를 나누고 있었다. 엘리자베스는 허스트 부인이나 빙리 양처럼 한마디도 안 하고 가만히 있었다. 리디아조차도 너무 피곤했는지 격렬하게 하품하면서 이따금 "어휴, 피곤해 죽겠어!"를 내뱉을 뿐이었다.

마침내 그들이 떠날 때가 되자 베넷 부인은 롱본에서 다들 재회하기를 바란다며 아주 강요하는 투로 인사했다. 특히 빙리에게는 정식으로 초대하지 않더라도 언제든지 와서 저녁을 함께하면 좋겠다고 했다. 빙리는 기쁘고 고맙다면서 다음 날 런던에 잠시 다녀와야 해서 돌아온 다음 인사하러 갈 기회가 나는 대로 바로 방문하겠다고 선뜻 약속했다.

베넷 부인은 아주 만족했다. 결혼 계약서와 새 마차와 웨딩드레스를 준비할 시간을 감안하더라도 분명 서너 달 후면 맏딸이 네더필드에 정착하는 모습을 볼 거라고 행복하게 믿으면서 떠났다. 마찬가지로 콜린스에게 다른 딸을 시집보낸다는 것도 확신했고, 정도에 차이는 있지만 상당히 기뻐했다. 베넷 부인은 딸들 중 엘리자베스에게 가장 정이 없었다. 콜린스 정도면 엘리자베스에게 충분했고, 그 됨됨이와 재산은 빙리와 네더필드에 비할 게 못 되었다.

19장

다음 날 롱본에 새로운 광경이 벌어졌다. 콜린스가 정식으로 청혼한 것이다. 콜린스는 돌아오는 토요일까지만 휴가라서 더 이상 시간을 허비하지 않으려고 결심한 데다, 이런 순간이 닥쳐도 머뭇거리며 괴로워할 사람이 아니어서 청혼할 때 지켜야 하는 모든 준수 사항을 매우 질서정연하게 따랐다. 아침 식사 후에 베넷 부인과 엘리자베스, 여동생이 함께 앉아 있는 것을 보자 어머니에게 먼저 말을 꺼냈다.

"아름다운 따님 엘리자베스를 어여삐 여기시니 오늘 아침 그녀와 독대할 수 있는 영광을 청해도 되겠습니까?"

놀라서 얼굴이 붉어진 엘리자베스가 무슨 말을 하기도 전에 베넷 부인이 얼른 대답했다.

"어머나! 그럼요. 물론이죠. 분명 리지도 좋다고 할 거예요. 걔가 반대할 게 있나요. 키티, 이층에 올라가자." 일거리를 모두 챙겨서 급하게 나가려 하자 엘리자베스가 간청했다.

"어머니, 나가지 마세요. 제발 나가지 마세요. 콜린스도 봐줄 거예요. 다른 사람이 들을 필요 없는 무슨 할 말이 제게 따로 있겠어요. 저도 나갈래요."

"무슨 헛소리냐, 리지. 여기 그대로 있어라." 엘리자베스가 겉보기에는 정말로 괴롭고 당황한 표정으로 도망가려고 하자 부인이 덧붙였다.

"리지, 여기서 꼼짝 말고 콜린스 씨 얘기를 들으라고 명령하마."

엘리자베스는 그 명령에 반대하지 않았고, 최대한 신속하고 조용하게 넘기는 게 상책이라고 순간적으로 생각하면서 도로 앉더니 열심히 뜨개질에 몰두하는 척하며 괴로움과 즐거움 사이를 오가는 마음을 감추려 했다. 베넷 부인과 키티가 나가사마자 콜린스가 말하기 시작했다.

"친애하는 엘리자베스 양. 당신의 겸손은 손해가 아니라 당신의 완벽함에 보탬이 됩니다. 그렇게 살짝 저항하지 않았더라면 내 눈에 덜 사랑스러웠겠지요. 존경하는 어머니의 허락을 받고 이렇게 말하는 겁니다. 당신의 타고난 섬세함 때문에 모르는 척 꾸밀지 몰라도 내 말의 요지를 의심하진 않겠지요. 내 관심을 드러내 놓고 표현했잖습니까. 이 집에 들어오자마자 미래의 아내로 당신을 지목했습니다. 이 주제에 대해 감정으로 내달리기 전에 결혼할 이유, 더구나 아내를 고를 생각으로 하트퍼드셔에 왔으니까 그 이유를 말하는 게 좋겠습니다."

엄숙하게 침착한 콜린스가 감정으로 내달린다니 그 생각만으로도 엘리자베스는 너무 웃겨서 그가 잠시 멈춘 동안 그를 말릴 시도조차 못 했고, 그가 이어서 말했다.

"결혼하려는 이유는 우선 경제적으로 유리한 상황에 있는 성직자는 (나처럼 말입니다) 교구에서 결혼의 모범을 보이는 게 옳기 때문입니다. 둘째, 결혼이 내 행복에 크게 기여하리라 믿습니다. 셋째, 진즉 말했어야 했습니다만, 후견인으로 모시는 영광을 주신 그 고귀한 여사님의 특별한 조언이자 권유가 있었습니다. 이 주제에 대해 두 번씩이나 친히 당신의 의견을 (여쭙지도 않았는데!) 주셨습니다. 바로 내가 헌스퍼드를 떠나기 전 토요일 저녁에 쿼드릴놀이 한 판이 끝난 후에, 이때 젠킨슨 부인이 드 버그 양의 발 받침대를 받쳐 주고 있었고요, '콜린스, 결혼하게. 당신 같은 성직자는 결혼을 해야 돼. 잘 골라서, 점잖은 여성을 데려와. 부지런하고 쓸모 있는 사람, 귀하게 자라지 않았고, 적은 수입을 크게 키울 수 있는 사람이 맞을 거야. 이게 내 조언이네. 가능한 한 빨리 그런 여자를 찾아 헌스퍼드로 데려오면 내가 방문하지' 이렇게 말씀하셨습니다. 덧붙여서 말하자면, 캐서린 드 버그 여사님의 관심과 친절은 내 결혼이 가져다줄 이득 가운데 결코 하찮은 게 아닙니다. 그분의 매너를 감히 말로 다 표현할 수 없습니다. 당신의 농담과 명랑함도 받아 주실 텐데요, 그분의 지위에 불가피하게 수반되는 침묵과 경의에 의해 다듬어진 채로 말입니다. 결혼을 원하는 나의 일반적인 의사는 이쯤 하겠습니다. 이제 내 이웃에도 상냥한 여성들이 많은데 굳이 롱본에 아내를 구하러 온 이유를 말하겠습니다. 내가 당신의 친애하는 부친께서 (물론 앞으로 오래 사시겠지만) 돌아가신 후에 이 장원을 물려받게 되는데 그래서 딸들 중 아내를 골라서 아까 말했듯이 몇 년 동안 일어나지 않겠지만 그 슬픈 일이 일어날 때 가능하면 상실을 줄이도록 해 놔야 내 마음이 놓일 것 같습니다. 이게 롱본에서 신붓감을 구하려는 이유이고, 아리따운 사촌 여동생도 이 사연을 듣고 나서 나에 대한 존경심이 낮아지지 않았다고 믿습니다. 이제 내 격렬한 애정을 가장 역동적인 언어로 표현하는 일만 남았습니다. 재산에 대해서는 신경 쓰지 않고 부친께 요구하지도 않으려는 것은 요구하더라도 들어주실 수 없다는 점을 잘 알고 있기 때문입니다. 어머니께서 돌아가신 후에 받게 될 천 파운드의 사 할이 당신이 평생 받게 될 전부이죠.' 그 부분에 대해서는 끝까지 뭐라고 하지 않겠습니다. 결혼하고 나면 이 문제에 대한 어떤 비겁한 비난도 발설하는 법이 없을 겁니다."

지금 그를 멈추어야 했다.

"너무 성급해요." 그녀가 외쳤다. "아직 대답하지 않았잖아요. 시간 낭비하지 않고 대답할게요. 관심 가져 줘서 감사합니다. 당신의 청혼은 영광스럽지만 거절하는 수밖에 없어요."

"젊은 숙녀들은 남자 쪽에서 먼저 마음을 얻으려고 다가가면 속으로는 받아들일 작정이면서도 거절하는 게 보통이고 가끔은 두 번, 심지어는 세 번도 거절한다는 것을 지금 배우라는 말입니까." 콜린스가 격식을 차려 손을 저으며 대답했다. "그렇게 말했다고 물러서지 않겠고, 곧 당신을 혼인서약의 제단으로 데리고 가길 바랍니다."

"정말이지, 아니라고 하는데도 그런 희망을 가지다니요." 엘리자베스가 말했다. "난 두 번째로 청혼을 받을 가능성에 행복을 거는 그런 용감한 여자가 (있는지 모르겠지만) 아녜요. 진지하게 거절하는 거라고요. 당신은 날 행복하게 할 수 없고, 난 절대로 당신을 행복하게 할 사람이 아니에요. 아니, 당신의 친애하는 캐서린 여사님도 나를 알게 되면 모든 점에서 그 자리에 앉을 자격이 없다고 생각하실 거예요."

"캐서린 여사님께서 그렇게 생각하시는 게 확실하다면 말입니다." 콜린스가 매우 심각하게 말했다. "그래도 당신을 인정하지 않으시진 않을 겁니다. 다음번에 여사님을 뵙게 되면 그때 당신의 겸손과 알뜰함과 상냥한 자질들을 최대한 칭찬하겠습니다."

"콜린스 씨, 그렇게 칭찬할 필요가 없다니까요. 내가 스스로 판단하도록 놔두고 내 말을 곧이곧대로 믿어 주세요. 행복하게 잘살길 바라고, 그렇게 안 될까 봐 힘이 닿는 데까지 애서서 당신을 거절한 거예요. 청혼으로 우리 가족을 걱정하는 섬세한 마음을 보여 줬으니 나중에 롱본 장원이 주어졌을 때 자책하지 말고 받으면 됩니다. 그러니까 이 문제도 해결된 셈이죠." 엘리자베스는 이렇게 말하면서 일어났고, 콜린스가 다음과 같이 말하지 않았더라면 그대로 방을 나와 버렸을 것이다.

"다음에 이 주제를 말할 때는 지금보다 좋은 대답을 듣고 싶습니다. 지금 당신의 매몰찬 거절을 결코 비난하지 않는 것은 일단 청혼한 남자를 거절하는 것이 여성들에게 정해진 관례라고 알고 있기 때문이며, 당신은 이 순간에도 내 청혼을 격려하려고 여성의 진정한 섬세함에 부응하여 충분히 거절했는지도 모르겠습니다."

"콜린스 씨, 정말 못 알아듣는군요." 엘리자베스가 흥분해서 소리쳤다. "내가 지금까지 말한 것을 격려의 형식으로 봤다면, 진짜 거절을 확신시키려면 도대체 어떻게 표현해야 하는지요."

"친애하는 사촌, 당신의 거절은 그냥 말뿐이라고 편하게 생각하겠습니다. 그렇게 믿는 이유는 간단합니다. 내 청혼이 수락할 가치가 없어 보이지 않고, 내가 제공할 안락함은 매우 매력적입니다. 현재 조건, 드 버그 가문과의 연관성, 당신 가족과의 관계 등이 모두 내게 유리하니까, 당신으로서는 당신이 가진 여러 가지 매력에도 불구하고 다른 청혼을 받으리라는 보장이 없다는 사실을 진지하게 고려해야 합니다. 당신이 받을 유산은 불행히도 너무 약소해서 당신의 사랑스러움이나 장점이 가진 효과를 갉아먹을 공산이 큽니다. 그래서 나를 진심으로 거절하는 게 아니라고 결론 내리고, 교양 있는 여성들의 평소 관습에 따라 긴장감을 높여서 내 사랑을 키우려는 소망이라고 파악하는 겁니다."

"분명히 말하는데, 나는 점잖은 남자를 괴롭히는 그런 종류의 교양을 갖췄다는 칭찬을 받을 사람이 아니에요. 나를 칭찬하려거든 오히려 내 말을 진실로 믿어 주세요. 여러 번 청혼해 줘서 거듭 감사하지만 도저히 받아들일 수 없어요. 모든 점에서 감정이 허락하지 않아요. 더 분명하게 말할까요? 나는 당신을 괴롭히려는 교양 넘치는 아가씨가 아니라 마음속 진실을 있는 그대로 말하는 이성적인 존재란 말이에요."

"뭐라고 하든 매력적입니다!" 어색하게 남자다운 흉내를 내며 그가 외쳤다. "훌륭한 부모님 두 분이 신속하게 허락해 주신다면 내 청혼은 수락될 겁니다."

고집스런 자기기만으로 버티는 그에게 엘리자베스는 더 이상 대꾸하지 않고 바로 나와 버렸다. 그가 반복된 거절을 알랑거리는 격려로 계속 착각한다면 아버지에게 말할 작정인데, 아버지는 단호하게 딱 잘라 대답할 것이고 그렇다면 적어도 우아한 아가씨의 가식과 교태로 오해할 일은 없을 것이다.

20장

콜린스는 성공적인 사랑을 홀로 조용히 사색할 시간을 길게 가지지 못했다. 베넷 부인이 두 사람의 대화가 끝나기를 기다리며 복도에 서성이다가 엘리자베스가 문을 열고 빠른 걸음으로 지나쳐 계단으로 가 버리자 곧바로 조찬실로 달려 들어왔기 때문이다. 베넷 부인은 그와 자신이 더 가까운 친척으로 맺어지는 행복한 전망을 열렬한 말로 축하했다. 콜린스는 똑같이 기쁜 마음으로 축하의 말을 나누며 두 사람이 나눈 대화의 자세한 내용을 전달하고, 엘리자베스의 꾸준한 거절은 그녀의 부끄러워하는 겸손함과 진정으로 섬세한 성격에서 자연스럽게 흘러나온 것이므로 그 결과에 만족한다고 했다.

그러나 베넷 부인은 놀랐다. 딸이 청혼을 거절함으로써 그를 격려한다고 생각할 수 있으면 좋으련만 그렇게 믿을 엄두가 나지 않아서 이렇게 말할 수밖에 없었다.

"그렇지만 콜린스 씨, 분명히 리지가 정신을 차릴 거예요." 그리고 덧붙였다. "내가 직접 얘기하겠어요. 고집 세고 어리석은 아이라서 자기 앞가림을 못한다니까요. 내가 가르칠게요."

"끼어들어서 죄송합니다." 그가 말했다. "그녀가 정말 고집 세고 어리석다면 제 처지에 있는 남자, 멀쩡하게 결혼해서 행복하게 살고 싶은 남자에게 과연 바람직한 아내가 될지 모르겠습니다. 실제로 청혼을 계속 거절한다면 억지로 강요하지 않는 편이 낫겠습니다. 그렇게 기질에 문제가 있다면 제 행복에 도움될 게 없잖습니까."

"오해하지 말아요." 베넷 부인이 놀라서 말했다. "리지는 이런 일에만 고집을 부려요. 다른 데서는 착해 빠졌어요. 베넷 씨와 의논해서 금방 해결한다니까요."

그에게 대답할 틈도 안 주고 부인은 즉시 남편을 찾아 서재로 달려 들어가며 이렇게 소리쳤다.

"여보, 당장 도와줘요. 난리가 났어요. 리지가 콜린스와 결혼하게 해 줘요. 안 하겠다고 버티고 있으니까, 당신이 서두르지 않으면 그가 마음을 바꿔 개를 차 버릴 거라고요."

부인이 달려 들어오자 책에서 눈을 뗀 베넷 씨는 부인의 얼굴을 무관심하게 쳐다보면서 조금도 움찔하지 않고 그녀의 말을 들었다.

"무슨 말을 하는지 도통 모르겠소." 그녀가 말을 마치자 그가 대꾸했다. "뭐가 문제요?"

"콜린스와 리지 말이에요. 리지가 콜린스에게 안 간다니까 콜린스도 리지를 안 데려간다고 나오잖아요."

"그래서 난 뭘 하면 되겠소? 가망 없는 일 같소만."

"리지에게 직접 말씀하세요. 그와 결혼하라고 말해 달라고요."

"그 아이를 불러요. 내 생각을 말하지."

베넷 부인이 벨을 울렸고, 엘리자베스가 서재로 불려 왔다.

"앉으렴." 그녀가 들어오자 아버지가 크게 말했다. "중요한 일이 있어 불렀다. 콜린스가 청혼했다 들었다. 사실이냐?" 엘리자베스가 그렇다고 대답했다. "그렇구나. 청혼을 거절했다고?"

"네, 아버지."

"알겠다. 이제 결론이 났구나. 네 어머니는 청혼을 받아들여야 한다고 주장하신다. 그렇지 않소, 여보?"

"그럼요. 받아들이지 않으면 애를 안 볼 거라고요."

"불행한 선택이 네 앞에 있구나, 엘리자베스. 오늘부터 부모 중 한 사람과 의절을 해야겠다. 콜린스와 결혼하지 않는다면 네 어머니가 널 안 본다 하고, 결혼한다면 내가 널 안 보려고 한다."

엘리자베스는 일이 이렇게 마무리되자 웃음이 났다. 남편이 이 문제를 자기처럼 생각한다고 믿었던 베넷 부인은 아주 실망했다.

"도대체 이게 무슨 말씀이에요, 여보? 그와 결혼하라고 하신다더니."

"여보, 두 가지 작은 부탁이 있소." 그녀의 남편이 대답했다. "첫째, 현재 상황을 내 맘대로 이해하도록 내버려 둬요. 둘째로는 내 방이오. 최대한 빨리 서재를 독차지하고 싶다오."

남편에게 실망했지만 베넷 부인은 아직 포기하지 않았다. 엘리자베스를 계속 붙잡고 달랬다가 협박했다가 했다. 제인을 자기 편으로 끌어들이려 했지만 그녀는 끼어들기를 최대한 부드럽게 거절했다. 엘리자베스는 때로는 진심을 다해 때로는 장난기 넘치게 즐기면서 어머니의 공세를 막아 냈다. 이런저런 방식으로 대응하는 가운데 결심은 흔들리지 않았다.

그동안 콜린스는 지난 일을 홀로 사색했다. 그의 사촌이 거절한 동기를 이해하기에는 자신에 대한 환상이 너무 컸다. 자존심은 상했지만 딱히 괴롭진 않았다. 그녀에 대한 애정은 상상일 뿐이었고, 그녀가 어머니에게 혼나야 마땅하다는 생각에 안타까울 것도 없었다.

　가족이 이렇게 법석을 떨고 있을 때 샬럿 루카스가 놀러 왔다. 복도에서 리디아가 달려와 반쯤은 속삭이며 말했다. "어서 와서 재미있는 일 구경해! 오늘 아침에 무슨 일 있었게? 콜린스가 리지에게 청혼했고 리지가 거절했어."

　샬럿이 대꾸하기 전에 키티가 와서 같은 말을 했고, 조찬실에 들어가자마자 혼자 앉아 있던 베넷 부인 역시 같은 말을 꺼내면서 동정심에 호소하고 리지를 설득해서 온 가족이 바라는 대로 따르게 해 달라고 부탁했다. "제발 그렇게 해 줘, 루카스 양." 서글픈 목소리로 덧붙였다. "아무도 내 말을 안 듣고 내 편은 아무도 없어. 다들 못되게 나를 무시하고 내 예민한 신경을 가여워하지 않아."

　제인과 엘리자베스가 들어오는 바람에 샬럿은 대답하지 않아도 됐다.

　"저기 오는구나." 베넷 부인이 말했다. "개의치 않는 표정으로, 지 멋대로만 할 수 있으면 우리가 저 멀리 요크 지역에라도 있는 것처럼 안 보이는 척 아예 신경도 쓰지 않아. 내 한마디 하는데, 리지 양, 이런 식으로 모든 청혼을 계속 거절할 생각이라면 남편을 결코 못 구할 거고, 아버지가 돌아가시면 누가 너를 먹여 살릴지 난 모른다. 나는 그렇게 못하니까 경고하마. 오늘부터 너랑은 끝났다. 서재에서 말했듯이 너랑 다시는 말하지 않을 테니 내가 말대로 하는지 안 하는지 지켜봐라. 불효자식과 무슨 낙으로 말하겠어. 누구와 말하는 것을 좋아하는 것도 아니고 나처럼 신경쇠약으로 고통받는 사람은 말하는 거 좋아하지 않아. 내 고통을 누가 알까! 늘 그렇지. 불평하지 않으면 아무도 몰라줘."

　딸들은 어머니를 이성적으로 달래거나 위로하려고 해 봤자 짜증만 돋우지 싶어서 잠자코 있었다. 그녀는 방해받지 않고 계속

띠들다가, 마침내 콜린스가 평소보다 더 위엄 있는 분위기로 들어오자 딸들에게 이렇게 말했다.

"너희들 모두 입 다물고 콜린스 씨와 내가 대화를 나누도록 해다오."

엘리자베스가 조용히 방을 나가고 제인과 키티도 따라 나갔지만 리디아는 들을 수 있는 모든 걸 다 들으려는 듯이 서 있었다. 샬럿은 처음에는 콜린스가 세심하게도 자신과 자신의 가족 모두의 안부를 묻는 바람에 못 나가더니 다음에는 약간 호기심이 발동했는지 창가로 걸어가서 안 듣는 척하고 있었다. 슬픈 목소리로 베넷 부인이 준비한 대화를 시작했다. "아이고! 콜린스 씨!"

"아주머니." 그가 말했다. "이 얘기는 영원히 문이 두도록 하지요." 곧 불쾌함이 묻어나는 목소리로 계속했다. "따님의 행동을 원망하지 않습니다. 불가피한 악을 포기하는 것은 우리 모두의 의무입니다. 특히나 저처럼 운 좋게 일찍 자리를 잡은 젊은 청년은 그래야 합니다. 저는 포기했습니다. 청혼을 수락했다고 과연 행복할 수 있을지 의심스럽기 때문에도 그렇습니다. 종종 그렇듯이, 거절당한 행복이 그 매력을 잃기 시작할 때가 바로 포기가 완성되는 때입니다. 아주머니와 베넷 씨에게 부모의 권위를 발휘해 달라고 요청하는 게 마땅한 예의지만 그렇게 하지 않고 청혼을 지레 포기했다고 불손하게 여기지 마십시오. 제가 아주머니가 아니라 따님이 한 거절을 받아들여서 그것이 좀 불쾌하시겠지요. 하지만 우리 모두 실수를 합니다. 이 모든 과정을 거치는 동안 저는 선의를 갖고 있었습니다. 제 목적은 가족의 이득을 적절하게 고려하면서 착한 아내를 얻는 것이었는데, 제 태도가 조금이라도 비난받을 만했다면 사과를 받아 주십시오."

21장

콜린스의 청혼 사태는 거의 수습되었고, 엘리자베스는 그것이 환기하는 불편한 감정과 때때로 어머니가 내뱉는 신경질적인 암시만 견디면 됐다. 당사자인 신사에 대해 말하자면, 그는 당황하거나 의기소침하거나 혹은 그녀를 피하지 않았고 뻣뻣해진 태도와 원망스러운 침묵으로 대응했다. 그녀에게 거의 말을 걸지 않았고 그녀를 향해 공들이던 관심을 그날 남은 시간 동안 루카스 양에게 돌렸는데, 그를 받아 준 루카스 양의 예의는 그들 모두에게 특히 그녀의 친구에게 시기적절한 구원이었다.

다음 날도 베넷 부인의 기분과 건강은 나아지지 않았다. 콜린스 역시 자존심이 상한 상태였다. 엘리자베스는 그가 원망하며 서둘러 떠나기를 바랐지만 그의 계획은 감정에 상관없이 요지부동이었다. 처음부터 토요일에 떠날 계획이었고 여전히 그럴 작정이었다.

아침 식사 후 딸들은 위컴이 돌아왔는지 보고, 그가 네더필드 무도회에 오지 못한 아쉬움을 달래기 위해 메리턴으로 산책을 나섰다. 메리턴에 들어서자마자 위컴을 만나 이모 집까지 함께 가서 그의 후회와 푸념 그리고 모든 사람에 대한 안부를 함께 나누었다. 그는 따로 엘리자베스에게 무도회에 참석하지 않으려고 스스로 핑계를 꾸며 냈다고 선선히 인정했다.

"시간이 다가올수록 다아시를 안 보는 게 좋겠다는 생각이 들었어요." 그가 말했다. "같은 방에서 오랫동안 그와 어울려 있는 걸 못 견디지 싶었고 나만이 아니라 다른 사람들까지 불쾌하게 만들 것 같았어요."

그녀는 그의 자제심을 높이 칭찬했고, 그와 또 한 명의 장교와 함께 봉본으로 걸어 돌아왔다. 그동안 두 사람은 그 얘기를 한참이나 더 하면서 서로 예의를 다해 칭찬하기 바빴는데 그가 특히 엘리자베스를 챙겼다. 위컴이 집까지 동행한 것은 이중으로 유리했다. 엘리자베스는 그가 자기를 향해 베푸는 친절을 맘껏 즐겼고, 또 아버지와 어머니께 소개할 수 있어서 아주 좋았다.

그들이 돌아오자마자 베넷 양에게 편지 한 통이 도착했다. 네더필드에서 온 편지여서 즉시 개봉했다. 봉투 안에는 숙녀 특유의 유려한 필체가 가득한 우아하고 자그마한 광택지가 있었다. 엘리자베스는 편지를 읽는 언니의 표정이 변하고 특정한 구절에 시선이 집중적으로 머무는 것을 보았다. 제인은 곧 자신을 가다듬으며 편지를 접어 두고는 평소처럼 쾌활하게 대화에 섞이려고 했다. 그러나 엘리자베스는 위컴에 대한 관심마저 잊을 정도로 걱정스러웠다. 위컴과 그의 친구가 돌아가자마자 제인은 그녀에게 이 층으로 오라고 눈짓했다. 방에 그들만 있게 되자 제인이 편지를 꺼내며 말했다.

"캐롤라인 빙리가 보냈어. 내용이 아주 놀라워. 그들 모두 지금 네더필드를 떠나서 런던으로 가는 길이야. 다시 돌아올 뜻이 없대. 읽어 봐."

그녀는 첫 문장을 크게 읽었는데, 빙리를 따라 런던으로 당장 떠날 작정이고 그날 저녁에 허스트 씨의 집이 있는 그로스브너 거리에서 저녁 식사를 할 거라는 내용이었다. 다음 문장은 이랬다. '하트퍼드셔를 떠나면서 친애하는 친구 당신을 제외하고는 아쉬워할 게 없어요. 우리가 나눴던 즐거운 만남을 이후에도 많이 가지길 희망하지만, 당분간은 자주 그리고 숨김없이 편지로 연락하면서 이별의 아픔을 달래야겠어요. 그렇게 해 주리라 믿어요.' 엘리자베스는 이 과장된 표현을 하나도 안 믿었다. 갑자기 떠나서 놀랍긴 하지만 정말 애통할 건 없었다. 네더필드에 살지 않는다고 해서 빙리가 여기에 못 올 건 없었다. 어울릴 누이들은 없지만 제인은 곧 그들의 부재를 잊고 그와 함께 잘 지낼 것이다.

"떠나기 전에 못 만나서 안 됐네." 잠시 후에 그녀가 반응했다. "빙리 양이 기다린다는 그 미래의 행복이 그녀가 생각하는 것보다 일찍 도래하기를, 친구로서 나눴던 즐거운 만남이 이번에는 시누이로서 나누는 즐거움으로 더 커져서 되살아나기를 바라면 되잖아? 빙리가 런던에서 그들에게 잡혀 있진 않을 거야."

"캐롤라인은 이번 겨울에 아무도 하트퍼드셔에 돌아오지 않는다고 단언했어. 들어 봐. '어제 떠나면서 오빠는 런던의 업무가 사나흘이면 끝날 거라고 했지만 사실 그럴 수 없는 일이고 또 찰스가 런던에 가면 서둘러 떠나려고 안 하니까 오빠를 따라가서 혼자 불편한 호텔에서 여가 시간을 보내지 않도록 도와주려고요. 많은 지인들이 이미 런던에서 겨울을 보내고 있거든요. 친애하는 아가씨도 그 무리에 섞여 사람을 사귈 의향이 있으면 좋겠지만 절대 그럴 수 없잖아요. 하트퍼드셔에서 크리스마스가 그 계절이 늘 그렇듯이 즐거움으로 가득하기를, 그리고 남자친구가 많아져서 우리가 데려가는 세 남자의 상실을 느낄 수 없기를 진심으로 바랍니다.'"

"그가 이번 겨울에 돌아오지 않는 게 분명해." 제인이 덧붙였다.

"분명한 건 그가 돌아오기를 원하지 않는 사람이 빙리 양이라는 사실이야."

"왜 그렇게 생각해? 그가 한 일이야. 그는 자신의 뜻대로 하는 사람이야. 네가 아직 다 몰라서 그래. 특별히 상처가 되는 구절을 읽어 줄게. 네게 못 할 말이 어디 있겠니. '다아시 씨는 여동생을 간절히 보고 싶어 하고, 진실을 고백하자면 우리도 그 못지않게 그녀가 보고 싶답니다. 조지아나 다아시의 아름다움, 우아함, 교양은 적수가 없어요. 루이자 언니와 내가 그녀를 좋아하고 또 특별히 더 아끼는 건 그녀가 나중에 우리의 올케가 되기를 감히 기대하기 때문이에요. 이 주제에 대해 말한 적 있는지 모르겠지만, 여길 떠나면서 털어놓고 싶었고 또 부당한 생각으로 여기지 않으리라 믿어요. 오빠는 이미 그녀를 굉장히 연모하고 있으며, 이제 그녀를 가장 친밀한 관계로 자주 만날 테고, 그녀의 친척들도 모두 오빠의 친척들처럼 혼사를 바라고 있는 마당에, 찰스 오빠가 어떤 여성의 마음도 사로잡을 수 있다는 생각은 여동생의 편애에 호도된 결과만은 아니랍니다. 이렇게 모든 상황이 그들의 애정에 유리하고 아무것도 그들의 애정을 방해할 수 없으니, 친애하는 제인, 이렇게 많은 사람들의 행복을 보장해 줄 혼사에 희망을 거는 게 잘못일까요?'"

"이 문장 어때, 리지?" 다 읽은 다음 제인이 물었다. "분명하지 않니? 이 문장은 캐롤라인이 나를 올케로 기대하지도 바라지도 않는다고 분명하게 선언해. 그녀는 오빠의 무관심을 완벽하게 확신하고, 혹시나 내가 감정을 가졌을까 봐 (너무나 친절하게도!) 나를 조심시키는 거잖아? 다르게 생각할 수 있니?"

"있지. 내 의견은 달라. 들어 볼래?"

"기꺼이."

"몇 마디면 돼. 빙리 양은 오빠가 언니를 사랑하는 걸 알고 있지만 다아시 양과 결혼하기를 바란 거야. 오빠를 런던에 붙잡아 두려고 뒤쫓아 갔고 언니에게는 그가 관심 없다고 설득하는 거지."

제인이 고개를 저었다.

"정말로 제인, 내 말 믿어. 빙리와 언니가 함께 있는 모습을 본 사람이라면 그의 애정을 의심할 수 없어. 빙리 양도 마찬가지야.

그렇게 바보는 아니니까. 빙리 양이 다아시가 그 반만이라도 자기를 사랑하는 모습을 봤으면 웨딩드레스를 주문했을 거야. 지금 상황은 이래. 우리가 그들에게 충분히 부유하거나 대단하지 않은 거야. 집안 간에 결혼이 성사되면 두 번째 혼사는 덜 힘들다고 생각하고서 다아시 양을 자기 오빠와 연결하려고 노심초사하는 거야. 확실히 비상한 책략인데, 드 버그 양만 길을 비켜 준다면 성공하겠지. 하지만 제인 언니, 빙리 양이 자기 오빠가 다아시 양을 굉장히 연모한다고 말한다고 해서 화요일에 헤어질 때보다 빙리가 아는 언니의 장점이 줄어드는 건 아니고, 빙리 양이 자기 오빠를 설득해서 언니 대신 자기의 친구를 더 사랑하게 만들 수도 없어."

"빙리 양에 대해서 우리가 비슷한 생각이라면 너의 설명을 편하게 받아들일 수 있어." 제인이 대답했다. "하지만 근거가 부당해. 캐롤라인은 누굴 의도적으로 속이는 사람이 아냐. 스스로 속고 있다고 바랄 뿐이야."

"맞아. 내 설명이 위안이 안 될 바에야, 지금 한 말보다 더 괜찮은 근거를 떠올릴 수 없겠네. 그렇게 그녀가 속고 있다고 믿어 버려. 그 정도로 그녀에게 의무를 다했으니 더 이상 마음 졸이지 마."

"하지만 최상을 가정하더라도 누이들과 친구들이 그 남자가 다른 여자와 결혼하기를 바라는데 그런 남자와 내가 행복할 수 있을까?"

"언니가 스스로 결정해야지." 엘리자베스가 대답했다. "신중하게 고민한 후에 그의 두 누이를 화나게 하는 괴로움이 그의 아내가 되는 행복보다 더 크다면 무조건 그를 거절하도록 해."

"그런 말이 어디 있니?" 제인이 엷게 웃으며 말했다. "누이들이 싫어해서 아주 슬프긴 해도 난 망설이지 않고 선택할 거야."

"당연하지. 그러면 이제 언니 상황을 동정할 게 없어."

"하지만 이번 겨울에 돌아오지 않으면 내가 뭘 선택할 필요조차 없지. 육 개월 사이에 수많은 일들이 일어날 거야."

엘리자베스는 그가 겨울에 돌아오지 않을 거라는 생각을 철저하게 부인했다. 그녀가 보기에는 그것은 단지 캐롤라인의 사심 가득한 희망 사항을 암시할 뿐이고, 그 희망 사항이 공개적으로 표현되든 교묘하게 표현되든 어쨌거나 그렇게 전적으로 독립된 경제력을 가진 청년에게 여동생이 영향을 끼칠 거라고는 조금도 가정할 수 없었다.

그녀는 이 주제에 대한 자신의 생각을 할 수 있는 한 강력하게 말했고 곧 행복한 효과가 나타났다. 제인은 낙담하여 풀이 죽지 않았고, 애정에 자신 없어 할 때도 있었지만 빙리가 네더필드로 돌아와서 모든 소망을 충족시켜 주리라는 희망에 점점 끌렸다.

베넷 부인에게는 빙리의 행동에 놀랄까 봐 그들이 떠났다는 소식만 전하기로 했다. 부분적으로만 소식을 알렸는데도 부인은 몹시 걱정했고, 모두 친해진 마당에 누이들마저 떠나게 되어 엄청 불행하다고 비통해했다. 베넷 부인은 어느 정도 한탄을 늘어놓더니 빙리가 곧 내려와서 롱본에서 저녁 식사를 할 거라며 위안했고, 결국 그가 단지 가족끼리 모이는 저녁 식사에 초대받았지만 두 가지 코스 요리를 대접하겠다고 속 편하게 선언하는 것으로 결론 났다.

22장

그날 베넷 가족은 루카스 가족과 저녁을 먹기로 했는데, 역시나 루카스 양이 거의 종일 콜린스 얘기를 친절하게 들어 주어서 엘리자베스가 고맙다고 인사를 건넸다. "그의 기분을 잘 맞춰 주

네." 그녀가 말했다. "얼마나 고마운지 말로 다 못해." 샬럿은 도움이 되어 기쁘다며, 짧은 시간을 희생해서 큰 보답을 받는다고 대답했다. 정말 고마운 일이었는데, 정작 샬럿의 친절은 엘리자베스의 상상을 초월했다. 그녀의 목표는 바로 콜린스의 관심을 자신쪽으로 잡아 둠으로써 엘리자베스가 콜린스의 관심에 어떻게든 보답할 수 없도록 만드는 것이었다. 이게 루카스 양의 의도였다. 저녁에 헤어질 때 상황이 워낙 유리해져서, 콜린스가 하트퍼드셔를 당장 떠나지 않는다면 성공하리라고 거의 확신했다. 하지만 그의 열정과 독립심을 과소평가한 것이, 다음 날 아침 콜린스가 존경스러울 정도의 교묘함을 발휘하며 롱본을 빠져나와 루카스 저택으로 서둘러 달려와 그녀의 발아래에 자신을 내던질 줄은 몰랐다. 콜린스는 사촌들의 눈길을 피하고자 애썼는데, 집을 빠져나오다 들킨다면 그들이 의도를 추측할 것이고 그는 청혼이 성공했다는 소식이 알려지기 전에 그 시도가 알려지길 원하지 않았다. 샬럿이 어지간히 격려해 주었기 때문에 감정을 거의 확신했고 그 근거도 충분했지만, 수요일의 모험 이후로 비교적 소심해져 있었던 것이다. 이제 그는 남부럽지 않게 우쭐해할 정도로 환영받았다. 루카스 양이 집으로 오는 그를 창문 밖으로 내려다보고는 길에서 우연히 마주치려고 금방 달려 나왔으니 말이다. 하지만 그녀도 그길에 그렇게 많은 사랑과 고백이 기다리고 있을 거라고는 감히 바란 적이 없었다.

콜린스의 장황한 고백이 끝나고 두 사람 모두 만족스럽게 모든 문제가 해결되었다. 집에 들어갈 때 그는 자신을 가장 행복한 남자로 만들어 줄 그날을 정해 달라고 간청했고 그녀는 그런 부탁을 받기에는 아주 이른 감이 있었지만 그의 행복을 놓고 애태울 생각은 없었다. 천성적으로 타고난 어리석음 때문에 그의 구애는 티끌

만 한 매력도 없어서 어떤 여자도 그와 오래 연애하고 싶어 하지 않았다. 오로지 결혼하여 정착하겠다는 순수하고 사심 없는 욕망으로 그를 받아들인 루카스 양으로서는 얼마나 서둘러 정착하든 마다할 리가 없었다.

즉시 윌리엄 경과 루카스 여사에게 동의를 구했고, 그들은 굉장히 기쁨에 넘쳐서 신속하게 동의했다. 콜린스의 현재 상황을 볼 때, 물려줄 재산이 별로 없는 딸에게 그는 가장 적합한 남편이었다. 그가 미래에 부유해질 전망까지 상당했다. 루카스 여사는 베넷 씨가 얼마나 더 살 것 같은지를 바로 계산하기 시작했는데, 이 문제가 이토록 흥미로웠던 적이 없었다. 윌리엄 경은 콜린스가 롱본 재산을 차지할 때가 되면 자신과 아내가 부부 동반으로 세인트 제임스 궁에 진출하는 게 굉장히 적절하다고 벌써 모든 것이 결정된 듯 말했다. 한마디로 온 가족이 완전히 기쁨에 넘쳤다. 어린 여동생들은 그렇지 않았을 때보다 일이 년 빠르게 사교계에 진출하리라는 희망을 품었다. 남동생들은 샬럿이 늙은 노처녀로 죽을지 모른다는 걱정에서 풀려났다. 샬럿은 꽤 차분했다. 목적을 달성했으니 그것을 생각할 시간을 가졌다. 돌아보니 대체로 만족스러웠다. 분명 콜린스는 분별력이 있지도 호감이 가지도 않았다. 그와 있으면 귀찮고, 그의 애정은 상상에서 나온 것에 불과했다. 그래도 남편이 될 사람이었다. 남자나 결혼 생활을 좋게 생각한 적은 없지만, 언제나 목표는 결혼이었다. 결혼만이 재산이 없는 교육받은 젊은 아가씨가 가질 수 있는 유일하게 명예로운 대비책이었고, 행복할지는 불확실했지만 가장 좋은 가난 방지책이었다. 그런 대책이 이제 세워진 셈이다. 아름다운 외모를 가졌던 적도 없고 스물일곱 살이나 된 처지에 이건 정말 행운이라고 느꼈다. 엘리자베스 베넷에게 알리는 일이 가장 난감했는데, 그녀의 우정을 어느 누구의 우정보다 가치 있다고 여겼기 때문이다. 엘리자베스는 아마도 놀랄 것이고 또 비난할 것이다. 결심이 흔들릴 건 아니더라도 반대하고 나오면 상처받을 것 같았다. 소식을 직접 알리기로 하고 콜린스에게 저녁을 먹으러 롱본으로 돌아가거든 가족에게 무슨 일이 있었는지 암시도 하지 말라고 했다. 물론 그는 비밀을 지키겠다고 성실하게 약속했지만, 지키기는 꽤 어려웠다. 돌아가자마자 종일 집을 비운 걸 궁금해하면서 대놓고 질문하는 바람에 그것을 회피하느라 약간의 기발함을 발휘해야 했고, 동시에 자신의 성공한 사랑을 떠벌리고 싶은 마음을 다스리느라 상당히 자제해야 했다.

콜린스는 다음 날 아주 이른 아침에 떠날 계획이어서 숙녀들이 자러 가기 전에 작별 의식을 가졌다. 베넷 부인이 다음에 또 롱본을 방문해 달라고 매우 정중하고 따뜻하게 말했다.

"아주머니." 그가 대답했다. "초대를 소망하고 있었는데 이렇게 말씀하시니 특별히 감사합니다. 가능한 한 빨리 돌아오도록 노력하겠습니다."

모두 놀랐다. 그렇게 귀환을 절대로 바라지 않는 베넷 씨가 말했다.

"캐서린 여사님께서 반대할 위험이 있지 않겠는가? 후견인을 화나게 하는 모험을 하느니 친척을 무시하는 게 낫지."

"네." 콜린스가 대답했다. "이렇게 친절하게 조심시켜 주셔서 특별히 감사한데요, 그렇게 중요한 일을 여사님 동의 없이 하는 일은 없을 테니 저를 믿으셔도 됩니다."

"아무리 조심해도 지나치지 않네. 여사님을 불쾌하게 하느니 다른 모험을 하게. 우리를 다시 방문하려고 해서 여사님께서 불쾌하실 것 같으면, 매우 그럴 것 같으니까 말일세, 그냥 집에 조용하게 머물러도 우리는 선혀 화나지 않을 거야."

"애정 어린 관심에 감사하는 마음이 더욱 커집니다. 하트퍼드셔에 머무는 동안 관심을 가져 주신 모든 일을 포함하여 곧 감사 편지를 보내겠습니다. 저의 부재가 이렇게 인사할 정도로 길진 않겠지만, 사촌들에게도 앞으로 건강과 행복을 빌고 물론 사촌 엘리자베스도 빼놓지 않겠습니다."

적절한 인사를 마치고 숙녀들이 물러났다. 그가 빨리 돌아오겠다니 모두들 놀랐다. 베넷 부인은 그가 어린 딸에게 청혼할 생각이고 메리가 청혼을 수락할지도 모른다고 기대했다. 메리는 다른 딸들보다 그의 능력을 높이 평가했다. 메리는 그의 사색이 견고하다며 종종 감탄했고, 또 그는 결코 개만큼 영리하진 않지만 그런 모범에 자극받아 노력한다면 썩 괜찮은 짝이 되겠다 싶었다. 그러나 다음 날 아침 이런 희망은 사라졌다. 아침 식사가 끝나자 루카스 양이 엘리자베스를 따로 만나 전날 있었던 일을 알렸다.

엊그저께와 어제 동안 콜린스가 샬럿과 사랑에 빠졌다고 착각할 가능성이 한 번 엘리자베스의 뇌리를 스치기는 했다. 그러나 샬럿이 그를 부추겼다는 것은 거의 자신이 그를 부추겼다는 것만큼이나 불가능해 보였다. 처음엔 너무나 놀라서 예의고 뭐고 없이 이렇게 소리치고 말았다.

"콜린스와 약혼이라고! 샬럿, 말도 안 돼!"

루카스 양은 차분한 표정으로 소식을 전하다가 이런 직접적인 힐난에 닥치자 순간적으로 당황했다. 하지만 예상한 일이기도 해서 금세 평정을 되찾고 침착하게 반응했다.

"왜 그렇게 놀라니, 일라이자? 네게 실패한 콜린스가 다른 여성의 호감을 얻을 수 있다는 게 안 믿기니?"

엘리자베스는 마음을 가라앉히고, 안간힘을 다해서 그들의 미래에 상상할 수 있는 행복을 기원한다고 또박또박 말해 주었다.

"네가 무슨 생각 하는지 알아." 샬럿이 대답했다. "불과 며칠 전까지 너랑 결혼하려던 사람이니까 정말로 놀랐을 거야. 그래도 이 일을 처음부터 생각해 보면 내가 한 일에 만족할 거야. 난 낭만적이지 않잖니. 나는 그런 사람이 아냐. 오직 편안한 집을 원했을 뿐이야. 콜린스의 성격, 배경, 지위를 고려할 때 내가 그와 함께 행복할 가능성은 대부분의 사람들이 결혼 생활을 시작하면서 느끼는 정도만큼 괜찮다고 봐."

엘리자베스가 담담하게 대답했다. "물론이지." 잠시 어색한 침묵이 흐르고, 그들은 나머지 가족에게 합류했다. 샬럿이 오래 머물지 않고 떠나자 엘리자베스는 혼자서 들은 얘기를 돌이켜 봤다. 한참 지나고서야 그렇게 안 어울리는 결혼을 현실로 겨우 받아들일 수 있었다. 사흘 동안 두 번의 청혼을 한 콜린스의 기괴함은 그가 청혼에 성공했다는 것에 비하면 아무것도 아니었다. 샬럿의 결혼관이 자신과 다르다는 사실은 알고 있었지만, 막상 그녀가 행동할 때가 되어 세속적인 이익에 모든 우월한 감정을 희생하리라고는 상상도 못 했다. 콜린스의 아내 샬럿이라니, 수모가 따로 없다! 샬럿이 불명예를 자초하고 자신을 실망시킨 것도 고통스러운 데다, 스스로 선택한 운명에 그럭저럭이라도 행복하게 살 수 없으리라는 확신이 또 마음을 짓눌렀다.

23장

엘리자베스가 어머니와 자매들과 함께 앉아서 샬럿의 얘기를 곱씹으며 이 소식을 전해도 괜찮은지 고민하고 있는데, 윌리엄 루카스 경이 딸의 부탁을 받고 찾아와서 약혼 소식을 전했다. 그는 두 사람을 칭찬하고 두 집안의 인연이 가져올 밝은 미래를 자축했지만, 사람들은 놀랄 뿐만 아니라 아예 믿으려 하지 않았다. 베넷 부인은 그가 완전히 잘못 알았다면서 예의도 차리지 않고 끝까지 버텼고, 언제나 조심성 없고 종종 무례한 리디아는 거칠게 떠들어 댔다.

"맙소사! 윌리엄 경, 무슨 그런 말이 있어요? 콜린스가 리지와 결혼하고 싶어 하는 거 모르세요?"

그야말로 궁정의 고분고분한 신하만이 화내지 않고 이런 취급을 참아 냈을 것이다. 예의 바른 윌리엄 경은 꿋꿋이 견뎠다. 진실이 틀림없다고 간곡히 말하면서 관대한 예의로 이들의 무례한 반응을 다 받아넘겼다.

엘리자베스가 불편한 상황을 덜어 주는 것이 의무라는 생각에 샬럿에게 직접 들어서 알고 있다고 나섬으로써 그의 소식을 확인해 주었다. 윌리엄 경에게 진심으로 축하의 인사를 건네면서 어머니와 동생들의 법석을 멈추게 하려고 노력하자 여기에 제인이 기꺼이 동조했고, 또 결혼이 가져올 행복, 콜린스의 훌륭한 성격, 런던에서 편리한 거리에 위치한 헌스퍼드 등을 다양하게 언급했다.

베넷 부인은 사실 너무 충격을 받아서 윌리엄 경이 머무는 동안 많은 말을 할 수 없었다. 그러다가 그가 떠나자마자 폭발하고 말았다. 우선, 이야기 자체를 안 믿겠다고 버텼다. 둘째, 콜린스가 속아 넘어갔다고 확신했다. 셋째, 그들은 결코 행복할 수 없다고 믿었다. 넷째, 이 결혼은 깨질 거라고 했다. 그러나 두 가지만은 확신했다. 하나는 엘리자베스가 이 모든 난리의 진짜 원인이라는 것이다. 다른 하나는 사람들이 자신을 잔인하게 괴롭힌다는 것이다. 이후 하루 종일 그녀는 이 두 가지에 집착했다. 그 무엇도 그녀를 위로하거나 달랠 수 없었다. 다음 날이 되어서도 원망은 사그라들지 않았다. 일주일이 지나고서야 엘리자베스를 구박하지 않았고 한 달이 지난 후에야 윌리엄 경과 루카스 여사를 무례하지 않게 대할 수 있었고, 그들의 딸을 용서한다는 생각이 들기까지는 여러 달이 걸렸다.

베넷 씨의 감정은 훨씬 고요했다. 겪고 보니 아주 기분 좋은 일이라고 선언했다. 꽤 분별력이 있다고 생각했던 샬럿 루카스가 그의 아내만큼이나 멍청하고 그의 딸보다 더 멍청하다는 사실을 발견해서 즐겁다고 말이다!

제인은 결혼 소식에 좀 놀랐다고 고백했지만 놀랐다는 말보다 그들의 행복을 진심으로 바란다는 말을 더 많이 했다. 엘리자베스가 행복할 수 없다고 계속 반박했지만 듣지 않았다. 키티와 리디아는 루카스 양을 조금도 부러워하지 않았는데, 콜린스가 고작 성직자였기 때문이다. 그저 메리턴에 퍼트릴 게 생겼다는 것 말고는 이 소식은 그들에게 아무 영향을 끼치지 않았다.

루카스 여사는 베넷 부인에게 딸을 잘 시집보내는 기분으로 복수할 수 있어서 승리감을 느꼈다. 평소보다 자주 롱본을 방문해서 얼마나 행복한지 말했다. 베넷 부인의 떨떠름한 표정과 악담이 행복을 쫓아내기에 충분했을 텐데도 말이다.

엘리자베스와 샬럿은 서로 침묵하며 자제했다. 엘리자베스는 그들 사이에 진정한 신뢰는 다시 존재할 수 없다고 생각했다. 샬럿에 대한 실망 때문에 언니를 더 좋아하게 되었고, 그 반듯함과 섬세함에 대한 믿음은 절대로 흔들리지 않으리라 확신했다. 하지만 빙리가 떠난 지 일주일이 지나고도 돌아온다는 소식이 들리지 않자 날이 갈수록 언니의 행복이 걱정스러웠다.

제인은 캐롤라인에게 일찌감치 답장을 보내 놓고는 다음 편지가 오기를 이성적으로 기대할 수 있는 날을 손꼽아 기다렸다. 콜린스가 약속했던 감사 편지가 화요일에 도착했는데, 아버지에게 보낸 이 편지는 열두 달 정도 체류하고 떠난 사람에게서 나올 법한 온갖 엄숙한 감사로 가득했다. 그렇게 자신의 양심을 과시한 다음 상냥한 이웃 루카스 양의 애정을 얻은 행복을 무수히 황홀한 표현으로 전달하고 나서, 롱본에 또 오라고 했던 그들의 친절한 초대에 선뜻 동의한 것이 단지 그녀와 함께 지내려는 목적이었다고 설명하면서 이 주일 후 월요일에 돌아오겠다고 했다. 캐서린 여사가 그의 결혼을 진심으로 인정하고 가능하면 빨리 예식을 올리기를 바란다면서, 다정한 샬럿도 이에 반대하지 않고 그를 가장 행복한 남자로 만들어 줄 날짜를 얼른 정할 거라고 덧붙였다.

콜린스의 하트퍼드셔 귀환이 베넷 부인에게 기쁠 리 없었다. 기쁘기는커녕, 남편만큼이나 불평할 기분이었다. 루카스 저택 대신 롱본으로 오는 것도 아주 이상했다. 몹시 불편하고 귀찮았다. 건강이 별로인 때 손님을 받기 싫은 데다, 연인들은 가장 기분 나쁜 족속들이었다. 이렇게 베넷 부인은 나지막하게 중얼거렸고, 안 그럴 때는 빙리의 계속된 부재를 떠올리며 훨씬 더 괴로워했다.

제인도 엘리자베스도 이 주제가 불편했다. 겨울 내내 네더필드로 돌아오지 않는다는 소문이 얼마 지나지 않아 메리턴에 퍼진 것 말고는 그에 대한 소식이 하나도 없이 하루하루가 흘렀다. 베넷 부인은 이 소문에 불같이 화내며 아주 추악한 거짓말이라고 꼬박꼬박 반박했다.

심지어 엘리자베스도 빙리가 무심해서라고 믿지는 않았지만 누이들이 그를 떼어 놓는 데에 성공하는가 싶어서 걱정하기 시작했다. 제인의 행복을 파괴하고 그녀가 사랑하는 남자의 신실함을 불명예롭게 하는 생각을 시인하고 싶지는 않았지만 자꾸 그런 생각이 들었다. 냉혹한 두 누이와 위압적인 친구의 연합에다 다아시 양의 매력과 런던의 즐거움이 더해졌으니 그의 애정이 아무리 강해도 감당하기 벅찰 것이다.

이렇게 애매한 상황에서 제인의 걱정이 엘리자베스의 걱정보다 더 고통스러운 건 당연했다. 그녀는 무엇을 느끼든 감추려고 했고, 그녀와 엘리자베스 사이에 그 주제는 결코 암시되지 않았다. 하지만 어머니는 그런 섬세함에 구애받는 사람이 아니어서 단 한 시간도 가만히 있지 못하고 빙리에 대해 말하고 그의 귀환을 기다리는 조바심을 표현했다. 심지어 그가 오지 않으면 버림받은 거라며 제인을 닦달했다. 제인은 온순한 성정을 다 끌어모아 참으면서 이런 공격을 평정심으로 견뎌 냈다.

콜린스가 이 주일 후 월요일에 정확하게 돌아왔을 때 롱본의 대접은 그의 처음 방문 때처럼 따뜻하지 않았다. 하지만 그는 너무 행복해서 많은 관심이 필요하지 않았다. 연애하느라고 바빠서 가족과 함께 지내는 시간이 없어서 다행이었다. 대부분을 루카스 저택에서 보냈고, 가끔은 가족이 자러 가기 전에 집을 비워 미안하다고 말할 시간에 딱 맞춰 롱본으로 돌아왔다.

베넷 부인은 정말로 더할 수 없이 불쌍했다. 그들의 결혼에 관한 어떤 소리만 들려도 기분 나쁜 고통에 빠졌는데, 어딜 가든 그 소리가 들렸다. 루카스 양은 꼴도 보기 싫었다. 그녀가 뒤를 이어 이 집을 물려받는다니 질투에 찬 혐오감이 들끓었다. 샬럿이 놀러올 때마다 이 집을 차지할 기대에 차 있다고 의심했다. 그녀가 콜린스와 낮은 목소리로 속삭이기라도 할라치면 그들이 롱본 장원 얘기를 하는 거라고, 베넷 씨가 세상을 뜨면 당장 자신과 딸들을 쫓아내기로 작정한 거라고 믿었다. 그녀는 남편에게 이 모든 것을 비통하게 불평했다.

"여보." 그녀가 말했다. "샬럿 루카스가 이 집의 안주인이 되어 걔를 위해 내가 비켜 주고, 내 자리를 차지하고 사는 꼴을 봐야 한 다고 생각하니 못 살겠어요."

"그런 우울한 생각에 빠지면 안 되오. 더 나은 일들을 기대합시 다. 당신보다 내가 더 오래 살면 된다고 좋게 생각합시다."

이 말은 베넷 부인을 별로 위로하지 못했고, 그녀는 대답 대신 했던 말을 반복했다.

"그들이 이 재산을 다 가진다니 견딜 수 없어요. 한사상속만 아 니면 신경 쓰지 않을 건데."

"뭘 신경 쓰지 않는단 말이오?"

"아무것도 신경 쓰시 않는다고요."

"그렇게 무심한 상태에 빠지지 않았으니 고마워할 일이오."

"한사상속에 고마워할 게 뭐가 있어요. 어떻게 양심이 있는 사 람이 딸들에게서 재산을 빼앗는 한사상속을 할 수가 있는지 모 르겠어요. 콜린스 좋으라고 그렇게 하다니! 왜 다른 사람보다 콜린 스가 더 가져가냐고요?"

"당신이 알아서 대답하오." 베넷 씨가 말했다.

제**2**권

1장

　빙리 양의 편지가 도착함으로써 의혹은 풀렸다. 첫 문장은 그들이 런던에서 겨울을 보낼 거라는 확인으로 시작하고 오빠가 떠나기 전에 하트퍼드셔의 친구들에게 인사할 시간이 없어서 유감이라는 말로 끝났다.

　희망은 끝, 완전히 끝났다. 제인이 나머지를 다 읽었지만, 빙리양의 애정 표현을 제외하고는 위안이 될 만한 게 없었다. 다아시양에 대한 칭찬이 주된 내용이었다. 캐롤라인은 그녀의 매력을 이것저것 언급하면서 그들이 서로 친해졌다고 기쁘게 자랑하고 전에 보낸 편지에서 언급한 바람이 이루어질 것 같다고 예측까지 했다. 게다가 오빠가 다아시 집에 머물고 있다며 기뻐했고 다아시가새 가구를 마련할 계획이라고 황홀해했다.

　곧 제인이 편지의 대부분을 전해 주었는데 엘리자베스는 조용히 분노하면서 들었다. 언니에 대한 걱정과 나머지 사람들에 대한 원망이 교차했다. 빙리가 다아시 양을 좋아한다는 캐롤라인의 주장을 조금도 믿지 않았다. 빙리가 제인을 정말 좋아한다고 예전이나 지금이나 의심하지 않았다. 언제나 그를 좋아하려 했지만 그 순한 성격과 부족한 결단력 때문에 주변 사람들의 수작에 걸려들어 자신의 행복을 희생하고, 주변 사람들의 변덕에 휘둘리는 것을 보니 분노와 경멸을 떨칠 수가 없었다. 빙리 자신의 행복만이 희생되고 말았다면 그가 하고 싶은 대로 행복을 조롱하거나 말거나 상관없다. 하지만 언니의 행복이 연관되어 있다는 것을 그도 분명 알 것이다. 한마디로, 두고두고 생각할수록 허탈한 일이었다. 도무지 다른 생각을 할 수 없었다. 빙리의 애정이 정말 사라졌는지 주변 사람들의 방해로 억압되었는지, 제인의 마음을 알았는지 모르고 지나갔는지, 어느 쪽이냐에 따라 빙리에 대한 그녀의 판단이 상당히 달라진들 언니의 상황은 여진했고 마음의 상처는 그대로였다.

하루 이틀이 지나고 나서야 제인은 엘리자베스에게 속마음을 털어놓을 용기를 냈다. 네더필드와 그 주인에 대해 평소보다 더 길게 짜증을 낸 베넷 부인이 자매를 남기고 나가자 마침내 그녀가 이렇게 말했다.

"제발! 어머니도 좀 자제하시지. 끊임없는 그 사람 얘기가 나를 얼마나 괴롭히고 있는지 모르실 거야. 그래도 불평하지 말아야지. 오래가지 않겠지. 그 사람은 잊히고 우리는 옛날로 돌아갈 테고."

엘리자베스는 믿을 수 없다는 표정으로 걱정스레 언니를 봤지만 아무 말도 하지 않았다.

"의심하는구나." 제인이 살짝 얼굴을 붉히며 말했다. "그럴 거 없어. 그가 내 기억 속에 내가 가장 좋아했던 사람으로 남을지 모르지만, 그게 다야. 바랄 것도 두려워할 것도 없고, 그를 비난할 것도 없어. 얼마나 다행이니! 그런 고통이 없잖아. 그러니까 시간이 필요해. 분명 괜찮아질 거야."

더 강한 목소리로 그녀가 곧 덧붙였다. "일단 내가 혼자 착각한 것 그 이상이 아니었고 이 일로 나 이외의 어떤 사람도 다치지 않았다는 게 위안이야."

"제인!" 엘리자베스가 감탄했다. "언니는 너무 착해. 순하고 사심이 없어서 천사 같아. 할 말을 잃었어. 언니가 이렇게까지 착한 줄 알았으면 마땅히 더 사랑했을 거야."

베넷 양은 모든 놀라운 장점들을 한사코 인정하지 않았고, 동생의 칭찬을 따뜻한 애정 덕분으로 돌렸다.

"아니야." 엘리자베스가 말했다. "이건 공정하지 않아. 언니는 모두를 훌륭하다고 믿고 싶어 하고, 내가 누구 흉이라도 볼라치면 괴로워해. 단지 언니 한 사람을 완벽하다고 생각하고 싶은데 지금 그걸 못 하게 하잖아. 내가 정도를 지나칠까 봐, 모두를 좋게 생각하는 언니의 특권을 침범이라도 할까 봐 걱정하는 건 아니겠지. 그럴 필요 없어. 내가 정말 사랑하는 사람은 별로 없고, 높이 평가하는 사람은 더더욱 없어. 세상을 알면 알수록 실망스러워. 사람들이 일관성이 없다는 것, 그리고 미덕이나 분별을 가진 것처럼 보여도 그걸 믿으면 안 된다는 것을 매일 확인해. 최근에 두 번의 사례가 다 그랬어. 하나는 말하지 않을래. 나머지 하나는 샬럿의 결혼이야. 이해할 수 없어! 모든 면에서 말이 안 돼!"

"리지, 그런 감정에 휘둘리지 마. 그러면 불행해져. 누구나 처지와 기질이 다른 걸 충분히 고려해 봐. 콜린스의 훌륭한 조건과 샬럿의 신중하고 차분한 성격을 생각해 보라고. 샬럿 집은 대가족이잖아. 재산을 생각하면 최고의 짝을 만난 거야. 그녀가 우리 사촌에게 애정이나 존경 비슷한 걸 느낄 수도 있다고 인정하는 게 모두를 위해 좋아."

"언니를 생각해서 나도 웬만하면 뭐든 다 믿고 싶은데, 그 말을 믿어서 누구에게 이득이 될지 모르겠어. 샬럿이 그에게 조금이라도 애정이 있다면, 지금 그녀의 마음에 실망한 것보다 그녀의 이해력에 더 실망하고 말 거야. 제인, 콜린스는 잘난 척하면서 허풍 떨고 식견도 없는 멍청한 사람이야. 나만큼 잘 알면서 왜 그래. 그와 결혼하는 여자는 제대로 생각할 줄 모른다고 나처럼 그렇게 생각하잖아. 그 여자가 샬럿 루카스라도 변호할 수 없어. 한 사람을 위해 원칙과 진실의 의미를 바꾸려 하지 말고, 이기심을 신중함으로 포장하고 위험을 모르는 태도를 행복의 보장으로 포장해서 언니 자신이나 나를 설득하려고 하지 마."

"두 사람을 너무 심하게 말했어." 제인이 대답했다. "두 사람이 함께 행복한 걸 보고 나면 알겠지. 이 정도로 하자. 근네 아까 다른 얘기도 하고 지나갔지. 두 가지 일이 있었다고 했잖아. 널 오해하진 않겠지만, 리지, 그 사람이 잘못했다고 생각하고 그에 대해 나쁘게 말해서 나를 아프게 하지 마. 사람들이 우리에게 일부러 상처 준다고 멋대로 상상하면 안 돼. 생기 넘치는 젊은이가 항상 조심하고 신중하리라 기대할 수 없어. 흔히 우린 스스로 허영에 속아 넘어가지. 여자는 남자의 연모를 부풀려 착각하니까."

"남자가 그렇게 만들잖아."

"의도적으로 그런다면 정당화될 수 없겠지. 하지만 어떤 사람들이 생각하는 대로 세상에 그렇게 의도가 많을까 싶어."

"빙리의 어떤 행동도 의도적이진 않아." 엘리자베스가 말했다. "하지만 잘못을 저지르겠다든가, 사람들을 불행하게 만들겠다고 작정하지 않아도 실수와 불행이 생겨. 경솔함, 다른 사람의 감정에 대한 배려 부족, 결단력 부족, 이런 게 있으면 말이야."

"그래서 이번 일을 그런 잘못 중 하나로 돌리려고?"

"응, 마지막에 해당해. 계속 말하면 언니가 존경하는 사람들을 내가 어떻게 생각하는지 드러나서 기분이 언짢을 거야. 말려 줘."

"그러니까 누이들이 영향력을 행사한다고 보는구나."

"그의 친구와 협력해서 말이지."

"믿을 수 없어. 그들이 왜 그에게 영향을 끼치려고 하겠니? 단지 그의 행복을 바랄 텐데, 그가 나를 좋아한다면 다른 여자가 그의 마음을 차지할 수 없잖아."

"첫째 전제가 틀렸어. 그의 행복 이외에도 많은 것을 바라겠지. 그의 부가 늘어나고 지위가 높아지길 바랄 거야. 돈과 가문과 자존심을 지킬 수 있는 모든 권력을 가진 아가씨와 결혼하길 바란다고."

"분명 그가 다아시 양을 고르길 바라겠지." 제인이 대답했다. "네가 생각하는 것보다 좋은 감정으로 그럴 거야. 나보다 다아시 양을 더 오래 알고 지냈으니까. 그녀를 더 아끼는 게 당연해. 하지만 그들의 바람이 뭐든지 간에 빙리의 뜻에 거스르진 않았을 거야. 뭔가 정말 반대할 만한 게 있지 않고서야 어떤 누이가 멋대로 그래도 된다고 생각하겠어? 그가 나를 좋아하는 걸 알았다면 우리를 떼어 놓으려 하지 않았을 거야. 애정이 있다는데 그들이 어떻게 하겠어. 네가 그런 애정을 전제하고 보니까 모든 사람이 이상하게 잘못 행동하고 또 난 가장 불행한 사람이 되고 말이야. 그런 생각으로 날 괴롭히지 마. 그의 애정을 착각했던 건 부끄럽지 않고, 적어도 그 사람과 누이들을 나쁘게 생각하면서 느낄 감정에 비하면 사소해. 이게 최선이니까 이렇게 이해하도록 내버려 둬."

엘리자베스는 그런 소망에 반대할 수 없었다. 이때부터 빙리의 이름은 둘 사이에 거의 나오지 않았다.

베넷 부인은 빙리가 돌아오지 않는다고 계속 따지고 불평했고, 엘리자베스가 거의 하루도 빠지지 않고 분명하게 설명했음에도 도무지 조금이라도 차분하게 사태를 이해하려 들지 않았다. 엘리자베스는 그가 제인에게 품은 관심이 흔히 지나가는 호감이어서 서로 안 보면 그만이라면서 자기도 믿기지 않는 말로 어머니를 설득하려 했다. 그녀는 그럴 법하다고 잠시 받아들이는가 싶다가도 매일 같은 소리를 하고 또 했다. 베넷 부인에게 최고의 위안은 여름이 오면 빙리가 분명 내려온다는 것이었다.

베넷 씨는 이 문제를 다르게 봤다. "리지, 네 언니가 실연당했다 들었다." 어느 날 그가 말했다. "축하할 일이다. 아가씨라면 결혼하는 거 다음으로 가끔 실연당하고 싶어 하지. 네 언니가 실연을 아파하다 보면 또래 가운데 좀 철이 들겠구나. 네 차례는 언제냐? 제인에게 한참 뒤처지는 것을 못 견디지. 지금은 어떠냐. 메리턴에 가면 온 마을 아가씨들을 실연시킬 장교들이 충분하다. 위컴을 사귀어 보렴. 괜찮은 청년이니 널 보란 듯이 차 버릴 거다."

"감사합니다만, 아버지, 저는 그보다 못한 남자도 좋아요. 우리 모두 제인 같은 행운을 기대할 수 없으니까요."

"맞다." 베넷 씨가 대답했다. "어쨌든 네게 그런 비슷한 일이 일어나면 그걸 최대한 활용할 줄 아는 자식 사랑 넘치는 어머니가 있으니 참 다행이지."

위컴과의 만남은 최근의 불운한 사건들이 많은 롱본 가족에게 남긴 우울을 쫓아내는 데 중요한 도움을 주었다. 그들은 위컴을 자주 만나면서 그의 스스럼없는 태도를 장점으로 추가했다. 엘리자베스가 들었던 모든 이야기, 그가 밝힌 다아시와의 인연, 그리고 그 때문에 받은 모든 고통이 공개적으로 알려졌고 두루 퍼져 나갔다. 사람들은 이 문제를 조금이라도 알기 전에 진즉부터 얼마나 다아시를 싫어했는지 떠올리며 만족스러워했다.

베넷 양 혼자 하트퍼드셔에 알려지지 않은 어떤 고려할 정황이 있을 거라고 생각했다. 유순하고 한결같은 착한 마음을 가진 그녀는 고려할 게 있을 거라고, 실수인지도 모른다고 설득했으나, 다른 모든 사람에게 다아시는 최악의 남자로 찍히고 말았다.

2장

사랑을 고백하고 행복할 계획을 짜면서 일주일을 보낸 후 토요일에 콜린스는 어여쁜 샬럿을 떠나야 했다. 그러나 떨어져 지내는 슬픔은 신부를 맞이할 준비를 하면서 달랠 수 있을 것 같았는데, 다음에 하트퍼드셔로 돌아오면 그때는 자신을 이 세상에서 가장 행복한 남자로 만들어 줄 그날이 바로 정해질 거라고 믿을 구석이 있었기 때문이다. 그는 지난번 떠날 때처럼 근엄하게 롱본 친척들에게 작별 인사를 했다. 사촌들에게 건강과 행복을 기원했고 그들의 아버지에게 또 감사 편지를 쓰겠다고 약속했다.

그다음 월요일에 베넷 부인은 여느 때처럼 크리스마스를 보내러 온 남동생 부부를 기쁘게 맞이했다. 가드너 씨는 분별력 있고 신사다운 사람으로, 천성이나 교육에서 베넷 부인보다 훨씬 우월했다. 네더필드의 아가씨들은 장사하느라 자신의 물류 창고만 바라보고 사는 사람이 그렇게 교양 있고 호감을 준다는 사실을 믿을 수 없었을 것이다. 베넷 부인과 필립스 부인보다 몇 년 젊은 가드너 부인은 상냥하고 현명하고 우아한 여성으로, 롱본의 조카들이 모두 따랐다. 특히 맨 위의 두 조카와 그녀 사이에는 아주 각별한 정이 있었다. 두 조카는 자주 런던에서 외숙모와 함께 지냈다.

가드너 부인은 도착하자마자 선물을 나눠 주고 최신 유행을 알렸다. 그다음은 덜 적극적인 역할을 맡았다. 들어 줘야 할 차례였다. 베넷 부인은 슬픈 소식도 불평도 않았다. 지난번 본 이후로 온 가족이 나쁜 일을 겪었다. 두 딸이 결혼할 뻔했는데 결국 아무 일도 없었다.

"제인에게는 뭐라고 안 한다." 그녀가 말했다. "제인은 할 수만 있었으면 빙리를 얻었을 거야. 하지만 리지! 올케! 걔가 고집만 부리지 않았더라면 콜린스의 아내가 되었을 텐데 너무 속상해. 바로 이 방에서 청혼했는데 거절했잖아. 그래서 루카스 여사가 나보다 먼저 딸을 결혼시킬 거고 또 롱본은 변함없이 한사상속될 거야. 루카스 가족은 굉장히 교묘해, 올케. 그들은 얻을 수 있는 게 있으면 물불 안 가리고 달려든다니까. 이렇게 말해서 유감이지만 사실이니까. 내 가족에게 그렇게 배신당하고 또 자기들만 생각하는 이기적인 이웃과 살려니 정말 예민해지고 몸이 안 좋아. 그래도 올케가 이럴 때 와 줘서 최고의 위안이 됐고, 아까 소매 긴 옷이 유행한다고 알려 줘서 즐거웠어."

제인과 엘리자베스의 편지를 통해 소식을 다 들었던 가드너 부인은 베넷 부인에게 가벼운 대답만 하고 두 조카들을 생각해서 화제를 돌렸다.

엘리자베스와 둘이 있게 되자 가드너 부인이 이 주제를 꺼냈다. "제인에게 바람직한 짝이었던 모양이다." 그녀가 말했다. "그렇게 끝나서 유감이다. 하지만 이런 일은 다반사지! 네가 묘사한 그 빙리 같은 청년이 몇 주 동안 아리따운 아가씨를 쉽게 사랑하다가 어쩌다 떨어져 지내면 쉽게 잊어버리는 거, 이런 변절은 워낙 흔하단다."

"나름 훌륭한 위로예요." 엘리자베스가 말했다. "하지만 우리에 겐 소용없어요. 우린 두 사람이 어쩌다 헤어져서 속상한 게 아니거든요. 재산을 가진 독립된 청년이 며칠 전까지만 해도 격렬하게 사랑하던 아가씨를 더 이상 생각하지 못하도록 주변 친구들이 간섭해서 설득하는 것은 자주 있는 일이 아니에요."

"그런데 '격렬하게'라는 표현은 너무 진부하고 의심스럽고 모호해서 잘 모르겠구나. 진짜 강력한 애정과 마찬가지로 삼십 분밖에 안 된 만남의 감정에도 종종 적용되는 말이잖니. 빙리의 사랑은 도대체 얼마나 격렬했다는 거니?"

"그보다 더 확실한 감정을 본 적이 없어요. 다른 사람에게 점점 무심해지면서 제인에게 완전히 몰두했어요. 두 사람이 만날 때마다 더 분명해지고 두드러졌어요. 자기가 주최한 무도회에서 두세 명의 아가씨들에게 춤을 청하지 않는 무례를 저질렀고 두 번이나 말을 걸어도 대답하지 않았을 정도였어요. 이보다 더 좋은 징후가 있을까요? 전반적으로 예의를 못 챙기는 게 사랑의 본질 아닌가요?"

"그렇지! 그가 느꼈을 사랑이 바로 그런 종류겠지. 불쌍한 제인! 그 성격에 금방 극복하지 못할까 봐 걱정이다. 네게 일어났다면 더 좋았겠다, 리지. 넌 금방 웃어넘겼을 거다. 그런데 제인에게 우리랑 런던으로 가자고 하면 따라나설까? 환경을 바꾸면 회복에 도움이 될 거고, 집에서 좀 벗어나는 것도 다른 방법 못지않게 유용하단다."

엘리자베스는 이 제안이 굉장히 반가웠고 언니가 흔쾌히 수락하리라 믿었다.

"걔가 그 청년 때문에 고민할 건 없는데." 가드너 부인이 덧붙였다. "우리 집은 런던의 다른 동네에 있고, 인간관계도 다르고, 너도 알다시피 우리는 자주 사교계에 나가지도 않으니까, 그쪽에서 제인을 방문하지 않는 한 두 사람이 만나기는 힘들 거다."

"방문은 불가능해요. 그는 친구의 보호를 받고 있고, 다아시는 런던의 그런 동네로 제인을 만나라고 보내 줄 리가 없어요! 외숙모, 그런 생각 마세요. 다아시는 그레이스처치 거리'를 들어 봤을 수 있지만, 일단 한 번 그 거리에 들어서면 그곳의 더러움을 한 달 동안 씻어 내도 부족하다고 생각할 거예요. 빙리는 그 친구 없이는 꼼짝도 안 할 게 분명하다니까요."

"더 잘됐다. 두 사람이 안 만났으면 좋겠다. 그런데 제인이 그 여동생과 연락하지 않니? 그럼 방문하러 오겠구나."

"아는 척도 안 할걸요."

무엇보다 빙리가 제인과 만나지 못하도록 붙잡혀 있다는 사실은 물론이고 빙리 여동생에 대한 분명한 확신이 있음에도 엘리자베스는 생각할수록 이 문제가 완전히 끝났다고 할 수 없어서 마음이 쓰였다. 언니를 향한 그의 애정이 되살아나고 제인의 매력에 자연스럽게 빠져서 주변 친구들의 영향력을 극복하는 것이 가능하고 또 가끔 정말 그렇게 될 것 같았다.

베넷 양은 외숙모의 초대를 기쁘게 수락했다. 빙리 가족 생각은 별로 하지 않았고, 단지 캐롤라인이 오빠와 한집에 사는 게 아니니까 그와 부딪칠까 걱정하지 않고 그녀와 가끔 오전 시간을 보낼 수 있겠다는 기대 정도가 다였다.

가드너 부부는 롱본에서 일주일을 머물렀다. 필립스 가족, 루카스 가족 그리고 장교들이 들락거려서 모임이 없는 날이 하루도 없었다. 베넷 부인이 남동생 부부가 즐겁게 시간을 보내도록 워낙 살뜰하게 챙기는 바람에 오붓하게 가족 저녁 식사 한 번 못 했다. 집에서 모임이 있을 때는 몇몇 장교들이 참석했고, 매번 위컴이 왔다. 그럴 때마다 가드너 부인은 엘리자베스의 열렬한 칭찬에 의구심을 품고서 두 남녀를 면밀하게 관찰했다. 두 사람이 심각하게 사랑에 빠졌다고 보지는 않았지만 이들이 서로 호감을 가진 것은 분명해서 약간 심기가 불편했다. 하트퍼드셔를 떠나기 전에 엘리자베스에게 그런 애정을 키우는 것은 신중하지 않다고 말할 작정이었다.

위컴은 자신이 가진 매력이 아니더라도 가드너 부인을 즐겁게 해 줄 수 있는 사람이었다. 그녀는 십일이 년 전 결혼하기 전에 위컴의 고향인 더비셔에서 한동안 살았다. 그래서 두 사람은 공통으로 아는 사람이 많았다. 오 년 전 다아시 어르신이 돌아가신 후에 위컴은 그 지역에 거의 안 갔지만, 그래도 그녀의 옛 친구들에 대해 그녀가 알고 있는 것보다는 최근 소식을 전할 수 있었다.

가드너 부인은 펨벌리를 본 적 있고, 세상을 떠난 다아시에 대해 들어서 잘 알고 있었다. 마르지 않는 대화의 주제가 생긴 것이다. 그녀는 펨벌리에 대한 기억을 위컴이 제공하는 상세한 묘사와 비교하고 또 고인이 된 집주인의 성품을 칭찬하면서 위컴을 즐겁게 해 주고 자신도 대화를 즐겼다. 현재 주인인 다아시가 그를 어떻게 취급했는지 듣고 나서는 그것에 부합하는 다아시의 소년 시절 평판 같은 걸 기억하려 애썼고, 마침내 피츠윌리엄 다아시가 예전에 매우 오만하고 성격이 나쁜 아이로 소문난 적 있었다고 확신했다.

3장

엘리자베스와 따로 말할 기회가 생기자마자 가드너 부인은 바로 친절하게 주의를 주었다. 자신의 생각을 솔직하게 말한 다음 이렇게 조언했다.

"넌 분별력이 있으니까, 리지, 하지 말라고 말린다는 이유로 사랑에 빠지진 않겠지. 그래서 걱정하지 않고 솔직하게 말한 거란다. 정말로 너를 조심시키고 싶다. 돈이 없어서 너무 경솔한 그런 사랑에는 빠지지 말고 그를 사랑에 빠지게도 하지 마라. 그 사람이 싫다는 말이 아니다. 아주 흥미로운 청년이잖아. 얻기로 했던 재산만 갖추었다면 네게 그만이지. 하지만 현실이 이러니 마음만으로 내달리면 안 된다. 넌 분별력이 있으니 우리 모두 널 믿으마. 아버지께서도 네 판단과 행실을 믿으셔. 아버지를 실망시키면 안 된다."

"외숙모, 너무 심각하시네요."

"그래. 너도 제발 심각해지렴."

"걱정 마세요. 저 자신은 물론 위컴도 잘 보살필게요. 막을 수만 있다면 저를 사랑하지 않도록 막을게요."

"엘리자베스, 심각해지라니까."

"죄송해요. 그럼 이렇게 말할게요. 현재로서는 위컴에게 빠지지 않았어요. 분명 아니에요. 지금껏 만난 남자들과 비교할 수 없을 정도로 호감 가는 사람이긴 한데, 그가 나를 정말 좋아하더라도 그게 안 좋은 일이라는 건 알겠어요. 경솔한 애정이니까요. 아! 그 끔찍한 다아시 때문에! 아버지의 평가는 제게 매우 소중해요. 그걸 저버린다면 비참할 거예요. 정작 아버지는 위컴과 잘해 보라 하셨지만. 암튼 외숙모, 가족들을 불행하게 만들지 않을게요. 하지만 애정 문제에 관해서는 요즘 젊은 사람들이 재산이 없다고 약혼을 미루는 일이 거의 없는 현실에서 제가 약혼의 유혹을 느끼고도 또래들보다 더 현명하게 처신하겠다고 어떻게 약속할 수 있는지, 또 그 유혹에 저항하는 게 지혜로운지 어떻게 알겠어요? 단지 서두르지 않겠다고 약속할 수 있을 뿐이에요. 제가 그의 일 순위라고 성급하게 믿지 않을게요. 그를 만나도 그렇게 기대하지 않는다고요. 한마디로 말해 최선을 다할게요."

"여기에 너무 자주 부르지 마라. 적어도 어머니께 그를 초대하라고 부추기지는 말아야지."

"저번에 그랬었죠." 엘리자베스가 멋쩍게 웃으면서 말했다. "그러지 않으려고 참는 게 현명하겠네요. 근데 여기에 그렇게 자주 오지 않아요. 이번 주에 자주 초대받은 건 외숙모가 와 계셔서 그렇고요. 어머니는 손님이 와 계시면 계속 사람들을 불러야 한다고 생각하시잖아요. 그래도 진짜로, 명예를 걸고, 가장 현명하다고 생각하는 대로 처신할게요. 이제 됐죠."

외숙모는 만족한다고 했다. 엘리자베스는 친절하게 언질을 줘서 고맙다고 인사하고 헤어졌다. 그런 문제에 조언을 주되 원망을 사지 않는 훌륭한 사례였다.

가드너 부부와 제인이 떠나자 바로 콜린스가 하트퍼드셔로 돌아왔다. 이번에는 루카스 가족 집에서 머물렀기 때문에 베넷 부인이 불편할 게 없었다. 결혼이 다가오자 부인은 마침내 어쩔 수 없이 포기하고 심술궂은 어조로 "그들이 행복하길 바라긴 한다"고 연발했다. 목요일이 결혼식이어서 수요일에 루카스 양이 작별 인사를 하러 왔다. 인사를 마치고 일어설 때 엘리자베스는 어머니가 억지로 꾸며 내어 마지못해 하는 인사가 너무 부끄럽고 진심으로 안쓰러워서 밖으로 따라 나왔다. 계단을 내려가면서 샬럿이 말했다.

"자주 연락해 줘, 일라이자."

"물론이지."

"다른 부탁도 있어. 방문해 주겠니?"

"하트퍼드셔에서 자주 보면 되잖아."

"한동안은 켄트를 못 떠날 거야. 그러니까 헌스퍼드를 방문한다고 약속해 줘."

엘리자베스는 별로 끌리지 않았지만 거절할 수 없었다.

"아버지와 마리아가 3월에 방문할 거야." 샬럿이 말했다. "네가 함께 오면 좋겠어. 일라이자, 사실 아버지나 마리아만큼 널 환영해."

결혼식이 끝났다. 신부와 신랑은 교회 문 앞에서 켄트를 향해 출발했고, 언제나처럼 하객들은 결혼에 대해 할 말도 들을 말도 많았다. 엘리자베스는 곧 친구의 편지를 받았다. 늘 그랬던 것처럼 규칙적으로 자주 연락했지만 예전처럼 터놓고 말하는 건 불가능했다. 엘리자베스는 편지를 쓸 때마다 친밀함이 주던 편안함은 끝났다고 느꼈고, 연락에 게으른 사람이 되지 않겠다고 결심했지만 그건 현재의 우정보다 과거의 우정을 위해서였다. 엘리자베스는 샬럿이 처음에 보낸 편지들을 아주 반갑게 받았다. 그녀가 새집에 대해 어떻게 말할지 캐서린 여사를 좋아할지 얼마나 행복하다고 자랑할지 궁금했다. 샬럿은 모든 점에서 예상한 대로였다. 명랑했고, 안락함으로 둘러싸인 것 같았고, 칭찬할 수 없는 것은 아예 언급하지 않았다. 집, 가구, 이웃, 길, 모두 마음에 들고, 캐서린 여사의 행동은 정말 다정하고 친절하다고 했다. 콜린스가 떠벌리던 헌스퍼드와 로징스를 이성적으로 가다듬은 셈이었다. 나머지를 모두 파악하려면 직접 방문할 때까지 기다려야 했다.

제인은 런던에 무사히 도착했다고 이미 엘리자베스에게 몇 줄을 써서 보냈다. 엘리자베스는 제인이 다음 편지에서는 빙리 가족에 대해 뭔가 쓸 수 있기를 희망했다.

두 번째 편지를 기다리는 그녀의 조바심은 조바심이 늘 그렇듯이 실망으로 끝났다. 제인은 일주일째 런던에 있었지만 캐롤라인의 소식을 듣지도 그녀를 만나지도 못했다. 그러나 그녀는 롱본에서 보냈던 마지막 편지가 어떤 사고로 소실되었을 거라고 설명했다.

"외숙모가 내일 그 동네 근처에 가셔." 편지가 이어졌다. "이참에 그로스브너 거리를 방문할게."

그다음 편지에서 빙리 양을 만났다고 했다. "캐롤라인은 별로 기분이 좋지 않았어." 그녀는 이렇게 썼다. "그래도 날 만나서 기뻐하고 기별도 없이 런던에 왔다고 나무랐어. 그러니까 내 말이 맞지. 내 마지막 편지를 못 받은 거야. 물론 오빠가 잘 지내는지 물었어. 잘 지내고 있고 다아시와 어울리느라고 워낙 바빠서 거의 보진 못했대. 저녁 때 다아시 양이 온다고 하더라. 그녀를 한번 봤으면. 캐롤라인과 허스트 부인이 외출해야 해서 더 오래 머물지 못했어. 이제 나를 방문하겠지."

엘리자베스는 편지를 읽으며 고개를 저었다. 제인이 런던에 와 있다는 사실을 우연이 아니고서야 빙리가 알 수 없으리라는 확신이 들었다.

사 주가 지났지만 제인은 그의 뒷모습도 못 봤다. 원망하지 않으려 자위했다. 하지만 빙리 양의 무관심을 모를 수는 없었다. 이 주일 동안 매일 오전 그녀의 방문을 기다리고 매일 저녁 그녀가 오지 못한 변명을 새로 만들어 내고 있는데, 드디어 그녀가 왔다. 그러나 잠시 머물고 떠난 데다 태도가 변한 걸 확인한 제인은 더 이상 자신을 속일 수 없었다. 동생에게 쓴 편지에는 그녀의 속마음이 드러나 있었다.

내가 빙리 양의 호의에 완전히 속아 넘어갔다고 고백해도 내 동생 리지는 나를 제물로 삼아 자신의 더 나은 판단력에 승리감을 느끼지 않겠지. 리지, 네가 옳다는 게 증명되었지만, 그녀의 행동이 어땠는지를 돌아보면 내가 그녀를 믿었던 것은 네가 그녀를 의심한 것만큼이나 자연스러운 일이었지 내가 괜히 고집을 부려서 그랬던 게 아니야. 그녀가 왜 친하게 지내고 싶어 했는지 전혀 모르겠지만, 똑같은 상황이 일어난다면 난 또 속아 넘어가고 말 거야. 캐롤라인은 결국 어제 방문했어. 그동안 쪽지도 없었고 편지 한 줄도 없었지. 어제 보니까 전혀 즐거워하지 않더라. 일찍 방문하지 못해서 미안하다고 대충 형식적으로 사과하더니 다시 만나고 싶다는 말도 안 했고, 모든 면에서 너무 변해서 그녀가 돌아간 다음 난 앞으로 이 관계를 더 이상 계속하고 싶지 않다고 결심했어. 그녀를 비난할 수밖에 없어 유감이야. 나를 그렇게 지목한 건 그녀의 잘못이야. 분명 말하지만 친해지려고 한 건 그쪽이었거든. 하지만 그녀도 잘못을 알 테고 오빠를 걱정하는 마음에서 그런 거라고 생각하니까 그녀가 안됐어. 더 설명할 필요 없어. 오빠를 걱정할 필요가 없는데도 그렇게 걱정하면서 나를 이렇게 대했어. 여동생에게는 소중한 오빠일 테니까 그녀로서는 오빠를 걱정하는 게 어떻든 간에 자연스러운 일이고 우애가 깊은 것이겠지. 하지만 그가 나를 조금이라도 좋아한다면 우리는 진작에 만났을 텐데, 그녀가 지금까지도 노심초사하는 게 너무 이상해. 그녀의 말을 들어보면 그는 내가 런던에 와 있다는 사실을 분명 알고 있어. 그런데 또 그녀 태도를 보면 마치 그가 정말 다아시 양을 좋아한다고 저 혼자 믿고 싶은 것 같기도 해. 이해할 수 없어. 심하게 말하면 이 모든 일에 이중성의 느낌이 강하게 난다고까지 하고 싶어. 하지만 괴로운 생각은 그만하고 나를 행복하게 해 주는 너의 애정과 외삼촌과 외숙모의 변함없는 친절만 생각할래. 곧 답장해 줘. 빙리 양은 그가 네더필드로 돌아가지 않고 집을 내놓는다는 식으로 말하던데, 확실하게 말한 건 아니고. 이 얘기는 그만하자. 헌스퍼드의 친구로부터 반가운 소식을 들었다니 굉장히 기뻐. 윌리엄 경과 마리아와 함께 방문하도록 해. 거기서 아주 편안하게 지낼 수 있을 거야.

그럼 이만.

엘리자베스는 편지를 읽고 약간 고통스러웠다. 하지만 적어도 제인이 더 이상 빙리 양에게 속아 넘어가지 않는다는 생각에 기운이 났다. 빙리에 대한 모든 기대는 이제 전적으로 끝났다. 그가 관심을 되살리기를 바라지도 않았다. 이리저리 생각할수록 그의 성품은 바닥에 떨어졌다. 제인에게 오히려 득이 될지도 모르고 그에게는 벌이 될 거라 생각하면 그가 정말로 다아시 양과 당장 결혼했으면 싶기도 했는데, 위컴의 말로는 다아시 양은 그가 그 결혼을 위해 무엇을 버렸는지 깨닫고 굉장히 후회하게 할 여자라니까 말이다.

이때 즈음 가드너 부인이 엘리자베스에게 위컴에 대한 약속을 환기하며 소식을 물어 왔다. 엘리자베스는 자신보다는 외숙모에게 만족스러울 소식을 보냈다. 그쪽에서 눈에 띄게 좋아하던 건 가라앉았고, 관심은 끝났으며, 다른 여성을 연모하고 있었다. 엘리자베스는 이 모든 것을 조심히 지켜봤지만 실질적인 아픔 없이 본대로 편지에 쓸 수 있었다. 그녀의 가슴은 살짝 흔들리다 말았고, 재산만 있었다면 자신이 그의 일 순위였으리라는 허세 정도로 만족하고 넘어갔다. 그가 지금 잘 보이고 싶어 하는 젊은 아가씨의 가장 두드러진 매력은 갑작스럽게 만 파운드를 물려받았다는 것이다. 하지만 엘리자베스는 샬럿의 경우보다 이 경우에 덜 냉철했던지, 경제적 독립을 갈망한 위컴을 굳이 나무라지 않았다. 오히려 이보다 더 자연스러운 일도 없다고 생각했다. 그가 자신을 포기하느라 좀 괴로웠으리라 상상하면서, 그의 결정이 두 사람 모두에게 현명하고 바람직하다고 생각했고, 그가 행복하기를 진심으로 빌었다.

이 모든 얘기를 가드너 부인에게 털어놨다. 상황을 다 밝히고 나서는 이렇게 썼다. "외숙모, 많이 사랑에 빠졌던 게 아니라는 확신이 들어요. 그렇게 순수하고 고결한 열정을 정말로 경험했더라면 지금 그 사람 이름조차 경멸하면서 그에게 온갖 나쁜 일이 일어나길 기원하겠죠. 그런데 제 감정은 그를 향해 따뜻하기만 한 게 아니라니까요. 킹 양을 향해서도 멀쩡해요. 전혀 미워하지 않고, 조금도 나쁘게 생각하고 싶지 않아요. 사랑이 아니었던가 봐요. 조심했던 게 주효했죠. 사랑에 빠져서 정신을 못 차렸다면 지금 주변 사람들에게 훨씬 흥미로운 대상이 됐겠지만, 상대적으로 하찮은 사람이 되었다고 후회하진 않아요. 중요한 사람이 되려면 가끔 너무 값비싼 대가를 치러야 하잖아요. 키티와 리디아가 그의 배신에 저보다 더 마음 아파하고 있어요. 걔들은 아직 어려서 세상의 이치를 잘 모르니까, 못생긴 청년이나 잘생긴 청년이나 먹고살 게 있어야 한다는 서글픈 사실을 받아들일 수 없겠죠."

4장

롱본 집안에 이보다 큰일은 일어나지 않았고, 때론 진흙 밭이었다가 때론 추웠다가 하는 메리턴 산책길의 변화 말고는 별일 없이 1월과 2월이 흘러갔다. 엘리자베스는 3월에 헌스퍼드를 방문할 계획이었다. 처음엔 방문을 진지하게 생각하지 않았다. 샬럿이 기다리고 있다는 걸 알고 나니 점점 더 가야겠다는 생각이 들 뿐 아니라 방문에 점점 더 마음이 끌렸다. 못 봐서 그런지 샬럿이 보고 싶은 데다 콜린스에 대한 혐오감도 잦아들었다. 여행은 참신한 계획이었고, 어머니와 못 말리는 동생들 때문에 집이 편할 수만은 없는 상황에서 작은 변화가 싫을 것도 없었다. 더구나 여행길에 제인을 잠깐 볼 수도 있다. 결국 계획한 시간이 다가왔을 때에는 날짜가 조금만 지연되더라도 굉장히 실망할 정도였다. 모든 일이 잘 풀려서 마침내 샬럿이 처음 말을 꺼냈던 대로 하기로 했다. 윌리엄 경과 그의 둘째 딸과 동행하기로 했다. 런던에서 하룻밤을 보내는 계획이 더해지고 나니 여행 계획은 더 이상 완벽할 수 없었다.

유일한 불만은 틀림없이 그녀를 그리워할 아버지를 떠나는 것이었고, 그는 떠날 때가 다가오자 그녀가 떠나는 게 너무 아쉬워서 편지하라고 하면서 답장하겠다는 말까지 할 뻔했다.

위컴과는 우호적으로 이별했다. 그쪽에서 더 그랬다. 지금은 다른 여성을 쫓아다니지만, 처음부터 관심을 끌었고 또 받을 만했던 여성, 처음으로 얘기를 들어 주고 연민해 준 여성, 연모했던 첫 번째 여성이 엘리자베스라는 걸 잊지 않았다. 그녀에게 작별 인사를 하면서 가서 즐겁게 지내라고 빌어 주고, 캐서린 드 버그 여사가 어떤 사람인지 환기시키고, 여사에 대한 그들의 의견, 사실 모든 사람에 대한 그들의 의견이 항상 일치한다고 확신하는 그의 태도에는 어떤 배려, 언제나 그를 진심으로 좋아하게 만드는 어떤 관심이 배어 있었다. 그래서 그가 결혼하든 미혼이든 항상 다정하고 유쾌한 남자로 남을 거라고 확신하면서 헤어졌다.

다음 날, 그녀의 동행은 위컴을 조금이라도 덜 그리워하도록 해 줄 사람들이 아니었다. 윌리엄 루카스 경, 그리고 착하지만 아버지만큼이나 머리가 텅 빈 딸 마리아는 들을 가치가 있는 말이라고는 한마디도 안 했고, 그녀는 마차의 바퀴 구르는 소리를 듣는 심정으로 그들의 말을 들어 주었다. 엘리자베스는 사람들의 어리석음을 즐기는 편이지만, 윌리엄 경의 어리석음은 너무 지겨웠다. 궁징에 가서 기사 작위를 받았던 그 놀라운 이야기에 새로운 건 하나도 없었다. 그의 정중한 태도는 그가 가진 지식만큼이나 낡아 빠졌다.

단지 이십사 마일인 데다 일찍 출발한 덕분에 정오에 그레이스처치 거리에 도착했다. 마차가 가드너 씨 집으로 들어가자 제인이 응접실 창가에서 그들의 도착을 내다보고 있었다. 현관에 들어서자 제인이 맞이해 줬고, 그녀의 얼굴을 유심히 살핀 엘리자베스는 그녀가 예전처럼 건강하고 사랑스러워서 안도했다. 현관 계단에는 남자아이들과 여자아이들이 모여 있었는데, 그들은 사촌을 보고 싶어서 가만히 응접실에 앉아서 기다리기 힘들 정도였지만, 열두 달 동안 서로 못 봤던 터라 부끄러워서 계단 아래로 다가오지 못했다. 모두 반갑고 따뜻했다. 그날은 정말 즐겁게 지나갔다. 다음 날 오전에는 쇼핑하느라 분주했고, 저녁에는 극장을 찾았다.

그제야 엘리자베스는 외숙모 옆자리를 꿰차고 앉았다. 첫 번째 화제는 제인이었다. 그녀는 세세하게 질문했고, 제인이 기운을 차리려고 항상 노력했지만 한때 우울해했다는 외숙모의 대답에 놀라기보다는 슬퍼졌다. 그래도 오래가지 않을 거라 생각했다. 외숙모는 빙리 양이 그레이스처치 거리로 방문한 일을 자세하게 설명했고 제인과 나눈 여러 번의 대화 내용을 전달했는데, 다 듣고 보니 제인이 빙리 양과의 친분을 진심으로 포기한 게 확실했다.

그다음 가드너 부인은 위컴에게 버림받은 엘리자베스를 놀리면서 잘 견딘다고 칭찬했다.

"그런데 엘리자베스, 킹 양은 어떤 아가씨야?" 부인이 계속했다. "우리 친구 위컴이 돈을 밝힌다고 생각하고 싶지 않다."

"제발 외숙모, 혼사에서 돈을 밝히는 것과 신중한 게 뭐가 달라요? 어디까지가 분별이고 어디서부터 탐욕일까요? 지난 크리스마스 때 그와 결혼할까 봐 걱정하시면서 경솔하다고 하셨죠. 이제 그가 그까짓 만 파운드를 가진 아가씨와 결혼한다니까 돈을 밝히는 사람이라고 하시네요."

"킹 양이 어떤 아가씨인지 알면 판단이 설 것 같다."

"아주 좋은 아가씨겠죠. 나쁜 얘기는 몰라요."

"그런데 그녀의 할아버지가 돌아가셔서 그녀가 유산 상속자가 되기 전까지는 그가 전혀 관심을 안 줬던 거잖아."

"안 줬죠. 왜 주겠어요? 가난하다고 나를 사랑할 수 없었던 사람인데, 게다가 좋아하지도 않는 여자를, 나처럼 가난한 여자를 사랑할 이유가 있었겠어요?"

"상속받은 다음 관심을 뒀다는 게 노골적이잖니."

"곤란한 상황에 처한 남자는 다른 사람들이 지키는 모든 우아한 예의범절을 지킬 여유가 없죠. 그녀가 가만있는데 우리가 뭐라 할 거 있어요?"

"그녀가 가만있다고 그를 정당화할 수는 없다. 그건 오로지 그녀가 뭔가 부족한 사람이라는 뜻인데, 분별이나 감정이나 말이다."

"글쎄요." 엘리자베스가 말했다. "마음대로 생각하세요. 그는 돈을 밝히는 사람이고 그녀는 멍청하고요."

"아니다, 리지. 나는 그렇게 생각하고 싶지 않다. 더비셔에 그렇게 오랫동안 살았던 젊은이를 나쁘게 생각하기 싫단다."

"어머! 그게 이유라면, 저는 반대로 더비셔 젊은이들은 질색이에요. 하트퍼드셔에 사는 절친한 친구들도 그다지 나을 게 없고요. 모두 지긋지긋해요. 세상에! 내일은 단 한 가지 호감 가는 자질도 없고 칭찬할 만한 태도나 분별도 없는 남자를 만날 거예요. 결국 알고 지낼 가치가 있는 족속은 멍청한 남자들뿐이죠."

"조심하렴, 리지. 그 말에서 우울한 기색이 강하게 느껴지는구나."

연극이 끝나고 떠나기 전에 그녀는 뜻밖에 행복하게도 외삼촌과 외숙모가 여름에 떠나려고 계획 중인 여행에 초대받았다.

"얼마나 멀리 갈지는 결정하지 않았다." 가드너 부인이 말했다. "아마도 레이크 지역'까지 가겠지."

이보다 더 마음에 드는 계획은 없었고, 엘리자베스는 당장 고마워하면서 수락했다. "외숙모." 그녀가 환희에 차서 소리쳤다. "기뻐요! 행복해요! 덕분에 새로운 기운과 활력을 얻었어요. 실망과 우울은 이제 안녕. 바위와 산 앞에서 남자가 무슨 소용 있어요? 아! 얼마나 황홀한 시간일까! 우리가 여행에서 돌아오면 어떤 한 가지도 정확하게 묘사하지 못하는 다른 여행자들과는 다를 거예요. 우리는 어디를 갔는지 무엇을 봤는지 다 기억할 거예요. 호수와 산과 강이 우리의 상상 속에서 마구 뒤섞이지 않을 거라고요. 특정한 풍경과 주변 상황을 묘사할 때 누구 말이 맞는지 다투지 않을 거예요. 우리가 처음 터트릴 탄성은 관광객들의 흔한 반응보다 봐줄 만해야죠."

5장

다음 날 여행길은 엘리자베스에게 새롭고 흥미로웠다. 즐길 기분이 났다. 제인이 워낙 보기 좋아서 건강을 걱정하지 않았고, 북쪽 지역으로 떠날 여름 여행만 생각하면 기쁨이 샘솟았다.

헌스퍼드로 가려고 큰길을 벗어나면서 모두들 눈으로 목사관을 찾았고 모서리를 돌 때마다 집이 보일까 기대했다. 로징스 장원의 울타리 한쪽으로 경계가 있었다. 엘리자베스는 그 저택에 사는 사람들에 대해 들었던 말을 떠올리며 웃음 지었다.

마침내 목사관이 보였다. 길 쪽으로 뻗은 완만한 정원, 거기에 서 있는 집, 초록빛 울타리와 월계수 담을 보니 제대로 도착한 게 분명했다. 콜린스와 샬럿이 문 앞에 나타났고, 모두들 서로 목례와 웃음을 주고받는 가운데 마차가 자갈길을 통해 집으로 연결된 작은 문 앞에 멈추었다. 잠시 후 모두 마차 밖으로 나와 서로 반갑게 인사를 나누었다. 콜린스 부인은 더할 수 없이 쾌활하게 친구를 환영했고, 엘리자베스는 그렇게 살갑게 환대받자 오기를 잘했다는 만족감이 점점 더 커졌다. 그녀는 즉시 콜린스의 매너가 결혼 후에도 여전한 것을 목격했다. 형식적인 예의는 늘 그랬던 대로여서, 그는 온 가족의 안부를 챙기느라 문 앞에 그녀를 몇 분이나 세워 두었다. 그다음에는 현관 입구가 산뜻하다는 지적만 빼고 더 이상 지연하지 않고서 집으로 안내했다. 현관에 들어서자마자 형식적인 예의를 차리며 초라한 집을 방문한 것을 두 번째로 환영하면서 마실 것을 권하는 아내의 모든 말을 바로바로 반복했다.

엘리자베스는 그가 의기양양하게 나올 것에 대비해 마음의 준비를 했다. 방의 구도, 방의 전망과 가구를 자랑할 때는 마치 그녀가 자신의 청혼을 거절함으로써 놓쳐 버린 것을 안타까워하길 바라는 듯이 특별히 그녀를 향해 말한다고 생각할 수밖에 없었다. 모든 것이 깔끔하고 편안해 보였지만 후회의 한숨으로 그를 만족시킬 수는 없었다. 오히려 그런 남편과 함께 있으면서 명랑할 수 있는 그녀의 친구를 경이롭게 바라보았다. 샬럿이 이성적으로 부끄러워할 말을 콜린스가 내뱉는 일이 드물지 않았고 그때마다 자기도 모르게 샬럿을 바라보았다. 한두 번 샬럿의 얼굴이 엷게 붉어지긴 했지만 그녀는 현명하게도 그의 말을 대충 흘려버렸다. 벽장부터 벽난로 가림막까지 방의 모든 가구를 칭찬하고 또 그들의 여행길과 런던에서 있었던 모든 일을 다 말할 때까지 충분히 앉아서 시간을 보낸 후에, 콜린스는 손수 가꾸어 놓은 널찍하고 잘 설계된 정원을 산책하자고 했다. 정원 가꾸기는 그의 가장 훌륭한 소일거리였다. 정원 손질이 건강에 좋다면서 할 수 있는 한 정원을 가꾸라고 콜린스를 격려한다고 아무렇지도 않은 표정으로 말하는 샬럿을 보고 엘리자베스는 감탄했다. 정원에서 콜린스는 모든 오솔길과 갈림길을 앞서서 안내하면서 칭찬을 유도해 놓고는 정작 칭찬할 여유를 거의 주지 않고, 혼자 모든 경관을 세세하게 설명하는 바람에 아름다움을 제대로 감상할 수 없었다. 그는 모든 방향으로 들판이 얼마나 넓은지 말했고 가장 먼 숲에도 몇 그루의 나무가 있는지 말할 수 있었다. 그러나 그의 정원, 아니 그 지역, 아니 영국이 자랑하는 모든 풍경 가운데 어떤 것도 로징스, 그의 집 정면에서 거의 마주 보는 장원을 둘러싼 나무들 사이로 모습을 드러낸 로징스에 비할 바 아니었다. 그것은 솟아오른 대지에 잘 자리 잡은 근사한 현대식 건물이었다.

콜린스는 정원에서 두 군데 교회 경작지로 사람들을 끌고 갈 수 있었지만 숙녀들이 남아 있는 하얀 서리를 감당할 신발을 신고 있지 않았던 터라 되돌아와야 했다. 윌리엄 경이 콜린스와 동행하는 동안 샬럿은 여동생과 친구를 집으로 안내했는데 아마도 남편의 도움 없이 집을 보여 줄 기회가 생겨서 그런지 정말로 기뻐했다. 집은 작았지만 잘 지어졌고 살기 편했다. 특유의 깔끔함과 일관성으로 모든 것을 꾸미고 정돈한 것은 샬럿의 손길이었다. 콜린스를 기억에서 지우고 나면 전체적으로 정말이지 편안함의 분위기가 느껴졌고, 엘리자베스는 샬럿이 확실히 즐기는 걸 보고 그를 자주 기억에서 지우는 모양이라고 생각했다.

그녀는 캐서린 여사가 아직 거기에 머물고 있다고 알고 있었다. 저녁을 먹을 때 합류한 콜린스가 한 번 더 말했다.

"엘리자베스 양, 다가오는 일요일 교회에서 캐서린 드 버그 여사님을 만날 영예를 누리면 얼마나 기쁠지 새삼 두말할 필요 없겠지요. 다정함과 소탈함 그 자체이신 분이라서 예배가 끝나면 영광스럽게도 관심을 조금 베풀어 주시겠지요. 여기 머무는 동안 우리에게 베푸실 모든 초대에 당신과 처제 마리아를 포함시켜 주실 겁니다. 샬럿에게 정말 정답게 대하십니다. 우리는 매주 두 번 로징스에서 저녁 식사를 하는데, 집으로 걸어오게 놔두지 않으십니다. 여사님의 마차가 우리를 위해 정기적으로 준비되지요. 마차가 여러 대라서 여사님의 마차 가운데 하나라고 말해야겠습니다."

"캐서린 여사님은 매우 점잖고 분별력 있는 분이에요." 샬럿이 덧붙였다. "아주 정 많은 이웃이기도 하고요."

"맞습니다, 부인. 내 말이 바로 그거예요. 아무리 존경해도 지나치지 않는 그런 분이죠."

저녁 시간은 주로 하트퍼드셔의 소식을 나누고 서로 편지에 썼던 내용을 되새기면서 보냈다. 대화가 끝나자 엘리자베스는 혼자 방에서 샬럿이 얼마나 만족하고 사는지 헤아려 보고 그들을 안내하던 그녀의 말과 남편을 견뎌 내는 그녀의 침착함을 이해하고, 결국 샬럿이 모든 것을 잘 해내고 있다고 인정했다. 또한 이 방문이 어떻게 지나갈지, 조용하게 일상이 흘러가다가 콜린스가 끼어들어 짜증났다가 또 로징스와 즐겁게 교류하면서 그렇게 지나가리라고 예상했다. 발랄한 상상력으로 모든 것을 그릴 수 있었다.

다음 날 한낮에 그녀가 방에서 산책 나갈 준비를 할 때 아래층에서 갑작스런 소음이 집 안 전체를 소란스럽게 하는 듯했다. 잠시 귀 기울이고 나니 누군가 다급하게 계단을 올라와 그녀를 크게 불렀다. 문을 열자 마리아가 층계참에서 흥분한 채 숨 가쁘게 소리쳤다.

"세상에, 일라이자! 서둘러 식당으로 내려와서 엄청난 장면을 구경해! 뭔지 말하지 않을래. 서둘러서 당장 내려와."

물어봤지만 소용없었다. 마리아는 더 이상 말해 주지 않았고, 그들은 놀라운 광경을 보려고 길을 마주 보고 있는 식당으로 달려 내려왔다. 정원 문 앞에 작은 사륜마차를 탄 두 숙녀가 멈춰 있었다.

"이게 다야?" 엘리자베스가 소리쳤다. "적어도 돼지 떼가 정원으로 탈출이라도 한 줄 알았는데 겨우 캐서린 여사와 딸뿐이잖아."

"어휴!" 마리아가 이 착각에 꽤 경악했다. "캐서린 여사님이 아니야. 나이 든 숙녀는 가정교사 젠킨슨 부인이야. 다른 숙녀는 드 버그 양이시고. 그녀만 보면 돼. 정말 작은 분이셔. 저렇게 마르고 작은 분인 줄 누가 알겠어!"

"이렇게 바람이 부는데 샬럿을 계속 문 밖에 세워 두다니 끔찍하게 무례하군. 왜 안 들어오는 거야?"

"샬럿이 그러는데 거의 안 들어오신대. 드 버그 양께서 들어오시는 날은 최고의 선물이지."

"외모가 마음에 들어." 엘리자베스가 다른 생각이 떠오른 듯이 말했다. "병약하고 짜증스러워 보여. 그에게 딱 맞을 거야. 아주 맞춤한 아내가 되겠어."

콜린스와 샬럿은 둘 다 숙녀들과 대화하느라 문 앞에 서 있었다. 윌리엄 경은 눈앞에 펼쳐진 위대함을 감상하느라 현관에 서서 드 버그 양이 그쪽을 바라볼 때마다 연신 인사를 해 댔는데, 이를 엘리자베스는 즐겁게 구경했다.

마침내 대화가 끝났다. 숙녀들은 마차를 타고 떠났고 나머지는 집으로 들어왔다. 콜린스는 엘리자베스와 마리아를 보자마자 행운을 축하하기 시작했는데, 샬럿이 설명하기를 그들 모두 다음 날 로징스에 저녁 초대를 받았기 때문이다.

6장

이 초대로 콜린스의 성공은 완성되었다. 놀란 손님들에게 후견인의 광휘를 보여 주고 자신과 아내를 대하는 그분의 친절을 보여 주는 것이 바로 그의 소원이었다. 기회가 이렇게 빨리 온 것이야말로 여사의 놀라운 배려 덕분이라서 그는 어떻게 존경을 표해야 할지 몸 둘 바를 모를 지경이었다.

"여사님께서 일요일에 로징스에서 차를 마시며 저녁을 보내자고 우리를 부르셨다면 놀라지 않았을 겁니다." 그가 말했다. "그분의 친절함을 볼 때 그럴 수 있다고 기대합니다. 하지만 이런 관심을 어떻게 예측했겠습니까? 여러분이 도착하자마자 저녁 식사에 (그것도 우리 모두를 한꺼번에) 초대할 거라고 누가 상상이나 했겠느냐 말입니다!"

"난 궁정에도 가 본 사람이라 높은 분들의 매너가 어떤지 아니까 별로 놀라지 않았네." 윌리엄 경이 말했다. "궁정에는 그런 고매한 교양이 드물지 않지."

그날과 다음 날 오전 내내 로징스 방문만이 화제였다. 콜린스는 그들이 구경하게 될 것을 말하면서 로징스의 방, 많은 하인, 눈부신 저녁에 완전 압도당하지 않도록 꼼꼼하게 주의를 주었다.

숙녀들이 외출 준비를 하러 나갈 때 그가 엘리자베스에게 말했다.

"옷차림에 부담 가지지 말아요. 캐서린 여사님께서는 당신과 따님에게나 어울릴 우아한 옷을 우리에게 요구하지 않으십니다. 가진 옷 가운데 가장 좋은 것을 입으면 되고 그 이상은 필요 없습니다. 캐서린 여사님께서는 소박하게 입었다고 나쁘게 생각할 분이 아닙니다. 신분의 차이가 유지되기를 원하십니다."

그들이 차려입는 동안 콜린스는 숙녀들의 방문을 두세 번 두드리면서 캐서린 여사가 저녁 식사에 늦는 것을 싫어하시니 서두르라고 재촉했다. 사람들을 많이 만나 보지 못한 마리아 루카스는 여사와 생활 방식에 대한 어마어마한 설명에 꽤 겁을 먹고 아버지가 세인트 제임스 궁에서 작위를 받을 때처럼 잔뜩 긴장한 채로 로징스에서 인사 올리기를 기다렸다.

날씨가 좋아서 그들은 정원을 가로질러 반 마일 정도를 상쾌하게 걸었다. 모든 장원은 아름다움과 전망을 가지고 있다. 엘리자베스는 장원이 마음에 들었지만 콜린스가 기대하는 황홀감에 사로잡히진 않았고, 그가 저택의 앞쪽에 난 창문의 숫자를 세거나 처음에 루이스 드 버그 경이 광택을 내느라고 돈을 얼마나 썼는지를 말할 때에도 별 감흥을 받지 못했다.

계단을 오를 때쯤 마리아의 두려움은 점점 커졌고 윌리엄 경마저도 완전히 차분해 보이지 않았다. 엘리자베스는 멀쩡했다. 캐서린 여사가 놀라운 재능이나 드문 미덕이 있어 대단한 사람이라는 말은 전혀 못 들어 봤으니까 단지 돈과 신분에서 나오는 위엄 정도야 기죽지 않고 구경하면 된다.

입구에서부터 콜린스는 훌륭한 구도와 장식품을 가리키면서 황홀해했고, 그들은 하인의 안내를 받아 대기실을 지나 캐서린 여사와 딸과 젠킨슨 부인이 앉아 있는 방으로 들어갔다. 여사는 생색을 내며 그들을 맞이하느라 일어섰다. 미리 남편과 의논해 자기가 손님 소개를 맡기로 한 콜린스 부인이 남편이 필요하다고 여겼을 온갖 사과와 감사를 생략하고 적절하게 임무를 다했다.

윌리엄 경은 세인트 제임스 궁에도 다녀온 경험이 있지만 자기를 둘러싼 휘황찬란함에 완전 압도되어 매우 납작하게 구부려 겨우 인사하더니 한마디도 못 하고 그냥 앉을 수밖에 없었다. 제정신을 잃을 정도로 겁을 먹은 마리아는 의자의 끄트머리에 걸터앉은 채 어디를 봐야 할지 몰랐다. 엘리자베스는 그 순간을 충분히 감당하면서 자기 앞의 세 여성을 침착하게 관찰했다. 캐서린 여사는 키가 크고 풍채가 좋았으며 이목구비가 뚜렷해서 예전에 미모가 뛰어났을 법했다. 사람에게 다가오는 느낌이 없었고 방문객들이 열등한 신분을 잊을 수 있게끔 맞아 주지도 않았다. 침묵으로 압도하지는 않았다. 그래도 무슨 말이든 할 때는 지위를 드러내는 권위적인 말투가 나오는 것을 보니 위컴이 했던 말이 즉시 떠올랐다. 그날 관찰을 종합해 보면 캐서린 여사는 위컴이 말한 그대로였다.

여사의 용모와 몸가짐이 다아시와 좀 닮은 것을 살펴본 다음 엘리자베스는 그녀의 딸이 너무 마르고 작은 것을 보고 거의 마리아가 그랬던 것처럼 놀랄 뻔했다. 몸매도 얼굴도 모녀 사이에 닮은 구석이 하나도 없었다. 드 버그 양은 창백해서 환자 같았다. 인물이 아예 없진 않지만 그저 그랬다. 낮은 목소리로 젠킨슨 부인에게 한두 마디만 겨우 건넸고, 그 부인은 평범한 외모를 가진 사람으로 드 버그 양의 말에 귀 기울이고 적당한 방향을 잡아 벽난로 가리개로 눈앞을 가려 주는 데에만 정성을 쏟았다.

몇 분 앉아 있다가 창가로 가서 풍경을 감상해야 했는데, 콜린스가 아름다움을 짚어 주었고 또 캐서린 여사가 친절하게도 여름에 훨씬 보기 좋다고 알려 주었다.

저녁은 아주 풍성했고, 콜린스가 말한 대로 모든 하인과 접시가 다 나왔다. 역시 그가 말한 대로 그는 여사가 원하는 자리인 식탁의 맨 끝에 앉았는데, 인생이 더 이상 훌륭할 수 없다는 듯한 모습이었다. 그는 기쁨에 차서 재빠르게 음식을 자르고 먹고 찬사를 늘어놨다. 그가 일단 모든 음식을 칭찬하면 이제 좀 정신을 차린 윌리엄 경이 사위가 말한 것을 반복했는데 엘리자베스는 캐서린 여사가 그들을 봐주는 게 놀라웠다. 캐서린 여사는 그들의 넘치는 찬사에 만족하는 것 같았고, 특히 그들이 처음 먹어 보는 음식이 나오면 자애로운 미소를 지었다. 대화는 별로 없었다. 엘리자베스는 기회가 되면 대화를 시도하려 했지만 캐서린 여사의 말을 듣는 데 몰두하는 샬럿과 저녁 내내 한마디도 안 하는 드 버그 양 사이에 앉아 있었다. 젠킨슨 부인은 주로 드 버그 양이 얼마나 적게 먹는지 관찰하고는 다른 걸 좀 먹으라고 권하거나 그녀가 어디 아픈 건 아닌지 걱정하느라 바빴다. 마리아는 아예 입도 벙끗하지 못했고 신사들은 그저 먹고 칭찬하기만 했다.

숙녀들이 응접실로 돌아오자 캐서린 여사의 말을 듣는 거 말고는 할 일이 없었는데, 여사는 커피가 나올 때까지 쉬지 않고 말하면서 자신의 판단이 반박된 적이 없음을 보여 주려는 듯이 단호한 태도로 모든 주제에 대해 의견을 내놨다. 샬럿의 집안 살림에 대해 잘 아는 듯이 소상하게 물었고, 살림살이 하나하나에 대해 온갖 조언을 했다. 적은 규모의 살림에서 모든 것을 어떻게 관리해야 하는지, 소와 가축을 어떻게 돌보는지 가르쳤다. 엘리자베스가 보기에 이 대단한 여사는 사람들에게 명령을 내릴 기회만 된다면 놓치는 법이 없었다. 여사는 콜린스 부인과 대화하는 사이사이에 마리아와 엘리자베스에게 여러 가지 다양한 질문을 하면서 특히 엘리자베스에게 관심을 가졌는데, 그녀의 배경을 잘 모르기도 했고 콜린스 부인에게 말했다시피 그녀가 대충 점잖아 보여서 그랬다. 여사는 자매가 몇 명인지, 언니인지 동생인지, 자매들 가운데 누가 결혼할 것인지, 그들의 미모는 어느 정도인지, 어디서 교육받았는지, 아버지는 어떤 마차를 가지고 있는지, 어머니의 처녀 시절 이름이 무엇인지 등을 수시로 물었다. 엘리자베스는 이런 질문들을 무례하게 느꼈지만 침착하게 대답했다. 캐서린 여사가 말했다.

"아버지의 장원이 콜린스에게 한사상속된다지." 샬럿을 돌아보며 계속했다. "부인을 위해서는 좋지. 하지만 그게 아니라면 딸들에게 돌아갈 장원을 한사상속하는 건 무슨 경우인지. 루이스 드 버그 가문에서는 그럴 필요가 없는데 말이야." 베넷 양, 피아노 연주와 노래는 하지?"

"조금요."

"그래! 언젠가 듣고 싶어. 우리 피아노는 최고급이라 어느 집보다 좋은데…… 언제 한번 쳐 봐. 자매들도 할 줄 아나?"

"한 명은 해요."

"왜 모두들 안 배웠어? 모두들 배웠어야지. 웨브 씨는 아가씨 아버지만큼 수입이 없는데도 딸들이 다 배우던데. 그림은?"

"아니, 전혀요."

"아무도 안 그린다고?"

"아무도요."

"별일이네. 기회가 없었나 봐. 아가씨 어머니가 매년 봄 런던으로 데리고 가서 대가들에게 배우게 했어야지."

"어머니는 반대하지 않으셨을 텐데 아버지께서 런던을 싫어하세요."

"가정교사는 떠나고?"

"가정교사는 없었어요."

"없었다고! 어떻게 그럴 수가! 가정교사도 없이 집에서 딸 다섯을! 난 그런 말은 처음 들어. 아가씨 어머니는 딸들 교육에 매여 살았겠네."

엘리자베스는 그렇지 않다고 말하면서 웃을 수밖에 없었다.

"그럼 누구한테 배웠나? 누가 보살펴 줬어? 가정교사도 없이 방치되었겠군."

"어떤 가족들과 비교하면 그런 셈이죠. 하지만 배우고 싶어 하면 방법이 없진 않았어요. 항상 책을 읽는 분위기였고, 필요한 모든 선생님이 있었어요. 놀고 싶어 하는 사람들은 놀았고요."

"그랬겠지. 그게 바로 가정교사가 막아야 하는 일이잖아. 내가 아가씨 어머니를 알았다면 가정교사를 구하라고 아주 단호하게 조언했을 거야. 꾸준하고 정기적인 학습 없이는 어떤 것도 제대로 배울 수 없다고 늘 말해 왔는데, 가정교사만이 그렇게 가르칠 수 있어. 내가 얼마나 많은 집안에 가정교사를 공급했는지 알면 놀랄 거야. 젊은 사람에게 일자리를 잡아 주면 항상 기뻐. 젠킨슨 부인의 네 조카딸들도 모두 내가 봐줬지. 며칠 전에도 그저 우연히 이름을 듣게 된 젊은 아가씨 하나를 소개했더니 저쪽 집에서 마음에 들어 했어. 콜린스 부인, 메트캐프 여사가 어제 고맙다는 인사를 하러 왔단 얘기 했던가? 포프 양이 보물이라며 좋아하더라고. '캐서린 여사님, 보물을 하사하셨어요'라고 말이지. 어린 동생들은 사교계에 나왔나, 베넷 양?"

"네, 전부 다 나왔어요."

"전부! 딸 다섯이 한꺼번에? 특이하군! 아가씨가 둘째라고 했지. 언니들이 결혼하기도 전에 어린 동생들이 사교계에 나왔다고! 동생들이 아직 어릴 텐데?"

"네, 막내는 열여섯이 채 안 됐어요. 사람들과 많이 어울리기에는 좀 어릴지 모르겠어요. 하지만 여사님, 언니들이 일찍 결혼할 방법이나 의향이 없다는 이유로 어린 동생들이 그들 몫의 사교와 즐거움을 누리지 못한다면 매우 가혹하다고 생각해요. 막내도 맏이와 마찬가지로 젊음의 기쁨을 즐길 권리가 있어요. 그런 이유로 계속 뒤처져 있어야 하다니! 그런 식으로는 자매 사이에 정이나 섬세하게 배려하는 마음을 키울 수 없을 거예요."

"이런! 젊은 아가씨가 아주 단호하게 자기 의견을 말하는군." 여사가 말했다. "도대체 몇 살이야?"

"다 자란 여동생이 셋이나 있습니다." 엘리자베스가 웃으며 말했다. "순순히 나이를 말씀드릴 거라 기대하지 마세요."

캐서린 여사는 바로 대답을 듣지 못하자 꽤 놀랐다. 엘리자베스는 그렇게 위엄을 갖춘 무례함을 감히 농담으로 받아넘기는 사람은 자신이 최초가 아닐까 싶었다.

"스무 살도 안 된 게 확실하고, 보나 마나야."

"스무 살은 넘었어요."

신사들이 합류하여 차를 마신 후에 카드놀이 탁자가 차려졌다. 캐서린 여사, 윌리엄 경, 콜린스 부부가 쿼드릴 놀이를 하려고 앉았다. 드 버그 양이 카지노 놀이를 하려고 해서 두 아가씨는 젠킨슨 부인과 함께 무리를 이루었다. 그들의 탁자가 압도적으로 지루했다. 카드놀이에 필요하지 않은 말은 한마디도 안 나왔고, 예외가 있다면 젠킨슨 부인이 드 버그 양이 너무 덥거나 춥거나 또는 벽난로 불이 너무 많거나 적다고 걱정하는 말이었다. 옆 탁자에서는 대화가 활발했다. 보통 캐서린 여사가 말했는데, 카드놀이를 하는 세 사람의 실수를 지적하고 또 자신에 관한 일화를 들려주었다. 콜린스는 여사의 모든 말에 동의하고 자신이 딴 것을 고마워하고 또 너무 많이 땄다고 사과하느라 바빴다. 윌리엄 경은 말이 별로 없었다. 대신 여사가 말하는 일화와 고귀한 분들의 이름을 차곡차곡 기억하고 있었다.

캐서린 여사와 딸이 실컷 카드놀이를 한 다음 탁자가 치워지고,

마차를 내주겠다는 것을 콜린스 부인이 수락해서 금방 마차를 준비시켰다. 사람들은 벽난로 가에 모여 캐서린 여사가 내일 날씨가 어떨지 결정하는 걸 들었다. 그렇게 지시를 듣다가 마차가 준비되자 그들은 콜린스의 넘치는 감사와 윌리엄 경의 넘치는 인사를 뒤로하고 출발했다. 마차가 떠나자마자 엘리자베스는 로징스에서 본 것을 전부 어떻게 생각하느냐는 사촌의 질문을 받고 샬럿을 배려해서 실제보다 좋게 말했다. 그녀는 애써 칭찬했지만 콜린스를 전혀 만족시키지 못했고, 그는 곧 여사님 찬양을 홀로 떠맡았다.

7장

윌리엄 경은 헌스퍼드에 일주일만 머물렀다. 딸이 흔하게 볼 수 없는 훌륭한 남편과 이웃을 만나 잘사는 것을 확인하기에는 충분한 시간이었다. 윌리엄 경이 머무는 동안 콜린스는 매일 오전 그를 이인용 마차에 태우고 나가 마을을 보여 주었다. 그가 떠나자 남은 가족은 일상으로 돌아왔고, 엘리자베스는 콜린스가 아침과 저녁 사이의 대부분의 시간을 정원에서 일하거나 또는 길을 앞으로 보고 있는 자기 서재에서 읽고 쓰고 창밖을 내다보며 보내니까 그를 자주 보지 않아서 고마울 따름이었다. 숙녀들의 응접실은 뒤쪽에 있었다. 처음에 엘리자베스는 샬럿이 식당을 응접실 용도로 쓰지 않아서 약간 놀랐다. 식당이 더 크고 풍경도 좋았다. 하지만 곧 훌륭한 이유가 있음을 알았는데, 두 사람이 똑같이 쾌적한 방에 있다면 분명 콜린스가 자기 방에 혼자 있는 시간이 지금보다 줄 것이기 때문이었다. 엘리자베스는 샬럿의 방 배치에 점수를 주었다.

응접실에서는 길에 무엇이 지나가는지 분간할 수 없었다. 그래서 콜린스에게 어떤 마차가 지나갔는지 들었고, 특히 드 버그 양이 작은 사륜마차를 타고 거의 매일 지나가는데도 그는 단 한 번도 생략하지 않고 달려와 알려 주었다. 그녀가 목사관에 들러 샬럿과 몇 분 대화를 나누는 건 드물지 않았지만 마차에서 내려 들어오라는 인사는 좀처럼 받지 않았다.

콜린스가 로징스까지 걸어가지 않는 날이 거의 없었고 그의 아내 역시 그를 따라갈 필요가 없다고 생각하는 날이 별로 없었다. 캐서린 여사가 나눠 줄 목사 자리가 더 있으리라는 생각이 떠오르기 전까지 엘리자베스는 그렇게 많은 시간을 희생하는 걸 이해할 수 없었다. 때때로 그들은 여사가 방문하는 영예를 누렸는데, 여사는 방문하는 동안 집 안에서 벌어지는 어떤 것도 놓치지 않았다. 그들이 하던 일을 살펴보고 해 놓은 일을 검사하고 다르게 한번 해 보라고 조언했다. 가구 배치의 흠을 잡거나 게으른 하녀를 찾아냈다. 가벼운 먹을거리를 수락하는 날에는 오로지 콜린스 부인이 가족에 비해 큰 고깃덩어리를 쓴다는 걸 지적하려고 그렇게 하는 것 같았다.

엘리자베스는 이 대단한 여사가 이 지역의 치안을 맡은 건 아니지만 콜린스가 세세한 사건들을 실어 나르는 바람에 자기 교구에서 아주 적극적인 치안 판사 역할을 한다는 것을 알게 되었다. 마을 농민들이 싸울 일이 있거나 불만이 있거나 너무 가난할 때마다 여사는 마을로 달려와서 문제를 해결하고 불평을 잠재우고 그들을 꾸짖어 화해와 평화를 달성했다.

로징스 만찬은 일주일에 두 번 정도 반복되었다. 윌리엄 경이 떠나서 카드놀이 탁자가 하나로 달라졌을 뿐, 매번 처음과 같았다.

사교는 별로 없었다. 이웃의 일반적인 생활 수준은 콜린스 부부의 수준 이상이었다. 그게 엘리자베스에게 나쁠 건 하나도 없어서 그녀는 대체로 충분히 편안하게 지냈다. 샬럿과 반 시간 동안 즐거운 대화를 나눴고 그맘때치곤 날씨가 좋아서 야외에서 자주 즐겁게 시간을 보냈다. 다른 사람들이 캐서린 여사를 방문할 때 엘리자베스는 자주 산책을 나갔는데, 그녀가 좋아하는 길은 장원의 한쪽 가장자리를 둘러싼 키 작은 나무들이 있는 탁 트인 숲을 따라 나 있어서 그녀는 그 누구도 중요하게 여기지 않는 그늘진 길까지 캐서린 여사의 호기심이 미치지는 않겠지 싶었다.

이렇게 조용하게 지내다 보니 이 주일이 금세 흘러갔다. 부활절을 일주일 앞두고 로징스에 새 가족이 온다는데, 워낙 단출하다 보니 누군가 방문하는 일이 중요했다. 엘리자베스는 도착한 직후에 다아시가 몇 주 이내에 올 거라는 소식을 들었고, 그녀가 다아시만큼 안 좋아하는 사람은 별로 없지만 어쨌든 그가 온다면 로징스 모임에 그나마 상대적으로 새로운 대상이 생길 테고, 캐서린 여사가 운명 지워 준 드 버그 양에게 그가 하는 행동을 보면서 그에 대한 빙리 양의 계획이 얼마나 헛된 것인지 알게 된다면 재미있을 것 같았다. 캐서린 여사는 아주 만족스럽게 다아시의 방문을 언급하고 그를 최고로 칭찬하다가 루카스 양과 엘리자베스가 이미 그를 자주 봤다고 대답하자 꽤 화가 난 듯했다.

그의 도착이 곧 목사관에 알려진 것은 콜린스가 이를 가장 일찍 확인하려고 아침 내내 헌스퍼드로 통하는 길의 초소가 보이는 곳을 왔다 갔다 하며 지킨 덕분이었다. 마차가 장원으로 들어서자 그는 마차에 대고 인사한 다음 이 기쁜 소식을 가지고 집으로 달려 들어왔다. 다음 날 아침 그는 서둘러 로징스에 인사하러 갔다. 다아시가 외삼촌 모 백작의 둘째 아들 피츠윌리엄 대령을 데리고 온 바람에 인사할 조카가 두 명이었는데, 놀랍게도 그들은 콜린스가 집으로 돌아오는 길에 선뜻 따라나섰다. 샬럿은 남편의 방에서 이들이 길을 건너오는 것을 보더니 즉시 다른 방으로 건너가 숙녀들에게 영광스러운 일이라고 흥분하며 이렇게 덧붙였다.

"이렇게 예의 바른 방문에 대해서는, 일라이자, 네게 감사해야겠다. 다아시가 나를 보러 이렇게 급하게 올 리가 없지."

엘리자베스가 그런 인사를 들을 자격이 없다고 부정하는 순간 문소리가 나면서 그들의 도착을 알렸고 곧바로 세 신사가 들어왔다. 먼저 들어온 피츠윌리엄 대령은 서른 살 정도로 잘생기진 않았지만 용모나 몸가짐이 정말 신사다웠다. 다아시는 하트퍼드셔에서 봤던 그대로였는데, 평상시처럼 과묵하게 콜린스 부인에게 인사했다. 엘리자베스에 대해서는 감정이 어떻든지 간에 굉장히 침착한 척하면서 인사했다. 엘리자베스는 한마디도 없이 그저 목례만 했다.

피츠윌리엄 대령은 잘 교육받은 사람의 여유와 열의를 가지고 바로 대화를 시작했고 매우 유쾌하게 말했다. 그의 사촌은 콜린스 부인에게 집과 마당 얘기를 약간 하더니 아무 말 없이 한동안 앉아 있었다. 그러다가 마침내 엘리자베스에게 가족의 안부를 묻는 정도로 예의를 차렸다. 그녀는 평상시처럼 대답하고 잠시 멈추었다가 덧붙였다.

"언니가 석 달째 런던에 머물고 있어요. 혹시 못 봤어요?"

아니라는 것을 잘 알고 있었다. 다만 그가 빙리 가족과 제인 언니 사이에 오고간 일에 대해 조금이라도 아는 티를 내는지 보고 싶었을 뿐이다. 그가 베넷 양을 만나지 못해 아쉽다고 대답할 때는 약간 당황한 것도 같았다. 이 주제는 더 이상 이어지지 않았고, 신사들은 곧 떠났다.

8장

목사관 사람들은 피츠윌리엄 대령의 매너에 매우 만족해했고, 숙녀들은 그 덕분에 로징스 모임이 상당히 즐거워질 거라 기대했다. 하지만 저쪽에서 초대의 말이 나오기까지는 며칠이 흘렀는데, 방문객이 있으니 목사관 사람들이 아쉽지 않았던 모양이다. 신사들이 도착하고 일주일이나 지난 부활절에야 목사관 사람들은 관심을 받았고 교회를 나올 때 그날 저녁에 오라는 말을 겨우 들었다. 지난 일주일 동안 캐서린 여사도 딸도 거의 못 봤다. 피츠윌리엄 대령은 한 번 이상 목사관을 찾아왔지만, 다아시는 교회에서 본 것이 전부였다.

물론 초대는 받아들여졌고, 적절한 시간에 캐서린 여사의 응접실에서 다 함께 만났다. 여사는 그들을 정중하게 맞았지만, 확실히 다른 손님이 없을 때만큼 그들을 환영하지 않았다. 사실 여사는 조카들에게 푹 빠져서 그들에게 말 걸기 바빴고, 특히 다아시에게 가장 그랬다.

피츠윌리엄 대령은 그들이 와서 정말 기뻐했다. 그는 로징스에 무슨 일이 생기든 환영했다. 콜린스 부인의 예쁜 친구는 그의 공상을 사로잡았다. 그녀 옆에 앉아서 켄트와 하트퍼드셔, 여행과 일상, 새 책과 음악 등에 대해 워낙 싹싹하게 말을 붙여 줘서 엘리자베스는 로징스에서 이 절반만큼이라도 즐거웠던 적이 없었다. 그들이 활기차고 유창하게 대화를 나누자 다아시뿐 아니라 캐서린 여사도 주목했다. 호기심을 담은 다아시의 눈길은 즉시 그리고 자꾸만 그들을 향했다. 여사도 한동안 다아시와 같은 심정이다가 더 솔직하게 아예 대놓고 묻기 시작했다.

"무슨 말이야, 피츠윌리엄? 대화 내용이 뭐야? 베넷 양에게 뭐라고 했어? 무슨 얘긴지 들어 보자."

"음악 얘기하고 있어요, 이모님." 더 이상 대답을 피할 수 없어서 그가 말했다.

"음악이라고! 크게 말하렴. 내가 제일 좋아하는 주제야. 음악이라면 나도 한마디 해야지. 잉글랜드에서 나보다 음악을 더 즐기거나 좋은 안목을 타고난 사람은 별로 없을 거야. 배웠더라면 아주 능숙해졌겠지. 건강이 허락돼 꾸준히 연습했더라면 앤도 그랬을 거야. 앤은 정말 훌륭하게 연주했을 거라고 확신해. 조지아나는 어떻게 하고 있어, 다아시?"

다아시는 여동생의 실력을 따뜻하게 칭찬했다.

"그 아이가 잘하고 있다니 기쁘구나." 여사가 말했다. "많이 연습하지 않으면 뛰어나게 연주할 수 없다고 꼭 전해 줘."

"이모님, 그렇게 조언하지 않으셔도 됩니다." 그가 대답했다. "꾸준하게 연습합니다."

"그럴수록 좋지. 연습은 끝이 없어. 다음에 그 아이에게 편지를 쓸 때 어떤 경우라도 게을리하지 말라고 해야겠어. 난 종종 젊은 숙녀들에게 꾸준히 연습하지 않으면 음악적으로 탁월할 수 없다고 말해 주지. 베넷 양에게도 더 연습하지 않으면 절대로 잘 연주할 수 없다고 여러 번 말했어. 콜린스 부인은 피아노가 없으니까 매일 로징스에 와서 젠킨슨 부인의 방에 있는 피아노로 연습해도 좋다고 누누이 말했고 말이지. 알다시피 그 방에서 연습하면 아무에게도 방해가 안 되니까."

다아시는 이모의 교양 없는 말이 좀 부끄러운지 아무 대답도 안 했다.

커피를 다 마시자, 피츠윌리엄이 엘리자베스에게 약속한 대로 피아노를 연주해 달라고 부탁했다. 그녀가 즉시 피아노 앞에 앉았다. 그도 가까이 앉았다. 캐서린 여사는 연주곡의 절반을 듣고 아까처럼 다아시에게 말을 걸었다. 잠시 후 다아시가 여사를 두고 걸어오더니 평상시의 신중한 표정으로 피아노를 향해 다가가 아름다운 연주자의 얼굴을 전체적으로 볼 수 있는 곳에 자리 잡았다. 그를 지켜보던 엘리자베스는 연주하다가 처음 쉴 곳이 나왔을 때 그를 향해 장난스러운 미소를 지으며 말했다.

"다아시 씨, 내 연주를 들으러 친히 다가와서 겁주려는 건가요? 여동생이 워낙 잘 연주한다고 해도 난 기죽지 않아요. 절대로 다른 사람이 원하는 대로 주눅 들지 않으려는 강단이 있거든요. 겁주려는 시도에 맞춰 항상 용기가 샘솟아요."

"그런 의도가 있다고 진짜로 믿고 하는 말이 아닐 테니 굳이 틀렸다고 말하지 않겠습니다." 그가 대답했다. "가끔 그렇게 생각하지 않으면서도 자기 의견이라고 우기기를 즐긴다는 것을 아는 사이니까요."

엘리자베스는 그가 묘사한 자신의 모습에 맘껏 웃으면서 피츠윌리엄 대령에게 말했다. "당신 사촌이 내 말을 하나도 믿지 말라고 가르치니 나에 대해 아주 좋은 인상을 심어 주겠네요. 사람들이 나를 어느 정도 믿어 주길 바라면서 낯선 지역에 왔는데 여기서 내 진짜 성격을 폭로할 사람을 딱 만나다니 참 운도 없어요. 정말이지, 다아시 씨, 하트퍼드셔에서 알게 된 내 모든 불리한 점을 다 폭로하다니 인정머리 없군요. 아주 무례한 줄 알지만 이렇게 말해도 된다면, 당신이 나를 자극해 복수하고 싶게 만들었으니 이제 당신 친척들이 충격을 받도록 내가 폭로할 차례예요."

"무섭지 않습니다." 그가 웃으며 말했다.

"그가 잘못한 게 무엇인지 말해 봐요." 피츠윌리엄 대령이 나섰다. "낯선 사람들 사이에서 그가 어떻게 행동하는지 알고 싶습니다."

"아주 끔찍한 얘길 들을 준비를 하세요. 하트퍼드셔에서 내가 그를 처음 본 곳이 무도회였는데요, 그가 어땠을까요? 그는 네 번만 춤췄어요! 놀라게 해서 미안하지만 사실이에요. 신사가 모자랐는데도 그는 네 번만 춤췄다고요. 내가 확실히 알기로는 아가씨 한 명 이상이 짝이 없어 앉아 있었거든요. 다아시 씨, 내 말이 맞죠."

"무도회에 함께 간 사람들 말고는 아는 숙녀가 하나도 없었어요."

"맞아요. 무도회에서 어떻게 소개를 주고받겠어요. 피츠윌리엄 대령, 다음 곡으로 무얼 연주할까요? 손가락이 명령을 기다리고 있어요."

"아마도 소개를 했더라면 더 나았겠죠." 다아시가 대꾸했다. "하지만 낯선 사람과 인사하는 걸 잘 못합니다."

"당신 사촌에게 그 이유를 물어볼까요?" 엘리자베스가 계속 피츠윌리엄 대령에게 말을 걸었다. "분별력을 갖추고 교육받고 멀쩡히 상류 사회를 살아가는 남자가 왜 낯선 사람과 인사를 잘 못할까요?"

"그에게 안 물어봐도 대답할 수 있습니다." 피츠윌리엄이 말했다. "그가 고생을 안 하려고 해서 그렇죠."

"어떤 사람들에게는 처음 만난 사람들과 쉽게 대화하는 재주가 있지만 내게는 없어요." 다아시가 말했다. "다른 사람들은 잘하던데, 나는 대화의 흐름을 따라가거나 그들의 관심사에 흥미 있는 척할 수 없습니다."

"내 손가락은 많은 여성들의 손가락처럼 완벽하게 피아노 위에서 움직이지 못해요." 엘리자베스가 말했다. "그런 힘이나 속도가 없고, 잘 표현하지도 못해요. 하지만 연습하는 고생을 안 해서 그렇다고 언제나 내 잘못으로 여겼어요. 내가 우월한 실력을 가진 여성들처럼 능력이 없다고는 생각하지 않아요."

다아시가 웃으며 대답했다. "완벽하게 맞는 말입니다. 당신은 나보다 연습을 많이 했군요. 당신의 연주를 듣도록 허락받은 사람은 누구라도 당신 솜씨가 부족하다고 못 할 겁니다. 우리 둘 다 낯선 사람 앞에서 보여 주지 않을 뿐입니다."

그들이 무슨 대화를 나누는지 알아내려고 캐서린 여사가 끼어들었다. 즉시 엘리자베스가 연주하기 시작했다. 캐서린 여사가 다가와서 몇 분간 듣더니 다아시에게 말했다.

"베넷 양이 더 연습하고 런던에서 교습을 받았다면 못지 않을 텐데 말이다. 손가락 쓰는 법은 잘 알고 있는데 취향은 앤에 비할 바가 아니다. 건강이 허락해서 배웠다면 앤은 멋진 연주자가 됐을 거다."

엘리자베스는 다아시가 사촌을 칭찬하는 말에 얼마나 진심으로 동의하는지 알고 싶어서 그를 쳐다보았다. 그 순간에도 다른 때에도 사랑의 징후는 없었다. 드 버그 양에게 하는 행동을 다 지켜본 다음 엘리자베스는 빙리 양에게 위로랍시고, 빙리 양이 그의 친척이기만 했어도 그가 드 버그 양과 결혼할 것처럼 그녀와도 결혼할 것이라는 결론에 도달했다.

캐서린 여사는 엘리자베스의 연주에 대해 계속 논평하면서, 연주법과 취향에 대해 지시 사항을 내놓았다. 엘리자베스는 애써 정중하게 참으면서 들었다. 그들을 집으로 데려갈 여사의 마차가 준비될 때까지 그녀는 신사들의 요청으로 연주를 계속했다.

9장

다음 날 오전 콜린스 부인과 마리아가 마을에 일을 보러 나간 사이 엘리자베스는 혼자 앉아서 제인에게 편지를 쓰다가 방문객을 알리는 문소리를 듣고 깜짝 놀랐다. 마차 소리가 안 났으므로 캐서린 여사일 리는 없는데도 혹시나 해서 무례한 질문 공세를 피할 심산으로 절반쯤 쓴 편지를 감추고 나니 문이 열리면서 놀랍게도 다아시, 다아시가 홀로 들어왔다.

그 역시 그녀가 혼자여서 놀란 듯했고, 모두 집에 있는 줄 알았다면서 불쑥 찾아온 것을 사과했다.

앉아서 로징스의 안부를 묻고 나니 완전히 할 말이 없는 위험한 상황이 되었다. 뭔가 할 말을 생각해 내야만 했는데, 이 위급한 상황에서 하트퍼드셔에서 그를 마지막으로 보았던 때가 떠올랐고 서둘러 떠나 버린 일을 어떻게 설명할지 호기심이 생겨서 이렇게 말했다.

"지난 11월에 네더필드를 갑자기 떠났죠, 다아시 씨! 모두들 그렇게 빨리 빙리 씨를 따라나섰으니 그가 아주 기분 좋게 놀랐겠어요. 내 기억이 맞으면 그는 그 전날 떠났지요. 여기 오기 전에 런던에서 그와 누이들이 잘 지내는 걸 봤겠네요."

"그럼요. 잘 있습니다."

더 이상의 대답이 없자 잠시 후 그녀가 덧붙였다.

"빙리 씨는 네더필드로 돌아올 생각이 없다면서요?"

"그렇게 말하는 건 못 들었습니다. 하지만 앞으로 거기서 시간을 보낼 일은 별로 없겠지요. 친구가 많은 데다, 온갖 만남이 점점 늘어나는 한창때를 보내고 있으니까요."

"네더필드에 별로 머물지 않을 거라면 새로 정착할 가족이 들어올 수 있게 아예 집을 내놓는 게 이웃에게 좋겠어요. 하지만 빙리 씨가 이웃의 편의를 봐주려고 세를 든 것도 아니고 자기를 위해 그런 거니까, 집을 비워 두든가 내놓든가 그가 좋을 대로 하겠네요."

"적당한 구매자가 나타나면 바로 집을 내놓겠죠." 다아시가 말했다.

엘리자베스는 대답하지 않았다. 그의 친구 얘기를 계속하려니 불편했다. 다른 할 말이 없어 얘깃거리를 찾아내는 수고를 그에게 떠넘기기로 했다.

그가 눈치를 채고선 곧 이렇게 말했다. "아주 편안한 집 같습니다. 콜린스가 처음 헌스퍼드로 왔을 때 캐서린 여사님이 많이 도와주셨지요."

"네, 그분의 친절에 콜린스보다 더 고마워하는 사람은 없을 거예요."

"콜린스는 운이 좋게도 아내를 잘 골랐습니다."

"네, 정말 그렇죠. 그를 받아 주거나 행복하게 해 줄 수 있는 분별력 있는 여자가 별로 없는데 그런 사람을 만났으니 주변 사람들이 정말 기뻐할 일이죠. 똑똑한 친구인데, 콜린스와 결혼한 것이 살면서 가장 잘한 일인지는 모르겠지만요. 그래도 아주 행복해하고 또 미래를 대비한다는 면에서는 아주 좋은 결혼이에요."

"가족과 친구들과 이렇게 가까운 거리에 사니까 아주 좋겠습니다."

"가까운 거리라고요? 거의 오십 마일이나 되는데요."

"좋은 도로로 오십 마일이 대수인가요? 반나절 조금 넘게 여행하면 됩니다. 아주 가까운 거리죠."

"거리를 이 결혼의 장점이라고는 한 번도 생각하지 않았어요." 엘리자베스가 대답했다. "가족 가까이에 산다고 말할 수 없어요."

"당신이 하트퍼드셔에 애착이 많다는 증거입니다. 롱본 이웃 마을을 넘어가기만 하면 멀어 보이는 모양입니다."

이렇게 말할 때 그가 웃음기를 보였는데, 엘리자베스는 왜 그런지 알아챘다. 분명 제인과 네더필드를 염두에 두고 하는 말로 생각하는 것 같아서 그녀는 얼굴을 붉히며 덧붙였다.

"가까운 곳에 시집가는 게 좋다는 말을 하려는 게 아니에요. 멀고 가까운 건 상대적이고, 다양한 상황에 따라 달라져요. 경비를 하찮게 여길 수 있을 정도로 재산이 많다면야 거리가 무슨 상관이겠어요. 이 경우는 그렇지 않아요. 콜린스 부부는 안정적인 수입이 있지만 자주 여행할 수 있는 정도는 아니고, 내 친구는 지금 거리의 절반이 안 되는 정도에 살아도 가족 가까이에 산다고 말하지 않을걸요."

다아시가 그녀를 향해 의자를 당기며 말했다. "그렇게 한 지역에 강한 애정을 가질 자격은 없습니다. 평생 롱본에 살 수 없을 테니까요."

엘리자베스는 놀랐다. 그는 감정이 흔들리는 것을 느꼈다. 의자를 뒤로 빼더니 탁자에서 신문을 들고 훑어보면서 아까보다 냉정한 목소리로 말했다.

"켄트 지역이 마음에 듭니까?"

양쪽 모두 차분하고 간결하게 지역에 대한 짧은 대화를 이어가다가 샬럿과 여동생이 들어오는 바람에 대화가 멈추었다. 그들은 두 남녀가 대화를 나누는 것을 보고 놀랐다. 다아시는 불쑥 찾아온 실수를 설명하고는 별말 없이 몇 분 앉아 있다가 떠났다.

"무슨 일인지 알겠어!" 그가 떠나자마자 샬럿이 말했다. "일라이자, 널 사랑하는 게 분명한데, 그렇지 않고서야 이렇게 격의 없이 우리를 방문할 사람이 결코 아니야."

하지만 엘리자베스가 그의 침묵을 지적하자 기대에 찬 샬럿이 보기에도 그렇지는 않은 것 같았다. 이리저리 추측을 해 보다가 결국 할 일이 없어서 방문한 것이고 일 년 중 이맘때 그럴 확률이 높다는 생각에 이르렀다. 야외에서 하는 수렵은 끝났다. 집에는 캐서린 여자, 책, 당구가 있지만 신사가 집 안에만 있을 수는 없다. 목사관이 가까워서인지, 목사관까지 산책이 즐거워서인지, 아니면 목사관 사람들이 좋아서인지, 두 사촌은 거의 매일 목사관 산책로를 걷고 싶은 마음이 들었다. 어떨 때는 따로, 또 어떨 때는 함께 때때로 이모와 동행하여 오전 중에 다양한 시간대에 방문했다. 확실히 피츠윌리엄 대령은 목사관 사람들과 어울리는 것이 좋아서 왔고 그래서 그가 훨씬 돋보였다. 엘리자베스는 그가 분명 자기를 좋아한다고 생각했고, 그와 함께 있는 게 만족스러워서 이전에 좋아했던 위컴을 떠올려 보았다. 둘을 비교하면, 피츠윌리엄 대령의 매너에는 사람을 매료시키는 부드러움이 덜했지만 그가 지식은 더 많았다.

다아시가 목사관에 왜 그렇게 자주 오는지는 알 수가 없었다. 앉아서 한마디도 안 하고 십 분을 버티는 걸 보면 사교에는 관심이 없었다. 말할 때는 하고 싶어서가 아니라 필요해서, 즐겁지 않은 일을 법도에 맞춰서 억지로 했다. 아주 생기가 넘쳐 보일 때가 없었다. 콜린스 부인은 그를 이해할 수 없었다. 피츠윌리엄 대령이 종종 다아시가 멍하다고 놀리는 걸 보면 그가 평소에는 다르다는 말인데, 어차피 그에 대해 아는 바가 없으니 막막했다. 그의 변화가 사랑의 효과이고 그 대상이 친구인 일라이자라고 믿고 싶었고 정말로 그런지 알아내려 했다. 로징스에 갈 때마다 그리고 그가 헌스퍼드에 올 때마다 그를 관찰했지만 별 소득이 없었다. 확실히 친구를 많이 쳐다보았지만 그 표정은 모호했다. 진지하고 변함없는 눈길이었지만 연모가 담겨 있는지 종종 의심스러웠고 어떤 때는 그저 멍하게만 보였다.

엘리자베스에게 그 가능성을 한두 번 말했지만 그녀는 웃어넘기기만 했다. 콜린스 부인은 결국 실망으로 끝날지도 모를 일에 잔뜩 기대를 심어 줄까 조심스러워 더 이상 부추기지 않기로 했다. 그녀가 보기에는 친구의 혐오감은 그가 자기를 사랑한다고 생각하는 순간 당장 사라질 게 틀림없으니 말이다.

엘리자베스를 위한 친절한 계획으로 그녀는 가끔 피츠윌리엄 대령과의 결혼도 생각했다. 비교할 것도 없이 그가 단연 유쾌한 사람이었다. 그녀를 좋아하는 게 분명했고, 조건도 아주 적절했다. 하지만 이런 장점을 상쇄하는 것은 다아시는 교회에서 상당한 후견을 행사하지만 그는 아무것도 없다는 사실이었다.

10장

엘리자베스는 장원을 산책하다가 뜻밖에도 다아시와 여러 번 마주쳤다. 아무도 온 적 없는 곳에 그가 나타나다니 얄궂은 불운이었다. 또 그럴까 봐 처음에 자신이 좋아하는 은밀한 길이라고 말해 두었다. 그러니까 그런 일이 또 일어나면 얼마나 이상한가! 그런데도 두 번, 세 번이나 일어났다. 형식적인 안부를 묻고 어색하게 말이 끊어지고 하다가 가 버리는 게 아니라 아예 뒤돌아서더니 실제로 함께 걸었다는 점에서 작심하고 심술을 부리는 게 아니면 고생을 자처하는 것 같았다. 다아시는 말이 별로 없었고 엘리자베스도 말하거나 들으려고 애쓰지 않았다. 세 번째로 그들이 만났을 때 그는 헌스퍼드 생활이 즐거운지 고독한 산책을 좋아하는지 콜린스 부부의 행복을 어떻게 생각하는지 등 서로 연결되지도 않는 이상한 질문들을 던졌다. 로징스를 화제로 삼아 그녀가 로징스 저택을 속속들이 모른다고 말할 때는 나중에 언제라도 켄트에 다시 오면 로징스에도 머물기를 바라는 듯했다. 그런 뜻으로 하는 말 같았다. 혹시 피츠윌리엄 대령을 염두에 뒀을까? 그의 말에 의도가 있다면 바로 이 부분에서 앞으로 일어날 일을 암시한다는 생각이 들었다. 그녀는 약간 괴로워하다가, 목사관을 마주 보는 울타리 입구에 도착하자 꽤 안도했다.

어느 날 제인의 마지막 편지를 다시 읽으면서 제인이 기분이 가라앉은 상태에서 쓴 게 분명한 몇몇 구절을 곰곰이 생각하며 걷고 있을 때, 이번에는 다아시를 만나 놀라는 대신 피츠윌리엄 대령과 눈앞에서 마주쳤다. 즉시 편지를 치우고 웃음을 띠면서 인사했다.

"이 길로도 다니는지 몰랐어요."

"해마다 늘 하듯이 로징스 장원 전체를 돌아보던 중입니다." 그가 대답했다. "목사관만 방문하면 다 돌게 됩니다. 더 멀리 걸을 건가요?"

"아뇨. 곧 돌아가려던 참이에요."

그녀가 곧 가던 길을 돌이켜 그들은 목사관을 향해 함께 걷기 시작했다.

"토요일에 켄트를 떠나죠?" 그녀가 물었다.

"네, 다아시가 또 연기하지 않으면요. 나야 그의 뜻을 따라야죠. 자기 좋을 대로 일정을 짜니까요."

"일정이 즐겁지 않을지언정 적어도 자기 마음대로 결정하는 건 실컷 하겠어요. 그 사람보다 더 자기 맘대로 하기 좋아하는 사람은 못 봤어요."

"맘대로 하길 좋아하죠." 피츠윌리엄 대령이 대꾸했다. "하지만 우리도 마찬가지예요. 단지 그가 부자고 다른 사람들은 가난하니까 그가 맘대로 할 수단을 더 많이 가지고 있는 겁니다. 솔직히 말해 그렇죠. 맏이가 아닌 아들은 자기 부정과 의존에 익숙해지게 되죠."

"내 생각에는 백작의 아들은 그런 거 별로 모를 것 같은데요. 정말 진지하게 말해서, 자기 부정과 의존을 느낀 적 있어요? 돈이 부족해서 당신이 가고 싶은 곳에 맘대로 못 가거나 갖고 싶은데 못 가진 적이 언제였어요?"

"정곡을 찌르는 질문인데요, 아마도 그런 종류의 고난을 많이 경험했다고 말할 수 없겠죠. 하지만 더 중요한 일에서는 돈이 없어서 괴롭긴 합니다. 맏이가 아닌 아들은 원하는 대로 결혼할 수 없거든요."

"재산이 많은 여성을 좋아하지 않으면 그렇겠지만 대부분 그런 여성을 좋아하잖아요."

"소비 습관이 우리를 의존적으로 만들어서, 내 지위에 있는 남자들 가운데 돈에 개의치 않으면서 결혼할 수 있는 사람은 많지 않습니다."

'내게 들으라고 하는 말인가?' 이런 생각이 들어 엘리자베스는 얼굴을 붉혔다. 하지만 정신을 가다듬고 명랑한 목소리로 말했다. "백작의 차남 가격은 얼마예요? 형이 몹시 병약하지 않은 한 오만 파운드 이상 요구할 수는 없을 것 같은데요."

그 역시 장난스럽게 대답하면서 이 주제를 마무리했다. 그녀는 침묵하고 있으면 이 얘기에 흔들렸다고 착각할까 봐 말을 꺼냈다.

"당신 사촌은 맘대로 부려 먹을 사람이 필요해서 당신을 데려온 모양이에요. 그런 식으로 영원히 편리함을 확보하려면 결혼하면 되는데 왜 안 할까요. 아마도 지금은 여동생으로 충분하고, 단독으로 그녀를 보살피고 있으니까 맘대로 그녀를 좌지우지하겠죠."

"아닙니다." 피츠윌리엄 대령이 말했다. "그건 다아시와 내가 나눠서 누려야 합니다. 다아시 양의 공동 후견인이거든요."

"그래요? 후견인 역할은 어때요? 아가씨가 말썽을 피우지는 않나요? 그 또래의 아가씨는 가끔 다루기 힘들고, 그녀도 다아시 가문 혈통이라면 자기 맘대로 하고 싶어 하겠죠."

이렇게 말하자 그가 진지하게 쳐다보며 곧바로 왜 다아시 양이 골치 아프게 했다고 생각하는지 물었고, 엘리자베스는 대충 진실에 가깝게 짚은 모양이라고 확신했다. 그녀가 바로 대답했다.

"놀랄 거 없어요. 아가씨에 대해 나쁜 얘기를 들은 적은 없어요. 가장 온순한 부류의 아가씨겠지요. 내가 아는 허스트 부인이나 빙리 양 같은 숙녀들은 그녀를 매우 좋아하더라고요. 이 사람들을 안다고 했었죠?"

"조금요. 남동생이자 오빠가 유쾌하고 신사다운 사람인데, 다아시의 친한 친구예요."

"맞아요." 엘리자베스가 은근슬쩍 한마디 했다. "다아시가 빙리에게 엄청 친절하고, 그를 어마어마하게 챙기죠."

"그러게요. 정말이지 챙길 부분에서 확실히 챙깁니다. 여기 올 때 다아시에게 들은 말로는 빙리가 아주 크게 신세를 졌더군요. 하지만 그에게 실례가 되는 게, 그 사람이 꼭 빙리라는 법은 없으니까요. 그냥 추측일 뿐입니다."

"무슨 일인데요?"

"그쪽 아가씨 가족에게 말이 들어가면 불쾌할 일이라서, 다아시는 소문이 나는 것을 바라지 않습니다."

"어디 가서 말하지 않을 테니 믿으세요."

"그 사람을 빙리라고 판단할 이유가 많진 않다고 했죠. 그가 말해 준 건 이랬습니다. 최근에 정말 경솔한 결혼의 불행에 빠질 뻔한 친구를 구했다고 자축하던데요, 이름이나 특정한 정보를 말하지 않아서 나는 그냥 빙리가 그런 종류의 위험에 빠질 청년이라고 생각하고 또 그들이 지난여름 내내 같이 있었으니까 그렇게 추측한 겁니다."

"다아시가 개입한 이유를 말했나요?"

"아가씨에 대해서 아주 강한 반대가 있었다고 들었어요."

"그 두 사람을 갈라놓으려고 다아시는 어떤 술책을 썼나요?"

"술책을 털어놓지는 않았어요." 피츠윌리엄이 웃으며 대답했다. "그는 단지 지금 말하는 대로 말했습니다."

아무 말 없이 걷는 동안 엘리자베스의 가슴에는 분노가 차올랐다. 그녀를 좀 지켜보던 피츠윌리엄이 무슨 생각에 빠졌는지 물었다.

"방금 들은 얘기를 생각하고 있어요." 그녀가 대답했다. "난 당신 사촌이 한 일을 이해할 수 없어요. 왜 그가 나서서 이래라저래라 하죠?"

"그의 간섭이 주제넘었다고요?"

"다아시의 친구가 누굴 좋아하는데 그가 무슨 권리로 그 적절함을 결정하는지, 왜 자기 판단에만 기대어 친구가 어떤 식으로 행복해야 하는지 결정하고 지시하는지 모르겠어요." 진정해 가면서 그녀가 계속했다. "하지만 자세한 내용은 우리도 모르니까 그를 비난하는 건 정당하지 않아요. 그 경우에 애정이 별로였겠죠."

"그럴 수 있습니다." 피츠윌리엄이 말했다. "하지만 그렇다면 아쉽게도 다아시의 승리의 영예가 줄어들겠군요."

그는 농담처럼 말했지만, 다아시에게 너무나 딱 맞는 말 같아서 그녀는 뭐라 대꾸할 수도 없었다. 갑자기 주제를 바꾸어 관심도 없는 대화를 나누며 목사관에 도착했다. 그가 떠나자마자 엘리자베스는 방에 틀어박혀 아까 들었던 모든 얘기를 방해받지 않고 생각했다. 다른 사람들의 사연일 리가 없었다. 다아시가 그런 무한한 영향력을 행사할 수 있는 남자가 또 있을 수 없었다. 그가 빙리와 세인을 살라놓으려 조치를 취했으리라고 의심해 왔다. 다만 지금까지 항상 주요 계획과 실행을 빙리 양의 몫으로 돌려 왔다. 이제 보니 그의 허영이 문제가 아니라도, 바로 그 자신이, 그의 오만과 변덕이 제인을 괴롭혔고 아직도 괴롭히고 있는 원흉이었다. 그는 세상에서 가장 다정하고 관대한 사람이 품었던 행복의 희망을 송두리째 망쳐 놓았다. 그가 끼친 해악이 얼마나 오래갈지 몰랐다.

'아가씨에 대한 아주 강한 반대가 있었다'는 것이 피츠윌리엄 대령의 말이었는데, 강한 반대는 지방에서 변호사를 하는 이모부와 런던에서 사업을 하는 외삼촌이 있다는 것이지 싶었다. '제인에게는 반대할 턱이 없어.' 그녀가 흥분했다. '얼마나 사랑스럽고 착한데! 이해력이 뛰어나고 교양은 충분하고 매너는 매력적이야. 아버지는 비록 독특한 데가 있지만 다아시가 경멸할 이유가 없는 능력과 아마 영원히 도달하지 못할 평판을 쌓아 오셨으니 반대할 수 없어.' 어머니를 생각하자 자신감이 좀 떨어졌지만, 그래도 친구 처갓집 사람들의 교양이 부족한 것보다 그 처가가 지체 없는 집안이라는 데에 더 깊이 상처받을 다아시의 오만을 생각하면 어머니 한 사람에 대한 반대가 결정적으로 중요하다고 보기 어려웠다. 결국 그가 가장 나쁜 종류의 오만에 지배된 데다 자기 여동생을 위해 빙리를 아껴 두려는 바람 탓도 있다고 결론 내렸다.

이 주제를 생각하느라 흥분하고 울었더니 두통이 왔다. 저녁이 되자 두통이 점점 심해지고 다아시를 보고 싶지 않아서 로징스에서 차 마시기로 한 약속을 지키지 않기로 했다. 콜린스 부인은 건강이 좋지 않은 엘리자베스를 내버려 두고 남편이 닦달하지 못하도록 힘껏 말렸지만, 콜린스는 캐서린 여사가 엘리자베스가 집에 있으면서 안 왔다고 싫어할까 봐 걱정을 감추지 않았다.

11장

　그들이 떠난 다음 엘리자베스는 마치 다아시에게 최대한 분노하려고 작정한 듯이 켄트에 머무는 동안 제인에게 받은 모든 편지를 꺼내 살펴보았다. 편지에는 어떤 구체적인 불평도 없었고 지난 일을 회상하거나 현재의 고통을 털어놓는 대목도 없었다. 하지만 모든 편지의 거의 모든 줄마다 그녀의 글쓰기를 특징짓곤 했던 명랑함, 평온한 고요에서 나와 모든 사람들에게 친절하게 베풀어지고 한 번도 흐려졌던 적이 없는 그 명랑함이 사라지고 없었다. 편지를 처음 받았을 때보다 더 꼼꼼하게 읽어 보니 문장마다 근심이 서려 있었다. 다아시가 이렇게 사람을 불행하게 해 놓고도 부끄러운 줄 모르고 자랑까지 했다니 언니의 고통이 더 날카롭게 다가왔다. 그가 모레 로징스를 떠난다는 게 그나마 위안이었고, 이 주만 지나면 제인을 만나서 온갖 애정을 다해 기운을 차리도록 돕겠다는 생각으로 더 큰 위안을 삼았다.

　다아시가 켄트를 떠난다면 그의 사촌도 함께 떠난다는 사실이 떠올랐다. 그렇지만 피츠윌리엄 대령은 그녀에게 구애할 의도가 없음을 분명히 했고, 그가 호감 가는 사람이긴 해도 아쉬울 건 없었다.

　이렇게 생각을 정리하는 동안 문소리가 나서 깜짝 놀랐고, 피츠윌리엄 대령이라는 생각에 약간 흥분했다. 그가 저녁 늦게 방문한 적이 한 번 있었으니까 지금 특별히 그녀의 안부를 물으러 올 수도 있겠다 싶었다. 그러나 너무나 놀랍게도 다아시가 들어오자 그생각은 금방 사라졌고 아주 다른 방식으로 흥분하고 말았다. 다아시가 서둘러 안부를 묻더니 괜찮은지 보러 왔다고 했다. 엘리자베스는 차갑게 예의를 차려 대답했다. 그가 몇 분 앉아 있더니 일어나 서성거렸다. 엘리자베스는 놀랐지만 아무 말도 하지 않았다. 몇 분의 침묵이 지나고 그가 흥분한 모습으로 다가오더니 이렇게 말하기 시작했다.

"저항했지만 소용없었어요. 할 수 없습니다. 내 감정을 억누를 수 없어요. 당신을 열렬히 연모하고 사랑합니다."

엘리자베스의 놀라움은 형용할 수 없었다. 그를 쳐다보고, 얼굴이 붉어지고, 의심스럽고, 아무 말도 할 수 없었다. 이를 충분한 격려라고 생각했는지 그는 곧이어서 오랫동안 느껴 왔던 것을 털어놓았다. 유창하게 말했지만 감정의 고백 말고도 상세하게 고백할 게 있었고, 그는 연모의 감정보다도 자존심에 대해 더 열변을 토했다. 그녀가 열등하고 그것이 자기를 깎아내리고 자기 가족이 반대할 거라는 이성적인 판단이 감정과 맞서 왔다고 열심히 말했는데, 그것은 지금 비난하고 있는 그녀의 초라함에는 적당할지 몰라도 청혼에는 도움이 될 리가 없었다.

그녀는 마음속 깊이 자리 잡은 혐오에도 그런 남자의 애정에 무심할 수 없어서, 한순간도 마음이 흔들리지는 않았지만 그가 받을 고통에 미안한 마음이 스치긴 했다. 계속된 고백을 들으면서 모든 공감을 잃고 분노하기 전까지는 그랬다. 그래도 그가 말을 마치면 차분하게 인내심을 가지고 대답하려 했다. 노력해 봤지만 애정을 억누를 수 없었다고 말하면서 그는 애정의 강력함을 표현했다. 그리고 청혼을 수락하여 애정에 보답해 주기를 바란다는 말로 마무리했다. 호의적인 대답을 조금도 의심하지 않는 게 분명했다. 겉으로는 걱정과 불안을 말했지만 표정은 진정으로 확신을 담고 있었다. 그게 더 분노를 자극해서, 그녀는 그가 멈추자 볼이 달아오른 채 이렇게 말했다.

"이런 경우에, 똑같이 돌려주지는 않더라도 고백한 감정에 고맙다고 인사하는 게 관례죠. 고마움을 느끼는 게 당연하고, 느낄 수만 있다면 고마워하겠어요. 하지만 그럴 수 없어요. 좋게 생각해 달라고 바란 적 없는데, 당신은 분명 안 내키는데도 좋게 봐 줬어요. 어쨌든 고통을 줘서 미안합니다. 그런 줄 전혀 몰랐던 일이고, 고통이 금방 끝나기를 바랍니다. 애정을 인정할 수 없도록 오랫동안 막아 왔다고 했으니까 내 대답이 끝나자마자 애정을 극복하기가 어렵진 않겠지요."

벽난로에 기댄 채 그녀를 뚫어져라 보던 다아시는 놀라움 못지않은 원망으로 그녀의 말을 들었다. 그의 표정은 분노로 창백해졌고, 어지러워진 마음이 온 얼굴에 드러났다. 그는 침착한 듯 보이려 애썼고 침착해질 때까지 말하지 않았다. 엘리자베스는 이 침묵이 끔찍했다. 마침내 억지로 차분해진 목소리로 그가 말했다.

"내가 기껏 이런 대답을 기다렸군요! 내가 왜 이렇게 무례하게 거절당해야 하는지 듣고 싶다고 해도 될까요. 어쨌든 별로 중요하진 않지만."

"나도 듣고 싶은데요, 도대체 왜 나를 화나게 하고 모욕하려는 분명한 의도를 가지고 당신의 의지, 이성, 심지어 성격을 거슬러 가면서까지 나를 좋아한다고 고백하는 거죠?" 그녀가 대꾸했다. "내가 무례했다면 이게 변명이 되지 않나요? 하지만 난 분노할 이유가 또 있어요. 알고 있을 거예요. 당신에 대한 내 반감이 진즉에 결정되지 않았더라도, 무심하거나 또는 심지어 호감이었더라도, 가장 사랑하는 언니의 행복을 어쩌면 영원히 파괴해 버린 역할을 한 남자를 도대체 내가 어떤 생각으로 받아들이고 싶을 것 같아요?"

그녀가 이렇게 말하자 다아시의 안색이 변했다. 하지만 곧 지나갔고 그는 방해하지 않고 계속 들었다.

"당신을 싫어할 이유가 충분해요. 언니 문제에서 당신의 부당하고 잔인한 행동은 그 이떤 동기가 있었다 해도 용서할 수 없어요. 두 사람을 갈라놓고 한 사람을 변덕과 욕심을 부린 사람으로 비난 받도록 하고 다른 한 사람은 실패한 사랑의 조롱거리로 만들어 두 사람을 가장 지독한 불행으로 몰고 간 그 일에 당신이 유일하지는 않아도 주된 역할을 했다는 사실을 감히 부인할 수 없겠죠."

그녀는 멈추고, 그가 어떤 후회의 감정 없이 조금도 움찔하지 않은 채 계속 듣는 것에 몹시 분노했다. 그는 심지어 믿을 수 없다는 듯 웃음을 띠며 그녀를 바라보기도 했다.

"당신이 그랬다는 것을 부인하나요?" 그녀가 반복했다.

그가 평온함을 꾸며 내며 대답했다. "내 친구와 당신 언니를 떼어 놓으려고 할 수 있는 모든 일을 다 했고 그게 잘 되어서 기쁘다는 점을 부인하지 않습니다. 나 자신보다 그 친구를 더 생각하니까요."

엘리자베스는 이 점잖은 말투를 경멸했지만, 그 말의 의미를 놓치지 않았고 또 받아들일 수도 없었다.

"당신을 싫어하게 된 이유는 단지 그 일만이 아녜요." 그녀가 계속했다. "훨씬 이전에 당신을 판단했어요. 몇 달 전에 위컴에게 들은 얘기를 통해 당신에 대해 알았어요. 이 문제에 대해 할 말이 있나요? 또 어떤 우정을 꾸며 내어 변명할 수 있어요? 어떤 거짓으로 사람들을 속일 건가요?"

"그 신사의 일에 열렬한 관심을 가지고 있군요." 다아시가 아까보다 덜 평온한 목소리로 얼굴이 달아올라 말했다.

"그의 불행이 어땠는지 아는 사람이라면 관심을 가지지 않겠어요?"

"그의 불행!" 다아시가 경멸하듯 따라 했다. "네, 그의 불행은 정말 대단하죠."

"당신의 악행이 대단하죠." 엘리자베스가 힘차게 소리쳤다. "당신은 그를 현재의 가난, 예전보다 못한 가난으로 전락시켰어요. 그가 누리기로 되어 있는 걸 알면서 그의 이익을 방해했어요. 가장 좋은 젊은 시절에 그가 받을 몫이자 받을 자격도 있는 경제적 독립을 박탈했다고요. 당신이 한 일이에요! 그래 놓고서 그의 불행을 말하니까 경멸과 비웃음으로 받아넘기는군요."

"당신의 의견을 잘 알겠습니다!" 빠르게 방을 가로질러 걸으며 그가 소리쳤다. "나를 이렇게 평가하고 있었군요! 완전히 다 설명해 줘서 고맙습니다. 이 설명에 따르면 내 잘못은 엄청납니다!" 걸음을 멈추고 그녀를 돌아보면서 덧붙였다. "당신을 향한 진지한 마음을 오랫동안 억압해 온 내면의 망설임을 정직하게 고백하여 당신 자존심을 건드리지 않았더라면 아마도 이렇게 나오진 않았겠죠. 내가 나름 괴로웠던 것을 교묘하게 감춘 채 무한하고 순수한 순전한 애정에, 이성에, 성찰에, 모든 것에 압도당했다고 당신에게 아부했더라면 이렇게 통렬하게 비난하지 않았을 겁니다. 그러나 난 거짓은 무엇이든 혐오합니다. 내가 말한 감정이 부끄럽지 않습니다. 자연스럽고 정당한 감정이었으니까요. 당신 가문의 열등함을 내가 기뻐하길 바랍니까? 지위가 나보다 한참이나 떨어지는 친척을 맞이한다고 희망에 부풀어 자축이라도 하길 바란 겁니까?"

엘리자베스는 점점 더 분노했다. 그래도 침착하게 말하려고 최선을 다했다.

"다아시 씨, 당신이 좀 더 신사답게 행동했더라면 당신을 거절하면서 미안했을 텐데요, 그렇게 느끼지 않도록 해 주었다는 사실을 제외하고는 당신의 청혼 방식은 나에게 어떤 영향도 안 끼쳤으니까 오해하지 말아요."

그가 놀라 아무 말도 하지 않자 그녀가 계속했다.

"당신이 어떤 방식으로 청혼하더라도 난 당신을 받아들이고 싶지는 않을 거예요."

그가 한 번 더 놀랐다. 믿을 수 없어 하는 표정과 굴욕적인 표정이 뒤섞인 채 그녀를 바라보았다. 그녀가 계속했다.

"처음부터, 당신을 알게 된 첫 순간부터 당신의 매너에서 오만과 자만, 다른 사람의 감정을 짓밟는 이기적인 태도를 확실하게 파악하고 당신을 싫어했고, 다음에 이어지는 사건들이 돌이킬 수 없는 혐오감을 쌓아 올렸어요. 당신을 알게 된 지 한 달도 안 돼서 당신과는 절대로 결혼하고 싶지 않다고 생각했어요."

"충분히 들었습니다. 당신의 감정을 완벽히 이해하겠고, 지금은 품어 왔던 내 감정이 부끄러울 따름입니다. 시간을 빼앗은 점을 용서하고, 건강과 행복을 기원하는 마음을 받아 주기 바랍니다."

이렇게 말하고 그가 황급히 방을 나갔고, 엘리자베스는 그가 현관문을 열고 집을 나가는 소리를 들었다.

마음의 동요가 고통스럽게 심해졌다. 정신을 차릴 수 없었고, 실제로 기운이 빠져서 앉아서 삼십 분 동안 울었다. 방금 벌어진 일을 돌아볼수록 놀라웠다. 다아시에게 청혼을 받다니! 그가 그렇게 몇 개월 동안 사랑에 빠져 있었다니! 그의 친구가 언니와 결혼하는 것을 말리게 만들었던, 그 자신의 경우에도 적어도 똑같이 심각해 보였을 그 모든 반대에도 불구하고 결혼하고 싶을 정도로 사랑에 빠졌다는 게 거의 믿기지 않았다! 자기도 모르게 그런 강렬한 애정을 불러일으켰다는 게 만족스러웠다. 하지만 그의 오만, 그 혐오스러운 오만, 제인과 관련한 행동을 뻔뻔하게 시인한 것, 시인할 때 비록 정당화하지는 않았지만 용서할 수 없이 확신한 것, 인정머리 없이 위컴에 대해 말한 것, 그를 잔인하게 대했음을 부인하지 않은 것 등이 그의 애정이 한순간 불러일으킨 연민을 압도했다.

엘리자베스는 계속 흥분하여 생각하다가, 캐서린 여사의 마차 소리에 샬럿을 마주할 준비가 안 되었다는 걸 깨닫고 서둘러 방으로 들어가 버렸다.

12장

다음 날 아침 엘리자베스는 지난밤 잠들기 전에 하던 똑같은 생각과 사색에 빠져 일어났다. 아직도 지난 일의 놀라움을 떨치지 못했다. 다른 생각을 할 수 없었고 어떤 일도 할 수 없어서, 아침 식사를 마치고 나서 바로 나가 공기를 쐬며 걷기로 했다. 좋아하는 산책로를 향해 걷다가 그 길에 다아시가 가끔 나타나던 게 떠올라 장원으로 들어가는 대신 큰 신작로에서 더 먼 쪽 길로 방향을 잡았다. 길을 따라 장원의 울타리가 쳐져 있었고, 곧 장원으로 가는 문 하나를 지나쳤다.

그 길을 따라 두세 번 왔다 갔다 하다가 아침의 상쾌함에 끌려 문 앞에 서서 장원을 들여다보았다. 켄트에서 보낸 오 주 동안 큰 변화가 있었고, 제철을 기다리는 나무는 날마다 신록을 더해 갔다. 계속 걸으려고 하는데 장원에 닿아 있는 숲 속에서 한 신사의 모습이 보였다. 그가 문 쪽으로 오고 있었다. 다아시일까 두려워서 바로 뒷걸음쳤다. 하지만 그 사람이 그녀를 알아볼 만큼 가까이에서 성큼성큼 걸어오면서 이름을 불렀다. 그녀는 돌아서 있다가 이름을 부르는 소리를 듣고는 그게 다아시의 목소리로 밝혀진 순간 문 쪽으로 걸어갔다. 그때 그도 문에 도착하여 편지를 내밀었고 그녀가 본능적으로 편지를 받아 들자 오만하고도 차분한 표정으로 이렇게 말했다. "당신을 만날까 싶어 한동안 숲을 걸었습니다. 편지를 읽어 주겠습니까?" 그러고는 가볍게 목례를 하고 숲을 향해 돌아서더니 금세 사라져 버렸다.

엘리자베스는 유쾌하리라고 전혀 기대하지 않으면서도 강렬한 호기심에 끌려 봉투를 뜯었고, 촘촘한 글씨로 빼곡하게 채워진 두 장의 편지지가 담긴 편지 봉투를 보고는 더 궁금해졌다. 편지 봉투 안쪽에도 글씨가 가득했다. 길을 따라 가면서 읽기 시작했다. 편지는 아침 여덟 시에 로징스에서 쓴 것으로 다음과 같았다.

이 편지를 받거든 지난밤 당신이 그렇게 혐오했던 청혼을 재개하거나 그 감정을 반복하는 내용이 있을까 염려하지 마십시오. 우리 두 사람의 행복을 위해 빨리 잊을수록 좋은 소망에 연연하여 당신을 괴롭히거나 나 자신을 초라하게 만들 뜻이 전혀 없습니다. 이런 편지를 쓰고 읽게 만들지 않아도 되는 성격이었더라면 쓰고 읽느라 고생하지 않았겠지요. 멋대로 편지를 읽게 만든 것을 용서해 주십시오. 억지로 읽겠지만, 공정하게 읽어 주길 바랍니다.

당신은 어제 저녁에 내가 성격과 정도가 아주 다른 두 가지 잘못을 저질렀다고 비난했습니다. 하나는 내가 빙리와 언니를 두 사람의 감정을 무시하고 갈라놓았다는 것, 그리고 다른 하나는 내가 여러 가지 정당한 요구, 명예, 인간성을 모두 저버린 채 위컴의 눈앞에 놓인 성공을 파괴하고 그의 미래를 망쳤다는 것이었습니다. 내 어린 시절의 동무, 다들 알다시피 아버지께서 아끼셨던 사람, 우리 가문의 후원 이외에 다른 기댈 곳이 없었고 후원을 기대하고 살아온 청년을 멋대로 마구잡이로 쫓아낸 것은 악행이고, 둘 사이의 애정이 겨우 몇 주밖에 되지 않는 연인을 갈라놓은 것과는 비교도 안 된다는 것이지요. 당신이 지난밤에 각각의 상황에 대해 내게 실컷 퍼부었던 가혹한 비난에서 벗어나기를 바라면서 내 행동과 동기를 다 설명하겠습니다. 내 입장에서 설명하다 보면 당신을 언짢게 할 말을 하게 될 테니 유감입니다. 그런 말을 해야 한다면 할 수 없고, 자꾸 사과해 봐야 우스운 일입니다. 나는 하트퍼드셔에 머문 지 얼마 안 돼서 빙리가 다른 아가씨들보다 언니를 좋아한다는 것을, 마을 사람들이 다 알아봤다시피 바로 알았습니다. 그의 감정을 진지한 사랑으로 걱정하기 시작한 것은 네더필드에서 무도회가 있던 저녁이었습니다. 전에도 종종 그 친구가 사랑에 빠진 걸 봐 왔습니다. 거기서 당신과 춤추다가 윌리엄 경이 우연히 하는 말을 듣고서 빙리가 당신 언니에게 빠져서 곧 결혼하리라는 기대가 만발하고 있음을 처음 알게 됐습니다. 윌리엄 경은 결혼을 확실한 일로, 시간만 정하면 되는 일로 언급했지요. 그때부터 내 친구의 행동을 주의 깊게 지켜보았습니다. 베넷 양을 좋아하는 게 내가 봐 온 어떤 경우보다 분명하더군요. 언니도 지켜봤습니다. 표정과 매너는 여느 때처럼 소탈했고 명랑하고 성실했지만 특별한 애정의 징후가 없길래 나는 그날 저녁의 관찰을 토대로 그녀가 그의 관심을 기쁘게 받아들이긴 하지만 그 감정에 적극적으로 반응하고 격려하진 않는다고 확신했습니다. 이 부분에 대해서는 당신이 착각한 게 아니라면 내가 틀렸을 겁니다. 언니에 대해 훨씬 더 잘 알고 있으니 아마 후자겠지요. 그렇다면 내가 실수해서 언니를 괴롭힌 것이니 당신의 원망이 이유가 없지 않습니다. 그러나 주저하지 않고 말할 수 있는 것은 언니의 표정과 분위기가 워낙 고요해서 가장 날카로운 관찰자가 보더라도 당신 언니는 기질이 사랑스러울지언정 마음을 쉽게 내주지 않을 사람으로 보인다는 사실입니다. 분명 언니가 무심하다고 내가 믿고 싶었던 건 맞습니다만, 사사로운 희망이나 두려움 때문에 관찰과 판단이 휘둘리도록 내버려 두지는 않습니다. 내가 그렇게 원한다는 이유로 언니가 무심하다고 믿었던 게 아니란 말입니다. 이성적으로 그러기를 진심으로 원한 만큼 객관적인 증거를 가지고 그렇게 믿은 겁니다. 두 사람의 결혼을 반대할 때에는, 내 경우에 극도의 열정을 동원해 넘어가려 했다고 어젯밤에 인정한 그런 문제만 있는 게 아니었습니다. 집안의 초라함이야 내게 중요한 만큼 그 친구에게 큰 문제가 되는 건 아니니까요. 혐오감의 원인은 다른 데도 있습니다. 여전히 존재하고 그나나의 경우 모두에 공평하게 존재하지만, 바로 눈앞에 있지 않으니까 나는 그 원인을 잊으려 했습니다. 간략하게나마 말하겠습니다. 당신 어머니의 신분은 비록 반대할 만하지만, 너무나 자주 어머니와 어린 세 여동생이 거의 똑같이, 그리고 가끔 당신의 아버지까지 가세하여 보여 주는 전적인 교양의 결핍에 비하면 아무것도 아닙니다. 용서해 주십시오. 당신을 불쾌하게 해서 고통스럽습니다. 당신의 가까운 친인척의 결함을 걱정하고 그 결함이 드러나 불쾌하겠지만, 당신과 당신 언니만은 똑같은 비난을 들을 일 없이 잘 처신해서 두 사람의 분별력과 성격을 돋보이게 한 것 못지않게 전반적으로 칭찬받았으니까 그 점을 위안 삼을 수 있을 겁니다. 그날 저녁 벌어진 일을 보고 가족에 대한 판단을 굳혔고 가장 불행한 결혼에서 내 친구를 구하겠다는 동기가 강력해졌다는 데까지만 말하겠습니다. 다음 날 그는 네더필드를 떠나 런던으로 갔고, 다 알다시피 곧 돌아올 계획이었습니다. 내가 한 역할을 이제 설명하겠습니다. 누이들도 나처럼 점점 불안해했습니다. 우리는 비슷한 생각이었던 겁니다. 그를 즉시 떼어 놓아야겠다고 판단하고 곧 런던에서 그에게 합류하기로 결정했습니다. 우리는 런던으로 갔고, 나는 그에게 그 결혼의 해악을 지적하기를 기꺼이 떠맡았습니다. 열심히 설명하고 주장했습니다. 하지만 내 충고가 그의 결심을 흔들거나 늦추었을지 몰라도, 내가 당신 언니의 무심함을 주저 없이 확신하지 않았더라면 궁극적으로 결혼을 막았을 것 같지 않습니다. 그는 그때까지 당신 언니가 자기와 똑같은 정도는 아니어도 자기의 애정에 진심으로 호응한다고 믿고 있었습니다. 하지만 천성이 겸손한 빙리는 자신보다 내 판단을 더 믿었습니다. 그래서 자기가 혼자 속아 넘어간 것이라고 쉽게 납득하더군요. 그러고 나니 하트퍼드셔로 돌아가지 말라고 설득하는 건 저절로 됐습니다. 내가 한 일을 자책하지 않습니다. 다만 그 모든 일을 돌아보면 꺼림칙한 대목이 한 군데 있습니다. 그에게 당신 언니가 런던에 와 있다는 사실을 감추는 술수를 썼습니다. 빙리 양과 나는 알았지만 그는 아직도 모릅니다. 그들이 만났어도 아무 일도 없었을 수 있습니다. 하지만 그의 애정이 충분히 다 꺼져서 그녀를 만나도 괜찮을 것 같지 않았습니다. 이런 은폐와 거짓은 내게 안 어울리는 비겁한 일이겠죠. 그래도 그렇게 했고 최선을 위해 그렇게 했습니다. 이에 대해서는 할 말도, 더 내놓을 사과도 없습니다. 내가 당신 언니의 감정을 다치게 했다면 모르고 그랬습니다. 나를 움직였던 동기가 당신에게는 충분치 않아 보이겠지만 나는 잘못이라고 생각하지 않습니다. 다음으로 위컴을 해쳤다는 더 엄중한 비난은 그와 우리 가문의 관계를 아예 다 펼쳐 놓아야만 반박할 수 있습니다. 그가 무얼 가지고 특별히 나를 비난했는지 모르겠습니다. 하지만 내가 이제 말할 진실에 대해서는 확실히 신뢰할 수 있는 증인을 한 명 이상 불러올 수 있습니다.

위컴은 수년 동안 펨벌리 장원의 관리를 맡아 온 아주 훌륭한 분의 아들입니다. 그분이 신뢰에 부응하여 행동하자 아버지께서는 도와주고 싶어 하셨고 그런 뜻에서 대부를 서 주셨던 조지 위컴에게 친절함을 넉넉하게 베푸셨지요. 아버지께서는 교육비를 대셨고, 나중에 케임브리지에도 보내셨습니다. 그의 아버지가 어머니의 헤픈 씀씀이로 늘 궁핍하다 보니 그에게 신사 교육을 시킬 수 없었던 상황에서 가장 중요한 도움이었죠. 아버지께서는 언제나 매너가 싹싹한 이 청년과 대화를 즐기셨습니다. 뿐만 아니라 그를 높이 평가하셔서 성직으로 나가기를 바라시고 자리를 마련해 주려고 하셨습니다. 나로서는 오래전에 그를 처음으로 다르게 볼 일이 있있습니다. 아버지는 그럴 기회가 없었지만 비슷한 또래의 청년인 나는 그의 사악한 성향, 절친한 은인인 아버지 앞에서 감추려 한 원칙 없는 성품이 그가 조심하지 않는 한순간에 드러나는 걸 목격했으니까요. 또 당신을 괴롭힐 말이 나옵니다만, 어느 정도인지는 당신만이 알겠지요. 위컴이 일으킨 감정이 어떤 것이든지, 그 감정을 배려하느라 그의 진짜 성품을 밝히지 않을 수 없습니다. 오히려 그럴수록 더 밝혀야 합니다. 아버지께서는 오 년 전에 돌아가셨습니다. 위컴에 대한 애정은 마지막 순간까지 변치 않아서 유언장에 성직이 허락하는 최선의 방식으로 위컴의 앞길을 도모하라고 내게 특별히 부탁하셨고, 그가 서품을 받으면 괜찮은 목사 자리가 비자마자 그에게 주라고 하셨습니다. 천 파운드 유산도 있었습니다. 아버지가 돌아가신 후 그의 아버지도 곧 세상을 떴고, 반년도 지나지 않았을 때 위컴이 편지를 보내 서품을 안 받기로 했다면서 당장 아무 도움도 못 주는 그 자리를 포기하는 보상으로 보다 즉각적인 경제적 이익을 기대해도 부당하게 여기지 말라고 했습니다. 그리고 법 공부를 할 계획이라고 덧붙이면서 천 파운드의 이자 소득으로는 별 도움이 안 된다고 했습니다. 나는 그가 진실하다고 믿지 않았고 그러기를 기원하는 심정뿐이었습니다. 어쨌든 그의 제안에 완전히 동의할 마음이 들었습니다. 위컴 같은 사람은 성직자가 되면 안 되니까 말입니다. 그렇게 문제는 해결되었습니다. 혹시라도 교회의 도움을 받을 상황이 온다 하더라도 모든 권리를 포기하기로 하고 대신 삼천 파운드를 받기로 했습니다. 그렇게 우리 사이의 모든 관계는 정리됐습니다. 그를 너무 나쁘게 생각하여 펨벌리로 부르지 않았고 런던에서 만나도 인정하지 않았습니다. 그는 주로 런던에서 살았는데 법 공부는 단지 핑계였고 모든 제약에서 벗어나 게으르고 방탕하게 살았습니다. 한 삼 년 소식을 못 들었습니다. 그런데 그가 물려받기로 했던 목사 자리에 재직하던 분이 세상을 떠나서 그 자리가 비자 편지를 하더니 그 자리를 달라는 겁니다. 상황이 아주 나쁘다고 했는데, 그거야 말하지 않아도 알 만했습니다. 법 공부가 돈벌이가 안 된다는 것을 깨달았다면서 그 자리를 약속해 주면 서품을 받기로 단단히 결심했다는데, 그 자리를 내줄 다른 사람도 없었고 내가 존경하는 아버지의 뜻을 잊지 않았다고 확신했기 때문에 내가 자리를 내줄 거라고 의심하지 않았습니다. 그 부탁을 거절한 것이나 반복된 요구에 저항한 것을 두고 나를 비난하지 마십시오. 그는 처지가 악화될수록 나를 더 원망했고, 나를 비난하는 것만큼이나 과격하게 다른 사람에게 내 욕을 하고 다닌 게 분명합니다. 이 기간이 지나고 우리는 전혀 아는 척하지 않았습니다. 그가 어떻게 살았는지 모릅니다. 그런데 지난 여름 또다시 고통스럽게 내 앞에 나타났습니다. 너무나 잊고 싶고, 또 지금이 아닌 어떤 경우에도 다른 사람에게 말하고 싶지 않은 상황에 대해 말하겠습니다. 이 정도로 말했으니 비밀을 지켜 주겠지요. 열 살도 더 어린 여동생이 어머니의 조카인 피츠윌리엄 대령과 나의 공동 후견을 받고 있습니다. 약 일 년 전에 학교를 그만두고 런던에 집을 구해 지냈습니다. 지난여름 여동생은 보살펴 주는 부인과 함께 램스게이트에 갔습니다. 거기에 위컴이 분명 계획적으로 왔습니다. 그와 영 부인은 아는 사이로 밝혀졌는데, 우리가 불행하게도 그 부인에게 속았던 거지요. 그 부인의 술책과 도움으로 그는 어린 시절 그의 친절을 생생하게 기억하는 정 많은 조지아나에게 접근했고, 그 아이는 그와 사랑에 빠졌다고 믿으면서 함께 도주하자는 꾐에 넘어가고 말았습니다. 그 아이가 단지 열다섯 살이었다는 점을 변명으로 삼아야겠습니다. 여동생의 경솔함이 다 드러났는데요, 그래도 내게 직접 고백했다는 말을 덧붙일 수 있어 그나마 다행입니다. 그들이 떠나기로 한 하루인가 이틀 전에 우연히 그들을 만났는데, 조지아나가 거의 아버지처럼 존경해 온 오빠를 슬프고 괴롭게 만든다는 생각을 차마 견디지 못하고 전부 털어놓았습니다. 내 마음이 어땠는지 어떻게 행동했는지 짐작이 갈 겁니다. 여동생의 평판과 감정을 존중해서 공개하지 않았지만, 위컴에게 편지를 보내서 즉시 떠나게 하고 영 부인 역시 자리에서 물러나도록 했습니다. 위컴의 목적은 말할 것도 없이 여동생의 재산 삼만 파운드였습니다. 하지만 나에게 복수하겠다는 희망도 큰 동기였다고 생각할 수밖에 없습니다. 복수는 정말 이루어질 뻔했지요. 이게 우리 두 사람이 관련된 일의 충실한 전모입니다. 이 얘기를 거짓으로 완전히 부정하지 않는다면 위컴을 잔인하게 대했다는 비판을 취소해 주십시오. 그가 어떤 방식으로 어떤 거짓을 동원하여 당신을 속였는지 모르겠습니다. 당신은 우리 두 사람의 모든 이야기를 몰랐으니 그가 성공한 게 놀랍지 않습니다. 그를 간파할 수 없었고 의심이 많은 성격도 아니니까요. 이 모든 얘기를 어젯밤에 왜 하지 않았는지 궁금할 겁니다. 그때는 어디까지 말할 수 있고 말해야 하는지 가늠할 수 있는 정신이 없었습니다. 이 모든 내용이 진실인지 확인하려면 가까운 친척 관계로 오랜 친밀함을 유지하고 있는 데다 아버지의 유언 집행자의 한 사람으로서 이 거래 관계의 모든 세부 사항을 파악할 수밖에 없는 피츠윌리엄 대령의 증언에 얼마든지 호소할 수 있습니다. 내가 혐오스러워 내가 하는 말을 못 믿겠다는 이유로 내 사촌과 상의하는 것까지 못 할 리는 없겠지요. 그와 상의할 가능성이 있을지 몰라서 이 편지를 오전 중에 당신에게 전하려 노력할 겁니다. 마지막으로, 신의 축복이 함께하기를 기원합니다.

피츠윌리엄 다아시.

13장

다아시가 편지를 건넬 때 엘리자베스는 설마 청혼을 반복할 거라고 기대하지 않았고 무슨 내용인지 도통 짐작할 수 없었다. 이런 내용이었으니 그녀가 얼마나 열심히 읽어 내려 갔을지 그리고 얼마나 모순되는 감정을 느꼈을지 짐작하고도 남는다. 편지를 읽는 동안 그녀의 감정은 뭐라 말할 수 없었다. 처음에는 그가 할 말이 있다고 나오는 게 놀라웠다. 그러고는 그가 부끄러움을 아는 사람이라면 차마 할 수 없을 변명을 늘어놓을 거라고 믿었다. 그가 말할 모든 것에 대한 강한 편견을 품고서 그녀는 네더필드에서 있었던 일에 대한 그의 설명을 읽기 시작했다. 읽는 데 너무 몰두하느라 거의 이해하지 못한 채 다음 문장에 뭐가 나올지 급하게 좇아가느라 바로 눈앞에 펼쳐진 문장의 의미에 집중할 수 없었다. 언니가 깊은 감정이 없다는 말을 당장 거짓으로 단정했고, 그 결혼에 반대한 진짜 이유, 최악의 이유를 설명할 때는 너무 분노해서 그의 말이 맞을지도 모른다는 생각을 조금도 할 수 없었다. 그는 자기가 한 일에 대해 그녀 마음에 들게 어떤 유감의 표현도 하지 않았다. 글은 참회하는 투가 아니라 거만했다. 오만함과 뻔뻔함으로 넘쳐 났다.

그러나 위컴에 대한 설명이 이어지자 좀 더 정신을 차리고 이야기를 따라갔는데, 이게 만일 사실이라면 그에 대해 고이 품어 왔던 모든 생각을 다 버려야 하고 또 그가 직접 털어놨던 개인사와 놀라울 정도로 닮은 내용이어서 그녀의 감정은 훨씬 더 쓰라리게 고통스러웠고 뭐라 정의하기도 더 힘들었다. 놀라움, 불안, 심지어 공포가 그녀를 짓눌렀다. 내용을 전적으로 부인하고 싶어서 계속 이렇게 외쳤다. "거짓이야! 그럴 리가 없어! 가장 추악한 거짓말이 틀림없어!" 편지를 다 읽고 나서는 마지막 한두 쪽에 있는 내용이 어떻게 된 건지 파악하지도 않고 급하게 치워 버리고 신경 쓰지 않으려고, 두 번 다시 꺼내 보지도 않으려고 했다.

흥분한 상태로 아무것도 생각할 수 없는 채로 걷기만 했다. 소용없었다. 금방 편지를 꺼내 할 수 있는 한 정신을 가다듬은 다음 위컴에 관한 모든 대목을 창피하지만 숙독하기 시작해서 결국 모든 문장의 의미를 검토할 정도로 안정을 되찾았다. 펨벌리 가족과 맺은 인연에 대한 설명은 그가 예전에 말했던 그대로였다. 다아시 어르신의 친절함, 이전에는 그 정도를 알지 못했을 뿐, 그가 했던 말과 일치했다. 여기까지 두 사람의 진술은 일치했다. 그러나 유언장에 이르자 차이가 엄청났다. 위컴이 목사 자리에 대해 했던 얘기가 아직도 생생해서 그의 말을 떠올려 보니 어느 한쪽에 비열한 거짓이 있다고 생각할 수밖에 없었다. 잠시 동안 자신이 틀릴 리가 없다고 속 편하게 생각했다. 하지만 위컴이 목사 자리에 따라오는 모든 권리를 저버리고 보상으로 삼천 파운드라는 거금을 받았다는 이야기에 결부된 구체적인 사항을 파악하고 꼼꼼하게 읽고 또 읽어 보니 망설이지 않을 수 없었다. 편지를 내려놓고 모든 정황을 공평무사한 마음으로 따져 보고 각 진술의 신빙성을 숙고해 보았지만 소득이 없었다. 양쪽 모두 주장일 뿐이었다. 다시 편지를 읽었다. 어떤 기발한 수를 쓰더라도 사악하다고밖에 할 수 없는 다아시의 행동이 드러난 이 사건이 완전히 처음부터 끝까지 그를 결백한 사람으로 만드는 방향으로 재구성될 수도 있겠다는 생각이 읽을수록 점점 분명해졌다.

위컴이 낭비가 심하고 일상적으로 방탕했다고 거침없이 비난한 것은 몹시 충격적이었다. 부당하다고 할 증거를 댈 수 없어서 더 그랬다. 위컴이 모 부대에 들어오기 전에는 그의 이름을 들어본 적이 없었고, 그는 전에 알던 젊은 친구를 런던에서 우연히 만나 군대에 합류하기로 설득되었다고 했다. 이전에 어떻게 살았는지 그가 스스로 말한 것 이외에는 하트퍼드셔에 알려진 게 없었다. 그의 진짜 성품에 대해 정보를 얻을 수 있었다 하더라도 알고 싶지 않았을 것이다. 표정, 목소리, 태도만 봐도 즉시 그는 모든 미덕을 갖춘 사람이었으니까. 그를 다아시의 비난으로부터 구해 줄 어떤 미덕의 사례, 두드러진 정직함이나 자비심이 있는지 떠올리려 애썼다. 그러면 적어도 다아시가 여러 해 동안 계속된 게으름과 악행으로 묘사했던 잘못을 흔한 실수 정도로 애써 간주하고 더 강력한 미덕으로 보상하고 넘어갈 수 있다. 하지만 그런 기억은 찾아오지 않았다. 매력적인 분위기와 말솜씨를 갖춘 그를 당장 눈앞에 떠올릴 수 있었다. 그러나 주변 사람들이 그냥 인정해 주는 말이나 그가 군대 동료들 사이에서 사교의 힘으로 획득한 호감 그 이상의 중요한 미덕이 하나도 떠오르지 않았다. 한동안 생각에 빠졌다가 다시 편지를 읽기 시작했다. 안타깝게도, 그가 다시 양을 유혹한 사건에 결부된 이야기는 전날 오전에 피츠윌리엄 대령과 자신이 나눴던 대화에 어느 정도 맞아 들어갔다. 마지막으로 진실을 확인하려면 피츠윌리엄 대령에게 확인해 보면 되고, 그는 이미 사촌의 모든 일에 관련된 정보를 전해 준 바 있고, 게다가 그 성품을 의심할 이유가 전혀 없는 사람이다. 한번은 정말로 그에게 물을 결심까지 했다가 너무 어색할 것 같아서 망설였고 결국은 다아시가 그의 보증을 충분히 확신하지 않았다면 결코 그런 제안으로 모험을 걸지 않았으리라는 생각이 들어 완전히 포기했다.

그녀는 필립스 이모부 집에서 위컴과 처음으로 저녁을 보내면서 나눈 대화를 완벽하게 기억했다. 그가 했던 많은 말이 아직도 생생했다. 이제야 처음 만난 사람에게 그렇게 말하는 게 부적절하다는 사실에 충격을 받았고, 진작 알아채지 못한 게 놀라웠다. 자신을 그렇게 내세운 건 거칠었고, 그의 말과 행동은 불일치했다. 다아시를 만나는 일이 두렵지 않다고, 다아시가 떠났으면 떠났지 자신은 버티고 있겠다고 떠벌려 놓고서 그다음 주에 네더필드의 무도회를 피했던 일이 떠올랐다. 네더필드 가족이 그 마을을 떠나기 전까지 오로지 자기만 붙잡고 과거를 말했다. 그들이 떠나자 모든 사람이 떠들었다. 말로는 그의 아버지를 존경하는 한 아들을 욕보일 수 없다고 해 놓고 다아시의 인품을 바닥에 떨어뜨리는 데 망설이거나 주저하지 않았다는 것도 다 떠올랐다.

그와 관련된 모든 일이 지금에서야 얼마나 달라 보이는지! 이제 보니 킹 양에 대한 그의 관심은 순전히 그리고 사악하게도 돈 때문이었다. 그녀의 재산이 대단치 않다고 해서 그의 기대가 소박했다는 뜻은 아니며, 그가 뭐든 붙잡으려 발버둥 쳤음을 말해 준다. 자신을 향한 그의 행동은 지금 보니 그럴 법한 동기가 하나도 없었다. 재산에 대해서 혼자 속아 넘어갔거나 그녀가 전혀 경계하지 않고 좋아해 주자 그것을 부추겨 스스로 허영심을 채웠던 것이다. 그에게 유리하게 이해하려고 더 이상 노력할 수가 없었다. 다아시를 정당화할 일은 계속 떠올랐는데, 예전에 제인이 빙리에게 물어봤을 때 그는 다아시가 결백하다고 단언했다. 다아시의 매너가 오만하고 밉긴 했지만 그를 알고 지낸 동안, 특히 최근에 함께 지낼 일이 많아서 친밀하게 알고 지낸 동안, 원칙이 없거나 부당한 성품을, 불경하고 부도덕한 버릇을 드러내는 어떤 것도 목격한 적이 없었다. 잘 아는 사람들 사이에서 그는 존경받고 높이 평가받았고 심지어 위컴도 그가 훌륭한 오빠라고 했고, 그가 여동생에 대해 종종 애정 어린 말을 할 때는 약간 정이 있는 사람이구나 싶었다. 그가 정말로 위컴이 말한 대로였다면, 그렇게 정의란 정의를 모조리 비열하게 위반하고서도 세상 사람들에게 드러나지 않을 수가 없다. 그런 짓을 할 수 있는 사람과 빙리 같은 선량한 사람 사이의 우정은 가당치도 않았다.

그녀는 점점 자신이 끔찍하게 부끄러워졌다. 다아시와 위컴을 생각하면 자신이 무지하고 편파적이고 편견에 가득 차서 어리석게 굴었다는 깨달음이 떠나질 않았다.

'얼마나 한심하게 굴었는지!' 그녀가 탄식했다. '분별력을 자랑스러워하던 내가! 내 능력을 소중하게 여기고 언니의 착한 마음을 종종 놀리면서 쓸모없고 비난받을 불신에 빠져 잘난 척했어. 정말 망신스러워! 하지만 망신당해도 싸지! 사랑에 빠졌더라도 이보다 더 비참하게 맹목적일 수 없었겠지. 사랑이 아니라 허영이 나의 문제야. 나를 편애하는 사람을 좋아하고 나를 무시하는 사람에게 분노해서 그를 만난 순간부터 두 남자에 관한 일이라면 편견과 무지를 좇아 이성을 저버렸으니까. 여태 나는 나를 까맣게 몰랐어.'

자신을 돌아보다가 제인으로, 제인에서 빙리로 생각이 옮아가면서 곧 그 부분에 대한 다아시의 설명이 불충분하다고 생각했다. 편지를 또 읽었다. 두 번째로 숙독한 효과는 아주 달랐다. 어떻게 같은 사람이 쓴 글에서 하나의 사례는 믿을 수밖에 없는데 다른 사례에서 그의 말을 부인할 수 있단 말인가? 그는 언니가 애정이 없다고 잘라 말했다. 샬럿의 의견을 떠올리지 않을 수 없었다. 그가 묘사한 제인의 모습을 부인할 수 없었다. 제인의 감정은 비록 열렬했지만 거의 나타나지 않았고, 그 분위기와 태도는 언제나 온화하기만 해서 종종 깊은 감정을 드러내지 못했다.

가족을 언급하는 대목에 이르자 자존심은 상했지만 당연한 비난 앞에서 수치심이 심해졌다. 그 정당성이 가슴을 쳐서 어떻게 부인해 볼 수가 없었고, 그가 특별히 암시한 정황, 즉 그가 처음부터 내세웠던 모든 반대에 아예 못을 박아 준 네더필드 무도회 사건은 그 못지않게 그녀에게도 강렬하게 남아 있는 상처였다.

자신과 언니를 칭찬한 것이 와 닿았다. 위로가 되었지만, 나머지 가족이 자초한 경멸을 달래진 못했다. 제인이 사랑에 실망한 것이 사실상 가장 가까운 가족 탓이고 또 언니와 자기의 평판이 가족의 부적절한 행실에 의해 얼마나 실질적으로 훼손되는지 생각하려니 이렇게 우울했던 적이 없었던 것 같았다.

두 시간 동안 길을 걸으며 온갖 생각을 다 했다. 모든 일을 되짚으며 가능성을 따져 보고 그렇게 갑작스럽고도 중요한 변화를 최대한 이해하고 나니 피곤이 몰려왔다. 또 오래 집을 비웠다는 생각이 들어 마침내 돌아갔다. 평소와 다름없이 명랑해 보이고 또 사람들과 대화를 나눌 수 없을 정도로 상념에 빠지지 말아야겠다고 결심하면서 집으로 들어갔다.

들어가자마자 로징스의 두 신사가 각각 방문했다는 말을 들었다. 다아시는 작별 인사를 하러 왔다가 몇 분만 있다가 갔고, 피츠윌리엄 대령은 적어도 한 시간은 그들과 함께 앉아서 그녀를 기다리다가 찾으러 나갈 뻔했다는 것이다. 엘리자베스는 대령을 만나지 못해 아쉬운 척할 수밖에 없었다. 사실은 정말 다행스러웠다. 피츠윌리엄 대령은 관심 밖이었다. 오로지 편지 생각뿐이었다.

14장

다음 날 아침 두 신사가 로징스를 떠났다. 초소 근처에서 그들을 기다려 작별 인사를 한 콜린스가 집으로 돌아와 그들의 건강이 좋아 보였고 로징스에서 슬픈 작별을 한 직후에도 그럭저럭 괜찮은 것 같더라는 기분 좋은 소식을 전했다. 그러고는 캐서린 여사와 딸을 위로하러 로징스로 서둘러 떠났다. 만족스럽게도, 돌아오는 길에 너무 무료해진 여사가 그들 모두 저녁 식사에 초대했다는 소식을 받아 왔다.

캐서린 여사를 보자 엘리자베스는 자신이 선택했더라면 지금쯤 장래의 조카며느리로 소개되었으리라고 생각할 수밖에 없었다. 또 여사의 분노가 어떨지 생각하면 웃음을 참을 수 없었다. '여사는 뭐라고 하실까? 어떻게 나오시려나?' 이런 질문을 떠올리며 즐거워했다.

대화의 첫 번째 주제는 로징스 가족이 줄어든 것이었다. "아주 절감하고 있지." 캐서린 여사가 말했다. "나만큼 친구의 상실을 절감하는 사람은 없어. 더구나 그 두 사람에게는 각별한 정을 가지고 있어. 그들이 나를 각별하게 느끼는 것도 알고말고! 떠나기를 몹시 서운해하더군! 늘 그렇지. 대령은 마지막 순간까지도 그럭저럭 기운을 잃지 않았어. 다아시는 정말 아쉬워하는 게 작년보다 더했어. 분명 로징스에 더 애착을 느낀 거지."

콜린스가 이 시점에서 칭찬과 암시를 내놓자 모녀가 친절하게 웃으며 받아 주었다.

식사 후에 캐서린 여사는 베넷 양이 기운이 없어 보인다면서 곧 집으로 돌아가려니 싫어서 그런 게 아니냐고 즉각 설명까지 하고는 이렇게 덧붙였다.

"그게 사실이라면 더 머물러도 괜찮은지 어머니께 편지를 써 봐. 콜린스 부인도 친구가 있으니 좋겠고."

"친절한 초대 정말 감사합니다." 엘리자베스가 대답했다. "하지만 받아들일 수 없습니다. 다음 토요일에는 런던에 가야 해요."

"그러면 여기에 육 주 동안 머무는 셈이군. 두 달은 머물러야지. 처음부터 콜린스 부인에게도 말했었잖아. 그렇게 급하게 떠날 이유가 없어. 베넷 부인은 아가씨가 없이 이 주일은 더 지낼 수 있을 거야."

"아버지께서는 안 그러십니다. 지난주에 빨리 돌아오라고 편지를 보내셨어요."

"저런! 어머니가 괜찮다면 아버지도 당연히 괜찮아. 딸은 아버지에게 그렇게 중요하지 않아. 아예 한 달을 꽉 채워서 더 머문다면 내가 런던까지 한 명 데려갈 수 있는데, 6월 초에 일주일 동안 런던에 머물 거라서 말이지. 도슨이 앉는 마부석 옆에 한 자리가 날 테고, 사실 날씨만 덥지 않으면 둘 다 몸집이 크지 않으니까 다 데려갈 수도 있고."

"친절 감사합니다, 여사님. 하지만 원래 계획대로 하겠어요."

캐서린 여사는 단념한 듯했다.

"콜린스 부인, 하인을 딸려 보내. 내가 늘 속내를 담아 두지 않는다는 것을 알겠지만, 두 아가씨끼리만 마차 여행을 한다는 건 말도 안 돼. 아주 부적절해. 누굴 함께 보낼 궁리를 해 봐. 나는 그런 일은 아주 질색이야. 아가씨는 항상 신분에 맞춰서 적절하게 보호하고 시중 들 사람을 데리고 있어야지. 내 조카 조지아나가 지난여름 램스게이트에 갈 때 내가 하인 두 명을 딸려 보내라고 했지. 그렇게 하지 않으면 펨벌리의 다아시 어르신과 앤 여사의 딸인 다아시 양의 격에 전혀 맞지 않아. 나는 그런 일을 철저하게 챙긴다고. 콜린스 부인, 존을 두 아가씨에 딸려 보내도록 해. 이렇게 생각이 떠올라 말해 줬으니 정말 다행이야. 두 아가씨만 보내면 콜린스 부인이 욕먹을 일이야."

"외삼촌께서 하인을 보내실 거예요."

"그래! 외삼촌! 하인을 데리고 있나? 그런 생각을 할 수 있는 사람이 누군가 있어서 다행이군. 말은 어디서 바꾸나? 아! 브롬리, 물론 그렇지. 벨 식당에서 내 이름을 말하면 잘해 줄 거야."

캐서린 여사는 여행에 대해 질문이 많았고 매번 혼자 묻고 대답하는 건 아니어서 주의를 기울여야 했고, 그게 엘리자베스에게는 다행이었다. 그렇지 않았더라면 워낙 정신을 딴 데 팔고 있어서 자신이 지금 어디에 있는지도 잊어버렸을 것이다. 생각은 혼자 있을 때 해야 한다. 혼자 있을 때마다 크게 안도하면서 생각에 빠졌다. 홀로 걷지 않는 날이 없었고, 걸으면서 그 아픈 기억을 맘껏 즐겼는지도 모르겠다.

곧 다아시의 편지를 외울 정도가 되었다. 모든 문장을 연구했다. 편지 쓴 사람에 대한 감정은 때때로 크게 흔들렸다. 그의 청혼을 생각하면 아직도 머리끝까지 화났다. 하지만 그를 얼마나 부당하게 비난하고 질책했는지 생각하면 분노가 고스란히 되돌아왔다. 청혼했다가 낙담한 그에게 연민이 일었다. 그의 애정이 고마웠고 그의 성격이 존경스러웠다. 그래도 그를 인정할 수는 없었다. 한순간도 그의 청혼을 거절한 것을 후회하지 않았고, 그를 다시 만나고 싶다는 생각도 들지 않았다. 여전히 짜증과 후회의 근원은 자신의 과거 행동이었다. 가족이 드러낸 불행한 결함은 훨씬 더 심각한 고통이었다. 고칠 수 없는 문제였기 때문이다. 아버지는 가족을 놀려먹는 것에만 만족할 뿐 결코 어린 동생들의 철없는 경솔함을 다스리려 노력하지 않았다. 어머니는 너무나 잘못된 매너를 가지고 있어서 뭐가 잘못인지도 몰랐다. 엘리자베스는 종종 제인과 합세하여 캐서린과 리디아의 경솔함을 막아 보려고 애썼다. 하지만 어머니가 방임하면서 부추기는데 무슨 희망이 있단 말인가? 줏대 없고 성마르고 완전히 리디아의 영향에 휘둘리는 캐서린은 충고만 하면 상처받았다. 제멋대로이고 경박한 리디아는 듣는 척도 안 했다. 그들은 무식하고 게으르고 허영이 넘쳤다. 메리턴에 장교들이 있는 한 그들과 어울려 쏘다닐 것이다. 메리턴이 롱본에서 걸어갈 거리에 있는 한 영원히 거기에 갈 것이다.

제인의 처지는 또 하나의 심각한 고민이었고, 다아시의 설명으로 처음에 빙리를 좋게 봤던 호감이 되살아나고 보니 제인이 그런 사람을 놓쳐 버렸다는 게 더 와 닿았다. 그의 애정은 진실하다고 밝혀졌고, 친구를 절대적으로 신뢰한 점을 비난할 게 아닌 바에야 그의 행동을 비난할 수 없었다. 모든 점에서 그렇게 바람직한 조건을 갖추고 이롭게 해 주고 행복을 약속하는 자리를 제인이 다른 누구도 아닌 자기 가족의 어리석음과 무례함으로 잃어버렸다고 생각하니 얼마나 쓰라린지!

이런 생각에다 위컴의 성격까지 더해지자, 웬만해서 우울해진 적 없던 그녀의 행복한 기질이 얼마나 크게 상처받았는지 이젠 그럭저럭 명랑한 척 보이기조차 거의 불가능할 지경이었다.

그녀가 머무는 마지막 주에도 처음처럼 로징스를 자주 방문했다. 마지막 날 저녁도 거기에서 보냈다. 여사는 또 여행의 세부 사항을 소상하게 물었고 짐을 싸는 가장 좋은 방법을 지시하면서 가운을 단 한 가지 옳은 방법으로 싸야 한다고 주장하는 바람에 마리아는 돌아가서 아침에 쌌던 짐을 풀어 새로 싸야겠다고 생각했다.

헤어질 때 여사는 잘 가라는 인사와 함께 내년에도 헌스퍼드에 오라는 말로 크게 생색냈다. 드 버그 양은 목례하면서 두 사람에게 손을 내밀기까지 했다.

15장

토요일 아침 엘리자베스와 콜린스는 다른 사람들이 아침을 먹으러 들어오기 몇 분 전에 마주쳤다. 그는 이 기회에 엄청나게 벼르고 있던 작별 인사를 할 요량이었다.

"엘리자베스 양." 그가 시작했다. "방문해 줘서 고맙다는 말을 콜린스 부인이 했는지 모르겠습니다만, 떠나기 전에 감사 인사를 꼭 받아야 합니다. 방문해 줘서 기뻤다고 말하고 싶습니다. 이 초라한 집에 끌릴 게 없다는 것을 잘 알고 있습니다. 검소한 살림에 방도 작고 하인도 별로 없고 사교계에 나가지도 않는 헌스퍼드의 생활이 당신 같은 아가씨에게 정말 지루하지요. 그런데도 기꺼이 찾아 줘서 우리가 정말 고마워한다는 점, 그리고 여기서 재미없게 지내지 않도록 최선을 다했다는 점을 믿어 주기 바랍니다."

엘리자베스는 고맙고 행복했다고 진심으로 대답했다. 육 주 동안 굉장히 즐거웠다. 샬럿과 함께 지내서 기뻤고 친절한 관심을 받았으니 고마워할 사람은 그녀였다. 콜린스는 만족했다. 그리고 근엄하게 웃으며 이렇게 대답했다.

"나쁘지 않았다니 정말 다행입니다. 우리가 최선을 다한 건 맞습니다. 운 좋게도 당신을 대단한 분들께 소개할 수 있었고, 또 로징스 덕분에 보잘것없는 집안 풍경을 자주 다채롭게 했으니 헌스퍼드 방문이 완전히 재미없지는 않았다고 자부하겠습니다. 우리가 캐서린 여사님과 맺은 관계는 정말이지 아무나 누릴 수 없는 어마어마한 자랑이고 축복입니다. 그분과 이떤 관계인지 목격했지요. 거기 계속 초대받은 거 말입니다. 진실을 말하자면, 초라한 목사관의 모든 단점에도 우리가 로징스와 맺은 절친한 친분을 조금이라도 나눠 가진 사람이라면 동정받을 게 없고말고요."

그는 고양된 감정을 말로 다 표현할 수 없었다. 엘리자베스가 몇몇 짧은 문장으로 정중하고 진실하게 대답하려고 노력하는 동안 그는 방을 왔다 갔다 했다.

"사실, 우리가 몹시 잘 지낸다는 소식을 하트퍼드셔에 전해 주세요, 친애하는 사촌. 거뜬히 그렇게 할 수 있겠지요. 캐서린 여사님께서 콜린스 부인을 챙기는 것을 매일 목격한 장본인으로서 말입니다. 당신 친구가 패를 잘못 뽑진 않았다고 확신합니다만, 이 문제는 이쯤 하지요. 친애하는 엘리자베스 양, 단지 당신도 똑같은 결혼의 행복을 누리기를 진심으로 바랍니다. 아내 샬럿과 나는 오직 한마음이고 한 생각입니다. 모든 면에서 우리는 성격과 생각이 정말로 많이 닮았습니다. 천생연분이지요."

엘리자베스는 그렇다면 얼마나 행복하겠느냐고 덤덤하게 말하면서, 행복한 가정을 이뤘다고 믿고 기쁘다고 진심으로 덧붙였다. 행복한 가정의 원천인 그 부인이 나타나는 바람에 다행스럽게도 행복을 나열하던 콜린스의 말이 끊겼다. 불쌍한 샬럿! 샬럿을 여기에 남겨 두고 떠나는 슬픔이란! 하지만 그녀는 멀쩡히 다 알고도 선택했다. 방문객들이 떠나서 분명 서운했지만 동정을 바라는 것 같지 않았다. 집과 살림, 교구와 가축 그리고 거기에 연관된 모든 일들이 아직은 매력을 잃지 않았다.

마침내 마차가 도착해서 큰 여행 가방을 싣고 작은 보따리를 넣은 다음, 탈 준비를 마쳤다. 두 친구의 애정 어린 인사가 끝나자 콜린스가 엘리자베스를 마차로 안내했는데, 정원을 걸어 내려가면서 그는 지난겨울 롱본에서 받았던 친절한 대접에 감사해 하고 잘 알지도 못하는 가드너 부부에게도 칭찬을 남기는 등, 베넷 가족 모두에게 최고의 안부를 전해 달라고 그녀에게 부탁했다. 그녀를 마차에 태우고 마리아가 올라타서 문이 닫히려는 찰나 그가 화들짝 놀라면서 로징스에 인사를 남기지 않았다고 말했다.

"물론 당신에게 베풀어 주신 친절에 감사하다는 인사와 함께 그분들께 당신의 겸손한 작별 인사를 전하고 싶은 마음이겠지요." 그가 말했다.

엘리자베스는 반대하지 않았다. 그제야 그가 문을 놔 주어서 마차가 출발했다.

"세상에!" 몇 분간의 침묵을 깨며 마리아가 외쳤다. "우리가 온 지 하루나 이틀밖에 안 지난 것 같아! 정말 일이 많았어!"

"정말 그렇지." 그녀의 동행이 한숨을 쉬며 대답했다.

"로징스에서 저녁을 아홉 번이나 먹었고 두 번이나 차를 마시러 갔다니! 얘깃거리가 얼마나 많은지!"

엘리자베스는 혼잣말을 했다. "숨길 건 또 얼마나 많은지!"

여행은 별 내화 없이 예상치 못한 일도 없이 계속되었다. 헌스퍼드를 떠난 후 네 시간 만에 며칠 머물 예정으로 가드너 씨 집에 도착했다.

제인은 괜찮아 보였고, 엘리자베스는 외숙모가 친절하게도 그들을 위해 준비해 놓은 여러 가지 약속을 즐기느라 바빠서 언니의 상태를 자세히 살펴볼 시간이 거의 없었다. 하지만 제인과 함께 집으로 돌아갈 테니 롱본에 가면 시간이 충분할 것이다.

한편 롱본에 도착할 때까지 다아시의 청혼을 털어놓지 않고 기다리는 건 쉽지 않다. 청혼은 제인을 엄청나게 놀라게 하는 동시에 이성적으로 다 몰아내지 못한 자신의 허영심을 어떻게든 매우 만족시킬 소식이어서 직접 털어놓고 싶은 유혹이 너무 컸시만, 어디까지 말해야 할지를 결정하지 못해서 그럴 수 없었다. 일단 말하기 시작하면 빙리에 관련된 애기로 넘어가서 언니를 더 슬프게 만들까 봐 걱정스럽기도 했다.

16장

5월의 둘째 주에 세 아가씨는 런던의 그레이스처치 거리를 떠나 하트퍼드셔의 모 지역으로 출발했다. 베넷 씨의 마차가 기다리고 있는 여관을 향해 다가가자, 마차꾼이 시간을 잘 지킨 덕분에 키티와 리디아가 이 층의 식당 밖으로 내다보고 있는 모습이 금방 보였다. 두 여동생은 한 시간 전에 와서 길 건너편 모자 가게에 들러 신나게 놀다가 근무 중인 위병을 구경하고 오이로 샐러드를 만들면서 기다리고 있었다.

언니들과 인사하더니 그들은 흔히 여관 식당에서 먹을 수 있는 찬 고기가 차려진 식탁을 자랑스럽게 보여 주며 환호했다. "멋지지 않아? 기분 좋게 놀라지 않았어?"

"한턱내려고." 리디아가 설명했다. "근데 방금 가게에서 돈을 써 버렸으니까 빌려 줘." 그러고는 산 물건을 보여 주었다. "이것 봐. 모자 샀어. 아주 예쁘진 않아. 그래도 안 사느니 사는 게 나아. 집에 가서 조각으로 뜯어서 더 예쁘게 만들면 되지 뭐."

언니들이 모자가 별로라고 하자 그녀는 전혀 개의치 않고 이렇게 말했다. "그래! 가게에 더 이상한 모자 두세 개 더 있던데. 고운 색깔 비단을 사서 모자에 새로 두르면 쓸 만할걸. 게다가 모 부대가 이 주일이 지나면 메리턴을 떠나는데 이번 여름에 어떤 모자를 쓰든 상관없잖아."

"정말이야?" 엘리자베스가 기쁨에 넘쳐서 소리쳤다.

"브라이턴 주변에 주둔한대. 아버지가 여름에 우리를 거기로 데려가면 좋겠어! 구미가 당기는 계획인데, 비용도 별로 안 들어. 무엇보다 엄마도 엄청 가고 싶어 해! 못 가면 여름에 얼마나 비참할까!"

'그래, 정말이지 신나는 계획이고, 우리 모두에게 퍽이나 좋겠어.' 엘리자베스는 생각했다. '세상에! 하찮은 민병대 연대 하나와 매달 열리는 메리턴의 무도회에 이미 정신을 놓고 있는 우리 가족에게 브라이턴과 거기에 진을 친 군인들이라니.'

"전할 소식이 있어." 그들이 식탁에 앉자 리디아가 말했다. "무슨 소식일까? 우리 모두 좋아했던 어떤 사람에 대한 근사하고 중요한 소식이야."

제인과 엘리자베스가 서로 바라보더니 종업원에게 나가 달라고 했다. 리디아가 웃으며 말했다.

"꼭 그렇게 격식을 차리고 조심하더라. 종업원이 콧방귀라도 뀔 줄 알고 들을까 봐 난리야! 저 사람은 이보다 더 끔찍한 소식도 종종 들을걸. 근데 못생기긴 했어! 나가 줘서 고맙네. 저렇게 턱이 못생긴 사람은 처음이야. 암튼 내 소식은 이거야. 우리가 아끼는 위컴의 소식이지. 종업원이 엿듣기엔 아깝지, 안 그래? 위컴이 메리 킹과 결혼할 위험은 없어. 그것 봐! 그녀는 리버풀에 있는 삼촌에게 갔어. 거기 머문대. 위컴은 안전해."

"그리고 메리 킹도 안전하지!" 엘리자베스가 덧붙였다. "재산을 생각하면 경솔한 관계였어."

"그를 좋아하면서 떠났다면 정말 멍청해."

"어느 쪽에도 강한 애정이 없었겠지." 제인이 말했다.

"위컴 쪽에서는 없었지. 그녀에게 털끝만큼도 관심 없었단 말이야. 주근깨투성이 사나운 계집애를 누가 거들떠보기나 하겠느냐고!"

엘리자베스는 스스로 그렇게 막말을 할 수는 없었지만 리디아의 천박한 감정이 자신이 자유분방하다고 여기며 간직했던 감정과 조금도 다르지 않다는 생각에 충격을 받았다.

모두 식사를 마치고 언니들이 계산하고 마차를 불렀다. 상자, 뜨개질 가방, 짐 꾸러미, 게다가 키티와 리디아가 산 물건까지 달갑지 않게 불어난 짐을 정리하고 마침내 모두 마차에 올랐다.

"꽉 차게 잘도 탔네!" 리디아가 소리쳤다. "모자 상자 하나 더 가지는 재미에 모자를 사길 잘했어! 자, 이제 편안하게 자리 잡고 앉아서 집에 갈 때까지 떠들고 웃자고. 우선 집 떠난 동안 무슨 일 있었는지 말해 봐. 괜찮은 남자 좀 봤어? 연애 좀 했느냐고? 언니 하나는 남편을 구해서 올 거라고 잔뜩 기대했어. 제인 언니는 금방 노처녀가 되잖아. 스물세 살이 다 됐으니까!' 스물세 살에 결혼도 못 하면 무슨 망신이야! 필립스 이모는 언니들이 결혼하기 바라는데, 알기나 하는지. 이모는 리지 언니가 콜린스와 결혼했어야 한다더라. 하지만 그건 정말 별로야. 제발! 언니들보다 먼저 결혼하고 싶어 죽겠어. 그러면 내가 언니들 데리고 무도회에 나가는 건데 말이야. 참! 저번에 포스터 대령 집에서 진짜 재미있었어. 키티랑 가서 놀기로 했고 포스터 부인이 저녁에 무도회를 연다고 약속했거든. (말이 나온 김에 포스터 부인과 난 절친한 사이야!) 부인이 해링턴 자매를 불렀는데, 해리엇이 아파서 할 수 없이 펜이 혼자 왔지. 그래서 우리가 뭘 했게? 챔벌레인에게 여자 옷을 입혀서 일부러 여자 행세를 하게 했어. 얼마나 재미있었을지 상상해 봐! 포스터 대령 부부, 키티와 나 그리고 우리가 가운을 빌린 이모를 제외하고는 아무도 몰랐어. 그는 정말 근사했어! 데니, 위컴, 프랫 그리고 청년 두세 명이 들어왔는데, 챔벌레인을 전혀 못 알아보는 거야. 세상에! 얼마나 웃었는지! 포스터 부인도 그렇고. 웃겨 죽는 줄 알았어. 그러니까 남자들이 뭔가 의심하고는 어떻게 된 건지 금방 밝혀내더라."

리디아는 그들의 모임과 장난질을 친절하게 다 얘기하면서 키티가 암시하고 덧붙이는 말의 도움을 받아 가며 롱본에 도착할 때까지 마차에 탄 사람들을 즐겁게 해 주려고 했다. 엘리자베스는 가능한 한 안 들으려 했지만 위컴의 이름이 자주 튀어나오는 걸 피할 수 없었다.

집에 도착하자 환대받았다. 베넷 부인은 제인이 여전히 미모를 간직하고 있어서 기뻐했다. 저녁 식사 동안 베넷 씨는 엘리자베스에게 여러 번 이렇게 말했다.

"잘 왔다, 리지."

루카스 가족이 거의 다 마리아에게 소식을 들으러 왔기 때문에 식당에는 사람들이 많았다. 다양한 화젯거리가 오갔다. 루카스 여사는 탁자를 가로질러 마리아에게 맏딸이 잘 사는지 그리고 그녀의 가축이 어떤지 물었다. 베넷 부인은 한편으로는 아래쪽으로 떨어져 앉은 제인에게 현재 유행에 대한 설명을 들으면서 다른 한편으로는 그 얘기를 루카스 가족의 어린 딸들에게 중계하느라고 이중으로 바빴다. 리디아는 누구보다 큰 목소리로 그날 오전에 재미있게 놀았던 일을 아무나 들으라고 떠들어 대고 있었다.

"이런! 메리." 그녀가 말했다. "같이 갔으면 재미있었을 거야! 갈 때 키티와 난 가리개를 다 내리고 마차 안에 아무도 없는 것처럼 했거든. 키티가 멀미만 나지 않았으면 그렇게 끝까지 갔겠지. 조지 여관에서 반듯한 동생들답게 세 사람에게 세상에서 가장 훌륭한 점심 식사를 대접했는데, 언니도 갔으면 대접했을 거야. 돌아올 때도 정말 재미있었어! 우리 모두 마차에 못 탈 줄 알았어. 웃겨 죽을 뻔했다니까. 오는 길이 너무 신 났어! 하도 크게 떠들고 웃어서 십 마일 떨어진 곳에서도 들었을걸!"

메리가 진지하게 대답했다. "난 그런 즐거움을 깎아내리지 않아. 분명 그건 보통 여성의 정신 수준에 잘 맞을 거야. 하지만 난 끌리지 않아. 책이 훨씬 더 좋거든."

리디아는 한마디도 안 들었다. 그 누구의 말도 삼십 초 이상 듣는 법이 없었고, 메리에게 귀 기울일 리 만무했다.

오후에 리디아는 모두 함께 메리턴에 가자고 설쳐 댔다. 그러나 엘리자베스가 계속 반대했다. 베넷 집안 딸들이 장교들 따라다니느라 반나절도 집에 가만있지 못한다는 말이 나오면 안 된다. 반대하는 데는 또 다른 이유도 있었다. 위컴을 만나기 두려워서 가능한 한 그를 피하기로 결심한 것이다. 연대가 곧 떠난다는 소식만이 그녀에게 말로 다 할 수 없는 위안을 주었다. 이 주일만 지나면 그들은 떠날 것이고, 그러고 나면 그 사람 때문에 괴로워할 일은 더 이상 없을 것이다.

집에 도착한 지 몇 시간 지나지 않아서 그녀는 리디아가 여관에서 말했던 브라이턴 계획을 두고 부모님이 자주 대화하는 것을 들었다. 그녀가 보기에 아버지는 이 계획을 조금도 받아들이지 않았다. 그러나 아버지의 대답은 너무 모호하고 양가적이어서 어머니는 종종 낙심하면서도 결국 이 계획이 성공하리라는 것을 포기하지 않았다.

17장

엘리자베스는 제인에게 말하고 싶어 더 견딜 수 없었다. 마침내 언니와 관련된 모든 얘기는 쏙 빼기로 결정하고 놀랄 준비를 단단히 시키고, 다음 날 아침 다아시와 자신 사이에 있었던 일의 대부분을 털어놓았다.

베넷 양은 처음에는 놀랐지만 금방 강력한 자매애가 발동하여 엘리자베스가 사랑받는 게 당연하다고 생각했다. 놀라움을 밀어낸 또 다른 반응도 있었다. 다아시가 감정을 받쳐 주지 못하는 나쁜 태도로 청혼한 점이 아쉬웠다. 더 안타까운 것은 동생의 거절이 초래한 그의 불행이었다.

"성공하리라고 너무 확신했던 게 잘못이야." 그녀가 말했다. "그렇게 보이지 말았어야지. 그렇게 확신했으니 실망이 이만저만 아니었겠다."

"그러게." 엘리자베스가 대답했다. "진심으로 미안해. 하지만 애정을 금방 몰아낼 다른 감정이 있다니까. 그를 거절했다고 비난하지 않겠지?"

"비난은 무슨! 아니야."

"그래도 위컴을 두고 흥분해서 말한 건 비난하겠지."

"아니. 그렇게 말한 게 무슨 잘못이니."

"청혼 받은 다음 날 어떻게 됐는지 말하면 내가 뭘 잘못했는지 알 거야."

엘리자베스는 편지 얘기를 꺼내고, 조지 위컴이 관련된 모든 내용을 다 말했다. 제인에게 얼마나 충격이었을까! 여기 한 사람 안에 다 들어 있는 엄청난 사악함이 인류에게 흐르고 있다는 사실을 외면하면서 기꺼이 살아갈 그녀에게 말이다. 다아시를 변호할 길이 생겨 다행이지만 그것이 이런 끔찍한 발견을 위로하지는 못했다. 그녀는 실수의 가능성을 증명하려고 열심히 노력했고, 다른 한 사람을 끌어들이지 않은 채 나머지 한 사람을 구세하려 했다.

"그만해." 엘리자베스가 말했다. "결코 두 사람 모두 좋게 만들 수는 없어. 한쪽을 선택하고 만족해. 그렇게 할 정도의 미덕밖에 없잖아. 한쪽만 좋은 사람으로 만들 정도뿐이라고. 최근에 방향이 꽤 많이 바뀌었지. 나로서는 다아시 쪽으로 기울지만 언니는 마음대로 결정해."

한참 지나고 제인이 미소를 보일 정도로 회복했다.

"이보다 더 충격을 받았던 적은 없었어." 그녀가 말했다. "위컴이 그렇게 나쁘다니! 믿을 수가 없어. 불쌍한 다아시! 리지, 그가 얼마나 고통스러웠겠니. 청혼했다가 거절당하고! 더구나 네가 그렇게 싫어한다는 걸 알았으니! 그리고 여동생 일까지 고백해야 했으니! 정말 괴로웠겠다. 너도 같은 생각이겠지."

"아니! 언니가 안타까움과 동정으로 가득 차 있는 걸 보니 내 안타까움과 동정은 다 사라졌어. 언니가 그렇게 잘 봐 주니까 난 점점 무심하고 초연해지네. 언니가 나서니까 난 좀 아껴야겠어. 언니가 계속 그를 연민하면 내 마음은 깃털처럼 가벼워질 거야."

"윈컴도 안됐어. 그렇게 선한 얼굴을 하고는! 그렇게 스스럼없이 부드러운 매너에 말야!"

"두 청년의 교육에 심각한 문제가 있는 게 틀림없어. 한 사람은 모든 미덕을 다 가졌고 나머지 한 사람은 미덕이 있는 것처럼 보이기만 하고."

"난 너처럼 다아시가 그렇게 미덕이 없어 보인다고 생각하지 않았어."

"그런데도 난 아무 이유 없이 지독하게 그를 미워하면서 대단히 똑똑한 척하고 싶었어. 그렇게 누굴 미워하는 게 천재성을 자극하고 재기를 자랑할 기회잖아. 바른 말 한마디도 안 하고 누굴 줄기차게 못살게 굴 수는 있어. 하지만 누굴 놀려먹을 때는 가끔 재기 넘치는 말을 해 줘야 하니까."

"리지, 처음 편지를 읽었을 때는 지금처럼 반응할 수 없었겠지."

"정말이야. 꽤 불편했어. 아주 불편했다고, 아니 불행했다고 해야겠네. 말할 사람도 없고, 나를 위로해 주고 내가 생각하는 것처럼 그렇게 나약하고 허영심 많고 분별력이 없지는 않았다고 위로해 줄 언니가 없었으니까! 정말! 언니를 얼마나 그리워했는지!"

"다아시에게 윈컴 얘기를 하면서 그렇게 강한 표현을 쓴 건 정말 불운인 게, 이제 보니 그 표현은 완전히 부당하잖아."

"그러게. 스스로 편견을 부추기다 보니 자연스럽게 지독한 말을 내뱉게 됐지 뭐야. 조언을 듣고 싶은 문제가 하나 있어. 우리가 아는 사람들에게 윈컴의 성격을 알려야 할지 말해 줘."

베넷 양이 잠시 생각한 다음 대답했다. "그 정도로 끔찍하게 망신 줄 일은 아니야. 네 생각은 어때?"

"그래서는 안 되겠지. 다아시는 편지 내용을 알려도 좋다고 하지 않았어. 오히려 여동생에 관한 모든 세부 사항은 가능한 한 나만 알기를 바랐어. 그 내용을 뺀 위컴의 나머지 행동만 가지고 사람들을 설득하려면 누가 내 말을 믿겠어? 다아시에 대한 일반적인 편견이 너무 강력해서 그를 좋게 봐 주자고 했다가는 메리턴의 착한 사람 절반이 달려들걸. 난 감당 못해. 위컴은 곧 떠나. 그가 진짜 어떤 사람인지는 남은 사람 누구에게도 중요하지 않을 거야. 시간이 지난 후에 모든 게 밝혀지면 그때 가서 미리 알지 못한 사람들의 어리석음을 웃어넘기면 되고. 현재로서는 아무 말도 안 할래."

"네 말이 맞아. 위컴의 잘못을 공개하면 그를 영원히 망칠 수도 있어. 그는 지금쯤 자기가 한 일을 후회하고 재기하고 싶어 할 거야. 그런 사람을 궁지에 몰면 안 돼."

이렇게 대화하는 동안 엘리자베스의 마음은 가라앉았다. 이 주일 동안 마음에 얹혀 있었던 두 가지 비밀을 털어놓았고, 또 말하고 싶으면 언제든지 제인이 기꺼이 들어 주리라 확신했다. 그러나 신중함을 지키느라 말할 수 없는 것이 아직 남아 있었다. 다아시의 편지의 나머지 절반은 감히 밝힐 수 없었고, 그의 친구가 언니를 얼마나 진심으로 아꼈는지도 설명할 수 없었다. 누구와도 나눌 수 없는 비밀이었다. 이 두 사람 사이에 완벽한 이해가 있을 때에만 마지막 비밀의 짐을 벗어던지는 게 정당화된다. 그녀는 생각했다. '있을 것 같지 않지만 그런 완벽한 이해가 있다면 내가 말하는 것보다 빙리 스스로 훨씬 기분 좋게 말할 수 있을 테고. 비밀을 말할 자유는 그 비밀이 가치를 잃을 때에만 찾아오겠군!'

집에 돌아와서 언니의 상태가 어떤지 살펴볼 여유가 생겼다. 제인은 행복하지 않았다. 아직 빙리를 향한 애틋한 정을 간직하고 있었다. 사랑에 빠졌다고 생각한 적조차 없었던 사람이라서 그런지 그녀의 애정에는 첫사랑의 모든 열정이 있었고, 그녀의 나이와 성격 때문인지 보통 첫사랑이 그런 것보다 훨씬 더 한결같았다. 워낙 열정적으로 그의 기억을 소중하게 간직하고 그를 어떤 남자보다 좋아했기에 그녀는 그에 대한 원망으로 자신의 건강과 주변 사람들의 평화를 해치는 일이 없도록 자신의 모든 분별력과 주변 사람들의 감정에 대한 배려를 총동원하여 노력했다.

"그런데 말이다, 리지." 어느 날 베넷 부인이 물었다. "제인의 이 슬픈 일을 지금은 어떻게 생각하니? 나는 누구에게도 입도 뻥끗 하지 않을 거다. 저번에 내 동생 필립스 부인에게도 그렇게 말했다마는. 근데 제인이 런던에서 그의 그림자라도 봤는지 알 수가 없구나. 그러니까, 그는 정말 고약한 청년이고, 이제 걔가 그를 잡기는 글렀다. 그가 여름에 네더필드로 돌아온다는 말이 없는 걸 봐라. 알 만한 사람 하나하나 붙잡고 다 물어봤단다."

"네더필드에 살 일은 없을 거예요."

"그래! 그 사람 맘대로 하라고 해. 누가 오기를 바라기라도 하냐고. 내 딸을 아주 가지고 놀았다고 말할 거야. 난 제인처럼 못 참으니까. 그러니까 제인이 가슴이 아파 죽는다면 그때 가서 그가 반성하리라는 생각으로 위안한단다."

그러나 엘리자베스는 그런 기대에 위안받지도 않았고 대꾸할 말도 없었다.

"근데, 리지." 곧이어서 어머니가 계속했다. "콜린스 부부는 아주 편안하게 살고 있는 거니? 그래, 그렇게 살기 바란다. 식탁은 어떻든? 샬럿은 살림꾼이지. 자기 엄마 반만큼이라도 야무지면 저축도 얼마든지 할 거다. 그 집 살림살이에 낭비라고는 없으니까."

"전혀 없죠."

"분명히 잘 꾸려 가겠지. 그렇고말고. 수입을 초과하지 않도록 조심할 거다. 돈 문제로 괴로울 일은 없을 거야. 뭐, 그들에게 좋은 일이지! 그래서 내 생각엔 그 부부는 너희 아버지가 살아 계신데도 롱본을 차지하는 얘기를 종종 나눌 거다. 이 집을 자기 집인 양 여기면서 말이다."

"내 앞에서 그런 말을 할 수는 없잖아요."

"그래. 그랬다면 이상하지. 그래도 난 그 부부가 이 주제를 자주 얘기한다고 믿는다. 원, 아직 법적으로 자기들 소유도 아닌데 그렇게 편하게 얘기하려거든 하라고 해라. 만약 내게 한사상속된 재산이 있으면 수치스럽게 여길 거다."

18장

집으로 돌아온 후 첫 주가 금방 지났다. 둘째 주가 시작되었다. 메리턴에 주둔하는 연대가 떠나는 날이 다가오자 이웃의 모든 아가씨들이 빠르게 시들시들해졌다. 거의 모두 상심했다. 베넷 집안의 맏이와 둘째만이 먹고 마시고 자고 평소에 하던 대로 일상을 보낼 수 있었다. 키티와 리디아는 틈날 때마다 언니들의 무심함을 비난하고, 자기들은 슬퍼 죽을 지경인데 가족 가운데 그렇게 냉담한 사람이 있다는 사실을 이해하지 못했다.

"세상에! 우리는 어떻게 될까! 어떻게 하냐고!" 그들은 자주 비통하게 한탄했다. "그렇게 웃음이 나와, 리지?"

그들의 정 많은 어머니 역시 슬픔을 나눠 가졌다. 이십오 년 전에 비슷한 일을 당했을 때를 기억했다.

"밀러 대령의 연대가 떠났을 때, 이틀 동안 울고불고했지." 그녀가 말했다. "가슴이 찢어지는 줄 알았단다."

"내 가슴은 찢어질 거야." 리디아가 말했다.

"브라이턴에 갈 수만 있다면!" 베넷 부인이 말했다.

"그래! 브라이턴에 갈 수만 있다면! 하지만 아빠가 저렇게 방해하잖아."

"바닷가 온천욕 좀 하면 한동안 기운을 차리겠다만."

"필립스 이모가 나도 그거 하면 좋다고 했어요." 키티도 끼어들었다.

이런 한탄이 롱본 집안을 끊임없이 떠돌고 있었다. 엘리자베스는 웃어넘기고 싶었다. 하지만 모든 즐거움은 수치심으로 녹아들고 말았다. 다아시의 반대가 정당하다는 걸 새삼 실감했다. 그가 친구의 일에 끼어들어 간섭한 것을 이렇게까지 봐 주고 싶은 마음이 생기긴 처음이었다.

리디아의 어두운 전망은 금방 밝아졌다. 연대 대령의 아내인 포스터 부인이 브라이턴에 동행하자고 초대했다. 이 소중한 친구는 아주 어린데도 최근에 결혼했다. 그녀와 리디아는 밝은 성격과 활기가 닮아서 서로 잘 통했는데, 석 달 동안 알고 지내더니 단짝이 되었다.

초대에 흥분한 리디아가 포스터 부인을 찬양했고 베넷 부인이 환호했고 또 키티가 속상해하는 모습은 말할 필요도 없었다. 언니의 감정에는 전적으로 무심한 채 리디아는 모든 사람에게 축하해 달라고 요구하면서 그리고 여느 때보다 더 과격하게 웃고 떠들면서 흥분에 차서 온 집 안을 휘젓고 다녔다. 운 없는 키티는 응접실에 앉아서 짜증스러운 어조만큼이나 말도 안 되는 푸념으로 자기 운명을 계속 한탄했다.

"포스터 부인은 왜 리디아만 부르고 난 안 불렀는지 모르겠어." 그녀가 말했다. "내가 특별한 친구는 아니라도 말이야. 나도 리디아처럼 초대받을 권리가 있고, 리디아보다 두 살이나 언니니까 더 초대받아야 하잖아."

엘리자베스는 그녀가 이성을 찾도록 타이르고, 제인은 그녀가 포기하도록 달랬지만 소용없었다. 이 초대가 엘리자베스에게 불러일으킨 감정은 어머니와 리디아의 경우와 너무도 달라서, 그녀는 리디아가 정신을 차릴 가능성을 말살하는 사형 집행장을 받은 기분이었다. 이런 조치를 취한 것이 알려진다면 욕을 먹겠지만, 아버지에게 달려가 리디아를 못 가게 해 달라고 은밀하게 부탁드릴 수밖에 없었다. 그녀는 아버지에게 리디아의 평상시 행동이 모두 부적절하며, 포스터 부인 같은 여성과 우정을 나눠 봐야 득 될 게 없고, 또 집에 있을 때보다 유혹이 더 느껴질 브라이턴에서 그런 친구와 함께 있으면 리디아가 더 경솔해질 거라고 말했다. 아버지는 주의 깊게 듣더니 이렇게 말했다.

"리디아는 사람들이 많은 곳에서 망신을 당하기 전에는 정신을 못 차릴 건데, 이보다 가족에게 비용과 불편함을 덜 끼치면서 망신을 당하기를 기대할 수도 없지 싶다."

"리디아의 부주의하고 경솔한 태도를 사람들이 알아보면 우리 모두에게 아주 불리하다는 거 아시죠." 엘리자베스가 말했다. "아니, 이미 불리해졌으니까 이번에는 제대로 말려 주세요."

"이미 불리하다니!" 베넷 씨가 말을 받았다. "리디아가 네 연인들을 질색하게 만들기라도 했니? 가엾은 리지! 기죽을 거 없다. 약간의 우매함을 견디지 못하는 소심한 청년이라면 떠났다고 후회할 가치도 없다. 자, 리디아의 우매함에 질려 도망간 불쌍한 녀석들 명단이나 좀 볼까."

"그런 거 아니에요. 제가 손해 본 건 없어요. 특정한 손해가 아니라 일반적인 해악을 불평하는 거예요. 거칠게 흥분하고 만용을 부리고 제약을 경멸하는 리디아의 성격 때문에 우리 집안의 지위와 위신이 흔들릴 거예요. 솔직하게 말해서 죄송해요. 아버지께서 리디아의 흘러넘치는 기운을 말리고 지금처럼 연애에 매달려서 평생을 보낼 수 없다고 가르쳐 주시지 않으면 그 아이는 아주 손쓸 수 없게 될 거예요. 어떤 사람인지 들통 난다면, 걔는 열여섯에 자신과 온 가족을 웃음거리로 만들려고 단단히 작정하고 나온 바람둥이가 되고 말아요. 최악의 천박한 연애질에 빠진 바람둥이요. 젊음과 반반한 외모밖에는 어떤 매력도 없는 아이예요. 무식하고 머리가 텅 비어서, 사랑받으려고 날뛰다가 사람들의 경멸을 받아도 조금도 막을 수 없다고요. 키티도 마찬가지예요. 리디아가 이끄는 대로 따르잖아요. 허영심 많고 무식하고 게으르고 아예 말을 안 들어요! 제발! 아버지, 동생들이 어딜 가서든 비난받고 경멸받지 않고 또 동생들 때문에 우리가 종종 불명예에 끌려 들어가지 않는 날이 올까요?"

베넷 씨는 그녀가 이 문제에 집착하고 있는 것을 알아보았다. 그녀의 손을 잡으며 대답했다.

"괴로워 마라. 너와 제인은 어딜 가든 존중받고 대접받을 거다. 두 명의, 아니 세 명의 어리석은 여동생 때문에 손해를 보는 일은 없을 거다. 리디아가 브라이턴에 못 가면 롱본에 편할 날이 없다. 그녀를 보내자꾸나. 포스터 대령은 분별력이 있으니 그 아이가 말썽 부리지 않게 보살피겠지. 다행스럽게도 리디아는 누구의 먹잇감이 되기에는 너무 가난하잖니. 브라이턴에 가면 여기서 바람둥이로 지낼 때보다 인기가 없을 거다. 장교들은 눈길 줄 만한 더 나은 여자들을 따라다니겠지. 그러니까 거기서 자신의 하찮음을 한 수 배워 오기를 기대하자. 어쨌든, 걔는 평생 순순히 갇혀 지낼 각오가 아닌 바에야 여기서 더 많이 나빠질 수 없을 거다."

엘리자베스는 만족할 수밖에 없었다. 하지만 그녀의 생각은 달라지지 않아서 실망과 유감을 느끼면서 대화를 끝냈다. 그러나 계속 생각하면서 점점 괴로워하는 것은 그녀의 성격이 아니었다. 자신의 의무를 다했다는 확신이 들었고, 피할 수 없는 악 때문에 안달하고 걱정을 키우는 것은 그녀의 성격이 아니었다.

그녀가 아버지와 나눈 대화를 알았더라면 리디아와 어머니는 아무리 합심하여 퍼붓더라도 그 분을 다 풀지 못했을 것이다. 리디아의 상상 속에서 브라이턴 방문은 모든 행복의 가능성을 품고 있었다. 그녀는 창의적인 공상의 눈으로 장교들이 북적이는 그 신나는 온천지의 거리를 상상했다. 알지도 못하는 장교들 수십 명에게 관심의 대상이 된 자신을 그렸다. 주둔지의 모든 빛나는 영광을 떠올렸다. 부대의 막사가 똑같은 모습으로 정연하게 늘어선 곳에서 젊고 유쾌한 군인들이 주홍빛 군복을 입고 눈부시게 빛나는 광경을 말이다. 그리고 자신이 막사 안에 앉아서 적어도 여섯 명의 장교들과 어울리며 정답게 노닥거리는 모습을 꿈꾸면서 공상을 완성했다.

그런데 언니가 그런 미래와 현실로부터 자신을 떼어 놓으려 했다는 것을 알았다면 그녀의 심정이 어땠을까? 그녀의 어머니만이 거의 같은 감정을 느끼고 이해할 수 있었을 것이다. 그녀는 리디아가 브라이턴에 간다니까 그것으로 남편이 절대로 거기 갈 마음이 없다는 슬픈 사실을 위로받았다.

모녀는 무슨 일이 있었는지 까맣게 몰랐다. 리디아가 집을 떠나는 그날까지 그들은 쉴 새 없이 여행에 황홀해했다.

이제 엘리자베스는 위컴을 마지막으로 볼 일만 남았다. 돌아온 후에도 그를 자주 봤기 때문에 마음의 동요는 꽤 극복되었다. 예전에 좋아했던 마음의 떨림은 완전히 끝났다. 처음에 그녀를 매혹시켰던 부드러움에서 꾸밈과 지루함을 간파하고 나니 역겹고 피곤했다. 게다가 현재의 행동에서 불쾌감의 근원을 새로 찾았는데, 그들이 처음 만났을 때 확연했던 애정을 이제 와서 되살리려는 그의 시도는 그때 이후 겪은 일도 있고 해서 짜증스럽기만 했다. 게으르고 경박한 연애질의 대상으로 자신이 뽑혔다는 것을 파악하고 나니 그에 대한 모든 관심이 다 사라졌고, 그가 무슨 이유로 얼마나 길게 관심을 철회했든 다시 관심을 보여 주기만 하면 이쪽에서 허영심이 발동해서 도로 그를 좋아해 줄 거라고 믿고 있는 것을 보니 그렇게까지 생각하지 않으려고 해도 자꾸 자책할 수밖에 없었다.

메리턴에 연대가 주둔하는 마지막 날, 위컴이 다른 장교들과 함께 롱본에서 저녁 식사를 했다. 엘리자베스는 그와 유쾌하게 헤어지고 싶은 마음이 별로 없어서 헌스퍼드에서 어떻게 지냈는지 묻는 말에 피츠윌리엄 대령과 다아시가 로징스에서 삼 주 동안 머물렀다고 대답하고는 대령을 아느냐고 물었다.

그는 놀라고 불쾌하고 불안해 보였다. 하지만 한순간 가다듬고 웃음을 되찾더니 예전에 대령을 자주 봤다고 대답했다. 아주 신사다운 사람이라고 덧붙이더니 어떻더냐고 물었다. 그녀는 대령에게 유리하게 열심히 대답했다. 무심한 듯이 그가 곧 물었다. "그가 로징스에 얼마나 머물렀다고 했죠?"

"삼 주 정도예요."

"자주 만났나요?"

"네, 거의 매일요."

"그의 매너는 사촌과는 다르죠."

"네, 아주요. 하지만 다아시도 볼수록 나아지던데요."

"그래요!" 이렇게 말할 때 위컴의 표정을 엘리자베스는 놓치지 않았다. "물어봐도 될까요?" 스스로 절제하며 짐짓 즐거운 목소리로 그가 물었다. "나아진 게 말솜씨이던가요? 평소의 말투에 정중함을 살짝 보태 주던가요?" 그는 더 나지막하고 더 진지한 목소리로 마저 말했다. "본질적으로 나아졌을 리가 있겠습니까만."

"그럴 리가요!" 엘리자베스가 대답했다. "본질적으로 그대로였어요."

위컴은 그녀의 말에 환호해야 할지 그 의미를 의심해야 할지 헷갈리는 것 같았다. 그녀의 표정에 뭔가 있어서 그녀가 하는 말을 걱정스럽고 불안하게 들어야 했는데, 그녀는 이렇게 덧붙였다.

"볼수록 그가 나아졌다는 말은 그의 마음이나 매너가 향상되었다는 뜻이 아니고 그를 더 알고 보니 성격을 더 이해하게 되었다는 거예요."

이제 위컴의 불안은 달아오른 얼굴과 긴장한 표정으로 나타났다. 그가 잠시 침묵했다. 당황스러움을 털어 버리고, 더할 나위 없이 부드러운 억양으로 그녀에게 말했다.

"내 마음을 잘 알다시피, 그가 현명하게도 사람들에게 잘 보이려고 노력한다는 소식을 들으니 기쁩니다. 그의 자존심이 그런 쪽으로 나간다면 나에게 저질렀던 추악한 잘못을 또 저지르지는 않을 테니까 그에게는 아니어도 다른 사람들에게 도움이 될 겁니다. 다만 걱정스러운 것은, 당신이 아까 비슷한 말을 했다시피, 그의 조심스러워하는 그런 태도가 평소에 그가 잘 보이고 싶어서 우러러보는 이모님을 방문하는 동안 나타난 점입니다. 이모님과 함께 있을 때면 늘 이모님을 두려워하더군요. 그게 다 드 버그 양과의 혼사를 진척시키려는 소원 때문인데요, 그는 정말 그 결혼에 신경 쓰지요."

엘리자베스는 웃음을 참을 수 없었지만 고개만 살짝 기울여 대답을 대신했다. 그는 자신이 받았던 고통에 관련된 옛 얘기로 넘어가려 했지만 그녀는 받아 줄 기분이 아니었다. 나머지 시간 동안 그는 평소의 쾌활함을 보이려 했지만 엘리자베스에게 특별하게 굴지는 않았다. 마침내 그들은 정중함을 갖추고, 그리고 아마도 서로 나중에 안 만났으면 하는 마음으로 작별 인사를 나눴다.

모두 떠나고, 리디아는 포스터 부인과 메리턴으로 가서 거기서 다음 날 아침 일찍 출발할 예정이었다. 그녀와 가족의 작별은 감정적이기보다는 시끌벅적했다. 키티 혼자 눈물을 흘렸다. 짜증과 질투의 눈물이었다. 베넷 부인은 딸의 행복을 비는 말을 넘치게 많이 했고, 최대한 맘껏 즐길 기회를 절대로 놓치지 말라고 힘주어 말했다. 리디아가 분명 따르고도 남을 충고였다. 작별 인사를 하는 리디아의 요란스러운 행복 속에서 언니들의 한결 점잖은 인사는 들리지도 않았다.

19장

엘리자베스의 주관이 모두 부모를 보고 자란 데서 나온 것이라면, 결혼의 행복이나 가정의 위안에 대해 아주 기분 좋은 그림을 그릴 수 없었을 것이다. 아버지는 어머니의 젊음과 아름다움, 그리고 거기서 나오는 활력 넘치는 모습에 반해 결혼했지만, 결혼 초기에 그녀의 빈곤한 지성과 조야한 교양에 질려 모든 진정한 애정을 끝내 버렸다. 존경과 존중과 신뢰는 영원히 사라졌다. 가정의 행복에 대한 그의 의견은 폐기되었다. 그러나 베넷 씨는 불운한 사람들의 어리석음과 잘못을 너무나 자주 위로해 주는 그런 쾌락을 좇아 자신의 경솔함이 자초한 실망을 위로하는 사람이 아니었다. 그는 이 지방과 책을 사랑했고, 이런 취향에서 주된 즐거움을 찾았다. 아내의 무지와 어리석음이 그를 즐겁게 해 주는 것 말고는 아내에게 신세를 진 게 없었다. 보통 남편이 아내에게 신세를 지고 싶은 그런 종류는 아니었지만, 다른 즐거움이 없는 상황에서 진정한 철학자는 스스로 즐길 것을 끌어내는 법이다.

엘리자베스는 아버지가 남편으로서 보여 준 부적절한 행동을 모르지 않았다. 언제나 고통스럽게 그걸 목격했다. 아버지의 능력을 존경하고 자신을 아껴 줘서 고마움을 느꼈기 때문에 묵과할 수 없는 것을 모른 척하려고, 또 자식들 앞에서 아내를 망신시켜서 경멸받도록 내버려 둠으로써 부부의 임무와 예의를 계속 파괴하는 혐오스러운 행동을 떠올리지 않으려 노력했다. 그러나 안 어울리는 결혼에서 태어난 자식들이 져야 하는 불이익을 이렇게 절절하게 느낀 적은 없었고, 재능이 잘못된 방향으로 흘러갈 때 생기는 해악을 이렇게 철저하게 실감한 적도 없었다. 재능을 똑바로 썼더라면 비록 아내의 정신을 함양할 수는 없었더라도 적어도 딸들만은 점잖게 키울 수 있었을 것이다.

엘리자베스는 위컴의 출발이 다행스러웠지만, 연대가 떠났다고 딱히 만족할 것도 없었다. 집 밖의 모임은 전보다 재미없었고, 집에서는 모든 것이 지루하다고 끊임없이 한탄하는 어머니와 키티가 온 집안을 우울하게 만들었다. 키티는 그녀의 머릿속을 휘저어 놓은 군인들이 사라졌으니 시간이 좀 지나면 정신을 차리겠지만, 막내 리디아는 성격상 더 큰 해악을 걱정해야 할 판인데, 온천 휴양지에다 군대까지 주둔한 이중의 위험에 노출된 채 온갖 어리석음과 교만에 빠져 있을 것이다. 그러니까 결론적으로, 전에도 가끔 깨달았다시피 조바심 내며 기다렸던 일이 막상 일어나면 기대했던 만큼 채워지지 않는다는 걸 깨달았다. 결국 실제 행복이 시작되는 어떤 기간을 지정할 필요가 있었다. 기대와 희망이 이루어질 어떤 날을 정해 놓고, 그날을 학수고대하는 즐거움을 누리면서 현재의 자신을 위로하고 또 실망을 견디고 그러면 된다. 레이크 지역 여행이 지금 가장 행복한 생각거리였다. 그건 어머니와 키티의 짜증이 초래하는 모든 불편한 시간을 견디는 최고의 위안이었다. 이 여행 계획에 제인을 포함시키기만 하면 완벽할 것 같았다.

'뭔가 바랄 게 있으니 다행이야.' 이렇게 생각했다. '모든 준비가 완벽하면 분명 실망하겠지. 차라리 이렇게 언니가 같이 못 간다고 계속 아쉬워하다 보면 여행이 가져올 모든 기대가 실현되리라는 희망을 품어도 될 거야. 모든 부분이 다 만족스러운 계획은 결코 성공할 수 없어. 약간 사소한 불만에 집착하다 보면 전반적인 실망을 물리칠 수 있거든.'

리디아가 떠날 때 어머니와 키티에게 자주 소상하게 편지를 쓰겠다고 했다. 하지만 항상 그녀의 편지는 한참 만에 왔고 아주 짧았다. 어머니에게 보낸 편지를 보면 순회도서관에서 막 돌아왔고 거기서 장교 누구누구를 만났고 미치게 아름다운 장식품을 봤다는 것 말고는 다른 내용이 없었다. 새로 산 가운과 양산을 더 자세하게 묘사하고 싶지만 포스터 부인이 와서 함께 막사로 가야 해서 정신없이 서둘러야 한다고 했다. 키티에게 보낸 편지에는 내용이 더 없었다. 꽤 길긴 했어도, 문장 밑에 줄을 잔뜩 그어서 키티만 알아보고 공개할 수 없는 말이 많았다.

그녀가 떠나고 이삼 주가 지나자 롱본에도 건강함과 생기, 활기가 돌아오기 시작했다. 모든 것이 한층 행복한 기운을 띠었다. 겨우내 런던에서 지내던 이웃들이 돌아왔고, 여름옷과 모임에 대한 얘기가 나왔다. 베넷 부인은 늘 하던 대로 잔소리를 늘어놓으며 나름 평정심을 회복했고, 6월 중순이 되자 키티도 눈물 없이 메리턴에 갈 수 있었다. 이건 정말 좋은 징조여서 엘리자베스는 국방

부의 잔인하고 심술궂은 작전으로 또 하나의 연대가 메리턴에 주둔하지 않는다면 다음 크리스마스 즈음에 키티가 한 장교를 하루에 한 번 이상 언급하지 않을 정도로 그럭저럭 정신을 차릴 거라고 기대했다.

북쪽 지역 여행을 떠나기로 한 날이 빠르게 다가오고 있었다. 이 주일을 남겨 두고 가드너 부인의 편지가 도착해서 출발을 늦추는 동시에 일정을 단축하는 내용을 알렸다. 가드너 씨가 사업 때문에 7월 중순 이전에 출발할 수 없었고, 또 한 달 안에 런던으로 돌아와야 했다. 이 시간에 맞추려면 그렇게 멀리 가서 애초에 예정한 만큼 많이 구경할 수 없거나 적어도 계획한 대로 여유를 가지고 편안하게 다닐 수가 없어서, 그들은 레이크 지역을 포기하고 더 압축된 일정으로 바꾸어야 했다. 지금의 계획에 따르자면 더비셔보다 더 북쪽으로 올라갈 수 없었다. 그곳에도 볼거리가 충분해서 삼 주의 대부분을 채울 것 같았다. 이는 가드너 부인에게 특히나 매력적이었다. 예전에 몇 년간 살았던 마을에서 며칠을 보낸다고 생각하니, 매틀록, 채츠워스, 도브데일 또는 피크 같은 그곳의 아름답기로 유명한 모든 지역만큼이나 커다란 호기심을 느꼈다.'

엘리자베스는 크게 실망했다. 그녀는 레이크 지역을 둘러보리라 마음을 단단히 먹고 있었다. 거기에 갈 시간이 될지도 모른다는 생각이 계속 들었다. 하지만 만족하는 게 그녀의 성격이었고, 또 행복한 게 그녀의 기질이었다. 모든 것이 다 괜찮아졌다.

더비셔라는 말이 나온 마당에 그것과 관련된 생각들이 떠올랐다. 더비셔 하면 펨벌리와 그 주인을 생각할 수밖에 없었다. '그가 사는 지역으로 무사히 들어가서 들키지 않고 형석' 몇 개 훔쳐 와야지.' 이렇게 생각했다.

이제 기다리는 시간이 두 배로 늘었다. 외삼촌 부부가 오려면 사 주일이 지나야 했다. 결국 사 주일이 지나고 가드너 부부가 네 아이들과 함께 롱본에 도착했다. 여섯 살과 여덟 살 된 두 딸과 어린 남자아이들은 사촌 제인의 각별한 보살핌을 받을 텐데, 아이들이 제인을 가장 좋아하는 데다 그녀의 한결같은 분별력과 착한 심성은 아이들을 가르치고 함께 놀아 주며 사랑해 주는 모든 면에서 딱 맞았다.

가드너 부부는 롱본에서 하룻밤만 묵고 다음 날 아침 엘리자베스와 함께 새로움과 즐거움을 찾아 여행길에 올랐다. 한 가지는 확실했는데, 마음 맞는 동행이 주는 기쁨이었다. 그것은 여행의 불편함을 견딜 정도의 건강과 성격, 모든 기쁨을 진작시키는 쾌활함, 밖에서 실망했더라도 서로 즐겁게 지낼 수 있는 애정과 지성 등을 두루 포함한다.

더비셔 지역이나 그들이 통과하는 그 어떤 유명한 장소를 묘사하는 것은 이 소설의 목적이 아니다. 옥스퍼드, 블레넘, 워릭, 케닐워스, 버밍엄 등은 충분히 알려져 있다. 더비셔의 한 작은 마을만이 현재의 관심사였다. 그 지역의 주요 명승지를 다 돌아본 후에, 가드너 부인이 예전에 살았던 램턴이라는 작은 마을로 향했는데, 거기에 아는 사람이 아직도 살고 있다는 소식을 최근에 들었다. 그녀는 엘리자베스에게 펨벌리가 램턴에서 오 마일 이내에 있다고 했다. 펨벌리는 그들이 가는 길에 바로 있지는 않았지만 아주 많이 벗어나 있지도 않았다. 전날 저녁 여정에 대해 대화하다가 가드너 부인이 펨벌리를 다시 보고 싶다는 말을 꺼냈다. 가드너 씨도 그러고 싶다면서 엘리자베스의 동의를 요청했다.

"그렇게 많이 들어 본 곳인데, 보고 싶지 않니?" 외숙모가 물었다. "네가 아는 사람들이 많이 연관되어 있는 곳이기도 하고. 알다시피 위컴은 그곳에서 청춘을 보냈잖니."

엘리사베스는 괴로웠다. 펨벌리와 아무 상관 없는 사람인 것 같았고, 보고 싶은 마음도 없어야 할 것 같았다. 유명한 저택을 구경하는 게 지겹다고 할 수밖에. 워낙 많이 구경했더니 비싼 카펫이나 비단 커튼이 하나도 반갑지 않다고 했다.

가드너 부인이 그녀의 어리석음을 놀렸다. "단지 화려하게 장식된 저택에는 나도 관심 없어." 그녀가 말했다. "하지만 그 대지가 마음에 들어. 이 지역에서 가장 훌륭한 숲을 몇 개 품고 있단다."

엘리자베스는 더 이상 반대하지 않았지만 마음속으로는 동조할 수 없었다. 구경하다가 다아시를 만날 가능성이 금세 떠올랐다. 끔찍할 것 같았다! 생각만으로도 얼굴이 화끈거렸다. 그런 모험을 하느니 외숙모에게 털어놓는 것이 나을 것이다. 그러나 딜어놓을 수 없었다. 결국 그녀는 가족이 저택에 머물지 않는지 따로 알아봐서 머물고 있다는 대답이 나오면 마지막으로 그때 털어놓기로 결심했다.

결심한 대로 밤에 자러 들어간 다음 객실 하녀에게 펨벌리가 훌륭한 곳인지, 주인의 이름이 무엇인지, 그리고 꽤 불안해하면서 가족이 여름을 보내러 내려왔는지를 물었다.` 마지막 질문에 아주 반갑게도 부정적인 대답이 나왔다. 불안이 사라지고 나니 펨벌리를 보고 싶다는 커다란 호기심이 발동했다. 다음 날 아침 이 주제가 또 나와서 그녀에게 의견을 물었을 때 그녀는 짐짓 무심한 태도로 딱히 싫지 않다고 바로 대답했다.

펨벌리로, 그렇게들 가기로 했다.

제3권

1장

마차를 타고 가면서 엘리자베스는 펨벌리 숲이 나타나기를 약간 흥분하여 기다렸다. 마침내 초소를 지날 때 가슴이 떨렸다.

장원은 아주 넓고, 대지의 구성이 다양했다. 가장 낮은 지점 한 곳에서 시작하여 널리 펼쳐져 있는 아름다운 숲을 한동안 통과해 지나갔다.

엘리자베스는 대화를 나누기 힘들 정도로 가슴이 벅차올랐고, 눈길을 끄는 풍경과 좋은 전망을 하나도 놓치지 않고 바라보며 감탄했다. 반 마일 정도 계속해서 오르막을 오른 다음 꽤 높은 봉우리에 도착하고 보니 숲이 끝나고 바로 눈앞에 펨벌리 저택이 나타났는데, 저택은 계곡의 반대쪽에 자리 잡고 있었고 그쪽을 향해 길이 가파르게 나 있었다. 솟아오른 대지 위에 크고 멋진 석조 건물이 서 있고, 그 뒤로 울창한 숲이 펼쳐져 있었다. 앞으로는 원래 흐르던 개울을 넓혀 놓았는데, 인공적인 티가 나지 않았다. 강둑을 괜히 만들지도 않았고 엉뚱하게 꾸며 놓지도 않았다. 엘리자베스는 기뻤다. 자연이 이렇게 살아 있는 곳, 어쭙잖은 안목이 자연의 아름다움을 훼손하지 않고 이만큼 간직한 곳을 본 석이 없었다. 엘리자베스 일행은 모두 감동했다. 바로 이 순간 그녀는 펨벌리의 안주인이 되어도 좋겠다 싶었다!

언덕을 내려와 다리를 건너서 입구로 마차를 몰았다. 저택 주변을 돌아보는 동안 그녀는 집주인을 만날까 또 두려워졌다. 객실 하녀가 잘못 알았을까 봐 걱정스러웠다. 집을 구경하려고 부탁해서 현관으로 안내되었다. 가정부를 기다리는 동안 엘리자베스는 여유를 찾았는지 자신이 이곳에 있다는 사실에 새삼 감격했다.

가정부가 왔다. 점잖아 보이고 나이가 든 부인인데, 짐작했던 것보다 훨씬 덜 세련됐지만 더 정중했다. 만찬실로 따라 들어갔다. 널찍하고 구도가 좋고 깔끔하게 꾸며진 방이었다. 엘리자베스는 방을 둘러본 다음 전망을 보려고 창문으로 갔다. 아까 내려왔던 울창한 언덕은 멀리서 보니 더 가파르게 보였고 정말 아름다웠다. 대지의 배치가 훌륭했다. 그녀는 강, 강둑 위에 흩어진 나무, 계곡의 굽은 길, 이 모든 풍광을 눈길이 닿는 데까지 행복하게 감상했다. 다른 방으로 이동하자 창밖 풍광도 자리를 바꾸었다. 어느 창문에서 보아도 아름다운 볼거리였다. 방은 고상하고 아름다웠고 가구는 집주인의 재력에 걸맞았다. 겉만 번지르르하지도 않고 쓸데없이 세련된 것도 아니어서 집주인의 안목이 존경스러웠다. 로징스의 가구보다 덜 화려했지만 진정한 우아함이 있었다.

'바로 이 집의 안주인이 될 뻔했지!' 엘리자베스는 생각했다. '지금쯤 이 방에 아주 친숙해졌을 텐데! 방문객으로 둘러보는 대신 내 집에 흐뭇해하면서 외삼촌 부부를 기쁘게 맞이했을 거야.' 그러다 정신을 차렸다. '아니야, 그럴 리가 없지. 외삼촌 부부와는 만나지도 못하겠지. 초대하라고 허락받지 못했을 거야.'

운 좋게도 이런 생각이 떠올라 후회 비슷한 감정으로부터 빠져

나올 수 있었다.

그녀는 가정부에게 집주인이 정말 없는지 묻고 싶었지만 그럴 용기가 나지 않았다. 그런데 마침 외삼촌이 물었다. 그녀가 놀라서 돌아보니 레이놀즈' 부인이 없다고 대답하면서 이렇게 덧붙였다. "내일 친구 분들을 잔뜩 데리고 돌아오십니다." 이 여행 일정이 어떻게든 하루라도 지연되지 않아서 얼마나 기뻤는지!

외숙모가 그림을 하나 보라며 그녀를 불렀다. 다가가서 벽난로 위쪽에 걸린 몇 개의 작은 인물화 가운데 위컴을 닮은 얼굴을 봤다. 외숙모가 웃으면서 그림이 마음에 드는지 물었다. 가정부가 앞으로 나오더니 돌아가신 주인이 교육시켜 키운 집사의 아들이라고 소개했다. "지금 군대에 있습니다." 그녀가 덧붙였다. "아주 거친 사람이 되었지요."

가드너 부인이 웃음을 띠고 조카를 바라보았지만, 엘리자베스는 함께 웃을 수 없었다.

"저기 있네요." 레이놀즈 부인이 다른 인물화를 가리키면서 말했다. "집주인인데, 아주 닮았어요. 둘 다 비슷한 시기에 그린 건데, 팔 년 전쯤일 거예요."

"집주인의 인물이 좋다고 많이 들었습니다." 가드너 부인이 그림을 보며 말했다. "잘생겼네요. 리지, 닮았는지 말해 주렴."

집주인을 알고 있다는 암시가 나오자 레이놀즈 부인은 엘리자베스를 한층 존중하는 것 같았다.

"저 아가씨가 다아시 씨를 알고 있나요?"

엘리자베스가 얼굴을 붉히며 대답했다. "조금요."

"아주 잘생긴 신사죠, 아가씨?"

"네, 아주 미남이네요."

"저렇게 잘생긴 분은 못 봤어요. 이 층 화랑에 올라가면 이보다 살 그린 큰 초상화가 있어요. 이 방은 어르신이 가장 좋아하셨던 곳이라서 인물화를 옛날 그대로 두었습니다. 이것들을 참 아끼셨지요."

엘리자베스는 위컴의 인물화가 왜 여기에 함께 있는지 이해했다.

그다음 레이놀즈 부인은 다아시 양의 인물화 하나를 가리키며 여덟 살밖에 안 되었을 때 그린 거라고 했다.

"다아시 양도 오빠처럼 외모가 빼어난가요?" 가드너 부인이 물었다.

"그럼요! 최고의 미인이고, 교양이 뛰어납니다! 하루 종일 피아노와 노래 연습을 하시지요. 옆방에 가면 새 피아노가 와 있는데, 집주인의 선물입니다. 다아시 양은 내일 집주인과 함께 돌아오세요."

가드너 씨는 편안하고 유쾌한 매너로 질문과 논평을 내놓으면서 가정부의 설명을 격려했다. 오만인지 애착인지, 레이놀즈 부인은 아주 신이 나서 집주인 남매에 대해 말했다.

"집주인은 일 년 내내 펨벌리에서 지내나요?"

"저야 오래 머무시기를 바라지요. 그래도 절반 정도는 여기서 지내시는 편입니다. 다아시 양은 여름을 보내러 항상 내려오시고요."

'램스게이트에 가지 않으면요.' 엘리자베스가 생각했다.

"집주인이 결혼하면 여기에 더 머물겠네요."

"그렇죠. 하지만 언제가 될지. 충분히 좋은 아가씨가 있을지 모르겠어요."

가드너 부부가 웃음 지었다. 엘리자베스는 이렇게 말할 수밖에 없었다. "그렇게 생각하는 걸 보니 좋은 분인 모양이에요."

"제 말은 다 진실이고 그분을 아는 사람이라면 모두 같은 말을 할 겁니다." 상대방이 반응했다. 엘리자베스는 지나치다고 생각했다. 하지만 가정부가 이렇게 덧붙이자 놀라움이 커졌다. "그분을 네 살 때부터 봐 왔지만, 여태 험한 말 한마디 하시는 걸 못 들어 봤으니까요."

이것은 다른 모든 칭찬 중에서 가장 특별했고, 또 엘리자베스의 생각에 완전히 상반된 것이었다. 그가 온화한 성격이 아니라는 사실이야말로 엘리자베스가 가장 확고하게 믿어온 것이었다. 날카로운 관심이 살아났다. 그녀는 더 듣고 싶었고, 고맙게도 외삼촌이 이렇게 말을 이어갔다.

"그런 찬사를 듣는 사람은 참 드뭅니다. 그런 주인을 모시고 있으니 운이 좋습니다."

"네, 운이 좋죠. 온 세상을 다 뒤져도 더 좋은 분은 못 만날 겁니다. 늘 느끼는 거지만, 어릴 때 착한 사람들이 커서도 그렇답니다. 주인은 한결같이 최고로 착하고 인정 많은 소년이었죠."

엘리자베스는 거의 가정부를 노려보다시피 했다. '이게 정말 다 아시라고!' 이렇게 생각했다. "부친이 훌륭한 분이셨지요." 가드너 부인이 말했다.

"네, 정말 그렇습니다. 그분의 아들도 그분처럼 되실 거고, 가난한 사람들에게 베풀며 사실 겁니다."

엘리자베스는 놀랍고 의심스러워서 더 듣고 싶어졌다. 레이놀즈 부인이 다른 주제를 말했지만 관심 없었다. 그림과 방의 크기와 가구의 가격에 대해 말했지만 흘려들었다. 가드너 씨는 가정부가 주인을 지나치게 칭찬하는 것을 일종의 편견으로 보고 그것이 흥미로워서 계속 같은 주제로 돌아갔다. 가정부는 중앙의 큰 계단을 함께 오르면서 주인의 장점을 열심히 설명했다.

"그분은 세상에 둘도 없는 최고의 지주이자 주인입니다." 그녀가 말했다. "자신만 생각하는 요즘의 거친 젊은이들과는 다르죠. 그분에게 좋은 말을 하지 않을 소작인이나 하인은 한 사람도 없을 겁니다. 오만하다고 하는 사람들이 있기는 하지만 저는 그런 모습을 못 봤어요. 제 생각에는, 그분이 또래 젊은이들처럼 말이 많지 않아서 그런 모양입니다."

'정말로 좋은 말이군!' 엘리자베스가 생각했다.

"이 훌륭한 설명은 그가 우리의 불쌍한 친구에게 했던 행동과 일치하지 않아." 걸어가면서 외숙모가 속삭이듯 말했다.

"아마 우리가 속았을 거예요."

"그럴 리 없다. 우리의 소식통인 위컴이 얼마나 좋은 사람인데."

이 층의 넓은 복도에 도착하자마자 그들은 매우 아름다운 응접실로 안내되었는데 최근에 아래층보다 더 우아하고 화사하게 꾸민 방이었다. 저번에 다아시 양이 펨벌리에 왔을 때 좋아했던 방이라 그녀를 기쁘게 해 주려고 막 새롭게 꾸몄다고 했다.

"확실히 좋은 오빠네요." 엘리자베스가 창문 쪽으로 걸어가면서 말했다.

레이놀즈 부인은 다아시 양이 이 방을 보고 좋아하리라 예상했다. "항상 이런 식입니다." 그녀가 덧붙였다. "동생을 기쁘게 할 수 있는 일이라면 즉시 처리하시죠. 뭐든 다 하시니까요."

이제 화랑과 두세 개의 침실만 구경하면 된다. 화랑에는 좋은 그림이 많았다. 그러나 엘리자베스는 그런 그림을 잘 몰랐다. 아래층에서도 봤던 터라, 기꺼이 다아시 양이 그린 크레용 소품으로 눈길을 주었는데 주제가 대체로 더 흥미롭고 또 알아보기도 쉬웠다.

화랑에는 가족의 초상화가 많았지만 방문객의 눈길을 끌 만한 건 없었다. 엘리자베스는 어떻게 생겼는지 알고 있는 단 하나의 얼굴을 찾아서 걸었다. 마침내 그 얼굴이 그녀를 사로잡았고, 그녀는 다아시를 놀랍도록 닮은 얼굴, 그가 자신을 바라볼 때 때때로 지었다고 기억되는 그런 미소를 머금고 있는 얼굴을 마주 보았다.

뚫어져라 응시하며 그림 앞에 한동안 서 있었고 모두 화랑을 나올 때 한 번 더 그림 앞으로 갔다. 레이놀즈 부인은 어르신이 살아 계실 때였다고 알려 주었다.

확실히 이 순간 엘리자베스의 마음속에는 그 사람을 알고 지내면서 그나마 가장 좋았을 때 느꼈던 것보다 더 부드러운 감정이 일어났다. 레이놀즈 부인이 다아시에게 한 칭찬은 결코 하찮은 종류가 아니다. 총명한 하인의 칭찬보다 더 가치 있는 게 또 있을까? 오빠로서 지주로서 주인으로서 얼마나 많은 사람의 행복이 그의 후원에 달려 있는지! 얼마나 많은 즐거움이나 괴로움을 나눠 줄 능력을 가졌는지! 얼마나 많은 선행이나 비행을 실천할 수 있는지! 가정부가 묘사한 모든 면에서 그의 성격은 훌륭했고, 그녀는 두 눈으로 자기를 바라보는 그가 그려진 화폭 앞에 서서 그의 애정에 대해 어느 때보다 깊은 고마움을 느꼈다. 그 열정을 기억했고, 그 부적절하던 표현에도 마음이 누그러졌다.

일반 방문객에게 개방될 수 있는 모든 곳을 둘러보자, 그들은 아래층으로 내려와 가정부에게 인사하고 나서 현관문에서부터 정원사에게 넘겨졌다.

강을 향해 잔디밭을 가로질러 걷다가 엘리자베스는 한 번 더 저택을 보려고 뒤돌아섰다. 외삼촌과 외숙모도 멈추었고, 그녀가 집이 지어진 시기를 가늠하고 있는데 집 뒤의 마구간으로 연결된 길에서 집주인이 불쑥 걸어 나왔다.

그들은 이십 야드도 안 되는 거리에 있었는데, 그의 출현이 워낙 갑작스러워 그를 피할 도리가 없었다. 즉시 그들의 눈길이 부딪혔고, 두 사람의 볼이 짙게 물들었다. 그는 너무 놀라서 한순간 얼어붙은 것 같았다. 잠시 후 정신을 차리고 그들을 향해 걸어오더니 완벽하게 침착하지는 않았지만 적어도 완벽하게 정중하게 엘리자베스에게 인사했다.

　엘리자베스는 본능적으로 고개를 돌렸다. 하지만 그가 다가오자 멈추어 선 채 뭘 어떻게 할 수가 없이 당황하면서 그의 인사를 받았다. 다른 두 사람으로서는, 집에서 방금 보고 나온 그림과 똑 닮은 모습에도 그가 다아시라는 것을 못 알아봤다고 하더라도, 집주인을 본 정원사의 깜짝 놀란 표정을 보고 곧 알아챌 수 있었다. 그들은 그가 조카에게 인사를 하는 동안 약간 떨어져 있었는데, 엘리자베스는 놀라고 당황한 채 감히 눈을 들어 그를 똑바로 쳐다보지 못했고, 가족의 안부를 정중하게 묻는 그에게 뭐라고 대답도 못 했다. 그를 마지막으로 본 후 그의 매너가 너무 변해서 그가 한마디 한마디 하면 할수록 더 당황스럽기만 했다. 그의 집에서 이렇게 부딪히는 것이 얼마나 부적절한지 자꾸 떠올라 그녀는 평생 이렇게 불편했던 적이 없었다. 그도 그다지 편해 보이지 않았다. 그의 억양에는 평소의 고요함이 없었다. 롱본을 언제 떠났는지 그리고 언제까지 더비셔에 머무는지 너무 자주 그리고 너무 다급하게 반복해 묻는 걸 보면 그도 갈피를 못 잡는 게 분명했다.

　마침내 아무 생각도 안 떠오르는 모양이었다. 그는 한마디도 없이 몇 분간 서 있더니 갑자기 정신을 차리고 떠났다.

　두 사람은 그제야 엘리자베스에게 다가와서 그가 훤칠하다고 칭찬했다. 엘리자베스는 감정에 푹 빠져서 하나도 못 알아듣고 말없이 그들을 따라 걷기만 했다. 부끄럽고 속상해서 견딜 수가 없었다. 그의 집에 온 것은 세상에서 가장 불행하고 잘못한 일이었다! 그에게 얼마나 이상해 보였을까! 그렇게 허영심 강한 남자에게 얼마나 수치스러운 인상을 남겼을까! 마치 의도적으로 그에게 들이대는 것처럼 보이지 않았을까! 아, 왜 왔을까? 아니, 그는 왜 돌아오기로 한 날보다 하루 먼저 왔을까? 바로 그때 도착해서 말이나 마차에서 막 내린 게 분명한데, 십 분만 일찍 방문했더라도 그를 못 만났을 것이다. 그녀는 얄궂은 재회에 얼굴이 화끈거렸다. 그런데 그의 행동이 놀랍도록 변한 것은 무엇을 의미할까? 도대체 그가 먼저 말을 건 것부터 놀라웠다! 더구나 그렇게 정중하게 가족의 안부를 묻다니! 그가 이 돌연한 재회에서 보여 준 것 같은 격의 없는 매너를 여태 본 적 없고, 그렇게 상냥하게 말한 적도 없었다. 저번에 로징스의 장원에서 편지를 손에 쥐어 주고 가던 때의 모습과 얼마나 다른지! 무슨 생각을 해야 할지, 어떻게 설명해야 할지 알 수가 없었다.

지금 그들은 강가의 산책로를 걷고 있었고, 걸음을 뗄 때마다 더 훌륭한 경사진 대지가 펼쳐지거나 더 아름다운 숲이 다가왔다. 하지만 엘리자베스는 한동안 이를 몰라봤다. 외삼촌과 외숙모의 계속된 감탄에 기계적으로 반응하면서 그들이 가리키는 대상에 눈길을 주는 척했지만 어떤 풍경도 눈에 들어오지 않았다. 모든 생각은 오로지 펨벌리의 한 지점, 그곳이 어디든, 바로 다아시가 있던 그곳에 고정되었다. 그 순간 다아시의 마음에 어떤 생각이 스쳤는지 알고 싶었다. 그녀를 어떻게 생각하는지, 모든 반대에도 아직도 그녀가 소중한 사람인지 알고 싶었다. 아마도 그는 자기 집이니까 편안해서 정중하게 대했으리라. 그러나 편안함이 아닌 무엇이 그의 목소리에 있었다. 그녀를 만나서 괴로웠는지 기뻤는지 모르겠지만, 그가 그녀를 침착하게 볼 수 없었던 건 분명했다.

그러다가 마침내 엘리자베스는 동행으로부터 정신을 어디 팔고 있느냐는 말을 듣고 평소처럼 보여야겠다고 느꼈다.

그들은 숲으로 들어가, 잠시 강에서 멀어지면서 오르막을 올랐다. 나무들 사이로 시야가 탁 트이는 곳에 이르자 계곡의 매력적인 경치, 맞은편 언덕, 언덕에 걸쳐 펼쳐진 숲의 행렬, 그리고 가끔

씩 강의 일부분이 눈에 들어왔다. 가드너 씨는 장원 전체를 둘러보고 싶은데 걸어서 다 볼 수 있을지 걱정했다. 정원사는 자랑스러운 미소를 지으며 십 마일 거리라고 했다. 그렇다면 답은 나왔다. 그들은 방문객이 다니는 순환도로를 택했다. 나무가 심어진 내리막길을 따라 좀 걸어 강폭이 가장 좁은 강가에 이르렀다. 주변 풍경에 맞춤한 소박한 다리를 건넜다. 지금까지 지나온 곳보다 꾸밈없는 곳이었다. 계곡은 아주 좁아져서 개울과 개울가의 무성한 덤불숲 사이에 좁은 산책로만 나 있었다. 엘리자베스는 구불구불한 길을 가 보고 싶었다. 하지만 다리를 건너자 집에서 꽤 멀어진 데다 평소 잘 걷는 축에 못 드는 가드너 부인이 더 이상 못 가고 최대한 빨리 마차로 돌아갈 생각만 했다. 조카는 외숙모를 따르는 수밖에 없었고, 강 건너편에 있는 집을 향해 가장 가까운 길을 택했다. 그러나 평소에 맘껏 즐기지는 못해도 낚시를 좋아하는 가드너 씨가 가끔 물에 나타나는 송어 떼에 정신이 팔려 정원사와 대화하느라 거의 앞으로 나가지 못했다. 그 바람에 그들은 더디게 걸어갈 수밖에 없었다. 이렇게 천천히 움직이다가 모두들 다아시가 멀지 않은 곳에서 다가오는 것을 보고 깜짝 놀랐고 엘리자베스의 충격은 아까와 비슷했다. 이쪽 길이 건너 쪽보다 시야가 더 트여 있어서 그를 먼저 알아봤다. 놀라긴 했지만 엘리자베스는 적어도 아까보다는 만남을 더 준비할 수 있었고, 그가 정말로 그들을 향해 오는 게 맞다면 침착한 모습으로 맞이하리라 단단히 결심했다. 잠시 동안 엘리자베스는 그가 다른 길로 걸어갈 줄 알았다. 길모퉁이를 도느라고 시야에서 그를 놓친 동안 그렇게 생각했다. 모퉁이를 돌자 그가 바로 나타났다. 정중함을 조금도 잃지 않았음을 대번에 알 수 있었다. 그녀는 그의 예의에 맞추어 집이 아름답다고 칭찬했다. 그러나 '기쁘다'와 '매력적이다' 정도를 말하고 나니 불운한 기억이 끼어들면서 펨벌리를 칭찬하는 일이 악의적으로 해석될 수 있다는 생각이 들었다. 안색이 변한 채, 그녀가 멈추었다.

가드너 부인은 약간 뒤에 서 있었다. 그녀가 말을 멈추자 그는 일행에게 소개시켜 달라고 요청했다. 정말이지 엘리자베스가 대비하지 못한 정중함의 극치였다. 그가 청혼할 때 그의 자존심이 극구 말린다면서 깔보았던 바로 그 친척 몇 명과 인사를 나누고 싶어 하다니 엘리자베스는 웃지 않을 수 없었다. '이들이 누구인지 알면 얼마나 놀랄까!' 그녀는 생각했다. '상류 사회 사람들로 착각한 모양이지.'

즉시 소개가 이루어졌다. 자신과 어떤 관계인지 말하면서 그가 어떻게 받아들이는지 궁금해 슬쩍 쳐다보았다. 이런 수치스러운 일행으로부터 될수록 빨리 달아나려 할 것이라는 기대가 없지 않았다. 친척이라는 말에 그가 놀란 것은 분명했다. 하지만 꿋꿋하게 견뎠고 달아나기는커녕 돌아서서 가드너 씨와 대화하기 시작했다. 엘리자베스는 만족스러웠고 승리감을 느꼈다. 얼굴을 붉히지 않아도 되는 친척이 있음을 그가 알게 되어 좋았다. 그들 사이에 오가는 대화를 주의 깊게 들으면서, 외삼촌의 한마디 한마디가 지성과 안목, 훌륭한 매너를 드러내는 것에 뿌듯해했다.

대화는 금방 낚시로 넘어갔고 다아시는 가드너 씨에게 주변에 머무는 동안 자주 낚시하러 오라고 깍듯하게 정중함을 갖춰서 초대하면서 낚시 도구를 제공하겠다고 했고, 또 강의 어느 지점에서 가장 잘 잡히는지를 가르쳐 주기도 했다. 엘리자베스의 부축을 받으면서 걷던 가드너 부인은 놀라움을 가득 담은 표정을 지었다. 엘리자베스는 아무 말도 하지 않았지만 몹시 만족스러웠다. 그의 친절은 전부 자신을 위한 것이었다. 그렇더라도 충격은 강렬했다. 그녀는 계속 생각했다. '왜 저렇게 변했을까? 어디서부터 시작된 걸까? 나를 위해서 그럴 리가, 그의 매너가 이렇게 부드러워진 것이 나를 위한 것일 리가 없어. 헌스퍼드에서 비난했다고 이런 변화가 생겼을 리가 없어. 그가 아직도 나를 사랑한다는 건 말도 안 돼.'

두 숙녀가 앞에 가고 두 신사가 뒤를 따르다가, 약간 기묘하게 생긴 수중 식물을 가까이서 보려고 강둑을 내려갔다가 다시 돌아온 다음에 약간의 변동이 생겼다. 오전의 운동으로 피곤해진 가드너 부인이 엘리자베스의 팔을 잡고 걷기는 역부족이라며 남편과 함께 걸으려 했기 때문이다. 다아시가 부인의 자리로 가서 그녀의 조카 옆에서 함께 걷게 되었다. 잠시 침묵이 흐른 뒤에 엘리자베스가 먼저 말을 꺼냈다. 여기에 오기 전에 그가 없다는 사실을 확신하고 왔으며 그의 도착이 정말 뜻밖이었다고 말했다. "가정부는 당신이 분명 내일 온다고 했어요." 그녀가 덧붙였다. "정말로 당신이 당장 오지 않는다고 것을 알고 베이크웰을 떠났어요." 그는 그게 사실이라고 인정했다. 집사와 처리할 일이 있어서 같이 여행하던 사람들보다 몇 시간 먼저 출발했다고 설명했다. "그들은 내일 오전에 합류할 겁니다." 그가 계속했다. "그들 중 몇 명은 당신을 알지요. 빙리와 그의 누이들입니다."

엘리자베스가 가벼운 목례로 알은 체했다. 그녀의 생각은 빙리의 이름이 그들 사이에서 언급되었던 과거로 대번에 거슬러 올라갔다. 그의 표정을 보니 그 역시 다르지 않았다.

"각별하게 당신을 만나고 싶어 하는 사람이 있습니다." 잠시 멈추었다가 그가 계속 말했다. "램턴에 머무는 동안 여동생을 소개하고 싶은데, 혹시나 지나친 바람일까요?"

이 부탁에 정말 놀랐다. 너무 놀라서 그녀는 어떻게 수락해야 할지 몰랐다. 다아시 양이 그녀를 만나고 싶다는 어떤 소망이라도 가졌다면 그건 오빠가 심어 준 것임을 바로 알아차렸고 더 생각할 것도 없이 흡족했다. 그가 원망하는 마음으로 자기를 아주 나쁘게 생각하지 않는다는 게 만족스러웠다.

그들은 말없이 걸었다. 각자 생각에 깊이 빠져 있었다. 엘리자베스는 편안하지 않았다. 그럴 수가 없었다. 하지만 우쭐하고 기분이 좋았다. 여동생을 소개하고 싶다는 건 최고의 칭찬이었다. 곧 그들은 다른 사람들보다 앞서 갔고, 마차가 있는 곳에 왔을 때 가드너 부부는 팔 분의 일 마일이나 뒤처져 오고 있었다.

그러자 그가 집에 들어가자고 했지만 그녀는 피곤하지 않다고 했고 그들은 잔디밭에 함께 서 있었다. 이럴 때 많은 말을 나누면 좋으련만, 몹시 어색한 침묵만 흘렀다. 그녀는 말하고 싶었지만 모든 주제가 다 금기 상태로 보류된 것만 같았다. 결국 그녀는 여행 중이라는 사실을 떠올리며 매틀록과 도브데일 같은 장소에 대해 상당한 인내심을 가지고 대화를 이어갔다. 그래도 시간은 더디게 흘렀고 외숙모의 걸음도 느려서, 대화가 끝나기 전에 엘리자베스의 인내심과 생각거리는 거의 바닥나고 말았다. 가드너 부부가 도착하고 그들은 집 안으로 들어가 가벼운 음식을 들자는 요청을 받았다. 그들은 거절했고 양쪽 모두 극도로 예의를 갖추어 작별 인사를 나눴다. 다아시는 숙녀들이 마차에 오르도록 도왔고, 마차가 출발하자 엘리자베스는 그가 천천히 집 안으로 들어가는 것을 보았다.

외삼촌과 외숙모가 다아시에 대해 얘기하기 시작했다. 두 사람 모두 그가 기대했던 것보다 훨씬 훌륭하다고 했다. "흠잡을 데 없이 처신하고 정중하고 소탈한 사람이오." 외삼촌이 말했다.

"약간 근엄한 데가 있긴 있어요." 외숙모가 대꾸했다. "하지만 전체적인 분위기만 그렇다는 거고, 안 어울리지도 않네요. 가정부

말마따나 오만하다고 하는 사람들이 있겠지만 난 그런 건 못 봤어요."

"우리를 대하는 태도에 아주 놀랐소. 정중한 것 이상이었잖아요. 정말로 관심을 가지고 대했어요. 그렇게까지 할 필요 없었는데. 엘리자베스와 친분도 대단치 않은데 말이요."

"리지, 확실히 위컴 만한 미남은 아니야." 외숙모가 말했다. "아니, 얼굴만 그렇다는 거고, 몸매는 아주 훤칠하더구나. 그런데 왜 그렇게 불쾌한 사람이라고 했니?"

엘리자베스는 할 수 있는 한 변명했다. 켄트에서 만났을 때 처음보다 더 좋아졌고, 오늘 오전처럼 유쾌한 모습은 처음 봤다고 했다.

"그래도 아마 정중한 태도에 약간 변덕스러움이 있을 거다." 외삼촌이 대꾸했다. "지체가 높은 사람들이 종종 그렇거든. 그래서 말이다, 낚시하러 오라고 해 놓고 다음 날 마음이 변해서 자기 땅에서 나가라고 할지 모르니까 곧이곧대로 안 믿는단다."

엘리자베스는 그들이 그의 성격을 완전히 잘못 알고 있다고 느꼈지만 아무 말도 하지 않았다.

"우리가 본 것을 가지고 생각하면 그가 불쌍한 위컴에게 한 것처럼 누구를 그렇게 잔인하게 대했을 리가 없다." 가드너 부인이 계속 말했다. "그 얼굴에서 어떻게 못된 성격이 나오겠니. 오히려 말할 때 입가에 서글서글한 게 있더라. 용모에도 기품 같은 게 있고, 마음이 나쁜 사람이라는 느낌은 없었어. 그래도 집 구경 시켜 준 그 부인은 정말이지 휘황찬란하게 말하더라! 가끔 큰소리로 웃을 뻔했다니까. 그래도 그가 관대한 주인이라니까, 하인의 눈에 그거면 충분히 훌륭한 셈이지."

엘리자베스는 그가 위컴에게 한 행동을 변호하기 위해 무슨 말이든 해야 했다. 그래서 켄트에서 그의 친척이 하는 말을 들어 보니 다아시의 행동이 매우 다르게 설명될 수 있다면서, 할 수 있는 한 조심스럽게 그들을 이해시키려고 했다. 또 하트퍼드셔에 알려진 것처럼 그의 성격이 그렇게 잘못되지도 않았고 위컴이 그렇게 좋은 사람도 아니더라고 말했다. 이를 믿게 하려고 엘리자베스는 그들이 연루된 모든 금전 거래를 소상하게 밝히면서 그 소식통을 정확하게 밝히지는 않고 다만 믿을 만하다고만 했다.

가드너 부인은 놀라고 걱정스러워 했다. 하지만 예전의 기쁨이 서린 풍경을 접하자 모든 걸 잊고 회상의 매력에 푹 빠졌다. 남편에게 주변 풍경의 흥미로운 곳을 가리키기 바빠서 다른 생각을 할 수 없었다. 오전의 산책으로 피곤했음에도 저녁 식사를 마치자마자 다시 옛날 친구를 찾아 나섰고, 여러 해 단절되었다가 회복한 관계에 흡족해 하면서 저녁 시간을 보냈다.

그날 일어난 일이 너무나 흥미로워서 엘리자베스는 새로 만난 사람 누구에게도 관심을 가질 수 없었다. 다아시의 정중함, 그리고 무엇보다 여동생과 만나기를 바라는 그의 소망을 생각하고 또 놀라워하는 것 말고는 아무 일도 할 수 없었다.

2장

엘리자베스는 다아시가 여동생이 펨벌리에 도착하면 그다음 날 그녀를 데리고 인사하러 오리라 여겼다. 그래서 그날이 오면 오전 내내 여관에서 멀리 벗어나지 않으리라 결심했다. 하지만 그녀의 생각은 틀렸다. 엘리자베스 일행이 램턴에 묵은 바로 그다음 날 오전에 찾아온 것이다. 새로 만난 친구들과 함께 걸어 다니다가 옷을 갈아입고 저녁을 먹으려고 여관으로 막 돌아왔을 때 마차 소리가 나서 창밖을 보니 신사와 숙녀를 태운 이륜마차가 길을 올라오고 있었다. 엘리자베스는 대번에 다시 가문의 하인들의 옷 색깔을 알아보고 사태를 짐작하고는 외삼촌 부부에게 곧 벌어질 영광스러운 일을 알려 주어 적잖은 놀라움을 선사했다. 외삼촌과 외숙모는 정말 놀랐다. 상황 자체가 놀라운 데다 엘리자베스가 말할 때 당황하는 모습이라든지, 전날 있었던 많은 일을 고려하면 이 사태를 새롭게 봐야 했다. 전에는 전혀 짐작도 못 했지만, 이제는 조카에 대한 애정이 아니고서야 이런 장소에서 이렇게 나오는 것을 달리 설명할 수 없었다. 새로운 생각이 그들의 뇌리를 스치는 동안, 엘리자베스의 감정은 점점 더 흔들렸다. 자신이 그렇게나 당황하는 게 스스로도 놀라웠다. 무엇보다 호감을 가진 오빠가 여동생에게 자신을 너무 좋게 말했을까 봐 두려웠다. 그만큼 잘 보이고 싶은 마음이 간절해지니까 완전히 일을 그르칠지 모른다는 걱정도 따라왔다.

그녀가 들킬까 봐 창문에서 물러났다. 방을 왔다 갔다 하면서 차분해지려고 노력하는데, 설상가상으로 외삼촌과 외숙모는 어떻게 된 일인지 묻는 듯한 놀란 표정으로 바라보고 있었다.

다아시 양과 그녀의 오빠가 들어와 두려워하던 소개가 이루어졌다. 놀랍게도 엘리자베스는 새 친구가 자신만큼이나 당황하는 것을 보았다. 램턴에 온 이후로 줄곧 들은 말은 다아시 양이 몹시 오만하다는 것이었다. 단 몇 분 동안 지켜보니 그녀는 몹시도 부끄럼을 타는 사람일 뿐이었다. 그녀에게서 한 음절을 넘기는 긴 단어를 듣기조차 어려웠다.

다아시 양은 키가 크고, 전체적으로 엘리자베스보다 컸다. 이제 열여섯이 채 안 되었지만 몸매가 성숙했고 외모가 여성스럽고 우아했다. 오빠만큼 잘생기지는 않았지만 얼굴에는 분별력과 선량함이 나타났고, 매너는 꾸밈이 하나도 없고 점잖았다. 다아시가 늘 그랬던 것처럼 그녀도 날카롭고 거침없는 관찰자일 거라고 예상했던 엘리자베스는 아주 다른 인상을 받아 꽤 안도감을 느꼈다.

얼마 지나지 않아 다아시는 빙리가 올 거라고 했다. 기쁘다고 말하거나 그를 맞이할 준비를 채 하기도 전에 벌써 빙리의 빠른 발걸음이 계단을 오르고 있었고 눈 깜짝할 사이에 그가 나타났다. 그에 대한 분노는 오래 전에 사라졌다. 설사 분노가 남아 있었더라도 그가 엘리자베스를 만나자마자 보여준 꾸밈없는 반가움에 그것은 다 사라졌지 싶다. 그는 보통 하는 인사말이라도 친밀함을 담아 가족의 안부를 물었고, 늘 그랬듯이 기분 좋고 편안한 모습으로 대화했다.

엘리자베스 못지않게 가드너 부부에게도 빙리는 흥미로운 사람이었다. 그들은 오래 전부터 그를 보고 싶어 했다. 사실 그들 앞에 있는 모든 사람이 아주 흥미로웠다. 이제 막 의심을 불러일으킨 두 사람, 다아시와 조카를 각각 조심스럽게 뚫어져라 관찰했다. 그 결과 두 사람 중 적어도 한쪽은 사랑이 어떤 건지 알고 있다는 충분한 확신이 들었다. 숙녀 쪽의 감정에 대해서는 약간 의심스러운 면이 남았다. 신사 쪽에서는 연모의 감정이 넘쳐흐르는 게 분명하고도 남았다.

엘리자베스는 할 일이 많았다. 방문객들 하나하나의 감정을 확인하고 싶었고, 또 자신의 감정을 다스리면서 그들에게 좋은 인상을 줘야 했다. 실패할까 봐 가장 두려웠던 이 두 번째 목표는 확실하게 이루어졌는데, 좋은 인상을 주고 싶은 그들이 이미 자기 편이었기 때문이다. 빙리는 기분 좋을 만반의 준비가 되어 있었고, 조지아나는 그러고 싶어 안달했으며, 다아시는 아예 그러기로 작정을 하고 있었으니까 말이다.

빙리를 보면서 자연스럽게 언니 생각을 하게 되었다. 빙리도 그런지 간절히 알고 싶었다. 그가 예전에 비해 말을 적게 하고 또 한두 번 그녀를 바라볼 때 언니와 닮은 점을 찾고 있다고 혼자 생각하기도 했다. 이게 상상일지 모른다 쳐도, 제인의 라이벌로 설정된 다아시 양에 대한 그의 태도를 잘못 알아볼 리는 없었다. 어느 쪽에서도 특별한 관심을 뜻하는 표정은 없었다. 그들 사이에는 그의 여동생이 품은 희망을 뒷받침하는 어떤 것도 없었다. 이 점에 대해서는 금방 만족했다. 헤어지기 전에 애써 좋게 해석하고 싶은 두세 번의 사소한 정황이 발생했는데, 그는 애틋함이 묻어나는 제인의 기억을 말하고 또 할 수만 있다면 그녀의 이름을 끄집어낼 수 있는 애깃거리를 계속 이어가고 싶어 했다. 다른 사람들이 모두 대화에 몰두하는 한순간에 그가 진정으로 후회하는 듯한 어조로 말했다. "그녀를 만난 지 한참 되었습니다." 그녀가 대답하기도 전에 그가 이렇게 덧붙였다. "여덟 달이나 지났습니다. 네더필드 무도회에서 11월 26일에 보고 못 봤으니까요."

엘리자베스는 그의 기억이 정확해서 기뻤다. 나중에 그는 다른 사람들이 듣지 않는 때를 잡아 자매들이 모두 롱본에 있는지 물었다. 이 질문도 그렇고 앞서 했던 말도 그렇고 별 내용이 아니었지만 그의 표정과 태도가 의미심장했다.

다아시를 자주 볼 수는 없었다. 그를 얼핏 볼 때마다 온화한 표정이었고, 그의 어투가 동료를 무시하거나 잘난 척하는 것과는 거리가 먼 것을 보니 어제 펨벌리에서 목격했던 좋은 매너가 결국 일시적으로 끝날지는 몰라도 적어도 하루를 넘겼다고 확신할 수 있었다. 그는 몇 개월 전만 해도 인연을 맺는 것을 수치로 여겼던 사람들과 친분을 맺고 이들에게 잘 보이려고 애쓰고 있었다. 그녀 자신에게 뿐만 아니라 그가 대놓고 경멸했던 친척에게 이렇게 정중한 것을 보면서 헌스퍼드 목사관에서의 마지막 만남을 떠올려 보니 그 변화와 차이가 가슴을 치고 지나가서 놀라움을 감추기 힘들었다. 네더필드에서 가까운 친구들 사이에서나 로징스의 위엄 있는 친척들 사이에서도 지금처럼 이렇게 좋은 인상을 주려 노력하고, 또 자만과 뻣뻣한 침묵에 매이지 않은 모습을 본 적이 없었다. 좋은 인상을 줘서 성공한다고 해도 그 결과 어떤 지위가 생기는 것도 아니고 오히려 그가 관심을 쏟는 이 사람들과의 친분이 네더필드와 로징스의 숙녀들로부터 비웃음과 비난을 받을 뿐인데도 말이다.

방문객들이 반 시간 정도 머문 다음 떠나기 전에, 다아시는 여동생에게 가드너 부부와 베넷 양을 펨벌리의 저녁에 초대하자고 했다. 다아시 양은 초대하는 일에 익숙하지 않은 듯 망설였지만 곧 오빠의 뜻을 따랐다. 가드너 부인은 초대의 당사자라 할 엘리자베스가 어떻게 반응하는지 알고 싶어서 돌아봤지만 그녀는 고개를 돌려 버렸다. 의도적인 회피가 초대를 싫어해서가 아니라 순간적인 당황스러움이라는 생각에, 그리고 사람을 만나는 것을 좋아하는 남편이 초대를 기꺼이 수락하리라는 생각에 부인은 가겠다고 나섰고 그렇게 모레로 날짜가 정해졌다.

빙리는 할 얘기도 많고 하트퍼드셔의 모든 친구에 대해 물어볼 것도 많아서 엘리자베스를 다시 만나면 기쁠 거라고 했다. 엘리자베스는 언니 소식을 듣고 싶다는 뜻으로 해석하고는 좋아했다. 다른 이유도 있었지만 바로 이 때문에 엘리자베스는 지나간 삼십 분을 막상 사람들과 함께 있을 때는 거의 즐기지 못했지만 그들이 떠나고 나니 흡족하게 여길 수 있었다. 혼자 있고 싶고 또 외삼촌과 외숙모가 물어보고 떠보고 할까 봐 두려워서, 그녀는 그들이 빙리를 좋게 말하는 데까지만 듣고는 옷을 갈아입겠다며 서둘러 나와 버렸다.

　가드너 부부의 호기심을 두려워할 필요는 없었다. 그들은 억지로 말을 시킬 뜻이 없었다. 생각했던 것보다 그녀와 다아시 사이의 친분이 두터운 게 분명하다고 짐작했다. 그가 그녀를 사랑하는 것도 분명했다. 흥미를 돋우는 게 많지만 꼬치꼬치 물을 수는 없었다.

　이젠 다아시를 좋게 생각하고 싶어서 안달할 지경이었다. 만나보니 나무랄 데 없는 사람이었다. 정중한 예의에 마음이 흔들리지 않을 수 없어서, 다른 설명에 기대지 않고 그들의 느낌에 충실하게 그리고 하인의 설명에 근거해서 그의 성격을 그린다면 그를 아는 하트퍼드셔 사람들은 이 그림을 다아시라고 알아보지 못할 것 같았다. 비로소 가정부의 말을 믿을 마음이 생겼다. 그가 네 살 때부터 봐 왔다는 가정부를, 더구나 그녀의 매너 또한 점잖다면 쉽게 무시해서는 안 된다. 램턴에서 만난 친구들이 하는 얘기에도 가정부의 진술을 상당히 깎아내릴 내용은 아무것도 없었다. 그의 오만을 제외하고는 비난할 게 없었다. 아마도 자존심이 대단하긴 한 모양이고, 그렇지 않다면 그 가문과 별 인연도 없는 작은 시골 장터 사람들이 그저 그렇게들 말하곤 했을 것이다. 그렇더라도 그가 너그러운 사람이고 가난한 사람들에게 베푼다고 인정했다.

　여행 중에 이 지역에서 위컴의 평판이 좋지 않다는 것을 알게 되었다. 후원자의 아들인 다아시와의 관계의 대부분은 제대로 알려지지 않았지만, 더비셔를 떠날 때 그가 많은 빚을 졌고 그것을 다아시가 갚아 줬다는 건 알려진 사실이었다.

　엘리자베스로 말하자면, 이날 저녁에 어제보다 더 펨벌리를 생각했다. 저녁은 긴 것 같았지만 집주인을 향한 그녀의 마음을 결정하기에는 부족했다. 그 감정을 헤아리느라 두 시간을 뜬 눈으로 세웠다. 그를 싫어하지 않았다. 싫지 않았다. 증오는 오래 전에 사라졌고, 증오라고 불릴 그런 감정을 품었다는 사실 자체를 오래 전부터 부끄러워해 왔다. 그의 소중한 자질을 확인하고 생겨난 존경심을 처음에는 인정하기 싫었지만 언제부턴지 싫지 않았다. 어제 그를 칭찬하는 증언이 나오고 그의 성품이 상냥하다는 게 밝혀져서 그에 대한 존경심은 이제 더욱 우호적으로 발전했다. 무엇보다 존경과 존중을 넘어 가벼이 넘길 수 없는 선의가 싹트고 있었다. 그것은 고마움이었다. 단순히 한때 자신을 사랑해 줘서 고마운 게 아니라 그를 거절할 때 자신이 보여 준 모든 짜증과 악의, 거절에 동원되었던 그 모든 부당한 비난들을 용서할 정도로 아직도 자신을 충분히 사랑해 줘서 고마웠다. 최고의 적으로 피할 수도 있었을 자신을 우연히 만났을 때 친분을 유지하려고 애쓰고, 두 사람만이 아는 청혼 사건을 겪은 후에도 어떤 무례한 관심을 드러내거나 별나게 굴지 않으면서 일행에게 잘 보이려고 하고, 여동생에게 인사시키려고 했다. 오만으로 뭉친 사람이 이렇게 변했다는 건 놀라움뿐 아니라 고마움을 불러 일으켰다. 그것은 사랑, 열렬한 사랑 때문이었다. 그녀는 뭔가 딱 잘라 말할 수는 없지만 절대로 싫지 않았고 은근히 우쭐했다. 그녀는 그를 존경했고 존중했으며, 그에게 고마웠고 그의 행복에 깊은 관심을 가졌다. 그의 행복이 그녀 자신에게 달려 있기를 얼마나 바라는지, 그리고 한 번 더 구혼하도록 만들 힘, 그녀가 아직도 갖고 있다고 믿고 싶은 그 힘을 활용해서 두 사람의 행복이 얼마나 이루어질지를 알고만 싶었다.

그날 저녁 외숙모와 조카는 다아시 양이 펨벌리에 도착하자마자 늦은 아침을 먹고 바로 그날 찾아와 준 파격적인 정중함을 이쪽에서 비록 똑같지는 않겠지만 어떤 식으로든 예의를 차려서 갚아야 한다고 결정했다. 그 결과 다음 날 오전에 펨벌리로 그녀를 방문하는 것이 아주 적절하다고 결론 내렸다. 그렇게, 가기로 했다. 엘리자베스는 그 이유를 물어도 할 말이 없지만 어쨌든 기뻤다.

가드너 씨는 아침 식사 후에 곧 나갔다. 어제 낚시 계획이 새로 정해져서 정오까지 펨벌리에서 몇 명의 신사와 만나기로 했다.

3장

엘리자베스는 빙리 양이 자신을 질투해서 그렇게 싫어했다는 것을 확신하자, 그녀가 펨벌리에서 자신을 만나면 얼마나 싫어할까 싶고, 또 친분이 재개되면 어느 정도로 예의를 차리고 나올지 궁금했다.

펨벌리에 도착하자 현관을 통해 응접실로 안내되었는데, 북쪽으로 나 있어서 여름에 아주 좋았다. 바닥까지 닿는 큰 창이 열려 있어서 집 뒤편의 울창한 언덕 그리고 그 아래 잔디밭 여기저기 흩어져 있는 아름다운 참나무와 스페인 밤나무가 어우러져 아주 시원스런 경관을 품고 있었다.

다아시 양이 허스트 부인, 빙리 양, 런던에서 함께 사는 가정교사와 함께 앉아 그들을 기다리고 있었다. 조지아나의 손님맞이는 아주 정중했다. 그녀 특유의 당황한 태도가 나타났는데, 그게 수줍어하고 실수를 두려워해서 나온 것인데도 열등감에 빠진 사람 눈에는 오만하고 뻣뻣하게 보일 수도 있었다. 하지만 가드너 부인과 조카는 그녀를 이해하고 연민했다.

허스트 부인과 빙리 양은 단지 목례로 그들을 맞이했다. 그들이 앉자, 이런 순간이 늘 그렇듯이 어색한 침묵이 몇 분간 흘렀다.

마침내 점잖고 인상 좋은 앤즐리 부인이 침묵을 깼는데, 뭔가 얘기를 꺼내려고 애쓰는 것을 보면 그 두 사람보다 훨씬 더 교양 있는 사람이었다. 그녀와 가드너 부인이 대화를 이어갔고 엘리자베스도 거들었다. 다아시 양은 대화에 끼어들려고 용기를 내려는 것 같았다. 누군가 자기 말을 알아들을 위험이 가장 없는 때를 골라 가끔씩 짧은 문장을 시도했다.

엘리자베스는 빙리 양이 자신을 자세하게 관찰하고 있고, 특히 다아시 양에게 말을 걸 때마다 주의를 기울이고 있음을 알아챘다. 대화를 나누기에 불편한 거리에 앉아 있지만 않았어도 그 때문에 다아시 양과의 대화를 방해받지는 않았을 것이다. 많이 말하지 않아도 되니까 나쁠 건 없었다. 혼자 생각하느라고 바쁘기도 했다. 언제라도 신사들이 들어올 것 같았다. 집주인도 들어오려나 싶어서 바라기도 하고 두렵기도 했다. 바람과 두려움, 어느 쪽이 더 큰지 모르겠다. 이렇게 십오 분을 앉아 있는 동안 빙리 양은 한 마디도 안 하다가 가족의 안부를 차갑게 물으며 엘리자베스의 주의를 깨웠다. 그녀가 똑같이 무관심하고 짤막한 말로 대꾸하자 더 이상 말을 걸지 않았다.

변화가 생긴 것은 하인들이 차가운 고기, 케이크, 최고급 제철 과일을 가지고 들어오면서부터였다. 앤즐리 부인이 다아시 양에게 안주인의 역할을 알려 주는 의미심장한 시선과 미소를 여러 번 보낸 다음에야 변화가 진행되었다. 모든 사람에게 할 일이 생겼다. 모두 말할 수는 없었지만 모두 먹을 수는 있었다. 아름답게 쌓아 올린 포도와 복숭아와 자두가 놓인 탁자 주변으로 모든 사람이 모여들었다.

그렇게 먹는 동안 다아시가 방에 들어오자 엘리자베스는 그 순간에 어떤 감정이 우세한지에 따라 그가 들어오길 바라는지 두려위하는지를 결정할 수 있는 객관적인 기회를 맞이했다. 얼마 전까지만 해도 그가 들어오기를 바란다고 믿고 있었는데, 막상 그가 들어오자 후회가 밀려왔다.

다아시는 집에 와 있던 두세 명의 신사를 데리고 가드너 씨를 만나 강가에서 낚시를 즐기다가 오전에 숙녀들이 조지아나를 방문한다는 소식을 듣고는 혼자 돌아왔다. 그가 나타나자 엘리자베스는 완전히 편안하게 마음먹고 당황하지 않겠다고 현명하게 다짐했다. 모든 사람이 의심하고 있는 데다 그의 등장에 지켜보지 않는 눈이 하나도 없는 상황에서 꼭 필요한 결심이긴 했지만 지키기가 쉬운 건 아니었다. 그 누구보다 빙리 양의 얼굴은 강한 호기심을 확연하게 담고 있었지만, 그렇게 예의주시하는 대상들 중 유독 한 사람에게 말을 걸 때마다 웃음이 번졌다. 아직 질투가 그녀를 절박하게 몰아가지 않았고, 다아시에 대한 관심도 끝나지 않았다. 오빠가 들어오자 다아시 양은 더 말하려고 애썼다. 엘리자베스는 그가 여동생과 자신이 친해지기를 바라면서 양쪽에 말을 시키려고 할 수 있는 온갖 시도를 다하는 것을 보았다. 빙리 양 역시 이를 파악했다. 분노에 휘둘린 나머지 말할 기회가 오자마자 비웃음 가득한 예의를 차리며 이렇게 말했다.

"근데, 일라이자 양, 모 부대가 메리턴을 떠났다고요? 가족이 몹시 아쉬워하겠네요."

다아시 앞이라 감히 위컴의 이름을 꺼내진 않았다. 하지만 엘리자베스는 그녀가 그를 염두에 두고 있음을 대번에 알아들었다. 그와 관련된 여러 가지 기억이 몰려와 한순간 괴로웠다. 못된 공격을 용감하게 맞받아치려고 노력하면서 그럭저럭 무심한 어조로 바로 대답했다. 말하면서 자기도 모르게 다아시를 바라보니 상기된 표정으로 자신을 뚫어져라 바라보고 있었고, 그의 여동생은 당황스러움에 압도되어 고개도 들지 못했다. 빙리 양이 사랑하는 친구에게 어떤 고통을 주는지 알았더라면 틀림없이 그런 암시는 꺼내지도 않았을 것이다. 그녀는 단지 엘리자베스가 좋아한다고 여긴 남자 애기를 끄집어내 그녀를 당황하게 만들고, 그녀가 부적절한 감정을 드러내어 다아시의 눈에 나쁘게 보이도록 만들고, 또 다아시에게 그녀 가족이 그 연대와 연관되어 발생한 모든 어리석음과 추태를 상기시킬 작정이었다. 다아시 양이 그 남자와 도주할 뻔했다는 과거는 짐작도 못 한 채였다. 그 이야기는 엘리자베스를 제외하고는 모르는 사람은 그냥 모르는 채로 누구에게도 알려진 적이 없었다. 그녀의 오빠는 빙리 주변 사람들에게 이 이야기를 감추려고 각별히 신경 썼는데, 엘리자베스가 오래 전에 짐작했다시피 그들이 나중에 여동생의 가족이 되리라는 소망을 가졌기 때문이다. 그는 확실히 그런 의도를 가졌고, 그게 꼭 그를 베넷 양과 갈라놓으려는 노력에 영향을 끼친 것은 아닐지라도 친구를 챙기는 그의 마음에 뭔가 보탬이 되긴 했을 것이다.

　엘리자베스의 침착한 행동이 곧 다아시의 동요를 가라앉혔다. 빙리 양이 속상해하고 실망하여 위컴 애기를 더 진척시키지 못하자, 조지아나도 말을 계속 이어갈 정도는 아니었지만 곧 자신을 수습했다. 조지아나가 감히 눈을 마주치지도 못하고 있는 그녀의 오빠는 정작 여동생이 연루된 일을 거의 떠올리지 않아서, 그를 엘리자베스로부터 떼어 놓으려던 시도는 오히려 그가 엘리자베스에게 더 기쁘게 몰두하도록 해 주고 말았다.

　이 질문과 대답을 끝으로 방문은 마무리되었다. 다아시가 그들을 마차로 안내하는 동안 빙리 양은 엘리자베스의 외모와 행동과 옷을 헐뜯으며 분풀이를 하고 있었다. 조지아나는 끼어들지 않았다. 오빠의 추천만으로 그녀를 좋아하기에 충분했다. 그의 판단은 틀림없고, 그의 설명은 조지아나가 엘리자베스를 사랑스럽고 상냥한 사람으로 볼 수밖에 없도록 해 주었다. 다아시가 응접실로 돌아왔을 때 빙리 양은 그의 여동생에게 하던 말을 부분적으로 반복했다.

"오늘 일라이자 베넷 꼴이 그게 뭐예요, 다아시 씨." 그녀가 소리를 높였다. "겨울이 지나고 그렇게 변한 사람은 처음 봤어요. 까맣게 타고 거칠어졌어요! 루이자와 말하고 있던 참인데, 괜히 만났지 뭐예요."

이런 말을 다아시가 조금도 좋아할 리가 없지만 그는 그저 약간 탄 것을 빼면 변한 게 없다고, 여름에 여행해서 당연히 그렇다고 침착하게 대꾸하고 말았다.

"그녀가 예쁘다고 생각해 본 적이 없어요." 그녀가 말했다. "얼굴이 너무 말랐잖아요. 피부에 윤기가 없다니까요. 이목구비도 잘생기지 않았어요. 코는 평범해요. 콧날에도 특징이 없고요. 치아는 그럭저럭 봐 줄 만하지만 여전히 평범한 수준이죠. 눈은 가끔 예쁘단 소릴 들을지 몰라도 특별한 줄 모르겠어요. 날카롭고 말괄량이 같아서 난 별로예요. 전체적인 분위기가 세련되지도 않았으면서 잘난 척하니까 아주 못 봐 주겠어요."

빙리 양은 다아시가 엘리자베스를 연모한다는 것을 알았고, 이렇게 해서는 자신을 돋보이게 할 수 없었다. 그러나 화난 사람들은 현명하지 않은 법. 그가 마침내 약간 짜증스러워 하자 그것으로 일단 그녀가 바라던 바를 모두 얻었다. 그러나 그는 끝까지 침묵을 지켰다. 그에게 말을 시키려고 작정하고 그녀가 이렇게 나왔다.

"하트퍼드셔에서 처음 그녀를 만났을 때 그녀가 소문난 미인이라고 해서 우리 모두 놀랐던 기억이 나요. 어느 날 저녁 네더필드에서 다 함께 저녁을 먹고 난 후엔가 당신이 이렇게 말했던 게 특별히 생각나네요. '퍽도 미인이네요. 차라리 저 어머니를 재기 넘치는 사람이라 합시다.' 그 이후로 당신 눈에 그녀가 점점 예뻐지는 것 같던데, 한때 그녀가 꽤 예쁘다고 했었죠."

"그랬죠." 다아시가 더 이상 참지 못하고 대답했다. "처음에만 그랬고, 그다음 몇 달 동안 그녀를 내가 만난 최고의 미인에 속한다고 생각해 왔어요."

이렇게 말하고 가 버리자, 빙리 양은 다른 누구도 아닌 바로 자신에게 고통스럽게 돌아오는 그런 말을 들으려고 그를 자극한 만족감을 혼자 곱씹어야 했다.

돌아오는 길에 가드너 부인과 엘리자베스는 방문하는 동안 일어난 일을 모두 되새기면서 두 사람에게 특히 흥미로웠던 것만 쏙 빼놨다. 모든 사람의 표정과 행동에 대해 말했지만 주로 그들의 관심을 끌었던 한 사람은 제외했다. 여동생, 친구들, 집, 과일에 대해 그리고 그를 제외한 모든 것에 대해 말했다. 그러면서도 엘리자베스는 가드너 부인이 그를 어떻게 생각하는지 알고 싶었고, 가드너 부인으로서는 조카가 그 주제를 꺼냈더라면 매우 흡족했을 것이다.

4장

엘리자베스는 램턴에 도착한 날 제인의 편지가 없어서 굉장히 실망했다. 그리고 램턴에서 보낸 두 번의 아침 모두 실망을 반복했다. 그러다가 셋째 날 아침에 불평이 끝났다. 언니가 보낸 두 통의 편지를 한꺼번에 받았는데, 하나는 다른 곳에 잘못 배달되었다는 표시가 붙어 있었다. 제인이 주소를 아주 잘못 써 놓았으니 놀랄 일이 아니었다.

편지가 도착했을 때 그들은 막 나서려던 참이었다. 외삼촌과 외숙모는 그녀가 혼자 조용히 편지를 읽도록 내버려 두고 먼저 나갔다. 잘못 배달되었다 돌아온 편지를 먼저 읽었다. 닷새 전에 쓴 것이었다. 전반부에 담긴 내용은 지방에서 벌어지는 자잘한 모임과 사교 소식이었다. 후반부는 하루 지나고 이어서, 그리고 분명 흥분해서 쓴 것인데, 더 중요한 소식을 담고 있었다. 이런 내용이었다.

리지, 위의 소식을 전한 다음에 정말 뜻밖에도 심각한 일이 발생했어. 아무도 아픈 건 아니니까 놀라지마. 불쌍한 리디아 소식이야. 어젯밤 자정 우리 모두 자러 갔을 때 포스터 대령의 속달이 왔는데 리디아가 그의 부하 장교와 스코틀랜드로 떠났다는 거야. 진실을 말하면, 위컴과 함께 도주했어! 우리가 얼마나 놀랐겠니. 하지만 키티에게는 그렇게 놀랄 일이 아닌 것 같았어. 정말 유감이야. 양쪽 모두에게 경솔한 결합이잖아! 하지만 잘 해결될 거라 믿고, 위컴의 성격이 오해받았기를 바랄 뿐이야. 생각 없고 조심성 없는 사람이라 할 수는 있겠지만 이번 일로 (다행으로 여길 일인데 말이다) 나쁜 사람이 되는 건 아니야. 아버지가 물려줄 게 하나도 없다는 걸 알면서 리디아를 골랐으니 적어도 딴 마음은 없는 거잖아. 불쌍한 어머니는 슬퍼하고 계셔. 아버지는 그보다 잘 견디시고. 위컴에 대한 나쁜 정보를 말하지 않았던 게 얼마나 다행인지. 우리도 그 얘기는 잊어버리자. 추측에 따르면 그들이 토요일 밤 자정 무렵에 떠났는데 어제 아침 여덟 시까지 들키지 않았대. 그리고 바로 속달이 온 거야. 리지, 그들은 아마 여기서 십 마일도 안 되는 곳을 지나쳤겠지. 포스터 대령이 곧 여기로 올 거야. 리디아가 그의 아내에게 계획을 밝힌 편지를 남겼대. 곧 가엾은 어머니에게 가 봐야 해서 그만 쓸게. 도대체 무슨 말인지 못 알아듣겠지만 나도 내가 뭘 썼는지 모를 지경이야.

생각을 할 겨를도 없고 어떤 감정을 느끼는지도 모른 채 엘리자베스는 편지를 읽자마자 남은 편지를 급하게 집어 들고 읽어 내려갔다. 첫 편지의 결론에서 하루 지나고 쓴 것이었다.

지금쯤이면 처음 편지를 받았겠지. 이 편지가 더 알아듣기 쉬워야 할 텐데, 시간이 부족한 것도 아닌데 머리가 너무 뒤죽박죽이라 조리 있게 쓰질 못하겠어. 리지, 뭐라고 써야 할지 모르겠지만 안 좋은 소식이 있어서 빨리 알려 줄게. 위컴과 리디아의 결혼이 경솔한 짓이라도 우리는 지금 그들이 결혼했기를 간절히 바라는 심정인데, 왜냐면 그들이 스코틀랜드로 가지 않았다고 의심되는 이유가 너무 많아. 포스터 대령이 속달을 보내 놓고는 몇 시간 지나지 않아 브라이턴을 떠나서 어제 도착했어. 포스터 부인에게 남긴 리디아의 짧은 편지에 따르면 그들은 그레트나 그린으로 갈 거라고 했다는데, 데니가 위컴이 거기에 갈 생각도 리디아와 결혼할 생각도 없다는 식으로 말한 게 포스터 대령의 귀에 들어가서 그가 깜짝 놀라서는 바로 브라이턴을 떠나 그들을 추적한 거야. 그는 클래펌까지 쉽게 따라갔지만 더 이상 못 갔대. 거기에서 두 사람이 전세 마차로 갈아타고 엡섬에서 타고 왔던 마차를 돌려보낸 거지. 그다음에 알려진 건 그들이 런던 쪽으로 가는 걸 봤다는 거야. 어떻게 생각해야 할지 모르겠어. 포스터 대령은 런던으로 가는 길을 조사하고 하트퍼드셔로 오는 길에 통행료를 받은 길목에 있는 여관은 물론 바넷과

햇필드의 여관을 다 뒤졌지만 그들이 지나가는 걸 본 석이 없다는 말만 들었어. 그는 친절하게도 롱본을 찾아와서 정말 진심으로 걱정했어. 그와 포스터 부인이 너무 안됐고 누구든 그들을 비난할 수는 없어. 리지, 우리는 정말 걱정이 태산이야. 아버지와 어머니는 최악을 믿고 계시지만, 난 위컴을 그렇게 나쁘게 생각하지 않을래. 처음 계획대로 하지 않고 런던에서 개인적으로 결혼식을 올리는 게 더 맞는 상황인 모양이야. 그럴 리는 없겠지만 설사 위컴이 리디아 같은 점잖은 집안 출신 아이를 망칠 계획이었더라도 개가 아무 생각이 없겠니? 그럴 수는 없어. 하지만 포스터 대령이 그들이 결혼할 거라 믿지 않아서 좀 슬퍼. 내가 희망을 말하니까 그가 고개를 저으면서 위컴은 믿을 만한 사람이 아니라고 하는 거야. 어머니는 정말 몸져누워서 나오지도 않으셔. 조금만 견디시면 좋으련만 어떻게 그걸 기대하겠니. 아버지가 그렇게 휘청거리시는 건 처음 봐. 불쌍한 키티는 그들 사이를 말하지 않았다고 혼나고. 그거야 비밀이었으니 할 수 없지. 네가 이 험한 모습을 목격하지 않아서 그나마 다행이야. 하지만 지금 첫 충격이 지나갔으니 네가 돌아오길 바라도 될까? 그러기 불편한데 꼭 그러라고 하는 건 내 이기심일 테지. 안녕.

방금 내가 안 하겠다고 한 말을 다시 하려고 펜을 들었는데, 상황이 상황이니 만큼 될 수 있으면 빨리 돌아와 주기를 간청해야겠어. 외삼촌과 외숙모를 잘 아니까 이렇게 부탁드리는 게 두렵지 않고, 외삼촌께는 따로 부탁드릴 것도 있고 말이야. 아버지가 포스터 대령과 함께 바로 런던으로 떠나서 리디아를 찾으실 거야. 어떻게 하실 건지 난 정말 모르겠어. 너무 괴로운 상태에서 가장 안전한 최선의 방법으로 일을 수습하지 못하실 것 같은데 포스터 대령은 내일 저녁까지는 브라이턴으로 돌아간다고 하고. 이런 위급한 상황에서 외삼촌의 조언과 도움이 절실해. 외삼촌은 내 말을 당장 이해하실 테고, 난 외삼촌을 믿어.

"이런! 외삼촌 어디, 어디에 계세요?" 엘리자베스가 편지를 읽자마자 의자에서 벌떡 일어나 그를 찾으며 소리쳤다. 그녀가 문으로 걸어가자 이때 마침 하인이 문을 열더니 다아시가 나타났다. 그녀의 창백한 얼굴과 다급한 태도를 보고 놀란 그가 사태를 파악하고 무슨 말을 꺼내기도 전에 그녀가 온통 리디아에 대한 생각으로 가득 차서 급하게 소리쳤다. "실례합니다만 나가야 해요. 지연될 수 없는 급한 일이 생겨서 가드너 씨를 당장 찾아야 해요. 이럴 시간이 없다고요."

"세상에! 무슨 일입니까?" 그가 예의보다 감정을 앞세워 소리쳤다. 그러고는 자신을 수습한 다음 이렇게 말했다. "붙잡지 않겠지만 내가, 아니 하인이 가드너 부부를 찾아오게 해요. 진정해요. 이렇게 나가면 안 됩니다."

엘리자베스는 주춤했지만, 무릎이 떨리기도 했고 그들을 찾으러 나가 봐야 어떻게 할 것인가 싶었다. 그래서 하인을 불렀고 숨이 차서 거의 알아들을 수도 없게 주인 부부를 당장 모셔 오라고 했다.

하인이 방을 나가고 그녀가 자신을 주체하지 못한 채 비참한 모습으로 앉아 있자 다아시는 그냥 나갈 수 없어서 부드러운 연민의 목소리로 이렇게 말했다. "하녀를 부르겠어요. 좀 가라앉히기 위해 마실 거리가 없을까요? 포도주면 되겠네요. 한잔 가져 올까요? 정말 아픈 것 같습니다."

"아녜요. 감사합니다." 그녀가 정신을 차리려 애쓰면서 대답했다. "내게는 아무 일도 없어요. 괜찮아요. 방금 롱본에서 온 끔찍한 소식에 놀랐을 뿐이에요."

그녀는 이렇게 말하면서 눈물을 터트렸고, 몇 분 동안 말을 잇지 못했다. 다아시는 뭔지 몰라서 불안한 가운데 걱정하는 말 몇 마디를 혼자 중얼거리더니 공감 어린 침묵으로 그녀를 바라볼 수밖에 없었다. 마침내 그녀가 말했다. "방금 제인이 보낸 편지를 받았는데 끔찍한 소식이 있어요. 어떻게 감추겠어요. 막내 동생이 친구들을 떠나서 도주해 버렸어요. 자기를 내던졌는데, 그것도 위컴에게요. 브라이턴에서 함께 떠났대요. 당신은 그가 어떤 사람인지 아니까 다음 얘기는 두말할 필요도 없겠지요. 막내 동생은 돈이나 가문이나 그를 유혹할 게 아무것도 없는데, 그 아이는 이제 끝이에요."

다아시는 놀라서 굳어 버린 듯했다. "내가 그걸 막을 수도 있었다는 생각만 하면!" 그녀가 더 떨리는 목소리로 덧붙였다. "그가 어떤 사람인지 아는 내가 막았어야 했는데. 그의 과거를 조금이라도, 내가 아는 조금이라도 가족에게 설명했더라면! 그의 성격이 알려졌더라면 이런 일은 일어나지 않았을 텐데. 하지만 지금은 모두, 모두 너무 늦었어요."

"정말 슬픕니다." 다아시가 탄식했다. "슬프고, 충격적입니다. 확실해요? 정말 확실합니까?"

"네! 일요일 밤에 브라이턴을 떠났고 거의 런던까지 추적했는데 그 이상은 못 찾았대요. 스코틀랜드로 가지 않은 건 확실해요."

"동생을 찾으려고 어떻게 했습니까?"

"아버지께서 런던으로 가셨다는데, 제인이 외삼촌의 도움이 당장 필요하다고 해서 우린 삼십 분 후에 바로 떠났으면 해요. 하지만 무엇을 할 수 있겠어요. 아무것도 할 수 없어요. 그런 남자를 어떻게 하겠어요? 그들을 찾아내기나 하겠어요? 희망이 없어요. 아무리 생각해도 끔찍한 일이에요!"

다아시는 고개를 흔들면서 조용히 동의했다.

"그가 어떤 사람인지 알았는데. 아! 그때 무엇을 해야 하는지 과 감하게 무엇을 해야 하는지 알았더라면! 그때는 몰랐어요. 나서기 가 두려웠어요. 정말 실수였어요!"

다아시는 대답하지 않았다. 그는 거의 그녀 말을 듣지 않고 깊 은 생각에 빠져 왔다 갔다 했다. 이마를 찡그리고 우울해했다. 그 를 보면서 엘리자베스는 사태를 단숨에 파악했다. 그녀의 힘은 사 라졌다. 가족의 약점을 잡혔고 깊은 치욕을 당했으니 모든 것은 끝났다. 궁금하거나 비난할 것도 없고, 그가 겨우 자제하고 있다 고 해서 위안이 되거나 고통이 덜어지지도 않았다. 오히려 그것은 그녀 자신의 소망이 무엇인지 이해할 수 있도록 정확하게 계산된 것 같았다. 모든 사랑이 허사가 된 지금 이 순간만큼 그를 사랑할 수 있었다고 솔직하게 느낀 적이 없었다.

자신에 대한 생각이 이렇게 끼어들었으나 그녀는 여기에 빠지 지는 않았다. 리디아, 그 아이가 가족에게 몰고 온 굴욕과 비참함 이 개인적인 걱정을 곧 집어삼켰다. 손수건으로 얼굴을 가리고 엘 리자베스는 모든 것으로부터 멀어졌다. 몇 분 지난 후에 다아시가 동정이 가득한 만큼이나 절제된 목소리로 말하자 정신을 차렸다. "내가 여기에 없기를 바라는 것 같고, 아무 소용도 없지만 그래도 진짜로 걱정하는 마음 이외에는 내가 여기 더 머물고 싶다고 간청 할 변명거리가 없습니다. 이런 괴로운 상황에 위로가 될 만한 무 슨 말이나 행동을 할 수 있으면 얼마나 좋을까요. 이런 헛된 소망 으로 당신을 괴롭혀 봐야 고맙다는 인사나 들으려는 것처럼 보일 겁니다. 이 불행한 일 때문에 여동생이 오늘 펨벌리에서 당신을 만 나는 일은 성사될 수 없겠지요."

"네. 다아시 양에게 우리를 대신해서 사과해 주세요. 급한 일이 있어 집으로 돌아간다고요. 가능한 한 이 불행한 진실을 비밀로 해 주세요. 별로 오래가지 않을 것 같지만요."

그는 당장 비밀을 약속했고, 그녀가 고통스러운 걸 보니 슬프다면서 현재 바랄 수 있는 것보다 더 좋은 결론이 나기를 바란다고 하고, 또 외삼촌 부부에게 안부를 전해 달라고 하면서 마지막으로 진지하게 이별의 표정을 남기고 가 버렸다.

그가 방을 나가자 엘리자베스는 더비셔에서 이루어진 몇 번의 만남에서 그랬던 것처럼 따뜻한 마음으로 그를 만날 일은 더 이상 없을 것 같다고 느꼈다. 그와의 친분을 모두 되돌아보니 모순과 변화로 가득했고, 지금은 계속되기를 바라지만 예전에는 끝나기를 바랐던 그 감정의 얄궂음에 한숨이 났다.

고마움과 존중이 애정의 좋은 토대라면 엘리자베스의 감정 변화는 믿기 어려운 것도 아니고 잘못된 것도 아니다. 그렇지 않다면, 즉 고마움과 존중에서 나온 애정이 상대를 처음 만났을 때나 심지어 두 마디 말도 나눠 보기 전에 바로 생겨난다고 묘사되곤 하는 그런 애정에 비교해 볼 때 비이성적이고 부자연스러운 것이라면, 엘리자베스가 그런 애정으로 위컴을 대했다가 실패하자 덜 흥미로운 방법을 시도하게 되었다는 설명이라면 모를까 달리 그녀의 변화를 변호할 수 없을 것이다. 어쨌든 그녀는 그가 떠난 것이 아쉬웠다. 리디아의 불명예가 벌써부터 이런 영향을 끼치고 있으니 이번 사태를 생각할수록 괴로웠다. 제인의 두 번째 편지를 읽은 다음에는 위컴이 리디아와 결혼할 뜻이 있다는 희망을 조금도 품지 않았다. 제인이니까 그런 기대로 스스로를 위안할 수 있었다. 일이 진행되는 것을 보니 놀라울 게 하나도 없었다. 첫 번째 편지의 내용이 마음속에 남았을 때는 정말 놀랐고 돈을 밝히는 위컴으로서는 결코 선택할 수 없는 여자와 결혼한다는 게 충격적이었다. 리디아가 어떻게 그를 좋아하게 되었는지도 이해되지 않았다. 하지만 지금은 모든 게 당연해 보였다. 그녀는 이런 종류의 관계에 충분히 알맞은 아이로 보였을 것이다. 리디아가 결혼할 뜻도 없이 일부러 도주했다고는 생각지 않았지만 그 아이의 도덕심이나 이해력이 쉬운 희생양이 되는 걸 막을 정도가 아니라는 점은 믿고도 남았다.

그녀가 보기에는 연대가 하트퍼드셔에 있는 동안 리디아가 위컴을 특별히 좋아한 적은 없었고 리디아는 오로지 관심을 보이는 사람이라면 누구든 무작정 좋아한 게 틀림없었다. 어떨 때는 이 장교가 어떨 때는 저 장교가 그녀의 사랑이었고, 관심만 보여 주면 그들을 좋아했다. 그녀의 사랑은 끊임없이 출렁거렸고 결코 대상이 없던 적이 없었다. 그런 아이를 방치하고 방임한 잘못. 아! 엘리자베스는 지금 그것을 절절하게 깨달았다.

엘리자베스는 간절하게 집에 가고 싶었다. 듣고, 보고, 직접 경험하고, 그리고 완전히 뒤죽박죽이 된 집안에서 제인이 홀로 감당하고 있을 걱정을 함께 나누고 싶었다. 아버지는 안 계시고 정신을 못 차리는 어머니를 계속 돌봐야 한다. 리디아를 위해 할 수 있는 게 없다는 느낌이 들긴 했지만, 그래도 외삼촌의 도움이 가장 중요한 것 같아서 그녀는 극도로 초조하게 그를 기다렸다. 가드너 부부는 하인의 설명을 듣고서 조카가 갑자기 아픈 줄 알고 깜짝 놀라서 급하게 돌아왔다. 그녀는 그렇지 않다고 금방 안심시키고 나서, 두 통의 편지를 크게 읽고 두 번째 편지의 마지막 추신 부분을 떨리는 목소리로 힘주어 읽으면서 그들을 부른 이유를 열심히 설명했다. 가드너 부부는 리디아를 아낀 적이 없지만 깊이 상심할 수밖에 없었다. 단지 리디아가 아니라 모두가 연관된 일이었다. 놀람과 공포의 첫 탄식이 지나가고 가드너 씨가 최선을 다해 돕겠다고 약속했다. 엘리자베스가 예상한 그대로임에도 감사의 눈물을 흘리며 인사했다. 세 사람 모두 한마음으로 움직여 그들의 여정에 관련된 모든 일이 신속하게 정리되었다. 그들은 최대한 서둘러 떠나기로 했다. "펨벌리 방문은 어떡하지?" 외숙모가 물었다. "네가 우리를 부르러 존을 보낼 때 다아시가 여기 있었다던데, 그랬니?"

"네. 오늘 약속은 못 지킨다고 했어요. 그건 해결되었어요."

"그건 해결되었다." 외숙모가 떠날 준비를 하러 방으로 들어가면서 이렇게 반복했다. "두 사람 사이가 쟤가 진실을 다 털어놓을 정도인가! 아, 어떤 사이인지 알면 좋으련만!"

그러나 그런 소망은 소용없었다. 기껏해야 곧 이어진 바쁘고 당황스러운 시간 동안 즐겁게 상상하는 즐거움을 잠시 주었을 뿐이다. 할 일이 없어 여유가 있었다면 엘리자베스는 자기처럼 비참한 사람은 분명 아무 일도 할 수 없다고 믿고 말았을 것이다. 그러나 그녀는 외숙모만큼이나 할 일이 많았고, 램턴에 있는 친구들에게 갑작스런 출발에 대한 변명을 늘어놓으며 편지를 쓰는 일도 했다. 한 시간 안에 모든 일이 끝났다. 그동안 가드너 씨는 여관비를 정산해서 떠나는 일만 남았다. 생각했던 것보다 짧은 시간에 오전의 비참함을 뒤로 하고, 엘리자베스는 마차를 타고 롱본으로 가는 길에 올랐다.

5장

"곰곰이 생각해 보았다, 엘리자베스." 마차가 마을을 벗어나자 외삼촌이 말했다. "따져보니까 말이다, 아까보다 지금 더 네 언니와 같은 생각이다. 도대체 어떤 젊은이가 결코 보호자나 친구가 없지 않은 데다 자기 상관인 대령 집에 머물고 있는 여자아이를 망칠 계획을 꾸몄을까 싶어서 나는 정말 좋게 해결되리라고 생각하련다. 그가 여자아이의 친구들이 가만있을 거라고 생각했겠니? 포스터 대령에게 그런 모욕을 주고도 연대에서 인정받기를 바랐겠니? 그런 위험을 감수할 정도의 유혹은 없어!"

"정말 그렇게 생각하세요?" 엘리자베스가 잠시나마 밝아지면서 반응했다.

"그럼." 가드너 부인도 반응했다. "나도 네 외삼촌이랑 같은 생각이다. 그런 죄를 저지른다면 체면, 명예, 이해관계를 몽땅 파괴하는 중대한 일이야. 위컴을 그렇게까지 생각할 수는 없다. 리지, 넌 그가 그럴 수 있다고 믿을 정도로 그를 완전히 포기했니?"

"아마 자기의 이해관계를 무시하지는 않겠죠. 하지만 다른 건 얼마든지 무시할 수 있는 사람이에요. 말씀대로만 된다면 얼마나 좋겠어요! 하지만 감히 기대하지 못하겠어요. 정말 그렇다면 왜 스코틀랜드로 안 갔겠어요?"

"일단 스코틀랜드로 가지 않았다는 절대적인 증거는 없단다." 가드너 씨가 대답했다.

"그래요! 하지만 그들이 마차를 버리고 전세 마차로 갈아탄 건 유력한 근거잖아요.' 게다가 바넷으로 가는 길에는 그들의 흔적도 없고요."

"글쎄다. 그들이 런던에 있다고 치자. 무슨 특별한 목적이 있어서가 아니라 그냥 숨으려고 말이다. 어느 쪽도 돈이 많지 않을 거다. 스코틀랜드보다는 런던에서 결혼하는 게 시간은 걸리겠지만 더 경제적이라고 생각했을 거다."

"왜 숨으려고 해요? 왜 그렇게 들킬까 봐 두려워해요? 왜 결혼이 은밀해야 하죠? 아녜요. 아니라고요. 그럴 것 같지 않아요. 제인의 편지에서 보셨다시피 그의 각별한 친구 데니가 그가 리디아와 결혼할 뜻이 없다고 했대요. 위컴은 돈깨나 있는 여자가 아니면 결혼하지 않을 거예요. 그럴 여유가 없어요. 위컴이 결혼을 잘해서 이득 볼 모든 기회를 다 버리고 리디아를 선택하게 만들 무슨 장점이, 젊고 건강하고 쾌활한 것 말고 내세울 무슨 매력이 있나요? 연대에서 치욕을 당할까 두려워서라도 리디아와 불명예스럽게 도주하지 못하리라는 말씀도 저로서는 잘 모르겠어요. 군대에서 그런 행동이 어떤 결과를 낳는지 잘 모르겠어요. 말씀하신 다른 반론도 거의 효과가 없는 것 같아요. 리디아는 나서 줄 오빠도 없잖아요. 위컴은 평소 아버지의 행동, 게으름 그리고 가족에게 무슨 일이 일어나고 있는지 도무지 신경 쓰는 것 같지 않은 태도를 보고 이런 일이 터지면 여느 아버지처럼 아무 행동노 안 하고 아무 생각도 없을 거라고 여긴 거예요."

"그러면 너는 리디아가 위컴에 대한 사랑에 눈이 멀어 결혼하지 않고도 함께 살자는 말에 넘어갔다는 거니?"

"정말 충격적이긴 하지만요." 눈물이 맺힌 채 엘리자베스가 대답했다. "그런 대목에 이르면 여동생의 체면과 도덕관은 의심스러운 데가 있어요. 하지만 뭐라고 해야 할지 모르겠어요. 내가 걔를 부당하게 대하는 건 아닌가 싶고요. 하지만 걔는 아직 어려요. 심각한 주제에 대해 생각하기를 배우지 못했죠. 지난 반 년, 아니 일 년 동안 유흥과 허영심에만 몰두했어요. 게으르고 경박하게 시간을 제멋대로 낭비하면서 그냥 잡히는 대로 아무 생각이나 따르도록 걔를 내버려 둔 거죠. 모 연대가 메리턴에 주둔한 이후로 그녀의 머릿속에는 사랑, 연애, 장교들이 가득했어요. 그 주제들을 계속 생각하고 떠벌리면서 뭐랄까요, 풍부한 감정 비슷한 걸 키우려고 안간힘을 다 쓴 거예요. 그렇지 않아도 이미 그런 감정이 흘러넘치는데. 우리가 알다시피 위컴은 여자를 홀리는 외모에 말솜씨가 매력적이잖아요."

"하지만 제인은 위컴이 그런 짓을 할 수 있다고 믿을 정도로 그를 나쁘게 생각하지는 않던데." 외숙모가 말했다.

"제인이 누굴 나쁘게 생각하던가요? 과거의 행실이 어땠든지 간에 결국 그들의 잘못이 드러날 때까지는 그런 짓을 할 사람이라고 믿는 법이 없잖아요. 하지만 제인도 저와 마찬가지로 위컴이 어떤 사람인지 알아요. 우리는 그가 말 그대로 철저하게 방탕하게 살았다는 걸 알아요. 그는 진정성도 명예심도 없어요. 아첨만큼이나 거짓말과 속임수로 살아가는 사람이라고요."

"정말 다 알고 있니?" 엘리자베스가 어떻게 위컴을 다 알게 됐는지 호기심이 발동한 가드너 부인이 물었다.

"그럼요." 엘리자베스가 얼굴을 붉히며 대답했다. "저번에 위컴이 다아시에게 했던 악행을 말씀드렸죠. 외숙모도 롱본에서 위컴이 자신에게 관용과 관대함을 베풀어 준 다아시를 두고 어떻게 말하는지 들으셨잖아요. 제가 자유롭게 말할 수 없는 이유가 있지만, 말할 가치도 딱히 없어요. 펨벌리의 가족에 대한 위컴의 거짓말은 끝이 없어요. 그가 다아시 양에 대해 말하는 걸 듣고 저는 오만하고 붙임성 없고 호감이 안 가는 아가씨를 만날 준비를 단단히 하고 있었어요. 그는 그녀가 그렇지 않다는 걸 알면서 그렇게 말했어요. 그녀가 사랑스럽고 꾸밈없는 사람이라는 걸 우리가 곧 발견했듯이 그도 다 알고 있었다고요."

"그런데 리디아는 이걸 하나도 모르고? 너와 제인이 그렇게 잘 알고 있는데 걔는 하나도 모를 수가 있니?"

"그럼요. 그러니까, 그게 바로 최악이라는 거예요. 저도 켄트에서 다아시와 그의 친척인 피츠윌리엄 대령을 자주 만날 때까지는 까맣게 몰랐으니까요. 제가 집에 돌아가니까 모 부대는 일이 주일 후에 메리턴을 떠난다고 하더라고요. 그렇다면 위컴에 대해서 사람들에게 알릴 필요가 없겠다고 저와 제 애기를 전해들은 제인이 판단했던 거예요. 이웃 사람들 전부 그를 좋아하는데 새삼 그것을 뒤집는다고 누구에게 무슨 득이 되겠어요? 리디아가 포스터 부인을 따라간다고 결정되었을 때에도 위컴의 실체를 알려야 한다는 생각은 들지 않았어요. 걔가 속아 넘어가서 위험에 빠지리라는 생각은 들지 않았거든요. 보시다시피 그 결과 이렇게 되리라고는 상상도 못 했죠."

"그러면 그들이 브라이턴으로 갈 때에도 두 사람이 서로 좋아한다고 믿을 이유가 없었겠구나."

"조금도 없었죠. 어느 쪽에도 애정의 징후는 없었어요. 그런 게 눈에 띄었다면 우리 가족이 그걸 가만두었을 리가 없고요. 그가 처음 연대로 왔을 때부터 걔는 그를 좋아할 준비가 되었어요. 우리 모두 그랬죠. 메리턴과 그 주변의 모든 아가씨들이 처음 두 달 동안은 제정신이 아니었잖아요. 그는 걔에게 특별한 관심을 드러낸 적이 없었고, 그래서 걔가 혼자 야단스럽고 노골적인 애정 공세를 어느 정도 퍼부은 다음에는 그에 대한 공상이 시들해지니까 자기를 더 알아봐 주는 다른 군인들을 또 따라다녔죠."

이 심각한 이야기를 아무리 반복해도 그들의 두려움과 희망과 추측은 여전히 그대로였지만, 그렇다고 다른 이야기를 오래 말할 수 없었다. 엘리자베스는 이 주제를 떨쳐낼 수 없었다. 가장 날카로운 고통과 자책에 사로잡혀서, 조금도 편안해하거나 망각할 틈이 없었다.

그들은 가능한 한 빨리 달렸다. 마차 안에서 하룻밤을 보내고 다음 날 저녁 식사 때 롱본에 도착했다. 제인이 오랜 기다림으로

지치지 않아서 엘리자베스는 다행스러웠다.

마차가 마당에 들어서자 가드너 집안 아이들이 마차의 모습에 이끌려 현관의 계단에 가만 서 있었다. 마차가 멈추자, 기쁨에 찬 놀라움으로 얼굴이 환해진 아이들이 온몸으로 여기저기 폴짝폴짝 뛰어 다니면서 그들에게 기분 좋은 첫 환영 인사를 보냈다.

엘리자베스가 뛰어내렸다. 아이들 하나하나에게 급하게 입맞춤을 하고 현관으로 들어갔는데, 어머니 방에서 달려 내려온 제인이 즉시 그녀를 맞이했다.

따뜻하게 포옹하면서 두 사람의 눈에 눈물이 맺혔고, 엘리자베스는 한순간도 지체하지 않고 도주한 두 사람의 새 소식이 있는지 물었다.

"아직." 제인이 대답했다. "하지만 외삼촌이 오셨으니 모든 일이 잘될 거야."

"아버지는 런던에 계셔?"

"응, 화요일에 가셨다고 편지에 썼지."

"연락은 자주 주셔?"

"한 번. 잘 도착했다고 수요일에 몇 줄 쓰셨는데, 내가 꼭 알려 달라고 부탁드렸더니 주소를 보내셨네. 뭔가 중요한 게 생기지 않으면 안 쓰시겠다고 하시고."

"어머니는 어때? 다른 사람들은?"

"어머니는 그럭저럭 괜찮아. 크게 상심하시긴 했지만. 이 층에 계시는데 모두들 만나면 기뻐하실 거야. 아직 방에서 안 나오셨어. 메리와 키티는 멀쩡해서, 고마울 따름이야!"

"언니는, 언니는 어떤데?" 엘리자베스가 재촉했다. "창백해 보여. 얼마나 힘들었을까!"

그래도 언니는 아무렇지 않다고 안심시켰다. 가드너 부부가 아이들과 인사를 나누는 동안 자매는 대화를 나누다가 그들이 다가오자 멈추었다. 제인은 외삼촌 부부에게 달려가, 웃다가 울다가 하면서 그들을 환영하고 고마워했다.

그들이 모두 응접실에 자리를 잡자 엘리자베스가 이미 물었던 질문들이 다시 나왔고 제인은 더 이상 전할 새로운 소식이 없었다. 그래도 그녀는 넓은 마음에서 나온 낙천적인 희망을 버리지 않았다. 모두 잘 끝날 거라고 믿었고 매일 아침 리디아나 아버지로부터 진행 상황을 설명하는 편지가 와서 그들의 결혼을 선언할지 모른다는 기대를 품었다.

몇 분간의 대화를 나눈 다음 그들 모두 베넷 부인의 방으로 갔고, 부인은 예상한 대로 그들을 맞이했다. 후회의 눈물과 한탄, 위컴의 사악한 행동에 대한 비난, 자신의 고통과 괴로움에 대한 불평을 쏟아 놓으며 그녀는 딸의 잘못의 주된 원인인 방임을 저지른 단 한 사람을 쏙 빼놓고 모두를 비난했다.

"가족들을 데리고 브라이턴으로 가자는 내 말대로 했으면 이렇게 안 됐을 거다." 그녀가 말했다. "불쌍한 리디아를 아무도 돌봐 주지 않았어. 포스터 부부는 왜 걔를 눈에서 떼어 놓은 거니? 그들 부부가 뭔가 책임을 방기하거나 한 거야. 리디아는 잘 보살펴 준다면 그럴 아이가 아니다. 나는 그 사람들이 걔를 돌보기에는 부족한 줄 알았다고. 하지만 늘 그렇듯이 누가 내 말을 듣니. 불쌍한 리디아! 그이도 떠났는데, 어디서라도 위컴과 마주쳐 결투°라도 하면 분명 칼에 맞을 텐데 그러면 우리는 어쩐단 말이냐? 그이가 무덤에서 식기도 전에 콜린스 부부가 우릴 내쫓을 거다. 동생마저 우리를 친절하게 대하지 않으면 우리는 어떻게 하냐고."

모두들 그런 무서운 생각은 하지 말라고 말렸다. 가드너 씨는 그녀와 가족에 대한 애정을 두루 확인시키고 다음 날 바로 런던에 가서 베넷 씨를 도와 리디아를 찾는 일에 최선을 다하겠다고 말했다.

"쓸데없이 놀라지 마세요." 그가 덧붙였다. "최악에 대비하는 건 맞지만 확신할 필요는 없어요. 그들이 브라이턴을 떠난 지 일주일도 안 됐어요. 며칠 더 지나면 소식이 있을 거고, 그들이 결혼하지 않았고 그럴 계획도 없다는 걸 알게 될 때까지는 완전히 끝났다고 생각하지 맙시다. 런던에 가자마자 매형을 찾아 그레이스처지 거리의 우리 집으로 모시고 가서 어떻게 할 것인지 의논하겠습니다."

"그렇지! 고마운 동생." 베넷 부인이 대답했다. "내가 바라는 게 그거야. 런던에 가거든 그들이 어디에 있든지 찾아내. 결혼하지 않았으면 결혼시켜. 예복 때문에 기다리지 말라고 하고 리디아에게 결혼하고 나서 예복 살 돈을 원하는 대로 주겠다고 해. 그리고 무엇보다 베넷 씨가 결투하지 않게 해. 내가 얼마나 끔찍한 상태인지, 겁이 나서 미칠 지경이라고 해. 온몸이 바들바들 떨리고 정신없이 흔들리고 옆구리에 경련이 오고 머리가 지끈지끈하고 가슴이 벌렁거려서 낮이고 밤이고 쉴 수가 없어. 리디아에게 좋은 옷가게가 어딘지 모르니까 나와 의논하기 전에는 예복을 주문하지 말라고 하고. 동생, 정말 친절해! 어떻게든 말한 대로 해 줘."

가드너 씨는 열심히 노력하겠다고 누나를 안심시켰지만, 두려워하든 희망하든 지나치지 말라고 한마디 했다. 저녁 식사가 차려질 때까지 이렇게 얘기를 나눈 후에 그들은 딸들을 대신해 시중드는 가정부에게 부인이 화풀이를 하도록 내버려 두고 모두 방을 나왔다.

남동생 부부는 굳이 그녀를 가족과 떨어트릴 이유가 없다고 생각했지만 반대하지도 않았는데, 그녀가 식사 시중을 드는 하인들에게 말조심을 할 만큼 신중한 사람이 아닌 바에야 가장 신뢰할 수 있는 단 한 명의 가정부에게 모든 두려움과 걱정을 털어놓는 게 낫다고 판단했기 때문이다.

각자 방에서 자기 일에 몰두하느라 코빼기도 안 비치던 메리와 키티가 식당에 나타났다. 메리는 책을 읽다가 그리고 키티는 화장하다가 나왔다. 둘 다 그럭저럭 차분한 얼굴을 하고 있었다. 가장 좋아하던 여동생이 없어져서인지 그 일 때문에 자기까지 혼나서 그런지 평소보다 짜증스러운 억양이 키티에게 묻어나는 것 말고는 두 사람에게 두드러진 변화는 없었다. 메리는 그들이 식탁에 앉자마자 진지하게 사색하는 표정으로 엘리자베스에게 이렇게 속삭일 정도로 아주 멀쩡했다.

"정말 불행한 일이야. 아마 다들 수군거리겠지. 하지만 악의의 물결을 막고 서로의 상처받은 가슴에 자매애의 위안이라는 향유를 부어야 해."

엘리자베스가 전혀 대꾸할 기미가 없자 그녀는 이렇게 덧붙였다. "리디아에게는 안 좋은 일이지만 그래도 쓸 만한 교훈을 남겼어. 여자가 미덕을 상실하면 회복할 수 없고, 한번 삐끗하면 끝없는 나락으로 떨어지고 여자의 평판은 아름다운 만큼이나 부서지기 쉽고, 또 여자는 가치 없는 남자 앞에서 아무리 행실을 조심해도 지나치지 않다는 거."

엘리자베스는 놀란 눈을 했지만, 기가 막혀서 아무 말도 못 했다. 그러거나 말거나 메리는 계속해서 도덕적 교훈을 갖다 붙이면서 자신을 위로했다.

오후에는 첫째와 둘째 딸이 삼십 분 동안 둘만의 대화를 나눌 수 있었다. 엘리자베스는 이때다 싶은지 즉시 여러 가지 질문을 던졌고 제인 역시 충실하게 대답했다. 두 사람은 일이 끔찍하게 전개될 거라고 한탄했는데, 엘리자베스는 확실히 그랬고 베넷 양으로서도 그럴 리가 없다고 단언할 수가 없었다. 엘리자베스가 하던 말을 계속했다. "내가 아직 못 들은 게 있다면 다 말해 줘. 자세하게 다 말해 봐. 포스터 대령은 뭐라고 한 거야? 도주하기 전에 전혀 눈치 채지 못했대? 그렇게 붙어 다니는 걸 봤을 텐데."

"포스터 대령은 종종 리디아 쪽에서 좋아한다는 의심이 들곤 했지만 걱정할 정도는 아니었대. 포스터 대령도 참 안됐어. 그 이상 어떻게 더 친절하게 챙기겠어. 그들이 스코틀랜드로 가지 않았다는 생각이 들기도 전에 걱정부터 하면서 우리 집으로 오려고 했잖아. 그런 말이 처음 나오자 더 서둘러 왔고."

"위컴이 결혼하지 않을 거라고 데니는 확신한대? 그렇게 도주할 작정인 걸 알고 있었나? 포스터 대령은 데니를 직접 만났대?"

"응. 막상 포스터 대령이 캐물으니까 데니는 그들의 계획을 모른다고 발뺌하면서 자기 생각을 똑바로 말하지 않더래. 그들이 결혼하지 않을 거라는 말을 또 하지는 않았다고 하니까 아마 그가 착각했을 거라고 생각하고 싶어."

"포스터 대령이 오기 전까지 우리 가족 아무도 그들이 결혼하지 않을 수도 있다고 의심하지 않았다는 거야?"

"어떻게 그런 생각을 했겠어! 그와 결혼해서 막내 동생이 정말 행복할까 좀 불안하고 두렵긴 했어. 위컴의 행실이 늘 올바르진 않다는 것을 아니까. 부모님은 아무것도 모르시고 그저 이 결혼이 경솔하다고만 생각하셔. 그때 키티가 다른 사람보다 더 많이 안다고 자랑하듯이 리디아가 보낸 마지막 편지를 받았을 때 이렇게 될 줄 알았다고 고백한 거야. 키티는 몇 주 동안 그들이 사랑하고 있다는 걸 알고 있었던 거 같아."

"브라이턴에 가기 전에는 아니지?"

"아닐 거야."

"포스터 대령은 위컴을 나쁘게 봤어? 위컴이 어떤 사람인지 알아?"

"예전처럼 좋게 말하지는 않더라. 경솔하고 방탕하다는 걸 알더라니까. 이런 일이 발생하고 나니까 위컴이 메리턴에서 엄청 빚을 지고 떠났다는 말도 돌더라. 아니길 바랄 뿐이야."

"제인, 우리가 비밀을 숨기지 않고 그에 대해 아는 것을 알렸다면 이런 일은 없었을 텐데!"

"그랬으면 좋았겠지." 그녀의 언니가 대답했다. "하지만 누가 됐든 현재 상태가 어떤지도 모르면서 지난 잘못을 들추는 건 정당하지 않아. 우리는 최선의 의도로 그렇게 했어."

"포스터 대령이 리디아가 자기 아내에게 보낸 편지 내용을 밝혔어?"

"우리들 보라고 가지고 왔더라."

제인이 수첩에서 편지를 꺼내 엘리자베스에게 건넸다. 내용은 이랬다.

해리엇에게,

내가 가 버린 걸 알면 웃을 텐데, 내일 아침에 내가 없어진 것을 발견하고 얼마나 놀랄지 생각하니 웃겨 죽겠어. 난 그레트나 그린으로 가는데 누구와 가는지 짐작도 못하는 바보는 아닐 테고, 내가 사랑하는 사람은 단 한 명뿐이고 그는 천사야. 그이가 없으면 안 되는데, 같이 떠나는 게 뭐가 나쁘겠어. 귀찮으면 롱본에 알리지 않아도 되고, 내가 직접 리디아 위컴이라고 서명한 편지를 보내면 그들이 더 놀라겠지. 얼마나 재미있을까! 웃겨서 더 쓰지도 못하겠어. 프랫에게 오늘 밤 함께 춤출 약속 못 지켜 미안하다고 전해 줘. 내 소식을 알게 되면 이해할 거라고, 다음 무도회에서 만나면 즐겁게 춤추겠다고 전해 주고, 나중에 롱본에 가면 내 옷가지 가지러 사람을 보낼게. 그러면 샐리에게 짐 싸기 전에 수놓은 모슬린 가운의 터진 곳을 꿰매 달라고 해. 안 녕. 포스터 대령에게 안부 전해 주고, 우리의 멋진 여행에 축배를 들어 주길.

다정한 친구,
리디아 베넷.

"맙소사! 철부지, 철부지 리디아!" 편지를 다 읽고 엘리자베스가 탄식했다. "도주하는 순간에 이런 편지를 썼다니. 그래도 적어도 도주의 목적이 결혼이라는 건 똑바로 알았네. 그가 나중에 뭐라고 설득을 했든 그녀로서는 처음부터 불명예를 뒤집어 쓸 작정은 아니었어. 불쌍한 아버지! 심정이 어떠실까!"

"누가 그렇게 충격받은 모습은 처음 봤어. 족히 십 분 동안 말을 못 하셨으니까. 어머니는 즉시 앓아누우시고 온 집안이 난리도 아니었지!"

"어머! 제인." 엘리자베스가 걱정했다. "그날이 저물기 전에 아무것도 모르는 하인이 하나라도 있었어?"

"글쎄다. 그랬으면 좋겠어. 그런 순간에는 조심하기가 참 어려워. 어머니는 곧 숨이 넘어가는데, 아무리 어머니를 진정시키려고 애써도 더 잘할 수 있을 텐데 싶기만 하고! 무슨 일이 일어날까 겁나서 생각도 잘 못하겠고 말이야."

"어머니를 돌보는 건 언니에게 너무 힘든 일이야. 언니도 안색이 나빠. 아! 내가 언니 옆에 있었더라면 언니 혼자 어머니를 돌보면서 걱정을 도맡지 않았을 텐데."

"메리와 키티는 아주 친절해서 힘든 일을 나누려고 했겠지만 동생들에게 그러면 안 될 것 같더라. 키티는 약하고 예민하고, 메리는 공부를 너무 많이 하니까 휴식 시간을 쪼개기 미안했어. 화요일에 아버지가 런던으로 떠나신 후, 필립스 이모가 롱본에 오셨다가 목요일까지 계셨어. 우리를 도와주고 위로해 주시고, 루카스여사도 매우 친절하셔. 수요일 오전에 우리를 위로하러 오셨는데, 필요하면 자기나 딸 누구라도 와서 돕겠다고 말이야."

"그냥 댁에 머무시는 게 나아." 엘리자베스가 소리쳤다. "좋은 뜻으로 그러셨겠지만, 이런 불행한 상황에서는 이웃과 안 부딪치는게 좋아. 돕긴 뭘 도와. 위로라니, 턱없는 소리야. 멀리서 구경하며 우리의 불행에 승리감을 느끼며 즐기라지."

그러고는 아버지가 런던에서 딸을 찾기 위해 어떤 방법을 쓸 것인지 묻기 시작했다.

"먼저 그들이 말을 바꾼 엡섬의 마부들을 만나서 뭘 알아내려 하실 거야." 제인이 설명했다. "주된 목적은 클래펌에서 그들을 태운 전세 마차의 번호를 알아내는 거지. 그 전세 마차가 런던에서 승객을 태우고 왔대. 신사와 숙녀가 그 마차로 갈아타는 정황이 눈에 띄었을 것 같으니까 클래펌에서 탐문하실 거야. 마차꾼이 어느 집에 그 승객을 내려 주었는지를 어떻게든 알아내면 거기 찾아가서 물어보고 해서 전세 마차의 차고지와 번호를 알아낼 수 있지 않을까 바라고 계셔. 다른 계획이 또 있는지는 모르겠어. 너무 서둘러서 경황이 없이 떠나시는 바람에 겨우 이 정도 알아내는 것도 힘들었지 뭐니."

6장

다음 날 아침 베넷 씨의 편지를 기다렸지만 우편배달부는 아무 소식도 가지고 오지 않았다. 가족은 그가 매사에 게으르고 늦게 연락한다는 것을 알고 있었지만 이럴 때에는 좀 노력해 주기를 바랐다. 기쁜 소식이 없다고 생각할 수밖에 없었지만 정말 그런지조차도 확인했으면 싶었다. 가드너 씨는 편지가 오기만 기다리다가 출발했다.

가드너 씨가 떠나자 적어도 어떻게 되어 가는지 계속 들을 수 있으리라 확신했다. 또 외삼촌은 떠나면서 베넷 씨를 곧장 롱본으로 돌아오게 해서 그것만이 남편이 결투에서 죽지 않는 안전한 길이라고 믿고 있는 베넷 부인을 안심시키겠다고 했다.

가드너 부인과 아이들은 며칠 더 하트퍼드셔에 남아 있었는데, 부인이 조카딸들에게 도움이 될까 싶어서였다. 베넷 부인을 시중드는 일을 도왔고, 조카딸들의 자유 시간이면 옆에서 위로했다. 이모도 자주 방문했는데, 말로는 조카딸들을 격려하고 기운을 주려고 왔다면서 위컴의 방탕함과 일탈의 사례를 새롭게 폭로하여 그들을 더 허탈하게 만들고 떠나곤 했다.

메리턴 사람들은 불과 석 달 전만 해도 거의 천사처럼 떠받들던 남자를 이제 와서 욕하느라 바빴다. 모든 가게마다 외상이 달려 있었고, 모든 가겟집 딸들에게 유혹이라는 이름으로 치장된 음모를 뻗쳐 놓고 있었다. 모두가 그를 세상에서 가장 사악한 젊은이라고 했고, 모두가 그의 매끈한 외모가 어쩐지 미덥지 않더라고 말했고, 엘리자베스는 떠도는 말의 절반도 믿지 않았지만 들을수록 예전보다 더 막내 동생의 파멸을 확신했다. 떠도는 말을 엘리자베스보다 훨씬 덜 믿는 제인도 그들이 스코틀랜드로 갔으리라는 기대를 못 버리고 있다가 만약 거기 가서 결혼했다면 소식이 들릴 때가 되었다는 생각에 특히 절망스러워했다.

가드너 씨가 롱본을 떠난 게 일요일이었다. 화요일에 그의 아내가 편지를 받았다. 그는 도착하자마자 매형을 찾아서 그레이스처치 거리의 집으로 갔다. 베넷 씨는 엡섬과 클래펌에 갔지만 만족스러운 소식을 알아내지 못했다. 그들이 런던에 와서 살 곳을 정하기 전에 호텔에 머물 거라고 생각해서 주요 호텔을 뒤질 태세였다. 가드너 씨는 그렇게 해서는 못 찾을 거라고 생각했지만 매형이워낙 열심이어서 도우려 한다는 내용이었다. 그러고는 베넷 씨가 런던을 떠날 생각이 전혀 없는 것 같다고 덧붙이면서 또 편지하겠다고 했다. 이런 내용의 추신도 붙어 있었다.

포스터 대령에게 편지로 연대의 젊은 또래 친구들에게 물어서 위컴이 런던의 어느 지역에 숨어 있을지 알 만한 친척이 있는지를 알아봐 달라고 부탁했소. 이런 힌트를 얻을 수 있는 사람을 찾아내 물어볼 수만 있다면 결정적으로 중요한 정보가 될 거요. 지금으로서는 우리를 도울 사람이 너무 없어요. 이 부분에 대해서는 포스터 대령이 우리를 도우려고 뭐든 할 것이라고 감히 바라는 심정이오. 근데 다시 생각해 보면 아마도 다른 사람보다 리지가 위컴의 친척이 누가 있는지 말해 줄 수 있을 것도 같소.

엘리자베스는 자신이 어떻게 소식통으로 대접받게 되었는지 충분히 이해했지만 그런 대접에 걸맞은 만족스러운 소식을 내놓을 수 없었다.

그의 부모님이 몇 년 전에 돌아가셨다는 소식 말고는 어떤 친척이 있다는 말을 들은 적이 없었다. 모 부대의 동료들이 더 잘 알지도 몰랐다. 아주 낙관하지는 않았지만 알아볼 수는 있는 문제였다.

롱본의 하루하루가 초조하게 흘렀다. 가장 힘든 순간은 우편배달부가 올 때였다. 매일 아침 가슴 졸이며 편지를 기다렸다. 좋은 소식이든 나쁜 소식이든 편지가 와야 소식을 알 수 있을 테니까, 다음 날이면 중요한 소식이 올 거라고 매일매일 기대했다.

가드너 씨로부터 두 번째 편지를 받기 전에 뜬금없이 콜린스가 아버지에게 보낸 편지가 왔다. 아버지가 안 계실 때 모든 편지를 뜯어 보기로 한 제인이 대신 읽었다. 그의 편지가 얼마나 희한한지 익히 알고 있는 엘리자베스는 그녀의 어깨 너머로 따라 읽었다. 다음과 같은 내용이었다.

숙부님께,

어제 하트퍼드셔에서 온 편지를 받고 슬프게 고통받고 계시다는 것을 알게 되었고, 친척으로서 또 제 지위를 고려할 때 위로드리는 게 마땅하다고 느낍니다. 콜린스 부인과 저는 현재 고통받고 있는 모든 가족에게 진심으로 동정을 느끼고 있습니다. 시간이 흘러도 원인을 없앨 수 없으니 가장 지독한 고통일 겁니다. 저로서는 그런 끔찍한 불행을 덜어 줄 말이라면 얼마든지 할 수 있습니다. 부모 가슴에 못을 박는 그런 비참한 상황을 위로할 말이라면 말입니다. 따님이 차라리 죽었더라면 그 고통에 비해 축복으로 여겨졌겠지요. 제 아내 샬럿이 말했다시피, 따님의 방종이 정도를 넘어선 방임 때문에 생긴 것으로 봐야 하니까 더 통탄할 일이고, 숙부님과 아주머니께 위로가 될지 모르겠습니다만 따님의 타고난 성품 자체가 나쁘다든가 또는 그렇게 어린 나이에 그런 엄청난 잘못을 책임질 수 없다는 생각도 동시에 듭니다. 어찌 되었든 제 아내뿐만 아니라 캐서린 여사님과 그 따님도 제게 소식을 전해 들으시고 한마음으로 동정하고 있습니다. 모두들 딸 하나가 잘못 처신하면 나머지 딸들에게 아주 해

롭다는 제 걱정에 동의했습니다. 캐서린 여사님께서도 걱정스럽게 말씀하셨다시피 그런 집안과 누가 혼사를 하겠습니까. 이런 생각을 하다 보니 지난 11월에 겪은 일을 더욱 만족스럽게 돌아보게 되는데, 그때 잘못 골랐다면 지금 이 모든 슬픔과 치욕에 휘말렸겠지요. 한 말씀 드리자면, 최대한 기운을 내시고 가치 없는 딸자식에 대한 애정을 영원히 버리시고 그녀가 저지른 사악한 죄의 열매를 스스로 거두도록 내버려 두시기 바랍니다.

그럼 이만.

콜린스.

가드너 씨는 포스터 대령으로부터 답장을 받은 다음에 편지를 보냈다. 유리한 소식은 하나도 없었다. 위컴이 연락을 하고 시내는 어떤 친척도 없고 살아 있는 가까운 친척도 없다고 했다. 그가 예전에 알던 사람은 많았지만 군대에 오고 나서는 누구와도 특별히 우정을 이어온 것 같지 않았다. 그러니까 어떤 얘기를 조금이라도 해 줄 만한 사람을 집어낼 수가 없었다. 상당한 돈을 도박 빚으로 남겨 두고 떠났다는 게 막 밝혀진 걸 보면, 리디아의 가족이 찾아낼까 봐 두렵기도 했겠지만 경제적으로 너무 열악한 상황이라 숨어야만 하는 강력한 동기가 있었던 것이다. 포스터 대령은 그가 브라이턴에서 진 빚을 다 갚으려면 천 파운드 이상 필요하다고 했다. 정식으로 빌린 돈도 많지만 알음알음으로 대충 빌린 돈은 더 엄청났다. 가드너 씨는 이 자세한 소식을 롱본 가족에게 하나도 숨기지 않았다. 제인은 경악했다.

"도박꾼이었잖아!" 그녀가 소리쳤다. "전혀 뜻밖이야. 상상도 못한 일이야."

가드너 씨는 다음 날인 토요일에 아버지가 집에 도착할 거라고 덧붙였다. 모든 노력이 다 수포로 돌아가자 기운이 빠진 그는 딸을 계속 찾는 데 도움이 되는 무슨 일이든 자기가 알아서 하도록 맡겨 두고 그만 집으로 돌아가라는 처남의 말을 듣기로 했다. 남편의 목숨을 그렇게나 걱정하던 베넷 부인은 이 소식을 딸들이 기대했던 만큼 반기지 않았다.

"뭐, 불쌍한 리디아는 놔두고 혼자 집에 온다고!" 이렇게 소리쳤다. "걔들을 찾기 전에는 런던을 떠나선 안 돼. 혼자 와 버리면 누가 위컴과 싸워서 결혼시킨대?"

가드너 부인이 집으로 돌아가고 싶어 해서 그녀가 아이들을 데리고 런던으로 출발하는 시간에 베넷 씨는 런던을 떠나기로 했다. 마차가 그들을 첫 번째 역까지 데려다 주고 주인을 태우고 롱본으로 되돌아왔다.

가드너 부인은 여행 중에 생겨난 엘리자베스와 더비셔 친구를 둘러싼 모든 호기심을 그대로 품은 채 집으로 돌아갔다. 조카는 단 한 번도 부부 앞에서 그의 이름을 언급하지 않았다. 그가 편지를 보낼지도 모른다는 가드너 부인의 기대 아닌 기대도 그냥 지나가고 말았다. 집에 돌아온 이후 펨벌리에서는 엘리자베스에게 편지 한 통 오지 않았다.

가족이 불행에 빠져 있으니 그녀의 기분이 가라앉은 것을 달리 설명할 필요가 없었다. 그래서 왜 그렇게 가라앉아 있는지 아무도 제대로 추측하지 않았지만, 엘리자베스는 이제 자신의 감정을 제법 파악한 터라 다아시를 안 만났더라면 리디아가 저지른 추문의 끔찍함을 얼마간 더 잘 견뎠을 거라고 생각했다. 그랬다면 잠 못 드는 날이 절반은 줄었을 것이다.

돌아온 베넷 씨는 평소의 철학적인 평정심을 그대로 유지하고 있는 모습이었다. 늘 그렇듯이 말수가 없었다. 집을 떠났던 동안 있었던 일에 대해서 한마디도 안 하니까 딸들이 그 일을 물어볼 용기를 내는 데도 한참 걸렸다.

오후가 되어 그가 딸들과 차를 마실 때 엘리자베스가 그 주제를 과감하게 꺼냈다. 얼마나 고생하셨느냐고 간단하게 인사하자 그가 대답했다. "그런 말 마라. 나 말고 고생할 사람이 따로 있겠니? 내 잘못을 통감한다."

"자책하지 마세요." 엘리자베스가 말했다.

"경고하는 거 안다. 쉽게 자책에 빠지는 것도 인간 본성 아니냐! 놔두렴, 리지. 나도 한 번쯤은 얼마나 잘못했는지 깨달아야지. 자책에 휩싸이는 건 두렵지 않다. 곧 지나가겠지."

"두 사람이 런던에 있을까요?"

"그래. 런던이 아니면 어디서 그렇게 안 들키고 숨어 있겠어?"

"리디아는 런던에 가고 싶어 했어요." 키티가 끼어들었다.

"그럼 거기서 신나겠구나." 아버지가 슬쩍 비꼬며 말했다. "거기서 당분간 버티겠지."

잠시 멈춘 후에 계속 말했다. "리지. 일이 이렇게 되고 보니 지난 5월에 네가 똑똑하게도 걱정했던 게 다 옳았다만, 속상해하지 않으련다."

베넷 양이 어머니의 차를 가져 오자 그들의 대화가 중단되었다.

"네 어머니는 시위 한번 잘 하는구나." 그가 불평했다. "불행에 치장 한번 잘한다! 나도 한번 해 봐야겠다. 서재에서 수면모자를 뒤집어쓰고 머리 염색하는 차림새를 하고 앉아서 할 수 있는 한 여러 사람을 괴롭히면서 말이다. 키티가 도주할 때까지 기다렸다 하든가."

"도주하지 않아요, 아빠." 키티가 짜증을 내며 말했다. "브라이턴에 가기만 하면 리디아보다는 잘 할 거라고요."

"브라이턴에 간다고! 이스트본처럼 가까운 곳에 간대도 널 믿고 보낼 수 없다! 안 된다, 키티. 내가 적어도 조심해야 한다는 건 배웠으니 이참에 너부터 적용하마. 이제 장교는 내 집에 들어오지 못하고 이 동네에 얼씬도 못한다. 너희들끼리 손잡고 춤추는 거 아니면 무도회도 완전 금지다. 매일 십 분 동안 이성적으로 시간을 보냈다고 증명하기 전까지는 집 밖에 못 나갈 줄 알아라."

이 모든 협박을 심각하게 받아들인 키티가 훌쩍거리기 시작했다.

"됐다, 됐어." 그가 말했다. "슬퍼 마라. 앞으로 십 년 동안 착하게 굴면 그때 가서 군대 열병식에 데려가마."

7장

베넷 씨가 돌아오고 이틀 후, 제인과 엘리자베스가 집 뒤편의 숲길을 함께 걷고 있는데 가정부가 그들을 향해 오길래 그들은 어머니가 찾는다고 생각하고는 앞으로 나갔다. 가정부는 어머니가 부른다는 말 대신 이렇게 말했다. "아가씨, 방해해서 미안하지만 런던에서 좋은 소식이 온 것 같아서 실례지만 궁금해서 왔어요."

"무슨 말이에요, 힐? 런던에서 아무 소식도 안 왔잖아요."

"아가씨." 힐 부인이 깜짝 놀라서 말했다. "가드너 씨가 주인께 속달 보내신 거 몰라요? 배달원이 온 지 삼십 분 지났으니 주인께서는 편지를 받으셨을 텐데."

두 딸은 무슨 말을 나눌 겨를도 없이 당장 달렸다. 현관을 지나서 조찬실로 뛰어 들어갔다. 거기서 서재로 내달렸다. 아버지는 어디에도 없었다. 어머니와 함께 계시는가 싶어 이 층으로 올라가려던 참에 집사가 나타나 이렇게 말했다.

"주인을 찾는 것 같은데, 작은 숲으로 걸어 나가셨습니다."

즉시 그들은 현관을 나와 잔디밭을 가로질러 아버지를 찾았는데, 그는 일부러 마당 한쪽으로 난 작은 숲을 골라 걷고 있었다.

제인은 엘리자베스만큼 재빠르지 않고 평소에 뛰어다니는 습관도 없어서 금방 뒤처졌고, 엘리자베스는 숨을 몰아쉬며 아버지에게 다가가 다급하게 소리쳤다.

"아버지, 뭐예요? 무슨 소식이에요? 외삼촌이 보낸 소식 받으셨어요?"

"그래, 속달로 받았지."

"무슨 소식이에요? 좋아요, 나빠요?"

"좋은 소식이 있겠니?" 주머니에서 편지를 꺼내며 그가 말했다. "읽고 싶은 모양이구나."

엘리자베스가 다급하게 편지를 받았다. 제인도 막 도착했다.

"크게 읽으렴." 아버지가 말했다. "무슨 내용인지 나도 모른다."

그레이스처치 거리, 월요일

8월 2일

매형께,

드디어 조카 소식을 보낼 수 있게 되었는데, 대체로 만족하시기를 바랍니다. 토요일에 떠나신 다음에 다행스럽게도 그들이 런던 어디에 있는지 알아냈습니다. 자세한 내용은 만나서 말씀드리도록 하지요. 일단은 그들을 찾았으니 됐고요, 두 사람을 모두 만났습니다.

"내가 바라던 대로야." 제인이 소리쳤다. "결혼했구나!"

엘리자베스가 계속 읽었다.

두 사람을 모두 만났습니다. 둘은 결혼하지 않았고 그럴 계획도 없다고 합니다. 하지만 매형을 대신해서 제가 감히 한 약속을 지켜 주신다면 곧 결혼할 것 같습니다. 매형이 하실 일은 매형 부부가 돌아가신 다음에 딸들에게 돌아갈 오천 파운드의 동등한 몫을 리디아에게 증여한다고 보증하는 것입니다. 게다가 매형이 살아 계시는 동안은 매년 백 파운드를 주겠다고 약속하시면 됩니다. 제가 매형을 대신해 그럴 권한이 있다고 생각하는 한에서는, 모든 것을 고려할 때 주저 없이 동의할 수 있는 조건이었습니다. 매형의 대답을 오래 기다릴 시간이 없어서 속달로 바로 보냅니다. 말씀드린 걸로 미루어 짐작하시겠지만 위컴의 형편은 널리 알려진 것처럼 그렇게 절망적이지는 않습니다. 그 점에서는 사람들이 속았어요. 그의 빚을 전부 청산한 후에도 리디아의 재산에다가 자기 재산을 합쳐 결혼 약정서를 쓸 정도가 된다니 참으로 다행이지요. 당연히 그러시리라 믿습니다만, 이 일을 완전히 처리하는 데 제가 매형을 대신하도록 전적으로 위임해 주신다면, 즉시 해거스턴에게 연락해서 적절한 약정서를 작성하도록 준비하겠습니다. 매형께서는 런던에 또 오실 일이 없습니다. 그저 롱본에 조용히 머물면서 저의 성실함과 책임감을 믿으시면 됩니다. 최대한 빨리 답장 보내주시고, 분명하게 써 주셔야 합니다. 조카는 우리 집에 머물면서 결혼하는 게 좋겠는데, 동의하시겠지요. 조카는 오늘 우리 집에 옵니다. 더 결정되는 게 있으면 또 편지 보내겠습니다.

이만 총총.

에드워드 가드너.

"정말이야!" 다 읽고 나서 엘리자베스가 소리쳤다. "그가 리디아와 결혼한다고?"

"위컴이 우리가 생각했던 것처럼 그렇게 몹쓸 남자는 아니라는 거잖아." 제인이 말했다. "아버지, 축하드려요."

"답장하셨어요?" 엘리자베스가 물었다.

"아니다. 곧 보내야지."

엘리자베스가 지체하지 말고 빨리 답장하라고 간곡하게 말했다.

"제발! 아버지." 그녀가 소리쳤다. "돌아가서 얼른 쓰세요. 이런 경우에 매 순간이 얼마나 중요한지 헤아려 주셔야죠."

"제가 써 드릴게요." 제인이 거들었다. "귀찮으시면요."

"아주 귀찮지." 그가 대답했다. "그래도 써야지."

그렇게 말하면서 그는 두 딸과 함께 돌아서서 집을 향해 걸었다.

"여쭈어도 될까요?" 엘리자베스가 말했다. "그 조건을 들어주시는 거죠."

"들어준다고! 그렇게 조금 요구하다니 민망할 따름이다."

"두 사람은 결혼해야 해요! 아무리 그가 그런 남자라도!"

"그렇고 말고, 당연히 결혼해야지. 다른 길은 없다. 다만 두 가지를 진짜 알고 싶구나. 하나는 이렇게 해결하느라고 네 삼촌이 돈을 얼마나 썼느냐이다. 그다음은 그걸 내가 어떻게 갚느냐이고."

"돈! 외삼촌!" 제인이 소리쳤다. "무슨 말씀이세요, 아버지?"

"내가 살아 있는 동안 일 년에 백 파운드 그리고 내가 죽고 나서 오십 파운드라는 사소한 유혹에 넘어가 리디아와 결혼하겠다는 젊은이가 제정신이겠느냐 말이다."

"맞아요." 엘리자베스가 말했다. "처음에는 그런 생각이 안 들었는데, 빚을 다 청산하고 아직도 돈이 좀 남는다니! 정말! 그건 외삼촌이 하신 일이에요! 관대하고 자상한 분이라서 스스로 곤란한 짐을 지셨어요. 적은 금액으로는 그렇게 해결하지 못하셨을 텐데."

"그러게." 아버지가 말했다. "만 파운드에서 한 푼이라도 적게 받고 리디아를 아내로 받아들인다면 위컴은 바보다. 친인척으로 맺어지자마자 흉봐서 유감이다마는."

"만 파운드라고요! 말도 안 돼요! 우리가 그 절반이라도 어떻게 갚아요?"

베넷 씨는 아무 말 하지 않았고, 그들 각자 깊은 생각에 빠져 집에 돌아올 때까지 조용하기만 했다. 아버지는 편지를 쓰러 서재로 들어가고 두 딸은 조찬실로 갔다.

"그들이 정말 결혼하는구나!" 엘리자베스가 두 사람만 남겨지자 말했다. "어떻게 이런 일이! 우리가 이걸 감사해 하다니. 두 사람이 행복할 가능성은 별로 없고 위컴의 성격은 끔찍한데도 두 사람이 결혼한다고 기뻐해야 하다니! 세상에, 리디아!"

"난 이렇게 생각할래." 제인이 대꾸했다. "리디아에 대한 애정이 없다면 결혼하지 않을 거야. 친절한 외삼촌께서 위컴의 뒤를 봐주셨지만 그렇다고 만 파운드나 되는 돈을 대셨을 리가 없어. 외삼촌도 키워야 할 아이들이 있고 더 낳으실지 몰라. 만 파운드의 절반이라도 어떻게 쓰실 수 있겠어?"

"위컴의 빚이 얼마인지 알아야 해." 엘리자베스가 말했다. "위컴은 빈털털이니까 리디아 몫에서 위컴 쪽으로 얼마가 약정되었는지 안다면 외삼촌이 정확하게 얼마를 쓰셨는지 알 수 있어. 외삼촌과 외숙모의 친절함을 어떻게 갚을까. 개를 집으로 데려가서 보호하고 보살펴 주는 것도 대단한 희생을 감수하는 거고, 그건 두고두고 감사해도 모자랄 거야. 지금쯤이면 외삼촌 댁에 있겠네! 그런 친절한 대접을 받고도 반성할 줄 모른다면 개는 평생 행복할 자격이 없어! 그렇게 외숙모를 만나는데 어떻게 고개를 들겠어!"

"양쪽 모두 지난 일을 잊어야 해." 제인이 말했다. "두 사람이 행복하기를 바라고 또 믿어. 결혼하기로 동의한 건 그가 정신을 차렸다는 증거야. 서로간의 애정이 둘을 붙잡아 주겠지. 조용하게 정착해서 이성적으로 살다 보면 세월이 흘러 과거의 경솔함이 묻힐 거라고 좋게 생각할래."

"그들이 한 짓을 언니나 나나, 아니 누구라도 어떻게 잊겠어." 엘리자베스가 대답했다. "얘기해 봤자 소용없어."

어머니가 이 소식을 까맣게 모른다는 생각이 떠올랐다. 그들이 서재로 가서 어머니에게 알려도 되는지 물었다. 편지를 쓰던 그가 고개도 안 돌리고 침착하게 대답했다.

"맘대로 하렴."

"외삼촌 편지를 가져가서 어머니께 읽어 드릴까요?"

"뭐든 챙겨서 나기기라."

엘리자베스는 아버지의 책상에서 편지를 집어 들고 나와서 언니와 함께 이 층으로 올라갔다. 메리와 키티 둘 다 어머니와 함께 있었다. 한 번만 읽으면 모두에게 알려진다. 그들에게 좋은 소식이라고 말한 다음 편지를 큰 소리로 읽었다. 베넷 부인은 거의 자신을 주체하지 못했다. 리디아가 곧 결혼하리라는 외삼촌의 희망이 나오는 대목을 제인이 읽자마자 탄성이 터져 나왔고, 이어지는 문장마다 환호가 더해졌다. 리디아 일로 놀라고 괴로워서 짜증을 부렸던 만큼이나 지금은 기뻐서 정신을 못 차리고 흥분했다. 딸이 결혼한다는 것만으로 충분했다. 행복하지 않을까 봐 두려워하지도 않고 그녀의 비행을 떠올리며 창피스러워하지도 않았다.

"내 사랑하는 리디아!" 그녀가 환호했다. "기뻐 죽겠다! 결혼을 하다니! 곧 보겠구나! 열여섯 살에 결혼하다니! 내 친절한 남동생! 이럴 줄 알았어. 동생이 잘 처리할 줄 알았지. 리디아를 보고 싶어! 위컴도 보고 싶고! 그런데 옷은, 예복은 어떡해! 올케 가드너에게 당장 편지를 써야겠다. 리지, 아버지께 가서 리디아에게 얼마나 주실 건지 여쭤 봐라. 됐다. 그냥 있어라. 내가 물어보마. 키티, 힐을 불러라. 빨리 옷을 입어야지. 내 사랑하는 리디아! 우리가 만나면 얼마나 즐거울까!"

맏딸은 가드너 씨의 도움에 가족이 큰 신세를 졌다고 말함으로써 어머니의 과격한 감격을 좀 가라앉히려고 노력했다.

"이렇게 잘 해결된 건 대부분 외삼촌 덕분이에요." 그녀가 덧붙였다. "우리 생각에는 외삼촌이 돈으로 위컴을 돕겠다고 나선 게 맞을 거예요."

"그래." 어머니가 말했다. "잘됐다. 외삼촌 아니면 누가 그런 일을 하겠어? 자기 가족이 없다면 알다시피 나와 우리 가족이 그의 재산을 가졌을 건데, 그로부터 뭔가를 얻은 게 선물 몇 개 빼고는 이번이 처음 아니냐. 자! 기쁘다. 곧 딸을 결혼시키다니. 위컴 부인이라! 이름이 얼마나 근사하니. 지난 6월에 막 열여섯 살이 되었지. 제인, 너무 흥분해서 아무것도 못 쓰겠어. 내가 부를 테니 받아 써 주렴. 나중에 아버지와 돈 문제는 해결하면 되고. 일단 당장 주문부터 하자."

그녀는 캘리코, 모슬린, 캠브릭 등 세세하게 옷감을 나열했고, 아버지가 시간이 날 때 물어보도록 기다리자고 제인이 어렵게 설득하지 않았더라면 당장 엄청나게 주문했을 것이다. 제인이 하루 늦게 주문해도 괜찮다고 하자 그녀의 어머니는 너무 행복해서 그런지 평소처럼 고집을 부리지 않았다. 마침 다른 계획이 떠오르기도 했다.

"옷 입고 메리턴에 갈란다." 그녀가 말했다. "내 동생 필립스에게 이 좋은 소식을 전해야지. 돌아와서는 루카스 여사와 롱 부인을 방문하면 되겠다. 키티, 가서 마차를 준비시켜라. 바람 좀 쐬면 훨씬 좋겠지. 애들아, 메리턴에 뭐 필요한 거 없니? 저기! 힐이 올라오는구나. 힐, 좋은 소식 들었어? 리디아 아가씨가 결혼한다네. 결혼식 때 다들 축하주 한잔씩 돌릴게."

힐 부인이 즉시 기뻐했다. 엘리자베스는 가족과 함께 그녀의 축하 인사를 받다가 그만 이 어리석음이 역겨워 혼자 생각하려고 자기 방으로 피신해 버렸다.

불쌍한 리디아의 처지는 아무리 좋게 말해도 충분히 엉망이었다. 그래도 더 나쁘지 않아서 감사한 일이었다. 정말 그랬다. 앞날을 보면 마땅히 이성적인 행복도 세속적인 번영도 있을 수 없지만 말이다. 불과 두 시간 전만 해도 온 가족이 걱정했는데, 돌아보면 이렇게라도 수습된 것이 얼마나 잘됐나 싶었다.

8장

베넷 씨는 아내가 자기보다 오래 살 경우를 대비해 수입을 전부 써 버리지 않고 아내와 딸들을 위해 일 년에 얼마씩 저축하면 좋겠다고, 이렇게 나이가 들기 전부터 자주 생각했다. 지금은 더 그렇다. 그쪽 방면으로 의무를 다했더라면 리디아가 외삼촌에게 신세를 지지 않았을 테고, 리디아에게 명예든 평판이든 돈으로 사 줬을 것이다. 영국에서 가장 쓸모없는 청년을 꼬드겨 리디아의 남편으로 만드는 만족감이란 바로 그런 데 있었을 것이다.

그 누구에게도 득이 안 되는 혼사를 처남 혼자 그 비용을 감당하면서 추진한다는 게 정말 걱정스러웠고, 할 수만 있다면 그가 쓴 비용을 알아내어 최대한 빨리 갚기로 결심했다.

베넷 씨가 결혼할 때만 해도 저축은 완전히 쓸모없어 보였다. 당연히 아들을 낳으려 했다. 아들이 성년이 되어 한사상속을 해제하면 남은 아내와 자식들이 먹고살 수 있다. 하지만 딸 다섯이 차례로 태어나고 아들은 없었다. 리디아가 태어나고 몇 년 지나자 베넷 부인은 다음은 아들이라고 확신했다. 그 계획마저 수포로 돌아갔을 때는 저축을 하기에는 너무 늦어 버렸다. 베넷 부인은 절약이라고는 몰랐고 그나마 남편의 자립심 덕분에 근근이 수입을 초과하지 않고 사는 게 다였다.

결혼 약정서에 따라 베넷 부인과 딸들에게 오천 파운드가 간다. 하지만 딸들에게 어떻게 배분할지는 부모의 유언에 달렸다. 적어도 리디아에 대해서 지금 결정해야 할 문제 하나가 바로 이것이었는데, 베넷 씨는 앞에 놓인 제안에 주저하지 않았다. 아주 간략하게 표현하긴 했지만 처남이 베푼 친절을 고맙게 받아들인다고 말하고, 자기가 해야 할 모든 일을 완벽하게 하고, 지켜야 할 모든 약속을 기꺼이 다 지키겠다고 서약했다. 위컴을 설득해 딸과 결혼시키는 데 이렇게 손해를 보지 않고 일을 끝내리라고는 생각하지 못했다. 그들에게 백 파운드를 줘도 그는 일 년에 십 파운드나 더 잃을까 말까였다. 리디아의 식비와 용돈 그리고 어머니가 쥐어 주는 용돈을 합하면 리디아는 그보다 적게 쓰지 않았던 것이다.

게다가 그가 먼저 나서서 수고한 것도 없이 일이 이렇게 풀리자 쌍수를 들고 환영했다. 지금으로서는 가능하면 끼어들어 고생하고 싶지 않다는 게 주된 소망이었다. 처음에는 분노에 차서 아이들을 찾아다녔지만 이제는 예의 그 게으름으로 자연스럽게 돌아왔다. 그는 답장을 금방 부쳤다. 일을 착수할 때는 느려도 마무리는 신속했다. 처남에게 진 빚의 세세한 내용을 제발 알려 달라고 썼다. 리디아에게는 너무 화가 나서 안부 한마디 전하지 않았다.

좋은 소식은 온 집안에 신속히 퍼져 나갔다. 거기에 비례하여 이웃에도 퍼져 나갔다. 사람들은 그런대로 반갑게 들어 줬다. 리디아 베넷이 런던을 떠돈다고 했으면 분명 대화할 거리가 많아서 좋았을 것이다. 또는 가장 행복한 대안으로 그녀가 먼 농장에 유폐되었다고 했으면 좋았을 것이다. 하지만 결혼해도 할 말은 많다. 전에 리디아가 무사하기를 바란다며 마음씨 좋은 말들을 해대던 메리턴의 심술궂은 중년부인들은 상황이 급변해도 별로 기죽지 않았는데 그런 남편과 살려면 분명 비참할 거라고 여겼다.

베넷 부인은 이 층의 자기 방에서 이 주일이나 꼼짝도 안 하다가 이렇게 행복한 날이 오자 식탁의 상석을 차지하고 앉아 못 말리게 기고만장했다. 어떤 수치심도 그녀의 승리감에 흠집을 내지 못했다. 제인이 열여섯 살이 되던 때부터 줄곧 딸의 결혼을 첫 번째 소원으로 여겼는데 그걸 막 이루려는 순간이 다가오니까 모든 생각과 말이 온전히 우아한 결혼식에 온 하객, 멋진 모슬린, 신혼마차, 하인들을 향해 치달았다. 주변에 딸이 살 집을 물색하느라 바빴고, 그들의 수입이 어떻게 되는지도 모르면서 집이 작고 지위가 떨어진다면서 계속 트집을 잡았다.

"헤이 파크가 괜찮은데 굴딩 가족이 집을 비워 줘야지." 그녀가 말했다. "스토크에 있는 저택은 응접실이 크면 좋겠는데. 애시워스는 멀어서 안 돼! 십 마일이나 떨어진 곳에 살게 할 순 없다. 퍼비스 저택은 다락방이 엉망이야."

남편은 하인들이 시중을 드는 동안 부인이 떠들도록 내버려 두었다가 그들이 나가자 이렇게 말했다. "부인, 딸과 사위에게 지금 말한 집 하나든 몽땅이든 얻어주기 전에 짚고 넘어갑시다. 그들은 이 마을의 딱 한 집에는 절대 못 들어와요. 롱본에 들어오게 해서 그들의 뻔뻔함을 격려할 생각은 없소."

이 선언으로 긴 말싸움이 이어졌다. 베넷 씨는 확고했다. 또 다른 선언이 나왔다. 예복을 살 돈을 한 푼도 안 내놓겠다고 하자 베넷 부인은 경악했다. 그는 리디아의 결혼식에 애정의 표시로 아무 것도 안 해 준다고 했다. 베넷 부인은 이해할 수 없었다. 그의 분노가 말도 안 되는 원한으로까지 번져서 딸에게 결혼의 특권, 그것이 없으면 결혼의 효력이 발생하지도 않는 그런 특권을 하나도 안 해주겠다고 나오니 도무지 믿을 수가 없었다. 그녀는 딸이 결혼하기 이 주일 전에 위컴과 도주해서 살고 있다는 부끄러움보다도 예복이 없어서 결혼식이 수치스러울까 더 흥분했다.

엘리자베스는 그때 슬픔에 휩싸여 다아시에게 여동생의 소식을 털어놓은 일을 진심으로 속상해했다. 그녀가 결혼하면 도주 사건은 막을 내리게 되고, 그러면 현장에 없었던 사람들에게는 결혼의 발단이 된 언짢은 사건을 감출 수 있다.

그가 이 사건을 널리 퍼트릴 거라는 두려움은 없었다. 비밀을 지켜줄 사람으로 그보다 더 신뢰하는 사람은 없었다. 동시에 여동생의 약점을 알고 있는 사람으로 자신을 이렇게 창피하게 만드는 사람도 없었다. 그가 알고 있다고 해서 그녀가 개인적으로 무슨 피해를 입을까 두려운 게 아니었다. 어찌 됐든 그들 사이에는 건널 수 없는 강이 있는 것 같았다. 리디아의 결혼이 아주 영예롭게 이루어졌더라도, 다아시가 내세웠던 그 모든 반대에다가 그가 경멸해 마땅한 사람과 가장 가까운 친인척으로 엮이게 될 마당에 그가 이런 집안과 인연을 맺고 싶을 리가 없었다.

이런 악연 앞에서 머뭇거리는 건 당연했다. 더비셔에서 분명 그녀의 마음을 얻고 싶어 했던 그의 소망이 이런 일을 겪고도 살아남으리라 이성적으로 기대할 수 없었다. 그녀는 초라함을 느꼈고 또 슬펐다. 무엇인지 모르겠지만 후회스러웠다. 더 이상 그가 자기를 존중하기를 바랄 수 없게 되자 그의 존중이 탐났다. 그의 소식을 들을 가능성이 조금도 없는 상황에서 그의 소식이 그리웠다. 그와 함께 행복할 수 있었으리라는 확신이 들었다. 더 이상은 그를 만날 수 없을 것 같은 지금에 와서 말이다.

넉 달 전에 그녀가 오만하게 거절했던 청혼이 지금은 기쁘고도 고맙게 받아들여지리라는 것을 그가 안다면 얼마나 승리감을 느낄까! 종종 이런 생각이 들었다. 그가 가장 관대한 남자임을 의심하지 않았다. 그러나 그도 사람인데 승리감이 있을 것이다.

이제 와서야 그가 성격이나 재능 면에서 그녀에게 딱 맞는 남자라는 사실을 이해하기 시작했다. 그의 이해력과 기질은 비록 그녀와는 다르지만 그녀의 모든 소망에 부합했을 것이다. 두 사람 모두에게 득이 되는 결합이 틀림없었다. 그녀의 편안하고 활달한 성품으로 그의 마음은 부드러워지고 그의 매너는 향상되며, 그의 판단과 정보와 세상에 대한 지식으로 그녀는 더 큰 지위를 누렸을 것이다.

그와 결혼해서 우러러보는 대중에게 결혼의 행복이 어떤 것인지 한 수 가르치는 일은 이제 없다. 그 결혼의 가능성을 방해하면서 아주 다른 종류의 결혼이 이 집안에 벌어질 참이었다.

위컴과 리디아가 그럭저럭 먹고살 수 있도록 어떻게 도움을 받을지 알 수 없었다. 그러나 열정이 도덕보다 강렬하다는 이유만으로 함께 맺어진 두 사람에게 영원한 행복이 없다는 건 훤히 보였다.

가드너 씨가 매형에게 편지를 보냈다. 베넷 씨의 인사에 대한 대답으로 가족이 잘 되도록 애쓰겠다고 간단하게 밝혔다. 그리고 더이상 그런 말은 하지 말라고 부탁하면서 마무리 지었다. 편지의 요지는 위컴이 민병대를 떠나기로 했다는 것이었다. 그가 더 설명했다.

저는 결혼 날짜가 정해지는 대로 그렇게 하기를 바라는 심정이었습니다. 그를 위해서나 조카를 위해서나 부대에서 떠나는 게 아주 바람직하다고 저처럼 생각하실 겁니다. 정규 군인이 되겠다는 것은 위컴의 뜻입니다. 옛날 친구들 중 육군에서 그를 기꺼이 도울 수 있는 사람들이 좀 있습니다. 현재 북부에 주둔하고 있는 모 장군의 연대에서 소위 자리를 약속받았습니다. 여기서 아주 멀리 떨어진 지역이라 좋습니다. 그가 확실히 약속하고 저도 희망합니다만, 두 사람 모두 낯선 곳에서 사람들과 어울려 살면서 욕먹지 않으려면 더 신중하게 처신할 겁니다. 포스터 대령에게 현재의 상황을 알리고 브라이턴과 그 주변 마을에서 위컴이 빚진 사람들에게 빨리 갚겠다고 알리라고 부탁하는 편지를 보냈으니, 제가 빨리 처리하겠습니다. 메리턴에서 그가 빚진 사람들의 명단을 만들어 드릴 테니 수고스럽겠지만 비슷한 약속을 그 사람들에게 해 주십시오. 그가 모든 빚을 다 털어놓았습니다. 이것까지 속이기야 하겠습니까. 해거스턴에게 이미 부탁을 해 놔서 일주일 후면 다 처리될 겁니다. 그러면 롱본에 들르지 않을 경우에 연대로 바로 떠나면 됩니다. 가드너 부인이 그러는데, 조카가 남부를 떠나기 전에 모두를 보고 싶어 한답니다. 그 아이는 잘 지내고 있고 매형과 누님에게 간곡하게 안부를 전해 달라고 합니다.

　그럼 이만.

에드워드 가드너.

베넷 씨와 딸들은 가드너 씨만큼 분명하게 위컴이 모 부대를 떠나는 게 좋다고 통감했다. 베넷 부인만이 별로 기뻐하지 않았다. 리디아 부부가 하트퍼드셔에 살아야 한다는 계획을 포기하지 않은 채 리디아를 옆에 두는 즐거움과 자랑스러움을 잔뜩 기대하고 있는 찰나에 그녀가 북쪽에 정착한다는 소식이 들려오자 무척이나 실망했다. 게다가 리디아가 아는 사람도 많고 친한 사람도 많은 연대를 떠난다고 아쉬워했다.

"포스터 부인과 친하잖니." 부인이 말했다. "부인도 걔를 떠나보내려니 힘들겠지! 걔가 굉장히 친한 청년들도 좀 있지. 모 장군의 연대에 가면 장교들이 별로 재미없을지도 모른다."

북쪽으로 떠나기 전에 가족을 보고 싶다는 딸의 부탁은, 말마따나 부탁으로 받아들여져서 처음에는 절대적인 반대에 부딪혔다. 그러나 제인과 엘리자베스는 동생의 감정과 체면을 고려하는 마음에서 결혼한 다음에 부모에게 정식으로 인사하기를 바랐고, 아버지에게 그들이 결혼하자마자 롱본에 받아들이라고 워낙 간절하면서도 이성적이고 또 부드럽게 재촉하여 결국 그는 두 딸이 생각하는 대로 생각하고 하자는 대로 하기로 설득되었다. 어머니는 결혼한 딸을 북쪽으로 보내기 전에 이웃에 소개할 수 있어서 만족했다. 베넷 씨는 처남에게 편지를 써서 그들에게 와도 좋다고 허락했다. 결혼식이 끝나는 대로 그들이 롱본으로 오기로 결정되었다. 엘리자베스는 위컴이 덩달아 오겠다고 한 점이 놀라웠는데, 자신의 감정만 놓고 본다면 그를 만나는 건 가장 하기 싫은 일이었다.

9장

동생의 결혼식 날이 왔다. 제인과 엘리자베스는 그녀보다 더 느끼는 게 많았다. 마차가 저녁 식사에 맞춰 돌아올 예정으로 부부를 데리러 모처로 나갔다. 맨 위 두 명의 베넷 양은 그들의 도착이 두려웠다. 제인이 더 그랬는데, 마치 자신이 죄인이었다면 느꼈을 감정을 리디아에게 투사하여 자신 때문에 동생이 얼마나 괴로울까를 상상하면서 비참해했다.

그들이 왔다. 가족은 조찬실에 모여 기다렸다. 마차가 현관문으로 다가오자 베넷 부인의 얼굴에는 미소가 가득했다. 그녀의 남편은 도통 무슨 생각을 하는지 알 수 없이 심각해 보였다. 딸들은 놀라고 걱정스럽고 불안했다.

현관에서 리디아의 목소리가 들렸다. 문이 열리고 그녀가 들어왔다. 어머니가 다가가 그녀를 포용하면서 기쁨에 들떠 환영했다. 아내를 따라온 위컴의 손을 잡고 따뜻하게 웃으면서 그들이 행복하리라 조금도 의심하지 않는 듯이 신속하게 두 사람에게 축하 인사를 했다.

그들이 베넷 씨를 쳐다봤지만 그는 그다지 따뜻하게 맞아 주지 못했다. 오히려 그의 표정은 엄격했다. 그는 거의 말이 없었다. 사실 젊은 부부의 편안한 태도에 기가 막혔다. 엘리자베스는 역겨움을 느꼈고 베넷 양도 충격에 빠졌다. 리디아는 여전히 리디아였다. 길들여지지 않고 뻔뻔하고 거칠고 시끄럽고 겁이 없었다. 그녀는 언니들을 하나하나 보면서 축하해 달라고 했고 마침내 모두 앉자 방을 열심히 둘러보더니 약간 변한 것을 알아본 다음 이 자리에 앉았던 지도 한참 지났다고 웃으며 말했다.

위컴은 그녀보다 조금도 더 괴로워하지 않았지만, 그의 매너가 워낙 사람을 만족시키는 재주가 있다 보니 만약 그의 성품과 결혼이 법도에 맞았다면 그의 웃음과 편안한 말솜씨에 모든 친척들은 그저 즐거웠을 것이다. 엘리자베스는 그가 이렇게까지 당당하게 나오리라고는 생각하지 못했다. 그 자리에 앉아서 마음속으로 앞으로 뻔뻔한 남자의 뻔뻔함에는 한계를 두지 않겠다고 결심했다.

그녀는 얼굴을 붉혔고 제인도 얼굴을 붉혔다. 정작 이들을 당황시킨 두 사람의 안색에는 아무 변화가 없었다.

얘깃거리는 부족하지 않았다. 새신부와 어머니는 빠르게 말을 쏟아냈다. 엘리자베스 옆에 앉게 된 위컴은 이웃의 안부를 묻기 시작했는데, 그녀는 도저히 그처럼 쾌활하고 편안하게 대답할 수 없었다. 이 부부는 세상에서 가장 행복한 추억을 가진 사람들 같았다. 고통스러워하면서 돌아볼 과거라곤 없었다. 리디아는 두 언니가 절대로 건드리지 못할 주제를 아무렇지도 않게 떠들었다.

"집을 떠난 지 석 달이나 됐어." 그녀가 떠들었다. "이 주일밖에 안 된 것 같아. 그 사이에 많은 일이 있었어. 세상에! 떠날 때만 해도 결혼해서 돌아올 줄은 몰랐지! 그렇게 되면 재미있겠다고 생각은 해 봤지만."

아버지가 눈을 치떴다. 제인은 괴로웠다. 엘리자베스는 리디아에게 눈치를 주었다. 그러나 그녀는 무심하기로 작정한 듯 듣지도 보지도 않은 채 신 나게 떠들었다. "어머! 엄마, 마을 사람들이 내가 오늘 결혼한 거 알아? 모르면 어떡하지. 아까 윌리엄 굴딩의 이륜마차를 앞질러 왔는데, 그에게 알리려고 옆을 지나면서 일부러 창문을 내리고 장갑을 벗어서 손을 창가에 올려 놓고 그에게 반지를 보여 주며 인사하고 환하게 웃어 줬지."

엘리자베스는 더 이상 참을 수 없었다. 일어나서 방을 나갔다. 그리고 그들이 복도를 지나 식당으로 가는 소리를 듣고서야 돌아왔다. 돌아오자마자 리디아가 보란 듯이 나서서 어머니의 오른쪽으로 가더니 큰언니에게 이렇게 말하는 걸 들었다. "이런! 제인, 난 결혼했으니까 언니 자리는 이제 내 차지라고. 언니는 아래쪽으로 내려가."

리디아는 처음부터 부끄러움을 모르는 아이였고 시간이 흐른다고 나아질 거라 생각할 수 없었다. 스스럼없고 기운 넘치는 건 더 심해졌다. 필립스 부인과 루카스 가족을 포함한 모든 이웃을 보고 싶어 했고 한 사람 한 사람에게 '위컴 부인' 소리를 듣고 싶어 했다. 저녁 식사 후에는 힐 부인과 두 하녀에게 결혼반지를 보여 주며 자랑했다.

"엄마." 조찬실에 다 모였을 때 그녀가 말했다. "내 남편 어때? 매력적이지? 언니들은 내가 부러울 거야. 내 행운의 절반만이라도 오려나. 브라이턴으로 가라니까. 남편 구하기에 딱 좋아. 엄마, 우리 모두 함께 갈걸 그랬어."

"그러게 말이다. 고집을 부려서 갈걸 그랬지. 그렇지만, 리디아, 멀리 가서 사는 건 싫단다. 그래야만 하니?"

"맙소사! 그래야지. 별일도 아냐. 난 좋아. 엄마, 아빠, 언니들이 보러 오면 되잖아. 겨울에는 뉴캐슬에 있을 건데, 무도회도 있을 테니 모두에게 짝을 붙여 줄게."

"그거 좋구나!" 어머니가 대꾸했다.

"엄마 떠날 때 언니 한두 명은 두고 가. 겨울 가기 전에 남편을 구해 줄게."

"나까지 챙겨 줘서 고마워." 엘리자베스가 말했다. "근데 그렇게 남편 구하는 건 별로야."

부부의 방문은 열흘을 넘지 않았다. 위컴이 런던을 떠나기 전에 임명을 받고 와서 보름 후에는 연대로 합류해야 했다.

그들이 금방 떠난다고 아쉬워하는 사람은 베넷 부인밖에 없었다. 부인은 리디아를 데리고 다니고 집에서 자주 모임을 열면서 함께 시간을 보냈다. 모임은 모두들 괜찮아 했다. 가족끼리 부대끼지 않아도 되니까, 생각 없는 이들보다 생각 있는 이들이 더 바랐다.

리디아에 대한 위컴의 애정은 엘리자베스가 예상했던 그대로였다. 리디아가 그에게 가진 애정에 못 미쳤다. 그들의 도주가 그보다는 그녀의 애정으로 감행되었다는 빤한 이치를 확인하려고 더 관찰하고 말고 할 것도 없었다. 그가 상황의 압박을 못 견뎌 도주했다고 확신하고 나니 그녀를 격렬하게 사랑하지도 않으면서 왜 데리고 갔는지 알 만했다. 그런 상황에서 함께 도주할 사람이 생겼는데 그 기회를 군이 거부할 젊은이가 아니었던 것이다.

리디아는 그를 엄청 좋아했다. 오로지 내 사랑 위컴이었다. 누구도 그와 경쟁할 수 없었다. 그는 뭐든 이 세상에서 최고로 잘 하는 사람이었다. 9월 1일'에 그 마을에서 누구보다 많은 새를 쏘아 맞힐 거라고 했다.

그들이 도착하고 얼마 지나지 않은 어느 날 아침 그녀는 두 언니와 앉아 있다가 엘리자베스에게 말을 꺼냈다.

"리지, 내 결혼식 얘기 못 들었지. 엄마와 다른 사람들에게 전부 말해 줄 때 옆에 없었잖아. 어떻게 됐는지 궁금하지 않아?"

"아니." 엘리자베스가 대답했다. "그 주제라면 그만두자."

"그래! 유난스럽긴! 그래도 어떻게 됐는지 말할래. 위컴의 집이 그쪽 교구에 있어서 세인트 클레멘트 교회에서 식을 올렸잖아. 거기서 열한 시에 하기로 되어 있었어. 외삼촌과 외숙모와 내가 함께 가기로 했어. 나머지 사람들은 교회에서 만나기로 하고. 월요일 아침이 되니까 정신이 하나도 없더라! 무슨 일이 일어나 결혼식이 연기되기라도 할까 봐 두렵고 그렇게 되면 미칠 것 같더라고. 외숙모는 내가 옷 입는 내내 마치 설교문이라도 읽는 양 훈계를 늘어놓질 않나. 짐작하다시피 내 사랑 위컴을 생각하느라고 한마디나 알아들었을까. 그가 결혼식에 푸른색 코트를 입고 올지 궁금했거든.

그러다가 평소처럼 열 시에 아침을 먹었어. 어찌나 길던지. 말 나온 김에, 내가 거기 머무는 동안 외삼촌과 외숙모는 무시무시하게

험악하게 대했어. 이 주일이나 거기 있었는데 문 밖으로 한 발짝
도 못 뗐으니까 말 다했지. 모임도 없고 계획도 없고 아무것도 없
었어. 확실히 런던이 한산하긴 했지만 리틀 극장은 열려 있었다고.
암튼 그래서 마차가 도착하자마자 외삼촌이 그 꼴불견의 스톤 씨
에게 업무 때문에 불려나갔어. 그러고는 언니도 알겠지만 두 사람
이 같이 있으면 끝도 없더라니까. 외삼촌이 나를 데리고 들어가야
하는데 어떻게 하나 싶어 너무 걱정되는 거야. 늦게 가면 그날 결
혼할 수 없거든. 그런데 다행히도 십 분 후에 돌아와서 우리 모두
출발했어. 나중에 돌아보니까, 외삼촌이 못 갔더라도 결혼식은 연
기할 필요가 없었는데, 다아시가 해 줬을 거니까."

"다아시!" 엘리자베스가 깜짝 놀라며 그의 이름을 반복했다.

"그래! 그가 위컴과 오기로 했어. 세상에! 잊어버렸네! 말하면
안 되는데. 말 안 하기로 약속해 놓고! 위컴이 뭐라고 할까? 비밀
이었는데!"

"비밀로 하기로 했다면 더 이상 말하지 마." 제인이 말했다. "우
리가 안 물으면 되잖아."

"물론이야." 호기심이 들끓었지만 엘리자베스가 덧붙였다. "묻
지 않을게."

"고마워." 리디아가 대꾸했다. "묻는다면 다 말해 버릴 테고 그러
면 위컴이 화낼 거야."

아예 더 물어보라고 격려하는 말을 듣자 엘리자베스는 자리를
피함으로써 묻지 않으려고 했다.

하지만 이 문제에 대해 모르고 있을 수 없었다. 적어도 알아보려
고 시도해야 했다. 다아시가 여동생의 결혼식에 왔다니, 분명 가장
할 일이 없고 가장 가고 싶어 하지 않을 곳에 사람들과 함께 있었
다니. 온갖 추측이 재빠르고 맹렬하게 뇌리를 스쳤다. 어떤 추측

도 만족스럽지 않았다. 그의 행동을 가장 고상한 쪽으로 해석하는 게 제일 마음에 들었지만 가장 그럴 법하지 않았다. 긴장을 견딜 수가 없었다. 급하게 종이 한 장을 집어 외숙모에게 지켜야 하는 비밀을 지키는 한도 내에서 리디아가 흘린 내용을 설명해 달라고 요청하는 짧은 편지를 썼다.

"우리 가족 누구와도 관계가 없는 사람이, (비유하자면) 우리 가족에게 낯선 사람이 그런 행사에 어떻게 함께 있었는지 제가 얼마나 알고 싶은지 이해하실 거예요." 그녀는 덧붙여 썼다. "그게 리디아가 말한 것처럼 꼭 비밀로 남아 있어야 하는 아주 논리적인 이유가 있는 게 아니라면 즉시 답장으로 알려 주세요. 이유가 있다면 모르고 넘어가도록 노력할게요."

'그럴 것도 아니잖아.' 그녀가 편지를 마치며 속으로 혼자 말했다. '외숙모, 명예를 지키느라고 말씀해 주시지 않는다면 난 알아내려고 술수와 책략을 쓰는 사람이 되고 말 거예요.'

섬세한 명예심을 가진 제인은 리디아가 흘린 한마디를 두고 엘리자베스와 따로 대화할 사람이 아니었다. 엘리자베스로서는 다행이었다. 외숙모의 대답을 들을 때까지는 마음을 털어놓을 사람이 없는 게 좋았다.

10장

만족스럽게도, 엘리자베스는 답장을 최대한 빠르게 받았다. 편지를 받자마자 가장 방해받지 않을 법한 장소인 숲으로 서둘러 나가서 의자에 앉은 다음 행복해질 마음의 준비를 했다. 편지의 길이로 보아 자신의 부탁을 거절당하지 않았다는 확신이 들었다.

그레이스처치 거리, 9월 6일

조카에게,

방금 네 편지를 받고 짧은 글로는 다 말하지 못할 것 같아서 오전 시간을 아예 이 편지에 바치기로 했단다. 네가 그걸 물어서 놀랐다는 말부터 해야겠다. 네가 궁금해 할 줄은 몰랐거든. 네가 물어서 화났다는 게 아니라 물을 필요가 있다고는 상상도 하지 않았다는 뜻이란다. 내가 무슨 말 하는지 모르겠으면 그냥 내가 주제넘었다고 봐 주렴. 외삼촌도 나만큼 놀란 게, 오로지 네가 관련되어 있다고 믿지 않았으면 일을 그렇게 처리하지 않았을 테니까 말이다. 네가 정말 모르는 일이라면 내가 분명하게 설명할게. 롱본에서 집으로 돌아온 날 외삼촌은 아주 뜻밖의 손님을 맞았단다. 다아시가 찾아와서는 방에서 그이와 몇 시간을 보냈어. 내가 집에 도착했을 때는 다 끝났지. 그래서 내 궁금증은 너처럼 그렇게 못 견딜 정도로 길지는 않았단다. 그는 가드너 씨에게 네 동생과 위컴을 찾았고 위컴과는 여러 번 그리고 리디아와는 한 번 얘기를 나누었다고 알려 주러 온 거야. 내가 이해한 바로는 그는 우리가 떠난 다음 날 더비셔를 떠나 그들을 찾을 각오로 런던으로 왔어. 그 동기를 고백하기를, 위컴이 가치 있는 사람이 아니라는 사실을 알려서 제대로 된 아가씨라면 그런 사람을 사랑하거나 믿는 일이 없도록 막지 못한 게 자기 잘못이라는 거야. 너그럽게도 모든 일을 자기의 잘못된 오만으로 돌리면서, 전에는 위컴의 개인사를 세상에 알리면 자기의 위신이 떨어진다고 생각했단다. 위컴이 어떤 사람인지 곧 드러날 때가 됐지. 그래서 이제라도 자기 때문에 생긴 상처를 나서서 치유하는 게 도리라고 하더구나. 그에게 다른 동기가 있다고 해도 그게 어디 불명예스러운 것이겠니. 런던에 며칠 머물면서 그들을 찾았어. 추적을 도와줄 단서가 있어서 우리보다 나았지. 그럴 줄 알고 우리를 뒤따라 추적에 나선 거니까. 영 부인이라고, 예전에 다아시 양의 가정교사였다가 그가 말하지는 않더라만 뭔가 불미스러운 일로 해고된 사람이 있는 것 같더라. 그녀는 에드워드 거리에서 큰 집 하나로 지금까지 여관을 운영하면서 살아왔어. 그녀가 위컴과 가까운 사이야. 다아시는 런던에 오자마자 그녀에게 위컴의 소식을 물었어. 하지만 이틀인가 사흘이 지나서야 다아시가 원하던 소식을 알려 줬어. 위컴을 어디서 찾을 수 있는지 알고 있었으니까, 내 생각에는 뇌물이나 술수가 없었으면 말을 안 했을 거다. 실제로 위컴은 런던에 오자마자 그녀를 찾아갔는데 방이 있었다면 거기 머물렀겠지. 결국 다아시는 원하던 주소를 확보했어. 그들은 모 거리에 머물고 있었어. 그는 위컴을 만나고, 리디아도 봐야겠다고 주장했어. 리디아를 보려는 이유는 현재의 불명예스러운 상황을 끝내고 가족이 아직 받아 줄 마음이 있을 때 돌아간다면 도와주겠다고 설득하려는 것이었지. 하지만 리디아는 꿈쩍도 안 했어. 친구고 뭐고 아무것도 신경 쓰지 않고 도움을 바라지도 않고 위컴을 떠나라는 말을 안 듣더란다. 언젠가 결혼하리라 무작정 믿었고, 언제인지는 중요하지 않았던 거지. 그녀의 뜻이 그렇다면 결혼을 확실하게 서두르는 일만 남았는데, 위컴과의 첫 번째 대화에서 그가 그럴 생각이 없다는 걸 대번에 알았어. 그는 도박 빚의 압박이 너무 심해서 연대를 떠날 수밖에 없었다고 고백했단다. 리디아의 도주가 몰고 온 모든 나쁜 결과는 그녀의 어리석음 탓으로 서슴없이 돌렸어. 어차피 장교 자리는 즉시 그만둘 거였고. 미래는 어떻게 될지 모르고 말이다. 어디론가 가야 하는데 어디로 갈지 모르겠고 먹고살 길은 없지. 왜 당장 네 동생과 결혼하지 않았는지 물었대. 베넷 씨가 아주 부자는 아니지만 뭔가 해 줄 수 있을 테고 그렇다면 상황이 유리해질 수 있지 않겠냐고. 위컴의 대답을 들어 보니, 그는 어디 다른 지방에 가서 결혼해서 한몫 볼 희망을 아직도 간직하고 있더란다. 하지만 그런 상황에서 즉각 벗어나고 싶은 유혹에 저항할 수 없었지. 그들은 몇 번 만나서 많은 얘기를 나눴다. 당연히 위컴은 얻을 수 있는 것보다 많이 원했어. 결국 합리적인 수준으로 타협했지만. 그렇게 둘이서 모든 문제를 해결하고 나서 다아시는 다음 순서로 네 외삼촌에게 알리려고 내가 집에 도착하기 전날 저녁에 처음으로 그레이스처치 거리에 왔단다. 가드너 씨가 없자 추가로 이것저것 물어보다가 네 아버지가 아직 런던에 머물고 있고 다음 날 아침에 떠난다는 걸 알게 됐지. 그는 네 아버지를 네 외삼촌처럼 적절하게 의논할 사람으로 여기지 않기 때문에 다음 날 네 아버지가 떠날 때까지 기다려서 네 외삼촌을 늦게 만난 거야. 그가 이름을 남겨 놓지 않은 바람에 다음 날까지 그냥 어떤 신사가 사업상 방문했다는 소식만 있었지. 토요일에 그가 다시 왔을 때 네 아버지는 떠나시고 네 외삼촌만 계셨던 터라, 아까 말했다시피 두 사람은 아주 많은 얘기를 나눴단다. 두 사람이 일요일에 또 만났는데 그때는 나도 그를 봤어. 월요일에야 모든 것이 다 결정되었어. 그러자마자 곧 롱본으로 속달을 보냈어. 그 손님 고집 한번 대단했어. 리지, 고집이 그 사람의 진짜 결함이지 싶다. 이런저런 비난을 들어 온 사람이잖니. 하지만 진짜 약점은 따로 있더라. 그가 직접 하지 않으면 어떤 것도 안 된다는 거야. 확실한 건 (감사받으려고 이런 말 하는 거 아니니까 이에 대해서는 두말 말아라) 네 외삼촌도 기꺼이 다 해결할 수 있었다는 점이다. 그렇게 두 사람은 한동안 실랑이를 벌였는데, 일의 당사자인 신사나 숙녀에게 과분할 정도지 뭐니. 결국 네 외삼촌이 양보할 수밖에 없었고, 막내 조카를 도울 수 있기는커녕 도왔다는 그럴듯한 명예만 얻었으니 네 외삼촌이 얼마나 못 견뎠겠니. 그런데 오늘 아침 네 편지가 그럴듯하게 빌려 온 명예의 부담을 없애고 명예를 받을 사람에게 돌려줄 수 있는 설명을 요구했으니 네 외삼촌이 아주 기뻐했단다. 그러나 리지, 이건 너만 알고 있거나 아니면 제인까지만 알고 있어야 한다. 이들 부부를 위해 어떻게 해 줬는지는 너도 알 거라고 생각한다. 갚아야 할 그의 빚은 내 생각엔 천 파운드가 족히 넘고, 개의 몫으로 약정된 데다 천 파운드를 더 얹어 주었고, 그의 군대 자리까지 사 주었단다. 모든 일을 그 사람 혼자 떠맡는 이유는 바로 위에서 설명했지. 위컴의 성품이 잘못 알려진 결과 그가 그렇게 좋게 받아들여지고 주목받았던 게 자기 때문이라고, 자기가 말을 안 하고 제대로 판단하지 못해서 그렇다고 하더구나. 이 말에 조금은 진실이 있겠지. 그가 말을 안 했다고, 아니 누구라도 그런 말을 안 했다고 이런 일을 책임져야 하는지는 나로서는 의문이다마는. 리지, 그의 멋진 설명에도 우리가 이번 일에 그의 다른 관심사가 들어 있다고 여기지 않았다면 네 외삼촌은 절대로 양보하지 않았을 거다. 모든 일이 해결되고 그는 아직 펨벌리에 머물고 있을 친구들에게 돌아갔어. 결혼식 날 다시 런던에 오겠다고 하면서 그때 남은 돈 문제를 마저 정리하기로 하고. 이제 다 말한 것 같다. 네가 몰랐다면, 크게 놀랄 얘기겠다. 적어도 불쾌하지는 않겠지. 그러고는 리디아를 데려왔지. 위컴도 늘 들락거렸고. 그는 내가 하트퍼드셔에서 알던 그 모습 그대로더라. 하지만 리디아의 행실이 얼마나 못마땅했는지는 말하고 싶지 않다마는 지난 수요일에 제인의 편지를 보니 개가 집에 가서도 딱 그 모양이라니 내가 좀 흉봐도 네게 새삼스러울 건 없겠지. 여러 번 걔를 붙잡고 심각하게 얘기하면서 저지른 모든 나쁜 짓과 가족에게 초래한 모든 불행을 설명했단다. 어쩌다 운으로 알아들었을지 몰라도, 소귀에 경 읽기였어. 가끔 화가 나더라만 그럴 때마다 제인과 엘리자베스 너희를 봐서 참았다. 다아시는 제 시간에 맞춰 돌아왔고 리디아가 털어놓았다시피 결혼식에 참석했어. 다음 날 우리와 저녁 식사를 하고 수요일이나 목요일에 런던을 떠났을 거다. 리지, 내가 한마디 해도 된다면 (이런 과감한 말을 한 적이 없단다) 내가 그 사람 아주 좋아한다고 말해도 화내지 않겠지. 우리를 대하는 그의 태도는 모든 면에서 우리가 더비셔에서 만났을 때처럼 상냥하더라. 그의 지성과 식견이 모두 우리 마음에 든다. 명랑함이 약간 부족한데, 그건 신중하게 잘 결혼한다면 아내가 가르칠 거다. 그 사람 아주 엉큼하더라. 네 이름은 벙끗도 안 했어. 엉큼한 거야 유행이지. 내가 주제넘었다면 용서해 주고, 설마 P°에서 날 내쫓지는 않겠지. 난 장원을 전부 둘러보기 전에는 만족하지 않는다. 조랑말 두 마리가 이끄는 나지막한 사륜마차면 그만이지. 이제 마쳐야겠다. 아이들이 삼십 분 동안 날 찾고 있네.

이만 총총.

가드너 부인.

엘리자베스는 편지를 읽고 가슴이 뛰었지만 기쁨과 고통 중 어느 것이 큰 비중을 차지하는지 알 수 없었다. 여동생의 결혼을 성사시키느라 다아시가 무슨 일을 했을지도 모른다는 불확실하고 막연하고 희미하던 의심, 너무나 정도가 지나친 도움이라 자꾸 생각하기조차 조심스러웠고, 동시에 정말로 신세를 갚아야 할까 봐 걱정스러워하면서 품었던 그 의심이 의심한 정도를 훌쩍 뛰어넘어 사실로 드러나다니! 그는 런던에 그들을 찾으러 갔고 그들을 수색하느라 그 모든 고생과 굴욕을 떠안았다. 그가 혐오하고 경멸하는 여자에게 찾아가 부탁해야 했고, 항상 피하고 싶었던 남자, 그의 이름을 입에 올리는 것조차도 형벌처럼 느껴지는 그런 남자와 만났으며, 그것도 자주 만났고, 이치를 따지고 설득하고 마침내 매수까지 했다. 이 모든 것을 그가 좋아하지도 않고 존중하지도 않는 여자아이를 위해서 했다. 바로 자신을 위해 그가 이 일을 했다고 엘리자베스의 가슴이 속삭였다. 그러나 이 생각은 곧 가라앉았는데, 그가 예전에 자신의 청혼을 거절했던 여자를, 위컴과 친인척으로 엮일 때 마땅히 느낄 수밖에 없는 혐오감을 물리칠 정도로 아직도 사랑해서 이런 일을 했으리라는 짐작은 그녀의 허영심으로도 감당할 수 없었다. 위컴과 동서지간이라니! 자존심이란 게 있다면 이런 관계를 거부할 것이다. 그는 할 만큼 했다. 그가 얼마나 많이 베풀었는지 생각하기 부끄러울 정도였다. 그는 왜 개입하는지 이유를 밝혔고, 그 이유는 얼마든지 믿을 수 있었다. 자신이 잘못했다고 느끼는 건 이해할 수 있었다. 그는 관대하고 그것을 집행할 수단도 갖춘 사람이니까. 그녀 자신이 그의 주요한 동기일 거라고 콕 집어 생각하지 않더라도 그녀를 향한 일말의 애정 때문에 그녀의 마음의 평화가 결정적으로 달린 일에 그가 최선을 다했다고 얼마든지 믿을 수 있었다. 절대로 보답을 받지 않으려는 사람에게 신세를 지는 건 정말로 괴로웠다. 리디아를 찾아내고 그녀의 명예를 회복시켜 준 이 모든 일을 그에게 신세졌다. 지금까지 그를 향했던 모든 배은망덕한 감정과 그에게 퍼부었던 모든 못된 말이 얼마나 후회되는지! 그녀는 겸손해졌다. 그가 자랑스러웠다. 동정심과 명예를 따르는 일에 이렇게 좋은 모습을 보여 줘서 자랑스러웠다. 외숙모가 그를 칭찬한 대목을 읽고 또 읽었다. 충분하지 않았다. 그래도 기뻤다. 외숙모와 외삼촌이 자신과 다아시 사이에 애정과 신뢰가 있다고 항상 믿어 주셨던 것을 알고 나니, 후회가 섞이긴 했지만 약간 뿌듯하기도 했다.

인기척이 나서 그녀가 자리에서 일어나며 상념에서 빠져나왔다. 그녀가 다른 길로 빠지기 전에 위컴이 따라왔다.

"고독한 산책을 방해했나요, 처형?" 그녀에게 합류하면서 그가 물었다.

"그러게요." 그녀가 웃으면서 대답했다. "방해해서 싫다는 뜻은 아네요."

"방해했다면 정말 미안합니다. 우린 좋은 친구였죠. 지금은 더 좋고요."

"맞아요. 다른 사람들도 나오나요?"

"모르겠어요. 베넷 부인과 리디아는 마차를 타고 메리턴에 나갔습니다. 그런데, 처형, 외삼촌과 외숙모께서 말씀하시던데, 펨벌리를 방문했다면서요."

그렇다고 했다.

"부럽습니다만, 나로서는 감당할 수 없는 일이라서, 그렇지 않으면 뉴캐슬로 가는 길에 들를 수도 있는데 말입니다. 늙은 가정부를 만났겠네요? 가엾은 레이놀즈, 항상 저를 아꼈지요. 물론 부인이 내 이름을 말하지는 않았겠죠."

"말했어요."

"뭐라고 하던가요?"

"군대에 갔다고, 그리고 별로 잘 살지 못한다고 걱정하더군요. 그렇게 멀리 떨어져 살다 보면 오해도 생기고 그렇죠."

"그럼요." 그가 입술을 깨물며 대답했다. 엘리자베스는 그가 대꾸하지 못하기를 바랐다. 그러나 그는 곧 이렇게 나왔다.

"지난달에 다아시를 런던에서 보고 놀랐습니다. 몇 번 지나쳤지요. 런던에서 뭘 하는지 모르겠습니다."

"아마도 드 버그 양과 결혼 준비라도 하는 모양이죠." 엘리자베스가 말했다. "이런 계절에 런던에 있다니 특별한 뭔가 있나 봐요."

"그럼요. 램턴에 있을 때도 그를 봤나요? 가드너 부부께 들으니 그랬던 것 같던데."

"네. 여동생을 소개했어요."

"마음에 들었어요?"

"무척요."

"사실 그녀가 작년과 올해 엄청나게 나아졌다는 소리를 들었습니다. 마지막으로 봤을 때는 별로였거든요. 마음에 든다니 다행입니다. 그녀가 잘되길 바랍니다."

"그럴 거예요. 가장 힘든 나이는 넘겼잖아요."

"캠튼 마을을 지났습니까?"

"모르겠어요."

"내가 바로 그 마을의 교구 목사가 되었어야 했어요. 멋진 곳이죠! 목사관도 훌륭해요! 모든 면에서 내게 딱 맞았을 겁니다."

"설교하는 거 좋아했겠어요?"

"아주 많이요. 내 의무의 일부라 생각했을 거고, 금방 익숙해졌겠죠. 불평하면 안 되지만요. 그래도 내게는 정말로 딱 맞았을 겁니다. 조용하고 한가한 삶이 내가 생각하는 행복에 맞았을 텐데! 하지만 지난 일이죠. 켄트에 머물 때 다아시가 이런 얘기도 하던가요?"

"다아시만큼이나 믿을 만한 소식통에게 들었는데, 그게 후원자의 뜻에 따라 조건부로 당신에게 남겨진 거였다고요."

"들었군요. 맞아요. 뭐 그런 게 있긴 했어요. 기억하겠지만, 처음에 내가 그렇게 말했죠."

"설교가 지금 말하는 것처럼 그렇게 적성에 맞지 않을 때가 있었다고도 들었어요. 실제로 서품을 안 받겠다고 해서 그 일을 타협적으로 수습했다면서요."

"그런 소리도 들었군요! 근거 없는 건 아닌데. 처음에 그 얘기할 때 내가 그 부분에 대해 뭐라고 했잖아요."

대화를 끝내고 싶어 빨리 걸었더니 문 앞에 거의 다 왔다. 동생을 위해서라도 위컴을 자극할 마음은 없었고, 단지 선의의 미소를 머금고 이렇게만 말했다.

"자, 위컴, 우리는 가족이 됐어요. 지난 일로 싸우지 말아요. 앞으로는 언제나 한마음이기를 바랍니다."

그녀가 손을 내밀었다. 그가 거의 눈을 맞추지 못한 채로 따뜻하고 신사답게 손에 입을 맞추었고, 그렇게 그들은 집으로 들어갔다.

11장

위컴은 이 대화에 완전히 만족해서 이후로는 같은 주제를 끄집어내어 곤란을 자초하거나 엘리자베스를 자극하는 일이 없었다. 엘리자베스도 그가 더 이상 말을 못 꺼내게 할 만큼 한 것 같아서 만족스러웠다.

그와 리디아가 떠날 날이 오자 베넷 부인은 이별을 받아들일 수밖에 없었는데, 가족 모두 뉴캐슬로 함께 가자는 말에 남편이 꿈쩍도 안 하니까 적어도 일 년은 헤어져 있어야 할 듯했다.

"아이고! 내 사랑하는 리디아." 그녀가 한탄했다. "우리 언제 또 만나니?"

"몰라. 아마 이삼 년은 못 볼 거야."

"자주 편지해라."

"자주 할게. 근데 결혼한 아내는 편지 쓸 시간 없을 걸. 언니들이 쓰면 되겠네. 할 일도 없잖아."

위컴의 작별 인사는 아내보다 다정했다. 잘 웃고, 잘생겼고, 말도 잘했다.

"내가 본 사람 중에 최고다." 그들이 집을 떠나자마자 베넷 씨가 말했다. "능글맞고 거들먹거리면서 우리 가족에게 착 감기잖니. 기가 막히게 자랑스럽구나. 심지어 윌리엄 루카스 경도 나보다 멋진 사위를 얻진 못했다."

막내딸이 떠나자 베넷 부인은 며칠 동안 굉장히 우울해했다.

"가까운 사람들과 헤어지는 것보다 나쁜 일은 없다." 부인이 말했다. "혼자 너무 외로워."

"딸을 시집보내면 이렇게 된답니다, 어머니." 엘리자베스가 말했다. "아직 네 명이 남았으니 좋으시죠."

"그런 말이 아니다. 리디아가 어디 결혼해서 떠났느냐고. 남편의 연대가 멀리 있다 보니 이렇게 된 거지. 가까웠더라면 그렇게 떠났겠느냐 말이다."

막내딸과의 이별로 가라앉아 있던 부인이 곧 기운을 차리고 또 한 번 들뜬 희망을 품게 된 것은 때마침 돌기 시작하던 소식 때문이었다. 네더필드의 가정부가 주인을 맞이할 준비에 한창이고 그가 하루나 이틀 후에 내려와서 몇 주 동안 사냥하며 머문다는 것이다. 베넷 부인은 안절부절못했다. 제인을 보고는 웃다가 고개를 가로젓다가 했다.

"그래, 그러니까 빙리가 내려온단 말이지, 동생." (필립스 부인이

소식을 처음 듣고 왔다) "뭐, 좋은 일이네. 내가 신경 쓸 건 아니지
마는. 그 사람 우리와 상관도 없고, 난 다시 보고 싶지도 않아. 그
래도 오고 싶으면 네더필드에는 맘대로 오라지. 무슨 일이 일어날
지 누가 알겠어? 그러거나 말거나 우리는 상관없다마는. 동생도
알겠지만, 우리가 오래 전에 아예 말을 안 꺼내기로 했잖아. 그러
니까 말인데, 오긴 오는 거지?"

"확실하다니까." 상대방이 대답했다. "니컬스 부인이 어제 메리
턴에 왔잖아. 지나가는 걸 보고 내가 직접 나가서 확인까지 했어.
확실히 온대. 수요일에 올 것 같고 늦어도 목요일에는 온다니까. 수
요일에 쓸 고기를 주문할 목적으로 정육점에 가던 길이던데, 딱
잡기 알맞은 오리로 여섯 마리를 구했더라고."

베넷 양은 그가 온다는 소식에 안색이 변했다. 엘리자베스에게
그의 이름을 말한 게 몇 달 지났다. 둘만 있게 되자 그녀가 이렇게
말했다.

"리지, 오늘 이모가 소식을 전할 때 날 쳐다봤지. 내가 괴로워 보
였을 거야. 하지만 어리석은 이유가 있다고 생각 마. 분명 나를 쳐
다볼 거라는 생각에 순간적으로 당황했을 뿐이야. 그 소식을 듣고
난 기쁘지도 괴롭지도 않아. 한 가지 다행스러운 건 그가 혼자 온
다는 점이야. 그러면 그를 덜 만나게 되겠지. 만나는 게 두렵다는
뜻이 아냐. 사람들의 쑥덕거림이 싫은 거지."

엘리자베스는 어떻게 생각해야 할지 몰랐다. 더비셔에서 그를
만나지 않았더라면 그가 알려진 이유 말고는 다른 의도 없이 그
냥 내려온다고 생각했을 것이다. 하지만 그가 제인을 좋아한다는
생각이 떠나지 않았고, 그가 자기 친구의 허락을 받고 오는지 아
니면 허락도 없이 혼자 용감하게 오는지 가늠이 안 갔다.

'이 가엾은 남자는 법적으로 세든 자기 집에 내려오면서도 온갖

억측을 다 몰고 다니다니 안됐어!' 가끔 이렇게 생각했나. '나라도 이 사람을 내버려 둬야지.'

그의 도착을 코앞에 두고 언니는 아무렇지도 않다고 말하면서 정말 아무렇지도 않은 줄 믿고 있지만, 엘리자베스가 보기에는 언니의 기분은 영향받고 있었다. 평소에 보던 것보다 심란해하고 불안해했다.

열두 달 전에 부모님이 열정적으로 논쟁했던 주제가 지금 다시 떠올랐다.

"여보." 베넷 부인이 나섰다. "빙리가 오기만 하면 당연히 당신이 가 봐야죠."

"아니, 아니오. 작년에 내게 그 일을 시키면서 방문만 하면 딸이 결혼할 거라 했소. 그런데 아무 일도 없었으니 이제부터는 그런 헛수고는 안 할 거요."

그가 네더필드로 돌아오면 이웃 신사들이 그 정도 관심을 보이는 것이 마땅한 도리라고 그의 아내가 설명했다.

"그런 빤한 예절을 경멸하오." 그가 말했다. "그가 우리와 어울리고 싶으면 자기가 알아서 하면 되잖소. 우리가 어디 사는지도 아니까. 이웃들이 떠났다가 돌아올 때마다 인사하느라 쫓아다니면서 내 시간을 낭비하긴 싫소."

"어쨌든 내 생각에는 그를 방문하지 않는 건 아주 무례한 일이에요. 하지만 내가 그를 저녁에 초대하는 건 말리지 말아요. 롱 부인과 굴딩 가족을 곧 부를 거예요. 우리 가족을 포함해서 열세 명인데, 그러면 그 사람 자리도 하나 남아요."

이렇게 혼자 결심하고 위로하면서 부인은 남편의 무례를 참아넘겼다. 그래도 결과적으로 이웃들이 자기네를 앞질러 빙리를 만나는 건 몹시 굴욕적이었다. 그가 도착하는 날이 다가왔다.

"그가 온다는 것 자체가 불편해지기 시작했어." 제인이 동생에게 말했다. "아무 일도 아니겠지. 완벽하게 무심하게 그를 볼 수 있지만 사람들이 이러쿵저러쿵하는 걸 견딜 수 없을 것 같아. 어머니는 선의로 말씀하시지. 그래도 그렇게 말씀하실 때 내가 얼마나 괴로운지 어머니나 다른 사람들은 몰라. 그가 네더필드를 떠나야 내가 편안해질 거야!"

"위로할 수 있으면 좋으련만." 엘리자베스가 대답했다. "도대체 그럴 능력이 없어. 내 맘 알 거야. 그냥 참으라고 흔한 말로 설교할 수도 없는 게, 언니는 언제나 너무 많이 참고 있으니까."

빙리가 도착했다. 베넷 부인은 하인들의 도움을 짜내어 그 소식을 가장 먼저 입수했고, 그 바람에 걱정하고 애태우는 기간만 길어질 대로 길어지는 걸 감수했다. 저녁 초대장을 보내기 전에 남아 있는 날들을 헤아려 보았다. 그전에 그를 만나기는 글렀다. 그런데 그가 하트퍼드셔에 돌아오고 사흘이 지난 날 아침, 그녀는 방 창문 밖으로 그가 말을 타고 마당에 들어서서 집으로 오는 것을 보았다.

기쁨을 나누려고 열렬하게 딸들을 불러 모았다. 제인은 탁자 앞에 앉은 채 자리를 꼿꼿하게 지켰다. 그러나 엘리자베스는 어머니에게 동조하여 창가로 가서 내다보고, 그와 함께 오고 있는 다아시를 본 다음, 언니 옆에 돌아와 앉았다.

"신사 한 사람도 함께 와요, 엄마." 키티가 말했다. "누굴까?"

"아는 사람이거나 그렇겠지. 난 모르겠다."

"어!" 키티가 대꾸했다. "전에 빙리와 함께 다니던 그 사람 같은데요. 이름이 뭐더라. 키 크고 오만한 사람 있잖아요."

"세상에! 다아시, 정말 그 사람이네. 그래, 빙리 친구 누구라도 언제나 우리 집에 환영이지. 그렇지만 않다면, 저 인간은 꼴도 보기 싫다만."

제인은 놀라움과 걱정으로 엘리자베스를 바라보았다. 제인은 그들이 더비셔에서 어땠는지 거의 모르는 상태에서, 동생이 그의 긴 편지를 받은 사건 이후에 거의 처음으로 그를 만나면 얼마나 어색할지 공감했다. 두 자매는 충분히 불편했다. 서로가 서로를 안쓰러워했고, 물론 스스로에게도 그랬다. 어머니는 계속 다아시가 싫다면서 오로지 빙리의 친구니까 예의를 차려 대하겠다고 말했지만 두 자매에게는 제대로 들리지 않았다. 엘리자베스에게는 제인이 짐작하지 못하는 불편함의 이유가 또 있었는데, 차마 제인에게 여태 가드너 부인의 편지를 보여 주거나 다아시를 향한 자신의 감정 변화를 말할 용기를 내지 못하고 있었다. 제인이 보기에 그는 그저 청혼을 거절당한 사람이고 장점을 제대로 평가받지 못한 남자였다. 그러나 사태를 두루 알고 있는 그녀에게 그는 온 가족이 큰 신세를 진 사람이고 자기가 관심을 가지고 있는, 그렇게 애틋하진 않지만 적어도 제인이 빙리에게 느끼는 정도의 합리적이고 정당한 관심을 가지고 있는 남자였다. 그가 네더필드에 와서 스스로 자신을 보러 오다니, 더비셔에서 그의 변한 행동을 처음 목격했을 때만큼이나 놀라웠다.

짧은 순간 그의 애정과 소망이 아직도 그대로일 거라는 기대가 스치자 창백해졌던 안색이 금방 돌아오면서 발그레해졌고 두 눈은 기쁨의 미소로 반짝였다. 하지만 확실하지 않았다.

'어떻게 나오는지 보자.' 그녀가 생각했다. '그때 가서 기대해도 늦지 않아.'

그녀는 침착하려 애쓰면서 뜨개질 거리를 붙잡은 채 감히 눈도 못 들고 앉아 있다가 하인이 문으로 다가오자 언니의 얼굴이 어떤지를 걱정스러운 호기심으로 관찰했다. 제인은 평소보다 약간 창백해 보였지만 엘리자베스가 짐작했던 것보다는 차분했다. 신사들이 들어오자 언니의 얼굴이 달아올랐다. 하지만 그럭저럭 편안한 태도로 그리고 어떤 원망의 기색이나 지나친 친절 없이 적절한 예의를 갖춰 그들을 맞이했다.

엘리자베스는 예의에 어긋나지 않을 정도의 인사말만 하고는 도로 앉아서 평소와 다르게 열심히 뜨개질에 몰두했다. 딱 한 번 다아시를 힐끗 쳐다보는 모험을 했다. 늘 그렇듯이 진지해 보였다. 펨벌리에서 봤을 때보다는 하트퍼드셔에서 늘 보던 모습에 더 가까워 보였다. 아마도 그는 어머니 앞에서는 외삼촌과 외숙모를 대하던 것처럼 할 수 없으리라. 그렇게 추측하려니 괴로웠지만 그럴 법했다.

그녀는 빙리도 잠깐 쳐다보았는데, 짧은 순간이지만 그가 기뻐하고 또 당황스러워하는 모습을 보았다. 베넷 부인은 그를 꽤 정중하게 맞았는데, 특히나 그 깍듯함이 따라온 그의 친구를 대할 때의 냉정하고 형식적인 예의에 너무 대조되어 두 딸은 부끄러웠다.

가장 아끼는 딸을 회복할 수 없는 치욕으로부터 보호한 이 남자에게 신세를 졌다는 사실을 알고 있는 엘리자베스로서는 더더욱 어머니의 얼토당토 않는 차별대우에 쓰라릴 정도로 상심하고 괴로웠다.

다아시가 가드너 부부의 안부를 묻자 엘리자베스가 당황하며 대답했고, 그런 다음 그는 거의 말하지 않았다. 그는 그녀 옆에 앉지 않았다. 아마도 그래서 말이 없었다. 하지만 더비셔에서는 이러지 않았다. 그녀에게 말을 걸지 않을 때는 주변의 다른 사람들과 대화했다. 지금은 몇 분이 흘렀지만 그의 목소리를 아예 들을 수 없었다. 간혹 호기심의 충동을 이기지 못하고 눈을 들어 그의 얼굴을 쳐다보면 그는 가끔 자기나 제인을 쳐다볼 뿐 주로 땅만 내려다보고 있었다. 저번에 만났을 때보다 생각이 많은 것 같았고 기분을 맞춰 주려고 애쓰지 않는 게 명백했다. 실망스럽고, 또 그렇게 실망하는 자신에게 화가 났다.

'다르기를 기대했던가!' 그녀가 생각했다. '도대체 그는 왜 왔지?'

그녀는 그가 아닌 누구와도 대화를 나눌 기분이 아니었다. 막상 그에게는 말을 꺼낼 용기조차 없었다.

그녀는 여동생의 안부를 묻고는 더 이상 말하지 못했다.

"빙리 씨, 오랜만이에요." 베넷 부인이 말했다.

그가 얼른 대답했다.

"안 오는 줄 걱정하던 참이었어요. 미카엘마스 때 여기를 완전히 떠날 거라고 사람들이 말하더군요. 그래도 난 아니기를 바랍니다. 저번에 떠난 다음에 마을에 굉장히 많은 일이 있었어요. 루카스 양이 결혼해서 떠났지요. 내 딸아이도 그렇고요. 늘었겠죠. 신문에서 봤을 겁니다. 「타임즈」와 「쿠리어」에 났답니다. 제대로 실리지는 않았어요. 이렇게만 났죠. '최근 조지 위컴 씨와 리디아 베넷 양 결혼'이라고, 신부 아버지 이름이나 고향 같은 건 단 한 글자도 안 났잖아요. 내 동생 가드너가 처리한 건데, 어떻게 그렇게 일을 못하는지. 봤죠?"

빙리가 봤다고 대답하고 축하했다. 엘리자베스는 차마 눈을 들 수 없었다. 다아시가 어떤 표정이었는지 보지 못했다.

"딸을 잘 결혼시키는 건 진짜로 멋진 일이에요." 어머니가 계속 말했다. "빙리 씨, 동시에 딸을 뺏기는 건 힘든 일이지요. 저 북쪽에 있는 뉴캐슬로 가서 사는데, 얼마나 있을지 모르겠어요. 연대가 거기니까. 그가 모 연대를 떠나서 직업 군인이 된 것도 들었죠. 세상에! 친구들이 좀 있어서 도와줬는데, 친구들이 더 많아야 마땅한 사람이잖아요."

다아시를 겨냥해서 하는 말인 줄 아는 엘리자베스는 너무 부끄럽고 비참해서 앉아 있을 수가 없었다. 덕분에 지금까지 무슨 수를 써도 안 나오던 말을 해 보려고 노력할 수 있었다. 빙리에게 이번엔 좀 머물 계획이냐고 물었다. 그가 몇 주 동안이라고 대답했다.

"빙리 씨, 거기 수렵장에서 새를 다 쏘거든 여기로 와서 베넷 씨의 장원에서 맘껏 사냥해요." 어머니가 끼어들었다. "남편도 기꺼이 그러라고 할 거고, 또 가장 좋은 새떼를 남겨둘 거예요."

어머니가 이렇게 불필요하게 주제넘은 관심을 보이자 엘리자베스는 더 비참해졌다! 일 년 전에 그들을 기분 좋게 했던 그런 밝은 전망이 지금 또 솟아오른다고 해도 모든 것은 똑같이 괴로운 결론으로 끝나고 말 것 같았다. 이 순간 그녀는 제인과 자기에게 다가올 행복한 날들도 이렇게 고통스럽고 당황스러운 순간을 보상할 수는 없으리라고 느꼈다.

'내가 가장 바라는 건 두 사람 누구와도 더 이상 함께 있지 않는 거야.' 그녀가 생각했다. '이들과 함께 있어서 느끼는 행복으로 이런 참담함을 보상할 수 없어! 빙리든 다아시든 결코 안 만날 거야!'

행복한 미래로도 보상할 수 없는 비참함은 잠시 후에 언니의 미모가 얼마나 옛 애인의 사랑을 다시 불붙게 하는지 목격하면서 한결 가벼워졌다. 그는 처음에는 그녀에게 별로 말하지 않았다. 그러나 오 분이 지날 때마다 점점 그녀에게 관심을 기울이기 시작했다. 그의 눈에 그녀는 작년처럼 아름다웠다. 작년처럼 잘 말하지는 않았지만 변함없이 상냥하고 꾸밈없었다. 제인은 하나도 안 변했다는 말을 들으려 노력했고 평소처럼 많이 말했다고 생각했다. 하지만 온통 신경 쓰다 보니 말하지 않는 순간이 있어도 항상 인식할 수 없었다.

신사들이 떠나려고 일어서자 베넷 부인이 준비해 놓은 인사를 잊지 않았다. 며칠 후에 저녁 식사에 초대했다.

"빙리 씨, 한번 방문해서 빚을 갚아야죠." 그녀가 덧붙였다. "지난겨울 런던으로 갈 때 돌아오면 우리랑 식사하기로 했잖아요. 보다시피, 기억하고 있어요. 얼른 돌아와 약속을 지키지 않아서 참 실망했답니다."

지난 얘기가 나오자 빙리가 약간 어리둥절한 표정을 짓더니 일 때문에 그렇게 됐다면서 자기 잘못이라고 했다. 그리고 그들은 떠났다.

베넷 부인은 그날 당장 저녁 식사에 그를 붙잡고 싶었다. 그러나 언제나 식탁을 잘 차리기는 해도 두 가지 코스 요리도 안 되는 식사로 간절하게 마음에 두고 있는 남자를 붙잡기는 부족했고 또, 연 수입 만 파운드를 가진 남자의 식욕과 자존심에도 부족할 것 같아 그만두었다.

12장

그들이 가자마자 엘리자베스는 기운을 차리려고 밖으로 나갔다. 달리 말하면, 안 그래도 기운 빠지게 할 게 틀림없는 주제라서 방해받지 않고 찬찬히 생각하고 싶어 나갔다. 다아시의 행동에 놀라고 화난 상태였다.

'말도 안 하고 심각하고 뚱하게 있으려면 왜 왔을까?' 그녀는 생각했다.

도무지 만족스럽게 정리할 수 없었다.

'런던에서는 외삼촌과 외숙모에게 여전히 상냥하고 마음에 들게 행동했다던데, 왜 내게는 안 그럴까? 내가 싫으면 왜 왔을까? 더 이상 내게 관심 없다고 말도 안 해? 정말 골치 아픈 남자야! 그 사

람 생각은 그만할래.'

언니가 다가오는 바람에 방금 했던 결심을 지킬 수밖에 없었는데, 그녀의 명랑한 얼굴을 보니 방금 방문한 신사들에 대해 엘리자베스보다 더 만족스러워하는 게 분명했다.

"첫 만남이 지나니까 마음이 완전히 편안해." 그녀가 말했다. "난 잘 견뎠고, 그가 또 오더라도 당황하지 않을 거야. 화요일에 저녁 식사를 하러 온다니 기뻐. 그때 사람들은 그와 내가 오직 무심한 보통 사이라는 걸 보겠지."

"그래, 아주 무심하기도 하겠다." 엘리자베스가 웃으며 말했다. "언니, 조심해."

"리지, 난 위험에 빠진 나약한 사람이 아니라니까."

"그가 언제나처럼 언니를 사랑하는 위험에 빠졌는데 뭘."

화요일까지 신사들을 보지 못했다. 그 사이에 베넷 부인은 온갖 행복한 계획을 짜고 있었는데, 그녀가 이렇게 기운을 되찾은 것은 지난 삼십 분의 방문 동안 빙리의 명랑하고 예의 바른 모습 덕분이었다.

화요일에 롱본에 많은 사람이 모였다. 가족들이 학수고대한 두 신사는 사냥꾼답게 약속 시간을 잘 지켜 정확한 시간에 나타나 주었다. 그들이 식당에 들어오자 엘리자베스는 빙리가 예전의 모든 모임에서 그가 늘 차지했던 언니의 옆자리에 앉는지 뚫어져라 지켜보았다. 눈치 빠른 어머니 역시 같은 생각에 집중하느라 차마 그에게 자기 옆에 앉으라고 말하지 못했다. 식당에 들어올 때 그는 망설이는 것 같았다. 하지만 제인이 우연히 식당을 둘러보며 웃는 걸 봤다. 결심이 섰다. 그는 그녀 옆에 앉았다.

엘리자베스는 승리감에 사로잡혀서 그의 친구를 바라보았다.

그는 무심한 표정으로 의연하게 견디고 있었는데, 빙리 또한 그녀처럼 다아시를 바라보며 반은 웃고 반은 불안한 표정을 짓지 않더라면 그녀는 그의 친구가 그에게 행복한 대로 하라고 이미 허락했다고 생각했을 것이다.

저녁 식사 동안 언니를 대하는 그의 태도는 애정을 보여 주기에 충분해서, 엘리자베스는 빙리 본인에게만 맡겨 놓는다면 두 사람의 행복이 금방 확보되리라고 예전보다는 조심스럽게 믿었다. 감히 결과를 낙관할 수는 없었지만 그녀는 흐뭇하게 그의 행동을 지켜보았다. 보고 있으면 그나마 기운을 차릴 수 있었다. 그 정도로 그녀는 의기소침했다. 다아시는 식탁의 건너편 가장 먼 곳에 있었다. 그는 어머니 쪽에 앉아 있었다. 그러나 어머니에게나 즐겁지 않고 어느 쪽도 유리할 게 없는 자리 배치였다. 그녀는 두 사람의 대화를 들을 수 있을 정도로 가까이에 있지는 않았지만 두 사람 이얼마나 말이 없는지 그리고 말할 때는 얼마나 형식적이고 쌀쌀맞은지 봤다. 어머니의 불친절함을 보고 있으니 그에게 가족이 신세를 졌다는 생각이 더 고통스럽게 다가왔다. 가끔 그의 친절을 가족 모두가 모르는 것은 아니며 그것에 무감하지도 않다고 그에게 말해 줄 수만 있으면 뭐든 하겠다는 심정이 되곤 했다.

그녀는 저녁에 그와 함께 보낼 시간이 있었으면 했다. 그가 들어올 때 했던 단순히 형식적인 인사보다는 좀 더 대화 같은 것을 나누지도 못한 채 저녁을 흘려 보낼 수 없었다. 초조하고 불편해진 그녀는 신사들이 식당을 나오기 전에 숙녀들끼리 응접실에서 보내는 시간이 너무 지겹고 따분해서 거의 사람들에게 무례하게 굴뻔했다. 신사들이 응접실로 오기만을, 마치 저녁을 즐겁게 보낼 기회가 온통 여기에 달려 있다는 듯이 기다렸다.

'그가 다가오지 않으면, 영원히 포기할래.' 이렇게 생각했다.

신사들이 들어왔다. 그가 희망에 호응하는 것 같았다. 하지만 아뿔싸! 숙녀들이 베넷 양이 차를 만들고 엘리자베스가 커피를 따르는 탁자 주변으로 워낙 촘촘하게 몰려드는 바람에 그녀 옆에 의자 하나 놓을 만큼의 자리도 나지 않았다. 신사들이 다가오자 숙녀 하나가 그녀 쪽으로 바싹 붙더니 이렇게 속삭였다.

"남자들은 우리를 갈라놓을 수 없어요. 우리끼리 있으면 됐죠. 안 그래요?"

다아시는 다른 쪽으로 가 버렸다. 그녀는 눈으로 그를 좇아 그가 말 거는 모든 사람을 부러워하느라고 누구에게도 커피를 따라 줄 인내심을 발휘하지 못했다. 그렇게 어리석게 구는 자신에게 화가 났다!

'한때 거절당했던 남자! 그가 사랑을 재개하기를 기대할 정도로 어리석단 말인가? 한 여자에게 두 번 청혼하는 속없는 남자를 저들이 가만둘까? 그들의 감정을 이렇게 깔보고 모욕하면 안 돼!'

다아시가 커피 잔을 직접 가지고 오자 약간 기운이 났다. 그리고 이렇게 말할 기회를 잡았다.

"여동생은 아직 펨벌리에 있나요?"

"네, 크리스마스까지 머물 겁니다."

"혼자서요? 친구들은 다 떠났나요?"

"앤즐리 부인과 함께 있습니다. 다른 사람들이 스카버러에 놀러 간 지 삼 주가 되었군요."

그녀는 더 할 얘기가 떠오르지 않았다. 그가 계속하고 싶었다면 얘깃거리를 더 잘 찾았을 것이다. 하지만 옆에서 말없이 몇 분간 서 있기만 했다. 결국 젊은 숙녀가 엘리자베스에게 속삭이자 그가 가 버렸다.

차 마신 것을 치우고 카드놀이 탁자가 펼쳐져서 숙녀들이 모두 움직이자 그제야 엘리자베스는 그가 다가오리라 기대했지만, 어머니가 휘스트 놀이를 하자며 그를 무지막지하게 끌고 들어가는 바람에 그가 잠시 후 다른 사람들과 함께 탁자에 둘러앉자 모든 전망이 깨졌다. 모든 기대를 포기했다. 다들 저녁 내내 여기저기 카드놀이 탁자에 매여 있을 테니까 그가 자주 그녀가 앉아 있는 쪽을 힐끔거리느라 자기처럼 카드놀이에 집중하지 못하고 망치기를 바랄 따름이었다.

베넷 부인은 네더필드에서 온 두 신사를 늦은 저녁 식사 때까지 붙잡아 둘 계획이었다. 그러나 불운하게도 그들의 마차가 가장 먼저 와 버려서 그럴 기회가 없었다.

"애들아." 가족만 남게 되자 그녀가 말했다. "오늘 어땠니? 내 생각에는 모든 게 아주 좋았다. 저녁은 어느 때보다 잘됐어. 사슴고기는 두루두루 잘 구워졌더라. 사람들이 그렇게 꽉 찬 허리살은 처음 봤다고 했어. 수프는 지난주에 루카스 집에서 먹은 거보다 쉰 배는 좋았고. 다아시도 자고새 요리가 아주 잘 됐다고 했잖니. 그는 적어도 두세 명의 프랑스 요리사를 두고 있겠지. 그리고 내 딸 제인, 오늘보다 더 아름다운 모습은 못 봤다. 내가 물었더니 롱 부인도 동의하더라. 게다가 롱 부인이 뭐라고 했는지 아니? '어머! 베넷 부인, 드디어 그녀가 네더필드에 살겠네요.' 정말 그렇게 말했다니까. 롱 부인만큼 착한 사람은 없다. 조카딸들은 아주 참한데, 미모가 없지. 걔들이 아주 마음에 든다."

한마디로 베넷 부인의 기분은 최고였다. 제인이 마침내 빙리를 얻었다는 확신이 들 만큼 그가 그녀를 대하는 태도를 충분히 목격했다. 행복한 기분에 빠진 나머지 가족에게 유리한 이 결혼에 대한 기대가 터무니없이 커져서 바로 다음 날 그가 청혼하러 오지 않자 꽤 실망했다.

"기분 좋은 날이었어." 베넷 양이 엘리자베스에게 말했다. "모임에 올 사람들을 잘 고른 덕분에 모두들 잘 어울렸지. 우리가 자주 만났으면 좋겠어."

엘리자베스가 웃었다.

"리지, 그러지 마. 내 말 믿어. 자꾸 그러면 서운해. 호감 가고 분별력 있는 남자와 대화를 즐겼고 그 이상 어떤 기대도 없었어. 현재 그의 매너는 내게 잘 보이려는 의도가 없어서 굉장히 만족스러워. 그는 아주 다정한 말솜씨로 최고로 사람들을 잘 대하고 싶어하는 남자일 뿐이야."

"언니는 잔인해." 동생이 말했다. "웃지도 못하게 하고서는 자꾸 웃기는 말만 하잖아."

"믿어 달라고 하기 한번 힘드네!"

"불가능할 때도 있지!"

"왜 자꾸 내가 인정하는 것보다 더 느끼라고 설득하려고 하니?"

"나도 어떻게 대답해야 할지 모르겠어. 알 가치가 없는 것들만을 가르칠 수 있는데도, 우리 모두 가르치길 좋아하지. 용서해 줘. 근데 그렇게 무심할 바에는 내게 털어놓지도 마."

13장

며칠이 지나고 빙리가 혼자 왔다. 그날 아침 런던으로 떠난 그의 친구는 열흘 후에 온다고 했다. 그는 가족과 한 시간 넘게 앉아 있었고 아주 기분이 좋았다. 베넷 부인이 저녁을 먹고 가라고 했다. 하지만 그는 다른 약속이 있다면서 여러 번 미안하다고 했다.

"다음에 올 때는 이번보다 운이 좋았으면." 그녀가 말했다.

그는 언제라도 그렇게 하면 정말 행복하겠다는 말을 계속 했다. 그리고 허락한다면 올 수 있는 가장 빠른 날 오겠다고 했다.

"내일은 어때요?"

그렇다. 그는 다음 날 아무 약속도 없었다. 그녀의 초대는 눈 깜짝할 사이에 접수되었다.

다음 날 그가 워낙 일찍 방문하는 바람에 딸들 누구도 옷을 다 차려입지 않은 상태였다. 베넷 부인은 자기 머리를 꾸미다 말고 가운을 걸친 채 딸의 방으로 달려들어가 성화였다.

"제인, 서둘러 내려가. 그가 왔어. 빙리가 왔다니까. 진짜로 왔어. 서둘러. 얼른. 이봐, 세라, 베넷 아가씨에게 와서 가운 입는 거 좀 도와줘. 리지 아가씨 머리는 그냥 놔두고."

"준비 다하면 내려갈게요." 제인이 대답했다. "근데 키티가 삼십 분 전에 벌써 올라와 있어서 우리보다 더 빨라요."

"뭐! 키티는 됐고! 걔가 뭔 상관이니? 서둘러, 제발! 허리띠는 어디 있니?"

어머니가 내려가자 제인은 동생 하나를 데려가지 않고서는 안 내려가려 했다.

그들만 따로 두려고 노심초사하는 모습은 저녁에도 분명했다. 차를 마신 다음 베넷 씨는 늘 그렇듯이 서재로 물러났고 메리는 피아노 연습을 하러 올라갔다. 다섯 명의 장애물 가운데 둘이 물러나자 베넷 부인은 꽤나 열심히 엘리자베스와 캐서린을 쳐다보며 윙크를 해댔지만 아무 효과가 없었다. 엘리자베스는 어머니를 쳐다보지 않았다. 마침내 키티가 쳐다봤는데 그만 너무 순진하게도 이렇게 묻고 말았다. "엄마, 왜 그래요? 왜 자꾸 윙크해요? 어쩌라고요?"

"아무것도 아니다. 윙크는 무슨." 그녀는 그렇게 오 분을 더 앉아 있었다. 소중한 기회를 허비할 수 없어서 갑자기 벌떡 일어나더니 키티에게 말했다.

"나 좀 보자. 할 말이 있단다." 키티를 방에서 불러냈다. 제인은 즉시 엘리자베스를 바라봤는데, 어머니의 사전 계획에 당황한 기색과 함께 거기에 동참하지 말라고 간청하는 표정이었다. 몇 분후에 베넷 부인이 문을 반쯤 열고 리지를 불러냈다.

"리지, 할 말이 있단다."

엘리자베스는 나갈 수밖에 없었다.

"두 사람만 남겨 두는 게 좋겠다." 그녀가 나오자마자 어머니가 말했다. "키티와 나는 올라가서 내 방에 있으마."

엘리자베스는 어머니와 말싸움을 하지 않고 잠자코 복도에 서 있다가 그녀와 키티가 올라가자 응접실로 돌아왔다.

그날 베넷 부인의 계획은 효과가 없었다. 빙리의 모든 면이 다 마음에 들었지만 딸을 사랑한다고 고백하지는 않았다. 그는 편안하고 쾌활한 성품으로 저녁 모임을 즐겁게 했다. 어머니가 경우에 어긋나게 간섭하는 것도 잘 참았고 그녀의 어리석은 말들도 관대하게 표정 하나 변하지 않고 받아넘겨서 특히 제인이 고마워했다.

늦은 저녁을 먹고 가라고 굳이 잡을 필요도 없었다. 떠나기 전에 그와 베넷 부인은 서로 합심하여 다음 날 아침에 베넷 씨와 사냥을 함께 하기로 약속을 잡았다.

이날 이후 제인은 더 이상 무심하다고 말하지 않았다. 자매는 빙리 얘기를 한마디도 안 했다. 하지만 엘리자베스는 다아시가 일찍 돌아오지 않는 한 모든 것이 신속하게 마무리되리라고 행복하게 믿으면서 잠자리에 들었다. 하지만 정말이지 이 모든 일들이 그 사람의 동의를 받고 진행된다는 느낌을 떨칠 수 없었다.

빙리는 약속 시간을 정확하게 지켰다. 약속한 대로 그와 베넷 씨는 오전 시간을 함께 보냈다. 베넷 씨는 그가 기대했던 것보다는 괜찮았다. 베넷 씨가 비웃거나 또는 말도 하기 싫을 정도로 혐오할 만한 그런 건방이나 어리석음이 그에게 없었기 때문이기도 했다. 그는 빙리가 봤던 어느 때보다도 많이 말하고 덜 유별나게 굴었다. 빙리는 그를 따라 저녁을 먹으러 돌아왔다. 저녁 동안 베넷 부인은 그와 딸을 사람들로부터 떼어 놓으려고 또 작전을 짰다. 쓸 편지가 있었던 엘리자베스는 차를 마시자마자 조찬실로 가 버렸다. 나머지 사람들이 모두 카드놀이를 하려고 모여 앉은 참이라 어머니의 작전을 방해하려고 나설 것도 없었다.

그러나 편지를 다 쓰고 응접실로 돌아오자 놀랍게도 어머니가 한 수 위가 아닌가 싶었다. 문을 열자 언니와 빙리가 벽난로 쪽에 함께 서서 열렬한 대화를 나누고 있는 것 같았다. 이 장면 자체로 의심스럽지 않다면 그들이 급하게 돌아보면서 서로 떨어지던 그 표정에 모든 게 다 담겨 있었다. 그들의 상황은 어색하기 이를 데 없었다. 그러나 자신의 상황이 더 난처했다. 어느 누구도 말하지 않았다. 엘리자베스가 나가려고 하자 앉았던 빙리가 벌떡 일어나더니 언니에게 몇 마디를 속삭이고는 방을 나갔다.

털어놓아서 기쁠 일이라면 제인은 엘리자베스에게 숨길 게 없었다. 즉시 동생과 포옹하면서 자신이 이 세상에서 가장 행복한 사람이라고 더할 수 없이 생기발랄하게 말했다.

"과분해!" 그녀가 덧붙였다. "너무 과분해. 이렇게 행복해도 될까. 아! 나만 행복해서 어떡해?"

엘리자베스는 말로 다 표현할 수 없는 진심과 열정과 기쁨을 담아 축하했다. 그 모든 친절한 말에 제인은 새삼 행복했다. 하지만 그녀는 동생과 더 머물거나 할 말의 반이라도 할 수 있는 시간이 없었다.

"어머니께 가야 해." 그녀가 말했다. "혼자 마음 졸이며 기다리시는데 이러고 있으면 안 되잖아. 다른 사람을 통해 이 소식을 듣게 할 수는 없어. 그는 아버지께 갔어. 아! 리지, 내 얘기를 들으면 가족이 모두 기뻐할 거야! 이런 행복을 누리다니!"

카드놀이를 일부러 그만두고 이 층에서 키티와 앉아 있는 어머니에게로 그녀가 달려갔다.

혼자 남겨진 엘리자베스는 몇 달이나 애태우고 속상하던 일이 쉽고도 신속하게 해결된 것에 웃음이 났다.

'그의 친구가 열심히도 챙기던 일이 결국 이렇게 끝나는군!' 그녀는 생각했다. '그의 누이의 거짓과 잔머리도 이렇게 가장 행복하고 현명하고 합리적으로 끝났어!'

몇 분이 지나자 빙리가 아버지와 간략하고 용건만 간단한 대화를 마치고 돌아왔다.

"언니는 어디 갔어요?" 그가 문을 열고 들어오며 급하게 물었다.

"어머니와 이 층에 있어요. 금방 내려올 거예요."

그가 문을 닫고 들어오더니 그녀에게 다가와 처제의 축하 인사와 애정을 바랐다. 엘리자베스는 그들이 친인척이 되어 기쁘다고 솔직하게 진심으로 말했다. 그들은 다정하게 손을 잡았다. 그는 언니가 내려올 때까지 그가 얼마나 행복한지 그리고 그녀가 얼마나 완벽한지를 쏟아 놓았다. 그가 사랑에 빠져 황홀한 상태에서 하는 말이었지만 엘리자베스는 그가 기대하는 행복이 이성적으로 합당하다고 정말로 믿었는데, 두 사람 모두 이해력이 뛰어나고 제인의 성품은 탁월한 데다 두 사람의 감정과 취향이 대체로 비슷하기 때문이었다.

모두에게 특별하게 기쁜 저녁이었다. 베넷 양의 만족은 화사한 생기로 빛나는 얼굴에 다 드러나서 어느 때보다도 아름다웠다. 키티는 다 안다는 듯이 웃으면서 곧 자기 순서가 오기를 기대했다. 베넷 부인은 삼십 분 동안 빙리를 붙잡고 같은 말만 한 것도 부족한지 여전히 어떤 열정적인 말로도 결혼을 승낙하거나 인정하는 기쁨을 다 표현할 수 없었다. 베넷 씨는 그들과 함께 늦은 저녁을 먹었는데, 그가 얼마나 행복해하는지 목소리와 태도에 묻어났다.

하지만 그는 그 손님이 밤에 떠날 때까지도 어떤 암시도 하지 않았다. 그가 떠나자마자 제인에게 말했다.

"제인, 축하한다. 행복할 거다."

제인이 즉시 그에게 다가가 입 맞추면서 고맙다고 인사했다.

"너는 착한 딸이다." 그가 대답했다. "행복하게 살 거라 생각하니 아주 기쁘다. 너희 두 사람은 아주 잘살 거다. 성질도 비슷하지. 둘 다 워낙 고분고분해서 매사에 하나도 결정되는 게 없을 거다. 워낙 물렁해서 하인들이 다 속이려 들겠지. 게다가 베풀기 좋아하니 항상 적자가 날 테고."

"아녜요. 돈 문제를 경솔하게 하거나 생각 없이 처리하면 제가 그냥 넘어가지 않을 거예요."

"적자라니요! 여보." 아내가 외쳤다. "무슨 말씀이세요? 연 수입이 사오 천 파운드는 넘을 텐데요." 그리고 제인에게 말했다. "아! 내 사랑하는 제인. 정말 행복하구나! 오늘 밤에 행복해서 잠도 안 오지 싶다. 이렇게 될 줄 알았지. 이렇게 된다고 했잖니. 미모 값을 하는구나! 그가 작년에 하트퍼드셔에 처음 왔을 때부터 너희 둘이 이렇게 될 것 같더라. 아! 그렇게 잘생긴 사람은 처음이야."

위컴과 리디아는 모두 잊었다. 비교할 것도 없이 제인이 가장 아끼는 딸이었다. 그 순간 다른 딸은 생각나지도 않았다. 어린 동생들은 언니가 나중에 베풀어 줄 수 있는 행복에 관심을 나타내기 시작했다.

메리는 네더필드의 서재를 이용하게 해 달라고 부탁했다. 키티는 해마다 겨울에 몇 번의 무도회를 열어 달라고 간청했다.

이때부터 빙리는 매일 롱본에 들렀다. 종종 아침 식사 전에 와서 늦은 저녁 식사가 지날 때까지 머물렀다. 정말 밉상이라고밖에 할 수 없는 어떤 눈치 없는 이웃이 저녁에 초대해서 받아들여야 할 때가 아니면 늘 그랬다.

엘리자베스는 언니와 대화할 시간이 별로 없었다. 제인은 그와 있으면 누구에게도 신경 쓸 수 없었다. 그러나 가끔 두 사람이 떨어져 있어야 할 때 그녀는 두 사람에게 상당히 유용한 존재였다. 제인이 없을 때 그는 엘리자베스에게 그녀 얘기를 했다. 빙리가 없을 때 제인 역시 같은 해결책을 찾았다.

"지난봄에 내가 런던에 머물 때 까맣게 몰랐다고 하니까 얼마나 다행이니!" 어느 날 저녁에 제인이 말했다. "난 그런 줄도 모르고."

"내가 그럴 거라고 했잖아." 엘리자베스가 대답했다. "그가 뭐라고 설명해?"

"누이들의 소행이지. 누이들은 진짜 그와 나의 친분을 싫어했는데, 그가 여러 가지 면에서 훨씬 조건이 유리한 여자를 고를 수 있었던 점을 생각하면 그리 놀랍진 않아. 그래도 그가 나와 함께 있어서 행복해하는 모습을 분명 볼 테니까 만족할 거고, 그러면 좋은 친구로 돌아가겠지. 처음처럼 그렇게 될 수는 없더라도 말이야."

"이렇게 매정하게 말하는 건 처음 들어." 엘리자베스가 말했다. "잘했어! 언니가 또 빙리 양의 꾸며낸 애정에 속아 넘어가는 건 못 봐."

"리지, 지난 11월에 그가 런던으로 떠날 때 나를 사랑했는데도 내가 무심하다고 믿고서 나를 보러 내려오지 않았다는 게 말이 되니!"

"잠깐 실수한 게 분명해. 하지만 그만큼 겸손하다는 말이지."

자연스럽게 제인은 그가 얼마나 자신 없어하고 자신의 좋은 자질을 낮게 평가하는지 칭찬하는 말로 넘어갔다.

엘리자베스는 그가 그의 친구의 간섭을 밝히지 않아서 기뻤는데, 비록 제인이 세상에서 가장 관대하고 잘 용서하는 사람이지만 상황이 상황이니만큼 그의 친구를 삐딱하게 볼 수밖에 없었을 것이다.

"이렇게 운이 좋은 사람이 있을까!" 제인이 말했다. "아! 리지, 가족 중에 내가 뽑혀서 다들 놔두고 혼자 축복받다니! 네가 행복한 걸 볼 수만 있다면! 네게 그런 남자가 있었으면!"

"그런 남자 마흔 명을 준대도 언니처럼 행복할 수 없어. 언니의 심품과 착한 마음씨를 가지기 전에는 그 행복을 가질 수 없지. 난 알아서 할게. 아마 운이 아주 좋다면 적당한 때에 콜린스 같은 사람을 또 만날지 모르지."

롱본 가족의 비밀은 오래가지 못했다. 베넷 부인이 필립스 부인에게 속삭이는 특권을 누린 다음 필립스 부인이 베넷 부인의 허락도 없이 메리턴의 모든 이웃에게 똑같이 해 버렸다.

베넷 가족은 리디아가 도주했던 몇 주 전만 해도 불행으로 유명세를 치르더니 지금은 세상에서 가장 운 좋은 사람들로 신속하게 평판을 얻었다.

14장

빙리와 제인의 결혼 발표가 있고 일주일 정도 지난 어느 날 아침, 그와 집안 여자들이 식당에 앉아 있을 때 마차 소리가 나서 다들 갑자기 창문 쪽으로 돌아봤다. 잔디밭으로 사륜마차가 올라오고 있었다. 방문하기에 이른 시간인 데다가 마차의 꾸밈새가 이웃에서 보던 게 아니었다. 말은 파발마였고, 마차나 마차를 모는 하인들의 옷이 낯설었다. 어쨌거나 누가 온 것은 분명했고, 빙리는 불쑥 찾아온 손님과 앉아 있지 말고 정원에 산책하러 나가자고 베넷 양을 설득했다. 두 사람이 나가고 남아 있는 세 사람이 계속 소득 없이 추측하는데, 마침내 문이 열리고 손님이 들어왔다. 캐서린 드 버그 여사였다.

모두들 놀랄 준비를 하고 있긴 했다. 그래도 예상을 뛰어넘어 너무 놀랐다. 베넷 부인과 키티는 여사를 전혀 몰랐는데도 엘리자베스보다 훨씬 더 놀랐다.

여사는 평소보다 더 무례한 태도로 들어오더니 엘리자베스의 인사에 고개만 까딱하고서는 한마디도 안 하고 앉았다. 여사가 들어올 때 소개를 요청하지는 않았지만 엘리자베스는 어머니에게 여사가 누구인지 말했다.

깜짝 놀란 베넷 부인은 그렇게 지체 높은 손님이 찾아온 데 대해 우쭐해하면서 극도로 정중하게 그녀를 맞이했다. 여사가 말없이 잠깐 앉아 있더니 엘리자베스에게 아주 무뚝뚝하게 말했다.

"잘 지냈나, 베넷 양. 저기가 아가씨 어머니겠지."

엘리자베스가 그렇다고 짤막하게 대답했다.

"저기는 동생이고."

"네, 여사님." 베넷 부인이 캐서린 여사와 말하게 되어 기쁜 듯이 대답했다. "쟤가 막내딸 바로 위예요. 막내딸은 최근에 결혼했고, 맏딸은 곧 가족이 될 청년과 함께 지금 어디를 산책하고 있을 겁니다."

"장원이 아주 작군요." 잠시 침묵하던 여사가 말했다.

"로징스에 비하면 아무것도 아닙니다, 여사님. 하지만 윌리엄 루카스 경의 장원보다야 훨씬 넓습니다."

"이 응접실은 여름날 저녁에 앉아 있기가 정말 불편하겠어요. 창문이 다 서쪽으로 났으니."

베넷 부인은 저녁 식사 이후에는 여기에 앉지 않는다고 말하며 이렇게 덧붙였다.

"콜린스 부부는 잘 있는지 먼저 여쭤 봐도 되겠습니까?"

"잘 있어요. 그저께 밤에 봤군요."

엘리자베스는 이제 여사가 샬럿의 편지를 꺼내기를 기대했는데, 그게 여사가 방문한 단 하나의 그럴 법한 이유 같았다. 그러나 편지는 없었고, 그녀는 완전히 어리둥절했다.

베넷 부인이 아주 깍듯하게 가벼운 음식을 권했다. 하지만 캐서린 여사는 아무것도 안 먹겠다고 몹시 단호하고 또 그다지 정중하지도 않게 대답했다. 그러고는 일어나더니 엘리자베스에게 말했다.

"베넷 양, 잔디밭 한쪽에 예쁘장한 숲 같은 게 있더군. 같이 가 준다면 한 바퀴 돌아보고 싶은데."

"가렴." 어머니가 소리쳤다. "여사님께 다른 길도 보여 드리고. 정자를 좋아하실 거다."

엘리자베스가 양산을 가지러 방으로 달려갔다 와서 아래층의 귀족 손님을 밖으로 안내했다. 현관을 지나며 캐서린 여사는 만찬실과 응접실 문을 열고 둘러본 다음 괜찮은 방이라고 말했다.

여사의 마차는 문 앞에 서 있었는데, 엘리자베스는 안에서 기다리는 몸종을 보았다. 숲으로 향한 자갈길을 따라 두 사람은 말없이 걸었다. 엘리자베스는 평소보다 거만하고 기분 나쁘게 나오는 여사와 대화하려고 굳이 애쓰지 않기로 했다.

'어떻게 이분이 조카와 닮았다고 생각했을까?' 그녀가 여사의 얼굴을 쳐다보며 회상했다.

숲으로 들어가자마자 캐서린 여사가 이렇게 시작했다.

"베넷 양, 내가 여기 왜 왔는지 모를 리 없지. 마음과 양심이 말하고 있을 거야."

엘리자베스가 꾸밈없이 놀라며 쳐다보았다.

"아닙니다, 여사님. 여기에서 뵙게 될 줄은 전혀 몰랐어요."

"베넷 양." 화난 목소리로 여사가 말했다. "농담이나 할 생각은 말아라. 네가 아무리 장난스럽게 나와도 내게는 어림도 없다. 나는 진실함과 정직함으로 유명한 사람이고 더구나 이런 순간이라면 더욱 내 성격을 고수할 거야. 이틀 전에 몹시 걱정스러운 소식을 들었어. 곧 네 언니가 아주 유리하게 결혼할 뿐만 아니라, 너 엘리자베스 베넷 양이 내 조카, 바로 내 조카 다아시와 이어서 결혼한다는 소리를 들었단 말이야. 망측한 거짓말이지. 이 소문이 사실일 수도 있다고 생각할 정도로 내 조카에게 흠집을 내고 싶지 않지만, 즉시 찾아와서 내 생각을 알리기로 했어."

"소문이 사실일 리가 없다고 믿으시면서 고생스럽게 이렇게 멀리 찾아오시다니요." 엘리자베스는 놀라움과 모멸감으로 안색이 변하면서 말했다. "무슨 의도이신지요?"

"당장 그 소문이 곳곳에 발붙이지 못하게 만들어 놓을 거야."

"저와 제 가족을 보러 롱본까지 오셔서 오히려 그 소문을 확인해 주시네요." 엘리자베스가 차분하게 대꾸했다. "그런 소문이 있다면요."

"그런 소문이 있다면! 모른 척하는 건가? 너희가 그런 소문을 열심히 퍼트리고 다녀 놓고서? 소문이 널리 퍼진 것을 몰랐다고?"

"몰랐어요."

"그럼 그 소문에 근거가 없다는 말도 할 수 있어?"

"저는 여사님과 같은 정도로 솔직한 척하지 않겠습니다. 물으실 수는 있지만 대답은 안 하겠어요."

"못 참겠군. 베넷 양, 난 대답을 들어야겠어. 그가, 내 조카가 청혼했어?"

"그럴 리가 없다고 이미 말씀하셨잖아요."

"없지. 그가 제정신을 가지고 있는 한 그럴 수 없어. 하지만 그가 미혹된 상태에서는 너의 술수와 유혹에 넘어가 자신과 가족에게 무엇을 해야 하는지 잊었겠지. 네가 그렇게 끌어들였을 거야."

"제가 그랬다면 그랬다고 털어놓을 리가 없죠."

"베넷 양, 내가 누군지 알아? 이런 말대꾸를 받을 사람이 아니야. 나는 그의 가장 가까운 친척이나 마찬가지고 그의 중요한 관심사를 모두 다 알 권리가 있어."

"하지만 제 관심사를 알 권리는 없으시죠. 이렇게 윽박지르신다고 제가 말할 것도 아니고요."

"내 말을 못 알아듣는군. 네가 감히 건방지게 꿈꾸고 있는 이 혼사는 절대로 일어날 수가 없어. 절대, 절대로. 다아시는 내 딸과 약혼한 사이야. 이래도 할 말 있나?"

"이 말씀만 드리죠. 그렇다면 그가 제게 청혼할 거라고 생각하실 이유가 없잖아요."

캐서린 여사가 잠시 망설이더니 이렇게 대답했다.

"이들의 약혼은 특별해. 태어났을 때부터 서로 짝 지워져 있었으니까. 그렇게 하자는 게 나뿐만 아니라 그의 어머니의 첫 번째 소원이었어. 아이들이 요람에 있을 때 그들의 결합을 계획한 셈이야. 이 결혼으로 우리 자매의 소원이 이루어지려는 순간 열등한 집안 태생으로 아무런 지위도 없고 우리 집안과 아무 인연도 없는 아가씨가 나타나 방해하다니! 그의 친인척들의 소망을 무시하겠다는 거야? 그가 드 버그 양과 암묵적으로 약혼했는데 모른 척하겠다고? 법도와 섬세함을 깡그리 잊었어? 그가 태어났을 때부터 사촌 드 버그 양과 맺어질 운명이라는 말을 어디로 흘려들은 거야?"

"네, 그 전에도 들었어요. 하지만 그게 저와 무슨 상관이죠? 제가 조카님과 결혼하는 데 다른 반대가 없다면, 그의 어머니와 이모가 드 버그 양과 맺어지기를 원한들 제가 맘대로 못할 게 뭐가 있나요? 두 사촌의 결혼을 계획하시느라 자매께서 애쓰셨네요. 그 계획의 실현은 다른 사람의 손에 달렸군요. 다아시 씨가 명예를 지키거나 그렇게 하고 싶어서 사촌에게 구속되어야 하는 게 아니라면, 왜 다른 선택을 하면 안 되나요? 그래서 저를 선택했다면 왜 제가 받아들이면 안 되나요?"

"명예, 법도, 신중함, 게다가 이해관계가 그걸 금지해. 그래, 베넷 양, 이해관계 때문에 안 되는 거야. 모두의 뜻을 거슬러 멋대로 굴어 봤자 그의 가족이나 친구들은 너를 아는 척하지도 않아. 그와 관련된 모든 사람들이 너를 비난하고 무시하고 경멸할 거야. 너와 엮여서 불명예라고 생각한단 말이야. 우리 중 누구도 네 이름을 부르지 않을 거란 말이다."

"정말 엄청난 불행이군요." 엘리자베스가 대답했다. "그래도 다아시 씨의 아내라면 그 지위에 따라오는 특별한 행복의 원천이 있을 테니 전체적으로 보면 아쉬울 게 없을 거예요."

"무모하고 고집불통이구나! 네가 부끄럽다! 지난봄에 잘해줬더니 그걸 이렇게 되갚아? 내 은혜에 이렇게 보답하나?

앉아 봐. 베넷 양, 난 목적을 달성하려고 단단히 마음먹고 여기 왔어. 물러서지 않아. 난 누구의 성질에 수그러드는 사람이 아니야. 낙담하는 사람도 아니고."

"그래서 여사님의 지금 상황이 더 딱하시네요. 하지만 저와는 상관없습니다."

"말을 방해하지 마라. 입 다물고 들어. 내 딸과 조카는 서로 운명 지워졌단 말이다. 그들은 어머니 쪽으로 귀족 태생의 핏줄을 타고 났어. 아버지 쪽으로는 귀족 가문은 아니지만 존경할 만하고 명예롭고 전통 있는 집안 자식들이지. 양쪽 집안에 재산이 많아. 두 집안의 모든 사람이 이구동성으로 그들의 결합을 응원해. 어떻게 그들을 갈라놓겠어? 가문도 배경도 재산도 없는 아가씨가 근본 없이 건방을 떨다니, 그냥 볼 수 없어! 그럴 수 없고말고. 어떻게 하는 게 유리한지 생각이 있다면, 네 분수를 넘지 않도록 처신해야지."

"여사님 조카와 결혼한다고 제가 분수를 넘는다고 생각하지 않습니다. 그는 신사예요. 저는 신사의 딸이에요. 그렇게 우리는 평등합니다."

"그래. 신사의 딸이지. 하지만 네 어머니가 누구냐? 외삼촌과 이모가 누구냐? 내가 모를 줄 알았다면 오산이다."

"제 친인척이 어떻든지 여사님 조카가 반대하지 않는다면 여사님과 무슨 상관이겠어요." 엘리자베스가 말했다.

"결혼을 약속했는지 마지막으로 말해 봐라."

엘리자베스는 캐서린 여사의 체면을 봐줘서 대답하지는 않더라도, 잠시 생각하고 나서 이렇게 대답할 수밖에 없었다.

"아뇨."

캐서린 여사는 만족한 것 같았다.

"앞으로 그와 결혼을 약속하는 일은 없을 거라고 맹세하겠나?"

"그런 맹세는 하지 않겠어요."

"베넷 양, 충격적이고 놀랍군. 이보다는 이성적인 아가씨인 줄 알았다. 내가 물러설 거라고 착각하지 마라. 내가 요청한 약속을 받아낼 때까지 꼼짝도 안 한다."

"저는 절대로 그런 맹세는 안 할 거예요. 완전히 말도 안 되는 일에 끌려 들어가지 않겠어요. 다아시가 따님과 결혼하기를 바라시죠. 하지만 여사님이 바라시는 맹세를 제가 한다고 그게 두 사람의 결혼 가능성을 높여 주나요? 그가 제게 관심 있다고 가정한다면, 제가 청혼을 거절한다고 그가 관심을 사촌에게로 돌릴까요? 캐서린 여사님, 제게 이런 황당한 부탁을 하시면서 내놓는 근거들은 정말이지 잘못된 부탁만큼이나 어리석어요. 이 정도의 설득에 제가 넘어가리라 생각하셨다면 완전히 저를 잘못 보셨어요. 여사님 조카가 자기 일에 이렇게 간섭하시는 걸 어디까지 좋아할지 모르겠어요. 그러나 제 일에 신경 쓰실 권리가 없다는 건 확실합니다. 그러니까 더 이상 이 문제로 닦달하지 말아 주세요."

"그렇게 서두르지 마라. 난 아직 안 끝났으니까. 내가 말한 모든 반대에다가 보탤 게 하나 더 있다. 막내 동생의 치욕스런 도주 사건의 자세한 내용을 안다. 다 안단 말이다. 그 젊은이가 네 동생과 결혼한 것은 네 아버지와 외삼촌의 돈으로 수습된 일이지. 그런 여동생이 내 조카의 처제가 된다고? 그리고 걔 남편, 다아시 아버지의 집사의 아들을 동서로 맞이하고? 맙소사! 도대체 생각이 있나? 펨벌리의 그늘이 그렇게 오염된단 말인가?"

"이제 더 이상 할 말씀 없으시죠." 그녀가 분개하여 대답했다. "할 수 있는 모든 방식으로 저를 모욕하셨어요. 저는 그만 집으로 돌아가겠습니다."

이렇게 말하면서 일어났다. 캐서린 여사도 일어나서, 그들은 돌아섰다. 여사는 몹시 격노했다.

"그러니까 내 조카의 명예와 평판이 아무렇게나 되어도 괜찮다는 말이군! 무심하고 이기적이야! 누가 봐도 너와의 인연 때문에 그가 불명예스러워지는데, 그걸 모르나?"

"캐서린 여사님, 더 이상 드릴 말씀이 없습니다. 제 감정을 아시잖아요."

"결국 그를 차지하겠다고?"

"그런 말씀 드린 적 없습니다. 저는 단지 여사님이나 또는 저와 아무런 관련이 없는 어떤 사람과 의논하지 않고 오로지 제 행복에 기여한다고 제가 판단하는 방식으로만 행동할 거예요."

"좋다. 내 말을 안 듣는구나. 의무, 명예, 은혜를 거부했어. 그가 가까운 지인들에게 버림받고 세상의 조롱거리가 되도록 하겠단 말이지."

"이 경우에는 의무, 명예, 은혜 어떤 것도 제게 이래라 저래라 할 수 없어요." 엘리자베스가 대답했다. "제가 다아시와 결혼한다고 해서 원칙이 훼손되는 건 없어요. 그의 가족의 원망이나 세상의 분노에 대해서는, 그가 저와 결혼한다면 가족의 원망이 생기겠지만 저는 한순간이라도 걱정하지 않을 거고, 대체로 세상 사람들은 저에 대한 경멸에 동참하기에는 너무 분별이 많으니까요."

"솔직하게 나오는구나! 이게 너의 마지막 대답이란 말이지! 좋다. 나도 이제 어떻게 할지 알겠다. 베넷 양, 너의 야망이 이루어지리라 상상하지 마라. 난 너를 떠보러 온 것이다. 이성적으로 말이 통하길 바랐다만, 내 뜻대로 하고 말 것이니 두고 봐라."

캐서린 여사는 이런 식으로 계속 말하면서 마차 문까지 온 다음 갑자기 돌아보더니 덧붙였다.

"베넷 양, 인사는 안 받겠어. 어머니에게 인사할 것도 없고. 네게는 그런 인사가 아깝다. 아주 불쾌해."

엘리자베스는 아무 말도 하지 않았다. 집에 들어가자고 설득하지도 않고 혼자 조용히 들어와 버렸다. 이 층으로 올라가면서 마차가 떠나는 소리를 들었다. 어머니가 방문 앞에서 초조하게 그녀를 기다리다 왜 캐서린 여사가 쉬러 들어오지 않았는지 물었다.

"안 들어오신대요." 그녀의 딸이 대답했다. "가셨어요."

"아주 인물이 좋더라! 여기에 다 오시고, 굉장히 자상한 분이다! 콜린스 부부가 잘 지낸다고 알려 주려고 친히 오셨어. 어디 가시는 길에 메리턴을 지나면서 네 생각이 난 거야. 네게 무슨 특별한 말씀을 하러 오신 건 아니지, 리지?"

엘리자베스는 약간 거짓말을 할 수밖에 없었다. 그들 사이에 오간 대화를 밝힐 수는 없었다.

15장

이 놀라운 방문이 엘리자베스에게 몰고 온 혼란은 쉽게 가라앉지 않았다. 그녀는 몇 시간 동안 생각을 멈출 수가 없었다. 캐서린 여사가 다아시와 자신이 약혼한 사이인 줄 알고 그걸 깨트리려는 목적 하나로 로징스에서 여기까지 실제로 온 것이다. 왜 안 그러겠는가! 하지만 엘리자베스는 약혼 소문이 도대체 어디서 나온 것인지 알 수가 없었다. 마침 결혼을 앞두고 있으니까 사람들이 또 하나의 결혼을 기대하는 때이니 만큼 그가 빙리와 친밀하고 자신이 제인과 친밀하다는 사실만으로 그런 소문이 나기에 충분하다는 생각에 이르렀다. 언니가 결혼하면 아무래도 그와 자주 보게 되리라는 생각을 그녀 스스로도 했다. 따라서 루카스 저택의 가족이 (콜린스 부부와 소식을 주고받는 와중에 캐서린 여사에게 이 소문이 들어갔으리라 결론 내렸다) 그녀 자신은 먼 나중에 가능할

지도 모를 일로 생각하는 것을 거의 확실하게 코앞에 닥친 일처럼 못 박아 말해 버린 모양이었다.

그러나 캐서린 여사의 말을 곱씹을수록 이렇게 간섭하고 나오면 그 결과가 어떻게 될지 약간 불안해지기 시작했다. 이 결혼을 막겠다고 단호하게 나온 것을 보면 조카에게도 틀림없이 찾아가 부탁할 것이다. 자신과 친인척으로 맺어지는 끔찍함을 여사가 그대로 설명한다면 그가 어떻게 받아들일지 감히 단언할 수 없었다. 그가 이모에게 어느 정도 애정을 가지고 있는지, 또 이모의 의견에 얼마나 의존하는지 모르겠지만 아무래도 그녀보다야 훨씬 더 존중할 것이다. 다아시의 친인척의 면면과 비교도 되지 않는 친인척을 가진 그녀와의 결혼이 불러올 불행을 나열하면서 그의 이모는 그의 가장 약한 부분을 건드릴 게 분명했다. 품위에 대한 생각 때문에 아마도 그는 엘리자베스가 부실하고 어리석다고 여겼던 여사의 주장을 아주 분별력 있고 이치에 맞는다고 느낄 것이다.

여태 그가 망설여 온 것처럼 보일 때가 종종 있었는데, 이제는 그렇게 가까운 친척이 주는 충고와 부탁이 그의 모든 의심을 잠재우고 품위를 망치지 않는 데서 행복을 느끼도록 부추길지 모른다. 그렇다면 그는 더 이상 돌아오지 않을 것이다. 캐서린 여사는 런던을 지나다가 그를 만날 수 있다. 그렇다면 빙리에게 네더필드로 돌아오겠다고 했던 그의 약속은 물 건너갈 것이다.

'며칠 안에 그가 약속을 못 지키겠다면서 친구에게 변명하고 나온다면 그게 무슨 뜻인지 알겠어.' 그녀는 생각했다. '그러면 그가 일편단심일 거라는 모든 기대와 소망을 버리자. 그가 내 사랑을 얻고 청혼할 수 있는데도 오직 아까워하면서 끝낸다면 나도 더 이상 그를 아까워하지 않을 거야.'

방문객이 누구였는지 듣고서는 온 가족이 굉장히 놀랐다. 그러나 다들 고맙게도 베넷 부인의 호기심을 진정시킨 똑같은 해석에 만족했다. 덕분에 엘리자베스는 질문 공세에 시달리지 않았다.

다음 날 아침 그녀가 아래층으로 내려갔을 때 손에 편지를 들고 서재에서 나오던 아버지와 마주쳤다.

"리지." 그가 불렀다. "부르려던 참이다. 서재로 오렴."

아버지를 따라 들어갔다. 아버지가 꺼내려는 말이 손에 들고 있는 편지와 어떤 식으로든 관련이 있으려니 짐작하니까 호기심이 더 커졌다. 캐서린 여사에게서 왔을지도 모른다는 생각이 스쳤다. 그녀는 뒤따라 나올 모든 설명을 당혹스럽게 상상했다.

아버지를 따라 벽난로 가로 가서 앉았다. 그가 말했다.

"오늘 아침에 편지 한 통을 받고 아주 놀랐다. 이게 주로 너와 관련된 일이니 너도 알아야지. 내가 곧 두 딸을 결혼시키게 될 줄은 몰랐다. 네가 아주 중요한 승리를 쟁취했으니 일단 축하하마."

이모가 아니라 조카가 그 편지를 썼다는 순간적인 확신으로 엘리자베스의 볼이 달아올랐다. 그가 다 설명해 줘서 기쁜지 아니면 그가 자기에게는 편지를 안 보내서 속상한지 몰랐다. 아버지가 계속 말했다.

"당황하는구나. 젊은 숙녀들은 이런 문제에 대단한 통찰력이 있지. 하지만 너의 뛰어난 머리로도 누가 너를 연모하고 있는지 맞추지 못할 거다. 이 편지는 콜린스가 보냈단다."

"콜린스가요! 대체 그가 무슨 할 말이 있어요?"

"할 말이 왜 없겠니. 맏딸의 결혼식이 다가오는 것을 축하하는 말로 시작하는데, 이 소식을 악의 없이 소문내기 좋아하는 루카스 가족에게 들은 모양이다. 이 부분에 대해 그가 뭐라고 썼는지 다 읽으면 네 초조함을 약 올리는 일이지. 너와 관련된 이야기로 바로 넘어가면 이렇단다. '이 행복한 결혼을 제 아내와 함께 진심으로 축하하고, 다른 화제로 넘어가서 살짝 암시를 좀 드리려 합니다. 같은 소식통으로부터 들었습니다. 따님 엘리자베스가 언니처럼 베넷 이름을 간직할 날이 별로 남지 않았고 또 그녀의 짝이 영국에서 가장 빛나는 신사 중 한 사람으로 합당하게 존경받는 분이라는 소문이 있습니다.'"

"리지, 누구를 뜻하는지 추측이나 할 수 있겠니? '이 젊은 신사는 사람들이 진심으로 가장 갈망하는 모든 축복을 특별하게 받은 분입니다. 대단한 재산, 귀족의 혈통, 광범위한 후원 등을 다 가졌습니다. 이 모든 유혹에도 불구하고 내 사촌 엘리자베스와 숙부님께 경고할 것은 이 신사의 청혼을 성급하게 수락하면, 당연히 그렇게 해서 즉각적인 이득을 누리고 싶겠지만요, 나쁜 일이 생긴다는 겁니다.' 리지, 이 신사가 누군지 짐작이 가니? 곧 밝혀진다마는. '경고를 드리는 이유는 이렇습니다. 그의 이모 캐서린 드 버그 여사님은 이 혼사를 우호적인 눈으로 보시지 않습니다.' 다아시가 바로 그 신사구나! 리지, 놀랐지. 콜린스나 루카스 가족이 우리가 아는 사람 중에 그 이름만 들어도 자기들이 전하는 결혼 소식이 엉뚱한 거짓말이라는 게 이보다 더 효과적으로 드러나는 사람을 집어낼 수 있겠니? 오로지 흠잡을 때 아니면 여자를 쳐다보지도 않던 사람, 지금까지 너를 거들떠도 안 보던 다아시를 당사자로 지목하다니! 아귀 한번 딱 들어맞는다!"

엘리자베스는 아버지의 농담을 받아넘기고 싶었지만, 억지 웃음만 지었다. 아버지의 농담에 이렇게 즐겁지 않기는 처음이었다.

"재미없니?"

"재미있어요. 계속 읽어 주세요."

"'지난밤에 이 결혼이 일어날 것 같다고 여사님께 말씀드리자, 평소처럼 우리를 위해 기꺼이 나서서 어떻게 생각하는지 말씀하셨습니다. 내 사촌 엘리자베스 쪽의 가족에 대한 반대로 여사님은 이 결혼을 치욕스러운 혼사라고 하시면서 절대로 동의할 수 없다고 분명히 밝히셨습니다. 저는 사촌에게 이 소식을 빨리 알리는 게 제 의무라고 생각했는데, 그래야 그녀와 그녀의 고귀한 연인이 그들이 직면한 것을 깨닫고 적절하게 승인받지 못할 결혼으로 성급하게 달려들지 않겠지요.' 게다가 콜린스는 이렇게 덧붙이는구나. '제 사촌 리디아의 슬픈 사건이 깔끔하게 무마되어 정말 기쁘고, 결혼식도 올리기 전에 함께 살기 시작한 게 두루 알려질까 걱정하는 마음뿐입니다. 하지만 저는 어린 부부가 결혼하자마자 그 댁에 방문했다는 말을 듣고서 얼마나 충격을 받았는지 자제하지 말고 다 밝혀서 제 지위의 의무를 다해야겠습니다. 그건 악을 부추기는 일입니다. 제가 롱본의 목사라면 아주 강하게 반대했을 겁니다. 기독교인으로서 그들을 당연히 용서해야겠지만 눈에 보이는 곳에 그들을 받아들여서도 그들의 이름이 언급되도록 내버려둬서도 안 됩니다.' 그의 기독교적인 용서는 이런 것이군. 편지의 나머지는 아내 샬럿의 상황과 어린 아기를 기다린다는 소식뿐이다. 그런데 리지, 재미없나 보구나. 괜히 새침한 아가씨 티를 내면서 헛소문에 속상한 척이라도 하려는 건 아니지. 이웃에게 놀림감이 되어 주고 그다음 우리 차례가 와 그들을 놀리는 재미가 없으면 무슨 낙으로 살겠니?"

"그렇죠!" 엘리자베스가 반응했다. "한바탕 웃었어요. 하지만 정말 이상해요!"

"그러니까, 웃긴다는 거야. 다른 신사를 찍었다면 아무 재미가 없었을 거다. 그는 완전히 무심하고 너는 완전히 그를 싫어하는데, 기가 막히게 엉뚱하지 않니! 편지 쓰는 건 아주 질색이다만 콜린스와의 서신 왕래는 무슨 일이 있어도 그만두지 않으련다. 아무렴, 그의 편지를 읽다 보면, 내 사위 위컴의 뻔뻔함과 위선을 참으로 소중하게 여기면서도 콜린스를 더 아낄 수밖에 없다니까. 그건 그렇고, 리지, 캐서린 여사가 이 소문에 대해 뭐라고 하든? 반대하러 왔든?"

이 질문에 그의 딸은 단지 웃기만 했다. 조금의 의심도 없이 물으니까 그가 반복해서 물어도 괴롭진 않았다. 엘리자베스는 자신의 감정이 다르게 보이도록 하느라 이보다 더 당황한 적이 없었다. 울고 싶은데 웃어야 했다. 아버지가 다아시의 무심함을 지적하는 말에 무지막지하게 무안을 당하고 나니 그녀는 아버지가 이렇게나 통찰력이 없나 싶어 놀라거나 혹은 그가 너무 모르는 게 아니라 자신이 너무 많이 착각한 게 아닌지 걱정스럽기만 했다.

16장

캐서린 여사가 방문하고 며칠 지나지 않아서 빙리는 엘리자베스가 반쯤 기대했던 대로 다아시로부터 변명의 편지를 받은 것이 아니라 직접 그를 데리고 롱본에 나타났다. 신사들은 이른 시간에 방문했다. 베넷 부인이 그에게 이모가 다녀갔다는 말을 꺼낼까 봐 그녀는 순간적으로 두려움에 사로잡혔지만, 그럴 새도 없이 빙리가 제인과 단 둘이 있고 싶은 마음에 모두 산책을 나가자고 제안했다. 그러기로 했다. 베넷 부인은 걷는 사람이 아니었고 메리는 그런 시간을 아까워해서 나머지 다섯 명이 함께 출발했다. 그러나 빙리와 제인이 세 사람에게 앞서가도록 해 줬다. 엘리자베스와 키티와 다아시가 대화하도록 빙리와 제인은 뒤처졌다. 거의 아무도 말하지 않았다. 키티는 다아시가 무서워서 말을 꺼내지 못했다. 엘리자베스는 은밀하게 혼자 뭔가 단단히 결심하고 있었다. 아마 다아시도 그랬을 것이다.

키티가 마리아를 방문하고 싶어 해서 그들은 루카스 가족의 집 쪽으로 걸었다. 엘리자베스는 다 같이 방문할 필요가 없을 것 같아서, 키티가 방문하러 가자 용감하게도 그와 단 둘이 계속 걸었다. 지금이 바로 결심을 실행할 순간이었고, 그녀는 용기를 내서 바로 말했다.

"다아시 씨, 난 이기적인 사람이에요. 내 마음을 편하게 하려고 당신 마음을 얼마나 다치게 할지 모르겠어요. 내 한심한 동생에게 베푼 유례없는 친절함에 감사하다는 말을 안 할 수가 없어요. 그 일을 알고 난 후부터 얼마나 고마워하는지 간곡하게 꼭 말하고 싶었어요. 나머지 가족도 안다면 그들의 감사도 함께 전해야 마땅하겠지만요."

"어떻게 보면 당신을 불편하게 만들 수도 있는 소식을 전해 듣게 해서 정말로 유감입니다." 놀라움과 감정이 가득한 목소리로 그가 대답했다. "가드너 부인이 그렇게 못 믿을 분인지 몰랐습니다."

"외숙모 잘못이 아녜요. 리디아가 철없이 먼저 말해 버리는 바람에 당신이 그 문제에 개입했다는 걸 알게 됐어요. 그러고는 당연히 자세한 내용을 알고 싶어서 안달했고요. 두 사람을 찾아내려고 그렇게 고생을 자처하고 무수한 모욕의 순간을 견딘 당신의 관대한 동정심에 온 가족을 대신해서 거듭 감사합니다."

"굳이 감사 인사를 하려거든 당신만을 위해서 하십시오." 그가 대답했다. "그 일을 하도록 이끈 동기에 힘을 더 실어준 건 바로 당신을 행복하게 하고 싶다는 소망이었음을 부인하지 않습니다. 당신의 가족은 내게 빚진 게 없습니다. 당신의 가족을 존중합니다만, 그 일은 오직 당신만 생각하면서 했습니다."

엘리자베스는 너무 당황스러워 한마디도 못 했다. 잠시 멈춘 다음 그가 계속했다. "당신은 너그러우니 내 말을 농담으로 넘기지 말고 들어 줘요. 만약 당신이 지금도 지난 4월과 같은 감정이라면 그렇다고 말해요. 내 애정과 소망은 변함이 없지만 당신이 그렇다고 한마디만 한다면 앞으로 이 주제를 꺼내지 않겠습니다."

엘리자베스는 어색하고 초조한 그의 입장을 십분 알아차리고 대답할 수밖에 없었다. 그가 언급했던 때부터 자신의 감정이 중요한 변화를 겪어서 이제는 그의 청혼을 고맙고 기쁜 마음으로 받을 수 있게 되었다고 유창하지는 않지만 그가 알아듣도록 즉시 대답해 줬다. 이 대답을 듣자 다아시는 지금까지 느껴 보지 못한 큰 행복을 느꼈다. 열렬하게 사랑에 빠진 남자가 그렇듯이, 분별력 있고 열정적으로 반응했다. 엘리자베스기 그의 눈을 바라볼 수 있었다면 진심 어린 기쁨이 번진 그의 얼굴이 얼마나 멋있는지 봤을 것이다. 그러나 볼 수는 없었지만 들을 수는 있었고, 그는 엘리자베스가 얼마나 중요한 존재인지 고백하면서 갈수록 그녀에 대한 애정이 소중해진다고 말했다.

그들은 어디로 가는지도 모르고 계속 걸었다. 다른 것에 관심을 가지기에는 생각하고 느끼고 말할 것이 너무 많았다. 그녀는 그의 이모가 집으로 가는 길에 런던에 들러 그를 찾아가 롱본을 방문한 얘기, 그 동기, 그녀와 나눈 대화 내용 등을 전해 준 덕분에 그들이 이렇게 서로를 잘 이해하게 되었다는 사실을 곧 알게 되었다. 캐서린 여사는 엘리자베스가 했던 모든 표현을 하나하나 강조하면서 이것들이 특징적으로 그녀의 고집과 교만을 보여 준다고 한탄했고, 그런 식으로 그녀가 끝까지 약속하지 않던 그 맹세를 조카로부터는 직접 끌어낼 수 있다고 믿었던 것이다. 그러나 여사에게는 안됐지만 그 효과는 정반대로 나타나고 말았다.

"이모님 말씀을 들으면서 전에 바라지 못하던 걸 바라게 되었습니다." 그가 말했다. "만약 당신이 나를 절대적으로 돌이킬 수 없이 싫어한다면 캐서린 여사님에게 대놓고 솔직하게 그렇게 말했을 거라고 확신할 정도로 내가 당신의 성격을 좀 알잖아요."

엘리자베스가 얼굴을 붉히고는 웃으면서 대답했다. "네. 내가 그럴 수 있는 사람이라고 믿을 정도로 나의 솔직함을 충분히 파악했군요. 당신 면전에서 그렇게 못되게 퍼부었는데 당신 친척들 앞이라고 망설일 게 뭐 있겠어요."

"그때 당신이 했던 말에서 내가 억울해할 게 있나요? 당신의 비난은 근거가 없고 잘못된 전제에서 출발했지만 그때 내 행동은 가장 가혹한 비난을 자초할 만했지요. 용서받기 힘든 일이었어요. 난 혐오감 없이 그 일을 떠올릴 수 없습니다."

"그날 저녁에 누가 더 비난받아야 했는지를 두고 다투지 말아요." 엘리자베스가 말했다. "엄격하게 따지면 둘 다 비난에서 자유롭지 않아요. 그래도 그때 이후로 둘 다 예의가 나아진 것 같아요."

"나는 자신을 그렇게 쉽게 용서할 수 없습니다. 그때 했던 말, 행동, 매너 그리고 그 모든 표현을 생각하면 지금도 그렇고 지난 몇 달 동안도 말할 수 없이 고통스러웠어요. 당신의 비난은 정말 적중했고, 난 절대로 못 잊을 겁니다. '당신이 좀 더 신사답게 행동했더라면' 이렇게 말했죠. 그 말이 얼마나 나를 괴롭혔는지 당신은 모릅니다. 고백하자면 그 말을 인정할 정도로 정신을 차리기까지 시간이 좀 걸렸지요."

"그렇게 강한 인상을 남길 줄은 몰랐어요. 그 말이 그렇게 느껴질 수 있다고는 생각하지 못했어요."

"그럴 겁니다. 그때 나를 적절한 감정이라고는 없는 사람으로 여겼지요. 내가 어떤 방식으로 청혼하더라도 나를 받아들이고 싶지 않을 거라고 말할 때 당신의 그 표정을 결코 못 잊을 거예요."

"세상에! 내가 했던 말을 반복하지 말아요. 기억해 봐야 소용없어요. 나도 그렇게 말했던 거 정말 뼈아프게 후회했어요."

다아시는 편지를 언급했다. "편지를 받고 바로 나를 좋게 생각했나요?" 그가 물었다. "편지를 읽으면서 그 내용을 믿었어요?"

그녀가 편지의 영향이 어땠는지, 모든 편견이 어떻게 서서히 사라졌는지 설명했다.

"내 편지가 고통스러웠겠지만 어쩔 수 없었어요." 그가 말했다. "그 편지를 다 없애 버렸기 바랍니다. 특히나 그 편지의 도입부를 당신이 또 읽을까 봐 두려워요. 나를 딱 싫어할 표현이 있어서요."

"그게 내 애정을 유지하는 데 결정적이라고 굳이 생각한다면, 편지를 확실히 태워 버릴게요. 내 의견이 전적으로 요지부동하지 않다는 사실을 우리 둘 다 겪어서 알고 있지만, 그렇다고 그렇게 걱정할 정도로 쉽게 변하지는 않는답니다."

"편지를 쓸 때 나는 완전히 차분하고 침착한 줄 알았지만, 돌아보니 지독한 원한을 담고 쓴 게 분명하더군요." 그가 말했다.

"아마도 원한으로 시작했겠지만 그렇게 끝나지는 않았어요. 마지막 인사는 자비로움 자체였어요. 편지 생각은 그만해요. 쓴 사람과 받은 사람의 감정이 처음과 너무 많이 변했기 때문에 이제 그 편지와 관련된 불쾌한 상황은 잊어야 해요. 내게 철학 한 수 배우세요. 과거를 생각할 때는 즐거운 것만 기억하라고 하잖아요."

"그런 철학이라면 별론데요. 당신이야 회상해 봐도 비난받을 게 하나도 없으니 거기서 나오는 만족감은 철학으로 설명할 게 아니라 그보다 더 좋은 결백함이라고 해야죠. 내 경우는 그럴 수 없습니다. 고통스러운 기억이 끼어드는데 모른 척할 수 없고 그래서도 안 되겠지요. 나는 평생 이기적으로, 원칙은 그렇지 않았지만 실제 상황에서는 그렇게 살았습니다. 어릴 때 무엇이 옳은지를 배웠지만 내 기분을 어떻게 다스려야 하는지 배우지는 못했어요. 좋은 원칙을 배웠지만 그걸 오만하고 잘난 척하면서 지켰습니다. 불행하게도 외동이다 보니 (오랫동안 그랬죠) 부모님 사랑을 너무 많이 받았는데, 부모님은 훌륭하신 분들이지만 (특히 아버지께서는 자애롭고 다정한 분이셨어요) 이기적이고 거만하고 내 가족 외의 누구에게도 마음을 안 쓰고 나머지 세상을 우습게 보고 적어도 나와 비교해서 그들의 분별력과 가치를 하찮게 여기도록 내버려 두셨고 부추기기도 하셨고 거의 그렇게 가르치신 셈이기도 합니다. 그렇게 여덟 살 때부터 스물여덟 살까지 살았습니다. 당신, 소중하고 사랑스러운 엘리자베스가 없었더라면 아직도 그렇겠지요! 당신에게 빚지지 않은 게 없습니다! 나에게 교훈을 가르쳐서, 처음엔 정말 힘들었지만 아주 이득이 되었어요. 당신 때문에 제대로 겸손해졌어요. 그때 내 청혼이 받아들여지리라는 일말의 의혹도 없이 당신에게 갔었지요. 내 모든 주장이 기쁨을 누려 마땅한 아가씨를 만족시키기에 얼마나 부족한지 당신이 보여 줬어요."

"내가 당신을 받아 줄 거라고 믿었군요?"

"그랬어요. 허영 한번 대단하죠? 당신이 내 청혼을 바라고 기대한다고 믿었어요."

"내 매너가 잘못되어서 그랬을 건데, 의도가 그렇진 않았어요. 결코 당신을 헷갈리게 하려는 건 아니었는데, 혼자 기분을 내느라고 자주 실수를 한답니다. 그날 저녁 이후에 내가 얼마나 미웠을까요?"

"미워하다니요! 처음에는 화났을지 모르지만 곧 제대로 방향을 찾기 시작했어요."

"나를 어떻게 생각했는지 물어보기 겁나요. 펨벌리에서 만났을 때 말예요. 거기 방문한 나를 비난했어요?"

"아닙니다. 오로지 놀랐을 따름이죠."

"당신이 나를 알아봤을 때 내가 훨씬 더 놀랐어요. 양심상 어떤 대단한 대접을 받을 만한 상황이 아니어서 별로 기대하지 않았거든요."

"그때 나는 할 수 있는 모든 예의를 다 해서 내가 지난 일을 원망할 정도로 못난 사람이 아니라는 사실을 보여 주려고 했습니다." 다아시가 대답했다. "당신의 비난을 내가 알아듣고 고치려 했다는 걸 보여 줘서 당신의 용서를 구하고 나에 대한 나쁜 감정을 줄이고 싶었습니다. 다른 소망이 언제 개입하기 시작했는지는 정확하게 모르겠지만 당신을 본 지 삼십 분이 지난 다음이었을 겁니다."

그리고 그는 조지아나가 그녀를 만나 얼마나 기뻐했는지 그리고 갑작스럽게 만남이 취소되어 얼마나 서운해했는지 말했다. 그러다 보니 자연스럽게 방문을 취소한 원인으로 이야기가 흘렀는데, 그는 그녀를 찾아갔던 여관을 나가기도 전에 그녀의 여동생을 찾으러 더비셔를 떠날 결심을 했고 바로 그 계획에 따른 문제들을 헤아리느라고 심각하고 생각에 빠진 모습을 보였던 것으로 밝혀졌다.

그녀는 또 고맙다고 말했지만, 이 주제에 계속 머물기에는 피차 너무 괴로웠다.

한가롭게 몇 마일 걸으면서 다른 생각을 하나도 못하고 있다가 마침내 시계를 보니 집으로 돌아가야 할 시간이었다.

"빙리와 제인은 어디로 갔는지!" 이렇게 궁금해하다 두 사람에 대해 얘기하기 시작했다. 다아시는 그들의 약혼을 기뻐했다. 그의 친구가 가장 먼저 소식을 전해 줬다고 했다.

"놀랐어요?" 엘리자베스가 물었다.

"전혀요. 떠날 때 금방 그렇게 될 것 같았어요."

"그 말은 허락해 줬다는 거죠. 그 정도는 알아요."

그가 그 단어에 펄쩍 뛰었지만, 곧 그렇다는 게 드러났다.

"런던으로 떠나기 전날 저녁에 그에게 오래 전에 했어야 했던 고백을 했습니다." 그가 말했다. "그의 일에 내가 간섭해서 어리석고 주제넘게 굴었던 것을 모두 말했어요. 깜짝 놀라더군요. 조금도 의심을 안 했던 거죠. 게다가 당신 언니가 그에게 무심하다고 한 게 실수였다고도 고백했습니다. 그러고 나서 그녀에 대한 그의 애정이 조금도 줄지 않은 것을 보고 그들이 잘 될 거라고 믿었어요."

엘리자베스는 친구에게 지시 내리는 그의 편리한 태도에 웃음이 났다.

"언니가 그를 사랑한다고 말한 것은 직접 관찰한 결과였어요, 아님 지난봄에 내가 말했던 거였어요?"

"전자예요. 최근에 여기 두 번 와서 꼼꼼하게 관찰했습니다. 애정을 확인했죠."

"그렇게 당신이 단언하니까 그가 즉시 확신했군요."

"그렇죠. 빙리는 정말 꾸밈없이 겸손한 사람입니다. 자신 없어 하는 성격 때문에 이렇게 걱정스러운 일에 직면하면 자기 판단을 믿지 못하는데, 내게 의존해서 모든 것이 쉽게 해결됐어요. 한 가지를 고백했더니 그가 한동안 그리고 그럴 만한 이유로 속상해했어요. 지난겨울 언니가 런던에 석 달이나 머물렀고 그걸 알고도 일부러 그에게 알리지 않았다는 사실을 감출 수 없어서 다 말했습니다. 그가 화내더군요. 하지만 그 분노는 언니의 감정을 의심하지 않게 되자 사라졌어요. 지금은 진심으로 나를 용서했습니다."

엘리자베스는 빙리가 아주 기분 좋은 친구라고 말하고 싶었다. 그렇게 쉽게 말을 잘 들으니 가치가 대단했다. 하지만 그녀는 참았다. 그는 앞으로 비웃음당하는 걸 배우겠지만 벌써 그러기에는 일 렀다. 그는 빙리가 행복할 거라고, 물론 자기의 행복보다는 못할 거라고 말하면서 집에 도착할 때까지 대화를 이어갔다. 현관에서 그들은 헤어졌다.

17장

"리지, 걸어서 어디까지 갔었니?" 방에 들어가자마자 제인이, 또 식탁에 앉자 나머지 가족이 엘리자베스에게 이렇게 물었다. 그냥 돌아다녔고 걷다 보니 자기도 모르는 사이 길을 잃었다고만 대답 했다. 얼굴이 달아올랐다. 하지만 달아오른 얼굴이나 다른 무엇도 의심을 불러일으키지 않았다.

저녁은 조용히 지나갔고, 별 다른 일이 없었다. 공인된 연인은 웃고 떠들었고, 그렇지 못한 연인은 침묵했다. 다아시는 행복이 환 희로 넘쳐흐르는 성격이 아니었다. 그리고 엘리자베스는 불안하고 당황한 채로 자신이 행복한 줄은 알았지만 실감할 수는 없었다. 당장의 부끄러움뿐만 아니라 험난한 일들이 눈앞에 놓여 있었다. 상황이 알려지면 가족이 어떻게 나올지 짐작이 갔다. 제인을 제외 하고는 아무도 안 좋아할 것이다. 그의 모든 재산과 지위로도 감 당할 수 없는 혐오가 있지 않을까 두렵기까지 했다.

밤에 제인에게 털어놓았다. 베넷 양은 평상시에 의심이 많은 사 람이 아닌데도 이 말에 쉽게 넘어가지 않았다.

"농담이지, 리지. 그럴 리가! 다아시와 약혼을! 아니야. 속이지 마. 불가능해."

"정말 시작부터 험난하네! 언니가 내 유일한 희망인데. 언니가 안 믿으면 누가 믿겠어. 그래도 정말이지 진심이야. 진실만 말하는 거야. 그가 아직도 나를 사랑하고 우리는 결혼을 약속했어."

제인이 의심스러워하면서 그녀를 쳐다봤다. "리지! 말도 안 돼. 그 사람 싫어하잖아."

"언니는 하나도 몰라. 그 사람 싫어한 것은 잊어 줘. 내가 지금만큼 그 사람을 항상 사랑한 건 아냐. 이런 경우에는 좋은 기억력이 도움이 안 되네. 이번이 정말 마지막으로 과거를 기억하는 거야."

베넷 양은 놀라움을 감추지 못했다. 엘리자베스는 더 진지하게 언니에게 진실을 거듭 말했다.

"세상에! 이럴 수가! 믿을게." 제인이 대답했다. "내 동생, 리지. 축하하고 싶어. 진짜 축하해. 그런데 확실해? 이렇게 묻는 걸 용서해 줘. 그와 행복할 수 있다고 확신하니?"

"확신해. 우리끼리는 이미 우리가 세상에서 가장 행복한 짝이라고 생각해. 마음에 들어, 제인? 그런 제부를 맞이하는 게 좋아?"

"아주 많이. 빙리와 내게 그보다 기쁜 소식은 없을 거야. 그렇지 않아도 우리끼리 그 얘기 나눴는데 불가능하다고 봤거든. 다아시를 정말 충분히 사랑하는 거 맞지? 리지! 애정 없이 결혼하면 안 돼. 정말 사랑하는 거 맞지?"

"그럼! 내가 다 말하면 지나치게 사랑하고 있다고 할 걸."

"무슨 뜻이야?"

"빙리보다 이 사람을 더 사랑해. 언니가 서운하겠지만."

"장난치지 마. 진지하게 말해. 당장 전부 다 털어놔. 언제부터 사랑한 거니?"

"워낙 서서히 진행된 일이라 나도 언제 시작됐는지 모르겠어. 하지만 펨벌리에서 그의 아름다운 대지를 처음 봤을 때부터 시작됐을 거야."

진지하게 말하라고 한 번 더 다그치자 제인이 원하는 효과가 나타났다. 엘리자베스는 그에 대한 애정을 엄숙하게 확신해서 금방 제인을 만족시켰다. 이렇게 확인하자 베넷 양은 더 바랄 게 없었다.

"이제 행복해." 그녀가 말했다. "너도 나처럼 행복해질 거니까. 난 항상 그를 좋게 봐 왔어. 그가 너를 사랑한다는 이유만으로 항상 그를 존경해 왔어. 이제 빙리의 친구이고 너의 남편이 되니까 빙리와 너 다음으로 내게 소중한 사람이야. 그런데 리지, 아주 엉큼하게 말도 안 하고 말이야. 펨벌리와 램턴에서 있었던 일을 얼마나 감췄을까! 내가 아는 모든 얘기는 네가 아니라 다른 사람이 해 준 거야."

엘리자베스는 비밀을 지킨 동기를 설명했다. 빙리에 대해 말하지 않으려 했다고. 자신의 감정에 대해 결정을 내리지 못한 상태에서 다아시에 대해서도 말할 수 없었다고. 리디아의 결혼을 위해 그가 했던 역할도 더 이상 감추지 않고 말했다. 모두 다 털어놓느라 밤의 절반이 흘러갔다.

"맙소사!" 다음 날 아침 창가에 서 있던 베넷 부인이 소리쳤다. "저 재수 없는 다아시가 또 우리 소중한 빙리와 함께 오다니! 뻔질나게 들락거리면서 지루하게 구는 이유가 뭐야? 사냥을 가든가 뭐 다른 일을 해서 그와 붙어 있지 않으면 좋겠다만. 저 사람을 어쩌면 좋을까? 리지, 산책에 데리고 나가서 빙리에게 방해가 안 되게 해 주렴."

엘리자베스는 이 편리한 제안에 웃지 않을 수 없었다. 그러나 어머니가 다아시에게 항상 그런 수식어를 갖다 붙이는 게 정말 싫었다.

그들이 들어온 다음 빙리는 그녀를 의미심장하게 쳐다보면서 아주 열렬하게 악수해서 소식을 다 들었음을 분명하게 드러냈다. 잠시 후에 그가 큰 소리로 말했다. "베넷 씨, 리지가 오늘도 산책하다가 잃을 길이 더 남아 있을까요?"

"다아시 씨, 리지, 키티는 오늘 아침에 오캄 산에 다녀오지 그래요." 베넷 부인이 말했다. "멋있고 긴 산책길인데, 다아시 씨는 경관을 구경하지 못했죠."

"좋은 산책일 겁니다." 빙리가 대답했다. "하지만 키티에게는 좀 멀 텐데. 그렇지 않을까, 키티?"

키티가 차라리 집에 있겠다고 했다. 다아시는 산에 올라 전망을 보고 싶다고 했고 엘리자베스가 말없이 동의했다. 그녀가 준비하러 이 층에 올라갈 때 베넷 부인이 따라 올라가며 말했다.

"저 재수 없는 사람을 통째로 맡겨서 미안하구나, 리지. 그래도 괜찮겠지. 이게 다 제인을 위한 일이잖니. 가끔 한마디씩 말이나 붙이고 하면서 대충 다녀와라. 괜히 애쓰지 말고."

산책하면서 그들은 저녁에 베넷 씨의 허락을 받기로 결정했다. 어머니께 말씀드리는 것은 엘리자베스가 하기로 했다. 어머니가 어떻게 나올지 몰랐다. 그의 재산과 화려한 배경이 어머니의 혐오감을 넘어서기에 과연 충분할지 가끔 의심스러웠다. 이 혼사에 격렬하게 반대하든 열렬하게 기뻐하든, 분별력이 없기는 마찬가지인 부적절한 태도가 튀어나올 것이다. 다아시가 어머니의 과격한 반대를 듣는 게 끔찍한 만큼이나 자지러진 환호를 듣는 것도 견딜수 없을 것이다.

저녁에 베넷 씨가 서재로 물러나자 곧 바로 다아시가 일어나 그를 따라갔고, 그녀의 흥분은 극에 달했다. 아버지가 반대하리라 걱정하지는 않았지만 그는 불행함을 느낄 테고 그녀가 직접 나서서 이렇게 되었다는 것, 가장 아끼는 딸이 자기 남자를 골랐다는 것을 알고 그녀를 떠나보내려면 두려움과 회한에 사로잡히리라는 생각에 그녀는 비참했는데, 그렇게 불행에 빠져 앉아 있다가 다아시가 돌아오자 그의 미소에 약간 마음이 놓였다. 잠시 후에 그가 그녀와 키티가 앉아 있는 탁자로 왔다. 그녀의 뜨개질을 칭찬하는 척하더니 속삭이듯 말했다. "아버지께서 부르시니 서재로 가 봐요." 그녀가 바로 갔다.

아버지는 심각하고 걱정스러운 얼굴로 서재를 왔다 갔다 하고 있었다. "리지." 그가 말했다. "무슨 일이냐? 이 남자를 받아들이다니 제정신이냐? 처음부터 싫어하지 않았니?"

예전에 좀 더 이성적인 의견을 가지고 좀 더 부드럽게 표현했더라면 좋았을 거라고 얼마나 간절히 바랐는지! 그랬더라면 이제 와서 내놓기 정말 어색한 설명과 고백을 안 해도 됐을 것이다. 이제 설명과 고백이 필요할 때라서 그녀는 아버지에게 약간 당황하면서 다아시에 대한 애정을 밝혔다.

"그러니까 말하자면 네가 그 사람과 결혼하겠다는 거구나. 그는 확실히 부자니까, 넌 제인보다 멋진 옷과 마차를 가지겠구나. 그걸로 행복하겠니?"

"제가 그를 사랑하지 않는다는 것 말고 또 다른 반대는 없으세요?" 엘리자베스가 말했다.

"전혀 없다. 그가 오만하고 불쾌한 사람이라는 건 우리가 다 알고. 그래도 네가 그를 정말 좋아한다면 별 수 없지."

"정말 그 사람을 좋아해요." 그녀가 눈물을 글썽이며 고백했다. "그를 사랑해요. 사실 그에게 부적절한 오만은 없어요. 아주 따뜻한 사람이에요. 아버지는 다 모르세요. 그렇게 말씀하셔서 저를 아프게 하지 마세요."

"리지." 아버지가 말했다. "난 그의 청혼에 동의해 줬다. 그가 친히 요청하는데 내가 감히 그 앞에서 어떻게 거절하겠니. 이제 네가 그와 결혼하고 싶다면 네게도 동의해 주마. 하지만 더 생각해 보라고 조언하마. 네 성격을 안다, 리지. 너는 남편을 진심으로 존경하지 않으면 행복할 수도 없고 점잖게 살 수도 없다. 남편을 우월한 사람으로 존경하지 않는다면 말이다. 재기발랄한 네가 격에 안 맞는 결혼 생활을 어떻게 견디겠니. 신뢰를 잃고 비참해지고 말 거다. 네가 남편을 존경할 수 없는 걸 보고 슬퍼하기 싫다. 지금 무슨 일을 하려는지 잘 생각해 보렴."

엘리자베스는 더 흥분한 채로 간절하고 엄숙하게 대답했다. 마침내 다아시가 그녀가 고른 대상이라고 반복하고 그에 대한 평가가 점차 변해 왔다고 설명하고 그의 애정이 하루아침에 생긴 게 아니라 여러 달에 걸친 시험을 통과했다고 분명히 확신하고 그의 좋은 자질을 힘주어 말함으로써 그녀는 믿으려하지 않는 아버지를 설득해 결혼을 받아들이도록 했다.

"리지." 그녀가 말을 마치자 그가 말했다. "더 이상 할 말이 없다. 그가 정말 그런 사람이라면 너를 가질 자격이 있다. 그보다 부족한 남자에게 널 내줄 수는 없지."

그에 대한 우호적인 인상을 완성하기 위해 그녀는 리디아를 위해 다아시가 나서서 했던 일을 아버지에게 털어놓았다. 그가 놀라워하며 들었다.

"실로 놀라운 저녁이구나! 그러니까 다아시가 그 모든 일을 했단 말이지. 결혼을 성사시키고 돈을 주고 빚을 갚아 주고 군대 자리를 얻어 주고! 훌륭하구나. 내가 할 고생과 써야 할 돈을 아껴줬네. 네 외삼촌이 하신 일이라면 반드시 갚아야 하고 갚을 거다. 그런데 이렇게 열렬히 사랑에 빠진 연인들이 맘대로들 해 버렸구나. 그에게 내일 당장 갚겠다고 하마. 그러면 그가 너를 사랑해서 한 일이라고 펄쩍 뛰면서 난리를 칠 것이고 그럼 이 문제는 끝이구나."

그리고 그는 며칠 전 콜린스의 편지를 읽어 줄 때 그녀가 당황했던 것을 떠올렸다. 그는 딸을 한동안 놀리고 나서야 내보냈다. 서재를 나가는 그녀에게 이렇게 덧붙였다. "메리나 키티에게 누가 청혼하러 오거든, 지금 꽤 한가하니까 들여보내렴."

엘리자베스의 마음은 아주 무거운 짐을 내려놓은 듯했다. 자기 방에서 삼십 분 정도 생각을 정리한 다음 그럭저럭 침착한 모습으로 가족에게 갈 수 있었다. 즐거워하기에는 모든 것이 너무 새로웠고, 저녁은 고요하게 흘러갔다. 더 이상 두려워할 큰일은 없었고, 곧 편안함과 익숙함이 올 것 같았다.

밤에 어머니가 방으로 들어가자 그녀가 따라 올라가 중요한 사실을 알렸다. 효과는 엄청났다. 처음 소식을 듣자 베넷 부인은 가만히 앉아서 한마디도 할 수 없는 상태였다. 몇 분이 지날 때까지도 무슨 말인지 알아듣지 못했다. 평소에 가족에게 무엇이 유리한지 또는 그것이 딸의 연인의 모습으로 다가오는지 알아채는 데 둔한 사람이 아닌데도 그랬다. 마침내 정신을 차리더니 의자에 앉아 있지 못하고 일어났다가 앉았다가 놀라워하다가 자신을 축복하기에 이르렀다.

"세상에! 이런 축복이! 생각만 해도! 어머나! 다아시! 누가 이럴 줄 알았을까! 정말이니? 아! 내 딸 리지! 부자가 되어 출세하겠구나! 용돈, 보석, 마차 모두 가지겠지! 제인은 아예 비교도 안 된다. 정말 기쁘고 행복하단다. 그런 매력적인 남자를! 정말 잘생겼어! 키도 크고! 아, 내 딸 리지! 그 사람을 그렇게 미워해서 미안하구나. 그가 잊어 줬으면 좋겠다. 아이고, 리지. 런던에 집도 있고! 모든 게 멋지구나! 세 딸이 결혼하다니! 일 년에 만 파운드! 세상에!

내가 제 정신인가. 아주 미치겠다."

이것으로 어머니의 동의를 의심할 수 없었다. 엘리자베스는 그런 환호를 자기만 들어서 다행이라고 여기며 곧 방을 나왔다. 자기 방에 돌아와서 삼 분도 안 되어 어머니가 따라 들어왔다.

"사랑하는 딸." 그녀가 흥분했다. "다른 생각을 할 수가 없어! 만 파운드보다도 더 많겠지! 세상에, 이건 신의 특별한 허가를 받은 거야!' 특별한 허가를 받고 결혼하는 거나 마찬가지라고. 내 사랑하는 딸, 다아시가 따로 좋아하는 음식이 뭔지 말하면 내일 준비하마."

이건 어머니가 그를 어떻게 대할지 보여 주는 슬픈 징조였다. 엘리자베스는 그의 열렬한 애정을 확보했다고 믿었고 가족의 동의를 받아 놓았음에도 여전히 바랄 게 남아 있음을 깨달았다. 그러나 다음 날은 그녀가 기대했던 것보다 훨씬 부드럽게 지나갔다. 운 좋게도 베넷 부인이 장래의 사위가 될 사람에게 경외감을 품는 바람에 그의 관심을 끌 게 있거나 그의 의견을 듣고 싶은 마음을 표현할 때가 아니면 감히 말을 붙이지 못했다.

엘리자베스는 아버지가 그와 친해지려고 노력하는 것이 만족스러웠다. 곧 베넷 씨는 시간이 지날수록 그가 좋아진다고 장담했다.

"사위 셋 다 아주 좋다." 그가 말했다. "아마 위컴이 제일이지. 그래도 네 남편을 제인 남편만큼 좋아할 것 같다."

18장

곧 엘리자베스의 장난기가 발동해서, 그녀는 다아시가 처음에 어떻게 사랑에 빠졌는지 설명하기를 바랐다. "어떻게 시작했어요?" 그녀가 물었다. "일단 시작하고 나면 잘하는 건 알고 있어요. 처음에 어떻게 시작한 거예요?"

"시작한 시간이나 장소나 표정이나 말을 딱 집어낼 수 없어요. 오래 전이니까요. 내가 시작해 버린 것을 알았을 때는 이미 한참 빠져 있었어요."

"내 미모에 대해서는 진즉부터 참아 줬고, 내 매너로 말하자면 당신에 대한 내 행동은 적어도 무례함에 가까웠고, 난 당신에게 쏘아붙일 때마다 될 수 있으면 당신을 괴롭히려고 했어요. 솔직하게 말해요. 내가 건방지게 까불어서 좋아했죠?"

"생기발랄한 걸 좋아하긴 했죠."

"건방이라고 해도 돼요. 거기에 모자라지 않죠. 사실 당신은 정중함, 지나친 존경, 참견하는 관심 따위가 너무 지겨웠던 거예요. 오로지 당신의 인정을 받을 목적으로 말하고 그것을 추구하고 생각하는 여자들이 지긋지긋했던 거죠. 나는 그들과 너무 달라서 당신을 자극하고 관심을 끌었어요. 당신이 다정하게 봐 주지 않았으면 분명 나의 건방이 미웠을 거예요. 아닌 척하느라 숨기고 싶었지만 당신의 감정은 항상 고귀하고 정당했어요. 마음속으로는 그렇게 열심히 구애하는 여자들을 철저하게 경멸하고 있었죠. 그렇죠. 이게 바로 당신이 설명할 내용인데 내가 다 해 줬군요. 정말이지 모든 걸 다 고려할 때 이 설명이 딱 맞아요. 내가 실제로 어떤 장점을 가지고 있는지 몰랐죠. 사랑에 빠질 때 아무도 그런 건 안 따지니까요."

"제인이 아파서 네더필드에 머물 때 애정 어린 간호를 했던 일은 장점 아닌가요?"

"제인 언니! 그녀에게 그보다 덜 해 줄 사람이 있을까요? 그래도 그렇게 좋게 보려거든 봐요. 내 좋은 자질들은 당신의 보호를 받고 있으니 가능한 한 많이 과장해 줘요. 그 보답으로 가능한 한 자주 당신을 놀리고 말싸움을 할 건수를 찾아내는 건 내 몫이죠. 결국 청혼을 그렇게 미적거린 이유가 무엇인지 물으면서 내 몫의 일을 바로 시작할까요. 처음 우리 집에 오고 또 나중에 저녁 식사를 하러 왔을 때 왜 그렇게 멋쩍어했어요? 특히 처음 왔던 날 도대체 왜 그렇게 내게는 신경도 안 쓰는 것처럼 굴었어요?"

"당신은 심각했고 말도 없었어요. 나를 격려하지도 않았죠."

"당황해서 그랬죠."

"나도 그랬어요."

"저녁 식사를 하러 왔을 때는 더 말할 수 있었잖아요."

"감정이 덜한 남자라면 아마 그랬겠죠."

"당신이 합리적인 대답을 하고 난 또 그 대답을 받아들일 정도로 합리적이라니, 정말 말도 안 돼! 당신 혼자 남겨졌더라면 얼마나 오래 말하지 않고 그렇게 갔을지 궁금해요. 내가 먼저 말을 꺼내지 않았더라면 당신이 언제 말했을까 싶다니까요! 리디아에게 베풀어 준 친절에 감사하다고 내가 말을 꺼내서 그 효과가 대단했죠. 너무 대단했나 걱정되네요. 그 주제는 말하면 안 되는 비밀이었는데 그걸 깨트려서 우리가 잘됐으니 도대체 교훈은 어디로 간 건가요? 마음에 안 들어요."

"괴로워할 거 없어요. 교훈은 완전히 멀쩡합니다. 우리를 갈라놓으려는 캐서린 여사님의 잘못된 노력이 내 모든 의심을 사라지게 해 줬어요. 당신이 먼저 감사하다고 간절하게 말하고 싶어 한 덕분에 우리가 지금 행복한 게 아닙니다. 나는 당신이 무슨 말을 꺼내기를 기다릴 상태가 아니었거든요. 이모님이 전해 주신 소식이 희망을 줬고, 그래서 모든 것을 알고 싶었지요."

"캐서린 여사님께서 대단히 도움을 주셨는데, 워낙 세상에 도움이 되기를 바라시는 분이니까 아시면 기뻐하실 거예요. 하지만 말해 봐요. 네더필드에 왜 왔어요? 말 타고 롱본에 와서 당황하기만할 건 아니었잖아요? 더 중요한 일을 하려던 거죠?"

"진짜 목적은 당신을 만나고, 할 수만 있다면 나를 사랑하는지보려고 했어요. 공언한 목적은, 그리고 속으로도 그렇다고 다짐한목적은 당신 언니가 빙리를 아직도 좋아하는지 보고 그렇다면 그에게 털어놓겠다는 것이었고 실제로 그에게 털어놓았죠."

"캐서린 여사님께 앞으로 닥칠 일을 선언할 용기가 있나요?"

"용기보다는 시간이 필요해요, 엘리자베스. 하지만 곧 할 일이니,편지지 한 장 준다면 지금 바로 할게요."

"내가 쓸 편지가 없다면, 어떤 아가씨가 예전에 하던 것처럼 당신 옆에 붙어 앉아서 당신 필체가 고르다느니 할 거예요. 하지만외숙모를 더 이상 기다리게 할 수 없어서요."

다아시와의 친분이 과장되었다고 고백하고 싶지 않아서 엘리자베스는 가드너 부인의 긴 편지에 아직 답장하지 않았는데, 지금아주 환영받을 소식을 가지고 있으면서 외삼촌과 외숙모에게 지난 사흘 동안의 행복을 전하지 못했으므로 자책감이 들어 즉시다음과 같이 썼다.

외숙모, 세세한 내용을 길고 친절하고 만족스럽게 알려 주셔서 감사드렸어야 마땅했어요. 하지만 진실을 말하자면, 답장을하려니 너무 속상했어요. 외숙모의 생각이 실제보다 너무 나갔거든요. 하지만 이제는 맘껏 생각하세요. 상상력을 풀어 놓고,그 주제가 허락하는 모든 가능한 과장을 즐겨도 제가 실제로 결혼했다고 믿지 않는 한 그다지 틀릴 게 없어요. 저번보다 더 그사람을 칭찬하는 편지를 곧 보내 주세요. 레이크 지역까지 데려가지 않아서 거듭 감사드려요. 멍청하게 거길 가고 싶어 하다니! 조랑말 타고 펨벌리 돌아보신다는 생각, 재미있어요. 매일 장원을 돌아보세요. 저는 세상에서 가장 행복한 사람이에요. 다른 사람들도 이렇게 말했겠지만 저처럼 정당하지 않을 거예요. 난 제인보다 행복해요. 제인은 그냥 웃지만 난 깔깔거리거든요. 다아시가 나를 사랑하고 남는 모든 사랑을 외숙모께 전한답니다. 크리스마스에 펨벌리로 오세요. 안녕히 계세요.

다아시가 캐서린 여사에게 보내는 편지는 좀 달랐다. 두 사람의 편지와 사뭇 다른 또 한 통의 편지는 베넷 씨가 콜린스에게 보낸 답장이었다.

콜린스에게
수고스럽겠지만 자네가 축하할 일이 하나 더 있네. 엘리자베스가 곧 다아시의 아내가 된다네. 할 수 있는 한 캐서린 여사님을 위로하게. 내가 자네라면 조카 편을 들겠어. 그가 내놓을 게 더 많다네.
그럼 이만.

오빠의 결혼이 다가오자 빙리 양은 진심 없이 애정 넘치는 말로 축하했다. 심지어 제인에게 기쁘다는 편지를 보내면서 예전에 하던 애정 표현을 그대로 반복했다. 제인은 속지 않았지만 흔들렸다. 그녀를 믿을 수 없다는 걸 알면서도, 분에 넘치는 친절한 답장을 보낼 수밖에 없었다.
같은 소식을 들은 다아시 양은 그것을 전한 오빠만큼 진심으로 좋아했다. 그녀의 기쁨과 새언니가 자기를 좋아하기를 바라는 간절한 소망을 편지로는 다 전하기가 부족했다.

　콜린스가 답장을 하거나 그의 아내가 엘리자베스에게 축하 인사를 보내오기 전에 롱본 가족은 그들 부부가 아예 루카스 저택에 왔다는 소식을 들었다. 갑작스런 방문의 원인은 곧 밝혀졌다. 캐서린 여사가 조카가 보낸 편지를 받고 무척 화가 난 바람에 이 혼사를 기뻐하는 샬럿으로서는 폭풍이 지나갈 때까지 떠나 있고 싶었던 것이다. 그런 상황에서 엘리자베스에게 친구가 온 것은 진정한 즐거움이지만, 그래도 그녀를 만날 때 그녀의 남편이 허풍스럽게 아부하면서 예의를 차리는 꼴을 다아시가 봐야 하니까 값비싼 대가를 치른다는 생각이 가끔 들었다. 그는 존경스러울 만치 차분하게 그것을 견뎠다. 심지어 윌리엄 루카스 경이 지방에서 가장 아름다운 보석을 데려간다며 칭찬하고 다들 세인트 제임스 궁에서 자주 만나자는 희망을 피력하는 것조차도 꽤 침착하게 견뎠다. 못마땅하게 어깨를 으쓱했더라도, 윌리엄 경의 면전에서 그러지는 않았다.

　필립스 부인의 천박함은 그의 인내심에 또 하나의, 어쩌면 더 심한 부담을 주었다. 필립스 부인도 자기 언니와 마찬가지로 그에게 경외감을 품고 있어서 사람 좋은 빙리에게 말할 때처럼 친숙하게 말을 붙일 수는 없었지만, 입만 열면 천박함이 묻어났다. 그를 존경하는 마음 때문에 평소보다 조용했지만 그 마음 때문에 더 우아해질 수는 없는 노릇이었다. 엘리자베스는 그가 이 두 사람의 눈에 띄지 않도록 할 수 있는 모든 걸 다했고, 그를 자기 옆이나 가족 중에 모욕을 느끼지 않고 대화를 나눌 수 있는 몇몇 사람 옆에만 붙잡아 두려고 애썼다. 이렇게 하느라 불편해진 감정 탓에 연애의 계절인데도 그 즐거움을 상당히 잃어버렸지만, 미래의 희망은 더 커졌다. 불쾌한 주변 사람들로부터 멀어져서 펨벌리의 모든 편안함과 우아함으로 들어갈 때가 오기만을 기다렸다.

19장

　가장 칭찬받을 만한 두 딸을 시집보내던 날 베넷 부인은 어머니로서 행복했다. 나중에 빙리 부인을 방문하고 또 다아시 부인에 대해 이야기할 때면 그녀가 얼마나 기쁘고 자랑스러운 마음이었는지 추측하고도 남는다. 딸들을 시집보내려던 간절한 소망을 이루었으니 그 행복한 결과로 그녀가 여생을 분별력 있고 상냥하고 교양 있는 부인으로 살았다고 말할 수 있으면 그녀의 가족을 위해서도 좋겠다. 그랬다면 남편은 아내를 놀리는 특이한 방식으로 가정의 행복을 계속 즐기지 못했을 텐데, 그에게는 다행스럽게도 아내는 여전히 때때로 신경질을 부리고 변함없이 어리석었다.

　베넷 씨는 둘째 딸을 몹시 그리워했다. 그를 자주 집 밖으로 끌어낸 것은 무엇보다 그녀에 대한 애정이었다. 그녀가 전혀 기대하지 않았을 때 불쑥 펨벌리를 즐겨 방문했다.

　빙리와 제인은 네더필드에서 일 년만 살았다. 어머니와 메리턴의 친척 가까이 사는 것은 빙리의 편안한 기질과 제인의 다정한 성품으로도 반길 일이 못 되었다. 빙리 누이들이 입에 달고 다니던 소망은 그렇게 이루어졌다. 그는 더비셔와 이웃한 지역에 장원을 샀고, 제인과 엘리자베스는 다른 행복도 많지만 서로 삼십 마일 이내에 살게 되는 행복을 누렸다.

　키티가 대부분의 시간을 두 언니와 함께 보낸 것은 결정적으로 유리했다. 지금까지 만나던 사람들보다 훨씬 우월한 사람들을 만나자 그녀의 발전은 대단했다. 그녀는 리디아처럼 통제할 수 없는 기질을 가지지 않은 데다 리디아의 영향력으로부터 벗어나 적절한 관심과 지도를 받은 결과 짜증을 덜 내고 덜 무식하고 덜 멍청한 사람으로 변했다. 물론 리디아와 계속 어울릴 위험에서 안전하게 차단되어 있었고, 위컴 부인이 무도회와 젊은 남자들을 약속하면서 자주 오라고 초대해도 아버지가 결코 허락하지 않았다.

메리 혼자 집에 남았다. 베넷 부인이 혼자 앉아 있지 못하는 사람이어서 그녀는 할 수 없이 교양 공부에서 멀어졌다. 메리는 사람들과 더 어울릴 수밖에 없었지만, 오전에 방문이 있을 때마다 여전히 일장 연설을 내놨다. 더 이상 자매들의 미모와 비교하면서 속상해할 일이 없으니까 그녀가 변화를 기꺼이 받아들인 거라고 아버지는 그렇게 해석했다.

위컴과 리디아에 관해 말하자면, 그녀의 두 언니가 결혼했다고 해서 이 두 사람의 성격이 크게 변한 건 없었다. 그는 엘리자베스가 예전에 모르고 있었던 자신의 배은망덕과 거짓말이 무엇이든지 간에 지금은 다 알고 있다고 묵묵히 확신했다. 이 모든 것에도 다아시를 설득하여 한 재산 받을지도 모른다는 희망이 완전히 없지 않았다. 엘리자베스가 리디아로부터 받은 결혼 축하 편지는 그가 아니라면 적어도 그의 아내만큼은 그런 희망을 간직하고 있음을 보여 준다. 편지는 이랬다.

리지 언니,

결혼 축하해. 내가 위컴을 사랑하는 반만큼이라도 언니가 다아시를 사랑한다면 굉장히 행복할 거야. 부자 언니가 있어서 큰 위안이니까, 별로 할 일 없으면 우리 생각도 좀 해 줘. 위컴이 궁정에서 일자리를 갖고 싶어 하고, 우리는 도움 없이는 먹고살 만한 돈을 벌 수 없어. 일 년에 한 삼사 백이면 어떤 자리도 괜찮

아. 하지만 말하기 싫으면 다아시에게는 말하지 마.

그럼 이만.

엘리자베스는 정말이지 말하기 싫었기 때문에 답장을 쓰면서 그런 종류의 모든 부탁과 기대를 끝내 버리려 노력했다. 그러나 개인적인 비용에서 절약이라고 부를 법한 실천으로 모을 수 있는 돈이 있으면 그들에게 자주 보내줬다. 언제나 분명하게 느끼는 거지만, 그들의 수입은 방탕하고 노후 준비에 소홀한 부부가 관리해서는 먹고살기에도 부족했다. 그들이 주둔지를 옮길 때마다 계산서를 지불해 달라고 제인이나 자신에게 부탁해 왔다. 전쟁이 끝나고 평화가 회복되어 그들이 집으로 돌아가게 되자 그들의 생활은 극단적으로 불안했다. 늘 싼 집을 찾아 이사했고, 늘 분수에 넘치게 썼다. 그녀에 대한 그의 사랑은 곧 무심함으로 가라앉았고, 그에 대한 그녀의 사랑은 조금 더 오래갔다. 어린 데다 매너가 그 모양인데도 어쨌든 결혼이 그녀에게 부과한 유부녀라는 평판을 고수했다.

다아시는 위컴을 펨벌리에 받아들일 수는 없었지만, 엘리자베스를 생각해서 그가 일자리를 찾도록 도와주었다. 리디아는 남편이 런던이나 바스에 놀러 가 버리면 때때로 혼자 펨벌리를 방문했다. 빙리 집에서는 이 부부가 너무 오래 머물러서 사람 좋은 빙리도 못 견디고 그들에게 가 달라고 암시하는 말을 꺼낼 정도였다.

빙리 양은 다아시의 결혼으로 깊이 상심했다. 그러나 펨벌리를 방문하는 자격을 간직하는 게 낫다는 생각에 모든 원망을 버렸다. 전보다 조지아나를 더 좋아했고, 늘 그랬듯이 다아시를 챙겼고, 엘리자베스에게 못다 한 예의를 차렸다.

지금 펨벌리는 조지아나의 집이다. 그녀와 엘리자베스 사이의 애정은 바로 다아시가 희망했던 그대로였다. 그들은 마음먹었던 그대로 조금도 모자라지 않게 서로 좋아할 수 있었다. 조지아나는 엘리자베스의 모든 것을 최고로 평가했다. 처음에는 엘리자베스가 오빠에게 발랄하고 장난스러운 태도로 말하는 것을 보고 너무 놀라서 경악하다시피 했다. 애정을 압도할 정도로 존경을 불러일으키던 오빠는 지금 대놓고 하는 말장난의 대상이 되었다. 그녀는 예전에 결코 가까이 할 수 없었던 지식을 받아들였다. 엘리자베스의 지도로 아내가 남편과 자유롭게 말할 수 있다는 사실을 이해하기 시작했는데, 이건 오빠가 열 살 넘게 어린 여동생에게 항상 허락할 수는 없었던 것이었다.

캐서린 여사는 조카의 결혼에 극도로 분노했다. 진정한 솔직함을 다 보여 주는 사람답게 결혼을 알리는 편지에 답장을 쓰면서 특히나 엘리자베스를 워낙 심하게 욕하는 바람에 한동안 모든 연락이 끊겼다. 그러나 결국 엘리자베스가 그를 설득하여 여사의 공격을 받아넘기고 화해하기로 했다. 이모는 좀 저항하더니 조카에 대한 애정 때문인지 그의 아내가 어떻게 하고 사는지 보고 싶은 호기심에 끌렸는지 원한을 접었다. 그녀는 안주인의 존재뿐만 아니라 런던에서 온 외삼촌과 외숙모의 방문으로 인해 숲이 오염된 그 펨벌리로 조카 부부를 친히 방문했다.

가드너 부부와는 항상 가장 가깝게 지냈다. 엘리자베스는 물론 다아시도 그들을 정말 사랑했다. 그녀를 더비셔로 데려옴으로써 두 사람이 맺어지도록 도와 준 그들에게 언제나 가장 뜨거운 감사를 느꼈다.

끝.

10   **사륜마차** 바퀴가 네 개이고 말 두 마리나 네 마리가 끄는 대형마차로 재력의 상징이다. 이 소설에는 여러 가지 종류의 마차가 등장하는데, 마차의 규모에 따라 경제력을 가늠할 수 있다.

       내려왔다가 이 소설의 배경인 하트퍼드셔는 런던의 북쪽에 있다. 런던에서 하트퍼드셔로 '내려온다'는 표현은 런던을 중심으로 생각하여 관례적으로 쓰던 것이다.

       미카엘마스 기독교 축일인 9월 29일로 집 계약을 비롯해서 여러 가지 계약이 공식적으로 시작되는 날이다.

       연 수입이 사오 천 파운드랍니다 일 년에 사오천 파운드의 수입은 당대 영국에서 최하층 귀족을 차지하는 남작의 경제력에 버금가는 정도에 해당한다. 상위 1~2퍼센트의 부유층에 속한다는 것을 의미한다.

11   **리지** 여주인공인 엘리자베스는 리지, 일라이자 등의 애칭으로 불린다.

14   **저녁** 저녁 식사는 오후 세 시와 네 시 사이에 먹는 것이 보통이다. 저녁을 먹을 때까지 낮 시간을 '오전'이라고 했으므로 현재의 오후 시간도 포함된다. 따라서 하루를 크게 '오전 시간'과 '저녁 시간'으로 나눌 수 있다.

16   **그의 친구~말이 퍼졌다** 다아시는 '미스터 다아시'로 불리기 때문에

엄밀하게 귀족이 아니지만, 뒤에 밝혀지다시피 어머니가 백작의 딸이고 몇 세대에 걸쳐 명망 있는 가문을 이어오고 있으므로 귀족과 마찬가지이다. 만 파운드의 수입 역시 빙리의 두 배가 넘는 액수로, 최고 상류층 귀족의 생활 수준에 걸맞은 규모이다.

19 **누구냐고 묻더니 ~ 내리 춤췄다고요** 무도회에서 지켜야 하는 규칙에 따르면, 여성은 남성의 요청을 거절할 수 없고 한 번 요청을 받으면 대형을 바꿔 두 차례 춤출 수 있다. 빙리가 제인과 두 번 춤추었다는 것은 두 번이나 요청했다는 뜻으로 그만큼 눈에 띄는 관심의 표현이다.

가운 치마 위에 겹쳐 입어서 여성의 드레스를 완성하는 옷이다.

21 **빙리는 성년이 ~ 않았을 때** 스물한 살이 성년이므로, 서양의 나이 세는 법에 따르면 빙리는 이 시점에서 아직 스물세 살이 못 되었다.

22 **베넷 양** 첫째 딸인 제인은 이름 없이 베넷 양으로 불린다. 엘리자베스는 엘리자베스 베넷 양이나 엘리자베스 양으로 불린다.

23 **윌리엄 루카스 ~ 작위를 받았다** '기사'는 세습되는 귀족 작위와 달리 마을 사람들이 마을 대표를 추천하면 궁정에서 하사하던 지위였다. 주로 성공한 상인 계층에게 주어졌다. 이 작위에 힘입어 루카스 부인은 '여사'라는 호칭을 얻었다.

일 마일 1.6킬로미터 정도 된다. 이 소설에서는 가볍게 걸어갈 수 있는 거리로 제시된다.

27 **커머스 놀이보다 빙텐 놀이를** '커머스'와 '빙텐'은 카드놀이의 일종이다. 이 소설에는 이 밖에도 '루', '피케', '휘스트', '쿼드릴', '로터리', '카지노' 등이 등장한다.

29 **너의 죽을 ~ 숨을 죽여라** 널리 알려진 속담으로 주로 간섭하는 사람에게 조용히 있으라는 의미로 말할 때 쓰인다. 엘리자베스가 친구 샬럿을 탓하지 않고 연주하겠다는 뜻을 덧붙이긴 하지만, 다아시를 향한 공격적인 태도가 잘 드러난다. 동시에 엘리자베스가 구사하는 언어가 때때로 의도적으로 저속하거나 무례에 가까운 장면

을 예시한다.

33 **베넷 씨의 ~ 묶여 있었다** 베넷 씨는 이천 파운드의 연 수입을 가진 젠트리에 속한다. '젠트리'는 장원에서 나오는 농업 소득과 현금 재산을 가진 전통적인 중간 계층이다. 이천 파운드의 수입은 베넷 가족에게 마차와 하인 서너 명 정도를 부릴 수 있는 정도의 여유를 허용한다.

민병대 정규군이 외국에서 전쟁을 할 때 지방 치안을 맡았다.

34 **순회도서관** 당대의 문화적 풍경을 보여 주는 중요한 공간이다. 순회도서관에서는 책을 빌리는 일뿐 아니라 사교와 쇼핑도 할 수 있었다.

38 **마을 약사** 근대 의학이 발달하여 의사가 충분히 공급되기 전에는 의사의 역할까지 맡곤 했다.

39 **여섯 시 ~ 식사에 불렀다** 빙리 집안의 저녁 식사 시간이 이렇게 늦은 것은 런던 생활의 영향에다 그들의 여유로운 생활 방식을 보여 준다.

라구 양념을 많이 넣어 끓인 프랑스 요리로 빙리 집안의 고급스런 식생활을 보여 준다.

41 **칩사이드** 런던의 중심가로 가게가 밀집해 있다.

45 **늦은 저녁** 자기 전, 열 시와 열한 시 사이에 먹는 가벼운 저녁이다.

49 **소네트** 영국의 전통적인 정형시.

57 **네 번째가 ~ 풍경이 망가지잖아요** 18세기 말 윌리엄 길핀이 세 마리의 소나 말이 풀을 뜯는 풍경이 시각적으로 안정감을 준다는 주장을 내놓아서 이에 기초한 미학적 원리가 크게 유행했다. 가축을 사람으로 바꿔친 데서 엘리자베스의 재기가 드러난다.

65 **한사상속** 限嗣相續 첫째 아들에게 토지와 재산을 물려주는 장자상속이 불가능할 경우, 즉 아들이 없을 경우, 집안의 남자 친척에게 상속하는 제도로 상류 계층이 토지와 재산을 쪼개지 않고 대를 이어 안전하게 지키기 위해 고안한 관행이다. 따라서 물려받은 사람

이 마음대로 처분할 수 있는 것이 아니었고, 집안마다 이해관계에 맞게 작성된 약정서에 따라 운용 방식이 달랐다.

66 **캐서린 드 버그** 캐서린 드 버그 여사의 영어 이름인 Right Honorable Lady Catherine de Bourgh는 그녀의 신분을 드러내는 정보를 다 담고 있어서, 그녀가 백작의 딸로서 결혼 후에도 이름 캐서린을 그대로 간직하고 있음을 알 수 있다. 이렇듯 오스틴의 소설에서는 이름과 호칭을 통해 신분과 지위가 투명하게 드러나고 경제력 역시 투명하게 공개된다.

69 **그럼요! 보다시피 ~ 길이 없어요** 다른 인물들이 한사상속의 원리와 집행 방식을 분명하게 이해하는 데 비해 베넷 부인만 이 장면을 비롯한 여러 장면에서 일관되게 엉뚱한 소리를 하거나 몽니를 부린다.

72 **포다이스의 설교집** 제임스 포다이스 목사가 쓴 『젊은 여성들에게 주는 설교』는 1766년에 나와서 19세기 초반까지 인기를 끌었던 품행지침서다. 행동, 교양, 교육, 살림 등 전반에 걸쳐서 여성의 미덕을 가르치는 생활 교본이다.

73 **대학에 다니기는 ~ 만들지 못했다** 이때 '대학'은 케임브리지나 옥스퍼드를 말한다. 전통적으로 기숙사에서 살면서 대학에 다니는 것이 맞지만, 콜린스는 그렇게 살지 않았다는 설명이다.

74 **자신과 자신의 ~ 대한 자랑** 콜린스가 이렇게 자랑하는 것은 성직자 가운데 혜택이 많은 교구 목사가 되었기 때문이다. 교구 목사는 목사관에 딸린 재산을 소유했고 십일조에 대한 권리도 가졌다.

75 **폴리오 책** 장정이 화려하고 크기가 큰 고급스러운 책이다.
    모슬린 17세기 말부터 인도 벵골에서 들어오기 시작한 고급 면직물로 당대 여성들에게 인기 많은 품목이다.

77 **모 부대** 오스틴은 때때로 고유명사를 익명으로 처리하는데, 당대 소설의 관행을 따른 것이다.

100 **다아시 씨에게 ~ 인사하러 간다고요** 계층이나 신분이 높은 사람에게 인사하려면 중간에서 소개해 주는 사람이 있어야 한다.

109 **어머니께서 돌아가신 ~ 될 전부이죠** 천 파운드를 가장 안전한 국채 이율인 사 할로 계산하면 엘리자베스의 연 수입인 사십 파운드가 나온다. 이 금액이 얼마나 미미한지는 다아시의 수입이 만 파운드, 빙리의 수입이 오천 파운드, 빙리 양의 수입이 천 파운드라는 사실을 상기해 보면 분명해진다.

144 **그레이스처치 거리** 런던의 상인 계층이 모여 살던 거리다.

145 **피츠윌리엄 다아시** '피츠윌리엄'이라는 이름은 다아시의 어머니 쪽, 피츠윌리엄 백작으로부터 물려받은 것이다. 뒤에 나오는 외사촌의 이름이 피츠윌리엄 대령인 것을 보아도 알 수 있다. '피츠'는 귀족의 이름임을 암시한다.

156 **레이크 지역** 영국 북부에 있는 풍광이 아름다운 곳으로 18세기 후반부터 손꼽히는 여행지로 부상했다.

162 **창문의 숫자를 세거나** 창문에 세금이 붙었기 때문에 창문이 많다는 것은 부의 상징이다.

165 **루이스 드 버그 ~ 없는데 말이야** 한사상속의 목적이 재산을 쪼개지 않고 장자나 남자 친척을 통해 고스란히 물려주려는 것이기 때문에 상류층보다 중간 계층에게 더 절실한 면이 있었다. 드 버그 가문의 경우 굳이 한사상속으로 재산을 유지할 필요성이 덜했다.

167 **신사들이 합류하여 ~ 탁자가 차려졌다** 여기뿐 아니라 여러 장면에서 식사 후에 숙녀들끼리 응접실에 앉아서 담소를 나누다가 신사들이 합류해서 커피를 마신다고 서술하는데, 이는 당대 사교 모임의 일반적인 관행이다. 식사를 마친 후에 숙녀들은 응접실로 나와 그들만의 시간을 갖고 신사들은 식당에서 술을 더 마시거나 담배를 피운다. 신사들이 응접실에 합류하면 함께 커피를 마시고 카드놀이를 하거나 음악회를 열면서 저녁 시간을 보낸다.

169 **캐서린 여사가 ~ 수 없었다** 목사가 두 개 이상의 목사 자리를 가지는 것은 흔한 일이었다.

172 **신사들이 도착하고 ~ 겨우 들었다** '저녁'에 오라는 것은 식사 초대가

아니라 차를 마시러 오라는 것이다.

183 백작의 차남~것 같은데요 당대 귀족 집안의 혼사에서 신부 지참금은 삼만 파운드가 거의 최대치였다. 여기에서는 엘리자베스가 금액을 터무니없이 과장해서 말함으로써 그 관행을 비꼬고 있다.

194 당신을 만날까~읽어 주겠습니까 다아시는 이 편지를 우편으로 보내거나 심부름을 시킬 수 없고 직접 전할 수밖에 없는데, 당대의 규범상 약혼하지 않은 연인들은 편지를 주고받을 수 없었기 때문이다. 다아시가 편지를 읽어 달라고 부탁하는 것은 이런 결례에 대한 사과를 함축하고 있다.

편지 봉투 안쪽에도 글씨가 가득했다 보통 편지 봉투가 따로 없이 편지지 한 장을 편지와 함께 접어 겉에 주소를 썼다. 다아시는 마지막 장까지 채울 정도로 긴 편지를 쓴 다음에 그대로 접어 그 겉에 이름을 쓴 것이다.

216 스물세 살이 다 됐으니까 18세기와 19세기에 걸쳐 여성의 결혼 적령기는 변화가 있었지만, 오스틴의 시대에는 대체로 스물다섯 살 정도가 그 한계로 받아들여졌던 것 같다.

234 매틀록, 채츠워스~호기심을 느꼈다 모두 실제 마을 이름이다. 피크 지역은 더비셔에 걸친 전원 지역으로 1944년에 영국 최초의 국립공원으로 지정될 정도로 아름답다.

형석 주변 지역이 광천수로 유명한 곳이어서 그 지역에서 나는 광물을 가리킨다.

236 결심한 대로~내려왔는지를 물었다 당대 귀족과 상류층의 관습은 겨울을 런던에서 보내고 여름에 지방의 대저택으로 내려오는 것이었다. 앞서 빙리도 겨울이 다가오자 네더필드를 떠나 런던으로 갔다.

241 레이놀즈 가정부의 이름 '레이놀즈'는 사실적인 인물화로 유명한 영국의 화가 조슈아 레이놀즈 경(1723~1792)을 떠올리게 한다.

245 이십 야드 약 18미터.

266 **어젯밤 자정～떠났다는 거야** 이전 시대의 관습법에서 느슨하게 용인되던 미성년자들의 결혼이 1753년의 결혼법에 의해 엄격하게 규제를 받게 되어 미성년은 부모의 동의 없이 결혼할 수 없었다. 스코틀랜드는 부분적으로 이 법의 규제를 받지 않아서 미성년의 결혼이나 비합법적인 결혼이 성행했다. 일정 기간 스코틀랜드에 거주하지 않으면 결혼할 수 없도록 법을 강화한 것은 1856년이 되어서였다. 리디아와 위컴이 스코틀랜드로 갔다는 것은 부모의 동의 없이 결혼식을 올린다는 의미이다.

267 **그레트나 그린** 잉글랜드와 스코틀랜드의 경계에 있는 도시로 잉글랜드에서 도주한 연인들의 결혼식이 다반사로 일어나던 곳이다.

268 **처음 계획대로～상황인 모양이야** 런던에서 개인적으로 결혼식을 올린다는 말은 스코틀랜드에서 결혼식을 쉽게 올리는 것의 대안으로, 대도시의 속성상 결혼 당사자의 나이를 속인다거나 다른 편법을 쓸 가능성이 열려 있음을 의미한다.

275 **그래요! 하지만 ～ 유력한 근거잖아요** 장거리를 이동할 때는 전세 마차를 쓰지 않았다. 전세 마차를 타고 갔다는 것은 먼 거리인 스코틀랜드로 가지 않고 가까운 런던으로 갔을 가능성이 높다는 의미이다.

280 **결투** 이 때 결투는 그 잔재가 남아 있었지만 사실상 사라졌다.

296 **내가 살아～제정신이겠느냐 말이다** 오천 파운드를 다섯 딸에게 공평하게 나눈 천 파운드의 재산에서 나오는 연 수입은 오십 파운드이다. 앞서 콜린스가 엘리자베스에게 청혼하면서 어머니가 사망한 후에 받게 될 천 파운드를 안전하게 국채 이율로 계산해 사십 파운드의 연 수입을 갖게 될 거라고 친절하게 계산해 준 적이 있다.

302 **리디아 베넷이 ～ 좋았을 것이다** '런던을 떠돈다'는 표현은 위컴에게 버림받아 창녀가 된다는 뜻이다. '농장에 유폐되었다'는 표현은 임신을 시사한다. 당대 중간 계층 이상 사람들이 쓰던 점잖게 말하는 화법을 보여 주는 예이다.

310 **9월 1일** 수렵 개시일이다. 보통 이때부터 1월 말까지 수렵 기간으로 본다.

311 **늦게 가면~수 없거든** 교회의 결혼 시간은 여덟 시부터 정오까지였다.

317 **P** P는 펨벌리의 약자이다. 저택이나 재산을 단숨에 떠벌리는 베넷 부인의 태도와 대조된다.

328 **「타임즈」와 「쿠리어」** 「타임즈」는 1788년부터, 「쿠리어」는 1804년부터 런던에서 발행되기 시작한 신문이다.

371 **세상에, 이건 ~ 받은 거야** 1753년 결혼법의 핵심은 삼 주에 걸쳐서 교회에서 결혼을 공고해야 한다는 것인데, 소수 귀족 계층에게는 캔터베리 대주교로부터 특별한 결혼 허가가 났다. 다아시의 증조부가 판사를 지냈다든가 어머니가 백작의 딸이라는 정보 등이 있지만 다아시가 이 특별한 허가를 신청할 자격이 되는지는 불확실하다.

379 **전쟁이 끝나고 ~ 극단적으로 불안했다** '전쟁이 끝났다'는 것은 아마도 1802년의 평화기를 가리키는 것이고, 그렇다면 소설의 배경을 1790년대 말이나 1800년 정도로 추정할 수 있다. 하지만 학자들 사이에 의견이 엇갈려서, 출판되기 직전인 1812년으로 보는 견해도 있다.

일상의 발견, 그 미학과 윤리

조선정(서울대학교 영어영문학과 교수)

영국 사람들이 가장 좋아하는 소설가로 제인 오스틴을 혹은 소설로 오스틴의 대표작인 『오만과 편견』을 뽑았다는 소식을 가끔 듣는다. 이런 종류의 설문조사를 무조건 신뢰할 수 없긴 해도, 기본적으로 청소년 시절에 학교에서 배우는 데다 자주 드라마나 영화로 만들어져서 접할 기회가 많기 때문에 『오만과 편견』에 익숙함 내지는 친근함을 느끼는 것 같다.

19세기 영국의 초상

영국 사람들이 느끼는 작가의 존재감이나 평소에 지니고 있는 작품에 대한 지식을 고려하면, 오스틴을 (우리에게 『올리버 트위스트』로 잘 알려진) 찰스 디킨스와 더불어 요즘 유행하는 말로 영국의 '국민 작가' 정도로 부를 법하다. 디킨스와 오스틴은 영국의 고전문학을 풍성하게 장식한 어떤 작가보다 꾸준하게 읽히고 연구되어 왔다. 영국 고전문학에는 윌리엄 셰익스피어라는 천재가 있지만, 오스틴과 디킨스가 영국 사람의 마음속에 특별한 인상을 남기는 이유는 아마도 이들의 소설이 그려 내는 주제가 바로 19세기 영국 그 자체이기 때문이다.

영국 사람에게 19세기는 단순히 지난 과거가 아니다. 영국은 수백 년 된 집과 나무와 길을 아직도 옛 모습에 가깝게 간직하고 있다. 많은 것이 변하고 새로운 것들이 생겨났지만, 낡았을망정 하루아침에 사라진 마을은 없다. 지난 세기의 흔적을 켜켜이 간직한 채 거의 알아볼 수 없이 느린 속도로 조금씩 변화하고 또 보수되어 왔을 뿐이다. 영국 사람들에게 19세기는 현재의 영국과 단절된 머나먼 과거가 아니라 연속성을 환기시키는 바로 어제의 기억이고 자아를 확인하는 거울이다.

디킨스 소설이 비추는 풍경이 대도시 런던이라면 오스틴 소설이 비추는 풍경은 중상류층의 시골 생활이다. 디킨스의 런던이 1850년대 대영제국의 수도로 고아, 일용노동자, 변호사, 죄수의 고향이라면, 오스틴의 남부지방 시골은 18세기 말과 19세기 초반에 걸친 이른바 '여가 계층(leisure class)'의 고향이다. 대도시의 익명성 대신 한 마을에 오래 살아온 사람들의 친분이 배경을 이룬다. 디킨스 소설에서 종종 처참한 죽음이 비극성을 더한다면, 오스틴 소설에는 자기애의 껍질을 깨고 나온 주인공의 행복한 결혼이 빠지지 않는다.

작은 상아 조각

오스틴은 목사의 딸이다. 위로 다섯 명의 오빠와 한 명의 언니가, 아래로 남동생이 있었다. 아버지의 서재에서 형제자매와 어울려 맘껏 책을 보며 자랐고, 십대 시절에 세 권의 습작 문집을 낼 정도로 글쓰기에 심취했다. 오스틴의 형제들은 비교적 성공적이고 자유로운 삶을 살았던 것으로 보인다. 부유한 친척에게 입양되어 재산을 상속받기도 하고, 모두 결혼하여 가정을 이루고, 해군이 되어 세계를 여행하거나 직업을 가졌다.

반면 오스틴은 대부분의 삶을 부모와 언니와 함께, 때로는 친척들의 집에 얹혀살면서 보냈다. 경제적으로 넉넉하지 못한 가운데서도 결혼이 줄 수 있는 안정된 삶을 추구할 뜻은 없었다. 서른여섯 살에 소설가로 데뷔한 이후 육 년 동안 여섯 권의 장편소설을 남기고 이른 나이에 세상을 떠날 때까지 오스틴의 삶은 조용하고 소박한 시골 생활이었다. 두 번째 소설인 『오만과 편견』으로 명성을 얻었지만, 동시대 낭만주의 시인들이 누린 성공에 비할 바가 아니었다.

교육받은 중간 계층 미혼 여성으로서 바깥세상을 많이 경험하지 않고 가까운 지인들과 소소한 행복과 슬픔을 나누며 시골 생활의 일상을 보낸 오스틴의 삶은 그녀의 글쓰기를 통해 19세기 초반 영국의 초상화로 생생하게 되살아난다. 오스틴이 재현하는 자연 풍광, 사회적 관습과 문물, 어휘와 표현 그리고 감정과 도덕은 당대의 현실, 그것도 오스틴이 가장 잘 아는 특정 부류의 현실에 뿌리내리고 있다. 그 현실은 비록 협소하고 사소해 보일지라도 결코 초라하거나 궁벽하지 않다. 오히려 바깥세상의 이치에 다가가는 가장 유용하고 믿을 만한 토대가 된다는 점이야말로 오스틴 소설이 품은 신비이다.

오스틴 소설에 역사적 사건이 명시되는 경우는 별로 없다. 오스틴은 역사적 배경을 모호하게 처리하는 대신 그것이 가진 영향과 파장이 구체적으로 어떻게 나타나는지에 더 관심을 가진다. 이런 태도는 오스틴이 꼼꼼한 현실 묘사에 충실한 자신의 글쓰기를

"이 인치짜리 작은 상아 조각"을 다듬는 일에 비유한 데서 잘 드러난다. 이 표현에서 느껴지는 사실주의적 정확성, 어떤 정교하고도 날렵한 구체성이 오스틴 글쓰기의 미학이라면, 『오만과 편견』은 단연 그 탁월한 사례이다.

풍속 소설

『오만과 편견』은 오스틴이 스물한 살의 나이에 '첫인상'이라는 제목으로 썼다가 십오 년이 흐른 다음 개작하여 1813년에 출판한 두 번째 소설로, 당대에는 물론 현재까지도 그녀의 가장 성공적인 소설로 남아 있다. (이 해설을 쓰는 지금 2013년 1월은 공교롭게도 『오만과 편견』이 출판된 지 딱 이백 주년이 되는 때이다.)

『오만과 편견』은 주제, 구성, 인물 등 여러 모로 근대 영국 소설의 모범적인 전형성을 띤 작품이다. 접근성이 뛰어난 이야기, 기승전결의 균형 잡힌 전개 방식, 선명한 매력을 가진 주인공을 바탕으로, 날카로운 풍자와 공감 어린 응원을 오가는 능수능란하고 세련된 오스틴의 필치는 독자를 웃기고 긴장시키고 위로하고 또 설득하면서 인간 세계에 대한 깊은 애정과 통찰로 이끈다.

삶의 고통과 세계의 폭력은 먼 풍문으로 혹은 이야기 속의 이야기로 축소되거나 밀려난다. 그보다 중요한 것은 무도회, 산책, 대화, 연애 등이다. 오스틴은 순간순간의 말, 행동, 감정, 사건을 차곡차곡 쌓아 올려 삶의 연속성을 실감나게 재현한다. 그런 하루하루의 일상에도 나름의 치열한 생존 투쟁이 있고 그에 따른 희로애락의 진실이 녹아 있음을 빼어난 소설 언어로 보여 준다는 데에 오스틴의 성취가 있다. 그것을 '일상의 발견'이라 불러도 좋을 것이다.

그런 면에서 『오만과 편견』은 풍속 소설의 본령이다. '풍속'에 해당하는 영어 단어는 '매너(manners)'로서, 지켜야 하는 적절한 예법과 규범의 체계를 의미한다. 귀족 계급의 전유물이던 매너가 전반적인 사회 변화에 따라 중간 계층의 일상으로 파고들면서, 의식주와 관련한 세세한 디테일에서부터 대화하는 방법에 이르기까지 가정 생활과 인간 관계를 전반적으로 규율하는 법도가 폭넓게 통용되었다. 『오만과 편견』의 첫 장면에서 베넷 부인이 남편에게 빙리가 이사 오면 방문해 달라고 조르고 또 빙리를 언제쯤 초대해 어느 정도로 음식을 대접할지 고민하는 것만 보더라도 매너가 이 세계에서 얼마나 중요한지 알 수 있다.

매너는 풍속을 실천하는 과정에서 드러나는 태도를 포함하는 개념이다. 따라서 '좋은 매너'란 풍속의 의미, 그것을 실천하는 사람의 태도, 그 태도가 공동체에 미치는 영향 등을 두루 고려했을 때 '적절하다'는 뜻이다. 『오만과 편견』은 좋은 매너를 가르치는 소설이 아니라 '적절하다'는 것을 문제 삼는 소설이다. 그럼으로써 풍속의 재현이나 교훈적 결말에 머물지 않고 다양한 매너를 서로 비교하면서 매너를 입체적으로 해석할 공간을 열어 준다. 오스틴은 우리에게 19세기 영국 시골의 풍속을 소개하는 인류학자고 또 풍속을 실천하는 매너를 비교하여 제시함으로써 무엇이 도덕적이고 무엇이 좋은 삶인가를 생각하게 만드는 윤리학자다.

결혼 플롯

풍속 소설의 전형적인 결말은 결혼이다. 결혼이 사회적 관습, 가치관, 태도 등을 담을 수 있는 총체적인 소재이기 때문이다. 풍속 소설과 결혼 플롯은 태생적으로 조응한다. 『오만과 편견』은 결혼 플롯의 원형과도 같은 작품으로, 연애와 결혼의 파란만장한 생태계를 펼쳐 보인다. 사람을 잘 사귀지 못하는 오만한 귀족 다아시와 독립적이고 발랄한 중간 계층 여성 엘리자베스 베넷 사이의 밀고 당기는 로맨스는 거의 일 년의 시간을 거치면서 진행된다. 여기에 다아시의 친구 빙리와 엘리자베스의 언니 제인의 로맨스, 리디아와 위컴의 로맨스, 콜린스와 샬럿의 로맨스 그리고 다른 인물들의 실패한 로맨스까지 합하면, 이 소설은 연애하는 청춘들이 넘쳐나고 그 결과 여러 쌍의 결혼이 맺어지는 이야기다.

영국 소설사에서 결혼 플롯은 그 역사가 길다. 『오만과 편견』이 이전의 결혼 플롯 소설과 차별화되는 지점은 결혼과 일상의 관계를 새롭게 설정하는 데서 찾을 수 있다. 다시 말해, 결혼이 보상이나 선물로 주어지는 것이 아니라 시종일관 일상과 밀착되어 그려진다. 로맨스를 특수화하지 않고 바로 일상의 맥락에서 파악하는 것이다. 이런 접근법은 '사랑에 빠져도 먹고 자고 할 일은 해야 한다'는 식의 태도로 곧잘 표현된다.

이는 또한 다아시와 엘리자베스가 서로를 평가할 때 애인으로 보는 데서 점점 벗어나 주체적 개인으로 보게 되는 변화에도 깊이 투영되어 있다. 오스틴 소설에서 가장 중요한 것은 결혼이 아니라 사랑을 깨닫는 순간이다. 깨달음은 일상의 성찰과 맞물려 있고, 성찰의 주체는 근대적 개인이다. 오스틴은 로맨스를 근대적 일상의 리듬으로 바꿔 쓰면서 기존 결혼 플롯의 목적성에 균열을 일으키고, 그런 방식으로 결혼 플롯 소설이 감당하는 문화적 기능과 역할을 바꾸어 놓았다. 『오만과 편견』은 결혼 플롯의 완성이자 자기 해체인 셈이다.

젠트리의 세계

오스틴의 일상 세계의 주인공은 '젠트리(gentry)'이다. 젠트리는 중상류 '신사(gentleman)' 계층을 포괄적으로 가리키는 단어로, 그 함의가 현대적 의미의 중산층과도 통하지만 동일한 개념은 아니다.

18세기에 신분 이동의 유동성이 생기면서 이 단어의 쓰임이가 점점 확장되었다. 『오만과 편견』에서 젠트리는 세습되는 작위와 토지 재산을 가진 귀족 계층, 작위 없이 토지 재산을 가진 중간 계층 그리고 작위나 토지 재산이 없지만 상업에 종사하거나 전문직에 진출하여 상당한 재산과 사회적 지위를 획득한 신흥 부르주아 계층을 포괄적으로 아우른다.

예컨대, 다아시는 작위가 없지만 부유한 명망가의 상속자로서 귀족적 지위를 누린다. 베넷 씨는 토지 재산을 가지고 있지만 현금이 넉넉하지 못한 시골 신사에 속한다. 빙리는 아버지가 장사로 번 재산을 물려받았고 시골에 장원을 사서 정착하려 한다. 루카스 경 역시 장사로 재산을 모았고, 세습되지 않는 명예 작위인 기사를 받은 다음 시골로 은퇴하여 한가롭게 지낸다. 콜린스는 대학 교육을 받은 성직자이므로 신사의 요건을 갖춘 데다 성직자 중에도 경제적 혜택이 많고 지위가 높은 교구 목사이므로 우쭐할 이유가 충분하다. 위컴도 신사 교육을 받았지만, 수입으로 보면 거의 젠트리의 말단에 머문다. 가디너 씨는 상인 계층에 속하며 여러 모로 점잖은 신사지만 빙리 양이나 캐서린 드 버그 여사로부터 대접받지 못한다.

이렇듯 젠트리는 전통적인 상류층, 시골 신사, 상인 계층, 전문 사무직 종사자, 성직자, 장교 등을 두루 포함한다. 남성 인물들을 젠트리로 묶었지만, 이들의 신분, 지위, 재산, 교육, 교양, 전망 등은 천차만별이다. 그 어떤 것도 간단하게 비례하지 않는다. 높은 신분이지만 재산이 적거나, 교육받았지만 교양이 없거나, 혹은 지위가 낮은데 교양이 뛰어나거나 그런 경우가 얼마든지 있다. 신분이나 재산이나 교양이라는 것도 사람들이 속한 공동체의 인구 구성에 따라 상대적이고 가변적이다. 신분과 재산과 교양이 적절하게 어울리는 모습은 어떤 것이며, 그것이 적절한지 어떻게 제대로 알 수 있을까? 역사적으로, 영국 젠트리는 스스로 이 질문에 답을 찾아야 했던, 자신의 사회적 정체성에 대한 자의식에서 자유롭지 못한 사람들이었다.

여성의 처지

여성 인물들의 상황은 한결 복잡하다. 17세기와 18세기를 거치면서 줄곧 여성의 법적인 지위와 권리는 남편에게 종속되어 있었기 때문에 여성은 재산권이 없었다. 유언장에 따라 현금을 상속받을 수 있고 캐서린 드 버그 여사처럼 신분이 높은 여성은 권력자로 행세할 가능성이 없지 않았지만, 장자상속이 원칙이었기 때문에 아버지-남편-아들로 이어지는 토지 재산을 권력의 축으로 한 가부장제에서 배제될 수밖에 없었다.

이런 현실은 재산이 어중간한 젠트리 계층의 딸에게 특히 불리했다. 노동하지 않고 살도록 교육받았지만 남자처럼 성직자나 군인이나 장사를 선택해 자기 앞가림을 할 수 없는 처지였다. 결혼이 거의 유일하게 안정적인 미래 계획이었고, 그렇지 않을 경우에 가정교사가 되거나 친척이나 친구에게 군식구로 얹혀사는 길밖에 없었다. (또는 오스틴처럼 소설가로 입문하는 길이 있었다.)

베넷 집안 딸들의 딱한 처지가 이를 단적으로 보여 준다. 자세히 읽어 보면, 베넷 가족이 사는 롱본 장원은 조찬실, 식당, 만찬실이 따로 나눠져 있는 저택, 숲과 오두막을 가진 꽤 넓은 정원, 경작지, 수렵장까지 갖춘 곳이다. 가정부, 집사, 두 명의 하인을 데리고 있고 마차와 몇 마리의 말을 소유하고 있다. 딸들은 하인 없이는 식사를 하거나 옷을 입을 수 없다. 베넷 집안은 루카스 집안보다 살림 규모가 클 뿐 아니라 동네 유지로 행세하기에 부족하지 않을 정도로 유복한 살림이다. 그런데도 베넷 씨가 죽고 딸들이 결혼하지 않고 남아 있을 경우에 한사상속에 묶여 있는 집을 친척에게 내주고 쫓겨날 판이고 일 년에 사오십 파운드의 미약한 용돈만 받도록 되어 있다. 딸들에게 빈곤의 불행이 감지되는 것은 베넷 부인의 호들갑 때문만이 아니다.

젠트리 계층 여성과 젠트리 계층 남성은 평등하지 않다. 앞서 지적했다시피 젠트리가 그 스펙트럼이 워낙 다양하고 포괄적이어서 젠트리에 속하는 두 사람이 평등할 가능성은 드물 수밖에 없다. 그럼에도, 신분 이동이 자유로워지기 시작하던 시대에 젠트리 내부의 상호평등은 당장의 현실이 아니어도 현실 비판의 실마리는 될 수 있다. 『오만과 편견』은 특히 여성의 경제적 취약성을 구조적으로 방관해 온 젠트리 내부의 가부장적 이데올로기를 우회적으로 비판하면서 젠트리가 배타적인 엘리트가 되지 않도록 경계한다. 엘리자베스와 다아시의 결혼이 그 상징적인 예이다.

오만한 남자

오스틴의 주인공은 바로 이런 젠트리 계층의 남녀, 각자의 신분과 지위와 재산과 교육과 교양과 전망이 어긋나는 동시에 서로를 향한 평가가 엇갈리는 인물들이다. 이들이 스스로를 어떻게 생각하는지, 서로를 어떻게 바라보는지, 또 그들의 관계를 어떻게 협상해 가는지를 섬세하게 추적하는 것이 오스틴 소설의 내용을 이룬다. 조용한 시골 마을에도 변화는 언제나 진행 중이다. 젠트리 계층은 변화의 주역이자 그 변화와 함께 호흡하면서 존재의 정체성을 만들어야 했던 사람들이다.

제목에 쓰인 '오만'과 '편견'이라는 두 단어는 젠트리의 정체성에 직격된 개념이자 좋은 매너의 핵심적인 기준이다. 다아시는 처음 등장하자마자 오만한 부자라는 평판을 얻는다. 싹싹하게 사람들과 잘 어울리는 빙리에 비해 그는 지나치게 딱딱하고 비사교적이다. 그의 결정적인 실수는 엘리자베스를 소개해 주겠다는 빙리의 제안을 거절하면서 했던 말, "그럭저럭 괜찮아. 하지만 날 유혹할 정도로 미인은 아냐"이다.

다음 날 엘리자베스를 방문한 친구 샬럿은 다아시 정도 되는 사람은 그렇게 말할 수 있다고 반응한다. 이때 엘리자베스는 "그가 내 자존심을 모욕하지 않았다면 그의 오만을 쉽게 용서했을 거야"라고 대답한다. 이들의 대화는 소설 전반에 걸쳐 반복되는 오만에 대한 비판을 예시하면서 오만의 일차적인 정의를 제시한다.

소설의 곳곳에서 나타나지만, 오만은 그럴 만한 사람이 부리는 것이다. 지위든 재산이든 교양이든 깨나 가진 사람이라야 오만하다는 소리를 들을 수 있다. 대단치도 않은 것을 자랑스러워하거나 내세우는 것은 허영에 불과하다. 샬럿이 다아시 정도의 사람은 그럴 수 있다고 봐주고 또 엘리자베스도 부분적으로 동의하다시피, 적어도 다아시는 가지지도 못했으면서 잘난 척하는 허영에 찬 사람은 아니다. 허영이야말로 오스틴이 가차 없이 비웃고 비판하는 약점이다. 하지만 오만은 그렇게 쉽게 비웃을 수 없다. 소설 제목의 영어 단어인 'pride'가 (긍정적인 의미의) 자존심과 (부정적인 의미의) 오만을 동시에 의미하는 이유도 여기에 있다.

신사다움

엘리자베스는 다아시의 청혼을 거절하면서 그의 두 가지 잘못을 밝힌다. 하나는 베넷 집안이 지체가 낮다는 이유로 빙리와 제인을 갈라놓은 것이고 다른 하나는 위컴의 앞길을 막은 악행이다. 여기서 첫 번째 비난의 핵심이 오만이다. 엘리자베스는 친구의 혼사가 격이 떨어진다며 막고 나선 그의 개입을 오만의 극치로 비판한다. 이보다 두 번째 비난이 도덕적으로 더 엄중하고 다아시도 두 번째 비난을 더 심각하게 받아들인다. 하지만 누명을 벗기에는 두 번째가 훨씬 간단하고, 오만은 훨씬 복잡하고 시간도 많이 걸린다.

거절당한 다아시가 청혼 방식이 마음에 안 들어서 거절한 것이냐고 따지자 엘리자베스는 "당신이 좀 더 신사답게 행동했더라면 당신을 거절하면서 미안했을 것"이라고 쏘아붙인다. 사실 다아시는 자신의 오만을 알고 있다. 그만한 처지에 있는 남자가 한참이나 처지는 집안 출신의 아가씨에게 청혼하면서 숙이고 들어갈 수는 없고 그래서 오만하게 청혼할 수밖에 없다고 믿고 있다. 엘리자베스는 이런 오만을 정확하게 알아보고 '신사답지 못하다'고 일갈한다.

샬럿이 다아시를 옹호한 논리는 다아시를 대하는 보편적인 정서를 대변한다. 엘리자베스를 제외한 모든 사람들은 감히 다아시 앞에서 꼼짝하지 못한다. 모두 그를 숭배하고 우러러보고 경외감을 품고 있다. 그는 뭐든 다 가진 사람이고 거리낄 게 없는 사람이고 원하는 대로 할 수 있는 사람이다. 결핍을 모르던 다아시가 뜻을 이루지 못한 유일한 대상이 엘리자베스, 그의 청혼을 거절함으로써 그의 매너를 돌아보게 만들어 겸손을 가르친 엘리자베스이다.

나중에 다아시는 엘리자베스의 비난을 받아들이기까지 오랜 시간이 필요했다고 고백한다. 참회의 불씨가 된 것은 바로 '신사답지 못하다'는 엘리자베스의 말이다. 자신이 그럴 만한 지위에 있다는 사실을 한 번도 의심하지 않았던 그에게, 스펙트럼이 넓은 젠트리 계층 가운데서도 그 정점에 서 있는 최고의 귀족 신사에게, 신사답지 못하다는 말은 젠트리의 자격을 의심케 하는 비수와 같다. 그럴 만하지 않은 사람들도 신사답게 굴려고 온갖 노력을 다하는 마당에, 그런 노력을 가볍게 비웃어 넘길 정도로 언제나 많은 걸 가졌던 그에게 신사답지 못하다는 비판은 자아를 뿌리부터 흔들면서 오래 잠들어 있었던 어떤 감각을 일깨우는 촌철살인의 한마디가 된다.

편견에 빠진 여자

위컴에 대한 악행을 해명하는 다아시의 편지를 받은 다음 엘리자베스는 "나를 편애하는 사람을 좋아하고 나를 무시하는 사람에게 분노해서 그를 만난 순간부터 두 남자에 관한 일이라면 편견과 무지를 좇아 이성을 저버렸으니까"라고 탄식한다. 다아시를 비판하기 전에 좀 더 명철하고 객관적인 태도가 필요했던 것이다.

엘리자베스의 반성은 성급하게 다아시를 오해했다는 한 번의 실수에 머물지 않는다. 그 실수를 계기로 깨달은 것은 확고한 자기 믿음이 가진 위험이다. 제인과의 대화 장면에서 대조적으로 부각되다시피, 엘리자베스는 판단이 빠르고 거침없으며 당당하고 소신이 뚜렷하고 관습에 복종하기를 거부한다. 이런 특징들은 그녀 특유의 장난기로 발현된다.

사실, 그녀의 장난기가 발동하는 순간들은 소설에서 가장 유쾌하고 사랑스러운 장면을 빚어낸다. 다아시와 기 싸움을 벌이면서 나누는 대화는 말할 것도 없고 캐서린 드 버그 여사의 질문을 능청스럽게 받아넘기며 여사를 당황케 만드는 장면이 대표적이다. 콜린스에게 청혼 받는 상황만 하더라도 엘리자베스는 겉으로만 심각한 표정을 짓고 있을 뿐 그의 허영을 맘껏 비웃을 준비를 마친 채 코미디 한 판을 즐기고 있다.

그녀의 장난기는 자신에 대한 믿음과 재기를 과시하려는 욕망에 크게 빚지고 있다. 엘리자베스가 제인에게 고백하듯이, 다아시를 미워하면서 자기가 옳다는 믿음을 거듭 확인하고 그를 몰아세울 때마다 자신의 재기를 자랑스러워한다. 여기서 조금만 더 나가면 건방지고 경솔하고 까부는 태도에 육박한다. 확고한 자기 믿음이 위험으로 치닫는 것은 리디아의 사례에서 극적으로 확대된다. 겁도 없고 부끄러움도 없는 리디아의 매너는 그녀가 위컴의 부인으로 남아 젠트리 계층의 언저리에 머무는 한 젠트리의 정체성을 위협하는 악몽으로 기능할 것이다.

오스틴은 엘리자베스와 리디아의 연속성을 암시하는 동시에 차별화를 더 강조한다. 소설의 후반부를 향해 가면서 엘리자베스와 리디아의 분리는 뚜렷해진다. 엘리자베스는 아슬아슬한 지점까지

가지만 그 지점이 또한 지독한 관습일 뿐이라는 깃을 깨낟고 돌아오기를 잊지 않는다. 그렇게 위험과 관습 사이를 넘나드는 엘리자베스의 매너야말로 다아시를 매혹한 강력한 자산이다. 발군의 재치와 지성과 자신감으로 어우러진 엘리자베스의 활달한 성품은 영문학을 포함하여 세계문학에서 비슷한 예를 떠올리기 힘든 매력적인 여주인공의 풍모이다.

펨벌리, 치유와 화해의 공간

살펴본 대로, 다아시의 오만과 엘리자베스의 편견은 금방 극복할 수 있는 단순한 단점이 아니라 그들이 가진 장점이나 매력의 핵심적인 부분을 이루고 있으며, 또 서로를 향한 마음과 얽혀 있다. 서로를 향해 실수하지만, 할 말은 다 한다. 또 그것이 자기에게 되돌아오는 고통을 감당하면서 불현듯 자신과 상대방에 대한 이해에 도달하고 그 이해를 바탕으로 한 겹 벗겨진 세상을 마주한다. 그래서 이들의 깨달음은 단지 결혼 플롯의 완성을 위해 소모되지 않고 그 자체로 값진 성찰로 비약할 수 있다.

잘못을 깨달은 두 사람이 청혼 사건 이후 처음 만나는 장소인 펨벌리는 다아시 집안의 유구한 전통, 자부심, 리더십이 구현된 젠트리 문화의 결정체로, 두 사람이 서로를 욕망할 수 있는 상징적인 공간적 매개를 제공한다. 펨벌리는 치유와 변화와 재생의 공간이다. 이곳에서 다아시는 누구보다 정중하고 신사답게 사람을 배려하고, 엘리자베스는 누구보다 차분하게 객관적으로 전체 상황을 이해하려 노력한다.

이때 리디아와 위컴의 도주가 알려지면서 두 사람의 재회에 닥친 위기는 마치 이들의 깨달음에 얼마나 버티는 힘이 있는지를 시험하기 위한 기회처럼 보인다. 특히 다아시는 이 사건을 빌미로 예전의 오만으로 돌아갈 수 있는데도 어렵게 깨달은 신사다움을 지키려 노력한다. 그는 하지 않아도 될 일을 기꺼이 떠맡음으로써 오만과 결별한다. 처음부터 오만은 허영과 다르게 무엇이든 가진 사람이 부릴 수 있는, 근거가 없지 않은 자부심과 통하는 개념이었다. 오만할 만한 다아시는 자신의 풍부한 자원을 적극 활용하고 베푸는 방식으로 오만을 극복한다. 오만은 악덕이 아니라 공동체의 상처를 치유하는 자비로운 권력으로 환원된다.

마지막에 펨벌리는 모두를 품는 화해의 공간이 된다. 빙리 양도 리디아도 캐서린 드 버그 여사도 모두 펨벌리 문턱을 넘는다. 펨벌리의 실제 모델로 알려진 더비셔 지역의 채츠워스 하우스(Chatsworth House)는 영국에서 손꼽히는 관광지이다. 오스틴이 묘사한 펨벌리의 지형, 대지, 숲, 강, 다리, 방, 화랑이 그대로 보존되어 있다. 채츠워스의 문턱을 넘는 무수한 관광객 중 많은 사람은 『오만과 편견』을, 그리고 다아시의 관대한 신사다움과 그를 매혹한 엘리자베스의 활달한 매력을 떠올릴 것이다. 그리고 19세기 영국 젠트리의 문화적 정체성이 집약된 공간이자 깨달음과 치유와 화해의 공간으로 재현되었던 펨벌리가 현재 영국의 현실에 어떤 의미를 가지는지 한 번쯤은 생각할 것이다.

우리 시대의 제인 오스틴

『오만과 편견』은 엘리자베스의 시선과 목소리로 쓴 소설이다. 전체 이야기를 조망하고 서술하는 삼 인칭 화자의 목소리는 엘리자베스의 목소리와 자연스럽게 섞인다. 화사는 가령 '엘리자베스는 이렇게 생각했다'라는 표시를 생략한 채 바로 엘리자베스의 속마음으로 넘어가곤 한다. 이런 화법은 특히 소설의 후반부에 엘리자베스가 다아시를 향해 느끼는 감정을 표현하는 데 매우 효과적이다.

리디아와 위컴의 도주 사건이 몰고 온 위기가 수습된 후에 다아시와 엘리자베스가 재회한 순간부터 다아시의 두 번째 청혼이 있기까지 엘리자베스는 온갖 기대와 실망, 조바심과 두려움, 질투와 자책에 휩싸인 채 그들의 관계가 어떻게 될지 추측한다. 그의 애정을 확신하고 흐뭇해하고 그를 그리워하다가도 어느 순간 정색하고 시치미를 뚝 떼는가 하면 다음 순간 그의 성품에 무한한 신뢰와 존경을 바쳤다가 또 더 다가오지 않는 그를 원망하기도 한다. 엘리자베스의 솔직한 욕망의 결이 과감하게 드러나는 언어 사용은 이 소설에 여성친화적인 공감대를 부여한다.

오스틴의 소설이 다 그렇듯이, 『오만과 편견』도 여성 인물들의 활약이 강렬한 인상을 남긴다. 그 이유는 고정관념에 맞는 유형화된 여성상에 제한되지 않고 그런 유형에 거스르는 다양하고 주체적인 여성 인물들을 보여 주기 때문이다. 부끄러움은 여성만의 자질이 아니고 권위적인 태도가 남성만의 전유물이 아니며, 음모를 꾸미고 소문을 퍼트리는 일에는 남녀가 따로 없다. 성역할에 대한 고정관념을 깨고 나온 여성이 긍정적인 인물로 그려지는 것은 아닐지라도 여성의 욕망과 그 실현 가능성을 다양하게 상상할 수 있도록 해 주는 것은 분명하다.

또한 이 소설은 여성과 여성이 어떤 관계를 맺는지에 관심을 가지고 그 다양한 맥락을 형상화한다. 이성애 중심의 결혼 플롯을 따라가는 소설이지만, 그 주변부에서 펼쳐지는 친구, 자매, 모녀

등이 보여 주는 감정의 교류를 조명한다. 이런 면모 역시 현대의 여성 독자에게 각별한 호소력을 발휘한다. 최근 사무직 미혼 여성의 직장 생활과 연애를 결합한 이른바 '칙릿' 부류의 대중 소설이 유행하면서 그 영감의 원천으로 『오만과 편견』을 거론하는 것은 바로 이런 맥락과 무관하지 않다.

다시 읽는 고전, 『오만과 편견』

『오만과 편견』이 영국 사람들에게 19세기의 역사를 떠올리게 하는 거울 같은 작품이고 또 현대 여성의 욕망과 소통하는 대중적인 아이콘이 된 측면이 있다고 해서 이 소설이 우리에게 열어 주는 교감과 해석의 지평을 어떤 식으로든 미리 제한할 필요는 없다. 읽기에 따라서 젠트리의 지배 권력을 지속 가능하게 만드는 타협적 의제가 드러나는 소설로 파악하거나 결혼 제도를 정당화하는 규범적인 틀에 머무는 소설로 해석할 수 있다. 또는 주어진 글쓰기 환경에서 관찰력을 최대치로 끌어 올려 인간관계의 미세한 경계를 포착하는 창조력을 발휘했다고 적극 평가하는 읽기도 충분히 가능하다.

어쩌면 지향점이 다른 여러 해석들로부터 부분적인 타당성을 조금씩 수용하면서 작품이 주는 모순적이면서도 다성적인 울림에 공명하는 것이 더 흥미로운 접근법일지도 모른다. 아니, 그렇게 읽어 달라고 요청하는 소설 같기도 하다. 첫 문장에서부터 보편적인 (것으로 보이는) 진술의 어리석음을 폭로하고 그 어리석음이 키운 '오만'과 '편견'이 삶에 드리운 그늘을 탐구하는 소설이니까 말이다.

『오만과 편견』을 읽는 재미와 보람은 보편성의 이면을 들여다보는 데서 나온다. 다들 지키는 게 매너이지만, 그렇기 때문에 매너는 '매너리즘'이 되기 쉽고 또 진실로 좋은 매너는 드물게 찾아온다고 오스틴은 말한다. 마찬가지로, 오스틴은 모두에게 결혼을 허락하지만 결혼을 목적이 아니라 일상의 과정으로 만들어 결혼 플롯의 권위에 저항한다. 풍속 소설로서 『오만과 편견』의 궁극적인 아이러니가 여기에 있고, 이는 『오만과 편견』을 두고두고 다시 읽을 수 있는 소설로 만드는 힘이다. 결국 다시 읽을 수 있는 소설이란 우리 시대 '고전'의 정의이다.

판본 소개

『오만과 편견』은 1813년 1월에 판권을 사들인 런던의 출판업자 토머스 이저튼을 거쳐 세상에 나왔다. 오스틴의 두 번째 소설이었고, 표지에는 오스틴의 이름 대신 데뷔작을 떠올리도록 '『분별과 감성』의 작가'라는 소개가 붙었다. 『오만과 편견』은 『분별과 감성』보다 훨씬 빠르게 많이 팔려나가서 그해 10월에 두 번째 판이 나왔다. 오스틴이 세상을 떠난 1817년에 세 번째 판까지 나왔다. 판권을 넘긴 이후 오스틴은 원고에 간섭하지 않았기 때문에 두 번째와 세 번째 판본에 나타난 변화는 순전히 출판업자, 또는 그의 의뢰를 받은 인쇄공이 그때그때 추가로 작업한 것이다. 이 세 판본 사이에 존재하는 차이는 미미해서, 학술적인 논쟁의 여지가 별로 없다.

『오만과 편견』이 영국에서 다시 출판된 것은 1832년 리처드 벤틀리가 오스틴 후손으로부터 판권을 사서 전집을 내면서부터였다. 그때부터 19세기와 20세기 초반에 걸쳐 다양한 판본이 온갖 형태로 출판되었다. 이렇게 흔하게 구할 수 있었던 오스틴 소설에 엄밀한 학문적 노력을 기울여 정본을 확립한 사람은 옥스퍼드 대학교 출판사에서 편집자로 일했던 로버트 채프먼이었다. 1923년부터 채프먼의 손길을 거쳐 나오기 시작한 옥스퍼드 전집은 오스틴을 영국 문학 최초로 (학술적인 의미의) 전집을 가진 작가로 만들어 주었다. 이 전집은 20세기 내내 유일한 정본으로 대접받았고 1988년까지도 옛 모습 그대로 판을 거듭하여 인쇄되고 팔려 나갔다. 채프먼은 이 전집을 위해 『오만과 편견』의 세 가지 판본을 비교하고 검토했다.

2006년 케임브리지 대학교 출판사에서 내놓은 오스틴 전집은 채프먼 전집을 뛰어넘고 또 오스틴 연구의 방향을 재조정하려는 야심찬 시도이다. 이 전집에서 『오만과 편견』의 경우, 채프먼 이후 나온 판본들과 다른 점은 세 판본을 비교하면서 초판을 따른 경우가 많다는 것이다. 아직도 채프먼 전집의 위엄을 지지하는 연구자들이 있긴 하지만, 케임브리지 전집은 21세기의 정본으로 대접받을 가능성이 크다.

이 번역을 위해서 케임브리지 전집의 일부로 나온 *The Cambridge Edition of the works of Jane Austen: Pride and Prejudice* (Pat Rogers 편집)를 원서로 사용했다. 소설 텍스트 이외에도 각주를 포함해 부속자료가 많이 들어간 두툼한 책이지만, 지나치게 학술적이라서 모두 생략하고 소설만 번역했다. 독자에게 설명이 필요하다고 판단한 부분에 각주를 달았다. 우리 말로 옮길 때 읽기 쉽게 자르거나 붙이기를 피하고, 최대한 원문의 호흡을 유지하려고 노력했다는 점을 덧붙인다. 영어 텍스트를 읽고 싶은 독자는 전집의 권위에 구애받지 말고 국내 서점에서도 쉽게 구할 수 있는 다양한 학생용 보급판을 읽어도 충분하다.

1775	영국 남부 지방 햄프셔 주의 시골 마을 스티븐턴에서 교구 목사 조지 오스틴과 어머니 커샌드라 오스틴의 여덟 아이 중 일곱째이자 둘째 딸로 태어남.
1779	첫째 오빠 제임스 옥스퍼드에 입학.
1783	셋째 오빠 에드워드 부유한 친척 토머스 나이트에게 입양.
1785	언니 커샌드라와 함께 기숙학교에 입학.
1786	다섯째 오빠 프랜시스 해군 입대. 기숙학교에서 돌아옴. 습작 시작.
1791	동생 찰스 해군 입대. 오빠 에드워드 결혼.
1792	오빠 제임스 결혼. 언니 커샌드라 약혼.
1793	조카들 태어나기 시작함. 마지막 습작 발표. 프랑스 혁명으로 루이 16세 처형되고 영국과 프랑스 전쟁 돌입.
1794	소설 '수전 부인' 집필 시작.
1795	소설 '앨리너와 메리앤' 집필 시작. 커샌드라의 약혼자가 입대하여 서인도로 떠남. 크리스마스 모임에서 (짧은 로맨스가 있었다고 추정되는) 토머스 르프로이 만남.
1796	소설 '첫인상' 집필 시작.
1797	커샌드라의 약혼자가 열병으로 사망함. '첫인상'을 출판업자에게 보냈다가 거절당함. '앨리너와 메리앤'을 『분별과 감성』으로 개작. 넷째 오빠 헨리 결혼.

1798 '수전' 집필 시작.

1801 은퇴한 아버지, 어머니, 언니와 바스로 이주.

1802 영국 프랑스와 휴전. 언니와 스티븐턴에 방문했다가 해리스 빅위더의 청혼을 받고 수락했다가 다음 날 취소함.

1803 '수전'을 출판업자에게 팖. 영국 프랑스와 전쟁 재개.

1805 아버지 사망. 영국 트래펄가 해전 승리.

1806 어머니와 언니와 함께 바스를 떠나 사우샘프턴 지역의 친척들에게 머묾. 동생 찰스 결혼.

1809 '수전'의 출판을 독촉했으나 실패. 오빠 에드워드의 도움으로 어머니, 언니, 친구 마사 로이드와 햄프셔 지역의 시골 마을 초턴에 정착함.

1810 『분별과 감성』 출판 계약.

1811 데뷔작 『분별과 감성』 출판. '첫인상'을 『오만과 편견』으로 개작.

1812 『오만과 편견』 출판 계약. 『맨스필드 파크』 집필.

1813 두 번째 소설 『오만과 편견』 출판. 『맨스필드 파크』 집필 마침. 『분별과 감성』과 『오만과 편견』 모두 재판 출판.

1814 『에마』 집필. 세 번째 소설 『맨스필드 파크』 출판.

1815 네 번째 소설 『에마』 출판. 『설득』 집필.

1816 출판되지 않은 '수전'을 사들여 '캐서린'으로 개작. 『맨스필드 파크』 재판 출판. 건강이 악화되기 시작함.

1817 '샌디턴' 집필 중 치료를 받으러 윈체스터 방문. 7월에 사망하여 윈체스터 성당에 묻힘.
       '캐서린'을 『노생거 수도원』으로 제목을 바꾸고, 『설득』과 함께 묶어 출판.

새롭게 을유세계문학전집을 펴내며

을유문화사는 이미 지난 1959년부터 국내 최초로 세계문학전집을 출간한 바 있습니다. 이번에 을유세계문학전집을 완전히 새롭게 마련하게 된 것은 우리 가 직면한 문화적 상황에 적극적으로 대응하기 위해서입니다. 새로운 을유세 계문학전집은 세계문학의 역할이 그 어느 때보다 중요해졌다는 인식에서 출발 했습니다. 오늘날 세계에서 타자에 대한 이해는 우리의 안전과 행복에 직결되 고 있습니다. 세계문학은 지구상의 다양한 문화들이 평등하게 소통하고, 이질 적인 구성원들이 평화롭게 공존할 수 있는 문화적인 힘을 길러 줍니다.

을유세계문학전집은 세계문학을 통해 우리가 이런 힘을 길러 나가야 한다는 믿음으로 만들어졌습니다. 지난 5년간 이를 준비하기 위해 많은 노력을 기울 였습니다. 세계 각국의 다양한 삶의 방식과 문화적 성취가 살아 있는 작품들, 새로운 번역이 필요한 고전들과 새롭게 소개해야 할 우리 시대의 작품들을 선 정했습니다. 우리나라 최고의 역자들이 이들 작품 속 한 문장 한 문장의 숨결 을 생생히 전하기 위해 심혈을 기울였습니다. 또한 역자들은 단순히 번역만 한 것이 아니라 다른 작품의 번역을 꼼꼼히 검토해 주었습니다. 을유세계문학전 집은 번역된 작품 하나하나가 정본(定本)으로 인정받고 대우받을 수 있도록 최 선을 다했습니다. 세계문학이 여러 경계를 넘어 우리 사회 안에서 주어진 소임 을 하게 되기를 바라며 을유세계문학전집을 내놓습니다.

을유세계문학전집 편집위원단(가나다 순)
김월회(서울대 중문과 교수)
박종소(서울대 노문과 교수)
손영주(서울대 영문과 교수)
신정환(한국외대 스페인어통번역학과 교수)
정지용(성균관대 프랑스어문학과 교수)
최윤영(서울대 독문과 교수)

을유세계문학전집

을유세계문학전집은 계속 출간됩니다.

을유세계문학전집 연표